纪伯伦自画像

纪伯伦（1883—1931），黎巴嫩的文坛骄子，杰出的诗人和画家，他和泰戈尔一样被视为近代东方文学走向世界的先驱。他的文学作品多以"爱"和"美"为主题，通过大胆的想象和象征的手法，表达深沉的感情和远大的理想。他的绘画神秘、柔和，具有浓郁的浪漫主义和象征主义色彩，与他的文学创作交相辉映。

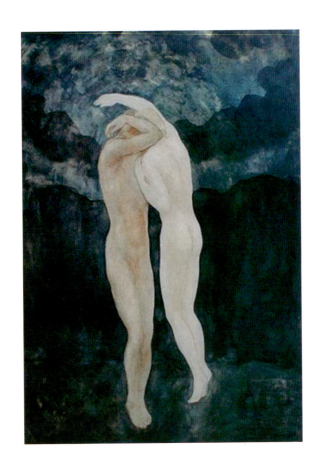

先知·爱

爱别无他求，只求成全自己。
但如果你爱了，又必定有所渴求，那就让这些成为你的所求吧：
融化为一道奔流的溪水，在夜晚吟唱自己的清曲。

（纪伯伦 诗、画）

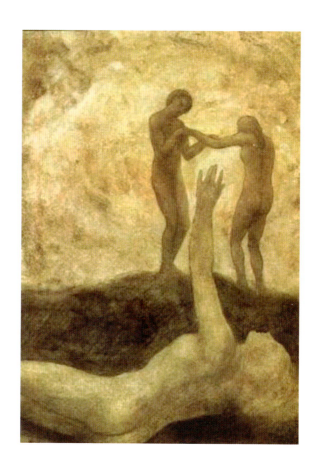

先知·婚姻

彼此相爱，但不要让爱成为束缚；

让爱成为奔流于你们灵魂岸间的大海。

盛满彼此的杯盏，但不要只从一只杯盏中取饮。

（纪伯伦 诗、画）

先知·孩子·生命的箭矢

你们是弓，你们的孩子是被射出的生命的箭矢。

那射者瞄准无限之旅上的目标，用力将你弯曲，以使他的箭迅捷远飞。

（纪伯伦 诗、画）

先知·欢乐与忧愁

揭开面具，你们的欢乐就是你们的忧愁。

从你泪水注满的同一眼井中，你的欢乐泉涌。

（纪伯伦 诗、画）

先知·痛苦

每天，你们的心灵惊叹于生命的奇迹，你们的痛苦仿佛与你们的快乐一样奇妙；

你们将习惯心灵的季节变化，就像习惯接受来去于田野的季节变化。

于是，你们能够以宁静的心情看待你们悲凉的冬季。

（纪伯伦 诗、画）

天堂的阶梯

你们的日常生活就是你们的圣殿和你们的宗教。

请带着你们的一切进入它。

带着犁耙和炼炉，槌棒和琴瑟。

带着你们因需要或喜爱而制出的常用之物。

因为在虔诚中，你们不可能升腾得比你们的成就更高，也不可能跌落得比你们的失败更低。

（纪伯伦 诗、画）

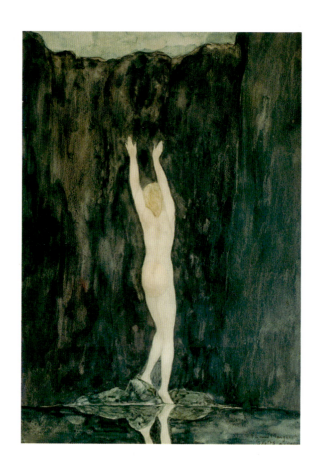

新　娘

如果说情人的第一眼好似爱情播在心田中的一粒种子，

出自她双唇的第一次亲吻好像第一朵鲜花开放在人生的树枝。

那么，与她结婚

就如同那粒种子开出的第一朵鲜花结出的第一颗果实。

（纪伯伦 诗、画）

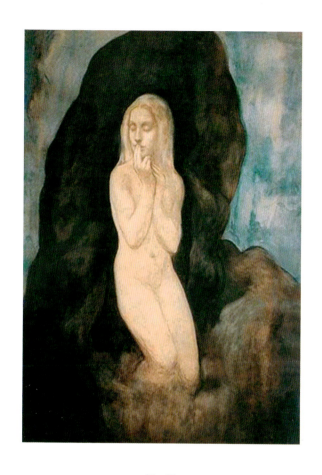

沉　默

真理是长久被人知道的，有时被人说出的。

我们的真实的我是沉默的；后天的我是多嘴的。

我们的生命内的声音达不到你的生命内的耳朵；但是为了避免寂寞就让我们交谈吧。

（纪伯伦 诗、画）

自我的提升

不要说"我找到了灵魂的道路",
而应说"我遇到了漫步在我小径上的灵魂"。
因为灵魂漫步于一切道路。
灵魂并非直线前进,也不像芦苇般成长。
灵魂伸展绽放,就像一朵有无数花瓣的莲花。

(纪伯伦 诗、画)

沙与沫的山顶

一粒珍珠是痛苦围绕着一粒沙子所建造起来的庙宇。
是什么愿望围绕着什么样的沙粒，
建造起我们的躯体呢？

（纪伯伦 诗、画）

人子耶稣

走开，撒旦！
你以为我历尽岁月，
就为了做一日蚁冢的君主吗？

（纪伯伦 诗、画）

喜乐的海洋

享乐是一首自由的歌，但它不是自由。

它是你们绽放的希望之花，但不是它们的果。

它是深渊对峰巅的呼唤，但不是深渊，也不是峰巅。

它是锁在笼中伸展的翅膀，但又不是周围环绕的空间。

（纪伯伦 诗、画）

戴蓝色面纱的女人

她不是伤残树皮下的树液，也不是悬在利爪下的翅膀。

而是一座鲜花永远盛开的花园，一群永远在天空飞翔的天使。

当生命摘去遮盖她圣洁面容的面纱时，美就是生命。

（纪伯伦 诗、画）

生命的焰苗

您在我们的灵魂中——是火，是光；
您在我的胸膛里——是我悸动的心脏。

（纪伯伦 诗、画）

母　亲

美是善良而温柔的。
她像一位因自己的荣耀而半含羞涩的年轻母亲，
走在我们的身边。

（纪伯伦 诗、画）

the Complete Prose
Poems of Gibran

纪伯伦散文诗全集

[黎巴嫩] 纪伯伦 著 冰心 等译

纪伯伦 绘

北京燕山出版社

图书在版编目（CIP）数据

纪伯伦散文诗全集 /（黎巴嫩）纪伯伦著；冰心等译.
-北京：北京燕山出版社，2016.1（2022.4 重印）
ISBN 978-7-5402-4014-1

Ⅰ.①纪… Ⅱ.①纪… ②冰… Ⅲ.①散文诗-诗集-黎巴嫩-现代
Ⅳ.①I378.25

中国版本图书馆 CIP 数据核字（2015）第 297215 号

纪伯伦散文诗全集

［黎巴嫩]纪伯伦　著

冰心　等译

纪伯伦　绘

责任编辑／尚燕彬
装帧设计／小　贾
内文制作／张　佳

北京燕山出版社出版发行

北京市丰台区东铁匠营苇子坑 138 号嘉城商务中心 C 座　邮编 100079
全国新华书店经销
北京市松源印刷有限公司印刷

开本 850×1168　1/32　印张 17.5　插页 16　字数 460,000
2016 年 7 月第 1 版　2022 年 4 月第 3 次印刷

定价：68.00 元

目录

CONTENTS

译 序

黎巴嫩诗人纪伯伦，作为阿拉伯现代文学和东方现代文学的一位杰出代表，在我国备受瞩目和尊敬。他的散文诗创作，特别是《先知》，在我国众多读者中享有盛誉，被视为珍品。近二十年来，我国翻译出版了他的大量作品，但仍然供不应求，可见其受欢迎的程度。

在国际上，纪伯伦的声名也与日俱增。他的英文作品在世界各地本来已流传很广，最近二三十年他的阿拉伯文作品也大量地被译为英文、法文等，广为传诵。最近，在美国马里兰大学召开了第一届纪伯伦国际学术研讨会，我应邀参加，对纪伯伦在东方和西方的影响有了更深切的感受。这次会议把纪伯伦的思想和文学艺术创作同人类前进的道路联系起来，同二十一世纪的"和平文化"发展联系起来，对纪伯伦做出了很高的评价。这次会议的组织者——马里兰大学纪伯伦研究项目负责人布沙鲁伊教授指出："纪伯伦发展了一种超越东西方障碍的独特思想，他的作品传达的信息和塑造的形象，在具有不同文化背景的人们中产生了共鸣。"教授认为，"凡是伟大诗人应该传达的信息，纪伯伦都传达到了"。他还说，"在所有现代作家中很难找到比纪伯伦更加致力推动全球和平文化的人"。

纪伯伦作品之所以受到全世界的欢迎，能给人留下深刻印象，是因为他深沉的哲学思考和火一般的激情，但也许更为重要的是，他对一切俗见提出了质询，表示了怀疑或否定，从而为人们认识社会、认识自身，提供了一种新的视角。他的作品不仅仅是让人愉悦的，更是促人思考的。

从一九二三年《文学周刊》刊登茅盾先生选译的纪伯伦五篇短文开始，中国读者就与纪伯伦结缘了，算起来我们已有七十六年的"缘分"。在这漫长的交往中,特别是在最近二十年,中国读者逐渐认识了他、了解了他,体会到他文学艺术的魅力,领略到他独特思想的精髓。然而,对于新一代读者,纪伯伦仍然是一个崭新的世界,仍然是一位陌生的对话者。在匆匆忙忙、眼花缭乱的世界中,能静下心来读纪伯伦,和纪伯伦对话,对有些青年人来说可能是一件难事。但当他真正坐下来细细品味时,会体验到一种惊喜、一种升华,他的境界和视野可能会更加开阔起来,最后他也许会说:"噢,读纪伯伦的书真是一种享受!"

创造与交流是人类进步的两大动力。一个民族要发展,要前进,不仅要大胆创造,而且要积极交流。文化交流,包括文学交流,是一个走上文明大道的民族的必然要求。一个民族文明程度愈高,对文化交流的需求就愈强烈,行动上也就愈自觉。我们的文学翻译家,我们的出版家,是文化交流的使者,是鲁迅提倡的"拿来主义"的实践者,是架设通向各国人民精神世界大桥的义工。当我们把一部又一部外国文学作品介绍给中国读者时,我们正在尽自己"世界公民"的义务和责任。而冲破精神上的"国界",自由交往,正是纪伯伦当年所追求、所企盼的。

因为写了《先知》而常常被热爱他的人称为"先知"的纪伯伦,的确在思想领域、文学领域和艺术领域有不凡的建树。作为东方智者,他确实发现并道出了一些至今仍有现实意义的真理。通过《先知》主人公艾勒－穆斯塔法的训诫和忠告,我们可以看出纪伯伦理想世界的蓝图,可以发现一个人与自然、人与人和谐相处的美好社会。纪伯伦要做真理的发现者,但并不做思想的垄断者。他坚持认为,真理需要两个人来发现:一个是说者,一个是听者。他所说的"听者",当然也包括看者——阅读者。他调侃道:"有人用眼睛听,有人用肚子听,有人用钱袋听,有人则根本不听!"只有用"心"去听、用"心"去看的人,才能有所发现、有所收获,才能为发现真理贡献自己的一份力量。在纪伯伦的作品中还有一些被他比作"雾霭"的未成形的思想,更需要我们细心去听,细心去看,只有这样才能把握纪伯伦内在的蕴涵和发现其属于未来的东西。

纪伯伦是一个内涵丰富的阅读对象,也是一个内涵复杂的研究对象。人们提到纪伯伦时,往往把他定位为一个"爱与美的诗人"。"爱与美"确实是纪伯伦散文诗的重要主题,将之定位为"爱与美的诗人"也是有一定道理的,但仅仅做如此描述就失之于片面了。因为纪伯伦也有金刚怒目的一面,他的反叛性、斗争性在整个阿拉伯文学史上恐怕是罕见的。他对腐败权力的揭露、对宗教偏见的鞭笞、对传统和民族性中消极面的挞伐,其力度超过了他同时代的任何作家。他的坦率、直露,毫不妥协的战斗精神,至今仍能起到鼓舞同胞的作用。对于这一点,我们的研究者应该给予充分的注意。

纪伯伦一八八三年一月六日生于黎巴嫩的贝什里,一九三一年四月十日逝于美国纽约,他只活了短短四十八个春秋。他的英年早逝,不论从当时看,还是从现在看,都是东方文学乃至世界文学的重大损失。然而令我们感到安慰的是,他毕竟留下了如此多的文学艺术遗产,以供我们分享。我们记得,当年纪伯伦曾为自己精神之树硕果累累却无人采摘而哀叹。然而,今天的情况就大为不同了。今天的世界,不论东方还是西方,争先恐后采摘纪伯伦这棵大树的果实的人实在是太多了。要是纪伯伦能活到今天,或者像他所应许的那样轮回转世到这个世界,他又该发出怎样的感叹啊!

我国的纪伯伦译介和研究,在这短短的二十多年中取得了令世界惊诧的业绩,这一点在马里兰大学的首届纪伯伦国际学术研讨会上已得到肯定。但是我始终认为,纪伯伦只是阿拉伯现代文学中的一个闪光点,尽管是一个最明亮的点,但也不是全部。我们要全面了解阿拉伯文学,就必须全面介绍阿拉伯作家,而不只是满足于停留在某一个点上。我希望,在集中推出纪伯伦后,我国的翻译界和出版界能把目光投向更多的阿拉伯作家,更多的东方作家。我同时希望,我们的阿拉伯文学研究、东方文学研究,也会随之有一个大的发展,从而在国际文化交流中找到并确立我们应有的位置。

伊　宏

二〇〇〇年一月一日

写于旅美途中

再版序

在世界文学的璀璨星空里，有恒星，也有流星。流星一闪而过，恒星永远闪光。

纪伯伦是一颗恒星。

自一九〇五年发表《音乐短章》开始，一百多年来，他的作品不断在东方和西方出版、译介和流传，始终闪耀着独特的艺术光辉。

在中国，纪伯伦的作品也受到特别的重视和热烈的欢迎。早在上世纪二三十年代，茅盾、赵景深、冰心等就发现了纪伯伦的价值，开始介绍他的散文和散文诗作品。到了八九十年代，随着《纪伯伦散文诗全集》等各种译本的相继出版，读者愈来愈多，一股"纪伯伦热"悄然形成，至今不衰。

和其他"恒星类"作家一样，纪伯伦长盛不衰的秘密，是其深邃的思想和不凡的艺术魅力。正因为如此，他被誉为"诗人哲学家"或"哲学家诗人"。

纪伯伦不仅关心祖国黎巴嫩和阿拉伯民族的前途和命运，而且关心世界和人类的前途和命运。他不但目标高远，而且充满激情，他热切希望人类超越自我，精神升腾，在通向未来的征程上，稳操"理性"之舵，高扬"热情"之帆。他的"爱与美"，全部倾注在对同胞和人类的呼唤、激励、鞭策和启迪上了，因此他获得了一国又一国、一代又一代读者的尊重。

纪伯伦是"给予"哲学的实践者，他的信条是"奉献你最好的，给你的朋友"。尽管他充满智慧，但他认为即使是导师，传授的也不是他的智慧，而是他的"信念和爱"。他不命令人们进入他智慧的堂奥，而是引导人们走向自己心灵的门户，鼓励人们奋力追寻通往"大我"

的道路,向"生命的太空"延伸。他认为存在就是变为智者,变为强者,存在就是跟随着美。他对人类未来充满信心,他宣称:"我们将存在,热爱着生命;我们将存在,梦想着宇宙;我们将存在,朝着太阳飞腾……"

纪伯伦对生命充满了自信,他在《先知园》中借主人公之口说:"我将超越死亡,继续生存,并将在你们的耳畔歌唱。"他还说过,"上帝不会允许我自己隐遁于人类,也不会让我自己的言语隐埋于人类心灵的深渊","即使我身体的元素已散落于永恒的沉寂中,我仍将再度来到你们身边。在这无边的沉寂中,我将用从我心里再生的声音同你们说话"。

的确,纪伯伦是不死的。时间印证了纪伯伦的承诺,通过其作品的一次次出版,通过不同地域千万读者的一次次阅读,纪伯伦的精神生命在不断地延续着,他的声音在整个世界回荡着。

纪伯伦是深爱并感谢这个世界的:"我深爱着这个世界,世界也如此深爱着我,因为我全部的微笑都挂于她的唇上,而她的所有泪水都积于我的眼中。"纪伯伦出生在一八八三年一月六日,再过几个月就是他的一百二十五周年诞辰了。北京燕山出版社再版《纪伯伦散文诗全集》,正是对他最好的纪念。

阿拉伯文化和世界其他古老民族的文化一样,也是一株结满累累果实的大树,值得世人去采摘。但是,阿拉伯文学曾经是被忽视的,除了《天方夜谭》之外,人们对阿拉伯文学知之甚少。对于这种轻忽,阿拉伯作家曾经表示过不满。号称"阿拉伯文学之柱"的埃及大文豪塔哈·侯赛因就曾发出过抱怨,他说:"阿拉伯文学的'罪过',就是人们不去读它!"

不过,这是上个世纪的事了。如今情况已经大大改观,阿拉伯文学愈来愈引起世人的注意和重视。随着国际形势的风云变幻,中东政治、经济、军事成为世界的焦点,人们的目光自然也会投向阿拉伯文化的各个方面,特别是文学。

阿拉伯文学是通向阿拉伯民族心灵的窗户,是了解阿拉伯人民喜忧爱憎的捷径。我们不应以机会主义的态度或纯商业目的去对待阿拉伯文学,而应作为一个系统文化工程,有计划、有步骤地翻译出版阿拉伯文学作品。

文化交流没有"适可而止",只有"持之以恒";没有"见好就收",只有"多多益善"。近二十多年来,我们的翻译家、出版家齐心协力,把纪伯伦的作品——既有阿拉伯文写出的,也有英语写出的——几乎可以说是全部介绍给中国读者了,这是值得同庆的。但是,我们的工作远远没有完成。我们面临着提高和完善译文质量的问题,同时还有对纪伯伦进行全面深入研究的问题,这是更为艰巨的任务。

"昨天是今天的回忆,明天是今天的梦想。"让我们带着回忆,怀着梦想出发吧!

伊 宏

二〇〇七年十月十八日

先　知

船的来临

被选和被爱的艾勒－穆斯塔法①，当代的曙光，已在奥法利斯城等候了十二年②，期待着他的航船前来迎他返回自己出生的岛屿。

时值第十二载，"颐露"月③的第七日，他登上没有城墙阻隔的山冈，眺望大海；他看到他的航船正从雾霭中驶来。

他的心胸豁然开朗，他的喜悦越过海面，流溢远方。他轻闭双眸，在灵魂的静默中祈祷。

当他步下山冈时，却有一阵悲哀袭来。他心中默想：

我怎能毫无愁绪、平静地告别？不，我无法离开这座城市而不负任何精神创伤。

在这城垣中，我度过了多少漫长的痛苦日子，又经历了多少漫长的孤寂夜晚；谁能够毫无眷恋地离开他的痛苦和孤寂？

我曾将那么多心灵碎片撒落于这大街小巷，我曾有那么多希望之子赤裸地穿行于这丘陵山冈，我不能没有负荷、没有痛苦地弃之而去。

---

① 　艾勒－穆斯塔法：冰心《先知》译本中为"亚墨斯达法"。"穆斯塔法"是阿拉伯男子常用名，意为"精选的""纯良的"；加上冠词"艾勒"后，变成确指或特指，常指代安拉(上帝或真主)的使者，即先知。
② 　到《先知》发表的一九二三年，纪伯伦已侨居纽约十二年。
③ 　"颐露"月：叙利亚历中的十二月，收获之月，相当于公历的九月。

今天,我不是脱去一件罩衣,而是用自己的手撕裂一层肌肤。

我留在身后的不是一种思绪。而是一颗因饥渴而甜蜜的心。

但我却无法再滞留。

那召唤一切的大海在召唤我,我必须登舟了。

因为尽管时光在夜晚燃烧,但留下却意味着冻结,被禁锢于铸模。

多么希望将这里的一切带到身边,但我怎么能够?

声音无法带走赋予它翅翼的唇舌,它只能独自寻找天空。

苍鹰不携巢禾,才能独自飞越太阳。

他行至山脚,再次面向大海,看到他的航船已驶近港湾,船头是来自故乡的水手。

于是他的灵魂向他们发出呼唤,说道:

我古老母亲的子孙,你们这弄潮的健儿,

多少次你们沉浮于我的梦境。如今你们驶入我的清醒,也就是我更深的梦境。

我已整装待发,我的希望与扬起的帆一起等待着风起。

只想再呼吸一口这宁静的气息,再回首投下深情的一瞥。

然后我就会加入到你们的中间,宛如水手在水手中间。

而你,浩渺的大海,不眠的母亲,

江河溪流唯一的安宁与自由,

等这溪流再绕过一道弯,林中空地再传来一阵潺潺低语,

我就会投入你的慈怀,犹如无穷之水滴融入无穷之大海。

行走间,他远远地看到男人们和妇女们离开了农田与果园,纷纷拥向城门。

他听到他们呼唤着自己的名字,在田野奔走相告航船到达的

消息。

他问自己：

莫非分别的一刻也是相聚的时分？

难道我的夜晚实际是我的黎明？

我能为那些放下耕田犁铧、停下酿酒转轮的人奉献什么？

是以心灵为树，采摘累累果实与他们分享？

还是将渴望化作涌泉，倾满他们的杯盏？

是作一架强者之手可以弹拨的竖琴，还是一管他们呼吸可以穿过我身躯的长笛？

我是个寻求寂寞的人，我在寂寞中究竟觅得了什么宝藏，使我得以自信地施与？

如果今天是收获的日子，那么我是在哪个被遗忘的季节和哪片土地上播撒的种子？

如果此刻的确是我举起明灯的时候，那灯中燃烧的并不是我点燃的焰火。

我举起的灯空虚而晦暗，

夜的守护者将为它添上油，点起火。

他用语言倾诉了这些，但还有许多未说出的话藏在心间。因为他自己也无法表达自己更深的秘密。

他回到城中，人们纷纷迎上来。他们异口同声地呼唤着他。

城中的老者趋前说道：

请不要就这样离开我们。

你一直是我们黄昏中的正午，你的青春引导我们的梦幻进入梦幻。

你并不是我们中间的陌生者，也不是过客，你是我们的儿子，我们诚挚爱戴的人。

不要让我们的眼睛因渴望见到你的面容而酸楚。

男女祭司对他说道：

请不要现在就让海浪将我们分开，让你在我们中间度过的岁月成为回忆。

你似精魂在我们之中行走，你的身影是映在我们脸上的光辉。

我们一直如此热爱着你。但我们的爱曾悄然无语，被面纱遮掩。

如今她大声呼唤你，坦然无饰地面对你。

爱直到分别的时刻，才知道自己的深度。

其他人也走上前挽留他。但他没有作答。他低首不语，身边的人看到眼泪坠落到他的胸前。

他与大家一起走向圣殿前的广场。

一位名叫艾尔梅特拉的女子迎出圣殿。她是一位女预言家。

他用无比温柔的目光看着她，因为正是她在他到达这座城市的第一天就追随他，笃信他。

她向他致贺，说道：

上帝的先知，为了寻求终极，你很久以来一直计算着你的航船的行程，

如今船只已到，你必须离去了。

你是如此深切地向往着你记忆的土地和你更大希冀之所；我们的爱不会羁绊你，我们的需要也不能滞留你。

不过，请你在离去之前对我们谈谈，为我们言说真理。

我们将把它传给我们的子孙，他们再传给他们的后代，使它永不湮灭。

你在孤独中审视过我们的白昼，在清醒中倾听过我们梦中的哭泣与欢笑。

因此现在请向我们披露我们自己,告诉我们你所知道的生与死之间的一切。

他回答道:

奥法利斯城的民众啊,除了此刻激荡于你们灵魂中的事物外,我还能说些什么呢!

爱

于是艾尔梅特拉说,请给我们谈谈爱吧。

他抬头望着众人,人群一片寂静。他用洪亮的声音说道:

当爱挥手召唤你们时,跟随着他,

尽管他的道路艰难而险峻。

当他展翼拥抱你们时,依顺着他,

尽管他羽翼中的利刃会伤害你们。

当他对你们说话时,要相信他,

尽管他的声音会击碎你的梦,像狂风尽扫园中的花。

爱虽可为你们加冕,也能将你们钉上十字架。他虽可助你们成长,也能将你们削砍剪刈。

他会攀至你们的高处,轻抚你们在阳光下颤动的最柔嫩的枝条,

他也会降至你们的根柢,动摇你们紧紧依附着大地的根须。

爱把你们像麦捆般聚拢在身边。

他将你们脱粒,使你们赤裸。

他将你们筛选,使你们摆脱麸糠。

他碾磨你们,直至你们清白。

他揉捏你们,直至你们柔顺。

而后,他把你们交与圣火,让你们成为上帝圣宴上的圣饼。

这一切都是爱为你们所做,使你们或许能从中领悟自己心中的秘密,从而成为生命之心的一小部分。

但是如果你们出于畏惧只去寻求爱的和美与爱的欢乐,
那你们最好掩起自己的赤裸,离开爱的打谷场,
踏入那没有季节的世界,在那里,你会开怀,但不是尽情欢笑;你会哭泣,但不是尽抛泪水。

爱除了自身别无所予,除了自身别无所取。
爱不占有,也不被占有;
因为爱有了自己就足够了。

当你爱了,你不应说"上帝在我心中",而应说"我在上帝心中"。
别以为你可以指引爱的方向,因为爱,如果他认为你配,将指引你的方向。
爱别无他求,只求成全自己。
但如果你爱了,又必定有所渴求,那就让这些成为你的所求吧:
融化为一道奔流的溪水,在夜晚吟唱自己的清曲。
体会太多温柔带来的痛苦。
被自己对爱的体会所伤害。
心甘情愿地淌血。
清晨,带着一颗生翼的心醒来,感谢又一个充满爱的日子;
午休,沉思爱的心醉神怡;
黄昏,带着感激归家;
睡前,为你心中的挚爱祈祷,唇间吟诵着赞美诗。

婚　姻

艾尔梅特拉又开口问道:婚姻又是怎样的呢,大师?

他回答道:

你们一同降生,你们将永远相依。

当死神的白色羽翼驱散你们的日子,你们也应在一起。

的确,你们始终相守,即使在上帝的记忆中。

但在聚守中你们要保留空间,

让空中的风在你们之间飞舞。

彼此相爱,但不要让爱成为束缚;

让爱成为奔流于你们灵魂海岸间的大海。

盛满彼此的杯盏,但不要只从一只杯盏中取饮。

彼此互赠面包,但不要只向一块面包取食。

一起欢歌曼舞,但要保持各自的独立。

鲁特琴的琴弦也彼此分开,即使它们为同一首乐曲震颤。

奉献你们的心,但不要让对方保管。

因为只有生命之手才能接纳你们的心。

站立在一起,但不要靠得太近;

因为殿宇的支柱总是彼此分立的,

橡树和松柏也不在彼此的阴影下生长。

孩　子

一位怀抱婴儿的妇女说,请给我们讲讲孩子。

他说道:

你们的孩子并不是你们的孩子。

他们是生命对自身的渴求的儿女。

他们借你们而来,却不是因你们而来,

尽管他们在你们身边,却并不属于你们。

你们可以把你们的爱给予他们,却不能给予思想,

因为他们有自己的思想。

你们可以建造房舍荫庇他们的身体,但不是他们的心灵,

因为他们的心灵栖息于明日之屋,即使在梦中,你们也无缘
造访。

你们可努力仿效他们,却不可企图让他们像你。

因为生命不会倒行,也不会滞留于往昔。

你们是弓,你们的孩子是被射出的生命的箭矢。

那射者瞄准无限之旅上的目标,用力将你弯曲,以使他的箭迅捷
远飞。

让你欣然在射者的手中弯曲吧;

因为他既爱飞驰的箭,也爱稳健的弓。

施　　与

一位富人接下来说,请为我们讲施与。

他答道:

当你们拿出自己的财产时,你们的施与微不足道。

你们奉献自己时,才是真正的施与。

因为你们的财产不就是一些你们担心明天可能需要才占有、才
保护的东西吗?

而明天,明天又能给那谨小慎微追随朝圣者,而又把骨头埋藏在
荒沙里的狗带来什么?

除了需要本身,你们还需要什么呢?

当井水满溢,你对干渴的恐惧岂不就是一种无法解脱的干渴?

有些人只捐弃自己财产中的一点一些,——他们是为得到认可而施与,而他们隐藏的欲望使他们的馈赠不成为美。

也有一些人,他们拥有甚少,却全部付出。

他们相信生命和生命的赠礼,他们的储柜从不空虚。

有些人快乐地施与,这快乐就是他们的回报。

有些人痛苦地施与,这痛苦就是他们的洗礼。

还有一些人,给予时并不觉得痛苦,也不是为了寻求快乐,或布善施德;

他们施与,就像山谷那边的桃金娘散发芳香。

上帝通过这些人之手施教,透过他们的双眸向大地微笑。

被祈求时施与固然很好,但更高的境界是通过体察,在别人开口前相赠。

对于慷慨的人,能找到乐于接受馈赠的人较之施与本身是更深的快乐。

你有什么不能舍弃的呢?

总有一天,你所有的一切都将留与他人;

所以现在就馈赠吧,把奉献的时机留给你自己,而不是你的继承人。

你们常说:"我会解囊,但只为值得的人。"

你们果园中的树木不会这样说,你们草地上的羊群也不会这样说。

因为奉献,它们才会生存,而拒绝只会带来灭亡。

一个配得到自己白昼与黑夜的人,无疑配从你们这里获得其他一切。

一个配从生命之海中取饮的人,也配从你们的小溪里汲满水杯。

什么样的美德能超过接受的勇气、信任、甚至慈悲？

你是谁，值得人们撕开胸膛、摘下自尊的面纱，让你看到他们赤裸的价值和他们无愧的尊严？

先审视一下自己是否配做一个馈赠者，一件施与的工具。

因为一切都是生命对生命的馈赠——而你，将自己视为施主的你，不过是一个见证。

至于你们这些受惠者——你们的确都是受惠者——无须背负感恩戴德的重担，以免给自己以至施与者套上枷锁。

不如与施与者凭借馈赠，如同凭借一对翅膀，一起飞翔，

因为耿耿于欠负，就是怀疑那以乐善好施的大地为母，以上帝为父的施与者的慷慨了。

饮　食

然后一位老人，客栈的店主说道，请给我们谈谈饮食。

他说道：

我固然希望你们能靠大地的芬芳生存，如空气中的植物靠阳光延续生命。

但既然你们不得不杀生为食，从初生羔犊口中抢夺它们母亲的乳汁以解干渴，那就让这成为一种崇拜方式吧。

在你们的案俎上立起一座祭坛，让森林和平原的纯真为人类的更加纯真，在这祭坛上奉献牺牲。

当你们宰杀一只畜禽，你们应在心中对它说：

"现在屠宰你的力量也将屠宰我，我同样也会被吞食。

"因为把你送到我手中的那一规律也将把我送到更强者的手中。

"你的血和我的血都不过是滋养天国之树的汁液。"

当你们用牙齿咀嚼一只苹果,你们应在心中对它说:

"你的种子将在我的体内生存,

"你明日的花蕾将在我心中开放,

"你的芬芳融入我的气息,

"你我将带着喜悦共度每一个季节。"

秋日里,当你们采集园中葡萄酿制醇酒,请在你们的心中说:

"我也是一座葡萄园,我的果实也将被采摘酿制,

"我亦将如新酒,注入永恒的容器。"

冬季,当你们斟饮美酒,请在心中为每一杯酒歌上一曲;

让歌声忆起秋日,葡萄园,和美酒的酿制。

劳 作

一位农夫说,请为我们谈谈劳作。

他答道:

你们劳作,故能与大地和大地的精神同步。

你们慵懒,就会变为季节的生客,落伍于生命的行列;那行列正带着庄严豪迈和骄傲的顺从向永恒前进。

劳作时你们便是一管笛,时间的低语通过你的心化作音乐。

你们中谁愿做一根芦苇,当万物齐声合唱时,唯独自己沉寂无声?

总有人对你们说:工作是一种诅咒,劳动是一种不幸。

但我要对你们说:当你们工作时,你们便实现了大地一部分最悠远的梦想,在梦想成形之初,这部分便已分派给你,

你们辛勤劳动,便是真正热爱生命,

在劳动中热爱生命,便是通晓了生命最深的秘密。

然而,如果你们在痛苦中把降生称作折磨,把维持肉体生存当成写在额头的诅咒,那么我要回答,只有你们额头上的汗水,才能洗去那些字迹。

也总有人对你们说生活是黑暗的,你们疲惫时重复疲惫者的语言。

而我说生活的确是黑暗的,除非有了渴望,

所有渴望都是盲目的,除非有了知识,

一切知识都是徒然的,除非有了工作,

所有工作都是空虚的,除非有了爱;

当你们带着爱工作时,你们就与自己、与他人、与上帝合为一体。

什么是带着爱工作?

是用你心中的丝线织布缝衣,仿佛你的至爱将穿上这衣服。

是带着热情建房筑屋,仿佛你的至爱将居住其中。

是带着深情播种,带着喜悦收获,仿佛你的至爱将品尝果实。

是将你灵魂的气息注入你的所有制品。

是意识到所有受福的逝者都在身边注视着你。

我常听你们梦中呓语般地说:"雕刻大理石,在石中找到自己灵魂形象的人,比耕田的农夫高贵。

"捕捉彩虹,用虹霓在一方织物上绘出人的形象的人比制鞋的人高明。"

但是我要说,——不是在睡梦中,而是在正午格外清醒中说:风对高大橡树说话时的声音,并不比它对纤细草叶说话时更甜蜜,

一个人若能把风声变为歌声,又能用自己的爱使之变得更加甜美,他才是伟大的。

劳动就是有形可见的爱。

假如你们无法带着爱劳动而只觉厌烦,那么你们不如放弃劳作,坐在殿宇的门前,等待以劳动为乐的人给你们施舍。

假如你们毫无热情地焙制面包,那么你们烤出的面包将会变苦,只能使人半饱。

假如你们勉为其难地压榨葡萄,那么你们的愤懑就在葡萄酒中滴入了毒液。

假如你们纵能如天使般歌唱却并不爱歌唱,那么你们就堵塞了人们聆听日夜之声的耳朵。

欢乐与忧愁

一位女子说,请给我们讲讲欢乐和忧愁。

他答道:

揭开面具,你们的欢乐就是你们的忧愁。

从你泪水注满的同一眼井中,你的欢乐泉涌。

能不如此吗?

哀愁刻画在你们身上的伤痕愈深,你们就能容纳愈多的欢乐。

难道不是曾经锻炼于陶工炉火中的杯盏,如今斟满你们的葡萄美酒?

难道不是曾经被利刃镂空的树木,如今成为抚慰你们心灵的鲁特琴?

当你们欣喜时,深究自己的心灵,你们会发现如今带给你们欢乐的,正是当初带给你们忧愁的。

当你们悲哀时,再审视自己的心灵,你们会发现如今带给你们忧愁的,正是当初带给你们欢乐的。

你们当中一些人说:"欢乐甚于忧愁。"而另一些人说:"否,忧愁甚于欢乐。"

但我对你们说,它们是不可分的。

它们一同降临,当其中一个独自与你同席时,要记住另一个正在你的床上安眠。

的确,你们像摇摆于忧愁与欢乐之间的一架天平。

只有当你们完全虚空时,你们才会静止,平衡。

当宝藏守护者用你称量他的金银时,必然需要你的欢乐和忧愁升降起伏。

居　室

一位泥瓦匠走上前说道:请给我们谈谈居室。

他答道:

在你们建房于城墙内之前,先用你们的想象在旷野建一所凉亭。

正如你们在暮色降临时有家可归,你们心中遥远而孤单的漂泊者也应如此。

你们的房屋是你们更大的躯壳。

它在阳光下生长,在夜的寂静中安眠,而那睡眠并非无梦。难道你们的居室无梦? 它们不也想远离城市,前往林中或山上?

我愿将你们的房舍收聚于手中,然后似播种般将它们撒向森林和草原。

我愿山谷成为你们的街道,绿径是你们的小巷,如是你们可以穿过葡萄园彼此造访,衣裳留着泥土的芳香。

然而这却暂难实现。

出于恐惧,你们的祖先将你们聚得过近。这恐惧还会持续一些时日,你们的城墙在一段时间内也会继续把你们的家庭和你们的土地隔开。

告诉我,奥法利斯城的人们,你们房屋中有些什么? 你们用紧闭的门守护什么呢?

你们可有安宁,那显示你们力量的平静的冲动?

你们可有回忆,那连接心灵峰峦的隐约闪现的桥梁?

你们可有美,那将心灵从木石之所引向圣山的向导?

告诉我,你们的居室可拥有这些?

莫非其中只有安逸和追求安逸的欲望——这鬼祟之物入室做客,却变为主人,进而成为一家之长?

可叹啊,它竟又化作驯师,以诱饵和皮鞭使你们更大的愿望变作玩偶。

尽管它的手如丝,但它的心如铁。

它诱你们入睡,只为站在你们睡榻边嘲弄你们肉体的尊严。

它嘲笑你们健全的意识,把它们像脆弱的器皿般置于蓟绒下。

的确,贪图安逸的欲望扼杀了灵魂的情感,而它还在葬礼上咧嘴嬉笑。

但你们,宇宙之子,静中之动,你们不应被捕陷,不应被驯服。

你们的居室不应是锚,而应是桅。

它不应是遮掩伤口的闪亮的薄膜,而应是保护眼睛的眼睑。

你们不应为穿过房门而收敛翅膀,不应为防止撞到天花板而俯身低头,也不应因担心墙壁开裂坍塌而屏住呼吸。

你们不应居住在死者为生者建造的坟墓中。

纵然你们的宅邸金碧辉煌,它们也无法隐藏你们的秘密,掩盖你们的愿望。

因为你们内在的无穷性居住在天宫里,它以晨雾为门,以夜的歌声和寂静为窗。

衣　服

一位织工说，请给我们谈谈衣服。

他答道：

你们的衣服遮掩了你们许多的美，却不能遮盖住丑。

尽管你们借衣服寻求隐私的自由，但你们找到的却是羁绊和束缚。

但愿你们用自己的肌肤而不是衣服去迎接阳光和清风，

因为阳光中有生命的气息，而风中有生命之手。

你们中一些人说："是北风织造了我们所穿的衣服。"

我说，是的，的确是北风，

但它以羞怯为织机，以纤弱的肌腱为纱线。

它一旦完成工作，便会在林中大笑。

不要忘记，羞怯原是抵挡不洁目光的盾牌。

若无邪狎，那羞怯除了是精神上的束缚和污垢外还能是什么？

也不要忘记，大地乐于感觉你赤裸的双脚，风儿渴望与你的头发嬉戏。

买　卖

一位商贾说，请给我们谈谈买卖。

他回答说：

大地为你们果实累累，如果你们不懂，就不要捧满双手。

你们应当在交换大地的馈赠中体会富裕与满足。

但此种交换若非在爱心的仁善公平中进行，便会导致一些人贪得无厌，另一些人饥肠辘辘。

在市场上，你们这些在海上、田间和果园里辛勤劳作的人们，与织工、陶工和采集香料的人们相遇……

那就请求大地的主宰精神来到你们之中，为你们圣化度量衡器和计价法则。

勿让空手而来的人加入你们的交易，他们会以空言换取你们的劳动。

你们当对这些人说：

"与我们一同去耕田，或与我们的兄弟一同去海上撒网；

因为土地和海洋对你们就像对我们一样慷慨。"

如果歌者、舞者和吹笛者也来到市场，——请同样买下他们的礼物。

因为他们也采集了果实和乳香，而他们所带来的，尽管由梦幻织造，也是你们灵魂的衣食。

当你们离开集市时，审视一下是否有人空手而归。

因为大地的主宰精神不会安眠于风中，直到你们中最低微之人的需求也得到满足。

罪　与　罚

城中的一位法官趋前言道，请给我们讲讲罪与罚。

他回答说：

当你们的灵魂随风飘荡时，

你们孤独而无心地错待了别人，从而也错待了自己。

由于所犯下的过错，你们必须去叩击那受福者的门，且会在片刻恭候中受到冷落。

你们的神性自我像大海；

永远不会被玷污。

又像天空，它仅仅举托展翼者。

你们的神性自我甚至像太阳；

它不谙熟鼠辈的路径，也不寻迹虫蛇的洞穴。

然而你们的身上并非只有神性存在。

你们身上大部分属于人性，但也有许多不属人性，

而是一个未成形的侏儒，梦游于雾中，寻找着自己的觉醒。

我现在的话都是为你们身上的人性而说。

因为只有它，而不是你们的神性或雾中的侏儒，才能了解罪与罚。

我常听你们指斥某人犯了错误，仿佛他不是你们中的一员，倒是你们中的一个陌生者，你们世界的一个闯入者。

但我要说，即使是圣人大德，也不可能高过你们每个人内中的至尊，

同样，即使是恶人弱小，也不可能低于你们内中的至卑。

就像一片孤叶，不会未经整个大树的默许就枯黄，

作恶者胡作非为的背后并非没有你们大家隐匿的允诺。

你们如同队列向你们的神性前进，

你们是道路，也是行路者。

当你们中的一个人跌倒，他是为后面的人失足，使他们小心避开绊脚的石头。

噢，他也是为了前面的人失足，因为他们步履虽然轻捷坚定，然而却没有挪开绊脚石。

还有，这话尽管让你们心情沉重：

被杀者对其被杀并非全无责任，

被劫者对其被劫并非无可责难。

行善守法者在恶人恶行中并非纯洁无邪。

在作恶多端者犯下的罪行中,双手无染者也未必清白。

的确,被判有罪者往往是罹难者的受害人,

更常见的是被判刑的人为未获罪名和免于责罚的人承担重负。

你们不能把公正与不公、善良与邪恶分开;

因为它们并立于阳光下,就像黑线与白线被编织在一起。

当黑线断开,织工就应审视整块织物,他也应检查机杼。

如果你们把一位不忠的妻子送上法庭,请你们也用天平称量她丈夫的心,用同样的标准去衡量他的灵魂。

让鞭笞犯罪者的人也审视那受害者的灵魂。

如果你们以公正的名义施行惩罚,加斧于罪恶之树,请你们也观察一下那树的根茎;

实际上,你们将发现善根与恶根、不育的根与丰产的根彼此交织在大地沉默的心中。

而你们这些力图主持公平的法官,

对于那躯体忠实而精神上是一个窃贼的人将如何判处?

对于那伤害他人肢体但实际自己在精神上受戕害的人,又将给予何种惩罚?

你们如何起诉一个有欺诈或压迫行为,但又是受到侵害和虐待的人呢?

你们又如何惩罚那些沉痛悔恨,所受折磨已超过所犯过错的人?

难道悔恨不正是你们所侍奉的法律实施的公正?

你们无法将悔恨加于无辜者身上,也无法使罪人免受悔恨的折磨。

它不邀自来,在午夜发出呼唤,人们会醒来,审视自己。

至于你们这些力图了解公正的人,如果你们不在至彻的光明中审视一切行为,又怎能了解公正呢?

只在那时你们才能明白,那升起的与沉落的不过是立于其侏儒黑夜与神性白昼之晨昏熹微中的同一个人。

而殿宇的隅石并不高于那最底层的基石。

法　律

然后，一位律师说，但我们的法律是怎样的呢，大师？

他答道：

你们乐于立法，

但更乐于破坏它们。

如同海边玩耍的孩子，孜孜不倦地搭建沙塔，再笑着将它们破坏。

不过当你们搭建沙塔时，大海又将更多的沙子带到海滩，

而你们摧毁沙塔时，大海又与你们同笑。

的确，大海总是同天真无知的人一起嬉戏。

但对那些生活不是海洋，人为的法律并非沙塔的人又如何呢？

对于那些以生活为岩石，以法律为刻刀，以自身为原型，在石上雕凿的人又如何呢？

对嫉恨舞者的残疾呢？

对喜欢挽轭，视林中麋鹿为迷途流浪者的公牛呢？

对无法蜕皮而称他人的赤裸为不知羞耻的老蛇呢？

对那些早早来到婚宴，饱足疲倦后宣称一切宴会都是对法律的亵渎，所有赴宴者都是犯法者的人呢？

对于这等人，除了说他们站在太阳下却背对太阳外，我还能说他们些什么呢？

他们只看到自己的影子，这影子就是他们的法律。

对他们来说，太阳除了投影者外还是什么呢？

莫非承认法律只是屈背俯首者追随自己投在地上的影子？

假如你们面向太阳行进,投射在大地上的阴影怎能将你们羁绊?

如果你们御风而行,什么样的风向标能为你们指示方向?

如果你们不在他人牢门前打碎枷锁,人为的法律怎能将你们束缚?

如果你们跳舞而不碰撞任何人的铁链,有什么法律会令你们害怕呢?

如果你们扯下衣衫,却不丢弃在任何人的路上,谁又会把你们带上法庭呢?

奥法利斯城的人们啊,你们可以掩住鼓声,松弛琴弦,但谁又能够下令禁止云雀歌唱?

自　由

一位演说家说,请给我们讲讲自由。

他答道:

在城门边,在炉火旁,我曾看到你们五体投地,膜拜自己的自由,就像奴隶在暴君面前卑躬屈膝,尽管他们备受他的戕害。

唉,在庙宇的丛林中,在城堡的阴影下,我曾看到你们中最自由者披枷戴铐般穿戴着自己的自由。

我的心在胸中滴血;因为只有当你们感到寻求自由的愿望也是一种束缚,只有当你们不再称自由是目标、是成就时,你们才是自由的。

当你们的白昼并非无忧无虑,你们的夜晚并非没有希望和悲伤,你们是自由的,

不过,当这些事物羁绊你们的生命,而你们超脱它们,赤裸而无拘无束,你们更是自由的。

你们在自己知识的黎明锁住了你们的正午,若不砸碎这锁链,你们如何能超越自己的昼夜?

实际上,你们所谓的自由正是最坚固的锁链,虽然它的链环在阳光下闪耀,迷惑了你们的眼睛。

你们想要丢弃以换取自由的,难道不正是你们自身的一部分?

如果那是一个你们想要废除的法律,这法律正是由你们的手写在你们的额头上的。

你们无法将它抹去,即使你们焚毁律典或倾大海之水来冲洗法官的额头。

如果那是一个你们想要废黜的暴君,先看看他竖立在你们心中的宝座是否已被摧毁。

因为如果他们的自由里没有专制,他们的尊严中没有耻辱,暴君怎能统治自由尊严的人?

如果那是你们想要摆脱的焦虑,这焦虑并非强加于你们,而是你们的选择。

如果那是你们想要驱散的恐惧,这恐惧是根植在你们的心里,而非恐惧对象的手中。

的确,期望与恐惧,厌恶与珍惜,追求与逃避,所有这一切始终相拥相伴在你们体内运行,恰似光与影彼此紧紧相依相随。

当阴影消逝,驻留的光将成为另一道光的阴影。

因此,当你们的自由摆脱桎梏,它本身将会成为更大自由的桎梏。

理性与热情

于是那位女祭司又开口说道:请给我们讲讲理性与热情。

他回答道:

你们的心灵常常是战场,在此你们的理性与判断同你们的热情与欲望彼此交锋。

我多么希望自己成为你们心灵和平的缔造者,将你们心中对立相争的成分变为和谐一致的旋律。

如果你们不是自身要素的和平缔造者,甚至不是钟爱自身要素的人,我又怎么能够做到?

你们的理性与热情,是你们航行中的灵魂的舵与帆。

假如你们的舵或帆被损坏,你们就只能在海上颠沛流离,或滞留海上。

理性独自弄权,是一种压制的力量;热情自由放纵,是燃烧一切直至焚毁自我的火焰。

因此,让你们的灵魂将理性提升至热情的极致,它将歌唱;

让你们的灵魂以理性引导热情的方向,这样你们的热情才会经历每日的复活,宛若凤凰从自己的灰烬中再生。

我希望你们把自己的判断和欲望视作你们家中两位深爱的客人。

你们显然不会厚此薄彼;因为过于偏重其中一位会使你同时失去他俩的友爱和信任。

在山中,当你们坐在白杨树荫下,分享远方田野的和平与宁静,——让你们的心在寂静中说:“上帝寄寓于理性。”

当暴风雨来临,狂风震撼森林,电闪雷鸣宣示云天的庄严宏阔,——让你们的心在敬畏中说:“上帝运行于热情。”

既然你们是上帝畛域中的一道气息,上帝森林里的一片树叶,那你们也应当寄身于理性,运行于热情。

痛　苦

一位妇人说,请给我们讲讲痛苦。

他说道:

你们的痛苦乃是包着你们悟性的外壳的破裂。

然而正如果核必定破裂暴露在阳光下,你们也必定经历痛苦。

每天,你们的心灵惊叹于生命的奇迹,你们的痛苦仿佛与你们的快乐一样奇妙;

你们将习惯心灵的季节变化,就像习惯接受来去于田野的季节变化。

于是,你们能够以宁静的心情看待你们悲凉的冬季。

你们的痛苦多是你们自己的选择。

它是你们体内的医生治疗你们病躯的苦药。因此请信任这医师,宁静地饮下他的药剂:

因为他的手,尽管沉重而坚硬,却由一只藏而不露的温柔的手在指引。

他端上的杯子,尽管烧灼你的双唇,却是由陶工用自己神圣的泪水打湿陶土而制成。

自　知

一位男子说,请给我们讲讲自知。

他回答道:

你们的心灵在静默中领悟日夜的秘密。

你们的耳朵却渴望倾听你们心灵的知识。

你们想用语言了解你们一向用意识了解的事物。

你们想用你们的手指触摸你们梦想赤裸的身躯。

这正是你们该做的。

深藏在你们灵魂中不竭的源泉的确需要涌现,潺潺地流向大海;

你们心中无限深处的宝藏将显露在你们的眼前。

但不要用天平称量你们不知的财富;

也不要用标杆或绳索测量你们的知识。

因为自我是无边无际无从度量的大海。

不要说"我发现了真理",

而应说"我发现了一条真理"。

不要说"我找到了灵魂的道路",

而应说"我遇到了漫步在我小径上的灵魂"。

因为灵魂漫步于一切道路。

灵魂并非直线前进,也不像芦苇般成长。

灵魂伸展绽放,就像一朵有无数花瓣的莲花。

教 育

然后一位教师说,请给我们讲讲教育。

他说道:

无人能够启悟你们,除了那半醒着躺在你们悟性晓光中的东西。

走在圣殿阴影下,行于其追随者中的导师,传授的不是他的智慧,而是他的信念和爱。

如果他的确睿智,就不会命令你们进入他智慧的堂奥,而是引导你们走向自己心灵的门户。

天文学家能向你们讲授他对太空的理解,但却无法赋予你们他的感觉。

音乐家能为你们唱出响彻四方的旋律,但却无法赋予你们捕捉这旋律的耳朵,或回应这旋律的歌喉。

精通数学的人能谈度量衡的领域,但却无法将你们引向那里。

因为一个人的洞察力不能将其羽翼借给另一个人。

就像你们每一个人都独自站在上帝的知识世界,你们每个人对上帝和世界的认识与理解也彼此独立。

友　谊

一个青年说,请为我们讲讲友谊。

他回答道:

你的朋友是对你需求的回答。

他是你的土地,你带着爱播种,带着感激的心情收获。

他是你的餐桌,你的炉灶,你饥饿时来到他身边,向他寻求安宁。

当你的朋友倾诉他的心曲,你不会害怕自己心中的"不",也不会掩抑你心中的"是"。

当他默默无言时,你的心也不会停止倾听他的心;

因为在友谊的不言中,所有的思想、所有的欲望、所有的期盼带着无声的欢乐同生共享。

在与朋友分别时,你也不会悲伤;

因为当他不在身边时,他身上最为你所珍爱的东西会显得更加醒目,就像山峰对于平原上的登山者显得格外清晰。

不要对你们的友谊别有他图,除了对深化精神境界的希冀。

因为只寻求显露自身秘密的爱并非真爱,而是撒出的网:网住的只是些无益的东西。

奉献你最好的,给你的朋友。

如果他定要知道你的落潮,那么也让他知道你的涨潮。

只在你想消磨时光时才去寻找的朋友,难道还是朋友?

言　谈

一位学者说,请为我们讲讲言谈。

他答道:

当你们无法与你们的思想和平共处,你们开始说话;

当你们无法继续栖身于心灵的孤寂,你们将转而栖息于唇舌,而声音成为一种娱乐与消遣。

在许多言谈中,你们的思想几乎一半被扼杀。

因为思想是一只属于天空的鸟,在语言的牢笼中它或许能展翅,却不能飞翔。

你们当中有些人因害怕独处而变得饶舌。

独处的沉寂向他们揭露他们赤裸的自我,于是他们逃逸。

有些人夸夸其谈,却缺乏知识与见地去阐述一个他们自己并不理解的真理。

有些人心中拥有真理,却从不付诸言语。

在这些人的胸中,精神生活在沉默的节奏里。

当你在路边或集市上遇到你的朋友,让你内中的精神启动你的双唇,引导你的喉舌。

让你声音中的声音对他耳朵中的耳朵言说;

因为他的灵魂将保留你心灵的真理,

犹如葡萄酒,当颜色被忘却,杯子也不复存在时,它的滋味仍将被铭记。

时　间

一位天文家说,大师,时间是怎样的呢?

他答道:

你们想度量那无限而不可测量的时间。

你们想按时序和季节调整你们的举止，甚至引导你们的精神。

你们愿意造一道时间的溪流，在岸边目送流水逝去。

然而你们心中的无限，意识到生命的无限。

它知道昨天不过是今天的回忆，明天不过是今天的梦想。

因此，在你们体内歌唱和思考的它，依然处于将星星撒落天宇的那最初一瞬的境界中。

你们之中谁会感觉不到爱的力量无穷无尽？

谁会感觉不到爱虽然无穷无尽，却仍羁束于他自身，无法在爱的思绪中和爱的行为中转移？

难道时间不就像爱，是不可分割没有间隙的吗？

但你们若认为以季节来衡量时间是必要的，那就让每个季节都包含其他季节，

让今天用记忆拥抱着过去，用希望拥抱着未来。

善 与 恶

城中的一位老人说，请给我们讲讲善与恶吧。

他答道：

我能谈论你们身上的善，但却无法说恶。

因为恶不就是被自己的饥渴所折磨的善吗？

的确，当善饿了，它甚至会到黑暗的洞穴中寻找食物；当它渴了，它甚至会从死水中取饮。

当你们和自己同一时，你们是善的。

但当你们和自己并非同一时，你们也不是恶的。

因为一间分开的房子并不就是贼窝,它只是一间分开的房子。

即使没有舵,船只也只是在险岸边漂摇不定,而不会沉沦海底。

当你们力求奉献自己时,你们是善的。

但当你们力求为自己谋利时,你们也不是恶的。

因为当你们力求为己获益时,你们不过是紧紧附着土地尽情吸她乳汁的根而已。

显然,果实不会对根说:"跟我学,成熟而丰满,总是奉献自己的丰裕。"

因为对果实而言,给予是一种必需,正如接受对于根是一种必需。

当你们在言谈中保持清醒时,你们是善的。

但当你们在睡梦中舌头盲目地摇动时,你们也不是恶的。

因为即使是含混不清结结巴巴地讲话,也会强健虚弱的舌头。

当你们阔步而坚定地向目标前进时,你们是善的。

但当你们蹒跚而行时,你们也不是恶的。

因为蹒跚而行的人并没有倒退。

不过强壮敏捷的人们,你们不要在残疾者面前跛行,以为那是善行。

你们的善展示于各个方面,在你们不善时,你们也不是恶的,

你们只是闲散或怠惰罢了。

遗憾的是,奔鹿无法教会乌龟敏捷。

你们的善寓于你们对自己的"大我"的渴求中;你们每个人都有这种渴求。

但你们中有些人的渴望,是咆哮着奔向大海的激流,载着山峦的

秘密和森林的歌曲。

而在其他人那里,这渴望是一道平缓的溪水,在抵达海岸前,就已在蜿蜒或回转中松懈下来。

但渴望丰裕的人不要对清心寡欲的人说:"你们何以如此迟缓而踌躇呢?"

因为真正的善者不会问赤身裸体的人:"你的衣服呢?"也不会问无家可归的人:"你的房屋怎样了?"

祈 祷

随后一位女祭司说,请给我们谈谈祈祷。

他回答道:

你们在痛苦或需要时祈祷;希望你们在快乐的满足中、在富足的日子里也会祈祷。

因为你们的祈祷不就是你们的自我向生命的太空的延伸吗?

如果将你们的黑暗倾入太空是为了你们的舒解,那么将你们的曙光倾入太空是为了你们的欣悦。

如果你们的灵魂召唤你们时你们只能哭泣,那么她会在哭泣中一再驱策你们,直到你们欢笑。

在祈祷中你们将升举云天,从而见到同在祈祷的人,以及那些除了祈祷时你们永远不会见面的人。

因此让你们对无形圣殿的造访,成为纯粹的欣喜和甜美的交流。

因为你们若只为寻求而造访圣殿,你们将不会被接待;

你们若为贬抑自己而来,你们也不会被提升;

甚或你们是为他人祈福而进入圣殿,你们也不会被倾听。

你们只要隐匿地进入圣殿,这就足够了。

我不能教给你们用言语祈祷。

上帝不会倾听你们的言语，除非是他自己引导你们从唇间吐出的话语。

我也无法教给你们海洋、森林和山峦的祈祷。

但你们，生于海、生于林、生于山的你们，可以在你们的心中找到它们的祈祷。

倘若你们在夜的寂静中倾听，你们就会听到它们在沉默中说：

"我们的上帝，也就是我们生翼的自我，是你的意志在我们体内行使意志。

"是你的愿望在我们的体内表达愿望。

"是你在我们体内的冲动，想把我们的，实际是你的黑夜，变为我们的，实际是你的白昼。

"我们不能向你索求什么，因为早在这需求在我们心中形成之前，你就已经洞悉了它。

"你就是我们的需求；当你把自己更多地给予我们时，你已将一切给予我们了。"

享　乐

一位每年造访城市一次的隐士走上前说，请给我们谈谈享乐。

他回答道：

享乐是一首自由的歌，

但它不是自由。

它是你们绽放的希望之花，

但不是它们的果。

它是深渊对峰巅的呼唤，

但不是深渊，也不是峰巅。

它是锁在笼中伸展的翅膀，

但又不是周围环绕的空间。

哦，千真万确，享乐是首自由的歌。

我愿你们全身心地歌唱它，却不希望你们在歌唱时迷失自己的心。

你们中的一些年轻人追求享乐，仿佛它代表一切；他们受到评判和谴责。

我既不会审判他们，也不会谴责他们。我让他们去追寻。

因为他们寻得的不仅仅是享乐；

享乐有七个姐妹，她们中最小的也比她美丽。

难道你们没听说过一个刨土寻根的人找到了宝藏的故事吗？

你们中的一些老年人懊恼地回忆享乐，仿佛那是一种醉酒后犯下的错误。

但懊悔只会让心智模糊，而不是受了惩戒。

他们应带着感激回忆享乐，就像回忆夏季的收获。

但如果懊悔使他们得到安慰，那就让他们获得慰藉吧。

你们中还有一些人既非充满追求的青年又非沉浸于回忆的老人；

他们在对追求和回忆的恐惧中躲避所有的享乐，生怕自己疏远或冒犯了灵魂。

但享乐也存在于他们的生活中，

因此即使他们用颤抖的手挖土寻根，他们也能找到宝藏。

不过请告诉我，有谁能冒犯灵魂呢？

夜莺会冒犯静夜，萤火虫会冒犯星空吗？

你们的火焰和烟云会冒犯风吗？

莫非你们以为灵魂是一池你们用一根木棍就可以搅乱的死水？

当你们极力抗拒享乐时，你们实际上是将享乐的欲望存储在一个休眠的自我中。

谁不知道今天似乎被冷落的会等待到明天？

即使是你们的身体也了解自己的天然本性和合理需求,不会被蒙蔽。

你们的身体是你们灵魂的琴瑟,

它会发出甜美动人的音乐,

或者嘈杂之声,那全在你。

现在你们心中疑惑:"我们如何辨别享乐中的好与坏呢?"

到你们的田园中去,你们就会知道采集花蜜是蜜蜂的乐趣,

而对于花朵,为蜜蜂提供蜜也是乐趣。

因为花朵对于蜜蜂是生命的源泉,

蜜蜂对于花朵是爱的使者,

对于两者,蜜蜂与花朵,奉献与接受的欢乐既是需要,也是无比情愿。

奥法利斯城的人们,像花朵和蜜蜂那样享受你们的欢乐吧!

美

一位诗人说,请给我们谈谈美。

他答道:

如果美不以自身为途径、为向导,你们到哪里,又如何能找到她呢?

如果她不是你们言语的编织者,你们又如何能谈论她呢?

伤心痛苦者说:"美是善良而温柔的。

"她像一位因自己的荣耀而半含羞涩的年轻母亲,走在我们的身边。"

热情奔放者说:"不,美是强烈而令人惊畏的。

"她如暴风雨般震动我们脚下的大地,摇撼我们头上的天空。"

疲惫怠倦者说："美是温柔的低语，她在我们的心中诉说。

"她的声音波动在我们的沉默中，犹似一道微弱的光在对阴影的恐惧中颤抖。"

但活泼好动者说："我们曾听到她在山谷中大声呼叫。

"随其呐喊而来的是足蹄踏地、翅膀拍击和雄狮怒吼的声音。"

夜晚，城市的守夜人说："美将与晨光一同从东方升起。"

正午，辛勤劳作者和长途跋涉者说："我们曾看到她透过黄昏之窗眺望大地。"

严冬，困在风雪中的人说："她将与春同至，雀跃于山峦之间。"

酷暑，收割庄稼的人说："我们曾看到她与秋叶共舞，雪花点缀于她的发梢。"

你们谈到关于美的所有这些，
实际并非关于她本身，而是关于你们未被满足的需求，
但美并不是一种需求，而是心醉神迷的欣喜。
她不是焦渴的唇，也不是伸出的空空的手，
而是一颗燃烧的心，一个充满喜悦的灵魂。
她不是你们想看到的形象，也不是你们想听到的歌声，
而是你们闭上眼睛看到的形象，堵住耳朵听到的歌声。
她不是伤残树皮下的树液，也不是悬在利爪下的翅膀。
而是一座鲜花永远盛开的花园，一群永远在天空飞翔的天使。

奥法利斯城的人们啊，当生命摘去遮盖她圣洁面容的面纱时，美就是生命。

但你们是生命，也是面纱。
美是凝视自己镜中身影的永恒。
但你们就是永恒，你们也是明镜。

宗　教

一位年迈的祭司说,请给我们谈谈宗教。

他说道:

难道我今天所讲的不都是吗?

难道宗教不是一切的行为和所有的反映,

以及那些既非行为又非反映,而是双手凿石或抚弄织机时涌入心田的一个奇迹和惊诧?

谁能够将他的理念与行为分开,或将他的信仰与职责分开?

谁能够将他的时间摆在面前说,"这份是上帝的,而那份是我的;这份属于我的心灵,而那份属于我的肉体"?

你们所有的时光都是在天空鼓翼、从一个自我飞向另一个自我的翅膀。

将道德视作最好的衣服穿在身上的人,不如赤裸着。

风和阳光不会使他们的肌肤伤裂。

以伦理规范自己行为的人,是将自己歌唱的鸟囚禁笼中。

最自由的歌不能从锁链和铁栅中传出。

视膜拜为时开时闭的窗户的人,尚未造访他的心灵之屋,此屋的窗户从黎明到黎明永远敞开。

你们的日常生活就是你们的圣殿和你们的宗教。

请带着你们的一切进入它。

带着犁耙和炼炉,槌棒和琴瑟。

带着你们因需要或喜爱而制出的常用之物。

因为在虔敬中,你们不可能升腾得比你们的成就更高,也不可能跌落得比你们的失败更低。

带着所有人进入它。

因为在崇拜中,你们不可能飞得比他们的希望更高,也不可能因自我菲薄而降得比他们的失望还低。

如果你们想认识上帝,那就不要去做解谜者。

环顾四周,你们会发现他在与你们的孩子玩耍。

仰望天空,你们会看到他在云端漫步,在闪电中伸臂,在雨水中降临。

你们会看到他在花丛中微笑,又在树上挥手。

死　亡

然后艾尔梅特拉又开口道:现在我们想向您请教与死亡有关的一切。

他说:

你们想知道死亡的秘密。

但除非在生命的心中,否则你们能在哪里找到它呢?

只在黑夜睁眼的猫头鹰,盲于白昼,不能揭开遮挡光明秘密的面纱。

假如你们真想一睹死亡之魂,那么请为生命之体敞开你们的心扉。

因为生与死是同一的,犹如河与海。

你们关于来世的知识悄隐于你们希冀与欲望的深处;

就像雪下甜梦的种子,你们的心梦想着春天。

相信你们的梦吧,因为其中隐藏着通往永恒的门户。

你们对死亡的恐惧,就像那个站在国王面前的牧羊人的战栗,他的头顶将荣幸地承接国王的手。

身承国王印记的牧羊人,在其战栗之余不也感到快乐吗?

但他为何更在意自己的战栗呢?

难道死亡不就是在风中裸立、在阳光下融化?

难道停止呼吸不就是让呼吸从无休的潮汐中解脱,使它得以升腾、扩展、毫无羁绊地去寻求上帝?

只有当你们在沉默之水中取饮,你们才真正歌唱。

只有当你们到达山顶,你们才真正开始攀登。

只有当你们的肢体被大地占有,你们才真正起舞。

告　别

已经是夜了。

女预言家艾尔梅特拉说,今日,此地,和你所倾诉的心灵,都有福了。

他答道:"难道我只是一个倾诉者? 我不也是一个倾听者吗?"

他步下圣殿的台阶,人们跟随着他。他登上他的航船,立于甲板上。

他再次面对人们,提高嗓音说道:

"奥法利斯城的人们! 风在催促我离开你们。

"尽管我不像风这般急切,但我不得不登程了。

"我们是些不停地寻找更孤寂道路的流浪者,我们的一天并不在另一天结束时开始;朝阳也不会在暮日离开我们的地方找到我们。

"甚至当大地沉睡时,我们也在赶路。

"我们是具有生命力的种子,当我们的心核成熟充实时,就被献给风,飘散四方。"

我在你们中间度过的日子十分短暂,我向你们倾吐的话语则更短。

不过,倘若我的声音从你们耳边远逝,我的爱在你们心中消失,

那我还会再来,

我将以一颗更充实的心和更灵性的唇说话。

是的,我将踏浪而来,

也许死亡会将我隐藏,更深的沉默会将我覆盖,但我将再次寻求你们的理解。

而我的寻找不会是徒劳的。

如果我讲到的是真理,那么真理会用更清晰和更亲近你们心灵的话语表达自己。

奥法利斯城的人们啊!我将与风同去,但不会陷入虚空;

如果今天不是满足你们需要和成全我的爱的日子,那么让它成为某一天能够实现的希望吧。

人的需要或许会改变,但他的爱不会变,他想以爱满足需要的愿望也不会变。

你们应当知道,我将从更深的静寂中归来。

黎明散去的雾留给大地的露水,升腾凝聚为云,又化作甘霖降落。

我与雾没有什么不同。

我曾在寂静的夜晚踯躅于你们的街头,我的灵魂飘入你们的房舍。

你们的心跳在我的胸中,你们的气息拂过我的面庞,我认识了你们所有的人。

是的,我体会你们的欢乐与痛苦,你们睡眠中的梦也是我的梦。

多少次,我像山谷中的湖泊置身你们当中。

我如明镜,映出你们的山峰,你们弯曲的斜坡,甚至徘徊于你们心头的思绪与欲望。

溪水中你们孩子的笑声,河流中你们青年的渴望,都飘入了我的心田。

当他们来到我心深处,溪水与河流仍不停止歌唱。

但有比笑声更甜美、比渴望更深切的东西,也进入了我的心田。
这就是你们身上的无穷性;
这是一个巨人,你们不过是他体内的细胞和肌腱;
他是一位歌者,你们的歌唱在他不过是无声的颤抖。
在巨人的体内你们才宏阔浩瀚,
我通过注视他,注视你们,热爱你们。
爱所能达到的地方哪处不属于这广袤的领地?
怎样的洞察力,怎样的期许,怎样的假设能飞越那领空?
这巨人如覆满苹果花的巨大橡树矗立在你们体内,
他的力量将你们缚于大地,他的芬芳将你们托至空中,在他的不
朽里你们永生。

你们常常听说,你们像最薄弱的链环一样脆弱。
此言半对。因为你们也像最坚固的链环一样坚强。
用你们的微行评价你们,就是以泡沫的脆弱推测大海的雄伟。
以你们的失败评判你们,就是责怪季节更替为反复无常。

的确,你们像大海,
尽管载重的航船停靠在你们的岸边等待涨潮,但就像大海,你们
不急于弄潮。
你们也像四季,
尽管在冬季你们弃绝了春天,
但眠于你们心中的春天,在睡梦中微笑,不以为然。

不要以为我谈论这些是为了让你们彼此说出"他盛赞我们。他
只看到我们的优长"。
我用言语告诉你们的,正是你们自己意识所领悟的。

难道言语的知识不正是无形知识的影子吗？

你们的意识和我的语言，是从我们封闭的记忆中涌出的浪潮，那记忆记录了我们的往昔，

记录了那些遥远的白昼，那时，大地不知道我们，也不了解她自己，

也记录了那些黑夜，当时大地在混沌困惑中辗转不安。

智者前来是给你们带来智慧，而我前来是求取你们的智慧：

因为我发现了超越智慧之物。

那便是在你们身上不断凝聚燃烧的精神，

而你们不曾留意它的发展，只为你们岁月的流逝悲悼哀叹。

这是生命在恐惧坟墓的肉体中追求生命。

这里没有坟墓。

这群山和平原是摇篮，是溪中垫脚的石头。

每当你们走过埋葬祖先的地方，请仔细观看，你们会看到你们自己和你们的孩子们手牵着手跳舞。

的确，你们常常不知不觉创造了欢乐。

也有其他人造访你们，为了他们对你们信仰的黄金般的许诺，你们付出了财富、权力和荣耀。

我给予你们的抵不上一个许诺，可你们对我更加慷慨。

你们给了我对生命更深沉的渴望。

真的，对一个人来说，世上最好的赠礼莫过于将他的一切希冀化为焦唇，将一切生命化为甘泉。

这里有我的荣耀和回报，——

每当我来到泉边饮水，我发现那生命之流也在干渴；

我饮它时，它亦饮我。

你们中有些人认为我高傲或过于羞怯而不愿接受馈赠。

我的确太骄傲而不愿接受酬报,但不是礼物。

虽然你们请我坐在你们餐桌旁时,我却以山间的莓果为食,

虽然你们邀我留宿时,我却睡卧于圣殿的门廊,

然而,不正是你们对我日与夜的护爱,使食物甜在我的口中,使美景萦绕于我的梦境?

为此我祝福你们:

你们的给予如此之多,而你们却不知晓。

的确,对镜自赏的慈悯,会变成顽石,

用种种美名自夸的善行,会化作诅咒之源。

你们中有些人以为我冷漠自闭,陶醉于自己的孤独,

你们说:"他与林中的树木攀谈,却不理会人类。

"他独坐山顶俯视我们的城市。"

的确,我曾登上高山峻岭,走过偏僻之地。

但若不从更高更远处,我又怎能看见你们?

若从未相远,人又怎能相近?

你们中的另一些人对我说,但不是通过语言,他们说:

"怪人啊,怪人! 爱慕无法企及的高度的人,你为什么要栖息在鹰隼都不筑巢的峰顶?

"你为什么总追求那不可能得到的东西?

"你想网罗的是怎样的风暴?

"你在空中捕捉的又是哪种臆想中的飞鸟?

"下来做我们中的一员吧。

"下来用我们的面包充饥,用我们的葡萄酒解渴吧。"

他们在灵魂的孤寂中这样说;

不过,他们倘若有更深的孤寂,便会了解我追寻的只是你们欢乐

与痛苦的秘密，

我捕捉的只是你们在空中飞行的大我。

但捕猎者也是猎物；

因为我许多离弦的箭只为寻找我自己的胸膛。

飞翔者也是爬行者；

因为当我的翅膀在阳光下伸展，投在地面上的阴影便是龟鳖。

而我这个笃信者也是怀疑者；

因为我曾常常用手指触摸自己的伤口，这样我会更加信任和了解你们。

凭借这信任和了解，我说，

你们不被躯壳束缚，也不受屋宇或地界羁囚。

你们的真我居于高山之巅，与风遨游四方。

它不是一只趋日求暖、掘洞求安的动物，

而是一个自由自在、包容世界、在空中翱翔的精魂。

如果这些话朦胧含混，也不要试图澄清它们。

朦胧代表一切事物之始，而非其终。

而我愿让你们在记忆中视我为一个开端。

生命，乃至一切有生者，均在雾中，而非水晶中孕育而成。

但有谁知道那水晶只是衰亡的雾？

我希望你们忆起我时能记住：

你们内中看上去最孱弱和最惶惑的，正是最强劲和最坚执的。

难道不是你们的呼吸支撑了你们的骨架，使之坚强？

难道不是你们谁都不记得的梦建起了你们的城堡，营造了里面的一切？

如果你们见到过那呼吸的潮汐，你们就会对其他一切事物视而不见；

如果你们听到过那梦中的低语，你们就会对其他一切声响听而不闻。

但你们既不看，也不听，这样也好。
因为遮盖你们眼帘的面纱，将由编织它的手掀起，
堵塞你们耳道的泥巴，将由揉捏它的手指穿透。
因而你们将看到，
你们将听到。
不过你们不应因曾经盲目或耳聋而痛悔。
因为在那些日子里，你们会了解万物隐匿的目的，
从而祝福黑暗，就像祝福光明一般。

说完这些话，他环顾四周，看到自己航船的舵手立于舵旁，凝视着张满的帆，继而眺望着远方。
他于是说道：
耐心等待着，我的船长还在耐心等待着。
风已起，帆躁动；
即使锚也在请求起航；
但我的船长还在静候着我的沉寂。
我这些听过浩海更宏伟合唱的海员们，也在耐心地听我诉说。
现在他们不用再等待了。
我已做好准备。
溪流已奔入海洋，伟大的母亲再次将她的儿子揽入怀抱。

别了，奥法利斯城的人们！
这一天已经结束。
它在我们心上闭合，就像莲花休闭于自己的明天。
我们要保存这里施与我们的一切，
如果不够，那我们必须再次相聚，一起向馈赠者伸出手臂。

不要忘记，我将会回到你们的身边。

再过一会儿，我的愿望就要为另一个躯体聚集微尘与泡沫。

再过一会儿，在风中小憩片刻，另一位女子就会孕育我。

别了，你们！别了，我在你们中度过的青春时光！

就在昨日我们还曾在梦中相会。

你们在我的孤寂中为我歌唱，而我，在空中为你们的渴望建起一座楼阁。

而现在，我们的睡眠已经逃逸，我们的梦境已经结束，且已非黎明时分。

日已当空，我们的混沌已到了完满的白昼，我们必须分离了。

假如在记忆的朦胧中我们再次相聚，我们将畅谈，而你们将会为我唱一曲更深情的歌。

假如我们的双手在另一个梦中相握，我们将会在空中搭建另一座楼阁。

说话间，他向水手示意，他们立刻拔锚起航，离开泊位，向东方驶去。

哭声从人群中响起，就像从同一颗心中迸发出来，融入暮色，如喇叭呜咽，在海面上回荡。

只有艾尔梅特拉沉默着，目光追随着航船，直到它消失在雾中。

当人们全都散去，她仍独自立于海堤上，在心中回味着他的话语，

"再过一会儿，在风中小憩片刻，另一位女子就会孕育我。"

伊宏　伊静　译

先知园

一

艾勒－穆斯塔法，被选与被爱者，时代的骄阳，在特希林月①——回忆的月份，回到了他出生的岛屿。

他的船渐渐驶近港口，他站立船头，水手们围聚在他的身旁，他的心中回归故土的喜悦油然而生。

他言道，他的话音里有大海的呼啸声："看！这是我们出生的岛屿。就在这里，大地将我们掷出，如歌似谜。歌，升上天空；谜，沉于大地。除却我们的热情之外，天地之间，还有什么能传播这歌声，猜解这谜语呢？

"大海再次让我们在海边出生，我们只是它滚滚而来的又一排波浪。大海推送着我们，是为了让我们传播她的话语，但是，若不将我们的心在岩石和沙滩上撞个粉碎，又如何能完成此举？

"这是水手和大海的法则：你若向往自由，你就须化作云雾。一切无形之物，都总在把形式探求。即使是这无数星斗，也想变成日月。我们苦苦寻求，现在重归此岛，以这般凝固的形式。我们必须再次化作云雾，必须从头学起。若非被击碎化作热情与自由，难道还会有什么能永恒、能升腾吗？

---

① 特希林月："特希林"在叙利亚历中包括十月和十一月两个月份，十月称"特希林·奥沃勒"（即"第一个特希林"），十一月称"特希林·萨尼"（即"第二个特希林"）。

"我们将永远寻求海岸，我们将在那里欢歌，会有人听到我们的歌唱。但是，如果没有能听到歌声的耳朵，那浪花的粉碎又为了什么？是我们不能听到的东西，培育了我们深深的悲哀，它塑造了我们的心灵，并赋予我们的命运以形式。"

这时，一位海员走上前来说道："大师①，你带领着我们的思念，回到这港口，今天我们回来了，可你又谈起悲哀和将要破碎的心。"

艾勒－穆斯塔法回答道："难道我没同时谈到自由，然后又谈到云雾——那最大的自由吗？尽管如此，我确是带着某种痛苦来朝拜我诞生的岛屿，就像一个献祭的惊魂，跪倒在他的宰杀者面前。"

另一位水手说道："看哪！海堤上聚集着许多人，他们在静默中已预告了你来临的日子，甚至到达的时辰。他们带着爱的需求，从田野和葡萄园聚到此处，等待着你。"

艾勒－穆斯塔法向远处的人群望去，他内心充满了对他们的思念之情，但他沉默不语。

接着人群中传出一阵喊叫声，这是充溢着怀念和祈求的呼声。

他望着他的水手们说道："我给他们带来了什么？我原是个远方的猎手，我目标准确，有力地射出了他们赠我的金箭，但我一无所获。我也未去追寻箭矢，如今它们也许与不落地的雄鹰的羽翼一起，飘散在太阳下。也许已坠落于需要它们的人之手中，这些人要用它们换取面包和醇酒。

"我不知它们落在何处，但我知道，它们曾在天空中划出过自己的弧线。

"即使事情是这样，充满爱之手仍寄托于我身。你们，我的水手们啊，你们仍驾驭着我思想的风帆。**我将**不会缄默无言。当时序之**手扼住我的咽喉**时，我将大声疾呼；当火焰燃到我的唇边时，我将歌唱。"

他们的心被他所说出的话所困扰着。他们中的一个说道："大

① 大师：原文为 Master，有主人、名手、教师、大师、先生等多种意义。

师,请教导我们一切! 也许我们能领悟你的所言,因为我们的血管里流动着你的血,我们的呼吸里吐纳着来自你的芬芳。"

他回答了他们,此刻他的声音如风吹动一样,他说:"你们把我带至我出生的岛屿,是让我成为一位导师吗? 我至今仍未被囚入智慧的樊笼,我还年轻幼稚,尚难谈论一切,只能谈及自我——那永远是深沉对深沉的呼唤。

"让渴求智慧的人,到黄色的金凤花或一把红土那里去寻求智慧吧! 而我仍将是歌者,歌唱大地,歌唱你们失去的梦,那在白昼都徘徊于睡眠与睡眠之间的梦。而我将不停地凝望大海。"

现在,船已驶入港口,且抵达了防波堤,于是他踏上了自己降生的岛屿,再次置身于亲朋好友之间。一阵热烈的呼喊从人们心底升起,以至越发增添了他心中回归故里的孤独感。

人们一片寂静,期待着他的声音。但是他并没有回答他们,回忆的惆怅笼罩了他,他心中哀语:"我说过将要歌唱吗? 不,我只能开启双唇,让生命之声迸发出来,融进风中,去寻求欢乐和支持。"

这时,卡莉玛,曾和他一同在母亲的花园里嬉戏过的童年伙伴,说道:"你把自己向我们隐藏起来已有十二载。这十二年来我们始终在渴望听到你的声音。"

他格外温柔地望着她,因为在死亡之神的白翼将他母亲揽去时,是她为他的母亲阖上双眼。

他回答说:"十二年,卡莉玛,你是说十二年吗? 对于我自己的思念,我从不用星斗运转的标杆去衡量,也从不以声音去探测它的深度。因为,爱一旦成为乡愁,空间的尺度和时间的声音就无能为力了。

"短暂的瞬间,包含了长时间的分离。而分离不是别的,只是思想上的疲惫。我们彼此也许并不曾分离。"

艾勒 – 穆斯塔法望着众人,望着所有那些年老的和年轻的,健壮的和瘦弱的,他们有的因风吹日晒而面色红润,也有的面色苍白。每个人的脸上都闪着渴望和探求之光。

他们中的一个说道:"大师,生命总是苦涩地对待我们的希望与欲求,我们心烦意乱,不得其解。我求你给我们些宽慰,且为我们解开忧愁。"

他的心带着怜悯,说道:"生命比一切有生命的事物都更古老。即使美,在降临世界之前,它已被插上翅膀;而真理被说出之前,它也早已是真理。

"生命在我们的沉默中歌唱,在我们的睡眠中编织着梦。甚至在我们受挫折、被击败时,生命仍然高高踞于王座之上。当我们哭泣时,生命对着白天微笑;当我们羁绊于镣铐时,生命仍将是自由的。

"我们常常给生命冠以悲苦的名称,其实那只是我们自己因灵魂晦暗而痛苦。我们常常认为生命空虚而无益,其实只是我们的灵魂迷于荒野,我们的心过分沉醉于自我。

"生命深奥、崇高、遥远,但它又是近切的,纵然你们极目远眺,但只能看到它的脚踵。只有你们的呼吸的气息,才能达到它的心田;只有你们的影子的影子,才能掠过它的面颊。你们最轻微啜泣的回声,会成为它胸中的春天和秋天。

"生命被蒙上面纱之后,它像你们最伟大的灵魂一样,是被遮盖被隐匿的。当生命发言时,所有的风都变成了词句;当生命再次讲话时,你唇上的微笑,眼里的泪水,也都将会变成词句。当它在唱歌时,聋人也能听见且被慑服。当生命走来时,盲人也能看见她,并带着惊异追随其后。"

至此,他停下来不再言语。人群一片寂静,在这寂静中有一首听不到的歌慰藉了他们心中的寂寞和痛苦。

二

他离开了人们,沿着那条直通他的花园的小路走去。那花园过去曾是他父母的花园,如今他们两位及他们的祖辈都在此长眠。

有些人还想追随他而去,他们看到的是一个归来者,孤独一人。因为他的亲人已无一人在世,无一人能按习俗为他设宴洗尘,欢迎他的到来。

但是船长劝告他们说："让他独自去吧。因为他的食物是孤独的食物,他的杯中是他情愿独饮的回忆的酒酿。"

船员们停下了脚步,因为他们知道,情况正如船长所说。聚集在海堤上的人们,也克制了他们冲动的脚步。

只有卡莉玛跟在他身后的不远处,思忖着他的孤独和回忆。她默然不语,而后又转身向自己的家走去,在花园里的杏树下哭了,虽然她并不知为何而哭泣。

三

艾勒－穆斯塔法走来,寻得他父母的花园,走了进去。他关上园门,以免别人再进来。

他在这座花园里独居了四十个昼夜。没有人来过,甚至无人踏进过园门,因为它是关着的,所有人都知道他情愿独处。

四十个昼夜过去了,艾勒－穆斯塔法打开园门,以使人们可以进来。

于是来了九个人与他做伴:三个是他船上的水手,三个是曾在圣殿服务的人,三个是儿时一起玩耍的伙伴。他们全是他的信徒。

一天早晨,弟子们围坐在他的身旁。他的目光深邃,且带着回忆。一位叫哈菲兹的门徒对他说道:"大师,请给我们谈谈奥法利斯城①那个你度过十二载的地方吧。"

艾勒－穆斯塔法依然沉默着。他把目光投向远处的山峦,投向无垠的太空。在他的沉默里有一场鏖战。

接下去他说:"我的朋友们,我的同道! 怜悯这个信仰繁多却无宗教的民族吧!

"怜悯这个不织而衣,不耕而食,不酿而饮的民族吧!

---

① 奥法利斯城:主人公返回故乡前曾在此城羁留十二载,见《先知》。

"怜悯这个把恃强凌弱者赞为英雄,把骄纵的征服者视为慷慨的民族吧!

"怜悯这个在睡梦中鄙视激情,醒来时又屈从于情欲的民族吧!

"怜悯这个只有出殡时才高声叫喊,面对颓垣断壁还在夸耀,只有刀剑架在颈上时才反抗的民族吧!

"怜悯这个政治家是狐狸,哲学家是骗子,艺术则是补缀和因袭的民族吧!

"怜悯这个敲打着欢迎他们新的统治者,接着用嘘声将他送走,而后又吹吹打打欢迎另一个新的统治者的民族吧!

"怜悯这个智者因年高而变成聋哑,强者则依然躺在摇篮里的民族吧!

"怜悯这个四分五裂,各自为政的民族吧!"

四

接着,一个人说道:"现在该是向我们讲述在你心中翻腾,嘴上却未曾吐露出的那些事情的时候了。"

艾勒－穆斯塔法注视着这位言者。他的声音里溶进了星辰的歌唱。他说道:"在你清醒的梦中,当你处于平静之时,谛听内心深处的轻诉。那时你的思绪轻盈飘荡,如雪花自天而降,为你心中的每一个忧闷,披上洁白的静谧衣裳。

"那觉醒的梦,难道不是扎根在你们心中那株大树上开花绽蕾的云朵吗?你们的思想难道不是你们心灵的风儿吹洒在山丘田野的花瓣吗?

"你们期待着安全、宁静,直到你们身上无形的东西成为有形,这如同那云朵,它汇聚、它浮游,直到上帝祝福之手将其灰色的愿望化作细小的晶石:太阳、月亮和星星……"

然后,半信半疑的谢尔基斯说道:"但是,春风即将来临,我们梦幻和我们思想的积雪是否将全部融化,不留一点痕迹?"

他回答道："当春天来临,在沉睡的树丛和葡萄园间寻找其所爱时,冰雪的确会融化,汇入小溪,寻找山涧,以便成为向桃金娘和月桂树捧上醇饮的侍者。

"当你的春天来临时,你心中的冰雪将会融化,正因为如此,你的秘密将会奔向小溪,去寻找山谷中生命的河流,而河流会拥抱你的秘密,将它带向大海。

"当春天来临时,万物都会融化,并变作歌声。甚至像星星,这纷纷扬扬飘洒在更广阔田野中的巨大雪花,也将融入歌唱的小溪。当太阳的面庞从辽阔的地平线上升起时,所有凝结的、和谐的东西,怎会不化作流动的旋律呢? 你们中又有谁不愿成为把杯盏举向桃金娘和月桂树的敬酒者呢?

"仅在昨日,你们还在汹涌的大海上漂荡,没有海岸,也没有一个自我。于是风——生命的气息,编织着你,在她的脸上罩上一层光的面纱;然后她的手将你们聚拢,并赋予你们形态,使你们高昂着头眺望远方。但是大海紧随着你们,她的歌声仍会相伴着你们。虽然你们已忘记了自己的出身,大海将永远肯定着她的母爱,永远把你们召唤到身边。

"当你们在群山和沙漠间徘徊时,你们将永远记起她清凉的心的深度。尽管你们常常不知道自己渴望着什么,其实,你们是渴望着她的辽阔和她带着韵律的宁静。

"除此之外,她还能如何呢? 当雨露在山间丛林和花园凉亭间与树叶嬉戏时;当瑞雪飘下祝福和约言时;当你在山谷里赶着羊群走向河畔时;当小溪像银色的带子,围裹着你的田地的绿色衣裳时;当清晨的露珠在你的花园里映出天空的倩影时;当雾霭半遮住你的草场上的路径时,在所有这些时候,大海都与你同在。她是你遗产的见证人,要求着你的爱。

"雪花融水正是从你们身上奔流而下,归入大海。"

五

一天早晨，当他们信步园中时，园门外出现一个女人的身影，她就是卡莉玛，艾勒－穆斯塔法曾在童年时代视作姐妹一样爱过的人。她默默无言，站在那里，也不把园门敲响，只是热切而又忧郁地向园内凝视。

艾勒－穆斯塔法看出她眼中的期望，便急速来到墙边，打开园门。她走了进来并受到欢迎。

她开口说道："是何故使你离开我们大家，使我们不能沐浴你的容光？看，多年来我们爱着你，热切地企盼你平安归来。现在人们呼唤着你，想能与你交谈。我便是他们的信使，来恳求你让大家见你，对他们宣讲你的智慧，抚慰我们破碎的心灵，启迪我们的蒙昧。"

艾勒－穆斯塔法注视着她，说道："倘若你不把所有的人视作智者，那就不要把我唤作智者。我只不过是依然挂在枝头的一颗未成熟的果实，直到昨日，我仍不过是一朵花蕾。

"也千万不要把你们中的任何一位视为愚者，因为我们实际上既非智者亦非愚者。我们是生命之树上的绿叶，生命本身既超出智慧，当然也高于愚昧。

"我真的远离过你们吗？难道你们不知道，除了那灵魂不能跃过的想象力的空间外，人们之间是没有距离的。当灵魂超越了这段距离时，这距离本身就变成灵魂的节奏了。

"你们和你们不友好的近邻之间的距离，实际上远比你们和远在千山万水之外的你们所爱的人之间的距离要大得多。

"这是因为，在记忆中并不存在什么距离，只有在遗忘之中才有鸿沟，那是你们的声音和目力无法达到的。

"在大海之岸和高山之巅中间，有一条秘密通道，在你们与大地之子结为一体之前，你们必须穿越它。

"在你们的知识和悟性之间，也有一条秘径，你们在和人类进而和你们自身融为一体之前,必须发现它。

"在你施与的右手和接受的左手之间,有一片广漠的空间,只有让你的双手同时施与并接受时,你才能把它们带到没有这片空间的地方。因为只有懂得你们既无所施,亦无所受,你们才能征服这一空间。

"确实,最远的路绵延于你们的梦幻和你们的觉醒之间,横亘在你们的行为和你们的欲望之间。

"在你们和生命融为一体之前,还有另一条你们必须穿越的路。但是关于这条路,我现在不想提及。我看到你们经过长途跋涉,已经感到疲倦了。"

六

然后,他和这位女子及九个门生向前走去,一直来到市场。他和人们,和他的朋友们及邻居们攀谈着。他们的心中充满喜悦并让喜悦浮现在眼睑上。

之后,他说道:"你们在睡梦中成长,在梦幻中度过你们更丰富的生活。你们在感谢中度过白昼,感谢在静谧的夜中获得的一切。

"你们常常在思考,并把夜当作休闲的时节谈及,其实,夜本是寻觅和奋发的时节。

"白昼赋予你们知识的力量,教你们的手指精于受取的艺术;而夜把你们带向生命的宝库。

"太阳教导万物向往光明,而夜却让它们升华,带它们接近星辰。

"宁静的夜在林间树梢和园圃花朵上编织着婚礼服,而后又摆开丰盛的筵席和布置好洞房;在这神圣的静默气氛中,'明天'在时光的母腹中渐渐形成。

"尽管黎明时的醒觉会抹去记忆,但梦幻中的盛宴一直排列着,那洞房永远等待着。"

他停顿了片刻,众人也沉默着,等待着他说下去,于是他再次开口言道："你们是灵魂，虽然行动于身体；正如油在黑暗中燃烧，尽管被许多灯台举托着，它仍是火焰。

"假如你们只是一些躯壳，那我立于你们面前，对你们宣讲，便毫无意义了，就像一个死人与一批死人对话一样，但事情并非如此，因为你们身上的不朽之物，不管在白天还是在黑夜，都是自由的，不能被囚禁和束缚的，这是最高主宰的意愿。你们恰和风儿一样，是他不能被捕捉、被囚禁的呼吸。我本人，同样也是他吐纳中的一次呼吸。"

他从他们中走开，匆匆朝园中走去。

谢尔基斯，那个半信半疑者，开口说道："大师，对于丑恶，你将说些什么呢？你从未谈及过丑恶。"

艾勒－穆斯塔法回答了他。他的言词像鞭子一样抽动。他说道："我的朋友，哪有人经过你家而未敲门，却称你对他冷淡呢？

"哪有人会用一种你听不懂的奇怪的语言对你说话，却认定你是聋子，并说你漫不经心的呢？

"你称之为丑恶的，难道不正是你从未努力去达到，从未想深入其心底的事物吗？

"倘若丑恶真是什么，那它至多不过是像我们的眼屎和耳垢那些东西。

"我的朋友，不要将任何一件事物称之为丑恶，因为丑恶只不过是一个灵魂在其回忆面前的恐惧。"

七

一天，他们坐在白杨树的浓荫下，其中一人说道："大师，时间使我感到害怕。它从我们的身边掠过，掠去了我们的青春，它拿什么来补偿我们呢？"

他回答道："抓一把肥沃的泥土，你可曾发现一颗种子或一只小虫在其间吗？如果你的手掌宽阔且能支撑着持续足够的时间，这颗种子也许会长成一片森林，这小虫也许会变成一群天使。不要忘记那把种子化作森林,把小虫变作天使的岁月,它们只是一瞬,全部岁月不过是瞬息一刻间。

"除了我们变化更替着的思想外,什么是岁月的季节呢? 春天是你胸中的苏醒,夏天只是你们的丰硕果实的见证;秋天不正是对你们生命中存在着的婴儿唱的一首古老的催眠曲吗? 至于冬天,我问你们,除了是伴着其他季节沉睡外,还能是什么呢?"

这时,好奇的门生玛努斯,看着自己的四周。他看到一丛菟丝花攀附在一棵无花果树上,于是说道:"看这些寄生物,大师,它们低垂着困倦的眼睑,从这坚实的太阳之子身上窃取光明,并从它们攀附的主干的枝叶间吮吸那丰富的乳液。关于它们,你会怎么说呢?"

他回答道:"我的朋友,我们都是寄生者。我们辛勤劳动,把泥草变成悸动的生命,但我们却并不比那些直接从泥草中汲取生命而不知泥草为何物者高明。

"难道一位母亲会对自己的孩子说:'我要把你送回森林,它是你更伟大的母亲,因为你让我心趋于疲惫'?

"难道歌手会叱责他的歌儿,说:'立即回到你来的那个荡着回声的声穴中去吧! 因为你的声音耗尽了我的呼吸'?

"难道牧人会对他的幼小的羔羊说:'我已经没有牧场可带你们去,因此随你们被宰杀,做一个祭坛上的牺牲品吧'?

"不,我的朋友,所有这些问题,在它们提出之前就早已有了答案,就像你的梦幻,在入睡之前就已实现。

"我们按照那古老而永恒的法律彼此依存,让我们就这样生活在爱与善之中吧! 我们在孤寂中彼此探寻,当我们不能围炉而坐时,我们就踏上旅程。

"朋友们! 兄弟们! 这最宽广的道路是你们的同伴。

"这些依附大树而生的花藤,在恬静的夜中吮吸着大地的乳汁,而大地在其宁静的梦中吮吸着太阳的乳汁。

"太阳,正如你们的、我的、万物的情形一样,它光荣地同坐于门户永远开放的、伟大君王永设的宴席上。

"玛努斯，我的朋友！万物靠着万物而生存，万物靠着无边的慷慨与信任，在至高无上者的慈怀中生存。"

八

一天清晨，夜色尚未褪尽，大家一同漫步在花园中。他们遥望着东方，静默地面对冉冉升起的太阳。

过了片刻，艾勒－穆斯塔法用手指点着太阳，说道："太阳在晨露中的形象不亚于太阳本身，生活投射在你们灵魂中的倩影，也不亚于生活本身。

"一滴露珠反射出阳光，因为朝露和阳光是同一事物；你们反射出生活，因为你们和生活是同一事物。

"当黑暗笼罩你们时，你们说：'黑暗是尚未诞生的黎明，尽管我承受着黑夜分娩的痛苦，但是黎明终将降临于我，就像它终将在小丘之上诞生一样。'

"薄暮中，在百合花瓣上滚动的露珠和在上帝心间聚集灵魂的你们，二者并无不同。

"倘若一滴露珠说：'一千年过去了，可我还是一颗露珠！'那你们对它说：'莫非你不知道，全部岁月之光不都在你的圆环中闪耀吗？'"

九

一天夜晚，一场风暴席卷了这个地方。艾勒－穆斯塔法和他的九位门生，在遒劲狂风中走进房屋，静默地围坐在炉火旁。

过了一会儿，一位门生说道："大师，我很孤独，时间的铁蹄沉重地踏在我的胸膛上。"

艾勒－穆斯塔法起身立于他们中间，以狂风暴雨般的声音说道："孤独！？孤独又怎样？你孤独地来到这个世界，你将孤独地消逝在云雾中。

"那么,你就默默地、孤独地啜饮你的杯盏罢! 秋日已经给别的嘴唇以别的杯盏,在其中斟满了苦酒与甜酒,正如它们从前同样斟满过你的酒杯。

"独饮你的杯盏吧,即使那杯中有你的血泪之味。感谢生活赐你干渴吧。你的心若没有焦渴,那颗心将只是贫瘠的空岸和枯海,既无歌声,亦无潮汐。

"独饮你的杯盏吧,但要带着欢乐自斟自饮。

"将杯子高高举过头顶,为所有独饮者干杯!

"一次,我寻找伙伴,与他们同席痛饮。但他们的酒既不能升上我的头顶,也不能浇灌我的心田,只是降至我的足底。我的智慧枯竭,心扉关闭,只剩双脚同他们周旋于云山雾嶂之中。

"从此,我不再寻找伙伴,也不去他们宴席桌边与之共饮。

"因此,我对你说,虽然时间的铁蹄沉重地践踏在你的胸膛之上,那又怎样? 对你来说最好不过是独饮你的忧愁之杯,一如独饮你的快乐之杯。"

十

一日,当希腊人费尔德鲁斯漫步入园时,他的脚被石头绊了一下,很生气。他转身捡起那块石头,低声骂道:"你这个挡路的死东西!"并把石子远远抛去。

被选与被爱的艾勒－穆斯塔法问道:"你为什么说'你这死东西'? 你在这花园里已度过很长久的日子,难道不知道这花园里就没有死物吗? 所有东西都在白昼的广博和黑夜的崇高中焕发着生命。你和那块石头本是同一事物,所不同的只在于脉动。你的心跳得比它稍快一些。不是这样吗,我的朋友? 是的,你的心跳得快一些,不过却没有它跳得那样平静泰然。

"那石头的节奏也许是另一种韵律,但是我对你说:如果你同时在心灵的深处和天穹的高处进行测量，那你听到的将是同一旋律，石头和星星一起以完美和谐的音调同唱着一首歌。

"倘若我这番话语不能使你领悟，那就把它留给下一个黎明吧！如果因为你在盲目疏忽中被石头绊了一下而对它发出诅咒，那么当你的头碰到天上的星星时，你也会对它发出诅咒。但是当某天你像小孩子摘采山谷的野百合一样聚敛着石头和星星时，你便会明白，一切事物都是生命洋溢，散发着芬芳。"

十一

一周的第一天，当神殿的钟声传到他们的耳际时，他们中的一位言道："大师，我们在这里听到很多关于上帝的谈论。你对上帝有何说法，上帝究竟是谁呢？"

艾勒－穆斯塔法站立在人群之前，像一株不畏狂风暴雨的生机勃勃的大树，他回答道："亲爱的伙伴们！现在请你们想象一下，想象一颗包含着你们所有心的心，一种囊括了你们所有爱的爱，一颗充溢了你们所有灵魂的灵魂，一个融汇了你们所有声音的声音，一种比你们所有的沉默都更深沉，更无穷无尽的沉默。

"之后，再请你们努力去领悟，领悟一种比所有的美丽都迷人的美丽，一首比大海和森林更深沉辽阔的歌，一种紧握权杖高踞于王位之上的庄严；在这庄严的御座前，天狼星不过是一只脚踏，北斗七星也只不过是权杖上几颗闪烁的露珠。

"你们总是只追寻禄食和居所，衣服和权杖，那么现在去追寻'唯一'吧，它既非你们的箭矢之的，也非你们躲风避雨的岩洞。

"如果我的话语是一块岩石，是一条谜语，那你们就不遗余力地去追寻吧，直到你们的心扉洞开，你们的疑问与困惑将把你们引向那至高无上者的爱与智慧之中，那至高无上者被人们称作上帝。"

人们都沉默不语，他们内心激荡且深感困惑。艾勒－穆斯塔法顿生怜悯之情。他慈蔼地望着他们，说道："我们现在不要再谈及上帝,不要再谈那至高无上者了,且让我谈谈来自你们邻居和你们兄弟之中的众神,那游动于你们屋旁、田野上的大自然元素吧!

"你们都愿带着幻想升入云端,以为那便是至高之处;你们都愿跨越浩瀚的大海,以为那便是至远之处。但是,我告诉你们,当你们在大地播下一粒种子,你们便达到了更高之处;当你们向邻人欢呼晨光之美时,你们便已跨越了更浩瀚的海洋。

"你们总是歌颂着上帝,这无极之神,但实际上你们却听不到这颂歌。但愿你们听到了小鸟的啼唱,听到了树叶被风吹离时的沙响,莫要忘记,我的朋友们,这些树叶只有在脱离树枝时,它们才会歌唱!

"我要对你们重复我的告诫:不要轻易谈论上帝,他是你们的一切。最好谈论并彼此理解,邻人对邻人,一位神明对另一位神明。

"如果雌鸟飞向高空,那巢中的小鸟何以为食?如果蜜蜂不在秋牡丹间传媒授粉,那田野间的秋牡丹又如何完成花期?

"只有当你们迷失于你们的'小我'之中时,你们才会去寻找你们称之为'上帝'的苍天。但愿你们能奋力追寻通往你们'大我'的道路,但愿你们能少一点惰性,以奋勉铺好这通衢大道。

"我的水手们!朋友们!少谈论些我们无法理解的上帝,多谈论些我们可以理解的彼此,这才是明智之举。尽管如此,我还是想让你们明白,我们是上帝的气息和馨香,我们就是上帝——在树叶中,在花朵上,更在果实里。"

十二

一天早晨,太阳已经高高升起,一位门生,他童年一起玩耍的三个伙伴之一,走近他说道:"大师,我的衣服已经破烂不堪,我又无其他衣服可穿,请让我离开一会儿去市场讨讨价,也许能购得一件新衣。"

艾勒-穆斯塔法注视着这个青年人,说道:"把你的衣服给我。"于是这青年照做了,赤裸着站在日光下。

艾勒－穆斯塔法说话了，他的声音好似小马驹在大道上奔驰：“只有赤裸者才能生存于阳光下；只有质朴无华者，才能驾驭长风；只有孤独地迷失过上千次者，才能回归故里。

“天使已对聪明者感到厌倦。就在昨天，一位天使对我说：‘我们为那些灿烂辉煌者创设了地狱。除了烈火之外，还有什么能抹去一副闪光的外表，能将一物熔化并显示其本质呢？’

“我说：‘但你们在建造地狱的同时，也建造了那些司掌地狱的魔鬼。’而天使回答道：‘不，司掌地狱的是那些烈火对他们无能为力的人。’

“聪明的天使，她谙知分辨人与半人的方法。她是六翼天使①中的一位，她降临大地是为了在那些先知受到聪明诱惑时，帮助他们。毫无疑问，当先知们欢笑时，她会欢笑，当先知们哭泣时，她也会哭泣。

“我的朋友们和水手们，唯有赤裸者才能生活于阳光之下；唯有无舵的舵手，才能在更辽阔的海上劈波斩浪；唯有与夜同暗者的心灵，才能与黎明一起觉醒；唯有在雪下与根茎共眠者，才能追赶上春天。

“这是因为你们就像根茎，是的，正像根茎那样单纯，但你们有取之大地的智慧。你们沉默不语，但在你们尚未萌发的枝叶间，蕴藏着春天的四重奏。

“你们柔弱且尚无定形，但你们是参天橡树的发端，也是巨柳的前兆。

“我再次告诉你们，你们只是沉沉大地和运行的天空之间的根茎。我常常看到你们飘升，为了与阳光共舞，可我也看到过你们的羞涩。所有的根茎都是羞见光明的，它们把自己的心隐藏得太久了，以至它们不知该让那心做些什么。

“然而五月就要到来了，五月是好动的处女，她将像母亲一般照看山峦和平原。”

---

① 六翼天使：古希腊罗马神话中天使的最高一级，司掌爱情，有六翼，热情、豪放且美丽。

十三

一位曾在圣殿供职的门生谦恭地说道:"请教导我们,大师! 让我们的言词能和您的言词一样,成为人们的一首赞歌,幽香缕缕。"

艾勒-穆斯塔法回答说:"你将超越你的言词,但你走的道路将一直是乐曲,是芬芳:对爱与被爱者是一首乐曲,对那些向往花园中生活的人是芬芳。

"但是,你将超越你的言词,升至布满星辰的顶峰,你们将伸开双掌,直到它们充盈;而后,你们将躺下,就像羽毛丰满的白色的鸟在白色的巢中睡眠。你们将梦想着你们的明天,就像白色的紫罗兰梦想着春天。

"是的,你们也将沉落,将潜入你们言词最深邃的地方。你们将去寻找那迷途的溪流之源,你们将成为隐蔽的洞穴,不断回荡着你们现在听不到的深谷轻幽的回声。

"是的,你们将比你们的言词走得更深远,是的,深于所有的声音,降至于大地的心底。在那里,你们将单独和那位也漫步于银河的'他'在一起。"

过了一会儿,一位门生问他道:"大师,请向我们讲述存在,存在是什么呢?"

艾勒-穆斯塔法怜爱地、长久地注视着他,站起身来,踱出几步后又折回来,说道:"在这个花园里,长眠着我的父母,他们被有生命者的双手掩埋。在这花园里,也埋葬着昨日的种子,它们由风儿的翅翼携来此地的。我的父亲和母亲将在此埋葬千次,而种子也将被风儿埋葬千次。一千年之后,你、我以及这些花卉,将一同来到这座花园,就像现在一样。我们将存在,热爱着生命;我们将存在,梦想着宇宙;我们将存在,朝着太阳飞腾。

"但是今天,'存在'就是变成智者,而不是把愚者视为陌路人;'存在'就是要变为强者,而不是欺凌弱者;'存在'就是要和孩童一起嬉戏,而不是像父亲那样高高在上,要像同伴那样乐于学习孩童的游戏。

"存在就是淳朴、自然,善待年迈长者,和他们同坐在老橡树的阴影下,尽管你仍与春天同步。

"存在就是去寻访一位诗人,纵使他远居于七河之外。在他面前平和宁静,不希求什么,也不怀疑什么,也不要将疑问挂在唇间。

"存在就是认清圣人和罪犯本是孪生兄弟,他们的父亲是我们'仁慈的君王',他们中的一个只比另一个早出生片刻,因此我们把前者认作加冕的王子。

"存在就是跟随着美,即使她将你引向悬崖峭壁之缘;虽然她有双翼而你却无翼,尽管她将要跨越深渊,你仍应跟随着她,因为没有美的地方,也就没有一切。

"存在就是成为没有围墙的花园,不设看守的葡萄园,成为向一切过客敞开的宝库。

"存在就是成为被掠夺者,被诓哄者,被欺骗者,哦,被引入歧途者,落入圈套备受嘲弄者。然而,你在经历这一切时,应从"大我"的高度俯视并微笑,你知道春天定会来到你的园圃,在树叶间起舞,而秋天将会催熟你的葡萄;你知道,只要有一扇窗户向东方打开,你将不会感到空虚;你知道所有被称作罪犯、盗贼、骗子者,其实都是你的兄弟。你们,在高于此城的'无形之城'的幸运居民眼里,或许正是上面所说的这些人。

"现在,我还要告诉你们——长着一双富于创造的手臂,能为我们舒适地度过白天和黑夜而找到一切所需的人们:

"存在,就是成为一个巧手代目的织工,一个深谙光线与空间的建筑师,一个每播下一粒种子就感到埋下一处宝藏的农夫,一个怜悯游鱼和鸟兽但更怜悯饥饿者和贫困者的渔夫和猎人。

"我要说,比这一切更重要的是:我愿你们每个人及每个人的伙伴,无论是谁,都要成为他人实现自己目标的伙伴,只有如此,你们才可能实现自己美好的愿望。

"我的同伴们,可亲可爱的人们! 要勇敢,不要畏缩;要心胸开阔,不要褊狭。当我的和你们的生命的最后时刻到来之际,那才真是你们的'大我'实现之时。"

艾勒－穆斯塔法收住了话,阵阵忧虑袭上了九位门生的脸,他们的心也离他远去,因为他们未能领悟他所说的一切。

瞧,那三位当水手的,开始思念大海;那三位服务于圣殿的,渴望着圣所的慰藉;那三个曾是他童年游戏伙伴的,又惦记着闹市。他们都听不进他的话,以至那话音又折返到他的身边,就像无巢可归的倦鸟,寻觅着庇护之所。

艾勒－穆斯塔法在园中走着,和他们拉开了一段距离。他默然无语,也未顾视他们。

他们开始商量,想找出他们急欲离去的理由。

瞧,他们走了,各回各的地方。如此,被选与被爱的艾勒－穆斯塔法,便只剩孤身一人了。

十四

夜幕低垂,夜色沉沉。他信步走到母亲的坟前,坐在一棵高大的雪松下。这时,一道强烈的光影闪现天空,把花园照得像大地胸脯上闪烁的明珠。

艾勒－穆斯塔法从他孤寂的灵魂深处发出了大声地呼喊:他叹道①:

"我的灵魂重负着成熟的果实,谁来采摘? 谁来快乐地分享? 难道没有一个心地善良而慷慨的斋客,以我献给朝阳的第一份厚礼做其开斋的早餐,从而减轻我丰裕的重负吗?

"我的灵魂与陈年的醇酒一同盈涌,难道没有一位焦渴者前来

---

① 下边这一节与纪伯伦《珍趣篇》中用阿拉伯文写下的《我的心重负着累累果实》一文内容大致相同。

取饮？

"看哪，有一位男子正立于十字路口，他将捧满珠宝的双手伸向路人，呼唤着来往过客：'怜悯我！请将这些东西带走！看在上帝的分儿上，从我手中拿去，给我安慰吧！'

"但是路人只是望望他，没有一个拿取他手中的珠宝。

"但愿他是一个伸手求施的乞丐！是的，颤巍巍地伸出手去，又空荡荡地收了回来。这样，也要胜过伸出捧着珍贵礼物的手，却不见一人来领受。

"看哪，还有一位尊贵的王子，正在高山与沙漠之间竖起绸缎的帐篷，他命令他的仆从点燃篝火，作为陌路人和迷途者的指路标。他还派他的仆从守候在路边，等待客人的到来。但是，沙漠中的道路荒凉冷清，他们没有见到一个人影。

"但愿这王子是一个寻食觅宿的无根无底的普通人；但愿他是一个除了拐杖、水罐外一无所有的流浪汉，这样他可以在夜晚遇上和他一样的流浪者和无处可去的诗人，他们会分享他的赤贫、回忆和梦想。

"看哪！国王的女儿正从睡梦中醒来，她身穿绸衣，佩戴珍珠宝石，发丝喷洒麝香，手指涂上琉璃，随后，步下楼来到自己的花园，那儿，夜露浸湿了她的金丝鞋。

"静夜，国王的女儿正在花园里寻觅她的爱，可是父王偌大的王国里，竟无一个爱她的人。

"她宁愿自己是一个农夫的女儿，在田野放牧着羊群，黄昏时回到父亲的农舍，脚踝沾满蜿蜒小路上的尘埃，衣褶飘逸着葡萄园的芳香。夜阑人静，巡夜天使飞临世界，她便轻踏步履，偷偷奔向河谷。那儿，她的爱人正等候她。

"她宁愿自己是个修道院的修女，她的心儿像檀香一般焚燃，随着风儿，冉冉飘升。她的灵魂点燃地像融化的蜡烛一般，光焰带着虔诚的追随者，爱者和被爱者升向更伟大的光明。

"她宁愿自己是一个老妪，坐在阳光下，回忆那曾经与她分享青春的人。”

　　夜更加深沉，艾勒－穆斯塔法的灵魂也愈益隐没于黑暗中。他的灵魂像一团浓雾。他再次大声呼喊：

　　“我的灵魂重负着它成熟的果实，

　　“我的灵魂重负着它的果实。

　　“现在，有谁前来享用，饱其口福？

　　“我的灵魂洋溢着清洌的酒香，

　　“现在，何人前来取饮，以消沙漠的酷暑？

　　“但愿我是一株不开花也不结果的贫弱的树，

　　“因为丰裕的痛苦甚于贫瘠的痛苦！

　　“富有者找不到施与的对象的痛苦，远甚于求索者找不到施主的悲愁！

　　“但愿我是一口枯井，

　　“人们往井里抛掷石头；

　　“因为这总胜于我是一眼活泉而人们经过时无人取饮。

　　“这枯井也许比人人经过而不予理睬的活泉更有用。

　　“但愿我是一根被践踏的芦苇，

　　“它也胜过一把银弦的七弦琴——

　　“它的主人，没有弹奏的手指，

　　“而主人的孩子又个个失聪！”

十五

　　七个白天和七个夜晚过去了，其间没有谁再走近这花园。艾勒－穆斯塔法独自与自己的回忆和痛苦为伴，因为就连那些带着爱心和耐心倾听过他的话语的人们，也都离开他到别的地方去寻找生活了。

　　只有卡莉玛一人来过，她面色沉寂，好像蒙上了一层面纱。她手中端着杯盘，里面是慰藉孤独和饥饿的饮料和肉食。她把这些东西置于他面前之后,便离去了。

艾勒-穆斯塔法再次来与园中的那些白杨树为伴,他坐下来,凝视着大路。过了一会儿,他似乎看到路上扬起一片烟尘,向他这边移来。从烟尘中显出了那九个门生,走在前面引导他们的是卡莉玛。

艾勒-穆斯塔法走上前去,在路上迎接他们。九位门生与卡莉玛走进园门,所有人都泰然安康,好像他们只是一小时前才离去的。

他们走进来,和他一起共进节俭的餐饭。卡莉玛把面包和鱼摆在餐桌上,并将剩下的一点酒斟入杯中。斟酒时,她对艾勒-穆斯塔法恳求道:"请让我离开,允许我到城里再取些酒来斟满你们的酒杯,因为这里的酒已经倒尽了。"

他望着她,眼前闪过一段旅程和一个遥远的国度。他说道:"不必了,对此时此刻,这酒已足够了。"

大家边吃边饮,十分满足。用膳之后,艾勒-穆斯塔法以洪亮的声音说话了,他的声音像大海一般深沉,似月光下的巨潮一般饱满。他说道:"我的同伴们!我同路的伙伴们!我们今天必须分开了。很长时间以来,我们在艰险的海上航行,我们攀登过最陡峭的山峰,搏击过无数次狂风暴雨。我们已体味了饥饿,但我们也曾品尝了婚礼的宴席。我们常常衣不蔽体,但我们也曾穿戴过国王的华服。我们确曾长途跋涉,但现在我们要分手了。你们将一起走你们的路,我却要孤独地走自己的路。

"虽然大海和莽原将我们分开,但在通往圣山的旅途中,我们仍将是同伴。

"不过,在我们各自踏上险途之前,我愿把心中的收获以及零星的体味交给你们,我愿把心田的果实送给你们。

"在歌唱中踏上你们的征程,但让每首歌都短小精练,因为歌声只有早逝于你们的唇上,才能长驻于人们的心中。

"用少量的言词讲出美丽的真理,但绝不用任何丑陋的言词去表述一个丑陋的真理。告诉那些秀发在阳光下闪烁的少女,她是黎明的女儿。但若见到一位盲者,切莫说他是黑夜的一员。

"去聆听笛手的吹奏,就像聆听四月之声;但若听到批评家和吹毛求疵者说话,你们就应如铮铮硬骨,变成聋子,并且任你们的幻想驰骋。

"我的同伴! 亲爱的人们! 在你们的旅途中,你们将会遇到长着兽脚者,那就把你们的翅膀赠送他们。你们将会遇到长着兽角者,那就把桂冠送给他们。会遇到长着利爪者,那就把花瓣覆于他们的趾端。会遇到长着蛇一般的恶舌者,那就把蜂蜜涂在他们的语言上。

"是的,你们将会遇到所有这些人,甚或更多。你们将会遇到兜售拐杖的跛者,叫卖镜子的盲者。你们将会遇到在神殿门前乞讨的富翁。

"把你们的敏捷赠予跛者;把你们的目力赠予盲人;且把你们自己交给那些乞讨的富人;他们是最需要施舍的人,尽管他们曾有万贯家财,但今日,只有极度贫穷的手才会伸出去乞求施舍。

"我的同伴们! 朋友们! 我以我们之间爱的名义告诫你们:去做沙漠中彼此纵横交错的数不清的路径吧! 在那里猛狮与兔子同行,豺狼与绵羊共道。

"记着我的这些话吧! 我教给你们的其实不是给予,而是接受;不是拒绝,而是履行;不是屈从,而是唇边带着微笑去理解。

"我教你们的不是沉默,而是不带喧嚣的一首歌。

"我教你们的是包容全人类的'大我'。"

他从席边站起,径直走入花园,走到翠柏的阴影下,此时天色已渐近黄昏。他们跟在其后不远的地方,心情沉重,默默不语。

只有卡莉玛在收拾完残羹剩饭的餐桌之后,走近他说道:"大师,请允许我为你准备明日旅途的食物。"

艾勒-穆斯塔法看着她,但眼睛似乎在望着另一个世界,说道:"我的姐妹! 我亲爱的人! 食物在时间开始时便已备好。明日的食物,一如我们昨日和今日的食物一样,也都已备齐。

"我去了,但如果我带去的是一条未曾说出的真理,那么这条真理将再次把我寻觅、聚敛。即使我身体的元素已散落于永恒的沉寂中,我仍将再度来到你们身边。在这无边的沉寂中,我将用从我心里再生的声音,同你们说话。

"如果还有什么美我不曾向你们昭示,那它将再次将我的名字呼唤,是的,就是呼唤着'艾勒－穆斯塔法'。我将给你们一个征兆,你们因此知道我已返回,向你们言说你们所需要的一切。因为上帝不会允许我自己隐遁于人类,也不会让我自己的言语隐埋于人类心灵的深渊。

"我将超越死亡,继续生存,并将在你们的耳畔歌唱。

甚至当这汹涌的大海波涛

将我再次送回更广阔的海底!

我将以无形的身躯坐于你们的甲板之上,

我将以无形的灵魂和你们一道去田野,

我将来到你们的火炉边做一名隐形客人,

死亡所能改变的只是遮盖着我们脸庞的面具,

伐木者依然是伐木者,

耕者依然是耕者,

向着风儿歌唱的人也将向着运转的星球歌唱。"

他的门徒们石头般静默着,他们的心儿忧伤,只因他说出了"我将离去"。但他们之中既没有一个人伸出手挽留他,也没有任何人追随他的步履。

艾勒－穆斯塔法走出他母亲的花园,他的脚步轻捷而无声,只一会儿工夫,他就像狂风中的一片树叶,飘飏而去了。他们遥遥望去,仿佛看到一缕暗淡的白光升上渺渺天际。

九位门生都择路而去了,只有卡莉玛那女子独自伫立于渐暗的暮色里。她看着光明与暮色怎样融为一体。她以艾勒－穆斯塔法的话告慰着自己的孤独与寥寂:"我去了,但如果我带去的是一条未曾说出的真理,那么这条真理将再次把我寻觅、聚敛。我将再次回到你们身边。"

十六

黄昏时分。

他已抵达山谷。步履带着他踏入云雾。他伫立于岩石和青松翠柏之间,隐没于万物之外。他开口说道:

"啊,云雾,我的姐妹!你是白色的气息,

尚未被形式所拘泥。

我回到了你的身边,这白色无声的气息,

是一句尚未被说出的话语。

"啊,云雾,我带翼的姐妹!我们此刻同在,

我们将在一起,直到再生之日,

黎明时分,你将化作花园的露珠,

而我则是一位妇人怀中的婴儿,

那时,我们将一同回忆我们的过去。

"啊,云雾,我的姐妹!我回来了,一颗聆听心底之声的心,

正如你的心;

一个悸动而漫无目的的欲望,正如你的欲望;

一个尚未被聚集的思想,正如你的思想。

"啊,云雾,我的姐妹!我母亲所生的第一个孩子!

我的双手仍然握着你叮嘱我撒播的种子,

我的双唇还封缄着你想让我吟唱的歌,

我没有给你带回果实,也没有带来歌的回声,

因为我的双手已盲,我的双唇闭结。

"啊,云雾,我的姐妹!我深爱着这个世界,世界也如此深爱着我,

因为我全部的微笑都挂于她的唇上,而她的所有泪水都积于我

的眼中。

　　但在我与她之间仍有一道沉寂的鸿沟。
　　她不想跨过，我也不能逾越。

　　"啊，云雾，我的姐妹！我不死的云雾姐妹！
　　我为孩子们唱过古老的歌，
　　他们曾面带惊奇倾听过。
　　可明天他们或许会忘却这支歌，
　　我不知道风儿会把这歌又带向何方，
　　这古老的歌虽并不专属于我，却曾进入我的心田，
　　亦曾在我的唇间驻留过瞬间。

　　"啊，云雾，我的姐妹！
　　尽管这一切都已逝去，我的心却依然平静。
　　能为已诞生的人们祝歌，对我已经足够，
　　纵然那歌实非归我所有，
　　可它唱出的是我心底的渴望。

　　"啊，云雾！我的姐妹！我的云雾姐妹！
　　我已与你合一。
　　此后我不再是一个自我，
　　围墙已经倒塌，
　　锁链已经砸碎，
　　我已飞向你，作为云雾！
　　我们将同游大海，直到复生之日到来。
　　那时晨曦把你化作露珠洒向花园，
　　而让我变作婴儿置于一个妇人的怀中。"

伊宏　伊洁　译

沙与沫

我永远在沙岸上行走，
在沙土和泡沫的中间。
高潮会抹去我的脚印，
风也会把泡沫吹走。
但是海洋和沙岸，
却将永远存在。

我曾抓起一把烟雾。
然后我伸掌一看，哎哟，烟雾变成一个虫子。
我把手握起再伸开一看，手里却是一只鸟。
我再把手握起又伸开，在掌心里站着一个容颜忧郁，向天仰首的人。
我又把手握起，当我伸掌的时候，除了烟雾以外一无所有。
但是我听到了一支绝顶甜柔的歌曲。

仅仅在昨天，我认为我自己只是一个碎片，无韵律地在生命的穹苍中颤抖。
现在我晓得，我就是那穹苍，一切生命都是在我里面有韵律地转动的碎片。

他们在觉醒的时候对我说："你和你所居住的世界，只不过是无边海洋的无边沙岸上的一粒沙子。"

在梦里我对他们说:"我就是那无边的海洋,大千世界只不过是我的沙岸上的沙粒。"

只有一次把我窘得哑口无言。就是当一个人问我,"你是谁?"的时候。

想到神的第一个念头是一个天使。
说到神的第一个字眼是一个人。

我们是有海洋以前千万年的扑腾着、漂游着、追求着的生物,森林里的风把语言给予了我们。
那么我们怎能以昨天的声音来表现我们心中的远古年代呢?

斯芬克斯只说过一次话。斯芬克斯说:"一粒沙子就是一片沙漠,一片沙漠就是一粒沙子;现在再让我们沉默下去吧。"
我听到了斯芬克斯的话,但是我不懂得。

我看到过一个女人的脸,我就看到了她所有的还未生出的儿女。
一个女人看了我的脸,她就认得了在她生前已经死去的我的历代祖宗。

我想使自己完满起来。但是除非我能变成一个上面住着理智的生物的星球,此外还有什么可能呢?
这不是每一个人的目标吗?

一粒珍珠是痛苦围绕着一粒沙子所建造起来的庙宇。
是什么愿望围绕着什么样的沙粒,建造起我们的躯体呢?

当神把我这块石子丢在奇妙的湖里的时候,我以无数的圈纹扰乱了它的表面。

但是当我落到深处的时候，我就变得十分安静了。

给我静默，我将向黑夜挑战。

当我的灵魂和肉体由相爱而结婚的时候，我就得到了重生。

从前我认识一个听觉极其锐敏的人，但是他不能说话。在一个战役中他丧失了舌头。

现在我知道在这伟大的沉默来到以前，这个人打过的是什么样的仗。我为他的死亡而高兴。

这世界为我们两个人是不够大的。

我在埃及的沙土上躺了很久，沉默着而且忘却了季节。

然后太阳把生命给了我，我起来在尼罗河岸上行走。

和白天一同唱歌，和黑夜一同做梦。

现在太阳又用一千只脚在我身上践踏，让我再在埃及的沙土上躺下。

但是，请看一个奇迹和一个谜吧！

那个把我集聚起来的太阳，不能把我打散。

我依旧挺立着，我以稳健的步履在尼罗河岸上行走。

记忆是相会的一种形式。

忘记是自由的一种形式。

我们依据无数太阳的运转来测定时间；他们以他们口袋里的小小的机器来测定时间。

那么请告诉我，我们怎能在同一的地点和同一的时间相会呢？

对于从银河的窗户里下望的人,空间就不是地球与太阳之间的空间了。

人性是一条光河,从永久以前流到永久。

难道在以太①里居住的精灵,不妒羡世人的痛苦吗?

在到圣城去的路上,我遇到另一位香客,我问他:"这条就是到圣城去的路吗?"

他说:"跟我来吧,再有一天一夜就到达圣城了。"

我就跟随他。我们走了几天几夜,还没有走到圣城。

使我惊讶的是,他带错了路反而对我大发脾气。

神啊,让我做狮子的俘食,要不就让兔子做我的俘食吧。

除了通过黑夜的道路,人们不能到达黎明。

我的房子对我说:"不要离开我,因为你的过去住在这里。"

道路对我说:"跟我来吧,因为我是你的将来。"

我对我的房子和道路说:"我没有过去,也没有将来。如果我住下来,我的住中就有去;如果我去,我的去中就有住。只有爱和死才能改变一切。"

当那些睡在绒毛上面的人所做的梦,并不比睡在土地上的人的梦更美好的时候,我怎能对生命的公平失掉信心呢?

_____

① 以太:古代西方科学家假想的一种传播光的媒介。——编者注

奇怪得很,对某些娱乐的愿望,也是我的痛苦的一部分。

曾有七次我鄙视了自己的灵魂:
第一次是在她可以上升而却谦让的时候。
第二次是我看见她在瘸者面前跛行的时候。
第三次是让她选择难易,而她选了易的时候。
第四次是她做错了事,却安慰自己说别人也同样做错了事。
第五次是她容忍了软弱,而把她的忍受称为坚强。
第六次是当她轻蔑一个丑恶的容颜的时候,却不知道那是她自己的面具中之一。
第七次是当她唱一首颂歌的时候,自己相信这是一种美德。

我不知道什么是绝对的真理。但是我对于我的无知是谦虚的,这其中就有了我的荣誉和报酬。

在人的幻想和成就中间有一段空间,只能靠他的热望来通过。

天堂就在那边,在那扇门后,在隔壁的房里;但是我把钥匙丢了。也许我只是把它放错了地方。

你瞎了眼睛,我是又聋又哑,因此让我们握起手来互相了解吧。

一个人的意义不在于他的成就,而在于他所企求成就的东西。

我们中间,有些人像墨水,有些人像纸张。
若不是因为有些人是黑的话,有些人就成了哑巴。
若不是因为有些人是白的话,有些人就成了瞎子。

给我一只耳朵,我将给你以声音。

我们的心才是一块海绵；我们的心怀是一道河水。

然而我们大多宁愿吸收而不肯奔流，这不是很奇怪吗？

当你想望着无名的恩赐，怀抱着无端的烦恼的时候，你就真和一切生物一同长大，升向你的大我。

当一个人沉醉在一个幻象之中，他就会把这幻象的模糊的情味，当作真实的酒。

你喝酒为的是求醉；我喝酒为的是要从别种的醉酒中清醒过来。

当我的酒杯空了的时候，我就让它空着；但当它半满的时候，我却恨它半满。

一个人的实质，不在于他向你显露的那一面，而在于他所不能向你显露的那一面。

因此，如果你想了解他，不要去听他说出的话，而要去听他的没有说出的话。

我说的话有一半是没有意义的；我把它说出来，为的是也许会让你听到其他的一半。

幽默感就是分寸感。

当人们夸奖我多言的过失，责备我沉默的美德的时候，我的寂寞就产生了。

当生命找不到一个歌唱家来唱出她的心情的时候，她就产生一个哲学家来说出她的心思。

真理是长久被人知道的,有时被人说出的。

我们的真实的我是沉默的;后天的我是多嘴的。

我的生命内的声音达不到你的生命内的耳朵;但是为了避免寂寞就让我们交谈吧。

当两个女人交谈的时候,她们什么话也没有说;当一个女人自语的时候,她揭露了生命的一切。

青蛙也许会叫得比牛更响,但是它们不能在田里拉犁,也不会在酒坊里牵磨,它们的皮也做不出鞋来。

只有哑巴才妒忌多嘴的人。

如果冬天说,"春天在我的心里",谁会相信冬天呢?

每一粒种子都是一个愿望。

如果你真的睁起眼睛来看,你会从每一个形象中看到你自己的形象。
如果你张开耳朵来听,你会在一切声音里听到你自己的声音。

真理是需要我们两个人来发现的:一个人来讲说它,一个人来了解它。

虽然言语的波浪永远在我们上面喧哗,而我们的深处却永远是沉默的。

许多理论都像一扇窗户,我们通过它看到真理,但是它也把我们同真理隔开。

让我们玩捉迷藏吧。你如果藏在我的心里,就不难把你找到。但是如果你藏到你的壳里去,那么任何人也找你不到的。

一个女人可以用微笑把她的脸蒙了起来。

那颗能够和欢乐的心一同唱出欢歌的忧愁的心,是多么高贵啊。

想了解女人,或分析天才,或想解答沉默的神秘的人,就是那个想从一个美梦中挣扎醒来坐到早餐桌上的人。

我愿意同走路的人一同行走。我不愿站住看着队伍走过。

对于服侍你的人,你欠他的还不只是金子。把你的心交给他或是服侍他吧。

没有,我们没有白活。他们不是把我们的骨头堆成堡垒了吗?

我们不要挑剔计较吧。诗人的心思和蝎子的尾巴,都是从同一块土地上光荣地升起的。

每一条毒龙都产生出一个屠龙的圣乔治来。

树木是大地写上天空中的诗。我们把它们砍下造纸,让我们可以把我们的空洞记录下来。

如果你要写作（只有圣人才晓得你为什么要写作），你必须有知识、艺术和魔术——字句的音乐的知识，不矫揉造作的艺术，和热爱你读者的魔术。

他们把笔蘸在我们的心怀里，就认为他们已经得了灵感了。

如果一棵树也写自传的话，它不会不像一个民族的历史。

如果我在"写诗的能力"和"未写成诗的欢乐"之间选择的话，我就要选那欢乐。因为欢乐是更好的诗。

但是你和我所有的邻居，都一致地说我总是不会选择。

诗不是一种表白出来的意见。它是从一个伤口或是一个笑口涌出的一首歌曲。

言语是没有时间性的。在你说它或是写它的时候应该懂得它的特点。

诗人是一个退位的君王，坐在他的宫殿的灰烬里，想用残灰捏出一个形象。

诗是欢乐、痛苦和惊奇穿插着词汇的一场交道。

一个诗人要想寻找他心里诗歌的母亲的话，是徒劳无功的。

我曾对一个诗人说："不到你死后我们不会知道你的评价。"

他回答说："是的，死亡永远是个揭露者。如果你真想知道我的评价，那就是我心里的比舌上的多，我所愿望的比手里现有的多。"

如果你歌颂美，即使你是在沙漠的中心，你也会有听众。

诗是迷醉心怀的智慧。
智慧是心思里歌唱的诗。
如果我们能够迷醉人的心怀，同时也在他的心思中歌唱，
那么他就真个地在神的影中生活了。

灵感总是歌唱；灵感从不解释。

我们常为使自己入睡，而对我们的孩子唱催眠的歌曲。

我们的一切字句，都是从心思的筵席上散落下来的残屑。

思想对于诗往往是一块绊脚石。

能唱出我们的沉默的，是一个伟大的歌唱家。

如果你嘴里含满了食物，你怎能歌唱呢？
如果手里握满金钱，你怎能举起祝福之手呢？

他们说夜莺唱着恋歌的时候，把刺扎进自己的胸膛。
我们也都是这样的。不这样我们还能歌唱吗？

天才只不过是晚春开始时节知更鸟所唱的一首歌。

连那最高超的心灵，也逃不出物质的需要。

疯人作为一个音乐家并不比你我逊色；不过他所弹奏的乐器有
点失调而已。

在母亲心里沉默着的诗歌,在她孩子的唇上唱了出来。

没有不能圆满的愿望。

我和另外一个我从来没有完全一致过。事物的实质似乎横梗在我们中间。

你的另外一个你总是为你难过。但是你的另外一个你就在难过中成长;那么就一切都好了。

除了在那些灵魂熟睡、躯壳失调的人的心里之外,灵魂和躯壳之间是没有斗争的。

当你达到生命的中心的时候,你将在万物中甚至于在看不见美的人的眼睛里,也会找到美。

我们活着只为的是去发现美。其他一切都是等待的种种形式。

撒下一粒种子,大地会给你一朵花。向天祝愿一个梦想,天空会给你一个情人。

你生下来的那一天,魔鬼就死去了。
你不必经过地狱去会见天使。

许多女子借到了男子的心;很少女子能占有它。

如果你想占有,你千万不可要求。
当一个男子的手接触到一个女子的手,他俩都接触到了永在的心。

爱情是情人之间的面幕。

每一个男子都爱着两个女人：一个是他想象的作品，另外一个还没有生下来。

不肯原谅女人的细微过失的男子，永远不会欣赏她们伟大的德性。

不日日自新的爱情，变成一种习惯，而终于变成奴役。

情人只拥抱了他们之间的一种东西，而没有互相拥抱。

恋爱和疑忌是永不交谈的。

爱情是一个光明的字，被一只光明的手写在一张光明的册页上的。

友谊永远是一个甜柔的责任，从来不是一种机会。

如果你不在所有的情况下了解你的朋友，你就永远不会了解他。

你的最华丽的衣袍是别人织造的；
你的最可口的一餐是在别人的桌上吃的；
你的最舒适的床铺是在别人的房子里的。
那么请告诉我，你怎能把自己同别人分开呢？

你的心思和我的心怀将永不会一致，除非你的心思不再居留于数字中,而我的心怀不再居留在云雾里。

除非我们把语言减少到七个字,我们将永不会互相了解。

我的心,除了把它敲碎以外,怎能把它打开呢?

只有深哀和极乐才能显露你的真实。
如果你愿意被显露出来,你必须在阳光中裸舞,或是背起你的十字架。

如果自然听到了我们所说的知足的话语,江河就不去寻求大海,冬天就不会变成春天。如果她听到我们所说的一切吝啬的话语,我们有多少人可以呼吸到空气呢?

当你背向太阳的时候,你只看到自己的影子。

你在白天的太阳前面是自由的,在黑夜的星辰前面也是自由的;
在没有太阳,没有月亮,没有星辰的时候,你也是自由的。
就是在你对世上一切闭起眼睛的时候,你也是自由的。
但是你是你所爱的人的奴隶,因为你爱了他。
你也是爱你的人的奴隶,因为他爱了你。

我们都是庙门前的乞丐,当国王进出庙门的时候,我们每人都分受到恩赏。
但是我们都互相妒忌,这是轻视国王的另一种方式。

你不能吃得多过你的食欲。那一半食粮是属于别人的,而且也还要为不速之客留下一点面包。

如果不为待客的话，所有的房屋都成了坟墓。

和善的狼对天真的羊说："你不光临寒舍吗？"
羊回答说："我们将以造府为荣，如果你的贵府不是在你肚子里的话。"

我把客人拦在门口说："不必了，在出门的时候再擦脚吧，进门的时候是不必擦的。"

慷慨不是你把我比你更需要的东西给我，而是你把你比我更需要东西，也给了我。

当你施与的时候你当然是慈善的，在授予的时候要把脸转过一边，这样就可以不看那受者的羞赧。

最富与最穷的人的差别，只在于一整天的饥饿和一个钟头的干渴。

我们常常从我们的明天预支了来偿付我们昨天的债负。

我也曾受过天使和魔鬼的造访，但是我都把他们支走了。
当天使来的时候，我念一段旧的祷文，他就厌烦了；
当魔鬼来的时候，我犯一次旧的罪过，他就从我面前走过了。

总的说来，这不是一所坏监狱；我只不喜欢在我的囚房和隔壁囚房之间的这堵墙；
但是我对你保证，我决不愿责备狱吏和建造这监狱的人。

你向他们求鱼而却给你毒蛇的那些人，也许他们只有毒蛇可给。

那么在他们一方面就算是慷慨的了。

欺骗有时成功，但它往往自杀。

当你饶恕那些从不流血的凶手，从不窃盗的小偷，不打诳语的说谎者的时候，你就真是一个宽大的人。

谁能把手指放在善恶分野的地方，谁就是能够摸到上帝圣袍的边缘的人。

如果你的心是一座火山的话，你怎能指望会从你的手里开出花朵来呢？

多么奇怪的一个自欺的方式！有时我宁愿受到损害和欺骗，好让我嘲笑那些以为我不知道我是被损害、欺骗了的人。

对于一个扮作被追求者的角色的追求者，我该怎么说他呢？

让那个把脏手擦在你衣服上的人，把你的衣服拿走吧。他也许还需要那件衣服，你却一定不会再要了。

兑换商不能做一个好园丁，真是可惜。

请你不要以后天的德行来粉饰你的先天的缺陷。我宁愿有缺陷；这些缺陷和我自己的一样。

有多少次我把没有犯过的罪都拉到自己身上，为的让人家在我面前感到舒服。

就是生命的面具也都是更深的奥秘的面具。

你可能只根据自己的了解去判断别人。
现在告诉我,我们里头谁是有罪的,谁是无辜的。

真正公平的人就是对你的罪过感到应该分担的人。

只有白痴和天才,才会去破坏人造的法律;他们离上帝的心最近。

只在你被追逐的时候,你才快跑。

我没有仇人,上帝啊,如果我会有仇人的话,
就让他和我势均力敌,
只让真理做一个战胜者。

当你和敌人都死了的时候,你就会和他十分友好了。

一个人在自卫的时候可能自杀。

很久以前一个"人"因为过于爱别人,也太可爱了,因而被钉在十字架上。
说来奇怪,昨天我碰到他三次。
第一次是他恳求一个警察不要把一个妓女关到监牢里去;第二次是他和一个无赖一块喝酒;第三次是他在教堂里和一个法官拳斗。

如果他们所谈的善恶都是正确的话,那么我的一生只是一个长时间的犯罪。

怜悯只是半个公平。

过去唯一对我不公平的人,就是那个我曾对他的兄弟不公平的人。

当你看见一个人被带进监狱的时候,在你心中默默地说:"也许他是从更狭小的监狱里逃出来的。"

当你看见一个人喝醉了的时候,在你心中默默地说:"也许他想躲避某些更不美好的事物。"

在自卫中我常常憎恨;但是如果我是一个比较坚强的人,我就不必使用这样的武器。

用唇上的微笑来遮掩眼里的憎恨的人是多么愚蠢啊!

只有在我以下的人,能妒忌我或憎恨我。

我从来没有被妒忌或被憎恨过,我不在任何人之上。

只有在我以上的人,能称赞我或轻蔑我。

我从来没有被称赞或被轻蔑过,我不在任何人之下。

你对我说:"我不了解你。"这就是过分地赞扬了我,无故地侮辱了你。

当生命给我金子而我给你银子的时候,我还自以为慷慨,这是多么卑鄙啊!

当你达到生命心中的时候,你会发现你不高过罪人,也不低于先知。

奇怪的是,你竟可怜那脚下慢的人,而不可怜那心里慢的人。

可怜那盲于目的人，而不可怜那盲于心的人。

瘸子不在他敌人的头上敲断他的拐杖，是更聪明些的。

那个认为从他的口袋里给你，可以从你心里取回的人，是多么糊涂啊！

生命是一支队伍。迟慢的人发现队伍走得太快了，他就走出队伍；
快步的人又发现队伍走的太慢了，他也走出队伍。

如果世上真有罪孽这件东西的话，我们中间有的人是跟着我们祖先的脚踪，倒退着造孽。
有的人是管制着我们的儿女，赶前地造孽。

真正的好人，是那个和所有的大家认为坏的人在一起的人。

我们都是囚犯，不过有的是关在有窗的牢房里，有的就关在无窗的牢房里。

奇怪的是，当我们为错误辩护的时候，我们用的气力比我们捍卫正确时还大。

如果我们互相供认彼此的罪过的话，我们就会为大家并无新创而互相嘲笑。

如果我们都公开了我们的美德的话，我们也将为大家并无新创而大笑。

一个人是在人造的法律之上,直到他犯了抵触人造的惯例的罪;在此以后,他就不在任何人之上,也不在任何人之下。

政府是你和我之间的协定。你和我常常是错误的。

罪恶是需要的别名,或是疾病的一种。

还有比意识到别人的过失还大的过失吗?

如果别人嘲笑你,你可以怜悯他;但是如果你嘲笑他,你决不可自恕。

如果别人伤害你,你可以忘掉它;但是如果你伤害了他,你须永远记住。

实际上别人就是最敏感的你,附托在另一个躯壳上。

你要人们用你的翅翼飞翔,而却连一根羽毛也拿不出的时候,你是多么轻率啊。

从前有人坐在我的桌上,吃我的饭,喝我的酒,走时还嘲笑我。
以后他再来要吃要喝,我就不理他;
天使就嘲笑我。

憎恨是一件死东西,你们有谁愿意做一座坟墓?

被杀者的光荣就是他不是凶手。

人道的保护者是在它沉默的心怀中,从不在它多言的心思里。

他们认为我疯了,因为我不肯拿我的光阴去换金钱;

我认为他们是疯了,因为他们以为我的光阴是可以估价的。

他们把最昂贵的金子、银子、象牙和黑檀排列在我们的面前,我们把心胸和气魄排列在他们的面前;

而他们却自称为主人,把我们当作客人。

我宁可做人类中有梦想和有完成梦想的愿望的、最渺小的人,而不愿做一个最伟大的、无梦想、无愿望的人。

最可怜的人是把他的梦想变成金银的人。

我们都在攀登自己心愿的高峰。如果另一个登山者偷了你的粮袋和钱包,而把粮袋装满了,钱包也加重了,你应当可怜他;

这攀登将为他的肉体增加困难,这负担将加长他的路程。

如果在你消瘦的情况下,看到他的肉体膨胀着往上爬,帮他一步;这样做会增加你的速度。

你不能超过你的了解去判断一个人,而你的了解是多么浅薄啊。

我决不去听一个征服者对被征服的人的说教。

真正自由的人是忍耐地背起奴隶的负担的人。

千年以前,我的邻人对我说:"我恨生命,因为它只是一件痛苦的东西。"

昨天我走过一座坟园,我看见生命在他的坟上跳舞。

自然界的竞争不过是混乱渴望着秩序。

静独是吹落我们枯枝的一阵无声的风暴；

但是它把我们活生生的根芽,更深地送进活生生的大地的活生生的心里。

我曾对一条小溪谈到大海,小溪认为我只是一个幻想的夸张者；

我也曾对大海谈到小溪,大海认为我只是一个低估的毁谤者。

把蚂蚁的忙碌捧得高于蚱蜢的歌唱的眼光,是多么狭仄啊!

这个世界里的最高德行,在另一个世界也许是最低的。

深和高在直线上走到深度和高度;只有广阔能在圆周里运行。

如果不是因为我们有了重量和长度的观念,我们站在萤火光前也会同在太阳面前一样的敬畏。

一个没有想象力的科学家,好像一个拿着钝刀和旧秤的屠夫。

但既然我们不全是素食者,那么你该怎么办呢?

当你歌唱的时候,饥饿的人就用他的肚子来听。

死亡和老人的距离并不比和婴儿的距离更近;生命也是如此。

假如你必须直率地说的话,就直率得漂亮一些;要不就沉默下来,因为我们邻近有一个人快死了。

人间的葬礼也可能是天上的婚筵。

一个被忘却的真实可能死去,而在它的遗嘱里留下七千条的实情实事,作为料理丧事和建造坟墓之用。

实际上我们只对自己说话,不过有时我们说得大声一点,使得别人也能听见。

显而易见的东西是:在被人简单地表现出来之前,是从不被人看到的。

假如银河不在我的意识里,我怎能看到它或了解它呢?

除非我是医生群中的一个医生,他们不会相信我是一个天文学家的。

也许大海给贝壳下的定义是珍珠。
也许时间给煤炭下的定义是钻石。

荣名是热情站在阳光中的影子。

花根是鄙弃荣名的花朵。

在美之外没有宗教,也没有科学。

我所认得的大人物的性格中都有些渺小的东西;就是这些渺小的东西,阻止了懒惰、疯狂或者自杀。

真正伟大的人是不压制人也不受人压制的人。

我决不因为那个人杀了罪人和先知,就相信他是中庸的。

容忍是和高傲狂害着相思的一种病症。

虫子是会弯曲的,但是连大象也会屈服,不是很奇怪吗?

一场争论可能是两个心思之间的捷径。

我是烈火,我也是枯枝,一部分的我消耗了另一部分的我。

我们都在寻找圣山的顶峰;假如我们把过去当作一张图表而不作为一个向导的话,我们的路程不是可以缩短吗?

当智慧骄傲到不肯哭泣,庄严到不肯欢笑,自满到不肯看人的时候,就不成为智慧了。

如果我把你所知道的一切,把自己填满的话,我还能有余地来容纳你所不知道的一切吗?

我从多话的人学到了静默,从褊狭的人学到了宽容,从残忍的人学到了仁爱,但奇怪的是我对于这些老师并不感激。

执拗的人是一个极聋的演说家。

妒忌的沉默是太吵闹了。

当你达到你应该了解的终点的时候,你就处在你应该感觉的起点。

夸张是发了脾气的真理。

假如你只能看到光所显示的,只能听到声所宣告的,
那么实际上你没有看也没有听。

一件事实是一条没有性别的真理。

你不能同时又笑又冷酷。

离我心最近的是一个没有国土的国王和一个不会求乞的穷人。

一个羞赧的失败比一个骄傲的成功还要高贵。

在任何一块土地上挖掘你都会找到珍宝,不过你必须以农民的信心去挖掘。

一只被二十个骑士和二十条猎狗追逐着的狐狸说:"他们当然会打死我,但他们准是很可怜,很笨拙的;假如二十只狐狸骑着二十头驴子带着二十只狼去追打一个人的话,那真是不值得的。"

是我们的心思屈服于我们自制的法律之下,我们的精神是从不屈服的。

我是一个旅行者也是一个航海者,我每天在我的灵魂中发现一个新的王国。

一个女人抗议说:"当然那是一场正义的战争,我的儿子在这场战争中牺牲了。"

我对生命说:"我要听死亡说话。"
生命把她的声音提高一点说:"现在你听到他说话了。"

当你解答了生命的一切奥秘,你就渴望死亡,因为它不过是生命的另一个奥秘。

生与死是勇敢的两种最高贵的表现。

我的朋友,你和我对于生命将永远是个陌生者,

我们彼此也是陌生者,对自己也是陌生者,

直到你要说我要听的那一天,

把你的声音作为我的声音;

当我站在你的面前

觉得我是站在镜前的时候。

他们对我说:"你能自知你就能了解所有的人。"

我说:"只有我寻求所有的人我才能自知。"

一个人有两个我,一个在黑暗里醒着,一个在光明中睡着。

隐士是遗弃了一部分的世界,使他可以无惊无扰地享受着整个世界。

在学者和诗人之间伸展着一片绿野,如果学者穿走过去,他就成个圣贤;如果诗人穿走过来,他就成个先知。

昨天我看见哲学家们把他们的头颅装在篮子里,在市场上高声叫卖:"智慧,卖智慧咯!"

可怜的哲学家! 他们必须出卖他们的头来喂养他们的心。

一个哲学家对一个清道夫说:"我可怜你,你的工作又苦又脏。"

清道夫说:"谢谢你,先生。请告诉我,你做什么工作?"

哲学家回答说:"我研究人的心思,行为和愿望。"

清道夫一面扫街一面微笑说:"我也可怜你。"

听真理的人并不弱于讲真理的人。

没有人能在需要与奢侈之间划一条界线。只有天使能这样做,天使是明智而热切的。

也许天使就是我们在太空中的更高尚的思想。

在托钵僧的心中找到自己的宝座的是真正的王子。

慷慨是超过自己能力的施与,自尊是少于自己需要的接受。

实际上你不欠任何人的债。你欠所有的人一切的债。

从前生活过的人现在都和我们一起活着。我们中间当然没有人愿意做一个慢客的主人。

想望得最多的人活得最长。

他们对我说:"十鸟在树不如一鸟在手。"

我却说:"一鸟一羽在树胜过十鸟在手。"

你对那根羽毛的追求,就是脚下生翼的生命;不,它就是生命的本身。

世上只有两个元素,美和真;美在情人的心中,真在耕者的臂里。

伟大的美俘虏了我,但是一个更伟大的美居然把我从掌握中释放了。

美在想望它的人的心里，比在看到它的人的眼里，放出更明亮的光彩。

我爱慕那对我倾诉心怀的人，我尊重那对我披露梦想的人。但是为什么在服侍我的人面前，我却腼腆，甚至于带些羞愧呢？

天才曾以能侍奉王子为荣。
现在他们以侍奉贫民为荣。

天使们晓得，有过多的讲实际的人，就着梦想者眉间的汗，吃他们的面包。

风趣往往是一副面具。你如能把它扯了下来，你将发现一个被激恼了的才智，或是在变着戏法的聪明。

聪明把聪明归功于我，愚钝把愚钝归罪于我。我想他俩都是对的。

只有自己心里有秘密的人才能参透我们心里的秘密。

只能和你同乐不能和你共苦的人，丢掉了天堂七个门中的一把钥匙。

是的，世上是有涅槃；它是在把羊群带到碧绿的牧场的时候，在哄着你孩子睡觉的时候，在写着你的最后一行诗句的时候。

远在体验到它们以前，我们就已经选择了我们的欢乐和悲哀了。

忧愁是两座花园之间的一堵墙壁。

当你的欢乐和悲哀变大的时候,世界就变小了。

愿望是半个生命,淡漠是半个死亡。

我们今天的悲哀里最苦的东西,是我们昨天的欢乐的回忆。

他们对我说:"你必须在今生的欢娱和来世的平安之中做个选择。"

我对他们说:"我已选择了今生的愉快和来世的安宁。因为我心里知道那最大的诗人只写过一首诗,而这首诗是完全合乎音节韵律的。"

信仰是心中的绿洲,思想的骆驼队是永远走不到的。

当你求达你的高度的时候,你将想望,但要只为想望而想望;你应为饥饿而热望,你应为更大的干渴而渴望。

假如你对风泄露了你的秘密,你就不应当去责备风对树林泄露了秘密。

春天的花朵是天使们在早餐桌上所谈论的冬天的梦想。

鼬鼠对月下香说:"看我跑得多快,你却不能走,也不会爬。"
月下香对鼬鼠说:"蜣,最高贵的快腿,请你快快跑开吧!"

乌龟比兔子更能多讲些道路的情况。

奇怪的是没有脊骨的生物都有最坚硬的壳。

话最多的人是最不聪明的人,在一个演说家和一个拍卖人之间,几乎没有分别。

你应该感谢,因为你不必靠着父亲的名望或伯叔的财产来生活。

但是最应感谢的是,没有人必须靠着你的名誉或财产来生活。

只在一个变戏法的人接不到球的时候,他才能吸引我。

忌妒我的人在不知不觉之中颂扬了我。

在很久的时间,你是你母亲睡眠里的一个梦,以后她醒起把你生了下来。

人类的胚芽是在你母亲的愿望里。

我的父母愿意有个孩子,他们就生下我。
我要母亲和父亲,我就生下了黑夜和海洋。

有的儿女使我们感到此生不虚,有的儿女为我们留下终天之憾。

当黑夜来了而你也阴郁的时候,就坚决地阴郁着躺了下去。
当早晨来了而你还感着阴郁的时候,就站起来坚决地对白天说:
"我还是阴郁的。"
对黑夜和白天扮演角色是愚蠢的。
他俩都会嘲笑你。

雾里的山岳不是丘陵,雨中的橡树也不是垂柳。

看哪,这一个似非而是的论断:深和高是比"折中"和"两可"更为相近。

当我一面明镜似的站在你面前的时候,你注视着我看到了自己的形象。
然后你说:"我爱你。"
但是实际上你爱的是我里面的你。

当你以爱邻为乐的时候,它就不是美德了。

不时常涌溢的爱就往往死掉。

你不能同时又有青春又有关于青春的知识。
因为青春忙于生活,而顾不得去了解;而知识为着要生活,而忙于自我寻求。

你有时坐在窗边看望过往行人。望着望着地,你也许看见一个尼姑向你右手边走来,一个妓女向你左手边走来。
你也许在无心中说出:"这一个是多么高洁而那一个又是多么卑贱。"
假如你闭起眼睛静听一会,你会听到太空中有个声音低语说:"这一个在祈祷中寻求我,那一个在痛苦中寻求我。在各人的心灵里,都有一座供奉我的心灵的庵堂。"

每隔一百年,拿撒勒的耶稣就和基督徒的耶稣在黎巴嫩山中的花园里相会。他们做了长谈;每次当拿撒勒的耶稣向基督徒的耶稣道别的时候,他都说:"我的朋友,我恐怕我们两人永远、永远也不会一致。"

求上帝喂养那些穷奢极欲的人吧!

一个伟大的人有两颗心:一颗心流血,另一颗心宽容。

如果一个人说了并不伤害你或任何人的谎话,为什么不在你心里说,他堆放事实的房子是太小了,搁不下他的胡想,他必须把胡想留待更大的地场。

在每扇关起的门后,都有一个用七道封皮封起的秘密。

等待是时间的蹄子。

假如困难是你东墙上的一扇新开的窗户,那你怎么办呢?

和你一同笑过的人,你可能把他忘掉;但是和你一同哭过的人,你却永远不忘。

在盐里面一定有些出奇地神圣的东西。它也在我们的眼泪里和大海里。
我们的上帝在他慈悲的干渴里,会把我们——露珠和眼泪——都喝下去。

你不过是你的大我的一个碎片,一张寻求面包的嘴,一只盲目的、为一张干渴的嘴举着水杯的手。

只要你从种族、国家和自身之上,升起一腕尺,你就真成了神一样的人。

假如我是你，我决不在低潮的时候去抱怨大海。

船是一只好船，我们的船主是精干的；只不过是你的肚子不合适就是了。

我们想望而得不到的东西，比我们已经得到的东西总要宝贵些。

假如你能坐在云头上，你就看不见两国之间的界线，也看不见庄园之间的界石。

可惜的是你不能坐在云头上。

七百年以前有七只白鸽，从幽谷里飞上高山的雪峰。七个看到鸽子飞翔的人中，有一个说："我看出第七只鸽子的翅膀上，有一个黑点。"

今天这山谷里的人们，就说飞上雪山顶峰的是七只黑鸽。

在秋天，我收集起我的一切烦恼，把它们埋在我的花园里。

四月又到，春天来同大地结婚，在我的花园里开出与众花不同的美丽的花。

我的邻人们都来赏花，他们对我说："当秋天再来，该下种子的时候，你好不好把这些花种分给我们，让我们的花园里也有这些花呢？"

假如我向人伸出空手而得不到东西，那当然是苦恼；但是假如我伸出一只满握的手，而发现没有人来接受，那才是绝望呢。

我渴望着来生，因为在那里我将会得到我的未写出的诗和未画出的画。

艺术是从自然走向无穷的一步。

艺术作品是一堆云雾雕塑成的一个形象。

连那把荆棘编成王冠的双手,也比闲着的双手强。

我们最神圣的眼泪,永不寻求我们的眼睛。

每一个人都是已往的每一个君王和每一个奴隶的后裔。

如果耶稣的曾祖知道在他里面隐藏着的东西的话,他不会对自己肃然起敬吗?

犹大的母亲对她儿子的爱,会比马利亚对耶稣的爱少些吗?

我们的弟兄耶稣还有三桩奇迹没有在经书上记载过:第一件是他是和你我一样的人;第二件是他有幽默感;第三件是他知道他虽然被征服,而却是一个征服者。

钉在十字架上的人,你是钉在我的心上;穿透你双手的钉子,穿透了我的心壁。

明天,当一个远方人从各各他①走过的时候,他不会知道这里有两个人流过血。

他还以为那是一个人的血。

他也许听说过那座福山。

它是我们世上最高的山。

---

① 各各他:又译"髑髅地"。

一旦你登上顶峰,你就只有一个愿望,那就是往下走入最深的峪谷里,和那里的人民一同生活。

这就是这座山叫作福山的原因。

我的每一个禁闭在表情里的念头,我必须用行为去释放它。

冰心　译

疯 人

我怎样变为疯人[1]

你问我是怎样变为疯人的。事情是这样发生的:在许多神灵远未诞生之前,一天,我从沉睡中醒来,发现我的所有面具都被盗走——那是我铸制的、并在七生中戴过的七个面具。——我没戴面具,赤裸着脸奔跑着穿过拥挤的街道,喊着:"窃贼! 窃贼! 该诅咒的窃贼!"

男人们和女人们都在笑我,也有人因怕我而躲入屋中。

当我跑到市场时,一个青年站在屋顶上高喊:"这是个疯人!"我抬头向他望去,此时,阳光第一次吻了我裸露的脸庞。这是破天荒的第一次,阳光亲吻我袒露的面颊,我的心灵燃起了对太阳的爱。我不再需要那些面具了。我仿佛在迷离恍惚中喊出:"有福啦! 有福啦! 那偷去我面具的窃贼们有福啦!"

就这样,我变成了疯人。

在癫狂中我发现了自由和安宁:由孤独而来的自由,由不被人了解而来的安宁;因为那些了解我们的人,在某些方面奴役我们。

不过,我还是不要为自己的安宁而过分自得吧,因为甚至那些监囚中的强盗,也享受着安宁,不用提防其他强盗呢。

---

[1] 英文原版中此节无标题,这里使用的是阿拉伯文版《纪伯伦全集》中此节所用的标题。

主

在远古的日子里,当第一句颤抖的话语从我唇间滑出,我攀上圣山,对主说道:"主人,我是您的奴隶。您隐匿的意愿就是我的法旨,我对您的服从是永恒的,甚至比永恒更长久。"

但主没有回答,只是像一阵强劲的风暴从我身边冲过而远去了。

一千年过去了,我再次攀上圣山,对主说道:"造物主,我是您的创作。您用泥土塑成了我,我所有的一切无不沐浴着您的恩惠。"

主没有回答,只是像千只敏捷的飞翼迅速从我身边掠过而远去了。

千年又逝,我爬上圣山,再次对主说道:"父亲,我是您的儿子。由于您的慈悲和仁爱我获得了生命,我崇拜、热爱您,从而我将继承您的王权。"

主依然没有回答,只是像一片轻笼远山的薄雾从我身边飘然远去了。

又过了千年,我再一次登上圣山,对主说道:"我主,我的终极,我的归宿,我是昨日的你,你是明朝的我,我是你生在大地上的根,你是我开在天空中的花朵,我们同在太阳的注视下生长。"

于是主俯过身,在我耳边低声说着甜蜜的话语,就像大海拥抱奔流而下的小溪,他与我融为一体。

当我走下山峰,走向山谷和平原,发现主是无所不在的。

我的朋友

我的朋友,我并不像你所见。那外表不过是罩在我身外的一袭衣饰——精心织就的衣饰,它会在你的好奇下将我保护,并能谨慎地掩盖着我的粗疏。

朋友,那在我体内的"真我"被深锁于沉默之屋,它将缄默其中直至永恒,无人知晓,不被接近。

我并不求你相信我所说，也不要你信任我所做——因为我的言语并无意义，不过是将你的思想配上声音，而我的作为也不过是将你的希冀付诸行动。

当你说："这风从东方吹来。"我则应声道："是啊，这风确是从东方吹来。"因为我不想让你知道我的心灵并非漂荡于风中而是沉浮于大海。

你不会看透我在大海中蕴孕的思绪，而我也无意让你们看透，我愿独自领略。我与大海同流。

当你的白昼降临，我的朋友，我则沉浸于我的黑夜；但即使在那时我也谈论着那跳跃于山峦间的阳光，也赏评着那在山谷里偷得一席之地的绛紫峰影；因此你听不到我夜幕下缥缈的歌声，也看不到我的翅膀向着群星奋力拍击——我惬意于你的不闻不见，我只愿独居于黑夜。

当你升上你的天堂，我则坠入我的地狱——尽管这时你在不可逾越的深渊那边呼唤："我的同伴，我的朋友。"我高声回应："我的朋友，我的同伴！"——而我并不想让你见识我的地狱。那里炽热的火焰会灼伤你的双眼，弥漫的浓烟将窒息你的呼吸。我深爱我的地狱，因而无意邀你同游。我只愿独居其中。

你崇尚真理、美与正义。为了附和你，我说，这种热爱是适宜而体面的。但我的内心却嘲笑你的信仰。不过我不会让你看见什么。我只想一个人笑个痛快。

我的朋友，你善良，严慎而明智；不，不仅如此，你是完美无瑕的——于是我也睿智而谨慎地与你交谈。在那时我变成了疯人。但我在我的疯狂外罩了一层面具。我只想独自疯狂。

我的朋友，你实际并不是我的朋友，但我如何能让你明白呢？我们也非同路人，尽管你我仍旧相伴同行，手挽着手。

稻 草 人

有一回我对稻草人说："你总是孤独守望在这片寂寞的土地上，

你一定厌倦了吧?"

稻草人回答道:"能使他人恐惧是一种深沉持久的快乐,对此我永远不感厌倦。"

我低头沉思,而后说道:"的确如此,因为我也能领悟这种乐趣。"

他说:"只有那些稻草填躯的人才能体味这乐趣。"

于是我走开了,不知道这是恭维还是轻蔑。

一年过后,稻草人变成了一位哲学家。

当我再次从他身边走过时,看到两只乌鸦正在他的帽檐下筑巢。

梦 游 者

在我出生的那个城镇,住着一个女人和她的女儿,她们常常梦游。

一天夜晚,当万籁俱寂之时,母亲与女儿再次在睡梦中漫游,她们在雾蒙蒙的花园中相遇。

母亲开口说:"完了,完了,我的仇敌。是你,摧残了我的青春,它消逝了。——是你,在我生命的废墟上建起你的生活! 我多么想亲手杀了你!"

女儿也开口了:"喂,你这令人厌恶的自私的老太婆! 是你,扼杀了我向往自由的天性! 你妄想让我年轻的生命成为你衰朽生命的回声! 我多么希望你快去死!"

就在此时,传来一声鸡鸣,母与女都从梦游中醒来。母亲温存地问道:"是你吗,宝贝?"女儿柔声回答:"是我,亲爱的妈妈。"

智 犬

一天,一只智犬遇见一群猫。

当他走近群猫时,发现他们个个神情紧张而专注,对自己视而不见,毫不理睬,于是他停住了。

这时,从猫群中走出一只神情庄重的大猫,它环视了一眼猫群,说:"兄弟们,你们祈祷吧,如果你们不断地祈祷,毫无疑问,天上一定会掉下老鼠的。"

智犬听后不禁失笑,他一边转身走开,一边自言自语:"这些盲目的蠢猫!古籍中记载得很明白,我与我的父辈们也明了,那为虔诚的祈祷者、狂热的信徒或恳求者而降的甘霖,不是老鼠而是肉骨头。"

两个隐士

在幽寂的深山中隐居着两位隐士,他们膜拜上帝并互敬互爱。

这两位隐士共同享用一个陶钵,这是他们唯一的财产。

有一天,邪恶精灵附在年长隐士的心中,于是年长隐士来到年轻隐士面前说:"我们同住已久,现在是我们该分别的时候了。让我们平分财产吧。"

年轻的隐士忧伤地说:"这真使我难过,兄长,你竟要离我而去了。但你既然决心要走,那就这样吧。"他拿出那个陶钵,把它递给年长的隐士,说:"我们无法把它平分,兄长,你拿去吧。"

年长的隐士却说:"我可不接受这种施舍,除了我应得的那一份我什么也不会拿。这个陶钵必须平分。"

年轻隐士说:"如果这钵被分作两半,它对你对我还有何用呢?假如你愿意,我们可以通过抓阄来决定钵的归属。"

但年长的隐士却又说道:"我只愿公平地得到我那份财产,我不会愚蠢到让公道及我的财产由那些没指望的允诺来决定。这个陶钵必须平分。"

年轻隐士再也无法说服他,只好说:"如果这的确是你的意愿,即使打碎它你也不在乎,那么就让我们现在把它分了吧。"

这时年长隐士的脸色却变得非常阴晦,他破口大骂:"噢,你这该诅咒的懦夫,你竟然不敢争斗!"

施与与索取

曾经有一个人,他拥有满山谷的针。一天,耶稣的母亲寻来,恳求道:"朋友,我儿子的衣衫已经破烂,我必须在他赴圣殿前将衣衫补好,你能否施我一枚针?"

那人一枚针也没施与,只是进行了一番关于施与与索取的演说,让她在她儿子前往圣殿前转告他。

七个自我

在万物静寂的深夜,我躺卧于半梦半醒之间,我的七个化身聚在一起低声交谈起来:

第一个自我:"这里,在这疯人的体内,我被禁锢了这许多年。每日无所事事,只有在日间重新咀嚼他的苦痛,在夜里再次陷入他的忧伤。我再也无法忍受这种命运,我现在就要反叛了!"

第二个自我:"你的命运比我强多了,兄弟!我被指令为这个疯人的快乐自我。我为他之笑而笑,在他快乐时放声歌唱,并迈着如同生了飞翅的轻快舞步为他欢娱的思想翩翩起舞。是我,应该反叛我这种令人厌倦的存在。"

第三个自我:"那么我,一个被热情所驾驭的自我,一个被狂放的激情与迷幻的欲望打上灼热的烙印的自我,我的命运又是怎样的呢?是我,这充满病态热情的自我,正应该反叛这个疯人。"

第四个自我:"我,与你们相比,可算是最不幸的。我别无选择,只有可厌的憎恨与具有破坏性的嫌恶。是我,这喜欢兴风作浪的我,在地狱最黑暗的洞穴中诞生的我,应对这疯人提出抗议。"

第五个自我:"不!是我,时刻慎思的我,狂想的我,饥渴的化身,注定要四处流浪,为寻找未知的甚至尚未创造出的事物永不得停息。是我,而不是你们,将要反抗这种命运。"

第六个自我:"那么我,终日劳苦的自我,一个可怜的苦力,用坚忍耐劳的双手与热望的双眼把日子编织得绚丽多姿,给蒙昧的宇宙以崭新不朽的形体——是我,孤独的我,最该反叛这从不安宁的疯人。"

第七个自我:"真是奇怪,你们竟都宣称要反叛这个疯人。你们之中,不管哪一位都有命中注定的职责。啊!我多么希望能像你们中的任何一位,有着确定的命运。但我什么也没有,我就是无所事事的自我。当你们忙碌着建筑你们的生活,我却无时无处不固守于空虚中。是你们还是我,邻居们,该去反叛他呢?"

当第七个自我诉说着这一席话时,那六个自我都怜悯地看着他,但终于没再说什么。夜更深了,他们拥着新的、喜悦的知足先后堕入梦乡。

但第七个自我却依然凝望着那隐藏于万物阴影中的空虚。

战　争

一天夜晚,王宫内正在举行盛宴,突然闯进一个男子。他匍匐在王子脚下,这时所有人的目光都集中在他身上。宾客们发现他的一只眼睛已被剜去,鲜血正从他空空的眼眶中滴出。王子询问道:"是什么灾难降临到了你身上?"男子回答:"噢,殿下,我以偷盗为生,今天夜里我趁月隐夜黑,打算到钱庄行盗。可当我破窗而入时,却误入织工的店内,在黑暗中我撞上了织工的机杼,于是我的眼珠被剜去了。现在,哦,殿下,我向您乞求公正,我要求法律裁决织工。"

于是王子派人去传唤织工。他来了,根据判决他要被剜去一只眼睛。

"噢,殿下,"织工从容地说:"这个判决完全公道。我理应受剜目之刑。不过,哎,两只眼睛对我都必不可少的,因为这样我才能看清所织衣物的两侧。不过我有个邻居,一个补鞋匠,他也有两只眼睛,他的行当无需双目俱全。"

于是王子派人去传唤补鞋匠,他来了,刽子手剜去了他的一只眼睛。

正义因此得到伸张。

狐　狸

一只狐狸欣赏着自己在晨曦中的身影说:"今天我要用一只骆驼作午餐呢!"整个上午,它奔波着,寻找骆驼。但当正午的太阳照在它的头顶时,它再次看了一眼自己的身影——于是说:"一只老鼠也就够了。"

明智的国王

从前,一位威严而贤明的国王统治着远方的维兰尼城。他的威严使人敬畏,他的智慧令他备受爱戴。

那时市区中心有一口水井,井水清冽透澈,全城居民都从这口水井中汲水饮用,即使国王与大臣们也不例外,因为这是城池中唯一的一眼井。

一天夜里,当大地万物都沉沉睡去,一个女巫进入城中,在井中点了七滴魔液,然后说:"从现在起,凡饮用了这井水的人就会发疯。"

第二天清晨,所有居民——除了国王与侍从长——都饮用了这井里的水,于是都变成了疯人,正如女巫预言的那样。

这一天,狭窄的小街上,市场中,人们都在窃窃私语,除此而外什么事情也不做:"国王疯了,咱们的国王与侍从长都失去了理智! 我们不能让一个疯国王统治国家,我们必须废黜他。"

这天晚上,国王命人从井里汲来满满一金杯水。水一送到,国王便大饮了一口,然后把剩下的水赏与侍从长。

于是遥远的维兰尼城热烈欢庆,因为他们的国王及其侍从长又恢复了理智。

远大理想

三个男人在小酒店中相遇。其中一个是织工，另一个是木匠，第三个则是个庄稼汉。

织工说道："今天我以两个金币的好价钱卖出了一件考究的亚麻寿衣。让我们开怀痛饮葡萄酒吧。"

"再来看看我，"木匠接口说，"我卖出了一具最好的棺材。我们可以就着酒大吃一顿烤肉呢。"

"虽然今天我只掘了一个墓穴，"农夫说，"可我的主顾赏了我双倍的工钱。让我们再享受享受蜂蜜蛋糕吧。"

整个晚上酒店忙得不可开交，因为客人们不停地点葡萄酒、烤肉和蛋糕，他们吃得极为尽兴。

老板不禁搓着手，对着妻子脸上绽开笑容，他的顾客们花钱可真够大方。

当客人们离去时，月亮已高悬在空中。三个人一起唱着叫着沿小路走远了。

老板与妻子站在酒店门口目送着他们。

"啊！"妻子说，"看这几位先生，出手多大方，多爽快呀！要是他们每天都给咱俩带来这样的好运该有多好！那样我们的儿子就不用再做个小酒店主，为生计整天忙碌了。我们要让他受上等教育，他会成为一个体面的牧师呢。"

新的乐趣

昨天夜间，我偶得一个新乐趣。当我刚刚品尝其乐之时，一位天使与一个魔鬼向我家飞奔而来。他们相遇于门口，为我新创的乐趣发生争执。一个叫嚷："这是罪恶！"——另一个却高喊："这是美德。"

另一种语言

出世后的第三天,我躺卧在柔软的丝绒摇篮里,惊异地注视着身边这个新奇的世界。这时候母亲问我的乳母:"我的孩子怎么样?"

乳母相告:"他很乖,夫人。我已喂过他三次奶了,我从来没有见过像这样小的婴儿会这么快活。"

我听见此话气得哭喊起来:"这不是真的!妈妈,我的床太硬了,我吮吸的奶满嘴苦味,乳母的乳房泛着刺鼻的恶臭,我好难受啊!"

可是母亲听不懂,乳母也一无所知,因为我说的话是属于我来自的那个世界。

在我来到世上的第二十一天,一位神甫给我施洗礼。他对母亲说:"您真有福气,夫人,您的儿子是个天生的基督徒。"

我吃了一惊,对神甫直言:"那么你那天堂里的母亲一定不开心了,因为你生来可不是个基督徒。"

神甫也仍然听不懂我的语言。

七个月后的一天,一位预言家观看了我的面相之后,告诉我母亲:"您的儿子会成为一个政治家,一位伟大的民众领袖。"

我大喊起来:"他是骗人的预言家!我将成为音乐家,除了音乐我别不选择。"

可是直到那时,我的语言仍没人听得懂——我惊讶不已。

三十三年又过去了,母亲、乳母、神甫相继去世(愿上帝保佑他们的灵魂),只有那位预言家依然在世。就在昨天,我在神殿门前遇到他,交谈中他说道:"我早就知道你定会成为一位大音乐家。当你还在褓褓中,我就曾预见并预言了你的未来。"

我相信了他——因为如今的我,也早已忘却了那属于另一世界的语言。

石　榴

　　我曾居于一只石榴中。有一天，我忽然听到一颗石榴籽说了话："有朝一日，我将长成参天大树，轻风在我的枝条间欢歌，阳光在我的绿叶上曼舞。我将挺拔颀秀，四季不衰。"

　　这时又听见另一颗石榴籽开口了："早在像你这样年轻时，我也曾有过这样的美梦。但我现在已明于世事，我醒悟到，我那些期望不过是空想。"

　　第三颗籽附和道："我也看出生活并不确保我们有什么辉煌的未来。"

　　第四颗籽接下来说："如果我们没有光明前程，我们的生命显得多么乏味可笑！"

　　第五颗籽也发表见解："我们现在连自己是何物都不清楚，何必还为不可知的将来命运喋喋不休呢？"

　　但第六颗籽说出了答案："我们现在是什么，我们将来就是什么，因为生命是延续的。"

　　第七颗籽也说："我心中对十万物的发展与前程有着清晰的概念，但我无法付诸语言。"

　　接着第八颗、第九颗、第十颗……直到所有石榴籽一同开腔，喧嚣不已。我无法一一辨别它们在说些什么了。

　　于是，就在这纷乱之日，我搬到新居——一只榅桲果内，那里边种子不多，几近沉寂。

两只笼子

　　在我父亲的花园里有两只笼子，一只笼里关着一头狮子，它是父亲的仆人从尼那哇大漠运来的；另一只笼里关着一只久已不能歌唱的小鸟。

　　每日拂晓，那鸟儿总对狮子问候道："早晨好，囚徒兄弟！"

三只蚂蚁

三只蚂蚁在一个躺在温暖阳光下打盹的男子的鼻尖上偶遇。它们按照各自部族的礼节彼此致意后，便停在那儿交谈起来。

第一只蚂蚁："这里的山丘与平原是我平生所见过的最贫瘠的地方了。我寻觅了一整天想弄到哪怕是一粒粮食，但一无所获。"

第二只蚂蚁："我也空手而归，尽管我找遍了每一个偏僻的角落与每一片林间空地。我敢说，这儿就是我们部族人所传说的柔软的、可移动的、寸草不生的大陆了。"

这时第三只蚂蚁扬起头说："我的朋友，我们现在正站立于一只超级巨蚁的鼻翼间。这是只拥有无穷威力与无限强权的巨蚁，他的身躯宽广到我们极目而不能见，他的身影如此广袤以致我们无法逾越，他洪亮的声音充斥宇宙，震耳欲聋，啊，他是无所不在的！"

听到第三只蚂蚁如此高谈阔论，另两只蚂蚁不由相视大笑起来。

正在这时，打盹的人动了动，伸手挠了挠鼻子，三只蚂蚁全被捻得粉碎。

掘 墓 人

昔日，在我埋葬一个死去的自我时，掘墓人走过来说道："在所有到这里来举行葬行的人当中，我独喜欢你。"

我说："您真使我受宠若惊。您为何喜欢我呢？"

"因为"，他回答，"别人都是流着泪来，流着泪去，唯有你欢笑而至，欢笑而归。"

在圣殿的台阶上

昨日黄昏，在圣殿的大理石台阶上，我看到一个女人坐在两个男子中间。她的脸庞一面是苍白的，而另一面却由于羞涩而泛红。

神赐福的城市

在我年轻时,听人说起过这么一座城市,城中每个人都遵循《圣经》的教义生活。

于是我宣布:"我要去寻找那座城市,并求得神佑。"我备好行囊。长路漫漫。经历了四十天的长途跋涉,我终于望见了那座城市。在旅行的第四十一天,我走进它的城门。

天哪! 城市里所有居民都是独眼独手! 震惊中我不禁自言自语道:"难道这座圣城里的所有人都必须独眼独手吗?"

这时我发现人们也显出震惊的神色,对我的手眼俱全大为惊讶。在他们交头接耳之际,我问道:"这的确是那座所有居民都遵循《圣经》教义生活而受主赐福的城市吗?"他们答道:"不错,这正是那个城市。"

"那么是什么灾难,降到你们身上?"我问,"你们的右手右眼呢?"

人们被打动了,他们说:"跟我们来看看吧!"

他们把我带到城市中央的一座圣殿。在圣殿中我看到了一堆堆的断手和眼珠,它们都已经萎缩干枯。我失声叫道:"天哪! 是怎样的征服者对你们犯下这样的罪行啊?"

人群中一片骚动。其中一位长者走出来说道:"这些都是我们自己做的。是上帝使我们成为自身罪恶的征服者。"

然后他领我到一座高高的神坛前,人们都尾随着我们。长者指点我观看坛上雕刻的铭文。我读道:

"若是你的右眼使你失足,那么剜下右眼,把它从你身上抛弃,这将于你有益,因为割舍部分肢体实要胜过全身沦落地狱。若是你的右手使你失足,那么砍下右手,把它从你身上抛弃,这将于你有益,因为割舍部分肢体实要胜过全身沦落地狱。"

明白了。我转过身面对着所有的人呼喊:"难道你们中没有一个男子或女人有健全的双目双手吗?"

他们同声回答:"没有,没有一个。没有一个人能保全双手双眼,除了童孺,因为他们太年幼,无法读懂圣典,也不能了解神的戒律。"

于是我们走出圣殿。我头也不回地离开了这座被赐福的城市。因为我并不年幼,也能读懂圣典。

善神与恶神

善之神与恶之神在山巅相遇。

善神首先致意:"你好啊,兄弟!"

恶神没有作声。

善神又说:"今天你看上去心情不太好啊。"

"是的,"恶神说,"因为最近我总被误认为你,人们用你的名字称呼我,还把我当作你对待,这令我很不快。"

善神说:"可我也一直被错当成你,而且被冠以你的名字呢。"

恶神咒骂着人类的愚蠢,悻悻地走开了。

挫　折

挫折,我的挫折! 我的孤独与冷漠!

在我,你们比千百次成功的喜悦更珍贵。

在我心中,你们比世间一切辉煌的胜利更甜美。

挫折,我的挫折! 我的自知与轻蔑!

通过你们我才知道自己依然年轻,脚步依然轻捷。

也并未为渐渐凋萎的月桂树所困扰;

在你们中我寻得孤独,

并品味到了被遗弃与被轻视的快乐。

挫折,我的挫折！我的利剑与坚盾！
从你的眼波中我读到：
被加冕即是被囚禁,
被理解即是被降至平庸,
被人掌握即是被变为圆熟,
正如瓜熟蒂落,为人吞食。

挫折,我的挫折！我无畏的同伴！
你将聆听到我的歌唱,我的哭喊与我的沉默,
唯有你能对我讲述翅膀的翱翔,
海涛的澎湃,
及在夜空下燃烧发光的山峦,

只有你才能攀行于我险峻崎岖的心灵。

挫折,我的挫折！我不朽的勇气！
我们将与暴风雨同声大笑,
我们将一起埋葬身内的死亡,
我们将怀着同样的欲望站立于阳光之下,
我们将是危险的。

夜与疯人

"我就像你,噢,夜,晦暗而赤裸;我行于灼热的小径上,这路正延展于我白昼的梦幻中。每当我的足触到土地,一棵大橡树便于眼前闪现。"

"不,你并不像我,噢,疯人。因为你仍然回首瞻顾,去看你留在沙地上的足迹有多么巨大。"

"我像你,夜啊,寂静而深邃,在我寂寞的心中,躺着一位即将分娩的女神。在这即将诞生的婴孩身上,天堂与地狱相毗邻。"

"不,你并不像我,噢,疯人。因为在痛苦中你依然战栗,来自深渊的歌声会令你失色。"

"我像你,噢,夜,狂暴而可怖,我的耳畔激荡着被征服民族的呼号与被遗弃土地的哀叹。"

"不,你不像我,疯人啊,因为你依旧只把你的小我视为同伴,而还未将你可畏的'兽我'当作至交。"

"我像你,噢,夜,冷酷而可怕;我的胸膛为燃烧于海中船舶的火光所照亮,我的嘴唇被相互残杀的勇士的鲜血所浸染。"

"不,你并不像我,噢,疯人;因为你心中依然存在着对那主宰你灵魂的姐妹的渴求,你还没有成为支配你自己的法律。"

"我与你一样,噢,夜,快乐而幸福。那居于我身影中的他,饮了芳醇的葡萄酒而酣然大醉。那个紧随我的她也正在纵情狂欢。"

"不,你与我不同,噢,疯人,因为你的灵魂仍隐匿于那七褶面纱之下,而你尚未将你的心擎于手中。"

"我就像你,噢,夜,坚忍而热烈,我的胸膛下无数殒去的情侣被埋葬于枯萎之吻形成的尸布中。"

"是啊,疯人,你像我吗?你真的像我吗?你能像驾驭烈马一般指挥暴风雨吗?你能像紧握利剑一样举擎闪电吗?"

"是的,像你,哦,夜,像你,强烈而深远,我的御座高高筑于垂下头颈的众神之上,也有白昼从我面前经过,它们只能亲吻我的衣角,但无法仰视我的面孔。"

"你像我么,我最阴郁的孩子?你能够以我不羁的思想为思想吗?能以我广博的言语为言语吗?"

"是的,我们是孪生兄弟,哦,夜,因为你变幻于空间,而我则展示我的灵魂。"

脸

我曾见过可变幻千种表情的面孔,也曾见过只有一副面容,宛若固定于模子里的脸。

我曾见过这样的面孔,从它光耀的表面我能看到内心的丑陋;而对于另一种脸,我曾不得不肃然仰视,才能发现它的光彩如此动人。

我见过那布满皱纹而却空洞无物的老朽之脸,也见过虽平润光滑却铭刻了沧桑世事的年少面孔。

我善于辨识各种面孔,因为我透过自己眼睛织就的视网,洞察那外表下的真面目。

更辽阔的大海

我的灵魂与我同到大海沐浴。当我们到达海边,我们开始寻觅一个隐僻之地以便下海。

走着走着,我们看到一个男子坐在灰色的岩石上,正从一只布袋里抓出大把的盐撒向海中。

"这是个悲观论者,"我的灵魂说,"让我们离开这地方吧,我们不能在这里沐浴。"

我们继续寻找,来到一个海湾边。我们看到一个人正站在白色的礁石上,怀抱一个镶有宝石的盆子。他从盆里抓出大把的糖撒向海中。

"这人又太乐观了,"我的灵魂说,"他当然也不应看到我们赤裸的身体。"

我们又接着走了很远。在海滩上我们见到一人,正拾起沙上死去的鱼,温柔地把鱼放回海水中。

"我们不能在他面前沐浴,"我的灵魂说,"他是个人道主义者与博爱主义者。"

于是我们继续前行。

不久我们看到一个人,正在沙地上描画自己的身影。大浪扑上沙滩把画迹冲去。但他依旧不懈地描摹着。

"他是个神秘主义者,"我的灵魂说,"让我们离开吧。"

接着我们来到一道平静的小海湾，看见一个人正用勺子舀起海上的泡沫，倒入一个石膏制的碗中。

"这是个理想主义者，"我的灵魂说，"当然不能让他看着我们赤身裸体。"

我们复又前行。忽然听到一个声音在喊："这就是大海。这就是深不可测的大海。这就是广博而汹涌的大海。"待我们循声走近，看到一个人背向大海，耳旁垂挂着一片贝壳，正在倾听贝壳与大海相和的低吟。

于是我的灵魂说："走吧，这是个现实主义者。他背对着自己无法把握的整体，却忙乱于琐碎的个体不能自拔。"

我们又走开了。然后来到礁群间一片长着苔藓的沙地。只见一个人把头埋在沙中。我于是对灵魂说："我们可以在这儿沐浴，因为他不会看见我们。"

"不，"我的灵魂说，"要知道他是众人中最要不得的。他是个清教徒。"

这时，深深的悲哀袭上我灵魂的面庞，渗入我灵魂的话语。

"让我们现在就离开吧，"她说，"这里竟没有一个隐僻的地方可供我们沐浴。我不愿让这里的海风吹起我的金发，不愿在这里的空气中裸露我洁白的胸脯，不愿让这里的光窥探我圣洁的裸体。"

于是我们离开了这片大海，去寻找更广阔的海洋。

钉于十字架

我对着人们大喊："我愿被钉于十字架上！"

他们说："凭什么你要把你的血溅到我们头上？"

我回答："除了把疯人钉在十字架上，还有什么方法能使你们快活呢？"

他们认可了，于是我被钉于十字架。被钉上十字架后我渐渐平息。

当我高悬于天地之间，人们抬起头仰视我。这时他们得意扬扬，因为他们的头从未昂起过。

人们都站立着仰望我,这时一个人叫道:"你在赎什么样的罪呀?"

另一个也喊道:"究竟出于什么原因你要牺牲自己的身体作祭品呢?"

第三人说:"你是想以这样的代价去换取世间的荣誉吗?"

接着第四人又讲道:"看哪,他在怎样地微笑!这样的痛苦是能够忍耐的吗?"

我说话了,回答了他们所有的问题:"只记住我的笑容吧,我并非要赎罪——并非要献祭——也并非希冀以此赢得世间荣耀;我也没有什么可忍耐的。我渴——于是我求你们把我的血给我痛饮。除了自身的血,还有什么可以让疯人解渴呢!我已不能言语——因此我求你们赐我伤口为口唇。在你们的昼夜中我被囚禁——于是我要找寻一道通往更广阔时空的门扉。

"现在我要去了——一如被钉于十字架上的先人们。不要以为我们厌恶于如此被钉于十字架。因为我们注定将被比你们远为强大的人钉于更广袤天地间的十字架上。"

星象学家

在圣殿门前的影下,我的朋友与我见到一个盲人安静地坐在那里。我的朋友说:"看,那是本地最有智慧的人。"

于是我丢下朋友,走到盲人面前向他致意,我们攀谈起来。

言谈间我问:"恕我冒昧,您自何时起双目失明?"

"出生以来。"他回答道。

我又问:"那么你是追循着哪条智慧之径而行的呢?"

他答道:"我是个星象学家。"

他把手贴在胸前,接着说:"我观察着各种恒星,卫星及所有星宿。"

深切的渴望

在这儿，我坐在我的兄弟高山与我的姐妹大海之间。

我们三个都是同样的孤独者。把我们连接在一起的爱是那样深沉，那样强烈，又那样奇异。不，这爱比我的姐妹更深厚，比我的兄弟更强烈，比我自身的疯狂更奇异。

从我们第一次彼此相识的那个晦暗的黎明以来，漫长的岁月已经流逝；我们目睹了无数次诞生、繁荣与消亡，而我们依然年轻且充满热望。

尽管我们年轻而热切，我们却依旧孤独无伴，无人拜访。虽然我们聚于不朽的拥抱，但内心得不到慰藉。用什么才能慰藉这压抑的欲望，这难以宣泄的激情？哪里的火焰之神，能温暖我姊妹的寒衾？何方的激流仙子，可熄灭我兄弟的烈焰？能占据我心的女子又是谁呢？

在夜的寂静里，我的姊妹在梦中喃喃唤着不知名的火焰之神，我的兄弟轻呼着远方的清凉仙子。但我却不知道在睡梦中呼唤何人。

这儿，我坐在我的高山兄弟与大海姊妹之间，我们是一样的孤寂。那把我们联系在一起的爱是那样深沉，强烈，又是那么奇异。

草叶如是说

一叶小草对一片秋叶抱怨道："你跌下来的声音真够响的！你惊断了我一冬的美梦。"

秋叶愤慨地说："你这出身低贱而住所卑微的生物！没有乐感，性格乖戾的东西！你不曾高踞于空中，当然无法了解自然之歌的美妙音响。"

然后，秋叶在泥土上躺下来开始长眠。当春天来临她苏醒过来——她已长成一叶青草。

秋天又至,小草渐渐堕入冬梦,在她上面,秋叶从空中飞扬而落。她低低地自语道:"哦,这些秋天的落叶!他们弄出这么大的噪声,把我的好梦都给搅了。"

眼　睛

一天,眼睛说:"我看到一座青雾缥缈的山峰,就在这片山谷的那头。那不是很美吗?"

耳朵倾听。它凝神听了好一会儿后说:"那座山峰在哪儿?我什么也没听到呀。"

这时手开口说道:"我努力想感觉或接触它,但毫无结果,我摸不到什么山峰。"

鼻子也说话了:"根本没有什么山峰,我嗅不到它的气味。"

当眼睛转向另一个方向,耳朵,手与鼻子开始议论眼睛奇怪的幻觉。他们都说:"眼睛一定出了差错。"

两位学者

从前,在古老的阿福卡城中住着两位学者。他们相互憎恶,彼此贬低对方的学识,这是因为他们中的一位否认神的存在,而另一位却是个忠实的信徒。

一天,两位学者在市场相遇。于是在他们及其追随者之间展开了一场有关神是否存在的辩论。经过几个小时的争论后,他们各自散去。

当夜,不信上帝的学者前往圣殿,匍匐于神坛之前,祈求主饶恕他迷乱狂妄的过去。

与此同时,另一位学者,那个祭拜上帝的信徒,焚毁了他的宗教圣典,因为他已变成了无神论者。

当我的忧愁降生时

当我的忧愁降生的时候,我精心地培育她,用温柔的爱心照顾她。

于是我的忧愁像其他一切有生命的事物一样,成长起来,变得强壮而美丽,充满着令人惊叹的喜悦。

我与忧愁彼此相爱,我们也爱着周围的世界;因为我的忧愁有一颗善良的心,而我的心由于有了忧愁而良善。

当我与忧愁交谈时,我们的日子不知不觉地飞逝而过,连夜晚也充满着梦幻;因为我的忧愁有着雄辩的口才,而我的谈吐也因有了忧愁而变得高明。

当我与忧愁一起歌唱时,邻居们坐在窗前聆听;因为我们的歌,如大海般深沉,我们的旋律,充满着奇妙的回忆。

当我与忧愁漫步时,人们用温和的目光注视着我们,以甜蜜动人的话语低声称道我们。也有人从目光中流露妒意;因为我的忧愁是如此高贵雅逸,我多么为她自豪。

可我的忧愁死去了,也像一切有生命的事物一样,只留下我独自在世上沉思。

现在,当我开口说话时,只有笨重的言语散落耳旁。

当我歌唱时,不再有邻人前来聆听。

当我漫步街头时,也不再有人回顾。

只是在睡梦中,我才听到一个怜悯的声音:"看啊,这里躺着的人,他的忧愁已经死去。"

当我的欢乐降生时

当我的欢乐降生时,我怀抱着它,站在屋顶大喊:"快来吧,邻居们,快来看呀;我的快乐今天降生了,来看看这快活的小东西,它还在阳光下欢笑呢!"

然而,大出我的意料,竟没有一位邻居来看一眼我的欢乐。

一连七个月,我每天都在屋顶炫耀我的欢乐,可依然无人理睬我们。我与我的欢乐孤寂独处,从无一人来探究。

渐渐地我的欢乐枯萎、憔悴了,因为除了我的心,再没有别人的心爱怜它,除了我的唇,再没有别人的唇亲吻它。

终于,我的欢乐在孤独绝望中死去。

现在,只有在回忆死去的忧愁时,我才会回想起这死去的快乐。但回忆只像一片秋叶,在风中低语片刻就飘逝得无声无息了。

完美的世界

隐没于众神之中、主宰着迷惘灵魂的神啊,请听我说!

仁慈宽厚的命运之神,守护着我们狂乱魂魄的神灵啊,请听我说:

我置身于完美的民族之中,而自己却不完美。

我,纷扰的世人,迷蒙的星云,在完美无缺的世界里游移。这里,人们有完善的法律,纯正的制度,他们的思想有条不紊,他们的梦幻井然有序,他们的观点注册登记。

他们的美德,噢,神主!合乎标准;他们的恶行,也足以测度;就是那些既非德行亦非恶行,在朦胧中掠过的数不清的琐事,也须记录在案。

这里,昼夜划分为节令,行事皆有定时,并以精确而无可挑剔的方式进行管理。

吃饭、饮水、睡眠,为裸露的身躯穿上衣衫,然后再在一定的时刻产生倦意;

工作、娱乐、唱歌、跳舞,然后在入寝钟敲响时静静躺下;

这样那样地思考、感受,然后当某个星辰升起于遥远的天际时,便停止思考和感受;

面带微笑地抢劫邻人,风度翩翩地馈赠礼品;谨慎地赞许,温婉地责备;用片言只语灭绝一个灵魂,在一呼一吸之间焚毁一个躯体,然后,当诸事完毕时去洗净双手;

　　照一定的模式去施爱,按预设的程序来娱人;恰如其分地膜拜神灵,灵活巧妙地私通魔鬼,然后忘掉一切,就像记忆已经逝去;

　　带着目的去想象,带着谨慎去遐思,甜蜜地享受,高贵地受苦,然后倒空杯盏,以便翌日再度将其斟满。

　　所有这一切,噢,神主! 都是因谋划而确立,经决定而降生,一切均受到悉心照料,且为各种规则所制约,由各种理念所指导,然后,被毁灭被埋葬于受控的秩序中。甚至那些人类灵魂深处的寥寂的坟墓,也都被标上记号,点清数目。

　　这是一个完美的世界,一个无与伦比的美妙的世界,一个充满奇观的世界;这是上帝园中最为成熟的果实,是宇宙思想的极致。

　　但是,我为什么会在这里,噢,神主,我是一颗激情尚未勃发的不成熟的种子,一股不知刮向东方还是西方的风暴,一块来自被焚毁星球的陨片。

　　隐没于众神之中、主宰着迷惘灵魂的神啊,我为什么会在这里?

伊静　译

先驱者

题　记

你是你自身的先驱,你建造的塔只是你"大我"的根基,你的"大我"又将成为新的根基。

我也是我的先驱,日出时在我面前伸展的影子,正午时将要聚在我的足下;下一次日出又将展开新的影子,它在下一个正午又要聚拢。

我们常常是,也将永远是自身的先驱。我们于过去和将来采撷的,只是粒粒种子,待播撒在尚未耕耘的田地上。我们是田地,是耕夫,是采者,也是被采物。

当你是徘徊于雾霭中的一个愿望,我也一样徘徊其间。我们互相寻访,我们的渴望中生长出梦想,那梦想绵绵不断,那梦想横无际涯。

当你是生命颤抖的唇上的一句默语,我乃是那唇上的另一句默语。然后生命将我们道出,我们便在追忆昨日、向往明天的颤动中降生、长大。昨日是称臣的死神,明日是冀求的新生。

而今我们同在上帝的手中,你是他右手中的太阳,我是他左手里的地球;但你这个照耀人的,并不比我,被照耀的更为明亮。

我们,太阳和地球,只是更大的太阳和地球的肇始。我们永远是肇始。

路过我园门的生客,你是你自身的先驱。

我也是我的先驱,虽然我看来纹丝不动,在我树的荫下静坐。

上帝的小丑

有一次,一位梦想家从沙漠来到伟大的舍里阿①城;他的全部家当,就是身穿的衣裳和手中的一根木棒。

走在街上,他对眼前的殿堂、尖塔、宫殿,既敬畏又惊叹,舍里阿城好不富丽堂皇! 他不时拉住行人,询问城市的情况,但他和行人彼此都听不懂对方的语言。

时值中午,他在一家大饭店门前停下。饭店用金黄色的大理石砌成,人们从门口进进出出,无人阻拦。

"这一定是座圣殿!"他一边自言自语,一边走了进去。到里面后他惊奇地发现,眼前竟是一间华美的大厅,成双结对的男女们围坐在一张张桌边,他们边吃边喝,还在欣赏音乐。

梦想家心想:"不,这不是在拜神,一定是王子在设宴招待民众,庆祝某个大典。"

这时,一位男子——梦想家当他是王子的仆人——走了过来,请他坐下,并端来了肉肴、葡萄酒,还有精美的点心。

梦想家美餐了一顿,然后起身告辞。走到门口,他被一位衣着考究的大个男人拦住。

"这准是王子本人了。"他心想,便朝大个子鞠了一躬,以示感谢。

大个子用城里的语言说道:"先生,您用了晚餐还没有付款呢。"

梦想家不懂,又真诚地感谢了一次。

大个子仔细地打量着他,看出这是个异乡人,这副衣衫褴褛的样子,肯定是付不起餐费的主了。于是他击一下掌,又喊了一声,当下就走来四个巡捕。他们听完大个子的讲述,就一边两人,把梦想家夹在中间带走了。梦想家见这几个人衣着气派、威风凛凛,眼里更添了几分喜色。

---

① 舍里阿:阿拉伯语,意为律法。

他想:"他们都是上等人物啊!"

他们走着走着,一直走进法院大门。

只见大堂前方的正座上端坐着一人,美髯长须,装束威严,梦想家估量他便是国王,不禁为有幸面晤国王而大喜。

巡捕们向威严端坐的法官控告了梦想家。法官当下指定两位律师,一位代表原告,一位替这异乡人辩护。两位律师先后站起发言,阐述了各自的辩护词。梦想家呢,还只当他俩在致欢迎辞。对国王和王子的盛情款待,他心里无比感激。

判决宣布了:判罚被告胸挂书有罪名的木枷,骑着秃马在全城示众,并由号手、鼓手各一名在前开道。判决立刻执行。

身骑秃马的梦想家在号手、鼓手的开道下游街示众。城里的居民闻得喧声,纷纷拥上街头,一见眼前的情形个个笑将起来,孩童们则跟在梦想家后面招摇过市。梦想家早已乐不可支,眉飞色舞地赏阅着人群。他以为,胸前的木枷代表国王的祝福,骑马示众乃是一种殊荣。

忽然,他在马上看见了一位来自沙漠的熟人,于是高兴地朝他大叫:

"朋友! 朋友! 这是什么地方? 这座遂心如意的城市叫什么? 你知道吗,他们在王宫里为一个陌生客摆宴,王子亲自作陪,国王在他胸前挂上福匾,还让这人间天堂倾城迎接——这是哪一个慷慨的民族呀?"

沙漠里来的熟人没有作答,只是微笑着,还轻轻摇了摇头。游街的队伍继续前行。

梦想家的头高昂着,眼里闪烁着喜悦的光芒!

爱　情

传言胡狼还有鼹鼠
是和林中的雄狮

从同一条溪流中饮水。

传言雄鹰和秃鹫
也在同一具死尸上啄食，
共享这死物的时刻
它们总是相安无事。

啊，爱情！你高贵的手
曾控驭着我的愿望，
将我的饥与渴
高升为自尊和傲睨；
莫让强悍与永恒之我，
饮食诱惑了软弱之我的
酒酿与面包；
倒不如让我饥饿，
让我的心渴极干涸，
让我死亡，灭迹！
我宁此也不会伸手
抓你未满斟的杯盅，
你未祝福的碗盏。

隐居的国王

　　人们告诉我，在群山环抱的森林里，隐居着一位年轻人，他曾是两河①对面一个大国的国王。人们还说，他完全自愿地离开了王位，离开了他可以称耀的江山，而寄身于荒山僻林。

　　我想，我要去寻访此人，探究他内心的秘密，因为能够舍弃王国

---

① 　两河：指现在位于西南亚的底格里斯河与幼发拉底河。

的人，必定比王国更加伟大。

当天，我就来到了此人隐居的森林，见他正坐在柏树下，手持一截芦管，仿佛握着权杖一样。我像对国王一样对他行礼致意，他掉头看我，和蔼地问道："你为何来此僻静的林间？在绿荫中寻你失落的自我吗？在薄暮时分回归故乡吗？"

我说："我寻的是你，想知道你何以舍弃王国，来此林间。"

他答："我的故事说来简单，正如泡沫的破灭是瞬间的事情：一天，我坐在王宫的一座窗前，王室侍从长和一位异邦的特使在花园散步，他们走近我窗前时，侍从长正在说他自己：'我和国王一样，酷爱烈性酒，嗜好各种赌博，也和国王一样脾气暴躁。'说着他们在树林中远去了。不多一会儿，他们又折路回来，这次侍从长谈起了我：'国王和我一样，也是百步穿杨的神射手，也和我一样爱好音乐，日浴三次。'"

停顿了一下国王又说："当日黄昏我就离开了王宫，只带了随身的衣裳作为行李。因为我不愿再成为人们的统治者，他们把我的毛病揽在自身，又把他们的长处全归于我。"

我说："这故事听来还真奇怪。"

他回答："不，朋友，你叩开了我无声的门户，得到的还只是皮毛。谁不愿抛弃王国，换取一座时光永在其间歌舞的森林？多少人都放弃了江山，只为在独居中求得甜蜜的宁静；无数的大鹰都自空中降下与鼹鼠为伍，期望获得大地的奥秘。有人舍弃梦幻的王国，以免被无梦者视为异己；有人舍弃赤裸的王国，把灵魂遮掩起来，以免别人因目睹无遮掩的真理和美而羞涩；最伟大的，乃是舍弃忧愁王国的人，他因此不被视为孤傲和自负。"

说着他倚杖站起，又说："你现在回到大城，坐在城门前观察所有进出的人们。你会发现，有的人生来具有君王气概，却并不拥有王土；有的人身为臣民，却是精神上的王者——虽然他和他的臣民都不知觉；还有的人看来是个统治者，而实则是自己奴仆的奴仆。"

说完这些，他对我笑着，唇间挂着一千个黎明。然后他转过身去，走进森林深处。

我回到城里，依他的话坐在城门口，观察着进进出出的行人。从那时今，无数个"君王"的身影从我身上掠过，而被我的身影掠过的臣民们，却难得一见。

狮子的女儿①

四名奴仆站立着，为靠在王座上睡着的老女王扇风。女王打着鼾，她的膝上卧着一只猫；它不停地低哼，眼光懒洋洋地盯着奴仆们。

第一个奴仆说话了："这个老婆娘的睡相多么难看！瞧她下耷的嘴巴，瞧她呼吸得那么费劲，就像魔鬼正在卡住她的喉管。"

猫低哼而语："她的睡相再难看，也不及你们这些醒着的奴隶丑态之一半。"

第二个奴仆说："你们以为睡眠会使她的皱纹舒平一点，而不是加深；其实相反，瞧那一脸皱纹，她定在梦着什么恶魔。"

猫低哼着："你们怎么不去入睡，梦见你们的自由？"

第三个奴仆说道："或许她正梦见她残杀过的所有人在列队而行呢。"

猫低哼而语："对，她在梦见你们的祖先和后代列队而行。"

第四个奴仆说："对她评头品足虽不错，只是减轻不了我站立扇风的疲劳。"

猫低哼着："你们将永生永世为人扇风，因为在天上的情形也跟在地上一样。"

这时，老女王的头忽然低垂了一下，她的王冠掉到了地上。

一个奴仆说道："这可是凶兆。"

猫低哼着："一个人的凶兆对另一个人就是吉兆。"

第二个奴仆说："她要是醒来，发现王冠落地还了得！她肯定会

---

① 狮子与猫均为猫科动物。

杀了我们。"

猫低哼着:"自你们出生之日起,她就残杀了你们,而你们全然不知。"

第三个奴仆说:"的确,她会杀掉我们,并说这是祭神。"

猫低哼道:"只有弱者才被拿来祭神。"

第四个奴仆让同伴安静了下来,他轻轻拾起王冠,小心地戴在女王头上,没有把她惊醒。

猫低哼着:"唯有奴隶,才会把落下的王冠替主人重新戴上!"

过了一会儿,老女王醒来,她看看四周,打着哈欠说:"我做了一个梦,梦见一棵老橡树的树干上,四条毛虫正被一只蝎子追逐着:我不喜欢这梦。"

说完她闭上眼睛又睡了,不一会儿鼾声复又作起。四个奴仆继续为她扇风不止。

猫低哼着:"扇吧,扇吧,一帮愚氓! 你们扇的乃是吞噬你们的火焰。"

暴　行

守护着海边七个洞穴的母龙如此唱道:

"我的伙伴就要乘着波浪而来。他雷鸣般的吼声将使大地充满恐惧,他鼻中喷出的火焰将在空中燃烧,月食时我们就要结为夫妻,日食时我要生下一位圣乔治[1],日后由他将我杀死。"

守护着海边七个洞穴的母龙如此唱道。

圣　徒

我年轻时,有一次曾到山那边静静的树林里拜访一位圣人。当

---

[1]　圣乔治:基督教殉教者,英格兰的主保圣人,活动时期约为公元三世纪。传说他曾杀死恶龙,从恶龙爪下救出女郎。

时，我与他正在谈论着美德的本质，一位盗贼疲惫不堪、脚步趔趄地沿山路走来。走近树林时，他在圣人脚下跪倒，哀求道："啊，圣人，我要得到您的安慰！我的罪孽已成为我的重负了！"

圣人回答："我的罪孽，也成为我的重负了。"

盗贼："可我是个贼人，是个强盗。"

圣人："我也是个贼人，是个强盗。"

盗贼："我还是个杀人犯，很多人的血在我耳边鸣冤呢。"

圣人："我也是个杀人犯，我耳边也有很多人的血在鸣冤。"

盗贼："我犯下了数不清的罪行。"

圣人："我也犯下了数不胜数的罪行。"

这时盗贼站起，直瞪瞪地看着圣人，眼神有点奇怪；然后疾步离开，走下山冈。

我转过头来，向圣人问道："您为什么替自己杜撰了种种罪行？您想过吗，此人走后不会再信服您了。"

圣人答道："他确实不会再信服我了，但他是得了很多快慰走的。"

恰在此时，我们听到远处传来盗贼的歌声，这喜悦的歌声回荡在整个山谷。

饕　　餮

我在漫游四方时，曾于一座岛上见过一个人头铁足的怪物，在一刻不停地吃着泥土，饮着海水。我在旁边观察良久，然后走近问道："你从不感到满足吗？你的饥渴永不会消解吗？"

怪物回答："不，我已经满足了，我甚至已倦于吃喝；但我担心明天没有泥土可食，没有海水可饮。"

大　自　我

一切终于结束了。拜布洛斯之王努夫西巴尔在自己的加冕典礼结束后,回到卧房,这是三位隐居深山的巫师替他建造的房子。他摘下王冠,脱下御衣,站在屋子中间陶醉起来:他是拜布洛斯的全权大王啦!

忽然间他掉过头来,发现他母亲赠他的大银镜里,正走出一位赤身裸体的男子。

国王大惊,对着此人喝问:"你要干什么?"

赤身的男子答道:"我只有一问:为何人们立你为国王?"

国王说:"因为我是这块土地上最高贵的男人。"

男子:"你若仍然比人高贵,就做不了国王了。"

国王:"因为我是这块土地上最勇猛的,他们立我为王。"

男子:"你若依然勇猛如初,就做不了国王了。"

国王:"因为我是人们中最富智慧的,人们立我为王。"

男子:"你若仍旧富于智慧,就不会被选为国王了。"

这时候国王猛然倒地,痛哭起来。

赤身的男子低头看了看他,拿起王冠,轻轻地戴在国王垂下的头上。

然后,他又以怜爱的目光注视着国王,随即走进银镜。

国王站起,马上向镜中看去。他看到的,只是戴着王冠的自己。

战争与弱小民族

草原上,一头山羊和它的小羊羔正在吃草;高空中,一只兀鹰却在盘旋,眼睛贪婪地盯着下面的羊羔。就在它将要俯冲攫取食物的时候,另一只兀鹰飞来了,在山羊和小羊羔上空飞来飞去,心里怀着同样贪婪的念头。于是两个敌手在空中厮杀起来,空中回响着它们惨怖的鸣声。

山羊抬头看着,心中大惑,便低头对小羊羔说:

"咄咄怪事! 我的孩子,那两只高贵的鸟儿竟会互相残杀! 这辽阔的天空还不能任它们飞翔吗? 祈祷吧,孩子,从心里祈求上帝,求他为你生着翅膀的兄弟带去和平。"

小羊羔便从心底里祈祷起来。

批 评 家

有天黄昏,一位骑马往海边赶路的男人来到了路边的旅店。他和往海边赶路的人们一样,很相信夜里人们的行止,他下马以后,就把马拴在店门边一棵树上,然后走进旅店。

午夜,一个小偷趁人们都已入睡,将马盗走。

次日晨,旅行者醒来,发现马被人盗走,他痛惜不已,为失去了马,也为有人竟然心怀偷念。

这时,房客们走来,站在他四周议论起来。

"你真傻,怎么能把马拴在马棚外面呢?"

"更傻的是,你不曾把马腿捆扎一下。"

"骑着马去海边,本身就是件蠢事。"

"只有懒汉和腿脚不麻利的人才备有马呢。"

旅行者十分不解,终于叫了起来:"朋友们,就因为我的马被偷了,你们一个接一个数落我的过错;可奇怪的是,对于盗马贼,你们怎么不加一句谴责呢!"

诗 人

四位诗人环坐在放着一碗美酒的桌旁。

第一位诗人说道:"我似乎用我的第三眼,看到这美酒馥郁的香气在空中弥漫,就像一群飞鸟翩跹于一片迷人的林间。"

第二位诗人昂起头,出口成章:"通过我的内耳,我听到这些轻雾般的鸟儿在吟唱,那悠扬的歌声沁入我的心扉,正如白玫瑰用花瓣包住采蜜的蜂儿。"

第三位诗人闭起眼睛,双手上伸,慷慨陈词道:"我用手触摸到了,我感觉到它们的翅膀,恰似一个酣睡的仙女,轻轻对着我的手指呼气。"

这时第四位诗人站起,端起酒碗,说:"噢,朋友们!我的眼光、听力和触觉都太迟钝了,既不能看到这美酒的香气,也听不到它的歌声,更感觉不到它翅膀的扑腾,我知道的只是这碗美酒本身。看来我现在该喝下它,让自己变得敏感起来,以达到你们出神入化的境界。"

说完他把碗举到唇边,一仰头将美酒喝个精干。

那三位诗人张咧着嘴,看得惊呆了。他们的眼里,露出强烈而不再有诗意的仇恨。

风 向 标

风向标对着风说:"瞧你是多么讨厌,多么乏味啊!你不能换个去处,别冲着我的脸刮吗?是你破坏了上帝赐我的宁静!"

风没有作答,只是在空中大笑。

阿拉杜斯之王

有一次,阿拉杜斯城里的长老们晋见国王,请求他颁令,禁止在城里饮用葡萄酒和其他酒精饮料。

国王转过身去,冷冷一笑走开了。

长老们惶惶不安地退下朝廷。

退到王宫门口,他们遇见了朝廷侍从长,他一见长老们面有难色,便明白了其中缘由。

侍从长说道:"真可怜,朋友们,要是你们碰见国王醉了,他必定会恩准你们的请求。"

自我心的深处

自我心的深处,有鸟飞起,飞向天空。

鸟越飞越高,却又越来越大。

起先,它只像燕子一般大小,而后像云雀,像兀鹰,像春天的云团,最后,竟至遮蔽了星光闪耀的天空。

自我心的深处,有鸟飞向天空,鸟高飞而复巨硕,然而终没有飞出我的心扉。

啊,我的信仰,我难以驯服的真知! 我如何才能飞到你的高度,与你同观印画在空中的人的"大我"?

我如何才能将心底的大海化为烟云,随你一道在辽阔不可测的空中轻飏?

那羁身于殿堂的囚徒,如何才能一睹殿堂金碧辉煌的穹窿?

果实的核心如何才能扩伸,以至包含了果实?

啊,我的信仰,我锁链加身,身处这以白银黑檀为栅栏的牢笼,竟不能与你齐飞。

然而,自我心的深处,你飞向天空,是我的心包孕了你,我可以因此满足了。

朝 代

伊沙奈国的王后正经历着分娩时的阵痛,国王和朝廷的重臣们在"飞牛大厅"等候着,他们屏声息气,焦急万分。

黄昏时,一位信使匆忙走进大厅,他在国王前俯身下拜,禀报说:"我给国王陛下、给国家、给国王的奴仆们带来了佳音:拜特隆国的暴君、国王陛下的不共戴天之敌、好战的米赫拉卜,已经毙命!"

国王和重臣们听罢,全都站起欢呼,因为强悍的米赫拉卜一日在世,就必定要骚扰伊沙奈国,掳掠其人民。

与此同时,御医带着助产士们也来到"飞牛大厅"。御医在国王前俯身下拜,禀道:"国王陛下万寿无疆! 陛下对伊沙奈的统治,必将传至万世;因为就在此刻,陛下您喜得贵子,社稷江山有人承继了!"

国王御颜更是大悦,同一时刻里死敌归天,王室有继,真是双喜临门。

且说伊沙奈城里有位极灵验的预言家,既年轻又敢于直言。当夜国王便令人带预言家见他。预言家被带到朝廷后,国王饬令:"你预言一下,吾国今日新得的王子前途如何?"

预言家毫不犹豫地答道:"啊!国王且听,听我说出您今日降生的王子的前途:国王的死敌、昨日黄昏死去的米赫拉卜的阴魂,只在风中寄了一日,又寻得托生之躯;他托生的不是别人,正是方才您新得的王子。"

国王听罢大怒,拔剑杀死了预言家。

从此至今,伊沙奈的贤明之士经常在暗中相告:"你不知道吗,自古以来都在传说:伊沙奈被敌人统治了?!"

真知与半知

浮在河边的一根木头上趴着四只青蛙。突然冲来几个浪头,木头顺浪向下游慢慢飘去。青蛙们非常高兴,因为这是它们的首次航行。

不多久,一只青蛙说话了:"这根木头实在神奇,它会运动,就像有生命一样,真是闻所未闻。"

第二只青蛙说:"不,朋友,这根木头跟别的木头一样,是不会运动的;运动的是河水,它流向大海,也带动了我们和这根木头。"

第三只青蛙却说:"木头和河水都不会运动,运动的是我们的意念;没有意念,一切运动都不复存在。"

三只青蛙为究竟是什么在运动争辩起来,它们越辩越热闹,嗓门也越来越大,但到底还是互不服气。

于是它们转向第四只青蛙,它一直在细心听着各方的言论,并未作声。青蛙们请它发表见解。

它说:"你们都对,说得都不错。运动的既是木头,也是河水,也是我们的意念。"

那三只青蛙听罢勃然大怒,因为谁都不想接受:自己的观点不是完全正确,人家的观点不是完全错误。

接下来怪事发生了:三只青蛙同仇敌忾,一起使劲把第四只青蛙推进了河中。

白纸如是说

一张雪一样洁白的纸片如是说:"我生来纯洁无瑕,愿今后永葆这份纯洁。我宁可被焚,化为白烬,也不愿黑色玷污我,不愿脏物靠近我。"

墨水瓶听了白纸的话,在自己黑色的心中暗笑,后来便再不敢接近白纸。彩笔听了白纸的话,也再不去碰它了。

果然,这张白纸得以永葆自己的洁白和纯净了:洁白,纯净,又空空如也。

学者与诗人

蛇对云雀说:"你会高飞,但你无法到大地深处探幽;在那里,生命的元气在完美的静谧中涌动。"

云雀答道:"是呀,你无所不通,岂止如此,你的智慧简直无与伦比。可惜——你不会飞翔!"

蛇好像没听到云雀答话一样,继续说道:"你见不到蕴于深处的奥秘,无由在地下王国的宝藏中蠕动。就在昨天,我还在一个红宝石洞里栖身,那里和成熟石榴的肚里一样,最微弱的光线也会将宝石映成火红的玫瑰。除我之外,谁有幸一睹如此奇观?"

云雀:"是呀,只有你能匍匐于往古的晶莹纪念里。可惜——你不会歌唱!"

蛇:"我还知道有一种植物扎根于地心深处,谁食用此根,就会变得比阿施塔特①还要俊美。"

云雀:"唯有你,唯有你才能揭示大地深奇的思想。可惜——你不会飞翔!"

蛇:"一座大山的底下,有股紫色的水流,谁饮用此水,就会变得同神灵一样长生不朽。我确信,再没别的鸟兽知道这紫色水流。"

云雀:"如你愿意,你自然会同神灵一样长生不老。可惜——你不会歌唱!"

蛇:"我还知道一座埋在地下的圣殿,每月都去那儿寻访一次;那圣殿由早被遗忘的一个巨人部落所建。墙壁上铭刻着天地古今的种种奥秘,谁读此铭文,就能够博古通今,无所不知。"

云雀:"真的,你若愿意,你蜷曲的身躯里可以包容天地古今的一切知识。可惜——你不会飞翔!"

现在蛇终于厌烦了,它一边掉头钻进洞穴,一边悻悻说道:"头脑空空的歌伎!"

云雀也唱着歌飞走了:"可惜你不会歌唱!可惜啊,大学士,可惜你不会飞翔!"

价　值

一个男人在自家地里挖出一尊绝美的大理石雕像。他带着雕像,找到一位酷爱各种艺术品的收藏家,准备出卖。收藏家出了高价买下,事毕后两人分手。

回家的路上,卖主手里攥着大把的钱,心喜地自语:"这笔钱会带来多少荣华富贵呀!怎么还有人不惜如此代价,换取一块在地下埋了千年,做梦都无人梦见的顽石?不可思议!"

同时,收藏家却在端详着雕像,心里也在自语:"真是气韵生动,

---

① 阿施塔特:为古代闪族腓尼基人(在今叙利亚、黎巴嫩、巴勒斯坦一带)所信奉的迦南宗教的重要女神之一,据说是司繁殖、爱情的女神。

143

巧夺天工！何等美丽的一个精灵,酣睡了千年之后再度复生！何以有人会以如此稀珍,换取毫无趣味的几个臭钱?"

另外的海洋

一条鱼对另一条鱼说:"在我们这片海域上面,还有另一片海洋,那里也有生物嬉游,就跟我们生活在这里一样。"

另一条鱼答道:"这纯粹是幻想！你不知道吗:无论什么只要离开我们的海域一英寸之距,在外面待上片刻,就会死去。你凭什么证明别的海洋里也有生物?"

忏　悔

某人趁着月黑之夜潜入邻居的菜园,拣了最大的一个西瓜偷回家中。

打开一看,却是只生瓜。

然后奇迹发生了:

他良心发现,悔恨不已,为自己偷了西瓜而忏悔。

临终者告兀鹫

稍等,稍等一会,我急迫的朋友,
很快,我就交出这无用的皮囊。
徒劳无益的疼痛,
在消磨你的耐心;
我不会让你再等长久,
诚实而饥饿的伙计。
但这锁链,虽系气息制成,
却不易粉碎,

死的愿望——
强似一切的愿望，
正被生的愿望——
弱似一切的愿望羁绊。
原谅我，伙计，我滞留得太久。
记忆在控驭着我的灵魂：
那是列队而过的遥远时光，
是梦中的青春幻想，
是一张脸庞告诉我的眼睑不要闭阖，
是徘徊在耳际的一个声音，
是抚摩我手臂的又一手臂。
原谅我，你等得太久。
现在好了，一切都已凋萎——
脸庞、声音、手臂，还有
领它们前来的轻雾。
结扣已打开，
绳索已断裂，
那非食物、非饮料的已撤去。
靠近些，饥饿的朋友，
餐桌已备好，
食物虽不丰厚、简陋，
却是和着爱奉献。
来吧，先啄这里，左边，
将这小鸟衔出笼子，
鸟翼已不会扑腾，
我要它随你高飞到云霄。
现在就来，朋友，
今夜我作东道，
欢迎你，我的宾客！

在我的孤独之外

在我的孤独之外，另有一种孤独；于其间的居者，我的孤寂竟是嘈杂的闹市，我的静默竟是纷乱的喧声。

我是过于年轻而造次了，依然未寻到这更高的孤独；远处山谷的回声还在耳际鸣响，山谷的倒影挡住了我的去路，我不能前往。

在那些山峦之外，另有一秀美的丛林；于丛林的居者，我的平和竟是一阵急风，我的秀美，只是一种幻觉。

我是过于年轻而恣肆了，依然未寻访这神奇的丛林。我的嘴里还留着血腥，先辈们的弓箭还执在我手中，我无法前往。

在受羁的自我以外，另有自由的自我；与它相比，我的梦想竟是薄暮中的厮杀，我的向往只是骨骼嘎嘎的裂声。

我是过于年轻而多难了，实现不了自由的自我。

我不灭杀了受羁的自我，众生不得到自由，我如何成为自由人呢？

我的根须不在黑冥中枯死，我的叶片怎样在风中高飞歌唱呢？

我的雏鸟不离开我用喙筑起的小巢，我心中的雄鹰怎样向着太阳翱翔呢？

最后的守望

子夜时分，当黎明的第一道气息随风而至，那先驱，就是自称是未闻之声的回音的人，离开卧室，登上了自家的屋顶。他久久伫立着，看着下面熟睡的城郭，然后抬起头，呼唤着，仿佛城中睡者不眠的精魂，已围聚他的身边。他说：

"朋友们，邻里们，每日自我门前经过的人们：在你们睡时我要向你们宣讲，在你们梦幻的谷地我要赤身无羁地行走；觉醒时你们最不经心，百音灌耳时你们充耳不闻。"

"我爱你们，甚久，甚切。"

"我爱你们中任何一人，就如他是你们全体；我爱你们全体，就像你们是一人。值我心之春天，我在你们的花园里吟唱；当我心之夏日，我守望你们的谷场。"

"哎，我爱你们全体。巨人和侏儒，患病的与受福的，在黑夜跌仆的和在白昼起舞于山冈的，我都挚爱着。"

"你，强人，我爱，虽则你铁硬的趾甲还在我肉体上留着印记；你，弱者，我爱，虽然你辜负了我的信任，枉费了我的耐心。"

"富人，我爱你，纵然你的甜蜜在我口中变得苦涩；贫者，我爱你，纵使你以我的囊空如洗为羞辱。"

"你，诗人，在断弦的古琴上随心所欲地弹拨，你得到我分外的垂青；你，学者，孜孜搜集陶工田地里腐烂的尸衣，也得到我的厚爱。"

"你，牧师，置身昨天的静寂里探问我明天的命运，我爱；你们，崇拜神癨的人们，那神癨只是你们自己愿望的化身，我也爱。"

"你，饥渴的女子，虽然你的杯总是满斟，我带着理解爱你；你，夜夜不息的女子，我怀着同情爱你。"

"你，健谈者，我爱，并且告诉你：'生活中要说的很多'；你，寡言者，我爱，我对自己说：'他在静默中岂不道出了我乐听的话语？'"

"你们，法官和批评家，我爱，但你们见我钉在十字架上时，却说：'他的滴血富有节奏感，血迹在他白皙的皮肤上构成美丽的图案。'"

"哎，我爱你们全体，青年与老汉，颤动的芦苇与挺拔的橡树。"

"可是，噫！你们正因我无边的厚爱背弃了我。你们乐于从小杯中吸取爱，却不敢从汹涌的河流中畅饮；你们愿听微弱的爱语，而当爱高唤，你们却将耳朵塞住。"

"因为我爱你们全体，你们说：'他的心过于柔嫩，他的道路过于晦暗；他的爱是穷人的爱，那种人拣到饼屑，就快活得如赴国王的盛宴一般；他的爱是懦夫的爱，因为强者爱的只是强者。'"

"因为我爱你们深切，你们说：'这不过是盲人之爱，才分不清此美和彼丑；这是缺乏鉴赏力的爱，才把酸醋混同甜酒；这爱是无礼和傲慢的,哪个陌路人,能够做我们的父母兄妹?'"

"你们说的不只这些。市场上,你们常嘲讽地指着我说:'这是个老孩童,不知时令的怪人,中午跟孩子们戏耍,傍晚与老头们做伴,还以智慧、悟性自诩。'"

"于是我对自己说:'我要更爱他们,哎,爱得更深;只是用憎的外表掩饰这爱,用苛严掩饰我的柔情。我要戴上铁铸的面具,披甲戴盔后寻访他们。'"

"而后我用沉重的手掌覆住你们的伤口,如夜间的风暴,我在你们耳边叱喝。"

"站在屋顶上,我揭露了你们中的伪君子、势利眼、骗子、像水泡一般华而不实的庸人。"

"鼠目寸光之徒,我诅咒他们是盲眼的蝙蝠;汲汲于卑末小利的,我比作缺乏灵魂的鼹鼠。"

"健谈者,我讥为巧舌如簧;寡言者,我称为口拙如石;对粗疏鄙陋的人们,我说:死者决不会厌倦死亡。"

"追求世间知识的人,我斥责他们亵渎了神灵的精神;独尊精神的人,我贬之为打捞影子的痴人:将网撒向死水,捞起的只是他们自己的倒影。"

"如此,我用言词贬斥你们;我滴血的心,却在轻柔地低唤你们。"

"这是被自身鞭笞的爱在言语,这是受损害的高傲在轻尘中振翮,这是对于你们的爱的渴望,伫立在屋顶,对你们咆哮;而我的爱心,却在无声中下跪,祈求你们的宽恕。"

"可是奇迹发生了!"

"我掩饰起的爱,开启了你们的闭目;我伪装的憎,唤醒了你们的心窍。"

"你们现在爱我了。"

"你们爱砍斫你们的刀剑,爱渴望着射入你们胸膛的箭矢;负了伤你们感到喜足,饮了自身的血,你们方觉醍畅。"

"像飞蛾为捐躯扑向火光一样,你们日日聚到我的花园,仰着脸,惊奇地看我撕扯你们白昼的织物。你们交头接耳：'他以上帝的灵光注视，他像古先知那样谈吐，他揭示了我们的灵魂，开启了我们的心锁，他熟知我们的道路，宛如兀鹰熟知狐狸的行踪一样。'"

"哎，倒不如说，我熟知你们的道路，如同兀鹰熟知雏鹰的习性一样。我愿敞开心的秘密；然而，为了让你们接近，我装作疏远；为预防你们爱潮低落，我谨守着我的爱闸。"

先驱说完这些，双手捂着脸痛哭起来。他心知赤裸的爱虽受了侮辱，但比伪装了去求胜的爱要伟大。他觉得羞辱。

但是，他猛然抬起头来，如大梦初醒一般伸开双臂说道："夜过去了，当黎明从山冈上翩翩而至，我们夜的孩子就该死去。自我们的灰烬中要升腾起更强有力的爱，那是在太阳下朗笑的爱，那是不死的爱。"

薛庆国　译

流浪者

流 浪 者

我在十字路口遇见他，一个光穿一件披风，拄一根拐杖的人，脸上蒙着一层痛苦之纱。我们互相致意问好，我向他说："到我家里来作客吧。"

他就来了。

我的妻和我的孩子们在大门口迎接我们，他对她们莞尔微笑，她们欢迎他的光临。

我们一同坐下来就餐；同这个人在一起，我们感到愉快，因为他身上自有一种沉静和一种神秘。

吃过晚饭后我们聚集在炉火周围，我问起他的流浪生涯。

那天夜里他给我们讲了好多故事，第二天也讲了好多故事。但是，我如今记录下来的，都脱胎于他的生涯之辛酸，尽管他本人是仁慈厚道的；而这些故事呢，讲的是他道路上的尘土和忍耐。

三天后他离开我们时，我们并不觉得一个客人已经走了，倒像是我们家庭中有个人还在外边儿花园里，还没有回到房子里来呢。

衣 衫

有一天，美和丑在海边邂逅，他们互相怂恿："咱们到海里去游泳吧。"

于是他们脱下衣衫,在海水里游泳。过了一会儿,丑回到海岸上,穿上本来属于美的衣衫,径自走他的路了。

接着美也从海里出来了,找不到她自己的衣衫,她又太羞怯,不敢赤身裸体,于是她只好给自己穿上本来属于丑的衣衫。美也径自走她的路了。

所以,直至今日,世上的男男女女,错把丑当作美、美当作丑。

然而,有些人看见过美的真面目,尽管她穿错了衣服,他们还是能认出她来。有些人认得丑的真面目,衣衫蒙骗不了他们的眼睛。

鹰和云雀

一头鹰和一只云雀在一座高山的一块岩石上相遇。云雀说:"祝您早安,先生。"鹰鄙夷地瞧着云雀,有气无力地说道:"早晨好。"

云雀说:"我祝愿您万事大吉,先生。"

"是啊,"鹰说,"我们是万事大吉大利。可你要知道,我们是众鸟之王,我们还没有开口,你就不应该先招呼我们。"

云雀说:"我以为咱们是属于同一个家族的哩。"

鹰以鄙夷的神色瞧着云雀,说道:"究竟谁说过你和我是属于同一个家族的?"

于是云雀答道:"不过,我倒要提醒你这一点:我能飞翔得同你一样高,我还能唱歌,给大地上其他生物以乐趣。而你既不给人愉快,又不给人乐趣。"

这话触怒了鹰,他说:"愉快和乐趣!你这放肆的小东西胡扯些什么!你的身材不过我的一只脚那么大。只要我的嘴巴一啄,就能结果你的性命。"

于是云雀飞起来,扑在鹰的背脊上,啄起鹰的羽毛来了。这可大大激怒了鹰,他快飞高翔,想借此甩掉那只小鸟。然而他失败了,怎么也甩不掉。他终于又落在高山的那块岩石上,小东西可依旧扑在他的背脊上,他越发愤怒,咒骂着这倒霉的时辰。

此时此刻有一只小乌龟经过，对着眼前的景象哈哈大笑，她笑得前仰后合，几乎要翻身摔倒。

鹰瞧不起小乌龟，说道："你这慢慢爬行的东西，你这永远爬在土地上的东西，你笑什么？"

于是乌龟答道："哎，我看见你变成了一匹马，让一只小鸟骑在你身上，不过那小鸟倒是只比你高明的鸟。"

鹰这就对乌龟说道："你少管闲事，忙你自己的事去吧。这是我和我的兄弟云雀之间的家务事儿。"

情　歌

从前，有个诗人写了首情诗，诗是美丽的。他复写了几份，分送给他的朋友们和相识者，男的女的都送了，甚至送给了一位他只遇见过一次的、住在山岭那一边的年轻女子。

一两天后，那年轻女子派人给他送来了一封信。她在信中写道："让我推心置腹地向你保证，我深深地被你写给我的情诗感动了。现在就来吧，来看望了我的父亲和我的母亲，咱们就可以为订婚作好安排了。"

诗人复信，他在信中对她说道："我的朋友啊，这不过是出之于诗人心灵的一首情诗，由每一个男人吟唱给每一个女子听的。"

她再一次写信给他，说道："玩弄语言的伪君子和说谎者！从今天到我去世之日，我将因为你的缘故而憎恨一切诗人。"

泪　与　笑

黄昏时分，一只鬣狗在尼罗河岸上遇到一条鳄鱼，他们停下步来，互相致意。

鬣狗开口说道："先生，你的日子过得怎样？"

鳄鱼答道："我的日子过得糟极了。有时候，我因痛苦和烦恼而哭泣,我一哭,人们总是说:'不过是鳄鱼的眼泪①罢了。'这话之使我伤心,真是没法儿说。"

于是鬣狗说道:"你讲起你的痛苦和你的烦恼,可你也替我想想吧,想一忽儿吧。我凝视着世界上的美,凝视着它的奇观和奇迹,纯粹出于内心的喜悦,我笑了,甚至像白昼一样的笑了。而丛林里的居民们却说:'不过是鬣狗的笑②罢了。'"

在市集上

一个十分秀丽的姑娘从农村来赶集。她的脸上是百合花和玫瑰花的颜色。她的头发好比夕照,而曙光在她的朱唇上微笑。

这美貌的陌生人出现在年轻男子眼前不久,他们便都来追求她包围她了。这一个要同她跳舞,那一个要切一块蛋糕招待她。而他们大家都想吻她的面颊。因为说到底,难道这不是市集吗?

然而这姑娘吃惊而又害怕,认为这些年轻男子都不是好人。她斥责他们,她甚至打了一两个人的脸。接着她就从他们身边逃跑了。

那天黄昏时分,在回家的路上,她心里说道:"真叫人厌恶。这些男人多么没有礼貌、没有教养。简直叫人忍无可忍。"

一年过去了,在这一年里,这个十分秀丽的姑娘念念不忘市集和年轻的男子们。于是她再来赶集了,带着她脸上的百合花和玫瑰花,带着她头发里的夕照以及她朱唇上的曙光似的微笑。

然而,如今年轻的男子们一看见她都转过身去了。整整一天她都是孤零零的,没有人来追求她。

黄昏时分,在走回家去的路上,她心里在嚷道:"真叫人厌恶。这些青年多么没有礼貌、没有教养。简直叫人忍无可忍。"

---

① 鳄鱼的眼泪:意为假慈悲。
② 鬣狗的笑:意为狞笑。

两位王妃

在沙瓦基斯城里住着一个王子，不论男子、妇女、儿童，人人都爱他，甚至田野里的动物也都来向他致敬。

但老百姓都说："他的妻子，即王妃，却不爱他；不，她甚至恨他。"

有一天，毗邻的城市里的一位王妃，来访问沙瓦基斯城里的王妃。她们坐在一起谈话，讲到了她们的丈夫。

沙瓦基斯城里的王妃激动地说道："我真羡慕你和你丈夫——王子——共同生活的幸福，尽管你们已经结婚好些年头了。我憎恨我的丈夫。他不是只属于我一个人的，我确实是世界上最最不幸的女人了。"

来访的王妃便凝视着对方，说道："我的朋友啊，事实的真相是你爱你的丈夫。是的，你对他还有一份尚未用尽用掉的热情，那可是一个女人身心里的生命，好比花园里的春天。然而可怜我，也可怜我的丈夫吧，因为我们不过是在默默无言的忍耐中互相容忍着罢了。而你和其他的人还以为这就是幸福哩。"

闪　电

在一个大雷雨的日子里，有个基督教的主教在他的大教堂里。来了一个并非基督徒的女人，站在他的面前，问道："我不是基督徒。我能否得救，免受地狱之火的烧灼？"

主教瞧瞧那女人，答复她道："不，只有那些受过圣水和圣灵的施洗礼的人们，才能得到拯救。"

就在主教说话的刹那之间，一个霹雳从天上轰隆打将下来，打在大教堂上，大教堂里到处烈火熊熊。

城里的人们纷纷跑来了，他们救出了那个女人，而主教却被大火吞灭，化为灰烬了。

隐士和野兽

从前，在苍翠山岭间住着一个隐士。他是个精神纯洁和良心清白的人。大地上的一切走兽和天空里的一切飞禽都成双捉对地来到他的面前，他就对它们讲话。它们心悦诚服地听他讲话，它们围了拢来，不到天黑不愿离开；天黑时他就送它们走了，以他的祝福，把它们委托给风和森林。

有一天晚上，当隐士讲到爱情的时候，一头豹抬起脑袋对隐士说道："你给我们讲到恋爱，先生，请告诉我们，你的伴侣在哪儿呢？"

隐士说："我没有伴侣。"

于是在飞禽走兽群里腾起了大为诧异的喧哗之声，它们开始喊喊喳喳地互相议论："他自己对此一无所知，怎么能给我们讲恋爱和结婚呢？"它们悄悄地鄙夷地走掉了，剩下隐士孤零零一个人。

那天夜间，隐士脸孔朝下倒在席子上，接着就捶胸痛哭。

先知和孩子

有一天，先知莎里亚在一个花园里遇见一个孩子。孩子跑到先知跟前，说道："早上好，先生。"于是先知说："早上好，先生。"一忽儿以后，又说，"我看你是独自一个人吧。"

孩子哈哈大笑，高高兴兴地说道："我花了好大工夫才摆脱了我的保姆。她以为我是在那些篱笆后面；可你岂看不到我在这花园里吗？"孩子凝望着先知的脸，又说道，"你也是独自一个人啊。你怎么对付你的保姆的？"

先知答道："啊，那可是另外一回事了。说句老实话，我没法儿时常摆脱我的保姆。不过，现在我进入这个花园的时候，保姆正在篱笆背后寻找我呢。"

孩子拍着手大声说道："那么，你跟我一样是迷途失踪的人了！

迷途失踪岂不很好吗?"接着,孩子又问,"你是什么人?"

那人答道:"人家管我叫先知莎里亚。你也告诉我,你是什么人?"

"我只不过是我自己,"孩子说道,"我的保姆正在寻找我,她不知道我在哪儿。"

于是先知凝望着天空说道:"我也是躲开我的保姆一忽儿,不过她会发现我的。"

孩子说:"我知道我的保姆也会发现我的。"

就在这片刻之间,听得见有个女人在呼唤这孩子的名字。"瞧,"孩子说,"我告诉你保姆会找到我的。"

与此同时,听得见另一个声音在叫唤:"莎里亚,你在哪儿?"

于是先知说道:"瞧,我的孩子,她们也把我找到了。"

莎里亚抬头仰望天空,回答道:"我在这儿啊。"

珍　珠

一只蚌跟它附近的另一只蚌说:"我身体里边有个极大的痛苦。它是沉重的,圆圆的,我遭难了。"

另一只蚌怀着骄傲自满情绪答道:"赞美上天也赞美大海,我身体里边毫无痛苦,我里里外外都很健全。"

这时有一只螃蟹经过,听到了两只蚌的谈话,它对那只里里外外都很健全的蚌说:"是的,你是健全的,然而,你的邻居所承受的痛苦,乃是一颗异常美丽的珍珠。"

肉体和灵魂

一个男子和一个女人坐在开向春天的窗子旁边。他们紧紧地挨在一起。女人说道:"我爱你。你生得漂亮,家境富裕,始终衣冠楚楚。"

男子说道:"我爱你。你是一种美丽的思想,一件超脱得难以掌握的事物,是我梦幻中的一支歌曲。"

但那女人愤愤地转过身去,说道:"先生,请你现在就离开我吧。我不是一种思想,我不是经过你的梦境的一件事物。我是个女人。我愿意你指望我成为一个妻子,一个未来子女的母亲。"

于是他们分手了。

那男子在心里说道:"瞧这另一个梦如今竟化成一片雾气了。"

这女人说道:"唉,他竟把我看成是一片雾气一个梦了,这是个什么男子汉呀?"

国　王

沙迪克王国的人民包围了他们的国王的王宫,大声呐喊着反对国王。国王一手拿着王冠,一手执著王节,走下宫殿的台阶。国王的威仪使人群静了下来;国王站在人群的面前,说道:"我的朋友们,你们不再是我的子民,现在我把我的王冠和王节交给你们。我愿意做你们的一分子。我不过是一个老百姓,作为一个老百姓,我愿意同你们一起工作,使我们的命运可以好起来。无需有一个国王了。因此,让我们一起到田里和葡萄园里去,手挽手地一起劳动。只是必须告诉我,我应该到哪一块田哪一个葡萄园里去。现在你们大家都是国王了。"

人民十分诧异,大家寂然不动,因为,他们原以为国王是他们的不满的根源,如今国王却把王冠和王节交给他们,成为老百姓的一分子了。

于是老百姓各走各的路,国王便跟着一个人到田里去干活。

国王没有了,沙迪克王国也没有什么起色,大地上仍旧笼罩着不满的雾霭。老百姓在市场上大声呼吁,说是他们愿意接受管理,他们情愿有个国王来统治他们。老年人和青年人仿佛异口同声地说道:"我们一定要有个国王。"

于是老百姓去寻找国王,发现国王在田里劳动,老百姓把他送到御座上，把他的王冠和王节交还给他。他们说："请以权力和正义统治我们吧。"

国王说："我要以权力统治你们，但愿天地间的众神帮助我，使我也能以正义进行统治。"

却说男男女女的老百姓来到国王面前，向他控诉了一个百般虐待他们的男爵，他们都不过是这个男爵心目中的农奴罢了。国王立刻把那男爵传来，对他说道："在上帝的秤盘上，一个人的生命同另一个人的生命，重量都是相等的。因为你不知道怎样衡量那些在你田里和葡萄园里干活的人们的生命的价值，所以你被放逐了，你必须永远离开这个王国。"

第二天，另外一群老百姓来到国王面前，控诉山岭那边的一个伯爵夫人残酷不仁，弄得他们穷困不堪。国王立刻把那伯爵夫人传到法庭上，也判处她流放的刑罚，国王说道："那些耕种我们的田地、为我们照料葡萄园的人们，比我们高尚，我们吃的是他做的面包，喝的是他们榨的葡萄酒。因为你不明白这个道理，你就得离开这片国土，到那远离这个王国的地方去。"

接着，又来了男男女女的老百姓，他们控诉主教派他们搬运石头，为大教堂凿石头，可又什么报酬也不给；他们知道尽管主教的金库里放满了金银财宝，而老百姓却肚子空空的，饿得要命。

国王就召见主教，主教到来时，国王对他说道："挂在你胸前的十字架，应该意味着给生命以生命，然而你却从生命剥夺生命，自己可一毛不拔。因此，你必须离开这个王国，永不回来。"

这样，整整一个月，每天都有男男女女的老百姓来到国王面前，诉说他们不胜负担之苦；整整一个月，每天总有些压迫者被逐出国土。

沙迪克的老百姓惊讶不置，他们的心里欢欣鼓舞。

有一天，老年人和青年人都来了，把国王的高塔包围了，大声呼唤国王。国王一手拿着王冠，一手执著王节，走下塔来。

国王向老百姓说话，问道："这一回，你们要做什么事呢？瞧吧，我把你们叫我执掌的东西还给你们了。"

然而老百姓大声说道："不，不，你是我们的英明的国王。你清除了我们国土上的毒蛇，你消灭了豺狼，我们是来向你表示感恩，来歌功颂德的。庄严的王冠是属于你的，光荣的王节是属于你的。"

于是国王说道："我不是国王，不是。你们自己才是国王。你们觉得我软弱失政时，你们自己也是软弱而不善于施政的。如今田地耕种得五谷丰登，乃是因为你们大家立志要做到这一点。我不过是你们全体老百姓脑子里的一个思想；只有你们行动起来，我才得以存在。根本没有什么统治老百姓的人。只存在着过去被统治的老百姓，如今他们自己统治管理自己。"

国王拿着王冠和王节重新进入他的高塔，年老的和年轻的老百姓各走各的路回去了，他们都是心满意足的。

沙迪克王国里，老百姓人人都以为自己是个国王，一手拿着王冠，一手执著王节。

在沙滩上

一个人对另一个人说道："好久以前，在大海高潮的时候，我用我手杖的尖端，在沙滩上写下了一行字，现在人们仍旧停下步来读这行字，他们还留神不让它被擦掉抹掉。"

另一个人说道："我也在沙滩上写了一行字，不过是在低潮的时候，辽阔大海的波涛把这行字冲刷掉了。可是请你告诉我，你写的是什么呢？"

第一个人答道："我写道：'我就是他这样的人。'可你写的是什么呢？"

第二个人说："我写道：'我不过是这伟大海洋中的一滴水而已。'"

三件礼物

从前，在贝沙累城里住着一个宽宏大量的王子，城里所有的子民们都热爱和尊敬王子。

不过,有个十分贫穷的人,他对王子怀恨在心,不断地用他的贫嘴恶舌攻击王子。

王子知道这事,然而他耐心容忍。

但王子终于想到了这个穷人;一个冬天的寒夜里,王子的仆人来到这穷人的门前,带来一袋面粉,一小袋肥皂和一大块糖。

仆人说:"王子送给你这些礼物,作个纪念。"

这穷人很得意,因为他把这些礼物看作是王子对他的一种敬意。他自豪地去见主教,把王子送他礼物的事告诉主教,并且说道:"你难道看不出王子要博得我的欢心吗?"

然而主教说道:"啊,王子是多么聪明,你又是多么不了解他。他用象征性的东西来说话。面粉是饱你空空如也的肚子的,肥皂是洗你肮脏的皮肤的,糖是甜你辛辣的舌头的。"

从这一天起,那穷人就变得对自己也感到害臊了。他对王子的憎恨比过去更大,他甚至更恨那给他解明王子真意的主教。

不过他从此就缄口无言了。

和平与战争

三只狗一边儿晒太阳一边儿谈话。

第一只狗梦幻地说道:"生活在今日的狗国里确实是奇妙非凡。想想我们在大海里、陆地上乃至天空中旅游的舒适安逸吧。再思量一下那些为了供狗儿们享福而搞出来的创造发明吧,甚至还有专供我们的眼睛、耳朵、鼻子享用的东西哩。"

于是第二只狗接口道:"比较起来,我们更加关心艺术。我们对月亮吠叫,比我们的祖先更有节奏。我们往水里凝望我们自己时,我们看见我们的容貌,比往昔的狗儿的容貌更加清晰。"

然后第三只狗说道:"不过,我最感兴趣而又使我心灵愉快的,便是那存在于狗国之间的安宁的相互理解。"

就在这刹那之间,它们张眼一看,啊,捕狗者在走近来了。

三只狗蹿了起来,往大街上逃跑;奔跑之际,第三只狗说道:"看在上帝面上,赶紧逃命吧。文明在追捕我们哩。"

舞 蹈 家

从前,有个舞蹈家,带着她的音乐师,来到别尔卡沙的王子的宫廷。她被准许入宫,她就按着诗琴、长笛和齐特拉琴的音乐,在王子的面前跳起舞来。

她跳着火焰的舞蹈,剑和矛的舞蹈;她跳着繁星之舞和宇宙空间之舞;然后她又跳着风中花卉之舞。

跳罢了舞,她站在王子的宝座之前,向王子鞠躬致意。王子吩咐她站得近一些,然后对她说道:"美丽的妇人,优雅和赏心悦目的女儿,你的舞艺究竟学自何方? 你是怎样以你的节奏和你的韵律,驾驭一切自然力的?"

舞蹈家再次向王子鞠躬致意,然后回答道:"伟大而仁慈的王子殿下,我不晓得怎样答复你的垂询,我只知道这一点:哲学家的灵魂居住在他的头脑里,诗人的灵魂深藏在他的内心里,歌唱家的灵魂回荡在他的喉咙里,可是,舞蹈家的灵魂流贯于她的全身。"

两个监护天使

一天黄昏,两个天使在城门口相遇,互相致敬,谈起话来了。

一个天使说:"这些日子你在忙些什么,交给了你什么工作。"

另一个天使答道:"指派我去监护一个堕落的人,他就住在下面山谷里,是个作恶多端的罪人,卑劣之至。我敢向你断言,这是个重大任务,我工作得好辛苦。"

第一个天使说道:"那是个轻而易举的差使。我时常碰到罪人,好几次做过他们的监护者。然而现在指派我去监护一个善良的圣徒,他就住在那边的村舍里。我敢向你断言,这是件十分艰巨的工作,而且微妙极了。"

第二个天使说道:"这不过是臆测罢了。一个圣徒倒比一个罪人难于监护,这怎么可能呢?"

第一个天使答道:"竟说我妄加臆测,真是无礼极了!我说的只是真情实况。依我看来,你才是妄加臆测哩!"

于是两个天使又吵又斗,起初是用语言吵嘴,接着就用拳头和翅膀武斗了。

他们正在打架的时候,有个天使长走过。他阻止他们打架,说道:"你们为什么打架?究竟是为了什么缘故?你们可知道,监护天使在城门口打架是最不像话的?告诉我,你们不和睦的原因何在?"

于是两个天使立刻说起话来,谁都申称指派给他做的工作是更辛苦的,因此他应该得到更大的赏识。

天使长摇摇头,自己细细思考。

然后他说道:"我的朋友们,我现在没法儿说你们哪一位有更大的权利要求光荣和奖励。但是,既然授予我权力,既然你们每一位都坚持对方的任务比自己的任务轻而易举,那么,为了和平的缘故,为了良好的监护职责,我派你们两位都担当起对方的职务。现在你们走吧,祝你们工作胜任愉快。"

两个天使奉命而去。但每个天使都怀着更大的愤怒回头看望天使长。每个天使的心里都在想:"这些天使长啊!他们使我们天使的生活一天比一天难过!"

但天使长站定在那儿,自己再一次的思考。他在心里说道:"我们确实非警惕不可,非监督我们的监护天使不可了。"

雕　　像

从前,有个人住在丛山之间,他家有个雕像,是一位古代的大师制作的。雕像脸孔朝下倒在他家的大门口,他根本没有在意。

有个博学的人,从城里出来,经过他的家,看到了这个雕像,他就问这雕像的主人,是否愿意出售。

主人哈哈大笑,说道:"请问谁要买这块笨重肮脏的石头?"

城里人说道:"我愿意出一块银元买它。"

山里人大为吃惊,喜出望外。

雕像放在一头大象的背脊上,运到了城里。过了几个月,那个山里人进城去了,他在大街上行走时,看到一大群人拥在一个铺子门口,有个人在高声喊道:"请进来欣赏天下最美丽、最神奇的雕像吧。只要花两块银元,就可以瞧瞧艺术大师的这件最了不得的珍品。"

于是这山里人付了两块银元,踏进店里,瞧见了他自己以一块银元的价格售出的那个雕像。

交　换

从前,一个穷苦的诗人在十字路口遇见了一个富裕的蠢人,他们互相对话。他们所说的一切,只不过是宣泄他们心里的不满。

这时,专司马路的天使经过十字路口,他用手按在这两个人的肩膀上,你瞧,奇迹出现了:这两个人如今交换了他们所拥有的东西。

于是他们分手了。然而,说也奇怪,诗人左瞧右瞧,但见他手里只有活动的干巴巴的沙子;蠢人闭上了眼睛,但觉得他心里只有活动的云彩。

爱　与　恨

一个妇人对一个男人说道:"我爱你。"那男人答道:"那值得你爱的,是在我的心里。"

于是那妇人问:"难道你不爱我吗?"那男人只是凝视着她,默默无言。

于是那妇人大声嚷道:"我恨你。"那男人便回答道:"那值得你恨的,倒也是在我的心里。"

梦

有个人做了个梦,他醒来后便去请教他的预言家,要求他解释清楚这梦预兆什么。

预言家便对这人说道:"你带着你清醒时看到的梦境来问我,我一定把梦境的意义告诉你。然而,你睡熟时做的梦,却既不属于我的智力的范围,又不属于你的想象力的范围。"

疯　子

我在疯人院的花园里遇到了一个青年,脸容苍白、秀丽,可又充满诧异的神色。

我坐在长凳上他的身边,我开口道:"你为什么在这儿?"

他惊讶地瞧着我,然后说道:"这是个不礼貌的问题,不过我还是要回答你。我的父亲要我成为同他一模一样的人,我叔父也指望我同他一个模样。我的母亲但愿我活像她那大名鼎鼎的父亲。我的姐姐以为她那航海的丈夫是个十全十美的榜样,要我亦步亦趋地学他。我的哥哥认为我应该像他一样当个运动员。

"我的老师们亦然如此,要我成为哲学博士,音乐大师和逻辑学家,他们也都是坚决的,每个人都只要我成为他的尊容在镜子里的反映。

"所以我就到这个地方来了。我觉得这儿疯人院倒比较神志清醒。至少,我可以成为我自己。"

于是那青年突然向我转过脸来,问道:"可是请你告诉我,难道你也是被教育和善意的忠告赶到疯人院来的吗?"

我回答道:"不,我是个访问者。"

那青年便说:"噢,有的人就住在墙壁那一边的疯人院里,原来你就是其中之一啊。"

群　蛙

　　盛夏之日，一只青蛙同他的伴侣说道："我担心我们的夜歌打搅了住在岸上房子里的人们。"

　　他的伴侣答道："哎呀，难道他们白天的谈话没有打扰了我们的寂静吗？"

　　雄蛙说："让我们别忘了，也许我们在夜间唱得太多哩。"

　　他的伴侣道："让我们也别忘了，他们在白天闲谈叫嚷得太过分啊。"

　　雄蛙说："牛蛙用他那上帝禁止的轰鸣吵醒了整个街坊，你觉得如何呢？"

　　他的伴侣答道："哎，政治家、牧师和科学家都来到岸边，使空气里充满了喧闹而又毫无韵律的声音，你又怎么说呢？"

　　于是雄蛙提议："哦，让我们比人类高明些吧。让我们在夜里保持沉默，把我们的歌儿藏在我们的心里，尽管月亮需要我们的节奏，繁星需要我们的韵律，都在发出呼吁呢。至少，让我们沉默一二夜，或者甚至三夜吧。"

　　他的伴侣道："很好，我同意。我们拭目以待你那宽容的心带来的后果。"

　　那天夜里，群蛙默不作声，第二夜他们也没有作声，而第三夜又是默不作声。

　　说也奇怪，住在湖边房子里的一个爱说话的妇人，第三天下楼来吃早餐时，大声对她的丈夫说道："这三夜我都没有睡成。耳中听到蛙声时，我才睡得安安稳稳。不过，必定是出了什么事了。青蛙三夜没有唱歌了；我失眠缺觉得几乎要发疯了。"

　　雄蛙听到了这一席话，向他的伴侣转过身来，眨巴着眼睛，说道："我们因为默不作声也几乎要发疯了，难道不是吗？"

　　他的伴侣答道："是的，夜的寂静沉重地笼罩着我们。我现在明白了,我们无须为这些人的安宁舒适而停止唱歌,他们非有喧闹的声音来充实他们的空虚不可。"

那天夜里,月亮就不是白白的为青蛙的节奏而呼吁了,繁星就不是白白的为青蛙的韵律而呼吁了。

法律和立法

几百年前,有个伟大的国王,他是个贤明的人。他要给他的子民制定法律。

他从一千个不同的部落,邀请一千个贤人,到他的京城来制订法律。

这一切都照办了。

然而,写在羊皮纸上的一千条法律,呈送到国王面前,国王一一审阅之时,内心深处倒辛酸地哭泣了,因为他不曾料到,在他的王国之内,竟有一千种犯罪的勾当。

于是国王召来他的书吏,嘴角边带着微笑亲自口授法律。国王制订的法律只有七条。

却说那一千个贤人愤愤地离别国王,带着他们自己制订的法律回到他们各自的部落里去了。每个部落都实施它自己的贤人所制订的法律。

因此,他们直至今天都有一千条法律。

这是一个大国,但它有一千个监狱,狱中充满了触犯一千条法律的男男女女。

这确实是一个伟大的国家,然而,这个国家里的人民,乃是一千个立法者和仅仅一个贤明的国王的后裔。

昨天、今天和明天

我对我的朋友说:"你看见她靠在那个男人的手臂上。可她靠在我的手臂上,还不过是昨天的事哩。"

我的朋友道:"而明天她就要靠在我的手臂上了。"

我说:"瞧她紧挨着坐在他的身边。可她紧挨着坐在我的身边,还不过是昨天的事哩。"

我的朋友道:"而明天她就要坐在我的身边了。"

我说:"瞧,她从他的杯子里喝酒,而昨天她是从我的杯子里喝酒的啊。"

我的朋友道:"明天她就要喝我杯子里的酒了。"

我接着说道:"瞧她怀着深情,以温柔驯服的眼睛,凝望着他哩,昨天她就是这样凝望着我的啊。"·

我的朋友道:"明天她凝望的人,便将是我了。"

我说:"你可听见她凑在他耳朵上低声哼哼爱情之歌吗?可她凑在我的耳朵上低声哼哼这些爱情之歌,还不过是昨天的事啊。"

我的朋友道:"明天她就要凑在我的耳朵上哼这些歌了。"

我说:"瞧呀,她正在拥抱他哪。可她拥抱我,还不过是昨天的事哩。"

我的朋友道:"她明天会拥抱我呢。"

于是我说道:"好一个奇怪的妇人。"

然而我的朋友答道:"她仿佛生命,为众人所有;她仿佛死亡,征服众人;她仿佛永恒,包罗众人万象。"

哲学家和鞋匠

有个哲学家,穿了一双破鞋子,来到一家鞋匠铺里。哲学家对鞋匠说:"请补一下我这双鞋子。"

鞋匠道:"眼前我正在修补另一个人的鞋子;还有一个人的鞋子补好了,我才能动手补你的鞋。不过把你的鞋留在这儿,今儿就穿这双别人的鞋,明儿你来拿你自己的鞋吧。"

哲学家这就生气了,他说:"不是我自己的鞋子,我可不穿。"

鞋匠道："你竟不能把你的脚穿在别人的鞋子里,那么,请问你真正是个哲学家吗? 这条街上还有个鞋匠比我更懂得哲学。你去叫他补鞋吧。"

造 桥 者

阿栖河穿过安提阿城①奔流入海,河上建造了一座桥,以便利这城市的两部分之间的交通。桥是用大石头筑成的,大石头是驮在安提阿的骡子的背上从山里运来的。

石桥竣工时,一根石柱上用希腊文和阿拉姆文②刻了一行字:"此桥系国王安提阿二世所建。"

所有的老百姓都经由这座美好的石桥走到美丽的阿栖河对岸去。

一天晚上,有个被人们认为有点儿傻里傻气的青年,往下爬到那石柱上刻字的地方,用木炭把刻的字涂抹掉,然后在这上面写道:"这桥上的石头是骡子从山里驮运来的。你们在桥上来来往往,就是跨在建桥者——也就是安提阿的骡子——的背上。"

老百姓读了那青年写下的话,有的哈哈大笑,有的大为惊异。有的说:"啊,明白了,我们知道这是谁干的。他不是有点儿傻里傻气吗?"

不过,有只骡子一边儿哈哈大笑一边儿对另一只骡子说道:"你可记得我们确确实实驮运了这些石头,然而直至今日一直说这石桥是国王安提阿建造的。"

扎德田野

一个旅行者在扎德的大路上,遇到一个住在附近村子里的人,旅行者用手指点着一大片田野,问那人道:"这可是国王阿赫兰姆打败

---

① 安提阿:古叙利亚首都。
② 阿拉姆文:公元九世纪通行于古叙利亚的文字,犹太人文献及早期基督教文献多以此种文字写成。

敌人的古战场？"

那人答道："这儿从来没有做过战场。这片田野里一度耸立着伟大的扎德城，这座城市已烧成灰烬了。不过，它现在是一片沃野，可不是吗？"

旅行者和那人便分别了。

旅行者走了不到半英里，又遇到一个人，旅行者又指点着田野问道："这就是伟大的扎德城一度耸立的地方？"

那人答道："这个地方从来不曾有过城市。不过这儿倒有过一个修道院，南国的老百姓把它毁了。"

不久，就在这条扎德的大路上，旅行者又遇到了第三个人，他再一次指点着大片田野，问道："这儿果真是一度耸立着一个大修道院的地方吗？"

可是那人答道："这一带从来不曾有过修道院，不过，我们的父辈和我们的老祖宗们倒告诉过我们，曾经有一颗大流星掉在这片田野里。"

旅行者心中诧异，继续向前走去。他遇见一个很老的老人，便施礼问道："阁下，我在这条大路上遇到三个住在附近一带的人，我向每个人都打听过这片田野的情况，每个人都否认了别人所说的话，每个人都讲了一个别人没讲过的新的传说。"

于是老人抬起头来，回答道："我的朋友，这些人中，每个人告诉你的都是确实如此的情况，但我们几乎没有人能把分歧的论据加到一起从中得出正确的结论来的。"

黄金腰带

从前，有一天，有两个在大路上遇见的人，结伴向科伦斯的萨拉密斯城走去。中午时分，他们来到一条宽阔的大河边，可没有渡河的桥。他们非游泳不可；不然就是另找一条路径，可他们又不认识路。

他们互相商量："让我们游过去吧。说到底，这河面也不算太宽。"于是他们便投身水中,游起来了。

两人中有一个生平熟悉江湖,也识得水性,他到了那大河中流倒迷糊了,被汹涌的流水卷走了;另一个从来没有游过泳的人竟笔直地渡过了河,站在那一边的岸上了。他看到自己的同伴还在河里挣扎,就重新跳到水里,把那人也安全地带到了岸上。

于是那曾被激流卷走的人问道:"可你告诉过我,你不会游泳。那么,你又怎么这样大胆地游过河的呢?"

第二个人答道:"我的朋友,你可曾看见我围在身上的这条腰带?腰带里装满了金币,那是我足足干了一年的活儿,为我的妻子和儿女挣来的。推动我渡过河、到我的妻子和儿女身边去的,就是那腰带里的金币的分量。我游泳的时候,我的妻子和儿女都在我的肩膀上。"

于是那两个人继续结伴同行,向萨拉密斯走去。

红色大地

一棵树对一个人说:"我的根深入红色大地,我要把我的果实送给你。"

那个人对那棵树说道:"咱俩多么相似。我的根也深入红色大地。红色大地赋予你力量赠我以果实,红色大地教育我以感谢之忱接受你的馈赠。"

圆　月

圆月光华灿烂地在城镇上空升起来了,城镇里所有的狗儿都开始吠叫起来了。

只有一只狗不吠不叫,它用庄严的声调对其余的狗儿说道:"别吵得寂静从睡眠中醒来,也别用你们的吠声把月亮唤到大地上来。"

于是所有的狗儿都肃静无声,停止吠叫了。但,那只叫大家不要吠叫的狗儿,却因寂静而彻夜吠叫。

隐居的先知

从前有个隐居的先知,他每个月到大城市里去三次,在市场上宣讲施舍以及与人分享之道。他讲话滔滔不绝,闻名于世。

一天黄昏,有三个人来到他隐居的地方,他施礼迎接。他们说:"你曾宣讲施舍以及与人分享之道,你曾设法教育富有的人施舍给贫穷的人;我们深信不疑,你的名声已经给你带来财富。如今你就把你的财富施舍给我们吧,因为我们十分贫困。"

隐士答道:"我的朋友们,我除了这张床,这条席子和这瓶水外,一无所有。如果你们想要的话,就把它们拿走好了。我既无金子,又无银子。"

于是他们都轻蔑地鄙视隐士,把脸儿都转过去了;最后的那个人在门口站立片刻,说道:"啊,你这骗子! 你这满口欺人之谈的家伙! 你教导和宣讲的,你自己并不身体力行。"

远年陈酒

从前,有个富翁,不无理由地以他的酒窖和窖藏美酒自豪。其中有一瓶远年陈葡萄酒,是他珍藏着留作盛会用的,究竟是什么盛会,可只有他自己知道。

地方官来拜访他,他心中寻思道:"不过是地方官罢了,不必为他开这瓶酒。"

教区的主教来拜访他,可他跟自己说道:"不,我不愿为他开这瓶酒。他不会懂得这酒的价值,这酒的香味他也闻不出来。"

王国的王子来临,和他一同进餐。但是他想:"他不过是个小小的王子,不配喝那么高贵的美酒。"

甚至在他自己的侄儿结婚的时候,他也对自己说道:"不,那瓶酒可不拿出来给那些客人们喝。"

岁月流逝,这老头儿终于死了,埋了,像种子和橡实一样。

他下葬的那天,那瓶远年陈葡萄酒和其他的酒都拿出来了,被农民和邻居们分着喝掉了。没有一个人辨别出这瓶酒是远年陈酒。

对他们说来,凡是倒进酒杯里的,都不过是酒罢了。

两 首 诗

许多世纪以前,有两个诗人在到雅典去的大路上相遇,彼此见面,很是高兴。

一个诗人问另一个诗人道:"你最近在写什么?你的七弦竖琴如何配乐?"

另一个诗人自豪地回答道:"我刚写完我的最伟大的诗篇,也许是迄今用希腊文写的最伟大的诗篇。这是一首向至高无上的宙斯神祈祷的诗篇。"

于是他从斗篷下取出一卷羊皮纸,说道:"喏,你瞧,我把诗稿带来了,我很高兴读给你听。来吧,让我们坐到那棵白扁柏的树荫下去。"

诗人便朗读他的诗。那是一首长诗。

另一个诗人友好地说道:"这是一首伟大的诗篇。这诗将世代相传,你将因此扬名千古。"

第一个诗人平静地问道:"那么你在最近的日子里写了些什么呢?"

另一个诗人答道:"我写得很少。只写了八行诗,纪念一个在花园里玩耍的孩子的。"接着他就背诵了那八行诗。

第一个诗人说:"不赖,不赖。"

于是他们就分手了。

如今两千多年过去了,那八行诗仍在每个人的嘴里吟咏,大家喜爱它珍惜它。

那首长诗虽然也确实世世代代在图书馆里、在学者的藏书楼里传下来了;虽然记得这首诗,却既没有人爱它,又没有人读它。

鲁思夫人

从前,有三个人遥望一所白房子,那白房子孤零零地坐落在一座绿色山头上。第一个人说:"那是鲁思夫人的房子,她是个老丑巫婆。"

第二个人说:"你错了。鲁思夫人是个美丽妇女,她住在那儿沉湎于梦幻之中。"

第三个人说:"你们俩都错了。鲁思夫人是这一大片土地的大地主,她吸她的农奴们的血。"

他们且走且议论着鲁思夫人。

他们走到十字路口时,遇见一个老翁,有一个人问老翁道:"请你把那位住在山头上白房子里的鲁思夫人的情况告诉我们好吗?"

老翁抬起头来,向他们微笑,然后说道:"我现在九十岁了;我记得鲁思夫人时,还不过是个孩子哩。不过,鲁思夫人八十年前早就死掉了,如今那所白房子是空关着的。鸱枭有时在那里呜呜地号叫,人家说,那所房子里闹鬼。"

老鼠和猫

一天黄昏,一个诗人遇到了一个农民。诗人是孤僻的,农民是见人腼腆的,然而他们谈起话来了。

农民说:"让我把一个最近听到的小故事讲给你听吧。一只老鼠给逮在捕鼠笼里了;老鼠快乐地吃着摆在笼子里的干酪时,有一只猫在笼子旁边。老鼠颤抖了一会儿,不过它心里明白,身在笼子里,它是安全的。

"于是猫开口道:'我的朋友,你正在吃你最后的一餐啊。'

"'是的',老鼠答道:'我只有一条命,因此只死一次。可你又如何呢?据说你有九条命。难道这不是意味着你必须死九次吗?'"

农民瞧瞧诗人,说:"这岂不是个新奇的故事吗?"

诗人没有回答农民，他走了开去，心灵里却在寻思："千真万确，我们有九条命，确确实实是九条命。因而我们要死九次，确实要死九次。也许，还不如只有一条命，给逮在一只笼子里——过着一个农民的生活，只有一小片干酪作他的最后一餐。然而，难道我们不是沙漠和林莽里的狮子的亲戚吗？"

诅　咒

有一次，一个海上老人对我说道："三十年以前，有个水手带着我的女儿逃跑了。我从心底里诅咒他们两人，因为世界上我最疼爱的仅仅是我的女儿。

"不久以后，那青年水手和他的船都沉到海底里去了，我也就丧失了同他在一起的、我那可爱的女儿。

"因此，现在你在我身上瞧得见一个谋杀这对青年和少女的凶手。毁灭他们两人的，就是我的诅咒。如今我在走向坟墓的路上寻求上帝的宽恕。"

老人说了这番话。然而在他的说话里有一种自吹自擂的口吻，仿佛他仍旧以他那诅咒的魔力自豪哩。

石　榴

从前有一个人，他的果园里种了许多石榴树。有好几个秋天，他总是把石榴盛在他的住宅外边儿的几个银盘里，盘上还放了一块他亲手写的招牌："务请取用一个。不胜欢迎。"

然而，来往经过的人们，竟没有一个人取用那果实。

这人左思右想，于是在某一年秋天，他就不把石榴盛在住宅外的银盘里了，却高悬着用大字写的招牌："此间备有人世最佳石榴，但其售价较任何其他石榴昂贵。"

瞧瞧吧，附近的男男女女都跑来抢购石榴了。

一神与多神

基拉菲斯城里,有个诡辩家站在神庙的台阶上宣讲多神教。老百姓在心里说道:"这一切我们统统知道。难道众神不是同我们一起生活,我们走到哪儿他们也跟到哪儿吗?"

不久以后,另一个人站在市场里,对老百姓讲道:"没有神。"许多听他讲话的人,对他传来的信息感到高兴,因为他们惧怕众神。

另一天又来了个口若悬河、能言善辩的人,他说:"只有一个神。"于是老百姓都惊惶了,因为在他们心底里,惧怕一神的审判甚于众神的审判。

在同一季节里,又来了一个人,他对老百姓说:"共有三个神,他们三为一体住在风里,他们有一个庞大而仁慈的母亲,这位母亲也是他们的同伴和姐妹。"

于是人人都安心了,因为他们悄悄地在说:"三合一的神必定对我们的缺点意见分歧,而且,他们的仁慈的母亲,一定会为我们这些可怜的意志薄弱者辩护的。"

直至今天,基拉菲斯城里仍旧有些人,还在为了多神或无神,一神或三神合一及其仁慈的母亲互相辩论和争执不休。

耳聋的女人

从前,有个富翁,他有个年轻的妻子,她是个一点儿也听不见的石聋子。

一天早晨,他们正吃着早餐的时候,她对她的丈夫说道:"昨天我去逛了市场,那儿陈列着大马士革来的绸缎衣裳,印度来的头巾,波斯来的项链,也门来的手镯。看来商队刚把这些东西贩运到我们这个城市里来呢。可你瞧瞧我吧,穿得破破烂烂的,还算是富翁的妻子哩。那些美丽的衣饰,我想要买几件。"

丈夫还在忙于喝他那早晨的咖啡，说道："我的亲爱的，没有理由不让你上街买你心爱的一切东西啊。"

那耳聋的妻子接着说道："'不!'你总是说'不，不。'难道我必须穿得破破烂烂的出现在我们的朋友面前，给你的财富和我的亲属丢脸吗?"

丈夫说："我并没有说'不'啊，你不妨自由自在地到市场上去，把运到我们城里来的最美丽的衣裳和珠宝买回来。"

然而，妻子又猜错了丈夫的话，她说道："在所有的富翁中间，你是最吝啬的。一切美丽可爱的东西，你总是不肯给我买的;而其他跟我年龄仿佛的女人，都穿得漂漂亮亮的在城中花园里散步。"

她哭起来了。她的泪水落到胸膛上时，她又重新大声说道："我要买件衣服或是买粒宝石时，你总是对我说'不，不!'"

于是丈夫被感动了，他站起身来，从他的钱袋里拿出一把金币放在她的面前，用一种和蔼可亲的声音说道："到市场上去吧，我的亲爱的，把你想买的东西都买回来吧。"

从那一天起，那耳聋的年轻妻子，什么时候想买什么东西，总是珠泪盈眶地出现在丈夫的面前，丈夫总是默默地拿出一把金币来，放在她的衣兜里。

却说机缘凑巧，这年轻女人同一个青年男子恋爱起来了;那青年男子有个外出长途旅行的习惯。每逢他外出旅行时，她往往坐在窗畔哭泣。

她的丈夫看见她这样哭泣时，他往往在心里说道："街上一定又有新的商队来了，街上一定又有绸缎衣裳和稀世珍宝了。"

他往往拿出一把金币，放在她的面前。

探　　索

一千年以前，两个哲学家在黎巴嫩的一个山坡上相遇，这一个问那一个道："你上哪儿去?"

那一个答道:"我正在寻找青春的源泉,我知道这泉水是从这些山岭间喷涌出来的。我曾经读到的文章上说,这泉水向着太阳盛开着花朵哩。你呢,你在寻找着什么?"

这一个回答说:"我正在寻找死亡的秘密。"

两个哲学家都认为对方对他那伟大的科学知之甚少,他们争论起来了,都指责对方精神上的盲目性。

正当这两个哲学家争论得响遏行云时,有一个陌生人经过。在他自己的村子里,大家都认为他是个傻瓜。他听见哲学家在热烈辩论,便站停了一会儿,听他们论争。

然后他走近哲学家们,说道:"先生们,看来你们两位是属于同一个哲学学派的,你们讲的是同一个事物,不过你们用不同的语言讲述罢了。你们两人中有一位寻找青春的源泉,另一位寻找死亡的秘密。事实上,这两者不过是一个事物;而且作为一个事物存在于你们两位的身上。"

于是这陌生人一边儿转过身去,一边儿说道:"再见了,哲人们。"他离开时发出了耐心的笑声。

这两位哲学家默默地相视片刻,接着也哈哈大笑了。其中一位说道:"好吧,现在咱们是否一起走一起探索?"

节　杖

国王对他的妻子说:"夫人,你并非名副其实的王后。你太庸俗,太粗野,不配做我的伴侣。"

妻子道:"先生,你自以为是个国王,然而事实上你不过是一个可怜的传声筒罢了。"

这些话触怒了国王,他手执节杖,用那金质节杖打在王后的前额上。

这时候王室侍从长进宫来了,他说道:"啊,啊,国王陛下!这节杖是天下最伟大的艺术家制作的。唉,有朝一日,国王和王后行将被忘记了,但这节杖会被保存下来,作为艺术品一代又一代地传下去。陛下,如今你让节杖沾上了王后陛下额上的血,将来它就越发要受到重视和追念了。"

途　径

丛山里住着一个妇人和她的儿子,他是她的头胎儿子,也是她的独生子。

这孩子死于热病,当时医生束手无策地站在旁边。

母亲苦恼得心慌意乱,她对医生大号大哭,向他恳求道:"告诉我,告诉我,究竟是什么使他不再挣扎不再歌唱的呢?"

医生说:"是热病。"

母亲问:"什么是热病?"

医生说:"我解释不了,这是一种无限小的微生物,它侵入人的肌体,我们的肉眼是看不见的。"

于是医生告辞了。她还是不断地自言自语:"无限小的微生物。我们的肉眼是看不见的。"

黄昏时分,教士来安慰她。她哭泣,呼天抢地地说道:"啊,为什么我丧失我的儿子,我的头胎儿子,我的独生子?"

教士说道:"我的孩儿啊,这是上帝的意志。"

妇人问:"上帝是什么,上帝又在哪儿? 我但愿见到上帝,当着上帝的面撕裂我的胸膛,把我心里的血泼在上帝的脚边。告诉我吧,我将在什么地方找到上帝。"

教士答道:"上帝是无限大的。我们的肉眼是看不见的。"

于是这妇人号哭道:"那无限小的,借助于那无限大的意志,杀死了我的儿子! 那么,我们是什么? 我们是什么?"

这时候,妇人的母亲走进房间里来了,她手里拿着给死去的孩子包裹尸体的布。她听到了教士的话,也听到了她的女儿的号哭。她放下手里的裹尸布,把她女儿的手握在她自己的手里,说道:"我的女儿啊,我们自己,既是那无限小的,又是那无限大的;我们是微生物和上帝相通的途径。"

鲸鱼与蝴蝶

一天黄昏,一个男子和一个妇女不期而遇地同坐一辆驿站马车旅行。他们以前见过面。

那男子是个诗人,他坐在那妇女的身边,设法讲故事给她消遣,有的故事是他自己创作的,有的可不是。

然而,就在他讲着故事的时候,那位夫人竟睡着了。接着,马车突然晃荡,那位夫人醒了,她说:"我真欣赏你所描摹的约拿和鲸鱼的故事①。"

诗人接口道:"然而,夫人,我刚才在讲给你听的故事是我自己创作的,说的是一只蝴蝶和一朵白玫瑰花,以及它们怎样的彼此以礼相待。"

和平感染

一枝开花的树枝同它邻近的丫枝说:"这是沉闷而空虚的一天。"那邻近的丫枝答道:"这日子确实是空虚而又沉闷。"

此刻有一只麻雀躲到一枝丫枝上来了,接着又有一只躲到邻近的一枝上。

有一只麻雀叽叽喳喳地说:"我的伴侣离开我了。"

另一只麻雀大声叫道:"我的伴侣也走了,她不会回来了。我才不在乎哩!"

这两只麻雀开始啁啾对话和互相对骂,不久它们就打起架来,在

---

① 约拿是希伯来预言者,违抗上帝,乘舟逃遁,上帝施飓风,舟覆,约拿为鲸鱼所吞,困于鱼腹中三昼夜。

空中发出刺耳的声音。

突然，又有两只麻雀从天空中滑翔而下，它们悄悄地坐在这两只不安分的麻雀身旁。于是就有了安宁，有了和平。

这四只麻雀成双捉对地一起飞走了。

于是开花树枝对它邻近丫枝说："那是声音的一番大转折。"邻近的丫枝答道："你愿意管它叫什么就叫它什么吧，如今倒是和平而又宽敞了。在我看来，如果在上空的和平相处，那么，住在下界的就也会和平相处了。你可愿意在风中摇曳得稍稍靠拢我一点儿吗？"

开花的树枝说："啊，为了和平的缘故，在春天逝去之前，也许可能的吧。"

于是它乘着强劲的春风正摇曳它自身，便拥抱那邻近的丫枝。

影　子

六月里的一天，青草对榆树的影子说："你左右摇晃得过于频繁了，你扰乱了我的安静。"

影子答道："不是我，不是我。朝天空看吧。有一棵树，在太阳和大地之间，在风中左右摇晃着哩。"

青草便抬起头来，第一次看到了那榆树。青草在心中忖思："哎，瞧瞧，有一棵比我还大的青草哩。"

于是青草就默不作声了。

七　十　岁

青年诗人对公爵夫人说："我爱你。"公爵夫人答道："我也爱你，我的孩子。"

"然而我不是你的孩子。我是个男子汉，而且我爱你。"

公爵夫人说："我是我的子女的母亲；我的子女又是他们的子女的父母；我的一个孙子，年纪比你还大哩。"

诗人道:"然而我爱你。"

不久以后,公爵夫人死了。但是,在公爵夫人的最后一口气被大地的呼吸容纳之前,她在内心深处说道:"我的亲爱的,我的唯一的孩子,我的青年诗人啊,将来有朝一日也许我们会重新见面的,而我也不是七十岁。"

寻　神

两个人在山谷里行走,其中一人遥指山腰说道:"你看见了那隐遁的庵舍吗?那儿住着一个人,他同世界隔绝已经好久好久了。他对尘世一无所求,他只是一味地寻神。"

另一个人说道:"他是不会找到神的,除非他离开他的隐遁庵舍、抛弃他的离群索居,回到我们的世界上来,与我们同甘共苦,在婚筵上和我们一同跳舞,同围着死者的棺材痛哭的人们一起痛哭。"

第一个人从心底里被他说服了,可他虽然心服,还是回答道:"你所说的话我都同意,然而我相信那隐士是个善良的人。一个善良的人遗世独立,较之那么一些人的伪善虚情,倒是更有益于人世,这难道不好吗?"

大　河

在大河奔流的卡迪沙流域,两条小溪相会交谈。

一条小溪说:"我的朋友,你怎么流过来的,你流过的途径如何?"

另一条小溪答道:"我的途径是最难走的了。磨坊的水轮坏了,经常把我从渠道里引导到他的农作物那儿去的农民死了。我排除着人们的污秽,挣扎着流将下来;那些人啥也不干,只是懒洋洋地晒太阳。不过,我的兄弟,你流过的途径又如何呢?"

第一条小溪答道:"我的途径截然不同。我从山上芬芳花卉和腼腆杨柳之间流将下来,男男女女用银杯喝水,小孩儿们用玫瑰红的小脚在溪边戏水,我的周围都是欢笑声,还有甜蜜的歌声,你的途径竟那么不愉快,真是遗憾。"

这时候,大河用洪亮的声音说道:"流进来吧,流进来吧,咱们要奔流到海里。流进来吧,流进来吧,别多言多语了。现在跟我合流吧。咱们要奔流到海里。流进来吧,流进来吧,因为你们一进入我的河床,就会把你们的流浪忘掉了,不论它是苦是乐。流进来吧,流进来吧。一旦咱们到达咱们的母亲——大海——的心里,你们和我就会把咱们流过的途径都忘掉了。"

两个猎人

五月里的一天,欢乐和哀愁在湖边相遇。她们互相招呼,在靠近湖水的地方坐下谈话。

欢乐谈到大地上的美丽事物,谈到山间林中日常生活的奇趣,谈到早晨和黄昏听见的歌声。

接着是哀愁说话,欢乐所说的种种她都同意;因为哀愁懂得光阴的魔力以及此中的美丽。哀愁说到五月的田野和山间景象时,她也是滔滔不绝的。

欢乐和哀愁一起谈了好久,她们对她们所见识到的一切事物,观点都是一致的。

却说这时在湖水那一边走过两个猎人。猎人越过湖水遥望,其中一人说:"我不知道这两个人是谁。"第二个猎人道:"你说是两个人?我只看见一个人嘛。"

第一个猎人说:"确实有两个人。"第二个猎人道:"我看得见的,只有一个人;湖里也只有一个人的倒影。"

"不,有两个人,"第一个猎人道:"平静湖水里也是两个人的倒影。"

可是第二个猎人又说:"我只看见一个人。"第一个猎人又道:"可是我明明白白看见两个人。"

直至今日,第二个猎人说第一个猎人眼花了,看一物而见两形,而第一个猎人则说道:"我的朋友是多少有点儿盲目的。"

另一个流浪者

有一次,我遇到了另一个流浪者。他也有点儿疯疯癫癫的,他对我如是说:

"我是一个流浪者。我时常觉得,我行走于尘世侏儒之间。因为我的脑袋同地面的距离较之他们的脑袋同地面的距离,还要高出一百英尺光景,所以我的脑袋创造出更高更自由的思想。

"然而,说实在的,我并不是行走在他们之间,而是行走在他们之上,他们所能见的,不过是我在他们的开阔的田野里留下的足印而已。

"我时常听到他们在讨论我的足印,为我的足印的形状和大小而争论不休。因为有些人说:'那些是远古时期猛犸在大地上浪游的脚印。'而另外一些人说:'非也,那些是陨石从遥远星球上落到地面上的遗迹。'

"然而,我的朋友,你却完全明白,它们不过是一个流浪者的足印罢了。"

吴岩 译

大地之神

当第十二个世代的夜幕降临，
沉寂，夜的高潮，吞没了山丘，
三位诞生于大地的神癨，司掌生命的泰坦①
出现于高山之巅。

河流在他们脚下奔腾，
云雾在他们胸前缭绕，
他们的头颅庄严地高昂于世界之上。
他们开口说话了，宛若远方的雷鸣，
他们的声音在平原上空回荡。

第一位神

风向东方吹；
我将脸转向南方，
因为它使我的鼻息充塞死物的腐味。

第二位神

这是烤炙肉体的香味，甜美而丰淳，
我愿把它呼吸。

---

① 泰坦：希腊神话中统治世界的巨人家族中的成员，为天神乌剌诺斯和地神盖亚所生子女的总称。泰坦共十二个，六男六女。

第一位神

此乃无法避免的死亡从其微焰上散发出的气味，
它沉郁地悬滞于空中，
像地狱的污浊之气，
烦扰着我的感官，
我将把脸转向无臭无味的北方。

第二位神

这是燃烧着忧思的生命的芬芳，
我现在乃至永远都乐于把它呼吸。
诸神以献祭为肴，
他们的焦渴须用鲜血浇熄。
他们的心靠年轻的灵魂而得抚慰，
他们的肌体因永远的叹息而壮健，
那叹息发自与死亡同居者；
他们的御座高筑于世代沉积的灰烬之上。

第一位神

厌倦是我的全部心境，
我不愿动手去创造一个世界，
也不愿去毁灭一个。

假如我可以死亡,我不愿意生存,
因为世代的重负压于我身。
大海无休止的呻吟耗尽我的睡梦。

但愿我能抛却初始的目标，
如沉落的夕阳消隐天际，
但愿我能剥去我神性的决心，
将我不朽的生命呼入太空
直到生命不再延续，
但愿我能被耗损殆尽，从时间的记忆
步入无所不在的空虚。

第三位神

请听，我的兄弟！我古老的兄弟！
远处山谷的一位青年
正将他的心声歌与黑夜。
他的弦琴由黄金乌木制成，
他的歌声如宝石，似白银。

第二位神

我决不徒然化作虚无。
我只能选择最艰险的道路；
去追随季节，维护日月的尊严；
去撒播种子，并注视着它们破土而出；
将花蕾从其隐匿之处唤醒，
并赋予它力量去拥抱自己的生命，
然后，在风暴狂笑于林间时将它采摘；
去把人类从冥冥黑暗中提升
但让他的根仍紧紧拥抱大地，
赋予他生命的渴望，让死亡为他斟酒助饮，
赋予他与痛苦同生共长的爱，

这爱为热望升华,与向往俱增,
然后在第一次拥抱中凋零;
以崇高白昼的梦幻萦绕于他的夜晚,
以对极乐之夜的期幻注入他的白昼,
然后将他的白昼与黑夜
幽闭于它们不变的相似中;
让他的想象如山鹰翱翔,
让他的思绪如海上狂涛,
然后赠他一双缓于决断的手
和一双因慎思而沉重的足;
让他感受快乐,他将在我们面前欢歌,
让他感受悲哀,他将在我们面前呼号;
然后将他置于低地,
当大地在饥饿中为乞食而呼喊时;
把他的灵魂提升于苍穹之上,
如此他便可预尝我们的明日。
让他的身躯卑屈于泥沼之间,
如此他将不会忘记他的昨天。

这样,我们将支配人类直到时间的尽头,
掌握他的呼吸,从他母亲的尖叫①开始,
到他子孙的哀号结束。

第一位神

我的心焦渴,然而我不会去饮衰微物种的贫弱之血,
因为杯盏已被污染,葡萄陈酿在我唇间变成苦涩。

---

① 母亲的尖叫:指分娩时的呻吟。

同你一样,我也曾糅合陶土并赋予它会呼吸的形体,
他们从我指间滑出,散落于沼泽和山丘。
同你一样,我也曾照亮生命初始的深沉黑暗,
看着它从洞穴爬上高岩。
同你一样,我也曾召唤春天将美安置,
让它成为捕捉青年、强迫他生育和繁衍的诱饵。
同你一样,我也曾引导人类从一个圣地到另一个圣地,
把他对未见事物的无言的恐惧变为对我们战栗的信仰,
而我们既不被探访,又不被认知。
同你一样,我也曾在他头上驾驭狂野的风暴,
如此他才在我们面前俯首,
也曾让大地在他脚下震撼,直到他向我们呼号;
同你一样,我也曾掀起大海狂澜冲击他巢居的小岛
直到他在向我们求告中丧命。
这些皆是我之所为,甚或更多。
我所做的一切如今只是徒劳而虚幻,
徒劳是醒着,虚幻是睡着,
三倍的徒劳和虚幻则是做着梦。

第三位神

兄弟们! 我令人敬畏的兄弟们!
在桃金娘①的花丛中
一位姑娘正对月翩翩起舞,
露珠般的繁星点缀于她的发际,
千只飞翼翱翔于她的足下。

---

① 桃金娘:常绿灌木,夏季开花,呈淡红色,浆果大如樱桃,熟时为暗紫色。

第二位神

我们把人类植入我们的葡萄藤，

且翻耕泥土于第一个黎明的紫雾中。

我们看着这些贫劣的枝条生长，

在无季岁月的日子里，

我们护理着嫩叶幼芽。

我们保护蓓蕾使其免受发怒自然的伤害，

为抵御一切黑暗精灵我们守卫着花朵，

如今我们的葡萄藤已结出累累硕果

你们却不愿将它拿去榨汁，倾注杯中。

哪只会比你们的手更强有力的手将去收获果实？

哪种会比你们的焦渴更为高尚的目的将去期待美酒？

人类是众神的菜肴，

人类的光荣开始于：

他无目的的呼吸为诸神神圣的唇舌所品啜。

人类的一切将毫无价值，如果总是人类的；

童年的天真无邪，青春的甜蜜迷醉，

成人的庄重激情，暮年的睿智哲理，

帝王的辉煌，战士的胜利，

诗人的声誉，梦想家与圣人的荣耀，

所有这些及附带的一切，皆为众神的面包。

它们将仅仅是未受神祝的面包——

众神若未将其举到唇边。

沉默的谷粒也会变为爱的颂歌，——当它们被夜莺啄食时，

只有作为众神的面包，人类才能品尝到神性。

第一位神

的确,人类是众神的肉食!
人类的最终归宿将是众神永恒的宴桌!
孕育的痛苦和分娩的痛楚,
婴儿无目的的哭喊刺穿赤裸的夜,
母亲的苦恼与她渴望的睡眠角力,
从她的双乳倾出生命直至枯竭;
青年灼热的呼吸备受折磨,
成人眉额滴下的汗水浇灌着贫瘠的土地,
苍白的老年的悲哀,——当生命违背生命的意愿
把坟墓呼唤。
看哪,这就是人类!
因饥饿而繁衍的生物,成为饥饿的众神的食物。
爬行于不死的死亡脚下尘土中的一株葡萄藤,
开放于恶之阴影笼罩下的夜晚的花朵;
结实于悲惨日子——恐怖和羞耻日子里的葡萄。
但你们却仍要我去吃,去喝。
你们令我坐于殓衣覆盖着的面孔中间,
从木石般的唇中吮吸我的生命,
从枯槁的手中迎接我的永恒。

第三位神

兄弟们! 我可畏的兄弟们!
青年正在三倍深沉地放声歌唱,
他的歌三倍地高亢,
他的声音震撼森林,

划破天空，

惊散大地的清梦。

第二位神（他总不倾听）

蜜蜂在你耳边刺耳地嗡嗡作响，

蜜糖在你的唇间变为苦涩。

我愿安抚你，

但我该怎样去做？

当神召唤神，只有深谷在倾听，

因为横亘于神性间的是深不可测的深渊，

以及无风的天空。

然而我仍愿安慰你，

愿使你阴霾密布的世界重见阳光，

虽然我们的力量和判断力彼此相当，

我仍愿给你忠告。

当大地从混沌中出现，我们——太初之子，在无欲的目光中彼此
　　注视，我们呼出第一次悄声气息，那颤抖激发了空气和海洋
　　的流波。

而后，我们行走，手携着手，在灰色的未成年的世界。时间从我
　　们带睡意的第一声脚步的回音中诞生。第四神性①，将他
　　的步履踏在我们的足印上，遮蔽了我们的思想和欲望，于是
　　他只能借助我们的眼睛去看。

生命降临大地，灵魂附于生命。这灵魂乃是宇宙的有翅翼的美
　　妙旋律。我们掌握着生命与灵魂，除了我们没有谁知道年
　　月的度量及其朦胧梦幻的分量，直到我们在第七个世代的
　　正午，把大海嫁给太阳。

----

① 第四神性：指时间。

191

从他们新婚喜悦的洞房里，我们引出了人类，一种虽刚出生，又
　　很虚弱，却能承载其世系表征的生物。

通过脚踏大地眼望星空的人类，我们找到了通向大地远方的路
　　径；通过人类——阴沉的湖边生长的谦卑的芦苇，我们制出
　　了管笛，从它空洞的心中，我们把自己的声音注入这沉寂笼
　　罩的世界。

从没有太阳的北方，到南方阳光强烈的沙滩，

从日子诞生的、生长莲花①的地方，

到日子毁灭的危险的岛屿，

人类，虚弱的心灵，被我们的决心激励得过分大胆，

他用琴瑟和刀剑去冒险，

我们的意志是他宣布即将降临的意志，

我们至高无上的权力是他预告了的，

他的被爱踩踏的道路，是流向我们欲望海洋的江河。

我们，在世界之巅，在人类酣眠中做着我们的梦。

我们驱策他的白昼与遥远的黄昏的山谷分离，

在山上去寻找它们的充实。

我们的手臂指引风暴横扫世界，

召唤人类从无果的和平变为多产的动乱，

直至胜利。

在我们眼中有一种将人类灵魂变得激越的洞察力，

将他引向崇高的孤独和反叛的预言，

直至被钉上十字架。

人类生来是被奴役者，

其荣耀与报偿均在被奴役中。

我们在人类中寻找代言人，

在他的生命中我们成就自己，

---

① 莲花：亦指古希腊传说中的忘忧树。

假如人类的心被尘土堵塞而变聋,谁的心能回应我们的声音?

假如人类的眼被黑夜蒙蔽而变盲,谁能看到我们闪光辉映?

你们将如何对待人类——我们处女心灵的孩子,我们自己的
　　　形象?

第三位神

兄弟们,我强有力的兄弟们!

舞者的步履已经被音乐迷醉,

它们使空气震颤;

她的双臂像鸽子展翅向上飞去。

第一位神

云雀召唤云雀,

但鹰在上空盘旋,

并不耽搁片刻去倾听歌声。

你们将教我在人类的崇敬中实现自爱,

并以人类服苦役而满足。

但我对自身的爱无止境且无法测量,

我愿超腾于遍及大地不可避免的死亡之外,

置我的御座于苍天之上。

我的手臂将环绕太空,包围星球,

我愿以银河为弓,

以彗星为矢,

我将以无限征服无限。

但你们不会如此行事,即使它在你们能力范围之内。

神之于神,一如人之于人。

不仅如此,你们还将给我疲倦的心带来
在云雾中反复徘徊的回忆。
当我的心在山中寻觅自己,
我的眼在眠息的水中追踪自己的形象;
尽管我的昨日已在分娩中死去,
只有沉默造访她的子宫,
风儿吹动,让轻纱温柔地遮盖了她的胸膛。
哦,昨天! 死去的昨天①
我披枷戴锁的神性的母亲!
是何种超神的力量在你飞翔时将你捕获,
并将你在笼中喂养?
是哪轮骄阳温暖了你的胸腹,
让你生下了我?
我不祝福你,也不将你诅咒;
因为你让我背负生命的重荷,
而我又让人类背负了生命的重荷,
但我不像你那般残酷。
我,不朽的,将人造成过路的幻影,
你,正逝的,将我构成不死的。

昨天! 死去的昨天!
你是否将带着遥远的明天归来,
让我携你去接受审判?
你是否将与生命的第二个黎明一起醒来,
让我抹去你从大地带至且与大地密不可分的记忆?
但愿你能和往昔的死者一起复苏,
直到大地被它的苦果窒息,

---

① 从此行起直到本节最后一行,英文原文是用斜体字排出的。

所有海洋因被谋杀其中者而阻滞沉寂，
重重灾难耗尽大地虚幻的肥沃。

第三位神

兄弟们！我圣洁的兄弟们！
那少女已听到歌声，
现在正寻找歌者。
如同一只惊喜的小鹿，
跋山涉水，
四处寻觅。
哦！执著追求中的喜悦！
专注目标的眼睛半闭着，
微笑着的唇在颤抖，
因它预尝了希望的快乐！
哪朵鲜花曾从天堂散落，
哪团火焰曾从地狱喷出，
惊动了这颗
因这无声的喜悦和恐惧而沉默的心？
高高在上的我们做着怎样的梦，
何种思想将我们交给了风，
让它唤醒轻眠的山谷，
而自己守望在黑夜中？

第二位神

神圣的织机交给你，
还有编织的艺术。
织机与艺术将永远属于你，
黑色的线与浅色的线是你的，

紫色的与金色的也是你的。

而你却吝啬得不愿给自己一件衣裳。

你的双手编织人的灵魂，

用流动的空气与燃烧的火，

但现在你愿扯断丝线，

将你熟练灵巧的手指交给无为的永恒。

第一位神

不但如此，我还将我的双手交给未成形的永恒，

将我的双足奉献给未践踏过的土地。

那时常听到的歌中有什么喜悦——

在其未被擅忆之耳捕捉、在声息屈服于风之前？

我的心渴望着它无法想象的事物，

我命令我的灵魂前往

那未知的、记忆无法存留的地方。

哦，不要用获得荣誉诱惑我，

也勿企图用你的或我的梦安慰我；

因为我即一切，而世上所有事物，

所有即将成形的事物，都不会迷惑我的灵魂。

哦，我的心灵！

你的面容是沉静的，

在你眼帘后面黑夜的阴影正在酣睡。

但你的沉默是可怕的，

而你也是可怕的。

第三位神

兄弟们！我庄严的兄弟们！

那少女已经找到了歌者，

她痴痴地望着他洋溢喜悦的面庞。
像山豹一般，她迈着灵巧的步子，
穿行于葡萄藤和羊齿草之间。
现在，他在热切的呼唤声中，
全身心地凝望着她。

哦，我的兄弟们！我心不在焉的兄弟们！
是哪位神，在激情驱使下
织就了这些猩红和银白的网？
是哪颗放纵的星误入歧途？
是谁的秘密分隔了夜与晨？
又是谁的手置于我们的世界之上？

第一位神

噢，我的灵魂！我的灵魂！
你点燃了我周围的世界，
我将如何指引你的进程，
我把你的热望导向何处？

噢，我孤独的灵魂！
你在饥饿中吞噬你自己，
你用自己的泪水浇灌你的干渴；
因为夜晚未曾收聚露珠倾入你杯，
而白昼也未曾给你带来果实。

噢，我的灵魂！我的灵魂！
你搁浅的航船满载希望，
何时吹来阵风鼓起篷帆？

什么样的激浪巨潮能解放航舵？
你的锚已经提升，你的翅已经伸展，
但你头上的天空是沉默的，
沉寂的大海嘲笑着你的静滞。

你与我究竟有何种期望？
宇宙如何更易？天空又显现什么新意向
并将之宣告于你？
圣洁的宇宙的子宫里是否
孕育着你的救世主的种子，——
他的洞察力比你更强
他的手将把你从羁囚中开释？

第二位神

止住你急切的呼喊，
抑制你炽热心灵的呼吸，
因为无限的双耳已聋，
天空又毫不在意。
我们不可企及，我们至尊无上，
在我们与无限的永恒之间，
只有虚无，除却我们无形的激情，
及其动机。

你向未知祈求，
未知以飘移的雾包裹自己
留驻于你的灵魂里。
是的，在你的灵魂中你的救主高枕而眠，
睡梦中他看到你警醒的双目看不到的东西。

那就是我们生存的秘密。

你是否愿抛下尚未收获的庄稼，

匆忙地再次耕耘你梦中的土地？

你为何躲入这人烟渺茫、满目荒凉之地，并用你的阴云遮蔽
  自己，——

在你所有的追随者寻找你，

并盼望着拥在你荫庇下的时刻？

忍耐，且俯视这世界。

关注你深爱的尚未断乳的孩子们。

大地是你的居所，大地是你的御座；

高踞于人类最高远的梦想之上，

你的手掌握着他的命运。

你不该抛弃他，

那奋斗着想从欢乐与痛苦中接近你的人。

你不会在面对他眼中的渴求时转首他顾。

第一位神

黎明是否将夜之心纳入自己的心中？

或者，大海是否关注它的尸体？

似黎明，我的灵魂在我的体内冉冉升起，

赤裸而无任何牵累。

如永不停息的海洋，

我的心抛弃人类和大地的腐渣烂草。

我决不留恋那依恋我的事物，

而愿升腾于我可以企及的高度。

第三位神

兄弟们！看啊，兄弟们！

他俩相遇了！两个星般跃动的灵魂在空中相遇。

在沉默中他们彼此凝视，

他不再歌唱，

但烈日炙烤的喉咙仍在为歌而颤动；

欢乐的舞在她的四肢中沉寂了，

但并未睡去。

兄弟们！我陌生的兄弟们！

夜深了，

月光更加明亮，

在草原和大海之间

一个狂热的声音在呼唤着你们和我。

第二位神

存在，升华，在炽热的太阳下燃烧，

生活，在有生者的夜中守望，

就如俄里翁①注视我们！

高昂起戴着王冠的头迎着四方的风，

用我们无潮汐的声气医治人类的病痛，

制作帐篷者阴郁地坐在织机旁，

陶工漠然地转动着他的轮盘，

但我们，不眠的全知者，

已从猜度和臆测中解脱。

我们不停留也不等待思考，

我们超越于一切疑难之上。

---

① 俄里翁：希腊神话中玻俄提亚的巨人，美丽的猎手。他死后被取至天上化为猎户星座。

满足吧！让梦幻走开。
让我们像江河般奔向大海，
且不被礁石的边缘伤害。
当我们抵达她的心并与之相融，
我们将不再为明天争执和论辩。

第一位神

噢！这永无休止的预言占卜的痛苦！
这将白昼引向薄暮
又将黑夜带至黎明的不眠！
这永远是记忆和遗忘的浪潮！
这不断播撒命运而仅仅收获希望的耕耘！
这将自我从泥土拖入云雾的单调不变的提升！
只因渴望泥土，便怀着对泥土的渴望跌落，
同样，出于更高的渴求再去寻找云雾！
这对时间无限度的测量！
我的心灵是否必须变为大海，它的激流永远彼此撞击，
或变作狂风激战、飓风驰骋的天空？

如果我是人，一个盲目的碎片，
我定能坚忍地对待这一切。
或者我若是至高的神，
那填补人和诸神空虚的至高的神，
我定会感到满足。
但你们与我，既非人类，
亦非高于我们者。
我们只是曙光或薄暮，永远出现与消失，
在地平线与地平线之间。

我们只是众神，支撑世界，又被世界支撑，

当命运吹响号角，

声息与音乐从远方传来，

我背叛了。

我愿把我的力量耗尽。

我愿从你们的视野中远远消失，

从这位沉默的青年——我们的弟弟——的记忆中消失；

他坐于我们身边，凝望远方山谷，

尽管他的唇在动，但未发出声音。

第三位神

我在说，我漫不经心的兄弟们！

我的确在说，

但你们只听到你们自己的言语。

我请你们看你们的荣耀，和我的，

但你们转开，闭上眼睛，

晃动着你们的宝座。

你们这些帝王，想获得上界和下界的治权，

自我卑屈的神，他们的昨天永远嫉妒你们的明天，

自我厌倦的神，将用言语宣泄你们的激情，

用雷电猛击我们的星球！

我们的夙怨不过是古老七弦琴的音响，

那琴弦已长年被他的手指遗忘，

他为竖琴创造了俄里翁并为铙钹创造了普勒阿得斯。①

即使如今，当你喃喃语、隆隆说时，

① 普勒阿得斯：希腊神话中人物。巨人阿特拉斯和海洋女神普勒俄涅所生的七个女儿。她们被俄里翁追求七年后，被宙斯变为群星即昴星团，但仍受到变为猎户座的俄里翁的追逐。

他的竖琴在震响,他的铙钹在敲击,
我恳求你们听听他的歌。

看哪！男人和女人,
火焰映照火焰,
在白炽的狂喜中交融。
根茎吸吮着紫色大地的乳房,
灿烂的花朵开放在天空的胸膛上,
我们就是这紫色的乳房,
我们就是这不朽的天空。
我们的灵魂,甚至生命的灵魂,你们的和我的灵魂
今夜居于焚燃的咽喉,
用欢跳的波浪为少女的胴体着衣。
你们的王权无法支配这命运,
你们的厌倦只因勃勃雄心。
所有这一切均被涂抹去
在一个男子和一个少女的激情中。

第二位神

是啊,这男人和女人的爱究竟是什么?
看！东风怎样同她轻盈的双足共舞,
西风又如何同他的歌声共鸣。
看！我们神圣的意志正登上王座,
当一个歌唱的灵魂屈从于一个欢舞的躯体时。

第一位神

我绝不垂目于大地的虚妄,

也不会俯视处在你们称之为爱的缓慢痛苦中的它的孩子们。

什么是爱？

仅只是被包裹的沉闷鼓声引导着甜蜜的且无常变化的长队，

走向另一种慢性痛苦吗？

我绝不会垂眼一顾。

瞧那里有什么，

除了森林中的那一男一女？那森林不断生长，企图困住他们；

他们可能弃绝自我，

和父母的创造，为了我们未出世的明天。

第三位神

哦，知识的痛苦，

窥探与询问的无星光的天幕，

我们用来遮盖大地；

且对人类的忍耐力进行挑战！

我们将一个蜡制物置于一块石头下，

说，这是一件陶器，

让它在泥土中去寻找它的末日。

我们将手捧一团火焰，

在心中说，

这是我们归途的碎片，

从我们呼吸中逃逸的那一次呼吸，

现在萦绕于我们的手与唇之间，成为更浓郁的馨香。

大地之神，我的兄弟们！

即使高踞山巅，

我们仍受大地束缚，

通过人对人类命运中黄金时代的渴望。

我们的智慧要从他的眼中摄取美吗？

我们的规范约束会抑制他从而变得沉静的激情

或趋向我们的激情吗？

你们理性的军队愿如何

在爱中屯驻它的兵丁？爱又如何在他们中驻扎它的队伍？

那些被爱征服的人，

他们身上奔驰着爱的战车

从大海到高山

再从高山到大海，

他们站立着，直到此刻还在羞涩的半拥半抱中。

在片片花瓣中他们呼吸着神圣的芬芳，

灵魂对灵魂，他们寻找着生命的灵魂，

他们的眼睑上卧着一位祈祷者

向着你们，也向着我。

爱是一个对着神圣闺房①俯身的夜晚，

是一片将草原变为天国、将所有星辰化作萤火虫的天空。

真的，我们超越一切，

我们至高无上。

但爱却超越了我们的质疑，

它高翔于我们的歌之上。

第二位神

你寻找着一颗远方的星，

却不愿考虑这颗

你的肌体安居的星？

宇宙没有中心

---

① 闺房：原文 bower，有闺房、凉亭、树荫处、村舍等意。

除了自我与自我结合之处，
美做证婚人和神甫的地方。
注意！美在我们足间散落，
美为羞辱我们的唇而充塞我们的手。
最遥远者即最近。
美流连的地方正是万物所在之处。

哦,耽于梦幻的高傲的兄弟!
从时间朦胧的边缘回到我们中来!
从无境与无时中解放你的双足,
与我们同居于安全之中。
这居所是你的手与我们的手相携
用一砖一石建起。
脱去你忧思的外衣,
与我们同行,作绿色的、温暖的年轻大地的主宰者。

第一位神

永恒的祭坛! 今夜,你是否真的需要
有一位神做你的祭品?
那么现在,我来了,为奉献
我的激情与我的痛苦。
看啊! 那位舞者,她是被我们古老的渴望所雕出,
那位歌者,在迎风高唱着我自己的歌。
在那舞中,在那歌中,
一位神在我内心被杀。
隐于我人的胸肋间的神心
正大声呼唤我那飘游于大气中的神心。
令我生忧的人类的深渊在向神性呼叫,

我们从一开始就寻找的美

在向神性呼叫，

听，我曾权衡过这呼喊，

如今我顺从了。

美是一条通向那杀死自我的自我的道路，

弹响你的琴弦，

我将踏上此途，

它永远通向另一个黎明。

第三位神

爱胜利了！

爱的纯白与嫩绿躺在湖边，

爱的骄傲与庄严在高塔或阳台；

爱在花园里或在荒无人迹的沙漠中，

爱是我们的君王与主人

它不是肉体恣肆的衰竭，

亦非欲望的崩溃——

当欲望与自我搏斗时；

它也不是拿起武器与灵魂抗争的肉体。

爱从不反叛。

它为神圣的森林留下被古老命运踩踏的路，

面对永恒唱出、舞出它的秘密。

爱是挣脱枷锁的青年，

男人从泥沼中获得自由，

女人被火焰温暖，

被那比我们天堂更高远的天空的光焰。

爱是心灵深处的一串笑。

它是一个狂野的冲击，使你平静从而清醒。

它是大地上又一个新的黎明，

一个尚未到达你我眼帘，

却已到达它那更为伟大心中的白昼。

兄弟们！我的兄弟们！

新娘来自黎明的心中，

新郎从黄昏而来。

山谷中正在举行婚礼，

一个无比广阔的日子，丰富得难以记述。

第二位神

它就这样，从第一个清晨

把平原推向高山与低谷，

它就这样，一直到最后一个日暮。

我们的根已在山谷中生长出飞舞的枝条，

我们是升上至高处的芳歌的花朵。

永恒的与垂死的，是一对向大海呼唤的孪生河流。

在呼唤与呼唤间没有虚空，

虚空仅只存在于耳中。

时间使我们的听觉更加可靠，

并赋予它更多的欲望。

只有垂死中的怀疑才能平息这声响，

我们已超越怀疑。

人类是我们较年轻的心的孩子。

人类是正在缓慢出现的神；

在他的喜悦与痛苦之间，

躺卧着我们的睡眠，及其梦幻。

第一位神

让歌者放声歌唱,让舞者旋转她的双足,
让我得到片刻的满足,
让我的灵魂在今夜静息。
偶尔我也可能轻眠、沉睡,
凝望一个更光明的世界
和赋予我思想更多星光的生物。

第三位神

现在我将起身,让自己摆脱时空,
我将在未被践踏的土地上舞蹈,
那舞者的双足将随我的双足一起跳动;
我将在更高阔的天空中歌唱,
人的声音将在我的声音中震颤。

我们将穿过薄暮
或许在另一个世界的黎明醒来。
但爱会长存,
它的指纹将不会被抹去。

福佑的熔炉在燃烧,
火花飞溅,每一颗火花便是一个太阳
对于我们,最正确、最明智之举是:
寻得一个浓荫遮蔽的角落,并在我们大地的神性中睡去,
让爱,人类的和脆弱的,去支配即将到来的日子。

伊宏　伊静　译

珍趣篇

皮壳与内核

我饮过杯杯苦酒，即使残汁剩液也似蜜甜。

我攀登过艰途险径，最终都达到绿色的平原。

我失散于夜雾中的每一位朋友，又都会在黎明的曙光中寻见。

我曾多少次用坚忍的外衣掩饰自己的痛苦和烦恼，以为这样会得到补偿和缓解。不过，当我脱去外衣，却发现痛苦已转化为喜悦，烦恼已变作沉静与平和。

我曾多少次与同伴行走在表象的世界，我心里说："他多么愚笨，多么迟钝！"但是，我刚一踏入隐幽的世界，就发现自己的虚枉和武断，朋友的睿智和文雅。

我曾多少次因自己的酒而醉倒，我把自己与酒友视作绵羊与豺狼。待酒醒之后，再看，我是人，他也是人。

我和你们，人们哪，被我们周围的表象所迷惑，却对我们隐藏的本质视而不见。当我们中的一个绊跤时，我们说他堕落；当他蹒跚迟缓时，我们说他颓唐衰败；当他言语含混时，我们说他是哑巴；当他呻吟叹气时，我们说这是临终前的喘息，他快死了。

我和你们，都专注于"我"的外壳和"你们"的表面，因此，我们看不见灵魂向"我"表露的东西和灵魂在"你们"身上隐藏的东西。

既然我们带着向我们袭来的骄傲，疏忽了我们身上的真实，那我们还能干些什么？

我对你们说，也许我的话是掩盖我真面目的面具；我对你们说，也对自己说，我们用眼睛看到的，不外乎是一团乌云，它挡住了我们用自己的目力应该看到的万物；我们用耳朵听到的，只不过是叮叮当当的声响，它歪曲了我们应该用自己的心灵去把握的东西。因此，当我们看到一个警察把一个人带到监狱去的时候，我们不应在二者谁是罪犯上下结论；当我们看到一个人浑身是血，另一个双手有染时，明智的做法是不要肯定哪个必定是杀人者，哪个必定是被杀者；当我们听到一个人在歌唱，另一个在痛哭时，我们且忍耐一下，直到我们能确实肯定谁是欢快者。

不，我的兄弟！不要用一个人外在的东西去推断他的真实，不要把某人的一言或一行作为他内蕴的标识，因为也许那个口齿笨拙，声调含混，被你认作痴愚的人，他的直觉恰是智慧的道路，他的心田恰是悟性的栖息胜地；也许那个其貌不扬、生活粗劣、被你藐视的人，在大地上，是苍天的一份赠礼；在人们中，是上帝的一件赏赐。

你可能在一日之内造访一座宫殿和一间茅屋。你从宫殿走出时，带着崇敬；从茅屋走出时，充满怜悯。但是，你若能撕碎你感觉织成的表象，你的崇敬定会减弱，降至遗憾的水平；你的怜悯定会改变，升到尊崇的高度。

你可能在晨昏之间遇到两个人，第一个和你说话时，声音中带着风暴的喧嚣，动作上具有军旅的威严；第二个和你说话时，带着惶悚，声音颤抖，结结巴巴。于是你把果决、勇敢归于第一位；把无能、软弱归于第二位。但是，你若看到日月教他们去赴会危困，或去为某一原则做出牺牲，你一定会明白：厚颜、浮夸并非勇敢，羞赧、沉默并非怯懦。

你可能从你居室向窗外眺望，你看到路上的行人中有一位修女走在右边，一位妓女走在左边，于是你立即说："这个多高尚！那个多丑陋！"但是你若闭上你的双眼，倾听片刻，你就会听到太空中的一个轻如耳语的声音在说："这一个用祈祷恳求我，那一个用痛苦恳求我，在她们两个的灵魂中，都有属于我的灵魂的一把伞。"

你可能在大地上巡游，寻找你称为文明、进步的东西。你走进一座城市，这里宫殿巍峨，学院宏伟，街道宽阔，人们东来西往，行色匆匆。这个钻入地下，那个盘旋在空中，这个在捕捉闪电，那个在询问空气。他们全都穿着匀称合体、制作精良的服装，好像在过节或参加联欢。

过了几天，你来到另一个城市。这里房舍矮小、街巷狭窄。天阴下雨，全城就变成水乡泽国中的泥岛。太阳升起，城市又变成尘埃的雾团。这里的居民仍然处在天然与淳朴之间，就像松弛的弓弦处在弓的两端间。他们走路慢慢腾腾，工作拖拖拉拉。他们看你时，眼睛后面似乎还有一双眼睛盯着离你老远的目标。于是你厌恶地离开了这座城市。你心里说："我在那座城市看到的与这座城市看到的两者之间的差别，就像初生与垂死之间的差别。那里，强劲如涨潮；这里，孱弱如退潮。那里，轰轰烈烈如春夏；这里，无声无息似秋冬。那里，坚忍是青年，在园中欢舞；这里，颓唐是老翁，倒在灰堆中。"

但是，你若能借着上帝之光去看这两座城市，那你一定会看到它们是同一座花园里的相似的两棵树。洞察力可能会把你的目光引向它俩的本质，那你就会看到，你以为正在上升的那一个只是行将破裂的闪闪发光的气泡；而你以为那满身颓唐的另一个，原是固定不变的隐蕴的本质。

不，生命并非它的表象，而是它的内蕴；可见的东西并不在于它们的皮壳，而在于它们的内核；世人之本并不在于他们的面孔，而在于他们的内心。

不，宗教并不在于教堂，寺庙所显现的那些，也不在于仪式、习俗所展示的那些，而在于隐藏在心灵中的，通过意念得到纯化后变为珍宝的东西。

不，艺术并不在于你通过耳朵听到的一首歌的抑扬顿挫，或一首诗的词句铮铮；艺术也不在于你通过眼睛看到的一幅画的线条和色彩，而在于来到这首歌的抑扬顿挫中的那段无声的颤抖的空间距离；在于通过这首诗渗入你身心的那份宁静、孤独地长驻于诗人灵魂中的东西;在于这幅画给你以启示的、你凝视时所看到的比这幅画更远更美的东西。

不,我的兄弟! 昼夜并非它们的外观。我,行进于昼与夜的行列中。我并不在于对你说的这些话语,而在于这些话带给你的我的宁静的心曲。如此说来,在检查我隐藏的自我之前,你不应把我当成痴愚;在暴露出我因袭的自我之前,你不应把我视作天才;在窥见我的内心之前,你不要说"他是个吝啬者";在不了解我慷慨大方的背景之前,你也不要说"他是个慷慨者";在我的爱带着它的全部光与火向你清清楚楚地表现出来之前,你不要称我是爱者;在抚摸我带血的伤口之前,你也不要认为我无忧无虑,无牵无挂。

我的心重负着累累果实

我的心重负着累累果实,哪位饥饿者来采摘,来消受,来饱享?

在人们中间难道就没有一位斋戒者,以我的果实为晨斋,让我从丰腴的重担下获得一些快慰吗?

我的心在金和银的重压下已精疲力竭,人们中有谁来装满他的衣袋,从而减轻我的负担?

我的心满载着岁月的陈酿,哪一位焦渴者来斟饮,来满足?

这是一位站立街心的男人,他向过往行人伸出捧满珠宝的手,呼唤着他们:"行行好吧! 从我这里拿些去吧! 发发慈悲吧! 把我这儿的东西拿去吧!"可是人们仍然走着,头也不回。

噢,但愿他是一个乞丐,向过往行人伸出颤巍巍的手,收回时仍是一只空空的颤巍巍的手! 但愿他是一个失明的瘫痪者,人们从他面前走过,却不理不睬!

这是一位慷慨的富人,他在人迹罕至的荒野和山麓间竖起了他的帐篷,每晚都点燃起接待宾客的明火,并派他的仆人去路边守候,他们也许能给他带回一位可以热情款待的客人。但是这些道路都很吝啬,既不慷慨地给他送来一个领受馈赠的人,也不派来一个求告者。

噢！但愿他是一个被遗弃的贫者！

但愿他是一个四处飘零的游荡者，手持一根拐杖，肘挎一只水罐。当夜晚降临时，弯曲的小巷将他和他那些四处飘零的乞丐伙伴聚在一起。于是他坐在他们的身旁，同他们分享施舍的面包！

这是一位最了不起的国王的公主，她从睡梦中醒来，起身下了床榻，穿上红衫绿裙，戴上珍珠宝石，头发洒上麝香，手指浸过龙涎香，然后信步走出，来到她的花园。她漫步时，露珠儿打湿了她的衣裾。

在夜的静谧中，最了不起国王的公主正在她的花园中寻觅她的情人。可是在她父亲的王国里没有她所爱的人。

噢，但愿她是一位农夫的女儿，在山谷放牧着她父亲的羊群，黄昏时，回到她父亲的茅舍，脚上是与世隔绝的尘埃，衣裾间飘出的是果园的馨香。但等夜深人静，四邻睡去，她便偷步轻履，来到她的情人翘首等候她的地方。

但愿她是一位修道院里的修女，把她的心灵当炉香一般焚烧，于是空气中传遍她心灵的芬芳；她把她的灵魂当蜡烛一般点燃，于是天空负载着她的灵光；她跪着祈祷，于是神秘的幻影将她的祈祷送至时间的宝库，那里，在爱恋者的热情和孤独者的忧思旁边，保存着虔诚者的祈祷。

但愿她是一位年迈的老妪，与分享过她青春时光的人一起坐在阳光下取暖！这总比她是一位最了不起的国王的公主，在她父亲的王国里没有谁把她的心当面包吃，把她的血当美酒饮要强！

我的心因它的累累果实而沉重。在大地上，有一位饥饿者来采摘、来饱享吗？

我的心满载着它的醇酿，哪位焦渴者来斟饮，来满足？

噢，但愿我是一棵不开花不结实的树！因为丰产的痛苦比不孕的痛苦更甚；无人求取的富者的痛苦，要比无人施舍的穷人的失望更为可怕！

但愿我是一口枯井，人们向我抛下石头！这也比我是一眼活泉，焦渴者跨越我却不取饮要强。

但愿我是一枝被踩碎的芦苇，这也比我是某家的一支银弦的吉他要强：这家的主人手指折断，他的亲人又都是聋子！

岸边一捧沙

爱情的忧愁歌唱着，知识的忧愁谈论着，欲望的忧愁悄语着，贫穷的忧愁号哭着。但是，还有一种忧愁，比爱情更深沉，比知识更高贵，比欲望更有力，比贫穷更苦涩。不过，它哑然无声，眼睛像星星一样闪闪发亮。

当你遇遭不幸，向邻居诉说时，你正将自己心灵的一部分托付给他。倘若他胸怀宽阔，他会感谢你；倘若他气量狭小，他会鄙视你。

进步并非改善"曾经"，而是走向"将要"。

贫乏是遮掩骄傲的面纱。诉求是覆盖艰难的面具。

野蛮人饿时，从树上摘果子吃；文明人饿时，则从摘果子的人的买主的买主的买主那里买果子吃。

艺术是从明显的已知向隐秘的未知迈出的一步。

有些人诱使我对他们表示忠诚，以便享受对我表示宽容的滋味。

除非一个人认为我亏欠着他，否则我不会了解他的内心。

大地呼吸，我们诞生；大地休息，我们死亡。

人的眼睛是显微镜,它照出的世界比实际的要大。

在那些视无耻为勇敢,视温柔为软弱的人面前,我是无辜的。

在那些把絮叨当成知识、把沉默当成痴愚、把做作当成艺术的人的面前,我是无罪的。

我们认为难行之事,可能有捷径通达。

他们对我说:"你若看见一个奴隶睡着,别唤醒他,也许他正在梦着他的自由。"我对他们说:"你若看见一个奴隶睡着,就把他唤醒,同他谈说自由。"

反对在聪明之中级别最低。

美将我们俘虏,但更美却将我们释放,甚至从她自身里。

热情是一座火山,山顶上不会长出犹豫之草。

文学家由思想和感情缔造,然后被赋予语言;研究者由语言缔造,然后被赋予一点思想和感情。

河流执著地奔向大海,不管水磨轮子是破是好。

你吃得快,走得慢,何不用脚吃、用手走呢?

只有你眼中的世界变小,你的快乐或忧愁才变大。

科学是催发你的种子,而不是向你播撒种子。

我不憎恨,除非用憎恨作自卫的武器;不过,我决不使用这种武器,除非我是个弱者。

如果耶稣祖父的祖父知道自身隐藏的秘密,那他定会庄严地立于自己的面前。

爱是颤抖着的幸福。

他们以为我目光敏锐,是因为我从筛孔里看他们。

我刚一感到寂寞的痛苦,人们就称赞我的缺点——絮叨;批评我的优点——缄默。

在人们中间,有一些未杀人流血的凶手,未偷过东西的窃贼,只说真话的骗子。

需要证明的真理是半个真理。

你们何不让我远离那不哭泣的智慧,不微笑的哲学,不向儿童弯腰的伟大?

被万物表象所遮蔽,因着万物而存在,存在于万物之中并属于万物的智慧世界啊!你听着我,因为你是我的现时,我的自身;你看着我,因为你是一切有生命的事物的目光。请你在我的灵魂里抛下一粒你智慧的种子,好让它成长于你的森林,并提供你的一个果实。阿门!

七个阶段

我的心曾忧伤过七次：第一次是当它想通过卑贱之路获得升腾时；第二次是当它在瘫痪者面前跛足而行时；第三次是当它在难易间进行选择而选择了易时；第四次是当它犯了错误却因别人的错误而自慰时；第五次是当它软弱地忍耐且把这忍耐说成是强大时；第六次是当它面对生活的泥潭而卷起尾巴认输时；第七次是当它站在上帝面前高唱圣歌而以为唱圣歌是它的一种美德时。

我的心灵告诫我

我的心灵告诫我，它教我热爱人们所憎恶的事物，真诚对待人们所仇视的人。它向我阐明：爱并非爱者身上的优点，而是被爱者身上的优点。在心灵告诫我之前，爱在我这里不过是两根相近的立柱间一条被拉紧的细线，可是现在爱已变成一个始即终、终即始的光轮，它环绕着每一个存在着的事物；它慢慢地扩大，以包括每一个即将出现的事物。

我的心灵告诫我，它教我去看被形式、色彩、外表遮掩了的美，去仔细审视人们认为丑的东西，直到它变为在我认为是美的东西。在心灵告诫我之前，我所看到的美不过是烟柱间颤抖的火焰。可是现在，烟雾消失了，我看到的只是燃烧着的东西。

我的心灵告诫我，它教我去倾听并非唇舌和喉咙发出的声音。在心灵告诫我之前，我的听觉迟钝，只听到喧闹和呼喊。可是现在，我能倾听寂静，听到它的合唱队正唱着时光的颂歌和太空的赞美诗，宣示着隐幽的奥秘。

我的心灵告诫我，它教我从榨不出汁，盛不进杯，拿不住手，碰不着唇的东西中取饮。在心灵告诫我之前，我的焦渴是我倾尽溪涧和贮池中的水浇熄的灰堆上的一粒火星。可是现在，我的思慕已变为我的杯盏，我的焦渴已变为我的饮料，我的孤独已变为我的微醉。我不喝，也决不再喝了。但在这永不熄灭的燃烧中却有永不消失的快乐。

我的心灵告诫我，它教我去触摸并未成形和结晶的东西，让我知道可触知的就是半合理的，我们正在捕捉的正是部分我们想要的。在我的心灵告诫我之前，我冷时满足于热，热时满足于冷，温和时满足于冷热中的一种。可是现在，我捕捉的触觉已经分散，已变成薄雾，穿过一切显现的存在，以便和隐幽的存在相结合。

我的心灵告诫我，它教我去闻并非香草和香炉发出的芬芳。在心灵告诫我之前，每当我欲享馨香时，只能求助于园丁、香水瓶或香炉。可是现在，我嗅到的是不熏燃和不挥发的馨香，我胸中充溢的是没经过这个世界任何一座花园，也没被这天空的任何一股空气运载的清新的气息。

我的心灵告诫我，它教我在未知和危险召唤时回答："我来了！"在心灵告诫我之前，我只在熟悉的声音召唤时才起立，只在我踏遍走熟的道路上行走。可是现在，已知已变成我奔向未知的坐骑，平易已变成我攀登险峰的阶梯。

我的心灵告诫我，它教我不要用自己的语言——"昨天曾经……"、"明天将会……"——去衡量时间。在心灵告诫我之前，我以为"过去"不过是一段逝而不返的时间，"未来"则是一个我绝不可能达到的时代。可是现在，我懂得了，眼前的一瞬间有全部的时间，包括时间中被期待的、被成就的和被证实的一切。

我的心灵告诫我，它教我不要用我的语言——"在这里"、"在那里"、"在更远的地方"——去限定空间。在心灵告诫我之前，我立于地球的某一处时，便以为自己远离了所有其他地方。可是现在我已明白，我落脚的地方包括一切地方，我所跋涉的每一段旅程，是所有的途程。

我的心灵告诫我，它教我在周围居民酣睡时熬夜，在他们清醒时入睡。在心灵告诫我之前，我在自己的睡榻上看不到他们的梦，他们在他们的困盹中也寻不到我的梦。可是现在，我只是在他们顾盼着我时才展翅邀游于我的梦中，他们只是在我为他们获得自由而高兴时才飞翔于他们的梦中。

我的心灵告诫我，它教我不要因一个赞颂而得意，不要因一个责难而忧伤。在心灵告诫我之前，我一直怀疑自己劳动的价值和品级，直到时日为它们派来一位褒扬者或诋毁者。可是现在，我已明白，树木春天开花夏天结果并不企盼赞扬，秋天落叶冬天凋敝并不害怕责难。

我的心灵告诫我，它教我明白并向我证实：我并不比草莽贫贱者高，也不比强霸伟岸者低。在心灵告诫我之前，我曾以为人分为两类：一类是我怜悯或鄙视的弱者，一类是我追随或反叛的强者。可是现在我已懂得，我是由人类组成一个集体的东西组成的一个个体，我的成分就是他们的成分，我的蕴涵就是他们的蕴涵，我的希冀就是他们的希冀，我的目标就是他们的目标。他们如果犯了罪，那我也是罪人；他们如果做了某件好事。那我也以这件好事而自豪，他们如果站起身来，那我也一同起立；他们如果落座，那我也一同落座。

我的心灵告诫我，它教我知道：我手擎的明灯并不专属于我，我唱着的歌也不是由我的材料谱成。如果说我带着光明行走，那我并不就是光明;如果说我是一把被上好弦的琴,那我并不是弹奏者。

兄弟! 我的心灵告诫了我,教育了我。你的心灵也告诫过你,教育过你。因为你我本是彼此相似的。我们之间没有什么不同,除了我谈论着我,在我的话语中有一点争辩;你掩饰着你,在你的隐匿中有一种美德。

你们有你们的黎巴嫩,我有我的黎巴嫩

你们有你们的黎巴嫩,我有我的黎巴嫩。

你们有你们的黎巴嫩及其难题,我有我的黎巴嫩及其瑰丽。

你们有你们的黎巴嫩连同其中的种种企图和目的,我有我的黎巴嫩连同其中的种种梦幻和希冀。

你们有你们的黎巴嫩,那就请以它而满足;我有我的黎巴嫩,只满足那绝对的纯粹。

你们的黎巴嫩是时日企图解开的政治死结;我的黎巴嫩则是巍峨高耸,直插蓝天的山岳。

你们的黎巴嫩是宗教首领和军队司令的棋盘;我的黎巴嫩则是我看厌这运转在轮子上的文明面孔时,带着灵魂进入的圣殿。

你们的黎巴嫩是两个人:一个纳税,一个收款;我的黎巴嫩则是一个人:他倚臂于雪松荫下,除上帝和阳光外他摒弃一切。

你们的黎巴嫩是港口、邮政、贸易;我的黎巴嫩则是悠远的思想,炽热的感情,大地在天空耳畔轻轻说出的神圣语言。

你们的黎巴嫩是职员、工人、经理;我的黎巴嫩则是青年的抱负,中年的决心,老年的睿智。

你们的黎巴嫩是各种各样的代表团、委员会;我的黎巴嫩则是狂风遮天、瑞雪盖地之夜炉边的聚会。

你们的黎巴嫩是形形色色的教派和政党;我的黎巴嫩则是攀登岩石、追逐溪流、在广场上玩球的少年。

你们的黎巴嫩是演讲、报告、论辩；我的黎巴嫩则是黑鹂的啼啭，白杨树和冬青槲枝条的沙响，山洞中飘荡的管笛的回声。

你们的黎巴嫩是掩盖于虚假聪明面纱下的谎言，是隐藏在效法和修饰外衣下的伪善；我的黎巴嫩则是一个朴素而袒露的真理，临池揽照，看到的只是自己宁静的面孔和舒展的表情。

你们的黎巴嫩是纸面上的法律、条款，卷宗里的契约、合同；我的黎巴嫩则是生命奥秘中的一种禀赋，它不知自己对此已了然尽知；是醒觉中摸索到幽冥世界边缘的思念，它以为自己还在梦中。

你们的黎巴嫩是一位手捋胡须，蹙额皱眉，只顾自己的老翁；我的黎巴嫩则是一位矗立像塔、微笑似晨，念人如己的青年。

你们的黎巴嫩与叙利亚时分时合，若即若离；我的黎巴嫩则不合不分，不亢不卑。

你们有你们的黎巴嫩，我有我的黎巴嫩。

你们有你们的黎巴嫩及其子嗣，我有我的黎巴嫩及其儿女。

天哪，你们的黎巴嫩的子嗣是些什么人？

何不审视片刻，稍作一顾，让我给你们看看他们的真面目：

他们的灵魂诞生在西方人的医院里。

他们的头脑在扮演慷慨者角色的贪婪者怀抱里开窍。

他们是一些柔弱的枝条，左摇右摆，却了无意志；昼夜战栗，却全然不知。

他们是这样一只航船：它与风浪搏击，却既无舵也无帆，它的船长优柔寡断，它的港口是魔窟。——噫，欧洲所有的首都难道不都是魔窟吗？

他们是些能言善辩的强人壮汉，可这只表现在他们彼此之间；在洋人面前，则是些哑口无言的松包软蛋。

他们是热情洋溢的自由主义者，改良主义者，改革家，但只发表在他们的报刊上和讲坛上；在西方人面前，则是些唯唯诺诺、唯命是从的守旧者。

他们是些像青蛙一样鼓噪不休的人，说什么"我们已摆脱了残暴的宿敌"。但他们残暴的宿敌仍然潜伏在他们的体内。

他们是这样一些人:在殡葬队伍前面吹吹打打,手舞足蹈,等到他们遇见迎亲的队伍时,他们的吹奏却变为号丧哭泣,他们的舞蹈却变为捶胸撕衣。

他们只懂得钱袋饥饿,一旦他们碰到精神上的饥渴者,便嘲笑他,转身走开时还说:"这不过是一个在梦幻世界里漫游的骑士!"

他们是这样一批奴隶:当岁月用闪闪发光的镣铐换下他们生锈的镣铐时,便以为自己变成了绝对自由的人。

这些就是你们的黎巴嫩的子嗣。在他们之中有谁能代表黎巴嫩岩石中的意志?巍峨中的高贵?水泉中的甘美?空气中的芳馨?在他们之中有谁敢说:"如果我死去,我丢下的祖国要比我出生时见到的祖国有点起色。"在他们之中有谁敢说:"我的生命曾是黎巴嫩血管里的一滴血,她眼睑间的一滴泪或她嘴角上的一个微笑。"

这些就是你们黎巴嫩的子嗣。在你们眼里他们是多么高大!在我眼里他们是何等渺小!

不过,稍等片刻,听我给你们说说我的黎巴嫩儿女:

他们是把荒滩野地变成花圃果园的农夫;

他们是赶着羊群从一个山冈走向另一个山冈的牧人,羊儿生长繁衍,给你们提供肉以为食,毛以为穿;

他们是葡萄园的园丁,把葡萄榨成醇汁,把醇汁炼为蜜浆;

他们是种桑养蚕的父亲,纺绸织缎的母亲;

他们是收割庄稼的丈夫,聚敛柴薪的妻子;

他们是泥瓦工,陶瓷工,编织工和铸钟造铃的匠人;

他们是把自己灵魂倾注于新杯盏中的诗人,是吟诵民谣俚曲的天性淳朴的自然歌手;

他们是那些离开黎巴嫩时只有心中的热情和手臂上的意志,归来时却手捧大地上的财富,头戴桂冠的人;

他们是那些不论走到哪里都能征服环境,无论出现在何处都会赢得人心的人;

他们是生于低矮茅舍,死于科学殿堂的人。这些才是黎巴嫩的儿女;他们是风吹不灭的灯,时蚀不腐的盐;

他们是那些迈着坚定步伐奔向真理、美和完善的人。

一百年后,你们的黎巴嫩和你们黎巴嫩的子嗣们还会留下些什么呢? 告诉我,除了讼词、谎言和愚钝,你们给明天留下什么? 难道以为时间将会在它的记忆中保存谄媚和欺骗?

难道你们以为时间会在它的衣袋里储存死亡的身影和坟墓的气息? 莫非你们以为生命会用破烂的衣衫去遮盖它赤裸的身躯? 我对你们说,——事实为我做证:"村夫在黎巴嫩山麓栽种下的橄榄树,定会比你们已经和将来成就的一切业绩都更恒久;小牛在黎巴嫩田野上拉的木犁要比你们所有的希冀和抱负更光荣、高贵! 我对你们说,万物的良心在倾听着我:黎巴嫩高原上采豆女的歌声,定会比你们中最体面、最有规模的冗言赘语更有生命力! 我告诉你们吧,你们是微不足道的,假如你们知道你们微不足道,那么我对你们的厌恶就会变成某种同情和怜悯,但你们并不知道。

你们有你们的黎巴嫩,我有我的黎巴嫩。

你们有你们的黎巴嫩及其子嗣,你们若能满足于空洞的气泡,那就满足于它和他们吧! 而我,则以我的黎巴嫩及其儿女为满足;在我的满足中有甘甜、宁静与安逸。

大　地

大地不情愿地从大地中迸裂出来,

然后,大地在大地上扬扬得意,高视阔步,

大地靠大地建起宫殿、高塔、庙宇,

大地在大地上创立神话、训诫、法律。

之后,大地厌倦了大地的工作,便用大地的光环编织幻影、空想、清梦。

之后,大地的睡意诱惑着大地的眼帘,于是她睡着了,睡得平静、深沉、长久。

之后，大地呼唤着大地，说道："我是母腹，我是坟墓。我将永远如此，直到星辰消逝，太阳化为灰烬。"

昨日·今日·明日

我对我的朋友说："你瞧，她正依偎在他的臂弯间，昨天她还依偎在我的臂弯间呢。"

他说："明天她将依偎着我的臂弯。"

我说："你看，她正坐在他的身边，昨天她还坐在我的身边呢。"

他说："明天她将坐到我的身边。"

我说："你没看到么，她正在喝他杯中之酒，昨天她还从我的怀中啜饮呢。"

他说："明天她将与我同饮。"

我说："瞧啊！她正用充满爱意的目光凝视着他，昨天她还凝视着我呢。"

他说："明天她将凝视着我。"

我说："你听，她正在他耳畔低声唱着情歌，昨天她还在我耳畔吟唱这些情歌呢。"

他说："明天她将在我耳畔吟唱。"

我说："看哪，她正和他拥抱呢，昨天她曾拥抱着我。"

他说："明天她将拥抱我。"

我说："她是一个多么奇怪的女人！"

他说："她，就像生命，为所有人所占有；她，如同死亡，征服着所有的人；她，又好似永恒，包容着所有的人。"

完　美

你问我，兄弟，人何时能变得完美。

请听我的回答：

当人感到他是无际的天空，是无边的大海，是永远燃烧的烈火，是永恒闪耀的光芒，是狂卷或平息的风，是电闪雷鸣降雨的云，是吟唱或哀泣的小溪，是春天开花秋天落叶的树木，是高耸的山峦和低洼的狭谷，是肥沃或贫瘠的土地时，他正在走向完美。

假如人能感到这一切，他就走出了通向完美的一半路程。他如果想达到完美的终极目标，那就应感知自己的本质，知道自己是一个依赖着自己母亲的孩子，是一个对自己孩子负有责任的长者，是一个失落于自己信仰和爱情之间的青年，是一个与自己过去和未来进行搏斗的中年人，是一个隐居在自己茅庵中的膜拜者，是一个关押在自己监狱中的囚犯，是一个埋首于自己书斋和纸堆中的学者，是一个处在自己夜的黑暗和昼的黑暗中的愚人，是一个置身于自己信仰的繁花与孤寂的荆棘间的修女，是一个处于自己软弱的犬齿和需求的利爪间的妓女，是一个处在自己的苦涩和屈从间的贫者，是一个陷于自己的贪欲和俯就间的富豪，是一个置身于自己黄昏的雾和魔术的光之间的诗人。

如果人能经历和了解这一切，他就会达到完美，成为上帝影子中的一个影子。

独立与红毡帽①

不久以前，我读了某位文学家的一篇文章。在这篇文章中，他愤然而起，对叙利亚开往埃及的某一条法国轮船的船长和船员表示抗议。因为当他在餐桌边就座时，这些人曾强迫他或试图强迫他摘下他的红毡帽。众所周知，在天花板下脱帽本是西方人的习惯。

这一抗议令我吃惊，因为它向我表明，东方人对其个人生活中的

---

① 红毡帽：俗称土耳其帽。中东地区男子戴的一种由红毡制成的截圆锥形帽子，平顶无檐。在近代土耳其奥斯曼帝国统治的一段时间内，戴这种帽子成为阿拉伯世俗官员、知识分子的一种时尚和标识。

某种象征是多么执著。

我佩服这位叙利亚人的胆量，就像我有一次曾对一位印度王子表示钦佩一样。那次我邀请他出席观看意大利米兰城的一次歌剧演出，他对我说："如果你邀请我去访问但丁的地狱，我会随你欣然而往。但我不能在一个禁止我缠头巾和抽烟的地方落座。"

是的，我看到东方人执著于他的某些信条，即使对他的民族习俗的某个影子也紧紧抓住不放，这使我惊讶不已。

不过，我的这一惊诧不会也绝不可能抹掉它后面的那些与东方人的本性、东方的种种嗜好与说法相联系的粗鄙事实。

这位认为在洋人轮船上脱掉红毡帽是件难事的文学家，如果能够想到，这一高贵的红毡帽本是在一家洋人的工厂里造出来的，那么对他来说，不论在任何地方，任何一条洋人船上，脱掉毡帽都是一件轻而易举的事了。

假如我们的文学家想到，在区区小事上的个人独立性，过去和将来都取决于科技独立和工业独立这两大独立的话，那么，他就会顺从地不声不响地摘掉红毡帽。

假如我们的朋友想到，精神上和心智上均受奴役的民族，是不能靠她的衣着、习俗成为自由人的。

假如他想到了这些，他就不会写他那篇抗议文章了。

如果我们的文学家想到，他的叙利亚祖父，曾乘着叙利亚船，穿着叙利亚人手纺织缝制的衣服，航海到埃及，那我们的自由的英雄，就只能穿着国产的衣服、只能乘着由叙利亚船长和叙利亚海员掌舵航行的叙利亚船去埃及了。

我们勇敢的文学家的不幸，就在于他反对结果而未曾注意到原因，故在赢得本质之前已被偶发现象所控制。这是大多数东方人的情形。他们不愿意做东方人，——在无聊琐碎的小事上除外，与此同时他们却以他们从西方人那里模仿来的东西为荣，那些东西既不无聊，也不琐屑。

我要对我们的文学家和所有戴红毡帽的人士说：你们何不用自

己的手去制作你们的红毡帽,然后在轮船的甲板上,或在高山之巅,或在幽谷深涧,去斟酌如何处置你们的红毡帽呢?

上天有知! 这些话不是为红毡帽而写,也不是为红毡帽在天花板下或银河下是脱是戴而写。上天有知! 这些话是为一个比所有红毡帽都久远的问题而写;这个问题悬于每个人的头上,悬于每个颤抖的身躯之上。

大 地 啊!

大地啊,你是多么瑰丽! 多么灿烂辉煌!

你对光明的屈从是何等彻底,你对太阳的归顺是何等高贵!

你配上倩影时有多么典雅! 你蒙上面纱时有多么俏丽!

你黎明的歌声多么甜蜜,你夜晚的呼唤是多么可畏!

大地啊,你多么完美,多么壮丽!

我跨越过你的平原,攀登过你的高山,降临过你的狭谷,爬上过你的危岩,进入过你的洞穴。因此我懂得:你的梦幻在平原,你的尊严在高山,你的平静在幽谷,你的意志在岩石,你的隐秘在洞穴。你呀,你是带着力量的广阔,带着谦虚的高耸,带着上升的沉降,带着坚强的轻柔,带着隐秘的明朗。

我航行过你的大海,跋涉过你的河川,追逐过你的溪涧,所以我听到永恒以你的潮汐谈话,时光在你的高原丘陵间吟唱,生命与生命在你的山坡小径上彼此呼唤。你呀,你是永恒的唇与舌,时光的弦与指,生命的思想与阐释。

你的春天唤醒了我,把我送到你的林间,在那里,你的馨香气息轻烟般袅袅上升。你的夏天让我在你的田野上落座,在那里,你的努力凝聚成果实。你的秋天让我在你的葡萄园里停步,在那里你的血流淌成酒。你的冬天领着我来到你的睡榻,在那里,你的纯洁飘散成雪片。你呀,你是带着春天的馨香,带着夏天的慷慨,带着秋天的丰裕,带着冬天的纯洁。

在朗朗的夜色中，我开启了我心灵的门窗，重负着自己的种种欲望，披戴着自己自私的枷锁，走到你的面前，发现你正凝视着众星辰，而她们正向你微笑。于是我抛去了自己的枷锁和重负，明白了心灵的居所正是你的天空，它的欲望就在你的欲望中，它的安全就在你的安全中，它的幸福就在星星撒落于你身上的金色纤尘中。

在阴云密布的夜晚，我厌倦了自己的粗疏、僵化和迟钝，来到你的身旁。于是发现你是一位用风暴武装起来的可畏的巨人，你正用你的现在与你的过去战斗，用你的新与你的旧搏击，用你的遒劲去瓦解你的软弱。于是我明白了，人类的制度就是你的制度，人类的法律就是你的法律，人类的规范就是你的规范。谁不用自己的风暴吹折自身的枯枝，谁就会厌倦萎靡而死；谁不用自己的革命撕碎自己的败叶，谁就会默默而亡；谁不用遗忘为已逝的往昔入殓，谁就会成为往昔业绩的殓衣。

大地啊！你是多么慷慨！多么宽容！

你对你的孩子们，那些离开自己本质走向虚妄，迷失在他们已达和未尽之间的人，是何等怜悯同情啊！

我们吵闹，你微笑。

我们坚持，你否定。

我们亵渎，你祝福。

我们抹黑，你赞美。

我们酣睡而无梦，你却梦于永恒的清醒之间。

我们用剑和矛刺伤你的胸膛，你却以油和药膏把我们的伤口涂遍。

我们把骷髅和白骨植于你的庭院，你却让它长出白杨和垂柳。

我们把腐尸交你寄存，你却让我们的打谷场堆满稼禾，让我们的酿酒厂堆满葡萄。

我们用血污浸染你的容颜，你却用多福河①水清洗我们的面颊。

---

① 多福河：天堂里的河。

229

我们提取你的元素用来制造枪炮炸弹,你却撷取我们的元素用来构成玫瑰与百合。

大地啊,你是多么有忍耐力!你的同情心又何其多!

大地啊,你是什么?你是谁?

你是上帝从宇宙的东方向宇宙的西方巡游时从他脚下升起的一粒尘埃?还是永不熄灭的熔炉中迸出的一颗火星?

你莫非是一颗果核,它被抛向太空的田园,以便靠它内核的意志冲破皮壳,像航标一样升上太空之顶?

你是巨人群中某个巨人血管里的一滴血?还是他额上的一滴汗?

你可是太阳慢慢挥舞的一枚果实?你可是根茎延至无限之底、枝叶伸向永恒之巅的全知之树上的一颗果子?还是时间之神置于空间之神手掌上的一颗宝石?

你是苍穹怀抱中的一个婴儿?还是一位监视日夜、饱享其智慧的老人?

大地啊,你是什么?你是谁?

大地啊!你就是我!你是我的视觉,也是我的目力;你是我的智慧、我的想象,我的梦幻;你是我的饥饿和焦渴,你是我的痛苦和欢乐,你是我的迷惑与清醒。

你是我眼中之美,心中之思,灵魂中之永恒。

你就是我,大地!假如我不曾存在,那一定也没有你的过去。

更辽阔的海洋

昨天——昨天是多么远,又是多么近啊!——我和我的心一同来到大海,为的是用海水涤除附在我们身上的灰尘和泥垢。

我们到达海岸,便开始寻找一处不让别人看到的清静之地。

我们边走边看,忽然发现一个男子,坐在一块灰褐色的岩石上,手上有只袋子,他正从袋中一把一把地抓出盐来撒向大海。

我的心对我说:"这是一个只看到生活阴影的悲观主义者,悲观主义者是不适于看到我们赤裸的身体的。让我们离开这个地方吧,因为这里没法洗浴。"

我们抛下了这个地方,继续前行,直到抵达岸边的一个小海湾。我们发现一个男子正立于一块白色岩石之上,手里擎着一个镶满珠宝的箱子,正从中掏出一些糖块,撒向大海。

我的心对我说:"这是一位报告没有喜讯的喜讯的乐观主义者。小心别让乐观主义者看到我们赤裸的身体。"于是我们再次上路,直到遇见一个男子,他正站在岸边拣死鱼,随后又带着怜悯把死鱼送回海中。

我的心对我说:"这是一位企图将生命送还墓中之尸的悲天悯人者,让我们离他远一点吧!"

而后,我们来到另一个地方。我们看到一个男子正在沙滩上描画他的幻想,波浪涌来,抹去了他所画的东西,他一次又一次地接着画!

我的心对我说:"这是在其幻想中竖起一尊偶像以便加以崇拜的神秘主义者。让他干他的事吧!"

我们走啊走,来到一个寂静的海湾,见到一位男子从水面上撇起浮渣泡沫,然后装入一个玛瑙瓶中。

我的心对我说:"这是一个用蛛丝编织衣服穿的空想主义者。他不配看到我们赤裸的身体。"

我们接着走,直到听见一个喊声:"这就是那深邃的海!这就是那汹涌澎湃的大海!"

我们循声而去,发现一个男子转身背对着海站在那里,他把一个海螺置于耳上,细细倾听着它的声响。

我的心对我说:"我们走吧,这是一个转身背对他不能把握的全局,且用让自己完全偏斜的种种局部困扰自己的事务主义者。"

我们又走了。直到看见草地上、岩石间有一位把头埋进沙子里的男子。

我对自己的心说:"心儿啊! 我们就在这里沐浴吧! 因为这个人不可能看到我们。"

但我的心摇着头说道:

"不! 一千个不! 你看到的这个人,是所有人中最坏的一个! 他是个遮遮掩掩不让他的心看到生活的悲剧,从而生活也就不让他的心看到其快乐的纯粹的虔信者。"

这时,我的心的脸上浮现出深沉的悲哀,她带着因痛苦而时断时续的声音说道:

"让我们离开这些海岸吧! 这里没有一处僻静的地方可供我们沐浴。我决不愿意在这样的风中梳理我的金色发辫,也不想在这天空面前袒露自己细嫩的胸脯,更不愿意脱得光光,赤身露体站立在这阳光之下。"

于是,我和我的心离开了这个大海。我们走了,去寻找更辽阔的海洋。

在历史上从未有过的那一年

……就在那一时刻,柳林后出现了一位少女。她抚弄着自己的裙摆,立于草地上。她站在一位睡着的青年身旁,把绸子一般柔软的手轻置于青年的头上。太阳把青年照醒了,在睡意蒙眬中他看见了她。他发现一位公主站在他的面前,顿时起身跪下,就像穆萨①见到林木起火时那样。他想开口说话,声音却颤颤巍巍,于是怀着热望的泪眼代替了他的唇舌。

之后,少女拥抱了他,吻了他的嘴唇、眼睛,吮吸着他的热泪。姑娘带着比笛声还甜美的声音说道:

"我亲爱的人! 在梦中我已见到过你,在我的孤独和寥寂中,看到过你的面容。从我注定来到这个世界时起,你就是我失落的心灵

---

① 穆萨:即摩西。

的伴侣,是我与之分离的自身那美好的一半。亲爱的!我是偷偷来此与你相会的。啊,你现在是在我的臂腕间,不要害怕!我已抛下了我父亲的荣华富贵,来追随你到大地上最遥远的地方去。我要与你共饮生命之杯和死亡之杯!"

"起来吧,亲爱的!让我们到人迹渺渺的荒原去!"

一对相爱的人走在林间,夜幕掩隐了他们的身影,父王的威严和黑暗的幽灵,都没有使他们感到恐惧。

新 时 代

今天,在东方,有两种彼此争斗着的思想:旧思想与新思想。旧思想,将要被克服,因为它已精疲力竭,意志崩溃。

在东方有一种搅扰着沉睡的觉醒。觉醒是征服者,因为太阳是它的统帅,黎明是它的大军。

在东方的田野上,——昨天东方是一个幅员辽阔的弱者,今天则是一个青春少年,屹立田野,呼唤着坟墓中的居民,让他们奋起,随着日月前进。当春天唱出她的歌,冬天的死物就会复生,脱去它的尸衣,迈出步履。

在东方的天空,有着具有生命力的震撼,它们生成,扩大,摄住了那些警觉而敏感的心,把它们揽入怀抱。这些震撼还萦绕着那些高傲而敏感的心,以赢得它们。

今天的东方有两位主人:一位主人命令、禁止、被服从,但他是一位垂死的老人;另一位主人,平静、沉寂,因各种法律制度的沉默而沉默,因真理的沉寂而沉寂,但他是一位巨人,手臂坚强有力,他知道他的意志,坚信他的存在,相信他的作用。

今天在东方有两个人:昨日的人和明日的人。东方啊,你是他们中的哪一位?

你何不走近我,让我好好看看你的面容,审视你的外貌,看你是属于走向光明者之列,还是走向黑暗者之列。

来呀,告诉我,你是什么? 你是谁?

是一位政治家在那里悄悄地说"我想从我的祖国身上获益"? 还是一位热情的人在心里悄语"我渴望着让我的祖国获益"?

如果你是第一位,那就就是一个寄生虫;如果你是第二位,那你就是沙漠里的一片绿洲。

是一个商人,把人们的需求当作获得利润和自我膨胀的途径,从而垄断各种必需品,以便用一块钱卖出用一分钱买进的货物? 还是一位勤奋努力的人,使编织者和耕种者之间的交换变得方便,使自己成为渴望者和被渴望者之间的一环,从而有利于被渴望者和渴望者,并从他们那里正当地获得利益?

如果你是第一位,那你便是一个因在宫殿中或监狱中的罪犯;如果你是第二位,那你就是一个人们感谢或反对的好人。

是一位宗教首领,用人们的幼稚编织他身上的圣袍,用人们心地的单纯铸制他头上的桂冠,声称讨厌魔鬼,却靠魔鬼的财富生活? 还是一位虔诚的信徒,把个人的美德看作是民族进步的基础,把穷尽自己灵魂的秘密当成是上升到普遍精神的一个阶梯?

如果你是第一位,那你就是一个白天守斋、晚上祈祷的叛教者、伪信者;如果你是第二位,那你就是真理花园中的一株晚香玉,它的馨香飘散在人们的鼻息间,或自由地上升到保存花的气息的太空。

是一位新闻记者,在奴隶贩子的市场上出卖自己的思想和原则,在社会制造的灾难和不幸的消息中生长,像饥饿的鸢一样只扑落于腐尸之上? 还是一个站在文明讲坛上的教师,从日月的业绩中汲取教益,并把亲自从中得到的启示传授给人们?

如果你是第一位,那你就是一片粉刺暗疮;如果你是第二位,那你就是治病镇痛的良药。

是一位统治者,在任命他的人面前卑躬屈膝,在被他统治下的人面前趾高气扬。抬臂动手只是为了伸进他们的衣袋,抬脚迈步,只是为了实现对他们的欲望? 还是一位忠实的服务者,管理着人民的事务,为他们的利益废寝忘食,孜孜不倦地去实现他们的愿望?

如果你是第一位,那你就是民族打谷场上的杂草毒苗;如果你是第二位,那就是民族粮仓中的幸福吉祥。

是一位丈夫,认为禁止妻子享有的那些事,对自己来说都是正当合理的,出去寻欢作乐,腰间挂着妻子囚室的钥匙;吞下爱吃的东西,以至消化不良,而妻子却孤独地坐在一只空盘子面前? 还是一位伴侣,每做一件事总要和女伴手携着手,总要倾听女伴对此事的想法意见,每获得一次成功,总是让她加入到自己的快乐与光荣之中?

如果你是第一位,那你就属于已经灭绝的部落中活着的一员,这些部落住洞穴,穿兽皮;如果你是第二位,那你就是一个民族的先锋,同黎明一起走向公正与明智的白昼。

是一位精于研究的作家,昂首直视我们头顶上的东西,可头脑中的东西却匍匐于已逝往昔的深渊中;在那里一代又一代的人抛下了他们的破衣烂衫,丢弃了对他们不再有益的东西? 还是一种清纯的思想,探索着自己大洋的边缘,以便知道其益和其害,从而付出毕生精力,去建设有益的,摧毁有害的?

如果你是第一位,那你就是低能、残缺、愚钝、浮饰;如果你是第二位,那你就是饥饿者的面包,焦渴者的水。

是一位诗人,在王侯们面前弹着冬不拉,在新婚者面前抛洒着鲜花,在沉寂的死尸后面相随,手里拿着一块沉甸甸的吸满了温吞水的海绵,当走到墓地时,便用舌头和嘴唇压挤着海绵? 还是一位天才,上帝把弦琴置于他的手中,让他弹出高雅的曲调,吸引我们的心灵,让我们停下脚步,庄严地立于生活及其美和可畏的面前?

如果你是第一位,那你就是只能在我们心中激起与其所欲相反的东西的巫师中的一员,他们如果哭,我们就笑,他们如果高兴,我们就哀伤;如果你是第二位,那你就是一位目光炯炯,能见我们所不见的有识者,就是我们心中甘甜的希望,是我们迷惘时的神启。

我说,在东方有两支队伍:一支队伍由弯腰曲背的老朽组成,他们靠拐杖行走,气喘吁吁,疲惫不堪,虽然他们是从高处走向低处;另一支队伍则由青年人组成,他们奔跑着,好像脚上长了翅膀,他们欢呼着,好像喉咙中有琴弦,他们超越重重障碍,好像山岭的前方有一种吸引他们的力量,一种勾魂摄魄的魔力。

东方人啊,你属于哪一类?你们行进在哪一个行列里?

你不去问问自己,在清夜寂寂时问问自己的心,——它已经从它深沉的迷醉中醒来了。你问问它,你属于昨日的奴隶之列还是明天的自由人之列?

我对你说:昨日的子嗣走在时代的送葬队伍中,这个时代创造了他们,他们也创造了它。我说:他们用力拉紧岁月已使其线股变糟的绳子,一旦这条绳子断了——它很快就会断的——那些攀附着它的人就会坠到遗忘的深渊中去。我说:他们住在基柱濒于倒塌的房子里,一旦狂风袭来——它就要袭来了——这些房子就会坍塌在他们的头上,这些房子对他们来说原是坟墓。我说:他们的种种思想,他们的种种言辞,他们的种种争辩,他们的种种著作,他们的种种诗集,他们的一切功业,只是沉重地牵扯着他们的锁链,他们已拉不动这些锁链,因为他们虚弱不堪。

至于明日的儿女,那他们正是生命呼唤着的人,他们踏着坚实的步伐,高昂着头颅,跟随着它前进。他们是新时代的黎明,烟雾不能遮挡他们的光芒,锁链的碰撞不能掩盖他们的声音,洼地的恶臭敌不住他们的馨香。他们是人数众多的派别中人数较少的一派,但是,在繁枝上有朽林中所没有的东西,在麦粒中有干草堆上所没有的东西。他们是不为人知的一群,但他们彼此相知,犹如巍峨的山峰,可以彼此相望,听得见彼此的呼唤。不过那些洞穴,则是看不见的瞎子,听不见的聋子。明日的儿女是上帝撒播在肥田沃土里的种子,它以内在的力量冲破了皮壳,在太阳下面摇曳着柔嫩的枝干,它将成长为一棵巨树,其根深扎于地心,其枝昂伸向天穹。

孤　独

生活是孤独海洋中的一个岛屿。

生活是一个岛屿——它的岩石是愿望,他的树木是梦幻,它的花朵是寥寂,它的水泉是焦渴。这个岛屿处在孤独之海的中央。

我的兄弟! 你的生活是与所有岛屿和所有地区相隔开的一个岛屿,尽管你派舟船去到别的一些海岸,尽管舰队也来到过你的海岸,可你还是你,还是那个因其痛苦和欢乐而孤独,因其思念而遥远,因其秘密和隐幽而不为人知的岛屿。

我的兄弟! 我看到你正坐在一座金山上,你因你的财富而兴高采烈,因你的丰裕而趾高气扬。你感到每一捧矿石中都有一条秘密通道,把你的思想和人们的思想联系起来,把你的意向和人们的意向联系起来。我看到你就像一位大开拓者,率领无往而不胜的军队,来到坚不可摧的要塞,一举将其摧毁;来到固若金汤的重地,一举将其占领。但是,我第二次看到你时,发现在你的储藏之所的大墙后面,有一颗心正在其孤独中战栗,像关在黄金珠宝制成却没有水的笼子里的焦渴者那样战栗。

我的兄弟! 我看到你坐在光荣的宝座上,周围是赞颂着你的名字、反复念叨着你的嘉言懿行、统计着你的天才并眼巴巴地盯着你的人。他们好像站在一位先知面前,那先知正用其精神的力量让他们的灵魂升腾,带着他们在众星辰间翱翔。你看着他们,脸上显出欢快、有力和征服的神情,你在他们中间的地位就像灵魂在肉体中一样。但是,我第二次看到你时,发现你孤独的本质正立于你的宝座旁,它因你的寂寞而痛苦,因你的惆怅而烦恼。之后,我看到它向四面八方伸出手去,似乎在寻求看不见的幻影的同情与施舍。再后,我看见它从人们的头顶上方向远处张望,向一个除了它的孤独之外一无所有的地方张望。

我的兄弟! 我看到你迷恋着一个漂亮女人的爱情,你正向她的发际喷洒你心灵的蜜液,正用你的双唇吻遍她的素手。她则用充满深情的目光看着你,嘴角浮现出母性的微笑。我心中悄语:"爱情除却了这位男子的孤独,抹去了他的寂寞,因此他又重新和那个普通而一般的灵魂联系起来了,这个灵魂用爱把由于空虚和忘却而与之分离的东西吸引到自己身边来。"不过，当我再次看到你时，却在你被迷恋的心中发现了一颗孤独的心，它想往这个女人的脑海里倾注他的隐幽，但它做不到。我在你因爱情而融化的自我后面，发现了另一个孤独的自我，它像雾一样，希望在你女伴的捧掬的手中化作滴滴泪珠，但是它做不到。

我的兄弟！你的生命是远离一切家宅和社区的一所孤零零的房屋。

你的精神生活，是远离人们用你的名字称呼的那些表象和外观的道路的一所宅邸。如果说这所宅邸是黑漆昏暗的，你却不能用你亲近的人的灯盏去照亮它；如果说它是空空荡荡的，你却不能用你邻人的财产使它盈满；如果说它是建在一片沙漠中，你却不能将它移到别人栽花植树的花园中去；如果说它高立于一个山顶上，你却不能把它降至一条别人践踏过的山谷中。

我的兄弟呀，你的精神生活被孤独和寥寂所包围，假如没有这孤独，你就不会是你，我也不会是我；假如没有这寥寂，我即使听到你的声音，也会以为是我在说话；即使看到你的面孔，也会以为是我在揽镜自照。

伊宏　译

泪与笑

泪 与 笑

——引子

　　我不想用人们的欢乐将我心中的忧伤换掉;也不愿让我那发自肺腑怆然而下的泪水变成欢笑。我希望我的生活永远是泪与笑:泪会净化我的心灵,让我明白人生的隐秘和它的堂奥;笑使我接近我的人类同胞,它是我赞美主的标志、符号。泪使我借以表达我的痛心与悔恨;笑则流露出我对自己的存在感到幸福和欢欣。

　　我愿为追求理想而死,不愿百无聊赖而生。我希望在自己内心深处,有一种对爱与美如饥似渴的追求。因为在我看来,那些饱食终日、无所事事者是最不幸的人,不啻行尸走肉;在我听来,那些胸怀大志、有理想、有抱负者的仰天长叹是那样悦耳,胜过管弦演奏。

　　夜晚来临,花朵将瓣儿拢起,拥抱着她的渴慕睡去;清晨到来,她张开芳唇,接受太阳的亲吻。花的一生就是渴慕与结交,就是泪与笑。

　　海水挥发,蒸腾,聚积成云,飘在天空。那云朵在山山水水之上飘摇,遇到清风,则哭泣着向田野纷纷而落,它汇进江河之中,又回到大海——它故乡的怀抱。云的一生就是分别与重逢,就是泪与笑。人也是如此:他脱离了那崇高的精神境界,而在物质的世界中蹒跚;他像云朵一样,经过了悲愁的高山,走过了欢乐的平原,遇到死亡的寒风,于是回到他的出发点:回到爱与美的大海中,回到主的身边。

爱情的生命

春

来呀，亲爱的！让我们到荒野去！冰雪已经消融，生命从梦乡苏醒，春在河谷、山坡蹒跚，摇曳。走呀！让我们去追寻春天在辽阔的田野上留下的踪迹；上呀！让我们登上高山，放眼眺望四周那如海似涛的翠微。

啊！冬之夜叠好、收起的衣裳，如今春之晨又将它铺展开来。于是桃树、苹果树打扮得如同"盖得尔夜"①的新娘；葡萄树醒来了，枝藤扭结好似情人紧紧拥抱在一起；溪流在岩石间边跳着舞，边哼着欢乐的歌，潺潺流去；百花从大自然的心中绽开，如同从大海中涌出浪花朵朵。

来！让我们从水仙花的酒杯中喝干残存的雨的泪水；让我们倾听小鸟的欢歌，心旷神怡；让我们呼吸那春风的芳菲，如醉如痴。

让我们坐在那藏匿着紫罗兰的岩石下，相互在爱恋中亲吻。

夏

快，亲爱的！让我们到田野去！收获的季节到了！大自然在太阳的仁爱的光芒普照下，庄稼已经成熟了。快来呀！莫让鸟儿和蚂蚁趁我们疲劳的时机赶在了前头，把我们地里的粮食全搬走。快走呀！让我们采撷大地上的果实，如同精神采撷爱情在我们心中播下的忠诚的种子所结出的幸福之果；让我们用田里的产品装满库房，如同生活充实了我们感情的谷仓。

---

① 盖得尔夜：又称"大赦之夜"、"平安之夜"。指回历九月（斋月）二十七日之夜。据传，《古兰经》经文于当年该夜始降。穆斯林于该夜礼拜、祈祷，彻夜不眠，表示庆祝。

来呀,我的情侣!让我们盖着蓝天,铺着草地,头枕一捆松软的干草,在一天劳累之后,躺下来休息,听着月下谷地的小溪在潺潺细语。

秋

亲爱的,让我们到葡萄园去!把葡萄榨成汁,装进酒池里,好似把世世代代的智慧和哲理收藏在心窝里。让我们采集干果,提取花的香液,即使花果消亡,亦可芳泽人世……

让我们回到自己的住处;因为树叶已经变黄,风卷枯叶飘落四方,好像要用它们为凋零的百花盖上尸衣,那些花是在送别夏天时,悲伤得郁郁而死的。走吧!群鸟已向海岸飞去,它们带走了园林中的生气,只给素馨和野菊留下一片孤寂,于是它们把未尽的泪水洒落在地。

我们回去吧!小溪已不再歌唱,泉眼已流干了它欢乐的泪,山丘也脱下了它的艳服盛装。走吧,我亲爱的!大自然已经睡眼蒙眬,唱了一首悲壮、动人的歌曲,为清醒送行!

冬

靠近我,我终身的伴侣!莫让冰雪的气息隔开我们的身体。请坐在我身边,在这火炉前!火是寒冬美味的水果。同我谈谈子孙后代的前景!因为我的两耳已经听腻了风的叹息和种种悲鸣。把门窗全都关紧!因为见到天气的怒容,会让我伤感、悲痛,看到城市像失去儿子的母亲坐在冰天雪地中,会令我愁肠百结,忧心忡忡。老伴儿,给灯添些油吧!它几乎要熄灭了。把灯移到你跟前!让我看看漫漫长夜在你脸上刻画下的阴影。拿酒来,让我们边斟边饮边回忆那逝去的青春。

靠近我,靠近我些,亲爱的!火已经熄了,灰烬几乎把它盖了起来。拥抱我吧!灯已经灭了,周围是一片漆黑。啊!陈年老酒使我们眼皮沉重。再瞧瞧我！用你那蒙眬的睡眼。搂着我！趁着睡魔还未将我搂紧之前。吻吻我吧！冰雪已经战胜了一切，唯有你的吻还是那样温暖、热烈……啊，亲爱的！安眠的海是多么深沉！啊，明晨又是多么遥远……在这世界上！

传　说

流水淙淙的小河岸边，杨柳依依，绿荫匝地。树荫下坐着一个农民的儿子，在凝眸注视着眼前静静的流水。小伙子从小就生长在田间野外，在那里，仿佛一切都在谈情说爱：树上的枝叶相互拥抱在一起；花儿多情，婀娜、摇曳；鸟儿也唱着恋歌，吐露衷曲。在那里，整个大自然都令人心荡神迷，情怀难抑。这位二十岁的青年，昨天在泉水边，看到一位少女坐在姑娘们中间。他爱上了她。随后，他得知这少女是埃米尔的公主，于是他责怪自己那颗心，埋怨自己的情感。但是责怪并不能使那颗心放弃爱恋，埋怨也无法将那一片痴情排遣。人被心灵与情感支配，犹如一根柔嫩的细枝，在南来北往的风口中无法自持。

青年看到了紫罗兰花依偎在延命菊旁边；听到了夜莺与鳼鸟在倾心交谈。于是他哭了，感到自己是多么孤单！爱情好似梦幻，浮现在他眼前。于是他泪水夺眶而出，情感涌上舌端：

"啊！这爱情在奚落我，让我成了笑柄，把我引进这种窘境——希望被看成是缺点，理想被认为是卑贱。我崇拜的爱情把我的心捧上了埃米尔的宫殿，却把我的地位降在农舍茅屋间。这爱情把我带向一位美丽的仙女身边，那仙女是那样高贵，男人们都团团围拢在她跟前。爱情啊！我俯首站在你的面前，你究竟要我怎么办？我曾跟随着你赴汤蹈火，熊熊的火焰竟将我烧灼；你使我睁开了双眼，可是看到的却是一片黑暗；你让我开口说话，但句句话都是哀伤和悲叹。爱情啊！思念已经紧紧地同我拥抱在一起，没有情人的亲吻，它不会离去。爱情啊！你明知你是强者，我是弱者，可为什么这样苦苦地将我折磨？你公正，我无辜，你却为什么将我欺侮？唯有你是我的靠山，可是你为什么却将我摧残？我的存在全依靠你，可是你却为什么将我抛弃？我的血如果不照你的意志流，你可以把它倾倒！我的脚如果不在你的路上走，你可以让它瘫掉！你可以随意处理这个躯体，但请让我的心灵能在你羽翼荫庇下的田野中得到欢乐和安逸！……江河朝向他们的恋人——大海奔腾；花儿对她们的情人——阳光笑脸相迎；云雨落在她们的追求者——谷壑的怀中。而我身上虽有江河不知、花儿未闻、云雨难解的东西，却独自受苦，害单相思，远远离开我那意中人——她不想让我在她父王军队中当个普通一兵，又不愿让我在她的宫中做一名亲随、仆从。"

青年沉默了一会儿，似乎是想要从河水淙淙和枝叶沙沙声中，学习讲话的本领，然后又说道：

"你——我不敢直呼芳名的心上人儿，尊贵的帷幔和庄严的宫殿使我们咫尺天涯，难以相聚；你——我只能企望在人人平等的永恒的天国才能相见的仙女，人们在你面前俯首听命，宝剑服从你的指挥，金库和寺院都为你敞开大门！你占有了一颗心，这颗心中只有圣洁的爱情；你奴役了一个魂灵，上帝使这个魂灵荣幸；你使一个人的头脑发了疯，那头脑昨天还在这自由的田野中逍遥自在，如今却成了俘虏，束缚他的就是爱情。啊！美丽的姑娘！见到了你，我才知道了自己为什么要来到这个世界；知道了你的尊贵，看看我的卑贱，我才知道上帝有些秘密，凡人实在难解，他有一些途径可以把灵魂带到那样一个境界——爱情并不按照人类的法规去作判决。当我注视你的两只眼睛，我就深信，人生就是一座天堂，它的大门是人的心灵。当我见到你的尊贵与我的卑微像巨人同虎狼在厮拼，我就知道了，这大地不再会容我存身。当我在你的女伴中发现你坐在那里，好似芳草地上长着一朵玫瑰，我以为我梦想的新娘已成了同我一样的人，是那样具体；但当我认识到你父亲的荣华富贵，才发觉，未等摘到玫瑰，刺儿就会把手扎得鲜血淋漓，美梦聚起的一切，清醒将会把它砸得粉碎……"

这时，他站起身来，垂头丧气、心灰意懒地走向水泉，伤心、绝望地发出这样的悲叹：

"快救救我吧，死神！这荆棘扼杀群芳的大地实难容我存身。快让我摆脱这种生活！——它把爱情女王废黜，而让富贵登上她光荣的宝座。死神啊！快让我将这尘世摆脱！比起这个世界，情侣的相逢更应当在永恒的天国。死神啊！我将在那里等待着我的恋人，在那里同她结合。"

这时已是黄昏，夕阳开始从田野上收敛起她金色的饰带。青年走到泉边，坐了下来。泪如溪流往下淌，点点滴滴落在公主两脚曾踏过的地上；青年的头垂在胸前，好似在阻止自己的心跳出胸膛。

就在这时，柳林后面走出了一位姑娘，百褶裙裾拖在草地上。她站在青年的身旁，把柔嫩纤细的小手放在他的头上。他回眸向她一望，那神情犹如一个人在睡梦中，突然被朝阳唤醒。他看到公主站在自己面前，仿佛是摩西①见到荆棘丛在面前燃烧，不由得马上屈膝跪倒。千言万语涌上心头，化成两行热泪往下流。

姑娘同他拥抱，吻着他的嘴唇，又啜着他的热泪，把他的两眼亲吻。她微启樱唇开了口，声音比芦笛小曲还轻柔：

"亲爱的！我曾几次梦中同你相见，在孤寂的闺阃中我凝视过你的脸。你正是我失去的心灵的伴侣，是我注定来到这人间时，脱离了我的美丽的自身的另一半。亲爱的！我是偷偷地溜出深宫来同你幽会、相见。啊！如今你就在我的怀抱里，在我的面前。你不要焦虑不安！父亲的荣华富贵我早已丢在一边，天涯海角我都跟随着你：生活的佳酿我们一起饮，死亡的苦酒我们一道咽。起来吧，我亲爱的！让我们到荒郊野外去，远远开这人世间！"

一对情侣走在树丛林间，夜幕垂下，将他们遮掩。埃米尔的残暴吓不倒他们，黑暗的幽灵也不会使他们心惊胆战。

在王国的边陲，埃米尔的探马发现了两具尸骸，其中一个颈项上

---

① 摩西：《圣经》中犹太人的先知，即《古兰经》中的穆萨。据说耶和华（上帝）曾向他显示奇迹：在一片被燃烧但却未被烧毁的荆棘丛中同他谈话。

还有一条金项链。在尸骸的跟前,一块石头上面,刻着这样的遗言:

"爱情把我们聚在一起,谁能让我们分离? 死神领走了我们,谁能让我们复归?"

在死人城中

昨天,我逃避开城市的喧嚣嘈杂,信步走在安谧恬静的田野上,直登上一座高高的山丘,大自然给那山丘穿上盛装艳服,蔚为壮观。我站在那里,在工厂冒出的浓烟汇成的密云下,整个城市连同它的高楼大厦尽收眼底。

我坐下来,远远地观察着人们的工作,发现那些工作多半都是很辛苦的。我不打算专为人们的所作所为伤脑筋,就放眼朝原野——上帝的光荣的宝座望去。于是我看到,在原野中有一片陵园,在那里有一座座大理石筑起的坟墓,四周是松柏环绕。

我坐在那里,坐在活人城与死人城之间,沉思着。我在想,这里是如何在进行持续不断的斗争和永不停息的活动,那里又是如何沉浸于静谧、肃穆、安逸和恬适之中。这面是有希望,有沮丧;有爱,有憎;有穷,有富;有信教的,少有尤神论者。而另一面,则是一抔黄土,大自然把它翻来倒去,用它创造出植物,再造出动物,而这一切都是在静寂之中完成的。

我正陷入这种种的沉思遐想中,忽见一大群人缓缓走动,前面是乐队,奏着哀乐。那是一支庞大的队伍,浩浩荡荡,形形色色的人都有。那是在为一位权门富豪举行葬礼。前面抬着一具死尸,后面跟着一大群活人,哭天号地……

他们到了陵园,祭司们聚拢起来,大念祷词,频频薰香;乐队也在一旁吹起了喇叭。过了一会儿,演讲家出来为死者致悼词,可谓口角生风,天花乱坠。随后是诗人吟诵诔诗,真是辞采华美,珠圆玉润。这一切仪式冗长得没完没了。过了许久后,人们才留下一座坟墓散去,那坟墓是工匠们殚精竭虑,精雕细刻而成的,周围放着一个个精心制成的花圈。

我远远地望着那支送殡的队伍返回城去，自己仍在沉思。

太阳偏西，山石、树木投下长长的阴影，大自然开始脱下光明的衮服。

这时，我看见两个男人抬着一口薄木棺材，后面跟着一个穿着破衣烂衫的女人。她怀里抱着一个吃奶的婴儿，身旁跟着一只狗，那狗时而看看她，时而瞧瞧那棺材——这是一个穷人贱民的葬礼：棺木后面是一个悲痛欲绝、泣不成声的妻子；一个看到母亲哭也随着哇哇大哭的孩子；一只走起路来显得那么悲伤忧郁的忠实的狗。

这伙人到了墓地，在一个远远离开那些大理石陵墓的偏僻的角落里，把那口棺材埋进了墓穴，然后令人心碎地默默地走回去，那只狗一步一回头，恋恋不舍地望着自己主人的长眠处。我目送着他们，直到他们消失在树林后面。

这时，我朝活人城望去，心想：

"那是属于富豪权贵的。"

然后，我又向死人城看去，心想：

"这也是属于富豪权贵的。那么，主啊！哪里是穷人和弱者的立身之地呢？"

我边想边眺望着似锦的晚霞被瑰丽的阳光镶上一道金边，只听见我心中有一个声音说道："在那里。"

诗人的死就是生

冰天雪地，夜幕笼罩着城市。严寒击溃了集市上的人们，使他们个个躲在自己的窝里。朔风在房舍间凄厉地呼啸着，好像一个吊丧的人站在大理石砌成的陵墓间，在为死神的猎物哀悼。

市郊有座梁折柱斜的小茅屋，在冰雪的重压下显得摇摇欲坠。屋子的一个角落里有一张破烂不堪的床，床上躺着一个奄奄一息的人。他瞅着微弱的灯光，灯光在黑暗中苦苦挣扎，终于被黑暗吞没了。那是一位正值青春韶华的青年,他已经知道了那将使他永远摆脱生之羁绊的大限即将来临,于是蜡黄的脸上闪着希望的光,苍白的嘴唇上露出凄楚的笑,他在迎接死神的光临。这是一位诗人,他来到世上,是要用他满腹珠玑的语言使人们心旷神怡,如今却要在这满是富商巨贾的城市里饿死了。这是一个高尚的魂灵,天赐他降至人间,以使人生甜蜜美满。如今,他却未等人类向他报以微笑,就要与我们这尘世匆匆辞别而去。他在弥留之际,尚存一息,身边只有孤灯一盏,这是他寂寞中的伴侣;还有一页页稿纸,跃然纸上的是他的一颗美好的心灵。

那垂危的青年,聚集起即将消失的余力,向上举起两手,竭力睁开枯萎了的眼皮,仿佛是想要用最后的目光,穿透那破败茅屋的棚顶,看看苍穹中阴云后面的群星。然后,他说道:

"来吧,美丽的死神!我对你早就心驰神往了。请你走近前来,解开这物质的羁绊,我拖着它早已疲惫不堪。来呀,亲爱的死神!快来到我身边,救出我吧,让我脱离开这人间!他们一向把我看成异己,只因为我把从天使那里听到的话译成了人的语言。快来吧!人类已经抛弃了我,把我投掷于遗忘的渊薮,只因为我不像他们那样贪图金钱,也不把弱者奴役、驱唤。来呀,美好的死神,把我带走吧!我的同胞、乡亲并不需要我。把我搂在你充满仁爱的怀里,吻我的嘴唇!这嘴唇没有尝过母亲亲吻的滋味,没有触过姐妹的面颊,也没有吻过心爱的姑娘的樱唇。快来拥抱我吧,亲爱的死神!"

这时,在那垂危的青年的床边,立着一位天仙的幻影,她穿着雪白的衣服,手捧着从天上采集来的百合花环。她走到他的身边,拥抱着他,合上了诗人的两眼,使他能用心灵的眼睛看见她;她在他的嘴唇上印上爱怜的一吻,那吻在他的双唇上留下了满意的微笑。

就在这一刹那,那屋子变得空空如也,只剩下了尘土与一些散落在黑暗角落里的纸张。

光阴荏苒,那座城市的居民们不知在昏天黑地中沉睡了多少年、多少代,当他们清醒过来,睁开眼睛,见到了知识的曙光之后,就为那位诗人在广场上树立了一座高大的塑像,并每年集会来纪念他……啊,人们是多么愚蠢无知!

美人鱼

在太阳升起的地方,大海环绕着群岛,大海的深处,盛产着珍珠。就在深深的海底,躺着一位青年的尸体。在那尸体的跟前,一群金发的美人鱼坐在珊瑚丛间。她们瞧着那尸体,眼睛是那么美丽、那么蓝。她们在交谈,声音是那么悦耳,像音乐一般。海水听到了她们的谈话,波浪把它送到海边,于是风又把它吹进了我的心田。

一个美人鱼说:

"这是一个人,昨天掉进了海底,因为大海动怒,发了脾气。"

另一个说:

"不是大海动怒,发了脾气,而是人类——他们自称为神的后裔——在进行残酷的战争,流淌的鲜血把海水都染成一片猩红。这个人就是在战争中死于非命。"

第三个说:

"我不晓得战争是什么,但我知道人类征服了陆地后,还觊觎在海上称霸。他们发明了各种稀奇古怪的机器,乘风破浪在大海中游弋。海神尼普顿①得知这种悍然侵犯,不禁怒气冲天。于是人类为了取悦我们的海神,只好向他进贡,奉献祭品。昨天我们见到落进海中的残肢骸骨,只是人类最近献给伟大的尼普顿的祭物。"

第四个美人鱼说:

"尼普顿可真是威风凛凛,不过他的心是多么残忍!我若是当了海上女王,绝不会接受这种血淋淋的祭品。来呀,让我们看看这位青年的尸骸,也许它可以让我们对人类有所了解。"

美人鱼们朝青年的尸体游近,她们在他衣服口袋里搜寻,于是在

---

① 尼普顿:希腊、罗马神话中的海神,手持三叉戟,以示其对海与风的权势。

他内衣贴心的地方找到了一封信。其中一个美人鱼将信打开,读了起来:

"亲爱的!现在已是夜阑更深,我却无法上床安寝。世上没有什么能将我安慰,唯有割不断的情思,流不尽的眼泪;没有什么能使我心情舒畅,唯有望穿秋水,怀着希望。希望你逃脱战争的魔掌,回到我的身旁。如今我只能反复想着我们分手的时光,你曾对我细语,每人欠下的泪水,总有一天要偿还……亲爱的!我不知该如何下笔,只听任我的一颗心向纸上流去。这颗心,不幸把它扯碎,爱情将它抚慰。那爱情使痛苦别有滋味,使悲伤变成欣慰。当爱情把我们两颗心连在一起,当我们期望着我们的灵魂和躯体能够合二为一,战争却把你召唤了去,于是你参加了战争,驱使你的是义务和爱国主义。这算是什么义务?它拆散了爱人,让孩子变成孤儿,让女人变成寡妇。这叫什么爱国主义?为了一些鸡毛蒜皮,就大动干戈,让国土变成一片残垣颓壁。对于可怜的乡下人,这叫什么责无旁贷?豪门巨室却从不加以理睬!如果义务是否定各国之间应和平相处,爱国主义是扰乱人类生活的安谧,那么就让这种义务和爱国主义见鬼去……不,不!亲爱的!别把我这话记在心里,还是应当热爱祖国,勇敢作战!不要听信一个姑娘的一片胡言——离别让她失去理智,爱情使她瞎了眼……如果爱情不能在今世把你送还到我身边,那么在来世爱情一定会让你我团圆……"

美人鱼把那封信放回青年的衣服下面,然后游走了,一个个忧郁悲伤,默默无言。当她们远离开那青年,一位美人鱼不禁喟然长叹:

"人类的心真比尼普顿的心还凶残!"

灵 魂

造物主从自身中将一个灵魂分离,并在这灵魂中创造了美。

主给了这灵魂晨风般的温存,野花样的芳香,月光似的柔顺。

主给了她一杯欢乐,并对她说:"这杯酒你不能喝,除非你将过去忘记,对未来也毫不在意。"又给了她一杯悲郁,说:"你把这杯酒喝下去,就会理解生活欢乐的真谛。"

主给她灌输了爱,只要她发出一声求全责备的叹息,那爱就会同她分开;主给了她以甜蜜,只要她说出一句孤芳自赏的话语,那甜蜜就会离她而去。

主从天上赐予她学问,以便把她往真理的道路上指引。

主将睿智放进她的心中,使她一切都能看清。

主在她身上创造了感情,那感情与想象一起走;同幻影一道行。

主给她穿上了思慕的衣裳,那是天使用条条彩虹精心织成。

随后,主又将困惑的黑暗放在她心中,那黑暗正是光明的幻影。

主从愤怒的炉中取出了火,从愚蠢的沙漠上摄来了风,从自私的海滩上掘出沙,从岁月的脚下挖出土,用它们塑造成了人形。

他给人以盲目的力量:疯狂时这力量冲天而起;在情欲面前,它又软弱无力。

然后,主又给人注入了生命;这生命正是死亡的幻影。

造物主先是微笑,而后又哭泣,他感到有一种无限的爱,把人和他的灵魂结合在一起。

笑　与　泪

太阳从那些草木葳蕤的花园里收敛起它金色的余晖。月亮从地平线上升起来,洒下清辉静柔如水。我坐在树丛下,注视着这瞬息万变的天空。从袅娜多姿的枝叶间,我仰望着满天繁星,好似无数的银币撒落在广阔无边的蔚蓝色的地毯;我侧耳细听,远处传来山涧小溪淙淙的流水声。

夜鸟投林,花儿也闭上了眼睛,四周是一片寂静。这时,我听到草地上传来一阵轻轻的脚步声。我回眸望去,只见走过来一对青年男女。他们坐在一棵枝繁叶密的树下,他们看不见我,我却能看清他俩。

小伙子先朝四周望了望,然后才听见他开了腔:"坐下吧,亲爱的,请你坐在我身边。你笑罢! 因为你的微笑象征着我们的未来无限美好。你高兴罢! 因为岁月都为我们感到快乐。我仿佛觉得你心中还有怀疑,而对于爱情的怀疑就是一种罪过呀,亲爱的! 不久,月光照耀下的这片广阔的土地都将属于你,这座公馆并不亚于国王的宫殿,也将归你掌管。我的骏马良驹将驮着你到处旅行游逛;我的华丽的车子会载着你出入剧院、舞场。亲爱的! 微笑吧,就像我宝库中的黄金那样微笑罢! 请你对我瞧一瞧,要像我父亲的珠宝那样瞧着我。听我说,亲爱的! 我的心执意要在你面前倾吐它的衷情。我们将欢度蜜年,我们可以带上大量的金钱,到瑞士的湖边、到意大利的公园,在尼罗河畔法老的宫殿里,在黎巴嫩翠绿的杉树下、丛林间度过我们的蜜年。你将会见公主和贵妇,你的一身珠光宝气,连她们都会对你妒忌。这一切都是我要献给你的,你可满意? 啊! 你笑得多么甜! 你的微笑就仿佛是我的命运在微笑一般。”

过了一会儿,我看到他俩慢慢地走着,他们脚踩着鲜花,就好似富人的脚把穷人的心践踏。

他俩消逝在黑暗里,我却还在思考金钱在爱情中所占的地位。我想到,金钱是人类万恶之源,而爱情则是幸福与光明的源泉。

浮想联翩,使我感到茫然。正在这时,有两个人影经过我的面前,然后坐在不远的草地上面。又是一对男女青年,他们来自农舍、田间。先是一阵寂静,此时无声胜有声。接着我听到话语伴随着深深的长叹。说话的是那位害肺病的青年:“揩干你的眼泪,我亲爱的! 爱情使我们眼亮心明,让我们成了它的仆从,它赋予我们坚忍顽强的品性。擦干你的眼泪! 要感到欣慰,因为我们为崇拜爱情,结成了神圣同盟。为了甜蜜、纯洁的爱情,我们可以忍受一切痛苦和不幸,经受得住离别和贫困。我一定要同岁月较量一番,直到获得一笔像样的财产,奉献在你面前,帮助我们度过生命的各个阶段。亲爱的! 主就是美好爱情的体现,它会接受我们的泪水和悲叹,就像接受香火一般。它也会为此奖赏我们应得的命运。亲爱的,再见吧! 月亮落去之前我该走啦!”

随之我听到一阵柔声细语，间杂着炽热如火的喘息。那声音出自一位温柔的少女，她把内心的一切都糅进了那话音——爱情的炽热、离别的痛苦和永久的甜蜜，她说："再见吧，我亲爱的！"

随后，他俩分了手。我坐在那棵树下，怜悯好像无数只手在揪扯我的心绪。这奇妙世间的许多奥秘，实在让我感到茫无头绪。

这时，我注视着沉睡的大自然，细细地察看，于是我发现其中有一样无边无际的东西。一种用金钱也无法买到的东西；一种用秋天的凄凉的泪水所不能冲掉的东西；一种不能为严冬的悲愁所扼杀的东西；一种在瑞士的湖畔、意大利的游览胜地所找不到的东西：它是那样坚忍顽强！能挺过严冬，在春天开花生长，在夏天结果繁荣。我发现那东西就是爱情。

梦

在田野中，在一条清澈的溪流岸边，我见到一只鸟笼，那笼子是由能工巧匠精心编织而成的。笼子的一角躺着一只死去的小鸟，另一角有一只小罐，里面的水早已喝干，还有一只小罐，里面的米也早已吃完。

我站在那里，默无一言。我侧耳谛听，仿佛那死去的小鸟与汩汩的溪水声中有金玉良言，启迪我的良知，探询我的心灵。我细细察看，于是知道，那小鸟虽在溪水旁，却曾因为干渴做过垂死挣扎；那小鸟虽在生命的摇篮——田野中，却曾由于饥饿而同死亡做过斗争。这就犹如一个富翁，被锁在金库里，饿死在钱堆中。

过了一会儿，我看见那笼子忽然变成了一具透明的人形，那只死鸟变成了一颗人心，那心上有一处深深的伤口，从中流出滴滴殷红的鲜血，伤口的四周宛如一个悲伤的女人的嘴唇。

随之，我听到伴随滴滴鲜血，从那伤口中传出这样的话音："我就是人的心，是物质的俘虏，是尘世人间法规的牺牲品。在美的田野中，在生活源泉的旁边，我被关进了人们为诗人制定的法规的樊笼；

在美德的摇篮里,在爱情的手中,我默默无闻地死去。因为美德和爱情的果实都不许我享用。我向往的一切,根据世俗之见,都是可耻的;我追求的一切,拿人们的成见去判断,都是可鄙的。

"我是人的心,我被囚禁在世俗陈规的黑暗中,从而变得衰弱;我被幻想的锁链羁绊,奄奄一息;我被遗弃在文明迷宫的角落里,默默地死去。而人们则缄默不言,视而不见,只是微笑着站在一边。"

我听到了这些话语,看见它们是出自那颗受了伤的心,连同鲜血滴滴。在那之后,我没再见到什么东西,也没再听见什么声音。

美

美是贤哲的宗教
——印度一诗人

有些人在各派宗教的十字路口彷徨,在不同信仰的谷地中感到迷惘。认为与其受宗教的约束,不如无信仰更自由自在;与其被囚于皈依的樊笼,不如登上无神论的舞台。我奉劝这些人,把美当作宗教,把美当作神癨崇拜!因为美是万物完美的征象,体现在理智的成果上。请你们把那种人摈弃!——他们不过是把信仰视为儿戏,既想花天酒地,纸醉金迷,又企图在来世有个好的归宿与结局。你们要相信美的神力!——它是你们珍惜生命的开端,是你们热爱幸福的起源。然后,你们可以向她——美忏悔!因为美可以把你们的心送到女人的宝座前,——那儿像一面明镜,你们的所作所为都能照见;美可以使你们的灵魂归真返璞至大自然——那儿本是你们生命的起源。

喂,那些<u>胡言乱语</u>、胡思乱想,执迷不悟的人们!只有在美中才有真理,那真理颠扑不破,毫无疑问;只有在美中才有光明,那光明驱散黑暗,使你们免受蒙骗。

请你们仔细地观察地暖春回、晨光熹微,你们必定会观察到美。

请你们侧耳倾听鸟儿鸣啭、枝叶窸窣、小溪淙淙,你们一定会听出美。

请你们看看孩子的温顺、青年的活泼、壮年的气力、老人的智慧，你们一定会看到美。

请歌颂那水仙花般的明眸，玫瑰花似的脸颊，罂粟花样的小嘴，那被歌颂而引以为荣的就是美。

请赞扬身段像嫩枝般的柔软，颈项如象牙似的白皙，长发同夜色一样黑，那受赞扬而感到快乐的正是美。

请你们把躯体当圣台，奉献给善行；把心灵作祭坛，对爱情膜拜顶礼，那么为这种虔诚而奖赏你们的恰是美。

那些天降予你们以美的奇迹的人们！你们可以欢呼，可以欣喜！因为你们可以无忧无虑，无所畏惧。

火写的字

刻下下列字，作我墓志铭：

此地长眠者，声名水上书。

——济慈①

难道漫漫的黑夜就这样带着我们消逝？难道我们就这样在岁月的脚下销声匿迹？难道世世代代就这样将我们席卷而去，只在它的册页上为我们留下一个姓名，然而却又不是用墨而是用水写成。

难道这光明会熄灭，这爱情会消失，这些理想与愿望会变成一片空寂？难道死会把我们建起的一切夷为平地，风会把我们说过的一切吹散得毫无痕迹，阴影会把我们做过的一切全都掩盖、遮蔽？

难道这就是人生？难道人生就是过去——它已消逝得不留痕迹，现在——它正紧紧地追随着过去和未来——除非它变成现在和过去，否则就毫无意义？难道我们心中的欢乐和我们心灵的悲郁，未

---

① 约翰·济慈(1795—1821)：英国著名浪漫主义诗人。作品有《睡眠与诗》、《伊萨贝拉》、《恩底弥翁》等。其诗对后世影响很大。遵照他的遗言，其墓碑上写着："此地长眠者，声名水上书。"

等我们知道它们的结局就全都悄然离去？

难道人就这样像大海的泡沫，只能在水面上浮现瞬间，随之海风掠过，就使它破灭了，变得好似从未存在过？

不！我敢说，人生的真谛就是生命，这生命的起始不在子宫，它的终止也不在墓中。这些岁月在无穷无尽的生命中，不过只是一瞬间。这尘世一生只是一场梦，而我们称之为可怕的死才是苏醒。那是梦，然而梦中我们的所见所为，将同主永世长存。

因为以太会容纳每一抹微笑、每一声叹息——这一切都发自我们心中；它会保存起每次的亲吻声——那亲吻出自爱情。天使会记下我们流的每一滴泪水——由于悲痛；还会把出自我们真情唱出的每一首欢乐的歌，传送给那些在漫无边际的太空中遨游的魂灵。

在那里，在未来的世界，我们将会看到我们种种情感的翻腾和心灵的激动；在那里，我们将会认识我们信奉的神的真谛——我们现在由于绝望而对它蔑视。

我们今天称之为迷误，称之为弱点，明天会发现，那原是人生链条中必不可少的一环。

我们的辛劳现在虽未得到报偿，但却将同我们永存，传颂我们的荣光。

我们今日承受的灾难，明日将会成为我们荣誉的桂冠。

此外，济慈——那只善鸣的夜莺——如果知道他的诗歌至今一直向人们心中灌输着爱美的精神，他就一定会说：

"请给我刻下这样的墓志铭：此地长眠者，他的声名是用火写在天空。"

废 墟 间

溶溶月色给太阳城①遗迹四周的丛林披上了一层轻纱；万籁俱

---

① 太阳城：现属黎巴嫩的巴勒贝克城，是著名的古迹。

255

寂,那大片的废墟俨如巨人,饱经沧桑,却还是玩世不恭。

这时,空中现出两个幻影,像是从蔚蓝色的湖中升起的两团雾气。他们坐在一根大理石柱上,那是岁月从那奇异的建筑物中连根拔起来的。他俩注视着那好似魔术舞台的周围。过了一会儿,其中一人抬起头,用一种好像在幽谷中回荡的声音说道:

"亲爱的!这些是我为你建造的庙宇的遗迹;那些是我为你筑起的宫殿的废墟。如今,它们早已夷为平地,只留下些残垣颓壁,在向世人述说我毕生役使黎民百姓所创建的丰功伟绩。亲爱的!你瞧瞧!我修筑的城市,被大自然摧毁了;我主张的哲理,受到后世的鄙视;我建立起的王国,早已被人忘记。剩下来的唯有由于你的美而产生出来的微妙的爱情和被你的爱情复活了的美的产物。我在耶路撒冷建起了一座礼拜的寺院,祭司们奉它为圣地,然而岁月却让它荡然无存;我在胸中建起了一座爱情的神殿,上帝使它成为圣地,任何力量都无法将它摧毁。我毕生殚精竭虑,对各种现象都追根究底,对每件事物都穷原竟委,于是人们说:'他是一位多么英明的君主!'天使们却说:'他可真是爱耍小聪明!'随后,我看到了你,亲爱的!向你唱起了爱慕之曲,于是,天使们为之欢欣,人们却未注意……当年,我作君主时,就好像有一道道障碍,把我那颗干渴的心与那体现在人间万物中的美好的灵魂隔离开来;而当我看到了你,爱情醒了过来,摧毁了那一道道障碍,于是我为自己耗费掉的年华而惋惜,在那些年代里,我曾自暴自弃,认为人世间的一切都是假的。我曾制造了铠甲,锻造了盾牌,因而各个部落对我胆战心惊。而当爱情使我心明眼亮时,我却受到了蔑视,甚至我的臣民都对我瞧不起。但是,死神来临时,他把那些铠甲和盾牌埋在土中,而把我的爱情带到了上帝那儿。"

沉寂了片刻,第二个幻影说:"如同花儿从泥土中获得了芬芳和生命一样,灵魂是从物质的弱点和错误中吸取智慧和力量。"

两个幻影融合在一起,走了。过了一会儿,空中回荡着这样一句话:

"永存不灭的世界里只保留着爱情,因为它同样是不朽的。"

梦　境

谨奉献与 S.L 子爵夫人；

蒙来函，权作复。

　　青春领着我走到了一片辽阔荒野。他停下来眺望：夕阳返照，天空中飘着朵朵白云，好像雪白的羊群；光秃秃的树枝伸向高空，仿佛要求苍天还它绿叶浓荫。我问道："我们这是在哪儿呢？青春？"他答道："是在彷徨的田野上。你要当心！"我说："我们回去吧！因为这里是一片荒凉，让我害怕，这阴云和枯树的景象使我伤心。"他说："别着急，要坚忍。因为彷徨是认识的开端。"随之，我蓦然见到一位仙女像幻影似的向我们走近。我惊异地叫了起来："这是谁呀？"青春答道："她是墨尔波墨涅，是朱庇特①的儿女，悲剧女神。"我说："令人欢乐的青春！既然有你在我身旁，悲伤同我能有什么缘分？"他说："她来是让你看看大地和人间的悲剧。谁看不到悲伤就看不到欢欣。"

　　仙女捂住了我的两眼。她放开手时，我发现自己离开了青春，也脱去了物质的褒衣而赤裸着身体。我问道："神的女儿。青春到哪儿去了？"她没有回答，只是用翅膀抱起了我，带着我飞到了一座高山顶。于是我看到了大地，地上的一切好似一页白纸展现在我面前，人间的秘密如同白纸黑字，一目了然。我惊惧地站在仙女身边，注视着人们的隐秘，探询人生的真谛。我看见——但愿我没看见——幸福的天使在与不幸的恶魔作战，人在他们之间感到迷惑、茫然，从而一时感到有希望，一时又心灰意懒。我看到爱与恨在玩弄人们的心：这个对他姑息养奸，用顺从的美酒让他陶醉，对他歌功颂德，赞不绝口；那个则对他扇风点火，使他闭目塞听，颠倒黑白，不辨是非。我看到城市坐在那里，像娼妓似的死扯着人的下摆不放；又看到美丽的村野远远地站在那里，为世人而哭泣。

---

① 朱庇特：罗马神话中的主神，即希腊神话中的宙斯。

我看到祭司们像狐狸般的老奸巨猾；骗人的帝王在千方百计的笼络民心；人们在呼喊，向睿智求救，而睿智则愤然离他们而去，因为曾几何时，它在大街上曾当众招呼过他们，他们竟全然不听这种呼吁。我看到牧师多如牛毛，他们两眼仰望着天空，心却埋在贪婪的坟墓中。我看到年轻人谈情说爱时舌巧如簧，相亲相近时靠的是轻浮的欲望，神志躲得很远，感情也在睡眠。我看到律师们在虚情假意的沽名钓誉的市场上，正摇唇鼓舌地做买卖。我看到医生们正把信赖他们的老实人的生命当儿戏。我看到蠢材、笨蛋同聪明能干的人平起平坐，而且那家伙竟把他的过去搬上了光荣的宝座，让他的现在躺在富足的绒毯上，并正为他的未来安排堂皇富丽的床铺。我看到可怜的穷人在耕种；富豪、权贵却去收获，大吃大喝；欺压伫立在那里，人们却把它称作法律。我看到黑暗的窃贼正在偷窃理智的宝库，而光明的卫士则在怠惰的梦乡里沉睡不醒。我看到妇女好似一把吉他，被握在一个不会弹奏的男人的手中，于是她发出的声调让他感到难听。我看到那支遐迩闻名的队伍在包围那座具有光荣传统的城市，而守城的队伍已经溃不成军，因为它人数不多，又不能万众一心。我看到真正的自由孑然踯躅在大街小巷，她挨门挨户地要求能给她一席之地，人们却不肯将她收留；随之，我却看到放荡被人们前呼后拥，招摇过市，人们把他称之为自由。我看到宗教被埋藏在书本中，而虚幻却取代了他的位置。我看到人们给忍耐穿上了怯懦的外衣；给坚毅戴上了懒惰的帽子；称温柔为畏惧。我看到在文学的宴席上，不速之客在夸夸其谈，而应邀的宾客则默无一言。我看到金钱在挥霍奢侈者的手里是捕捉邪恶、罪孽的罗网；在悭吝的守财奴手里是招致人们憎恶的起因；而在哲人智士手中，我却未见分文。

我看到了这一切，不禁为这种景象感到痛心疾首，叫道："神的女儿啊！难道这就是大地？这就是人类？"她用发人深思的平静的话语答道："这就是铺满荆棘的灵魂的道路；这就是人类的阴影；这就是黑夜。而黎明终将会来临。"说完，她又用手捂住了我的眼睛。当她放开手时，我发现自己又同青春结伴缓步而行，而希望则在前面飞奔。

今 与 昔

富翁在自己公馆的花园里散步,烦恼尾随其后,寸步不离。不安在他头上盘旋,好似兀鹰在一具尸体上空打转。富翁走到一个巧夺天工的人造湖前,湖的四周都是大理石雕像。他坐在那里,时而看看那些喷泉——水从那些塑像的嘴里喷出,就像种种思绪从情人的脑海里涌现;时而看看他那壮丽的公馆——公馆坐落在那片高地上,如同少女面颊上长着一颗美人痣。

他坐在那里,回忆与他同坐在一起。回忆在他面前一页一页翻着一册书,那是往昔为他写下的传记。他读着,泪水模糊了他的两眼,使他不再看到那人工湖的水面。怀念使他心中又想起了往日的一幅幅画面。他不禁伤感地说道:

"往昔,在那翠绿的山野间,我放牧群羊,欢天喜地,充满朝气,我吹着芦笛,表达我的欢娱。如今,我成了贪欲的俘虏,被金钱牵着鼻子走,金钱引我走向贪心,贪心引我走向不幸。当年,我像小鸟鸣啭歌唱;像蝴蝶翩翩起舞。在田野中,我身轻如燕、快步似风。如今,我成了世俗陋习的囚徒;穿戴打扮、请客、吃饭,样样事情都要装腔作势,以取悦于人们,遵循他们那些规矩。当年,我仿佛是天之骄子,想要尽情享受人间的欢乐。可是如今,我在钱财的羁绊下却整日自寻烦恼;我仿佛变成了一匹驮着沉重金子的骆驼,那金子足以使它毙命。如今,那辽阔的原野在哪儿?那潺潺欢歌的溪流在哪儿?那洁净的空气在哪里?大自然的尊贵在哪儿?我的神力又在哪里?我把这一切都丧失了。只剩下了金子,我爱它们,它们却蔑视我;只剩下了奴仆,他们越来越多,我的欢乐却越来越少;只剩下了高楼大厦,我建起了高楼,却毁掉了自己的幸福。当年,我同牧女并肩徜徉,天上只有溶溶月色偷眼窥视,地上只有纯真无邪的爱情伴随着我们。如今,我身前身后的女人却是一个个挤眉弄眼,丑态百出,遍体浓妆艳裹,全身珠光宝气,借矫揉造作,以出卖色相。当年,我同年轻的伙伴们一道,在林中好似一群羚羊,怡然自乐,我们共同引吭高歌,一起分享田野美味;如今,我在人们中间却好似鹰爪下的一只小羊,胆战心惊;我走在街上,憎恨的目光落在我身上,嫉妒的手对我指指点点;我走进公园,看到的都是昂着的头,板着的脸。往日,我生气勃勃,享受着大自然的美;如今,我被剥夺了这一切。往日,我幸福,好似个大富翁;如今,我有钱,却成了可怜虫。往日,我放牧羊群,好似一个仁义的国王统治着他的臣民;如今,我在金钱面前,好似一个卑贱的奴仆,对主人百依百顺。我真没想到金钱会泯没我的心泉,把我引向愚昧的深渊;我也不曾料到,人们以为的安荣尊贵,却是地狱的火在烧灼着良心……"

富翁站起身来,感叹地缓步向自己的府邸走去,嘴里念叨着:"难道这就是金钱?这就是使我成了它的祭司的神灵?难道我们用生命买来的却无法用它换回一丝一毫生命的就是这东西?谁能以一堪他尔①金子卖给我一种美好的思想?谁能拿去一把珠宝换给我一丝爱情?谁又能取走我的金仓银库而给我一只可以看到美的眼睛?"

他走到府邸门口,像当年耶利米②望着耶路撒冷似的看着那座城市,并用手指着它,好像在为它哀悼,大声说道:"你们这些行走在黑暗中、坐在死亡的阴影下、蝇营狗苟、颠倒是非、胡说八道的人们啊!你们把香花、硕果抛到深渊里,却去啃噬荆棘和芒刺,这种现象何日了?你们丢下生活的美丽花园不去住,却要住在废墟、泥泞中,这样的情况几时休?明明为你们缝制了绫罗绸缎,你们为什么偏要去穿那些破衣烂衫?人们啊,睿智的明灯已经熄了,快添上油点起来吧!路人要破坏你幸福的葡萄园了,你要守卫好!盗贼要偷窃你安适的库房了,你可要当心!"

这时,一个穷人走来站在那位富人的面前,伸手向他乞讨。富人瞧着他,颤动的嘴唇闭拢起来,紧锁的眉头舒展开来,两眼闪出温柔

---

① 堪他尔:阿拉伯重量单位,约等于四十五公斤。
② 耶利米(约前650—前575):为以色列四大先知之一。据传《圣经·旧约》中的《耶利米书》与《耶利米哀歌》为其所作。曾预言耶路撒冷被毁(前586年),并认为这是上帝对犹太人罪恶的惩罚,哀恳上帝宽恩眷顾。

的目光。他刚才在湖边追念的往昔,现在来向他招手了。于是他走近那个乞丐,爱怜而平等地亲吻着他,把大把的金币塞在他手里,话语中充满了怜悯与同情,说道:"兄弟!现在先拿去这些,明天,你再同你的同伙一道来,把你们的钱财都拿回去吧!"那穷人露出如同蔫了的花儿喜逢甘霖般的微笑,很快地走了。

这时,富翁走进了公馆,说道:"人生的一切都是美好的,甚至连金钱也是一样,因为它会给人们以教益。钱就好像琴一样;谁不会演奏,它就只会让他听到刺耳的噪音。钱又像爱情一样,谁吝啬不肯把它给人,它会让他死去;谁慷慨将它给予别人,它会使他新生。"

灵魂啊,求你怜悯

我的灵魂啊!你知道我软弱,你要到何时才不再哀号?我只会用人的语言描述你的梦境,你要到何时才会停止大喊大叫?

灵魂啊,你瞧瞧!我这一生无时不听从你的教导。你仔细看看,你让我受尽了煎熬,为了步步追随你,我才如此形容枯槁。

我的心原是属于我的,现在却成了你的奴隶;我的坚忍原是我的安慰,现今它却由于你而对我责备;青春原是我的朋友,如今却因为你而将我怪罪。可是这一切原都是上苍赐予我的呀,你还要怎样,你还有什么奢望?

我否定了自己,丢下了我的安乐窝,放弃了我毕生的荣誉,而只剩下了你。请你对我秉公判断吧!因为公正正是你光荣的所在;否则请你把死神请来,使我摆脱你的束缚,让你我从此分开。

灵魂啊,求你怜悯!你让爱情压在我的心头,我实在难以承受:你同爱情在一起,团结一致,强而有力;我同物质在一道,貌合神离,软弱无比。一强一弱岂能长久相持下去?

灵魂啊,求你怜悯!你让幸福对于我可望而不可即:你同幸福站在高山之巅;我却与不幸处于谷壑、深渊。一高一低岂能相见?

灵魂啊,求你怜悯!你使美在我的眼前时隐时现:你同美站在光明之中;我和愚昧身处黑暗。光明与黑暗焉能混为一谈?

灵魂啊!来世还未来临,你就为来世而欢欣;而这肉体处在生活中,却因生活而不幸。

你迅速地奔向永恒的世界,而这肉体却缓慢地迈向灭亡;你不会放慢脚步,它也不会加快步伐。灵魂啊!这真是极其可悲。

你受苍天的吸引向上升;而这肉体却受地球的引力往下坠。因此,你不能安慰它,它也不会祝贺你,这就是憎恶。

灵魂啊!你由于你的睿智而富有;而这肉体却由于它的本质而贫穷。你不能屈尊降贵,它又不肯攀龙附凤,这真是极大的不幸。

在寂静的夜晚,你可以走到情人那里,幸福地同他紧紧拥抱在一起;而这肉体却将永远受着思念和离别的苦痛。

灵魂啊!求你怜悯,求你怜悯!

孤儿寡母

夜幕很快地笼罩了黎巴嫩北部卡迪萨谷地周围的那些村庄。白天,这里下了一场鹅毛大雪,从而使田野、高地变成一页巨大的白纸,风在上面不时地画出道道线条,又不时地把它们涂抹掉。风暴肆意嬉戏,大自然在大发脾气。

这时,人们都躲在家中,动物也都藏在窝里。一切有生命的东西都停止了活动,只有严寒肆虐,狂风怒号,黑夜阴森,一片死寂。

在那些村庄中的一座孤零零的小屋里,一个女人正坐在火炉前织毛衣。身边躺着她的独生子。孩子一会儿瞧瞧炉火,一会儿看看母亲恬静的脸庞。这时,狂风大作,把小屋子刮得摇摇欲坠。孩子不由得胆战心惊,更加靠近母亲跟前,想借她母性的佑护,免受那震怒的大自然的侵犯。母亲把儿子搂在怀里,亲吻了一下,把他放在自己的膝盖上。说道:"孩子,不要慌!这是大自然在教训人类,显示它自己的强大,以衬托人类的弱小。孩子,不要怕!虽然是大雪纷飞,乌云翻滚,寒风怒号,但是有造物主的圣灵在管束他们。他知道田野和山丘都需要些什么。在这一切的后面有着一位强者,在用怜悯、仁慈的目光注视着渺小可怜的人。不要焦急,我的心肝!大自然在春天微笑,在夏天大笑,在秋天叹息,现在却要哭了,用它那冰凉的泪水滋润着泥土下面的生命。睡吧,孩子!明天你醒来,就会看到天空又会那样明朗,田野披上了银装,就好像灵魂同死神搏斗后,穿上纯洁的衣裳。睡吧,我的独根苗!你爸爸正在那永恒的舞台上瞧着我们呢。暴风雪使我们更加怀念那些千古永存的魂灵,这是多么好呀!睡吧,我的乖乖!经过天寒地冻,大风大雪,到了四月,就可以采摘到万紫千红的鲜花了。人也是这样呀,儿子!只有经过凄风苦雨、历尽艰难险阻才会享受到仁爱之情。睡吧,我的小家伙!甜蜜的美梦就会来到你的心灵,不必担心沉沉黑夜和刺骨的寒风。"

孩子抬起困倦的眼睛,望着母亲说:"妈妈!我困得眼皮都睁不开了。我怕没做祈祷就睡着了。"慈爱的母亲把他紧搂在怀里,透过泪眼看着孩子那天使般的小脸,说道:"孩子!同我一起说:主啊!请怜悯穷苦的人吧!用您的手遮住他们赤裸的身体,使他们免受严寒的侵袭!请看顾一下那些睡在茅屋里的孤儿吧!冰雪的气息正在刺伤他们的躯体。主啊!请您听听那些站在街头巷尾,在饥寒交迫中拼命挣扎的寡妇的呼声吧!主啊!请您伸出手,触及一下富人的心,让他们睁开眼睛,看看那些贫苦无告的人们是如何生活在水深火热之中吧!主啊!请您可怜可怜那些在这漆黑的夜里站在高门大户前啼饥号寒的人们吧!请您为那些流落异乡的人们指引温暖的住处,使他们在孤寂中得到慰藉吧!主啊,请您看顾那些小鸟,保护那些害怕狂风肆虐的小树吧!……主啊!愿这一切都能实现!"

孩子进入了梦乡。母亲把他安放在床上,用战栗的嘴唇在他前额上吻了一下,然后又在炉前坐下来,为他织着毛衣。

时世与民族

在黎巴嫩山麓,溪水宛如条条银丝在石涧淙淙流动。溪边坐着一位牧羊女,周围是一群骨瘦如柴的羊,在遍地荆棘中啃着干枯的草。姑娘望着天边的晚霞,好像在读着写在苍穹的册卷上的未来命运。泪珠挂在她的睫毛上,好似露珠缀在水仙花瓣上。悲伤使她张开嘴唇,长吁短叹,忧心如焚。

傍晚来临,夜幕笼罩着群山。这时,一位老人蓦然出现在少女面前。那老人银须垂在胸口,白发披在双肩,右手握着一把带齿的长镰。他开口说道,那声音好像海啸:

"叙利亚①你好!"

少女惊慌失措地站起身,又是惶恐又是伤心,不禁声音发颤地问道:"时世老人,现在你又找我做什么?"

随后,她又指着自己的羊群说道:

"这群羊曾是满山遍野,现在就剩下这可怜的几只,它们不过是你贪婪的野心留下的残品。难道你还要从中再掠去一些吗?

"这儿原是芳原绿野,是你的铁蹄把它践踏,变成一片干旱的荒地。我的羊都曾经是吃着香花芳草,流出的乳汁洁白、甘美;如今它们都空着肚皮,为了免于饿死,去啃树根和荆棘。

"时世呀!你要当心上帝的惩罚,离我远些吧!想起你的不公,我就不禁厌恶这人生;你的镰刀凶残无比,使我觉得活着还不如死去。

"请你别再扰乱我的清静!让我独自一人在这儿饮着悲愤的泪水,呼吸着哀伤的气息!时世呀,你到西方去吧!在那儿,人们正在张灯结彩,欢度节日。你让我在这儿,在为你举行的追悼会上放声号哭吧!"

老人把镰刀藏在了衣服里,用慈父般的目光看着少女,说道:

"叙利亚!我从你那儿取走的仅是我馈赠的一部分。而我从不是强取豪夺,只是暂时借去;我遵守信义,定会归还给你。你要知道,你的姐妹——别的民族的一些福气,是用了原属于你的荣光,她们的权利也是穿上了原属于你的外衣。我同公正本是两位一体,因此我

---

① 叙利亚:此处系历史地理上的大叙利亚,包括叙利亚、黎巴嫩、约旦、巴勒斯坦等。

原先赠予你的,也应给予你的姐妹。否则,我无法让你们对我同样热爱,因为热爱只能平等相待。叙利亚! 你同你的邻居埃及、波斯、希腊一样:他们都有同你的羊群相似的羊群,与你的牧场相似的牧场。叙利亚! 你所说的衰落,我把它称之为必要的沉睡,随之而来的将是朝气蓬勃,充满活力。因为花儿只有枯死才会有重生,爱情只有离别后才会变得更加炽烈。"

老人走近少女,伸手说道:"先知的女儿! 让我们握握手吧!"于是她握住了老人的手,泪眼模糊地瞧着他说:"别了! 时世老人,别了!"老人回答她道:"再见了,叙利亚! 再见吧!"

说罢,老人像闪电般地消失了。姑娘召唤着她的羊群,喃喃地说道:"会再见吗? 能否再相见呢?"

在美神的宝座前

我逃离开社会,在那广阔的谷地里徘徊:一时追随小溪流水,一时又倾听燕唱莺啼,最后来到一个地方,那里树叶浓郁,遮天蔽日,于是我坐下来,沉思默想,向我的心灵倾吐衷曲。这颗心灵干渴难耐,它认为眼前的一切都是海市蜃楼,而可饮用的一切却又杳无踪迹。

我的头脑摆脱了物质的羁绊,而在幻想的天地中翩跹起舞。于是,我回首一望,只见一位少女伫立在我跟前。那是一位仙女,她没有什么穿戴打扮,只有一根葡萄藤遮着她的躯体,金色的长发上戴着一顶花冠。她从我的眼神中看出我对这一奇遇的惊愕和不知所措,就说:"你别怕! 我是森林之女。"她甜润的声音不禁使我恢复了镇静,于是我问:"像你这样的人怎会住在这野兽出没的荒郊野地? 老实告诉我,你究竟是谁,又来自哪里?"她坐在草地上,说道:"我是大自然的象征。我就是你的祖先崇拜的那位神女,他们在巴勒贝克、艾弗加和朱拜勒①曾为我建筑过祭坛和庙宇。"我说:"那些庙宇早已夷

---

① 艾弗加和朱拜勒:艾弗加是一村庄名,朱拜勒现为港口,皆在黎巴嫩,都有著名的古代宗教的遗迹。

为平地,我祖先的尸骨也已化为尘埃消失,有关他们崇拜的神癨和信奉的宗教,只是在断篇残简中可以找到只言片语。"她说道:"有些神是靠着他们的崇拜者生存而生存,随着他们的死亡而消逝。有些神则有永世无穷的神性而长生不死。我的神性则来自你随处都会见到的美。这种美就是大自然的一切。这种美是丘陵间的牧人、田野中的农民以及在山与海之间漂泊的人们的幸福的开端;这种美是智者哲人登上真理宝座的阶梯。"我忐忑地嗫嚅道:"美是一种威严可怕的力量。"她嘴角露出似花的微笑,目光显得仿佛能洞察人生的奥秘,说道:"你们人类总是怕这怕那,甚至连你们自己都害怕。天是安宁的起源,你们却怕;自然是舒适的摇篮,你们也怕。你们还害怕上帝,说他会震怒,会怀恨。其实,他不过是博爱与仁慈的化身。"

沉寂了一会儿,在这片刻之间,不禁令人浮想联翩。我问她道:"这美究竟是什么?因为对它的介绍与认识众说纷纭,莫衷一是;同时,人们对它的赞美与喜爱也各不相同。"她说:"美是一种你为之倾心的魅力。你见到它时,甘愿为之献身,而不愿向它索取;你遇到它时,会感到心中仿佛伸出一双双手,要把它抱在怀中,放在心头;肉体把它看作一种考验,灵魂则把它视为一种恩典;它会让哀乐协调,使悲喜交集;它隐蔽起来,你会看到;它默默无闻,你却知道;它寂静无声,你能听到;它是这样一种力量:起始于你最圣洁的心灵深处,结束于你的想象之处……"

森林之女走近我,用她那香气袭人的双手蒙住了我的眼睛。她松开手时,我发现自己独自一人站在那谷地中,于是我喃喃自语地往回走去:"美——就是你见到它,甘愿为之献身,而不愿向它索取。"

睿智的光临

夜阑人静,睿智来到了我的床前。她像慈母般地瞧着我,抹去我的泪水,说道:"我听到了你心灵的呼喊,来到这里,将你安慰。你可以在我面前,敞开你的心扉,我会让光明充满你的心田。有什么疑问,你尽管提出,我可以为你指出真理之路。"于是我说:"睿智,告诉我! 我是谁,怎么会来到这可怕的地方? 这些宏大的愿望、这么多的书、这些奇怪的画都来自哪里? 怎么会有这些像鸽群联翩的思想? 这些反映自己意向的诗句和饶有趣味的散文有什么用? 这些拥抱着我的灵魂、叩击着我的心、令人悲伤又令人欢喜的作品会有怎样的命运? 我的周围为什么会有这些眼睛——它们看到了我的内心深处,却对我的痛苦不闻不问? 这是些什么样的声音——它们对我的童年大唱赞歌,而对我现在的日子号哭伤心? 青春是怎么回事——它玩弄我的意愿,蔑视我的情感,忘却昨日的功业,迷恋于当前的琐事,却又埋怨明天来得太慢? 这世界是怎么回事——它带我走向何处,我不清楚。为什么它同我一道被人轻侮? 为什么大地张开大嘴吞食人们的躯体,却又敞开胸怀让贪婪与野心安居? 为什么人们明知前面有悬崖也要前去追求幸福:即使死神拍他的面颊还要求生活的亲吻? 为什么愿意花上懊悔一年的代价买得一分钟的快乐? 为什么理想在呼唤,他却沉睡不醒? 为什么他随同愚昧的溪流直到黑暗的海湾? 睿智! 这一切究竟是怎么回事?"

她答道:"人呀! 你想要用神的眼睛来看这个世界,却要用人的思维去弄清楚来世的奥秘,这是极其愚蠢的。你到野外,会发现蜜蜂在花丛中飞来飞去,而老鹰直向猎物扑去;你到邻居家去,会看到婴孩对光线感到惊奇,而母亲却在忙着家务事。你要像那蜜蜂一样,别去管老鹰的事情而浪费大好春光! 你要像那个婴孩,为光线而高兴,别去管你妈妈的事情! 你看到的一切,过去和将来都是为了你:那么多的书,那些奇异的画和美好的理想,是你先辈心灵的幻影。你写出的诗文,会连接你同你人类弟兄们的心:那些令人悲伤又令人欢喜的作品就是种子,往昔把它撒进心田,未来将会使它丰产;那玩弄你的意愿的青春,会打开你的心扉,让光明充满你的心;这张开大嘴的大地,是让你的肉体摆脱你灵魂的奴役;带着你前进的这个世界就是你的心,因为你的心就是你以为是一个世界的那东西;你认为愚蠢而渺小的人,他来自上帝,通过悲伤学习欢欣,从蒙昧中求得学问……"

睿智把手放在我发烫的额头，说道："向前进，切莫停！前面就是圆满的成功。前进吧！别怕路上多荆棘，因为它使之流出的只是腐败的血液。"

一个朋友的故事

一

我认识他，他是一个在生活中走上了歧途的青年，是一个浪荡公子，拼命地寻欢作乐；我认识他，他像一朵娇嫩的鲜花，被轻浮的风吹进了声色犬马的波涛中。

我知道，他在村里是个坏孩子：爬房上树，捣碎鸟巢，摔死雏鸟；撕烂鲜花，踩在脚下。我知道，他在学校不肯用功，一味胡闹，无法无天，到处捣乱。我知道，他在城里招摇撞骗，吃喝嫖赌，挥金如土，丢尽了父亲的脸面。

不过我还是爱他，这种爱掺杂着怜悯，亦不无遗憾。我爱他，是因为他的胡作非为并非产生于一个卑鄙的灵魂，而是出自一颗软弱、绝望的心。人们啊！这颗心是迫不得已偏离了理智的道路，它时刻都想要再回到正途。因为青春常有夹着尘沙的风暴，使人们眼睛难睁，迷失途径，让他们长时间在很多方面都懵懵懂懂。

我爱这青年，对他很忠诚。因为在我看来，他的良心像只鸽子，他的恶习像只鹰，那鸽子战败不是由于怯懦，而是因为敌人太凶，良心是一个公正而软弱的法官，软弱阻碍了他去实行自己的裁判。

我说我爱他，这种爱通过各种形式表现出来：有时晓之以理；有时公平对待；有时则是期望与等待。我爱他，希望他心灵的阳光会驱散那一时恼人的阴霾。不过我不知道，污垢怎么能变得纯洁，凶残怎么会转为温顺，轻浮又怎能代之以理智。人只有事后才会得知，心灵怎样才会摆脱物质的奴役。只有日出有曜，才会知道花儿是如何嫣然微笑。

日日夜夜,光阴荏苒,我无时无刻不在难过地想念着那位青年。一提起他的名字,我就不禁长吁短叹,忧心如焚,愁肠寸断。这种情形直至昨天。昨天我接到了他的一封信,他在信中写道:

"请到我这里来,我的朋友!我要向你介绍一位青年,你一定会高兴同他见面,认识他,你心里一定会喜欢……"

我喃喃地说:"真倒霉!难道他是想要让我再交一个像他那样的朋友,使这可悲的友谊成双配对?难道他独自一人还不够典型,还不足以使人知道走上歧途的种种迹象?难道他现在是想要用他的伙伴的劣迹对这一典型加以补充,以使我一字不漏地读完物欲写成的这部经?"随后我又想,"我还是去吧!心灵可以靠它的睿智从带刺的鼠李丛中摘下果子,亦可用它的仁爱从黑暗中汲取光明。"入夜,我到了那里,发现那青年正独自一人在屋里读着一本诗集。我一面向他问候,一面对他竟手捧着那样一本书感到诧异。我问道:"那位新朋友在哪儿?"他说:"就是我,朋友!那就是我呀!"随后,他安安静静地坐了下来,那种文静的样子,我从未见过。他瞧着我,眼中闪露出一种奇异的光,那目光可以洞察你的胸臆,熟知你的行动。就是那两只眼睛,过去我常端详它们,那时我从中见到的只有粗暴和凶狠,如今却变得目光炯炯,让人们心里充满柔情。然后,他开口说道——那声音我还以为是出自他人:"你童年认识的那位同学,青年时代的那位朋友已经死了。他的死使我得到了新生。我是你的新朋友,让我们一起握握手。"我握住他的手,——接触,就感到那手中随着血液流动着一个温柔的灵魂。原先那只粗硬的手已经变得柔嫩;那往日像老虎爪子的手指已经柔软得可以触动你的心。接着我问道——真不知我的话怎么会说得这样莫名其妙:"你是谁?怎样来的,又走向哪里?难道是圣灵使你脱胎换骨,成了圣徒,还是你在我的面前,将一个诗剧的角色扮演?"他答道:"是的,我的朋友!是圣灵降在了我的身上,使我变得圣洁了；伟大的爱情使我的心变成了洁净的祭坛。是女人，我的朋友！是我过去认为是男人玩物的女人，从黑暗的地狱中拯救了我的身心，在我的面前打开了天堂的大门，于是我走了进去。是真正的女性带我到她爱情的约旦河畔①为我洗礼。那女性，我曾由于愚昧蔑视过她的姐妹，她却抬举我，让我登上光荣的宝座；由于无知，我曾玷污过她的同伴，她却使我纯洁——用她的情感；我曾用金钱奴役过她的同类，她却使我获得自由——用她的美。那女性曾使亚当被逐出乐园——由于他的懦弱和她强烈的意愿，而如今却使我重返乐园中——由于她的温情和我的顺从。"

这时，我看着那位朋友，只见他两眼泪花闪闪，嘴角有一抹甜蜜的微笑，头上有一轮爱情的光环。于是我走到他跟前，吻着他的前额，以祈沾福，就像教士吻着祭台上的圣体。然后我向他告别。归途上，我喃喃地嘀咕着他说过的话："那女性曾使亚当被逐出乐园——由于他的懦弱和她强烈的意愿，如今却使我重返那乐园中——由于她的温情和我的顺从。"

真伪之间

生活带着我们走过一程又一程，命运使我们的境遇不断变迁。我们见到的只是一路崎岖坎坷；我们听到的一切都令人心惊胆战。

美坐在他荣耀的宝座上，显露在我们面前。于是我们走近他，以思慕为名，弄脏了他的衮服，摘下了他纯洁的王冠。爱情穿着温顺的衣衫，经过我们面前，于是我们有的人对他疑惧，躲在暗中窥探；有的人对他紧紧追随，冒他的名字，作恶多端。我们中的明智者把他看作是沉重的桎梏，虽然他轻柔赛过鲜花的芳香，温顺胜过黎巴嫩的煦风。睿智站在街头巷尾，当众大声召唤我们近前，我们却认为那是荒诞，对他的追随者冷眼相看。自由邀请我们赴宴，享受他的美酒、盛

---

① 典出《圣经》，传说耶稣曾在约旦河畔接受过施洗者约翰的洗礼。

筵,我们去了,嘴流馋涎,于是那宴会变得令人作呕,庸俗不堪。自然向我们伸出友好之手,要我们享受他的美,而我们竟害怕他的静谧而投奔到城市里。在那里,我们越来越多,拥挤不堪,好似遇到狼的羊群,挤成一团。真情被孩子的微笑或是情人的亲吻领来看望我们,我们却在他面前关紧我们情感的大门,远离开他,好像一个龌龊的罪人。良心在向我们求救,灵魂在呼唤我们,我们却闭目塞听,冥顽不灵;如果有谁听到他良心的呼喊和灵魂的召唤,我们就会说,这人神经不健全,而与他疏远,不肯沾边。

就这样,黑夜从我们身边经过,我们却浑浑噩噩。日子同我们握手,我们却既怕夜晚,又怕白天。神癨属于我们,我们却向泥土靠近。饥荒在噬食我们的力量,而我们走过生活的面包房,却不肯把它尝一尝。啊!生活是多么可爱,我们离生活却又是多么遥远!

致我的穷朋友

你——生在苦难的摇篮里,长在屈辱的怀抱中,在专制豪门中消耗了自己的青春,在长吁短叹中啃着自己的面包,掺着滴滴辛酸泪喝着浑浊苦水的人;

你——按照人类横暴的法律规定,抛妻离子,为名谓"义务"实为"野心"而卖命的士兵;

你——在故土没有知音,在亲友中没有知心,甘愿嚼纸片喝墨水的诗人;

你——为了一桩昏庸者坚持,改良者认为荒唐的区区小过,被投入黑牢的囚徒;

你——天生丽质,使纨绔子弟见了穷追不舍,百般勾引,用金钱战胜了你的贫穷,让你失身后又抛弃了你,使你饮恨吞声,屈辱不堪的可怜姑娘;

你们——我亲爱的弱者们,都是人类法规的牺牲品。你们不幸,这不幸是强者的蛮横、官府的暴虐、富人的悭吝、不良之徒的自私自利所造成的结果。

不要绝望,不要垂头丧气! 透过这世界的黑暗,透过钱财,透过乌云,透过以太,透过一切的一切,还存在一种力量,那就是真正的公正,真正的仁慈,真正的同情,真正的博爱。

你们好似长在阴暗处的花,一有惠风徐来时,会把你们和种子带到阳光下,过上美好的日子。

你们如同被冬雪压住身子的光秃秃的树,再有春来时,会使你们葱葱茏茏,枝繁叶茂。

真理将会撕破泪容,让我们露出笑脸。

我的弟兄们! 我亲吻你们,我蔑视那些压迫你们的人。

田野中的哭声

东方欲晓,晨曦初露,我坐在田野里,同大自然倾心交谈。在那归真返璞、美不可言的时刻,正值人们或酣梦未醒,或睡眼蒙眬之际,我在绿茵茵的草地上,曲肱而枕,向我看到的一切探询什么是美的真谛,让眼前的一切告诉我,什么是真实的美。

当想象把我同人世隔绝开来,幻觉揭掉了遮蔽住我主观意识的物质破布时,我感到自己的灵魂在升华,致使我与大自然相亲相近,它为我阐释大自然的奥秘,让我通晓自然界万物的语言。

我正在此情此景中,一阵微风从树丛枝叶间徐徐而来,它像一个贫苦无告的孤儿在长吁短叹。我问道:"习习的微风啊! 你为什么叹息?"它答道:"炎炎烈日迫使我逃进了城里,可是在城里,我那纯洁的躯体却沾满了病菌,人类那有毒的气息也死缠着我不放。因此,我才这样忧伤。"

我回眸向万紫千红的花儿望去,只见它们簌簌滴下的不是露珠,而是泪水。我问道:"美丽的花儿呀,你们为什么要哭?"其中一朵花儿抬起它那俏丽的脸,说:"我们哭,是因为人们将来到这里,掐断我们的粉颈,把我们带进城里。我们是自由的人,他们却要把我们像奴隶一样卖掉。晚上，我们蔫了，他们就会把我们丢进垃圾堆里去。人类残酷的手将使我们离开故土——田野，我们怎能不哭泣？"

过了一会儿，我听到溪水像失去儿子的母亲似的在号哭，于是我问道："甘美的溪水呀，你为什么哭泣？"它答道："因为我不得不流进城里，但在那里，人们却鄙视我，他们用葡萄酒代替我饮用，而用我去为他们洗涤污垢。不久，我这冰清玉洁的身体就会变成污泥浊水。我怎能不号哭？"

随后，我侧耳细听，又听到鸟儿仿佛号丧似的在唱一首悲歌，我就问道："漂亮的鸟儿呀！你们在为谁号丧唱挽歌？"一只小鸟走近我，站在枝头上说："人将带着一种该死的器具，像用镰刀割草似的把我们消灭掉。我们正在相互诀别，因为大家都不知道谁会幸免于难。我们走到哪里，死神就跟随到哪里，我们怎能不号丧唱挽歌呢？"

旭日从山后冉冉升起，为树丛戴上了一顶顶金冠，我不由得想："人类为什么要破坏大自然创建的东西呢？"

茅屋与宫殿之间

一

夜幕降临了，富翁的公馆里灯火辉煌，仆人们身着丝绒的衣服，胸前的纽扣锃亮闪光，一个个垂手直立在门口，等待着宾客的光临。

乐队奏起了悦耳动听的曲子，王公权贵、名媛闺秀策马纷沓而至，他们一个个穿金戴玉，珠光宝气，雍容华贵，傲气十足。

男人们起身邀请女士翩翩起舞，于是大厅骤然间变成了一座花园；乐曲好似春风荡漾，吹得百花争艳，随风摇曳。

夜半，抬来了桌子，摆上了珍馐美味、琼浆玉液，于是觥筹交错，直喝得一个个酩酊大醉。

旭日临窗，那些权贵豪绅们在灯红酒绿中玩了一通宵之后，都精疲力竭了，这才散了场，各自爬上了松软舒适的床铺。

二

夕阳西下，一个穿着工作服的男人站在一座小茅屋前叩门。门开了，他进了屋，微笑着向家人打招呼，然后在围火取暖的孩子们中间坐了下来。一会儿，妻子做好了晚饭，于是一家人围着木桌狼吞虎咽地吃了起来。饭后，他们坐在一盏油灯下，那油灯在黑暗中发出微弱昏黄的光亮。

初更时分，他们不声不响地起身上床，酣然进入梦乡。

晨曦初露，那穷人就起了床，同妻子老小一起吃一点儿面包，喝几口奶，就肩荷大锄下了地，用自己的血汗浇灌这片土地，打下粮食，供昨夜那些花天酒地度良宵的富豪们挥霍。

太阳从山后升了起来，炎炎似火，照在那农夫的头上；那些富翁们却仍在高楼大厦里高枕无忧，酣然沉睡。

这就是人类在岁月的舞台上长年演出的悲剧，喝彩叫好的观众不少；而深思熟虑，悟出真谛者则不多。

两个孩子

国王站在王宫的阳台上，向庭院里前拥后挤的人们喊道："我向大家报告一个好消息，我向全国贺喜！王后生下了一个王子，他会为我尊贵的家族光宗耀祖，也会成为你们的骄傲和荣幸，他还要将我伟大的祖先留下的社稷继承。你们可以欢呼，歌唱！因为你们的前途从此就寄托在这贵胄身上。"

人们又嚷又喊，欢呼声、歌唱声直冲云霄。这位小王子将养育在荣华富贵的摇篮，成长在威严显赫的宝殿，然后掌握臣民们的生杀予夺大权，弱者的举止皆由他管：他们的肉体他可以任意役使，他们的灵魂他能够随便摧残。而人们竟为此欢呼、歌唱、觥筹交错。

全城的居民在赞美强者，鄙视自己，他们歌颂独裁者的名字，而天使却为这些人的渺小可怜而哭泣。与此同时，在一座破败的茅屋里,一位重病的少妇卧床不起,一个裹在破烂的襁褓里的婴儿被她搂在滚烫的怀里。

那女人年纪很轻,岁月却注定她一生贫穷,而贫穷就是不幸,因此人们对她不闻不问:她结了婚,但暴君害死了她那软弱的男人;她孑然一身,上帝却在那天夜里给她送来了一位小客人;孩子使她捆住了自己的手脚,使她没有工作,无法生活。

街市在人们喧闹过后重又变得安静。那可怜的女人把孩子放在怀中,瞧着孩子痛哭失声,仿佛她是要用自己潜然而下的热泪为孩子施洗礼。她说道——那声音令人心如刀绞,五内俱焚:“我的心肝!你为什么要从那灵魂的世界降临?是想分担我的痛苦和不幸?还是对我的病弱表示怜悯?你为什么要离开天使和广阔的苍穹,而来到这充满不幸和屈辱的狭窄的人生?我只有眼泪呀,我的独根苗!难道你能靠眼泪而不用奶汁就能吃饱?难道我这两只赤裸的臂膀能代替布为你做衣裳?小牲畜可以吃草,在窝里过夜而安然无恙;小鸟可以啄食种子,愉快地睡在树枝上;可是你呀,我的孩子!有的只是我的病弱、呻吟和叹息!”

说着,她紧紧地搂住孩子,似乎是想要使两个躯体合二为一。她眼望着天,大声哭喊:“主呀!请您将我们垂怜!”

阴云消散,露出月亮的脸。月洒清辉,照进那小茅屋的窗里,溶溶月光倾泻在两具尸体上。

旅美派①诗人

赫利勒②把诗歌的格律整理得有条有理,仿佛是把珍珠穿成一

---

① 旅美派:系指侨居在美洲的阿拉伯(主要是黎巴嫩、叙利亚)作家、诗人组成的现代阿拉伯文学流派。产生、兴盛于二十世纪二三十年代。旅美派诗人歌唱自由,追求个性解放,表现出强烈的民族感情;在文学形式上,主张冲破阿拉伯古典诗歌格律的束缚而创新。纪伯伦为其代表人物。
② 赫利勒·伊本·艾哈麦德(约死于786年):被认为是精通阿拉伯语的泰斗。是第一个总结出阿拉伯诗歌格律的人,所编的《辞源》是第一部阿拉伯语词典。

条条项链。如果他能想到这些格律会成为一条条准绳，人们竟用以去衡量才智；如果他能想到这些格律会成为一根根绳索，人们竟把思想的贝壳往上面拴；那他一定会扯断自己穿成的项链，任那些珍珠落地四散。

穆台奈比和伊本·法里德①曾写下了不朽的诗篇。如果他们能预见到他们的诗作竟会成为一些人干瘪思想的源泉；竟会成为缰绳，牵制我们今天一些人的情感；那么，他们一定会将自己的墨水泼在遗忘的石滩；让自己的笔杆在自己的手中折断。

如果荷马、维吉尔、麦阿里、弥尔顿②的魂灵得知，那仿佛是上帝的心灵化成的诗篇，竟在高门大户里的酒囊饭袋那儿停步不前，那么，这些魂灵一定会远离开我们的地球，而隐没在别的行星后面。

我并非吹毛求疵、固执己见，不过实在不忍看到那些灵魂的语言竟在一群蠢人的嘴里乱传，不愿看到神灵的墨水流在一群招摇撞骗的家伙的笔端。并非是我一人对此表现出强烈不满，我看我不过是那众多的观看"青蛙"硬要把自己吹成"水牛"的人们中的一员。

人们啊！诗是神圣的灵魂的体现。是微笑——像春风吹醒心田；是悲叹——催人涕泣涟涟；是幻影——住在心中，供它营养的是灵魂，供它饮用的是感情。如果诗歌不是这样来的，那它就会像假基督③，遭人唾弃。

啊，诗神！啊，埃拉托④！请你恕那些走近你的人们无罪！——他们夸夸其谈，说得天花乱坠，却不用他们的心灵、想象和思维向你顶礼膜拜。

---

① 穆台奈比(915—965)：阿拉伯阿拔斯王朝著名的大诗人；伊本·法里德(1181—1234)：伊斯兰教苏菲派著名诗人，写有大量神秘主义诗歌，如《修行吟》、《咏酒》等。
② 荷马：古希腊著名诗人；维吉尔(前70—前19)：古罗马诗人，代表作为史诗《埃涅阿斯纪》；麦阿里(973—1057)：阿拉伯阿拔斯王朝时期著名的盲诗人；弥尔顿(1608—1674)：英国名诗人，写有长诗《失乐园》、《复乐园》等。
③ 假基督：亦称"敌基督"；见《圣经·新约·约翰书》，指以假冒基督的方式来反对基督者。
④ 埃拉托：希腊神话中文艺九女神(缪斯)之一，司抒情诗。

啊！诗人的灵魂！你们正在永恒世界的苍穹看着我们。我们本无缘走近你们的圣坛——你们曾用自己思维的珍珠和心灵的瑰宝将它装点，只是我们这个时代常常干戈相碰，又处处是工厂的嘈杂声，因此，我们的诗才应运而生，像火车一样冗长、笨重，像汽笛一样刺耳、难听。

你们——真正的诗人，请原谅我们！我们从属于新大陆，一向把物质追求，因此，诗也成了物质，与心灵无缘，而通过人们的手交流。

在日光下

我见日光之下所做的一切事，

都是虚空，都是扑风……

——传道书①

啊，在精神世界的太空中遨游的所罗门②的灵魂！啊，你这个脱去了物质的外衣——我们现在却还把它穿在身——的人！是你把这些话留在世上——它们出自软弱与绝望，又在躯体的俘虏群中，使软弱与绝望滋长。

现在，你知道这人生有其意义，即使是死也不能使它隐去；但是，除非待到灵魂摆脱了肉体的羁绊，否则人们哪能认识到这一点？

现在，你知道人生并非像捕风捉影，日光下也并非虚空，一切事物，无论是过去还是将来，都在向真理运行；但我们这些可怜虫却将你的话奉若神明，牢记心中。我们一直以为这些话是至理名言，闪烁灵光，而实际上，你也知道，这些话都是瞎说乱讲，使人糊涂，让人绝望。

---

① 《传道书》：《圣经·旧约》中的一卷。犹太教、基督教传统认其为所罗门所作。共十二章。宣扬人生短促，万事皆为虚空；终身努力，徒劳无益；世上只有强权，没有公理；财帛虚幻，只有"智慧"具有真正价值……引文见《传道书》第一章第十四节。
② 所罗门：古代希伯来统一王国国王（前10世纪），以智慧著称，其事迹见《圣经·列王记》。即《古兰经》中的苏莱曼王。

现在,你当然知道愚蠢、邪恶和暴虐都自有一番天经地义的道理;而我们却只能通过睿智的表现、美德的成就和公正的结果看到什么是美。

你知道悲伤和贫穷可以洗涤人的心灵;可是我们有限的头脑却认为世上应当存在的只有富足与喜幸。

现在,你知道灵魂是在克服人生的种种艰辛,走向光明;我们却一直念念不忘你的话,说人只不过是个玩具,受神秘的力量操纵。

你后悔了,认为自己不该散布那种精神——它使人们把现今的生活看得很淡薄,对未来的生活也不再追求,失去了信心;而我们却依然把你的那些话当成金科玉律,牢记在心。

啊,安息在永恒世界的所罗门的灵魂!请你启示那些喜爱哲理的人们,别再那样悲观、绝望、萎靡不振。这也许可以成为并非有意犯下的错误的赎金。

展望未来

从现实的墙后,我听到了人类赞美的歌声,听到了声声钟响把以太的分子振动,宣布在美的神庙开始了祈祷,那些大钟是力量用情感的金属铸成,然后那力量又把它安放在情感的圣殿——人的心田。

从未来的后面,我看到人们跪倒在自然的胸膛上,面向东方,期待着晨光,那真理的晨光。

我看到这城市已经淹没,成为遗迹,只留下一些颓垣断壁,一片废墟,向人们叙述着黑暗如何在光明面前战败而销声匿迹。

我看到老人坐在杨柳树下,头顶着绿叶浓荫,孩子们坐在四周,听老人讲述往事轶闻。

我看到小伙子们吹着短笛,弹着吉他,姑娘们肩披秀发,围着他们翩翩起舞,在素馨和茉莉花枝下。

我看到男子汉们在收割庄稼,女人们帮助搬运,她们边干活边唱赞歌,笑在脸上喜在心。

我看到妇女不再穿着破衣烂衫，而是头戴花冠，打扮得花枝招展。

我看到人和万物都亲密无间，群岛和蝴蝶可以安然地飞到人的跟前，成群的羚羊可以放心地走向水塘边。我没见到有谁一贫如洗，也没看到什么人纸醉金迷，看到的是平等互助，亲如兄弟。我没看到一个医生，因为人人都有知识和经验，会自己看病。我没看到教士，因为良心已经变成了最伟大的教士。我没看到一位律师，因为在人们中间，大自然代替了法院，为他们登记友好协约，使他们亲密无间。

我看到人类已经认识到自己是万物的基石，从而昂首挺胸，不再狗苟蝇营。他们揭掉了混淆、暧昧的面纱，而变得眼亮心明，于是阴云在天空中写的字他们会阅读，清风在水面中绘的图他们能辨明，花儿气息的真谛他们知晓，鸟儿鸣啭的含意他们亦会心。

在现实的墙后，俯视着后代的舞台，我看到美是新郎，心灵是新娘，而整个的人生如同"盖得尔之夜"一样。

幻想女王

我来到了塔德木尔①废墟。长途跋涉使我早已筋疲力尽，于是我躺倒在草地上，曲肱而枕。周围是一些巨大的石桩，岁月把它们连根拔起，又让它们卧倒在地，好似一场鏖战之后，沙场上留下的几具尸体。我不禁陷于遐想、沉思：世上多少令人尊敬的庞然大物，到头来都化为尘埃、废墟，而区区草芥倒存留在世。

夜幕降临时，互不相关的万物一起披上了静谧的外衣，这时我感到周围阵阵馨香扑鼻，像陈酒佳酿，令人沉醉、痴迷。我不由自主地吸着这香气，感到像有很多只无形的手在撕扯着我的脑袋，合上我的眼皮，使我的心灵摆脱羁绊。接着，天摇地动，一股魔力把我抛起。随之，我发现自己落在一座花园里，园中奇花异葩争荣竞秀，令人难

---

① 塔德木尔：又称巴尔米拉，在叙利亚有"沙漠新娘"之称。是古代著名的季诺碧亚女王（267—272 在位）的巴尔米拉王国所在地。现为名胜古迹。

以想象的鲜美、艳丽;我的周围是一群少女,她们只以美为衣,遮蔽着身体;她们轻盈地走在我的身旁,脚不沾草地;她们唱着用爱情的梦幻编出的歌曲,手中弹着象牙做的吉他,根根琴弦都是金丝。我来到一片空地,中央是一张帝王坐的宝座,上面镶嵌着珍珠宝玉,它向四周倾泻着彩虹的光辉:红、橙、黄、绿、青、蓝、紫。少女们站立在左右,更加高声地唱起赞美诗;她们都朝着一个方向望去,从那儿传来芳香馥郁。于是,从花涛香海中现出了一位女王,缓步向宝座走去。她坐下来时,一群鸽子洁白如雪,纷纷落在她的脚前,绕着她犹如一弯新月。

少女们围绕在女王的身旁,齐声歌颂她的荣光,香烟袅袅,飘向云霄。我站在那里,观看着这人所未见的仙境,倾听着这人所未闻的妙音。

这时女王将手一举,一切动静立即戛然而止。女王开口说话,她的声音使我的心灵抖颤,好像乐师的手轻拨琴弦。她的话语对周围的一切产生了魔力,好似一切东西都在谛听她侃侃而谈:"人啊! 我是幻想舞台的女主人,是我邀请你前来参观;我是梦想森林的女王,是我让你站在我的面前。请你听从我的嘱托,并拿它在人们面前诉说:幻想之城好似新房,守门的是一个威严的巨人,只准穿着结婚礼服的人进门。这里是一座乐园,担任守卫的是爱神。谁若想进去,额头上需有爱情的烙印。这里是想象的田地:河水似酒,香气四溢,群鸟好似天使飞来飞去,花色迷人,芳香扑鼻,只有梦幻之子才能踏上这片土地。你告诉人们:我曾将一杯盛满了欢乐的酒赐予他们,他们却将它倒掉了——由于愚蠢,于是黑暗之神又倒上了愁闷,人们却开怀痛饮,且喝得醉醺醺。你告诉人们:只有那些手指抚摩我的绶带,两眼盯着我的宝座的人们,才会在人生的吉他上弹奏出美妙的乐音。以赛亚①是用我的爱为线,把哲理穿成了诗篇;约翰②是为我代言,叙

① 以赛亚:《圣经》中的人物。据传,是古代以色列的四大先知之一。《圣经·旧约》中有《以赛亚书》。

② 约翰:《圣经》中的人物,为耶稣十二使徒之一;被称为"耶稣所爱的那个门徒"。传说《圣经·新约》中的《约翰福音》、《约翰书》和《启示录》等均为其所著。

述他梦中所见;但丁①没有我的指点,就无法把魂灵的所在走遍。我是隐喻,同实际拥抱在一起;我是实际,表明心灵的孤寂;我又是证人,可以阐明神的业绩。请你对人们说:"思维有一片高于客观世界的领地,欢乐的云彩也不能搅混它的天际;而想象的图景则画在神的天宇,映照在心灵的镜子里,以便灵魂一旦摆脱尘世,它的希望便可以变成现实。"

幻想女王以那具有魅力的目光,将我吸引到她身旁。她亲吻着我发烫的嘴唇,说道:"你告诉人们这条真理:谁不在梦的舞台上度日,他就是岁月的奴隶。"

这时,少女们的歌声直上云霄,香烟缭绕,遮住了视线,使一切都变得虚无缥缈。随后是地动天摇,于是我发现自己仍在那一片令人悲叹的废墟中。这时天已破晓,朝霞满天,似在微笑。我不禁喃喃说道:"谁不在梦的舞台上度日,他就是岁月的奴隶!"

致责难者

责难我的人啊!请让我孑然一身,别来扰乱我的清静!你的心中怀有男女之爱,也不乏天伦之情,我要求你以这种情感发誓:别管我的事情!

别管我,让我做自己的梦!请你耐心等到天明,未来可以对我任意裁定。

你对我提出忠告,怀着一片赤诚。然而这忠告不过是一种幻影,使得心灵彷徨,不知何去何从,最后把它引向那种人生——生活像泥土似的呆板、僵硬。

我有一颗小小的心脏,我要剖开自己的胸膛,把它掏出来托在手掌上,对它的奥秘追根究底,审视端详。因此,责难我的人啊!请别

---

① 但丁(1265—1321):意大利著名诗人,其代表作为《神曲》(由《地狱》、《炼狱》、《天国》三部分组成)。

用你那信条的箭对我的心进行伏击,使它害怕,又躲藏进胸膛里去,而来不及倾吐它的隐秘,也未能尽其天职——那种义务本是主在用美与爱创造心时赋予它的。

这里,旭日早已升起,处处可以听到夜莺鸣啭百灵歌啼,桃金娘与紫罗兰花盛开,馨香扑鼻。我想要离开梦乡,随着洁白的羊群走去。责难我的人啊!别对我厉声申斥,也不要用森林的狮子和山谷的毒蛇吓唬我,让我惊惧。因为我的心灵不懂得忧虑;灾难未临头,它从不知事先警惕。

请别对我责难,也莫向我说教连篇!因为灾难让我学得聪明了,泪水擦亮了我的两眼,悲伤教会了我心心相通的语言。

请别对我提到那种种禁令!因为我的良心就是一个对我秉公而断的法庭:我如果无辜,它能维护我免受惩罚;我如果犯罪,它会让我得到应有的报应。

瞧!爱的队伍在行进,美高举旌旗在后面跟随,那吹奏欢乐进行曲的是青春。因此,责难我的人,请别阻止我!让我同他们一道前进!因为道路上铺着鲜花、香草,空气中馨香袭人。

别再给我讲述什么利禄、功名!因为我的心灵早已听腻了这一套,不想再听;如今它所关心的是上帝的光荣。

请别让我卷入政治和权势的纠纷!因为整个地球都是我的祖国,所有的人类都是我的乡亲。

情　语

我的美人儿,你在哪里?你是在那小花园里给花儿浇水?——那些花儿喜欢你,像婴儿喜欢母亲的乳房;你是在闺阁里?——在那里你曾为贞淑建起一座祭坛,我为此誓将自己的灵魂和余生奉献;你还是埋头在书堆里?——你虽富有神的睿智,却仍希望进一步从书中汲取人类的智慧。

我知心的伴侣,你在哪里?是在神庙里为我祈祷,向神顶礼膜拜？还是在田野里，向大自然——令你赞叹、引起你梦想之所在——倾吐你的情怀？或者是在那些穷人的茅舍里，用你那颗善良的心将那些愁肠寸断的女人安慰，向她们布施，给她们以恩惠？

你无所不在，因为你来自主的灵魂；你无时不在，因为你比时光还强有力。

你是否还记得我们幽会的那些夜晚？——你心灵的光辉好像神圣的光轮照射在我们的周围，爱的天使围着我们翩跹，将圣灵的功绩颂赞。你是否还记得那些日子？——我们坐在树荫下，头上的枝叶把我们笼罩，似乎是要把我们与人类隔开，如同肋骨将心中神圣的秘密遮盖。你是否还记得我们走过的那些小路和坡地？——当年走过时，我们的手紧紧相握，手指像你的辫子编织在一起；我们的头相互依偎，仿佛是你保护着我，我保护着你。你是否还记得我来向你告别的时刻？——你与我拥抱，又像圣母玛利亚似的吻了我，通过这一吻，我才知道：嘴唇一旦吻合在一起，就会带来一些不可言传的天机。这一吻，好似一首序曲，随之而来的是两人的叹息，那叹息就像上帝把泥变成人时吹的那一口气。那叹息比我们先进入灵魂的世界，宣布我们两个心灵的荣誉，它将待在那里，直至我们与它相会，永在一起……随后，你又一再地吻我，流着泪对我说："身体有些令人不解的要求、目的，因此，它们往往为种种尘世上的事物而匆匆分离；而灵魂则一直在爱情的手中保存，直至死神来临，把它们交付给上帝。去吧，亲爱的！生活既选派了你，你就要对她顺从。生活是一个美女，谁顺从她，她才会让他痛饮幸福的玉液琼浆。至于我，我有新郎，与我相依为命，那就是对你的爱情；我有长期举行的吉庆的婚礼，那就是对你的回忆。"

我的伴侣，如今你在哪里？你是否在这更深人静的时分还未安眠？每当习习的晚风吹起，我都让它给你带去我的心声和胸臆。你是否正在注视着你心上人的画像？那画像如今同所画的人已经大不一样：过去那前额因你在近旁而高兴地舒展，如今悲郁却将阴影投在上面；过去那一对眼睛由于映照出你的美丽而显得神采奕奕，如今却已萎蔫、失神——由于悲伤的哭泣；过去那嘴唇由于你的亲吻而湿润，如今爱恋却使它干渴难忍。

如今你在哪儿，我心爱的人？你可听见海外我的呼唤和我的哭喊？你可看见我的软弱、我的卑贱？你可知道我的耐性，我的坚忍？难道说空气中就没有什么魂灵，能传达一个垂死者的呻吟？难道说心灵之间就没有无形的线，可传送一个处于弥留之际的情人的悲叹？

你在哪里，我的命根？我已悲痛欲绝，眼前一片漆黑。请你在空气中微笑，我就会振奋起来；请你在以太中呼吸，我就会复活、新生。

你在哪里，亲爱的？你在哪里？

啊！爱情多么伟大，我是多么渺小！

罪　犯

在路的中间，坐着一位行乞的青年。那青年本来身强力壮，如今却饿得瘦弱不堪。他坐在街头，向行人伸手乞求，低三下四地诉说自己饿得难受，向善人们苦苦求救。

夜幕笼罩，青年已经口干舌燥，却仍旧是饥肠辘辘，两手空空。于是他起身走到城外，坐在树林中痛哭起来。随后，他抬起泪眼，望着苍天，饥饿难耐地说道："主啊！我曾到财主、富翁那里找过工作，他们看我衣衫褴褛，竟把我赶走；我曾敲过学校的大门，他们因我两手空空，不让我进；我曾求人雇用，能让我糊口就行，可是倒霉透顶，没人肯雇我做工。万般无奈，我才做了乞丐。可是主啊！人们见到我这副模样，却说：'这家伙身强力壮，施舍绝不能轮到懒鬼、二流子头上。'主啊！母亲按照您的旨意将我生下来，如今我由于您而存在，那么，为什么我以您的名义向人们乞讨，他们却不肯给我一口面包？"

这时，这位走投无路的人骤然变色，从地上站起，他目光如炬，满脸怒气。接着，他折断了一根粗大的干树枝，握在手里，向城里一指，怒吼道："过去，我曾想自食其力，用自己的汗水养活自己，但我却活不下去。今后我要靠双臂、靠武力去获取生活的权利！过去，我曾以仁爱的名义乞求一块面包，人们却对我置之不理；今后我要用邪恶的名义去夺取，而且还远不止此……"

过了几天，这位青年为了抢夺项链，竟将不少人的颈项砍断，有谁敢阻止他的欲念，他就会让他们命丧九泉。他的钱财越来越多，性情却越来越凶残。强盗们对他宠爱，普通人提起他却心惊胆战。不久，埃米尔王委派他当了总督，替自己把那座城市掌管。

就这样，由于人们的悭吝，把一个穷苦人变成了刽子手；由于他们的狠毒，使一个好人变成了杀人犯。

情　侣

第　一　眼

那虽只是一瞬，却将人生的醉与醒截然划分；那是第一道光芒，将心的各个角落都照亮；那是在第一根心弦上，发出的第一声神奇的音响。这一刹那，使心灵又听到了往日的传闻；让它看到了失眠之夜的作品。那一瞬间向心灵阐明了人间感情的业绩；也对它泄露了来世永生的秘密。那是阿施塔特女神从苍天抛下的一粒种子，落入眼睛种进心窝，感情催它发芽，心灵使它结果。情侣的第一眼好似圣灵飘荡在烟波浩渺的海面，由此产生了地与天。人生伴侣的第一眼，仿佛是上帝在说："如此这般……"

第　一　吻

上帝在杯中斟满了爱的美酒，它是从那杯中啜饮的第一口；往日还让人半信半疑，时时担忧，它却一下子令人确信无疑，喜上心头；它是美好人生的序幕，是精神生活诗篇的开头；它是一根纽带，连接着不同寻常的过去和光辉灿烂的未来；它既包含着感情的宁静，也隐伏着情感的风暴；它是四片嘴唇共同说出的语言，宣布心是宝座，爱情是女王,忠诚是王冠。它是温柔的一触,好似微风轻抚玫瑰花蕊一般,带来的是轻轻的甜蜜的呻吟和一声幸福的长叹;它是神奇的抖颤的开端,这种抖颤使得情人脱离开道学世界,进入梦幻的乐园;它是把两朵花儿合在一起,使它们的气息相混,而产生第三种香气……如果说第一眼是爱情女神在心田上撒下的种子,那么第一次亲吻就像一朵鲜花,开放在人生之树的枝头上。

婚　　配

从此,爱情把生活的散文写成诗篇,把生命的内容写成经卷,昼夜吟咏、诵念。从此,思慕揭开了蒙在往年那些不解之谜上面的种种神秘的幕布,而由诸般乐趣构成了只有灵魂拥抱其主的快乐才能与之相比的幸福。婚配就是两种神性结合在一起,而使第三种神性降生在地;婚配是两个相爱的强者同舟共济,以便一道战胜岁月征途上的风风雨雨;婚配就是把黄色的美酒与红色的佳酿混合在一起,而产生一种好似朝霞一样橘红色的液体;婚配就是两个灵魂和谐一致,是两颗心合二为一;婚配是一条金链上的一环,这金链的开头是目光一闪,它的末尾是无穷无限;婚配是纯净的雨水从贞洁的天空向神圣的自然倾盆而下,把幸福的田地中的力量开发……如果说情人的第一眼好似爱情播在心田中的一粒种子,出自她双唇的第一次亲吻好像第一朵鲜花开放在人生的树枝。那么,与她结婚就如同那粒种子开出的第一朵鲜花结出的第一颗果实。

幸福的家园

我的心在我胸中觉得厌倦,于是向我辞别,走向幸福的家园。当他到了那灵魂崇敬的圣殿,就站了下来,感到茫然,因为在那里,他见到的与他长期想象的并非一般。他没见到力,没见到钱,也没见到权,只看到美与爱这一对青年,还有他们的女儿——睿智与他们做伴。

我的心对爱说道："爱呀！满足在哪里？我听说她同你们一起分享这里的安谧。"她答道："我们不需要满足。因此，她已离我们而去，隐没在处处是野心的城里。满足并不是幸福追求的理想，幸福是一种连续不断的渴望满足则是一种安慰伴随着遗忘。永垂不朽的心灵不会满足，因为完美才是它的理想，而完美则是不可限量。"

我的心对美说："美呀！请你开导，向我指明女人的奥妙，因为你对此最知道。"于是他说："人心呀！她就是你，你怎样，她就是怎样的；她就是我，我在哪里，她就在哪里。她像宗教——假如没受到愚昧的人的歪曲；她如圆月——如果没被乌云遮蔽；她似清风——倘若不含有腐臭的气息。"

我的心走近爱与美的女儿——睿智，说道："给我睿智！让我带她到人那里去。"她说："要知道，她就是幸福：源于心灵最神圣的深处，并非来自外部。"

往昔之城

人生携我伫立在青春的山坡上，并示意我向后张望。于是我见到一座城市，奇形怪状，坐落在一片原野上。那原野香雾空蒙，紫霭升腾，天光云影，一片奇景。

我问："那是什么地方呀，人生？"

她说："你仔细瞧瞧吧！那就是往昔之城。"

我仔细地观看，于是我看见：

行动学院坐落在那里毫无动静，好像一些巨人沉睡不醒；言语寺院的周围游荡着一群魂灵，他们时而绝望地呼喊，时而又像希望在歌咏；宗教的庙宇，是信仰把它们建起，怀疑又把它们夷为平地；思想的尖塔高耸向天宇，好像一群乞丐的手向天上伸去；兴趣的街道伸向四方，犹如河水在山谷中流淌；机密的仓库由隐匿看守，然而却遭到探询的盗贼窃取；进取的城堡，由勇敢建成，却毁在畏惧手中；梦想的大厦,夜晚把它修饰得壮丽无比,清醒却使它变为一片废墟;渺小的茅屋,是软弱在里面居住;孤独的大礼拜寺中,伫立的是自我牺牲;知识的俱乐部里,智慧让灯烛辉煌,愚昧却使它暗淡无光;爱情的酒馆中,情人喝得大醉,空下来时却又让他们不禁惭愧。人生的舞台上,生活在演出一幕幕的戏,然后死神来临,结束了这些悲剧。

这就是往昔之城,时现时隐,既远又近。

人生在我的面前,说道:"随我走吧! 我们已经站了好长时间。"我问:"到哪里去,人生?"她说:"到未来之城。"我说:"请等一等! 我已经累得寸步难行。岩石磨破了我的双脚,艰难险阻使我筋疲力尽。"她说:"要向前进! 停滞不前就是胆小、怯阵,只回顾往昔之城就是愚昧、蠢笨。"

相　会

夜给天幕缀上宝石般的群星,闪闪发亮。从尼罗河谷飞起一位仙女,扇动着无形的翅膀。仙女坐在彩云做成的宝座上,宝座飘在地中海的上空,在月光下闪耀着银光。一群精灵在空中游过仙女的面前,他们边游边喊:"神圣啊,神圣! 这是埃及之女,她的荣光普照大地。"

从杉树林环绕着的笕口山①的峰峦山巅,一位青年的幻影被六翼天使托上云端,他坐在宝座上,就在那位仙女旁边。那群精灵又游过他俩的面前,齐声呼喊:"神圣啊,神圣,这是黎巴嫩之子,他的荣光流传千秋万世。"

青年握着情人的手,睇视着她的两眼,风浪带走了他们的喁喁情语,传遍万水千山:

"伊希斯②之女啊! 你是多么完美、俊雅! 我对你的爱又是多么

---

① 笕口山:黎巴嫩山脉中著名的山峰,约三千多米高。黎巴嫩以杉树为象征,其国徽、国旗中都有杉树的图案。
② 伊希斯:古埃及最著名、最受人爱戴的女神。

深沉、博大!"

"阿施塔特之子啊! 你是多么壮美的青年! 我对你又怀着多么深切的思念!"

"亲爱的! 我对你的爱就像矗立着的金字塔,世世代代都不能将它摧垮。"

"亲爱的! 我对你的爱情就像你的杉树,永葆万年常青。"

"各个民族的学者、志士,来自东方、西方各地,要求汲取你的哲理,探索你的秘密,亲爱的!"

"各国的伟人都到你那里,享受你的美丽,领略你的魅力,他们心旷神怡,如醉如痴,亲爱的!"

"你的两掌,有丰富的宝藏,能装满千仓万箱,亲爱的!"

"你的双臂有甘泉流淌,你的气息就是清风送爽,亲爱的!"

"尼罗河畔的宫殿和神庙在颂扬你的光荣,狮身人面像在诉说你伟大的传统,亲爱的!"

"你胸上的青杉标志着你是贵胄嫡传,你四周的城堡说明你是多么勇敢善战,亲爱的!"

"啊! 对你的爱是多么令人欣慰,心怀对你的希望又是多么甘美,亲爱的!"

"啊! 你真是一位慷慨的情人,怀着一颗多么忠诚的心! 你的礼物是多么美丽,你的馈赠是多么珍贵! 你给我派来一大批青年人,他们代表了沉睡后的觉醒。你给我送来了'骑士'①,他使我的人民从软弱变得坚定;你赠予我'文豪'②,让我的人民奋起、复兴,你又赠送给我'英才'③,使我的人民醍醐灌顶。"

----

① 指法里斯·希德亚格(1805—1887):黎巴嫩人,曾到埃及讲授阿拉伯语,是著名的语言学家,积极主张社会改革,抨击土耳其奥斯曼帝国素丹的封建统治。
② 指艾迪布·伊斯哈格(1856—1885):生于大马士革,曾在贝鲁特工作过,后去埃及亚历山大、开罗等地从事戏剧和新闻工作,主张实行民主、建立议会、维护民权等。
③ 指纳吉布·哈达德(1867—1899):生于贝鲁特,后去埃及办报,是阿拉伯近代文艺复兴运动的先驱者之一。

"我给你送去的是一颗颗种子,你让它们花开似锦,我赠予你的是一棵棵小苗,你使它们绿树成荫。你是一片肥沃的处女地,能使玫瑰、百合花香气醉人;会让青杉、翠柏高耸入云。"

"亲爱的,我从你的眼中看到了忧伤,难道你在我的身旁还感到悲怆?"

"我有一些子弟去了异国他乡,撇下我,岂不让人思念、悲伤?"

"亲爱的,我倒宁愿有你那种悲伤,而不愿像现在这样害怕恐慌。"

"尼罗河的女儿呀,你是一个伟大的国家,你还害怕什么?"

"我担心一个豪强正在耍花招向我靠近,想靠武力把我掌握在他的手心。"

"亲爱的,国家的生活也同个人生活一样:有恐惧,也有希望;有理想,也有沮丧。"

一对情人拥抱在一起,从亲吻的杯中共饮琼浆玉液。精灵的合唱队又在他们面前歌咏:"神圣呀,神圣! 这爱情的荣光充满了大地和天空。"

胸　臆

一座宏伟的大厦,周围一片夜色朦胧,犹如生命被裹在死亡的帷幕中。在大厦里,一位少妇坐在象牙桌旁,她的纤纤小手托着那张俏丽的脸,宛如一朵蔫了的百合花垂落在叶子上。她向四周张望,好似一个绝望的囚徒,想要用目光穿透那禁锢自己的墙,看看自由行列中的生活究竟是什么模样。

几个小时像暗中的幽灵悄然逝去,少妇孑然一身坐在那里,愁眉紧锁,伤心落泪。她激情难抑,再也无法掩藏紧锁在内心里的秘密,于是她提起了笔,墨水点点,泪水滴滴,在一页页纸上融合到了一起,字字句句无不在倾吐她的胸臆。她这样写道:

"亲爱的姐姐:

"当心因塞满了秘密而胀痛,眼睑被泪水烫得又红又肿,当胸中日渐发展的苦楚几乎要撑断了肋骨,那么这个人只能开口,把苦水倾吐。我的女友啊!一个人悲愁满怀,诉诉苦会感到痛快;一个人在热恋中,吐露衷情会使他顿感轻松;一个被欺侮的人,也总希望能获得别人的同情……我现在给你写信,是因为我变得仿佛像一个诗人。我看到了美的所在,就情不自禁,如鬼使神差,去写诗抒发情怀;又好似一个穷苦人的孩子,饥饿难熬,竟大声哭喊,而不怜恤自己的母亲饥寒交迫,一筹莫展。

"姐姐!请你听我述说我那伤心的故事,并为我哭泣!因为哭就好似祈祷,同情的泪水犹如布施,不会毫无助益,因为它是发自一颗有感情的活生生的心灵的深处……我的父亲如同每一个富翁权贵,嫌贫爱富,总找想一个乘龙快婿,门当户对,使自己更加富贵。因此,由他做主,把我嫁到了豪门大户。

"我,连同我的感情、我的美梦,都成了我所鄙夷、厌恶的荣华富贵祭坛上的牺牲;成了一头猎物,颤抖地挣扎在物质的爪牙中,而物质一旦不驯顺地为精神服务,就会比死神还残酷,比地狱还令人苦痛。我尊敬我的丈夫,因为他心地善良,品德高尚。为我的幸福,他殚精竭虑;为使我欢快,他千金不惜。但我觉得所有这一切的作用都抵不上真正的神圣的爱情的一分钟,那是一种伟大、永恒的爱情,从不把任何东西放在眼中……

"我的女伴!别讥笑我吧!我现在比任何人都知道女人的心究竟需要什么。这颗心在激烈地跳动。像小鸟振翅飞翔在爱情的天空;像金樽满盛着岁月的美酒,供灵魂饮用;像印好了的书本,章章节节写有幸福与不幸,写有欢乐和悲伤,这书只有真正的伴侣才能读懂,那伴侣是女人的另一半——为她而生,为她而存在——直至永恒。是啊!我现在比任何女人都更了解这颗心——它的意向何在,又将什么追寻?因此,我发现,我丈夫的荣华富贵、车马金钱全抵不上那位穷苦青年回眸相顾,看我一眼。他是为我,我也是为他才来到这人世间。由于我父亲的专横,一对爱侣硬被拆散。那青年忍辱偷生,好似无辜的人被囚禁在暗无天日的牢监,负屈含冤,度日如年……我的女友!你不必设法将我安慰,因为患难中我有一种慰藉埋在心里,那就是我深知自己爱情的威力,懂得自己思念的尊贵。如今,我透过泪眼,看到死神一天天地向我走近,要带领我去天国乐园,我将在那里等待我心灵的侣伴,同他相会,同他拥抱——圣洁而永远……不要责备我!因为我是尽了一个忠实的妻子的职责——遵守人类的法则、规矩,我忍辱负重,安分守己。我凭着理智和心灵,对我的丈夫表示敬重,但却不能将自己的身心全部向他赠送,因为在我还未与我的丈夫相识之前,上帝就把我的身心作为礼品,赐予了我的情人。不知什么道理,苍天给我安排了这样的命运:让我同一个我并非为他而生就的人一道消磨我的青春。于是我只好遵照天意这样打发岁月——安安分分。但是一旦永恒的天国敞开大门,我将与自己美丽的另一半合为一身。那时,我要回首将往昔顾盼——那往昔就是今天,就好像阳春回顾冬天;我要细细地回忆自己的一生,如同一个人登上了高山之巅,而回忆路途经历的坎坷艰险。"

写到这里,少妇停住了笔,不禁双手掩面而泣。似乎她的心灵不肯将她最圣洁的秘密交付于纸,于是将它交给了热泪滴滴,而很快地干掉,与温柔的空气融为一体。那空气中有情人的气息,有鲜花的香气。过了一会儿,少妇又提起了笔,写道:"我的朋友!不知你是否还能将那青年记起?你是否还记得他那眼中闪露的目光和那额头上刻下的悲伤?你是否还记得他的微笑——那样子竟与因儿子夭折而哭泣的母亲的神情酷肖?你是否还记得他的声音——如同空谷回声般的深沉?你是否还记得他端详起什么东西来是那样长时间的默默不语,然后才开口,见解又是那样新鲜奇特,接着他低头叹气,好像是怕他的话会泄露他心中的秘密?你是否还记得他的理想与他的信仰?你是否还记得一位青年身上所有的这一切?人们认为这位青年是位俊杰,而我父亲却对他不屑一瞥。因为这青年超越于那些狗苟蝇营之辈,也比那些名门世家的子弟更加尊贵。是呀,姐姐!你知道,我被世俗偏见所葬送,我是愚昧无知的牺牲品。你一定会可怜你的妹妹。寒夜阴森,她却秉烛不寐,向你披肝沥胆,敞开心扉。你一定会对妹妹怜悯,因为爱情也曾访问过你的心。"

清晨,旭日东升,少妇却蒙蒙眬眬,昏昏入睡。但愿在睡乡中,她会看到美好的梦境,不像现实中的生活那样,令人心痛。

盲目的力量

春天来了,气象万千。溪水潺潺,那是造化在开口发言,让欢乐滋润人们的心田。山花烂漫,那是造化在绽开笑脸,使人们心中感到幸福、美满。人类已经听惯了造化甜蜜的语言,看惯了它柔情的微笑。可是突然,造化却变了脸:它怒气冲天,把美丽的城市变成废墟一片;一种可怕的盲目力量只用了一个钟头就把一切夷为平地,而建起这些东西却不知经过多少代,多少世纪!暴虐的死神用利爪卡住人们的脖子,残酷地把它们扯碎;冲天大火把无数生命财产吞噬;漆黑的夜把生活的美埋葬在灰烬里;一场飓风铺天盖地,向弱小的人们袭击,把他们的住宅变成一片瓦砾,转瞬间把他们辛辛苦苦积聚起的一切都席卷而去;一场强烈的地震,是由地球所孕育,在阵痛之后,生下来的只是不幸和断垣颓壁。

悲伤的心灵远远地看着这一切惨变,在沉思默想,痛苦不堪。它在沉思默想:在没有理智的力量面前,人类的能力是多么有限!它与那些在火海与毁灭面前幸免于难的人们一道痛苦不堪。它在沉思默想:人类有多少敌人潜伏在地下和空间!它同那些啼饥号寒的母亲一道痛苦不堪。它在沉思默想:物质是多么凶残,把宝贵的生命看得那样不值钱!它同那些昨天还安睡在自己的家园,今天却站在远处忍悲含泪地凭吊美丽的城市的人们一道痛苦不堪。它在沉思默想:希望怎能变成绝望,欢乐又为什么会变成悲伤? 它同那些在绝望和悲惨的魔爪下挣扎的心一道痛苦不堪。

就这样,心灵处在沉思默想与痛苦不堪的中间。一会儿,它怀疑维系各种力量之间的法则有失公正;一会儿,在沉寂中它又小声咕哝:"有一种永恒的道理在支配万物,这道理使灾害、祸患产生我们无法看到的好处。地球上我们见到的大火、风暴和地震,犹如人类心中的怨愤、邪恶和仇恨,它们爆发、呼号,然后熄灭,而上帝要通过这一切给人们一个很好的教训,人们为取得它,要付出财产、泪水和鲜血作为代价。"

这个民族的灾难使人们耳中充满了呻吟和哭喊。回忆使我们止步不前,在我们眼前映出昔日舞台上演出的一幕幕殷鉴和灾祸。于是我看到人类各个时期在地球胸膛上建起的城堡、宫殿、寺院,地球又把它们收回自己的心房。我看到强者修建起高大的楼房,雕塑家用岩石雕出种种形象,画家把墙壁绘饰得金碧辉煌。随后,我看见大地张开巨口,粗野地吞下那些能工巧匠的杰作,残酷地抹掉那些画面、图像,愤怒地毁灭了那些图画和雕塑上的线条,凶暴地把那些雕梁画栋、琼楼玉宇埋葬。就仿佛这大地是一位美貌的女郎,根本用不着人造的种种首饰将她金裹玉镶,她只要求披着原野的绿装,沙如金,石似玉,点缀其上……

不过在这些可怕的大灾大难之中,我发现人的神力巨大无比:它讥讽大地的愚蠢,嘲笑大自然的气愤,它像一根巨大的光柱,在巴比伦、尼尼微①、塔德木尔的废墟与孟买、旧金山之间高耸入云,高唱着永恒的礼赞:"让大地拿去它所有的一切好了! 我所具有的却是无穷无尽!"

两 种 死

夜阑人静,死神从造物主那里降临到沉睡的城市里,落在一座尖塔上。他目光如电,直穿透人家的墙壁,看到了那些被梦幻的翅膀带着飞翔的灵魂和任凭睡魔摆布的躯体。

---

① 巴比伦、尼尼微:巴比伦古城遗址在今伊拉克巴格达东南,曾在汉穆拉比(约前1792—前1750在位)与尼布甲尼撒三世(前604—前562在位)时,两度达到鼎盛。尼尼微曾为亚述王国首都,遗址在今伊拉克摩苏尔附近。

当晨曦初露,淡月隐去,市面如罩着轻纱若隐若现的时候,死神静悄悄地来到一家豪门大户,他登堂入室,无人拦阻。死神站在那位有钱有势的富翁床前,用手摸着他的脑门儿。那人惊醒了,蒙蒙眬眬地看到死神站在面前,不禁大惊失色地叫道:"离我远点儿,你这个恶魔!快给我滚开,你这个鬼影!你是怎样进来的?你这个小偷!你想干什么?你这个强盗!快滚开!我是这家的主人。你滚吧!否则我就要喊来奴仆和守卫让你碎尸万段!"

这时,死神走近他,用雷鸣般的声音说道:"我是死神!你还是当心点儿,别那么放肆吧!"那位有钱有势的人回答说:"你现在要我怎样?对我有什么要求?我的事情还没有做完,你为什么要来呢?我这样强壮,你要干什么呢?你还是去找那些病弱的人吧!离我远一点,别让我看到你那长长的尖爪和披散得像一条条毒蛇似的头发吧!走吧!我不愿再看到你那两只大翅膀和你那腐朽的躯体了。"

令人不安地沉寂了一会儿之后,那人又说:"不,不!仁慈的死神!您可别介意我刚才说过的那些话。我是吓糊涂了,信口雌黄。我可以给您一斗金子,或是一群奴仆的灵魂,请您高抬贵手,放了我吧。死神啊!我还没有活够。我还有账未算清,有债未讨完。我还有些货船行驶在海上,尚未抵岸。地里还有好多庄稼,种下去,还未收回来。这一切您尽管拿去好了,只是请您放过我。我有大群妻妾婢女,个个都是花容月貌,任您挑,随您选……您听我说,死神!我还有个独生子,是我的掌上明珠,希望的所在,您也拿去吧!只要放过我。一切东西任您拿,随您取,只是请您饶过我吧!"

这时,死神用手捂住了那位尘世奴仆的嘴,摄取了他的真魂,让他随风飘去了。

死神又在穷苦无告的贫民区中走着,来到了一间小茅屋,走了进去。死神走近一张床,床上躺着一个青春少年。死神端详着少年那宁静的脸庞,摸了一下他的双眼,于是他醒了过来。那少年一见死神站在身旁,就双膝跪下,带着一种发自肺腑的爱慕与思念之情,拱手说道:"壮美的死神啊,我在这里!我早就对您朝思暮想,望眼欲穿了。请接受我这颗心灵吧！心爱的,拥抱我吧！您是仁慈的,不会把我丢弃在这里。您是造物主的使者,您最公正无私,因此,请您别丢下我！曾有多少次,我找您,找不到;曾有多少回,我喊您,您不应。现在,您终于听到了我的祈求。请您成全我,满足我的愿望,拥抱我的心灵吧,亲爱的死神!"

于是,死神把手指轻轻地放在那少年的嘴唇上,摄取了他的真魂,放在自己的翅膀下。

死神在空中盘旋,注视着这大千世界,迎风说道:"只有来自永恒天国的人,才能返回到那里。"

在时光的舞台上

有的人在可怜巴巴的弱者献给野心勃勃的强者的光荣中,显赫地度过了一生,而这样的一生远不如在美的魅力和爱的美梦中度过的一分钟,远不如后者那样高尚,那样贵重。

在这一分钟里,人好似醍醐灌顶,与神灵相通;而在那一生中,人却沉睡不醒,被梦魇蒙住了眼睛。在这一分钟里,心灵从人类种种清规戒律的桎梏下得到了解放;而在那一生中,心灵却被人弃若敝屣,又好似拖着屈辱的镣链被囚禁在牢房。这样的一分钟,是酝酿出所罗门诗篇①、山中训诫②和法里德的特韵长诗③的过程;而那样的一生则是一种盲目的暴力,把巴勒贝克的神庙摧毁,使塔德木尔的宫殿夷为平地,让巴比伦塔倒在尘埃里。

有的心灵整整一天都在为穷人丧失权利而遗憾,为正义得不到伸张而悲叹;而有的人却一辈子都是花天酒地,纸醉金迷,寻欢作乐,

---

① 所罗门诗篇:基督教《旧约外传》的一种。为宗教诗集,约写于前五〇年,伪托所罗门王所作。

② 山中训诫:可能指《古兰经》。相传当年穆罕默德曾在麦加近郊的希拉山洞隐修,受安拉"启示",留下记述,即为《古兰经》的内容。

③ 特韵长诗:系指诗人伊本·法里德的作品《特韵长诗》,又名《修行吟》,长达七百六十行,描写精神恋爱。

以满足他们的私欲。那样的一天胜过这样的一辈子。那样的一天，心受到火的冶炼而变得洁净，心中充满了光明；而这样的一辈子，则是阴暗的一生，最后的归宿是被埋葬在黄土中。那样的一天是悟道醒世之日，是髑髅地之日①，是希吉拉之日②，而这样的一辈子的岁月则好似被尼禄③花费在暴虐的市场，被可拉④献于贪欲的祭坛上，被唐璜⑤在肉欲的坟墓中埋葬。

这就是生活；在时光舞台上，黑夜演出的人生如一出悲剧，白昼唱出的人生像一首歌曲，最后，永恒则把这人生保存起，似一颗珍珠，璀璨无比……

我的朋友

我穷苦的朋友！你若是知道，正是使你注定不幸的贫穷会启迪你认识什么是公正，让你理解什么是真正的人生，那你就一定会乐天知命。我说认识公正，是因为财主、富翁只知把他的无数宝库记在心中，哪管什么青红皂白；我说理解人生，是因为豪强力士一心追求的是功名，哪还理会人生的真谛、本性。那么，你应当为正义高兴，因为你是它的代言人；你应当为人生欢欣，因为你是展示它的书本；你应当欢天喜地笑开颜，因为你是你的资助者们美德的根源，是你将他们的美德成全。

我亲爱的忧伤的朋友！如果你知道，使你倒下的灾殃，正是那种力量——它能将心照亮，把灵魂由被人轻蔑提高到被人敬仰，那么，

---

① 髑髅地之日："髑髅地"又译为"各各他"，据《圣经·新约·马太福音》称，耶稣被钉上十字架，死于该地。
② 希吉拉之日：原意为"迁徙"、"出走"，指穆罕默德于六六二年九月由麦加迁徙到麦地那，后定"希吉拉"为伊斯兰教纪元。
③ 尼禄（37—68，54—68在位）：古罗马暴君，以暴虐、放荡著名。
④ 可拉（又译葛伦）：《圣经》和《古兰经》中的人物。据传，原为摩西族人，当时的豪富，因反对摩西传布一神教，狂傲地压迫族人，遭雷陷而死。
⑤ 唐璜：英国大诗人拜伦著名长诗《唐璜》的主人公，是一个玩世不恭、几经情场艳遇的贵族公子。

你就会甘心把这种灾难承当，而使自己心明眼亮；你就会明白，人生好似一条锁链，一环套着一环，而悲愁就是一个把今朝与未来连接起来的金环。一面是不得不屈服于现状，另一面则向往着幸福的明天，恰似黎明晨光处在沉睡与觉醒之间，把它们隔开，又让它们相连。

我的朋友！穷可以显示心灵的高尚；富亦会暴露灵魂的肮脏。悲愁可以使人谦恭、善良、彼此亲近；享乐则会令人忘乎所以，头脑发昏。因为人总是寻欢作乐，纸醉金迷，贪得无厌，有加无已。例如：他们打着经书的幌子犯下的罪恶，经书也无法为他们开脱；他们用人道主义的名义干出的种种勾当，与人道主义无论如何也无法连上。

如果贫穷和悲愁完全销声匿迹，那么心灵就会变成一张纸，上面只有标明自私和贪婪的数字，再就是与声色犬马同义的词句。因为我发现，神性——也就是人的精神实质——靠钱买不行，花花公子们的欢乐也无法使它产生；我观察到，富商巨贾们一心只追求金钱，早把这神性抛弃在一边，纨绔子弟也丢开这种神性而去作乐寻欢。

穷人啊！你从田中归来后同妻小度过的那一点钟，正是未来人类大家庭的象征，是后代幸福生活的雏形！而财主、富翁的一生，在粮仓、金库间偷生，就像坟墓中蛆虫的一生，是恐惧的象征。

忧伤的人啊！你潸然而下的泪水，比那些虚情假意的人的笑还要甜美。这泪水可以洗涤心灵，把憎恨的污垢洗刷干净；它教导流泪的人，要与那些伤心的人相互同情；那是基督的泪水纵横。

穷人啊！你播种却让富豪收获的力量，将会回复到你身上。因为按照大自然的裁判，一切东西都要返本还原。悲伤的人啊！遵照苍天的意愿，你所受的苦会变成甜，悲会变为欢。

后代人将从贫苦中学会平等，从悲愁中得到爱情。

爱情的故事

在一间孤零零的茅舍里面，坐着一位青春年少的小伙子。他透过窗户一会儿向缀满群星的夜空张望，一会儿又低头凝视着手中一位姑娘的画像。那画像的每根线条、每种色彩，都在青年的脸上反映出来，因此，这世界上的秘密和永恒世界的天机都在这脸上暴露无遗。那姑娘的画像在与青年喁喁私语，情意绵绵，使他的两眼变得好像耳朵一般，能听懂那屋子空间中遨游的灵魂的语言；那画像又仿佛把青年的一切化为一颗心。爱情使它像火一样炽烈，相思又使它如海一样深沉。

就这样过了一个时辰，那时间好似美梦中一分钟那样短暂，又仿佛是在永恒的人生中度过了一年。然后，青年把画像在面前放好，提笔在一张纸上写道：

"我心爱的人！

"伟大的超然物外的真情实感，无法通过人类相通的语言在人与人之间相传，而只能靠心心相印，默无一言。今夜万籁俱寂，我觉得正是这静谧在你我两颗心之间把情书递传。这书信是如此轻柔，胜似微风把深情写在水上头；这静谧又仿佛拿着我们两颗心中的情书，对我们两颗心轻轻地诵读。但是，正如上帝的旨意把心灵囚禁在躯体内部，爱情的旨意竟让我也变成了话语的俘虏……亲爱的！人们说，爱情会把人变得好似熊熊烈火在燃烧，能把一切都吞噬掉。我发现，离别的时间不能将你我的精神世界隔断。还有，第一次相见，我就知道我的心灵早已认识你不知多少年了。看到你的第一眼，实际上并非是第一眼……我亲爱的！使我们这两颗被苍天贬谪下凡的心重新相聚在一起的时分，使我不禁再次相信，心灵的确不会泯灭，它将永世长存。只在这样的时刻里，造化才算揭去了自己的假面具，露出了它那有限的常令人怀疑的正义……

"亲爱的！你是否还记得那座花园——我们曾站在那里相互注视着情人的脸？你是否知道，当时你的眼神告诉我，你对我的爱并非出自对我的怜悯？那眼神告诉我，并教我对自己，也对世人说：出自公正的馈赠远胜过悲天悯人的施舍，而虚假的爱情则像沼泽中的水一样污浊。

"亲爱的！我想让自己度过伟大、壮丽的一生，能让后世人长记心中,引起他们的爱戴,博得他们的尊敬。我遇见你时,这一生已经开始,而我深信它会永垂青史。因为我认为你是那样不凡,一定能将上帝寄存我身上的神力通过伟大的言行得以体现,就好似太阳催开百花,使它们争奇斗妍,馨香满园。似这样,我的爱将永世存在,为我自己,也为后代。我爱人们,这爱是纯洁的,毫无私心;我更爱你,这爱是高尚的,脱俗超凡。"

青年站起身,在屋子里踱来踱去。然后他向窗外望去,只见月光溶溶,月色迷离。他坐下来,又接着写下去:

"原谅我吧,亲爱的!因为我刚才竟用了第二人称与你交谈,而实际上,你是我们同时出自上帝手中时我失落的美丽自身的另一半。原谅我吧,亲爱的!"

哑巴畜生

> 透过哑巴畜生的眼睛
> 贤哲能领会它的心声
> ——印度一诗人

一天傍晚,想象征服了我的头脑。我信步走到郊外,伫立在一座荒无人烟的破房子前。那里是一片残垣颓壁,一切迹象都说明这房子被遗弃多年,萧索悲凉,无人问津。我见到一只狗趴在灰堆里,它衰弱多病,皮包骨头,满身疮痍。它凝视着西下的夕阳,眼神中透出屈辱的阴影,目光中显出绝望的神情。仿佛它知道,从这片远离开那些迫害弱小动物的孩子们的荒凉的地方,太阳已经开始收回它那温热的气息,因此,它目送着太阳,依依惜别。我缓步走近那只狗,真希望能与它语言相通,对它的苦难表示同情,予以安慰。当我走到它跟前时,它对我显得疑惧,想调动它那行将衰竭的活力,求助于它那瘫软无力的四肢,但却难以起立,于是只好瞅着我。那目光中有悲切的乞怜,有热切的恳求;那目光有哀伤,有责备;那目光代替了语言,它比人们的舌头还雄辩,比妇女的眼泪更达意。当我看到它那一双忧郁哀怨的眼睛时,不禁心如刀割,悲愤难抑。那目光、那眼神表达了千言万语,人们可以心领神会。它是在说:"我受够了! 我遭尽了人们的迫害,受够了病痛的折磨。你走吧! 别来缠我了! 让我安安静静地躺在这儿,吸收点儿太阳的温热,再活些时辰吧! 我是受尽了人的残酷的虐待,逃到这里来的。我躲在这灰堆里,这灰堆总比人心温柔;我藏在这废墟中,这废墟总比人心温暖。你走开吧! 因为你就住在那片不讲仁义、没有公正的土地上。我是个卑贱的畜生,不过我曾为人效过劳:曾为他忠心耿耿地看家护院;机警万分地伴随他出游,帮助他行猎;他愁苦时,我悲伤,他欢乐时,我高兴;他外出时,我思念,他归来时,我欢迎;吃他的残汤剩饭,我心满意足,丢给我一块他啃过的骨头,我会感到乐在其中。但是当我老态龙钟,百病缠身时,他却一脚将我踢开,把我赶出家门,任街头巷尾那些狠心的孩子把我玩弄,让我又脏又病,龌龊不堪。人呀! 我是一个弱小的畜生,但我发现,我与你的那些年老体衰、窘困潦倒的人类弟兄之间,不无相似。我就像那些士兵:他们年轻时为祖国作战,壮年时种地打粮,但一旦生命的冬天来临,他们没什么用处了,就被遗弃、被忘却了。我又好似一个女人:妙龄少女时,打扮得如花似玉,使小伙子们心荡神迷。嫁人为妻时,养儿育女,日夜操劳,为培养他们长大成人,含辛茹苦,费尽心血。但一旦人老珠黄,到了风烛晚年,便被人遗忘,遭人厌弃。啊,人呀! 你是多么不公,又是多么冷酷!"

那狗的目光说着这些话语,句句启迪我的心扉。我一时怜悯它,一时又想到我的那些同类。那狗闭上了两眼,我不想吵扰它,就悄然离去了。

和 平

暴风已经停息,而不久前,它还呼啸卷地,吹得枝摇草低;天上现出了星星,好像是闪电的碎片儿残留在夜空;田野恢复了寂静,仿佛急风暴雨从未在这儿发生。

这时，一位少妇走进屋子，趴在床上，痛哭流涕，好不悲伤。她的哀怨和叹息，凝成这样的话语："主啊，把他还给我吧！我流尽了眼泪，心灵已经枯萎。放他回来吧，圣灵！你英明的裁决高过人的禁令。我实在无法再忍受下去了，整个心中充满了悲痛。求你让他摆脱战争的魔爪，从残酷的死神手下救他一命！请你将他垂怜！他只是一个羸弱的青年，是豪强的暴力把他夺走，使他离开了我的身边。爱神啊！请你打败你的敌人——战神，拯救出我的爱人——他本是你的子孙。死神啊！请你离他远一点，放他同我相见！不然，就请你来，把我带到他的身边！"

正在这时，一位青年走进屋来，他头上裹着白色的绷带，上面有着殷红的血迹，那是出自战神的手笔。青年走近少妇，用热泪与微笑同她招呼。随后他拉起她的手，把它紧紧地贴着自己滚烫的嘴唇。他开口说道——语音中流露出炽烈的爱情，也洋溢着重逢的欢欣："不要惊慌！你为之哭泣的人回到了你的身旁。你应当感到快慰，因为和平把战争抢走了的人又送回到你的怀里。那些野心家夺去了的幸福与安谧，如今你那善良的青年又会还给你。亲爱的，把泪水擦干，露出笑脸！因为世上既然有暴君的凶残，就会有人领导我们去解除苦难。我活着归来，你不必惊奇，因为爱情在我脸上烙下了印记，死神见了不禁悄然离去，敌人认出了它，也不由得为之退避。这是我呀！你不要以为我是一个幻影，从亡魂之乡回到家中来欣赏你的美容，享受这里的宁静。你不要怕！我是一条真理，出自火海刀丛，为的是告诉人们：爱情胜过战争；我是一番话语，酷爱和平的人们说出来，为你幸福的故事作序。"

说到这里他闭上了嘴，代替语言的是潸然而下的眼泪。欢乐的天使围绕着那间小屋翩翩飞舞，两颗心重温着生离死别时失去的幸福。凌晨，天边露出曙光，两人来到了田野上。他们站在那里，注视着大自然绚丽旖旎的风光。田野一片静寂，两人却有着说不完的甜蜜的情语。然后，那士兵朝着东方望去，对爱人说道："瞧啊！太阳已经从黑暗中升起。"

诗　人

　　是联结现实与未来的一环;是干渴的灵魂掬而饮之的甘泉;是硕果累累的大树,长在美的河岸边,供饥饿的心灵饱餐;是夜莺,在语言的枝叶间鸣啭,令人击节称叹;是云霞,朝出天边,继而扩至满天,降下甘霖,滋润人生的田野,使百花争艳;是天使,被上帝派遣下凡,教人们懂得神的灵感;是油灯,光辉灿烂,黑暗不能同它较量,器物也无法将它遮掩,是爱神阿施塔特为它添油,是乐神阿波罗①将它点燃。

　　他孑然一身,形单影只,以淳朴为衣,以温柔为食;他坐在大自然的怀抱,学习如何创造;人静更深,他却彻夜不眠,期待着灵感的降临;他是一位农夫,把心灵的种子撒在情感的园圃,于是五谷丰登,供人类收成、享用。

　　这就是诗人:他在世时,人们对他不闻不问;而当他辞别这个世界,返回天界故乡时,人们才懂得他的价值,知道他的身份。这就是诗人:他的气息好似云蒸霞蔚,使整个天际充满了蜃楼美景,栩栩如生,壮观、绚丽;而人们竟对他吝啬到使他得不到一块面包糊口,找不到一席地方安睡。

　　世人啊! 要到何时,你们能用荣誉筑起宫殿,让那些用自己的心血去浇灌大地的人们住在里面? 要到何时,那些牺牲自己最美好的一切,献给你们安宁与柔情的人们,能不再遭你们冷眼相看? 世界啊! 那些杀人凶手,奴役人民的暴君,受你尊敬,被你捧上了天;而对另一些人,你却视而不见,丢在一边——这些人让你在黑夜中睁开慧眼,教你如何观赏绚烂的白天;他们为了让你享受幸福,尝到甘甜,自己一生受尽了苦难,尝尽了辛酸。这种黑白颠倒还要持续到哪一天?

　　诗人们,你们是生活的灵魂。岁月虽然坎坷,充满艰辛,但你们

---

① 　阿波罗:希腊神话中的太阳神,他权力很大,主管光明、青春、医药、畜牧、音乐和诗歌等。是宙斯与女神勒托之子。

却永葆青春，与世长存；虚情假意的荆棘没有刺伤你们，你们终于赢得了桂冠，永远永远地占有了人们的心！啊，诗人们！

我的生日

一九〇八年十二月六日写于巴黎

是在这样的一个日子里，母亲生下了我。

二十五年前的这一天，寂静把我降生在这充满了喊叫、纠纷和斗争的人世间。

如今，我不知道月亮围着我转了多少遍，我绕着太阳却已经转了二十五圈。不过我还是不明白光明的真谛，也不懂得黑暗的奥秘。

我同地球、月亮、太阳和群星一道围绕着至高无上的主宰转了二十五圈。不过你瞧，我这颗心现在还只是窃窃私语地念叨着那位主宰的大名，犹如岩洞传出海涛的回声——这岩洞是由于大海冲击而成，但它对这大海的实质却全然不清。大海潮水涨落，岩洞都大唱赞歌，但它却无法知道，这大海究竟有多宽阔。

二十五年前，时光挥起大笔，在世界这本奇异的大书上写下了一个字。喏，我就是那个堂奥费解的字，它一时象征着空空如也，一时又表示很多东西。

每年的这一天，沉思、遐想和对往事的追念，全都涌上了我的心间。它们让往昔的日日夜夜都映现在我的眼前，然后又把它们驱散，好似清风吹散天边的残云一般。于是，那些回忆渐渐消逝在我屋子的各个角落里，就好像淙淙小溪在空寂深远的峡谷里流逝。

每年的这一天，我的心灵描绘出的各种魂灵都从天涯海角向我纷至沓来，它们围拢着我，唱起回忆往事的悲歌。然后它们慢慢地向后隐退，最后消失在黑暗里。它们就仿佛是一群群鸟儿，落在一座废弃了的打谷场上，它们没有觅见可啄的食粮，就拍打了一会翅膀，然后飞向了别的地方。

这一天，我往日生活的内容又展现在我面前，好像一面小镜子，

304

我对着照了很长时间。我只看到岁月像死人一样惨白的脸，还有希望、理想和夙愿的相貌都同老人的脸似的皱成一团；然后我闭上眼，再往那镜子里看，却只看到了我自己的脸；接着，我凝眸向自己的脸看去，在脸上，我只看到了忧郁；我对那忧郁进行盘查，才发现它是一个哑巴，不会说话；如果忧郁也会言语，那它一定会比欢乐更让人感到甜蜜。

在过去的二十五年中，我爱过很多。我之所爱往往是别人所恶，而别人赞赏的事物又常常令我憎恶。孩提时代我之所爱，现在依然在爱；而现在我之所爱，也将终生不会忘怀。爱是我所能得到的一切，谁也不能让我把它舍弃。

曾有若干次，我爱过死。我用过动听的名字将它召唤，也曾明里暗里对它歌颂，称赞。我未曾忘却过死，也不曾对它不忠，但如今我也热爱人生。死与生对于我来说，都具有同样的美，有同样的吸引力，它们都让我渴慕、思念，引起我的爱恋与情感。

我爱过自由。越是看到人们受奴役、受蹂躏，我对自由就爱得越深；越是认识到人们服从的只是些吓唬人的偶像，我对自由的热爱就愈加增长。雕塑那些偶像的是黑暗的年代，是持续的愚昧把它们树立起来，是奴隶的嘴唇把它们磨出了光彩。不过像热爱自由一样，我也爱这些奴隶，并怜悯他们。因为他们是一群盲人，他们看不见自己是同虎狼的血盆大口亲吻，他们并没感到自己是把毒蛇的毒液吸吮，他们也不知道自己是在亲手为自己挖墓掘坟！我爱自由曾胜过一切，因为我觉得自由好像一位孤女，形影相吊，无依无靠；她心力交瘁，形销骨立，以至于变得好似一个透明的幻影，穿过千家万户，又在街头巷尾踯躅，她向行人打招呼，他们却置之不理。

二十五年中，我像所有的人一样，爱过幸福。每天醒来，我同人们一道把幸福寻找，但在他们的路上，我从未把她找到。在人们宫殿周围的沙漠上，我未看见幸福的脚印；从人们寺院的窗户外，我也未听到里面传出幸福的回音。当我独自一人去找幸福时，我听到自己的心灵在对我耳语："幸福是一位少女，生活在心的深处，那里是那样深啊,你只能望而却步。"我剖开自己的心,要把幸福追寻。我在那里看到了她的镜子、她的床、她的衣裙,但却没有发现幸福本身。

我爱过人们,非常热爱他们。这些人在我的心目中,可分三种:一种人诅咒人生坏,一种人祝福人生好,还有一种人则对人生深深地思考。我爱第一种人,因为他们日子过得太糟糕;我爱第二种人,因为他们宽容、厚道;我更爱第三种人,因为他们有头脑。

二十五年就这样过去了,我的日日夜夜就这样连续不断地匆匆逝去。就像秋风卷落叶,纷纷落地,我的日日夜夜从我人生的树上落了下去。

今天,我停下来沉思、回忆,就像经过长途跋涉而精疲力竭的行人停在半路上歇息。我环顾四周,却看不到我在人生走过的路上有什么遗迹,可以让我在太阳的面前指着它说:"这是我的。"在我的岁月里,我一无所获,只有一堆纸,斑斑点点地染着黑色的墨,还有一些画幅,杂乱而新奇,上面是种种不同的线条、色彩和谐地堆砌在一起。在这些零散的纸张和杂乱的画幅里,我埋下了我的感情,我的思想,我的美梦,犹如农夫把种子埋在地里。不过农民到田里去,把种子撒在地里,晚上回家时满怀着希望,期待着丰收的日子,而我却是无所希望,也无所期待地把我心灵的种子抛撒了出去。

如今我已经到了人生的这个时期:透过悲叹的雾霭,我看到了往昔;透过往昔面纱的遮盖,我也隐约地看到了未来。透过我的玻璃窗,我向现实张望。我看到了人们的脸庞,听到了他们的声音直升天上,听到了他们走动的脚步声,触摸到了他们的灵魂,感觉到了他们的激情和他们那一颗颗心的跳动。我放眼看去,于是我见到孩子们在嬉戏,你追我跑,相互往脸上扬着沙土,嘻嘻哈哈地欢笑;我见到青年人昂首挺胸,阔步向前,他们仿佛在朗读青春的诗篇,那诗篇则写在衬着阳光的云端;我见到姑娘们婀娜多姿,好像迎风摇曳的柳枝,她们微笑着,像娇媚的花朵,向小伙子们暗送秋波;我见到老人们走起路来慢慢腾腾,手拄拐杖,背驼如弓,他们两眼盯着地面,仿佛是要从泥土中寻觅自己丢失的珠宝一般。我站在窗前,仔细地察看着街头巷尾这一切形形色色的身影和千变万化的画面。随后,我向城外谛视,于是我发现野地里具有庄严肃穆的美。那里一片静寂,却胜似千言万语。在那里,山高谷深,青草茂密,绿树成荫;在那里,鸟语花香,河水淙淙流向远方。然后,我又谛视荒野之外,于是我看到了大海。我见到在大海的怀抱,藏着无数奇珍异宝;在深深的海底,还有无数难解的秘密;我看到在海面上,翻腾着泡沫、波浪;我看到大海有时暴怒,有时平静;有时显得云蒸霞蔚,有时又像散落的翡翠。而后,我又谛视着大海之外,于是我见到了无边无际的太空,见到了闪闪发亮的星星。看到了太阳、卫星、行星和恒星;见到它们之间既相互排斥又相互吸引,既相安无事,又相互抗争;它们有的是造化所生,有的是转化而成,但都靠着一种无穷无尽的力量相互联系在太空,并遵从一条法则,那法则包罗万象,无始无终。透过玻璃窗,我谛视着这一切,并不禁遐想、深思,于是我忘记了那二十五年,也不再想到那之前过去的年代和那之后将来的世纪。我觉得自身和周围或明或暗的一切都仿佛只是在永恒的空间里一个浑身战栗的孩子的一声叹息,那空间无边无际,高不可测,深不见底。不过我感到了确实是有这声叹息,这颗心灵,这个被我称之为"我"的自己。我感觉到了他的行动,我听见了他的喊声。现在他正振翅飞往天空;他的两手伸向四面八方。在今天这样一个表明他的存在的日子里,他浑身战栗,东摇西晃,用出自最圣洁的心灵的声音,大声说道:

"你好啊,人生!你好啊,清醒!你好啊,睡梦!你好啊,白天!——是你用自己的光明驱散了大地的黑暗。你好啊,夜晚!——是你用自己的黑暗衬托出星光满天。你们好啊,一年四季!你好啊,春天!——是你使地球又变得年轻。你好啊,夏天!——是你在传颂太阳的光荣。你好啊,秋天!——是你奉献出辛勤的果实和劳动的收成。你好啊,冬天!——是你的愤怒重现了造化的坚定。你们好啊,岁月!——是你们把岁月掩盖的一切又展开。你们好啊,世代!——是你们把历代破坏的一切重新修复起来。你好啊,使我们日臻完美的光阴!你好啊!掌握人生的缰绳、带着阳光的面纱致使我们看不到你的真相的灵魂！心啊，我向你问候！因为你泡在泪水里，不能讥笑这问好。嘴唇啊，我向你问候！因为你在问好的同时，自己正在尝着苦的味道。

孩童耶稣与初生的爱情

亲爱的！昨天我在这个世界上还是那样孤独，而孤独则像死一样残酷。我孤寂一人，像一枝生长在巉岩下的花朵，生活未觉察到我的存在，我也未感觉出什么是生活。今天，我的心灵醒了过来，看到你站在我的身旁，于是我先是诚惶诚恐，继而欣喜若狂，随后拜倒在你面前，正如那位牧人见到荆棘丛在燃烧①时一样。

亲爱的！昨天，风还是那样粗暴，阳光还是那样微弱，云雾将大地笼罩，大海的涛声像霹雳在咆哮；我左顾右盼向四面瞧，见到的却只是我自己形影相吊，还有各种黑影在我周围上上下下，像一群饥饿的乌鸦。而今天，风已经变得轻盈、柔软，阳光灿烂，沐浴着大自然，海上风平浪静，空中云消雾散；无论我向何处看，都能见到你，我还发现你周围的人生秘密，好似小鸟在湖中沐浴时，在平静的水面上激起的层层涟漪。

昨天，我还是藏在黑夜思绪中的一席无声的言语；如今我却变成了白昼嘴里唱出的一首欢乐的歌曲。这一切变化的过程仅有一分钟，这一分钟是由一瞥、一言、一叹和一吻所组成。那一分钟啊，亲爱的！把我心灵过去的各种打算和未来的诸般愿望连在了一起，就像洁白的玫瑰花，从那黑暗的地底钻出，置身于绚丽的阳光下。那一分钟在我一生里，犹如耶稣的诞生在世世代代中所占有的地位。因为它充满了生气、贞洁和爱情；因为它在我内心深处使黑暗变为光明，用欢乐和幸福取代了忧郁和不幸。

---

① 荆棘丛在燃烧：指《圣经》中传说，耶和华（上帝）在被燃烧而未烧毁的荆棘丛中向摩西讲话，是上帝显示的奇迹之一。

亲爱的！爱情的光芒似波涛汹涌，从天而降，它虽千变万化，但在这世界上的作用却是一样：因为照亮个人心田的闪闪亮光，犹如那来自天际普照人间的万丈光芒。原因是一个人心灵中的成分、爱好和感情，同整个人类心灵中的成分、爱好和感情绝没有什么两样。

　　亲爱的！当年犹太人曾盼望着一个自古就曾允诺过他们的伟大的救世主的降世，以使他们摆脱异族的奴役；希腊人伟大的心灵认为，对丘比特与密涅瓦①的崇拜已变得衰微，有关神灵的那一套已经不再能满足灵魂的需要；罗马人高贵的头脑进行了认真的思考，发现阿波罗的神性与人的情感相距越来越远，而维纳斯②永恒的美也开始近于老年。当时，各个民族无意中都感觉到了一种精神上的饥饿，那就是他们需要一种超然物外的学说，他们还感觉到有一种深切的意向，那就是对精神自由的向往。这种自由教导人要同自己的亲友一道，为阳光和人生的美感到欢欣。这就是那种美好的自由；它授权予人，可以同那种无形的力量接近，无须畏惧，也不必担心；并首先使人们相信，它是为了他们的幸福，才与他们亲近。

　　亲爱的！那一切都还是在两千年前。那时，人的心灵情感还萦绕着那些有形的物体盘桓，而不敢接近那无所不在的永恒的灵魂；那时，林神潘③还使牧羊人心惊胆战，太阳神伯阿勒④还通过祭司们的手把贫苦无告的人们的心攥紧。

　　而一夜之间——不，一时之间——不，只一瞬间（这一瞬间不包括在世世代代之内，因为它比世世代代都强有力），圣灵张开了嘴，说出了“生命的语言”，这语言开始是在圣灵那里，继而同星光月辉一道降临人间，凝聚成形，在一位女人的怀抱里诞生。那是在荒郊野外，牧羊人正在保护他们的牲畜免遭夜间野兽的伤害。那婴孩身上裹着

①　密涅瓦：罗马神话中的智慧女神，即希腊神话中的雅典娜。
②　维纳斯：罗马神话中爱和美的女神，即希腊神话中的阿佛洛狄忒。
③　潘：又称牧羊神，是希腊神话中司畜牧、山林之神，人身羊足，头上有角。
④　伯阿勒：或称巴力，为腓尼基人所崇拜的太阳神，亦为丰产神。

他贫穷的母亲的破衣衫,在牲口槽里的干草上睡得是那样香甜①——犹如一个天使坐在宝座上,构成那宝座的是饱受奴役的心、需要精神寄托的灵魂和渴望睿智的思想。那孩子用他的谦恭夺下了丘比特的权杖,交到了逐水草而生的可怜的牧羊人的手上;他用自己的温存从弥涅耳瓦那里取来了智慧,放进了坐在湖边船上的穷渔夫的心里;他用自己的悲伤换取了阿波罗的欢欣,送给了沿街乞讨的可怜人;他把来自维纳斯的美德,倾注进那因堕落而担心受残酷迫害的女人的灵魂里,他使伯阿勒从他威严的宝座上退下来,而让在田野中边流汗水边播种的穷苦农民将他取代。

　　亲爱的!往日我的感情还不是同当年那些以色列人一样?夜阑人静,我不也是盼望会有位救世主使我能将岁月的奴役和烦恼摆脱?我不也像当年那些民族一样,深感到有一种精神上的饥饿?我在人生的道路上彷徨,还不是像一个在荒野中迷路的孩子一样?那时,我的心灵还不是像一粒种子被丢弃在岩石上:既没有鸟儿把它啄去,使它灭亡,也没有什么因素能使它发芽、成长。但这一切都成了过去,我亲爱的!那时,我的梦还在黑暗中爬行,尚不敢走近光明;那时,绝望和烦恼在我胸中还时时交替翻腾。

　　而一夜之间——不,一时之间——不,只一瞬间(这一瞬间不包括在我一生的岁月之内,因为它比我一生的岁月都要美),圣灵从最高的光明神界降临人间,透过你的眼睛朝着我看,通过你的舌头同我交谈,而从那目光、话语中,爱情不禁倾泻出来,流进了我的心田。这伟大爱情置身于其中的那个牲口槽是在我的胸间,裹着这美好的爱情的襁褓是我的情感。爱情——这个依偎在心灵的胸口上的婴儿,使我内心深处的悲伤、沮丧和孤独,变成了欢乐、光荣和幸福。爱情——这个坐在精神宝座上的崇高的天使,用他的声音使我死去的岁月恢复了生命;经他的抚摩使我哭瞎了的眼睛重见光明;他用手从

————————————

①　此处系指耶稣降生的故事,可参阅《圣经·新约》中的《路加福音》第二章。

绝望的海洋中捞出了我的希望。

亲爱的！过去的岁月都如同在夜间，如今已是晨光熹微，随之而来的将是灿烂的白天。因为孩童耶稣的气息分分秒秒都渗透在空间。我的生活原来充满了悲伤，现在则是喜从天降，于是我将心花怒放，因为那初生的爱情的两手拥抱着我的心，紧搂着我的灵魂。

情侣的心声

"醒来吧，我亲爱的！醒来吧！因为我的灵魂正远隔着重洋将你呼唤；我的心灵正在咆哮的海涛上空展翅飞向你的身边。醒来吧！因为现在是一片寂静：既听不到群马奔腾，也听不到行人的脚步声。睡神把人们的灵魂紧搂在怀中。而唯独我一人难以安寝，因为每逢我感到困倦，心中便涌起了思念；每当我沉思遐想，爱情便把我带到你跟前。亲爱的！我已经下了床，因为我害怕那些藏在被窝里的忘却的幻象。我已经把书本丢在了一旁，因为我的叹息已经抹去了书页上的字行，而使它们在我面前变成空白的纸张。醒来吧！醒来呀，亲爱的！听我说……"

"啊，我在这里，亲爱的！我已经听到了你来自海外的呼唤；感到了你的翅膀在扑闪，于是便醒了过来，离开闺房，走到这草地上。夜露打湿了我的两脚，也沾湿了我的衣裳。喏，亲爱的！我现在正站在繁花似锦的桃树下面，听着你心灵的呼唤。"

"你说话呀，亲爱的！让你的气息从黎巴嫩的谷地顺风传到我这里。你说吧！只有我一个人听。因为黑暗已经把万物都赶进了他们的巢穴中，困倦使这城里所有的人都酣然入梦，只有我独自一人清醒。"

"在这里，苍天用月辉织起了一件纱衣，披在了黎巴嫩的躯体上。亲爱的！"

"在这里，苍天用夜晚的黑暗织成了一件厚厚的罩衫（里面絮的是死神的气息和工厂的浓烟），罩在了这座城市上面。亲爱的！"

"在这里，在桃树、柳树间的茅屋中，乡下人睡得正香，他们的一颗颗心灵竞相进入美丽的梦乡。亲爱的!"

　　"在这里，金钱的重负把人们的脊梁压弯;贪婪的路程走得他们两腿发软;疲劳使他们困得睁不开眼。于是，他们倒在床上。但恐惧和绝望的阴影却仍在折磨他们的心，使他们痛苦不堪。亲爱的!"

　　"在这里，山谷中走过的是先辈的幻影，高原上盘桓的是帝王和先知们的英灵。我不禁回首向历史舞台望去，于是我看到了迦勒底人①的丰功伟绩;看到了亚述人②的赫赫声威;也看到了阿拉伯人的尊荣富贵。"

　　"在这里，大街小巷，盗贼的幽灵时隐时现;从家家户户的窗缝里，私欲的毒蛇在向外窥探;街头巷尾，到处可以嗅到病魔的气息，听到死神的喘息。记忆掀开了遗忘的帷幔，让我又看到了所多玛的邪恶和蛾摩拉的罪愆③。"

　　"亲爱的! 在这里，树枝摇曳，袅娜多姿，风吹树叶窸窣有声，山间小溪流水淙淙。我仿佛听到了所罗门的颂诗、大卫④的琴声和穆绥里⑤的歌咏。"

　　"在这里，贫民窟的孩子们在啼饥号寒;母亲们卧病在床，发出绝望的悲叹;失业者常常惊惧地遇到贫穷的梦魇。于是，我听见的是哭喊和长吁短叹，催人泪下，令人哀怜。"

　　"在这里，水仙和百合芳香馥郁，加之素馨花和接骨木异香扑鼻，

------

① 迦勒底人:南美索不达米亚的闪族，前七世纪末曾形成新巴比伦国家。
② 亚述人:前十二至前七世纪曾统治美索不达米亚地区，属闪族。
③ 据《圣经》传说:所多玛与蛾摩拉原为死海岸边的两座古城，因其居民多行不义，罪恶深重，而被上帝降下的硫黄与火所毁灭。
④ 大卫:原意为"蒙受者"。《圣经》故事人物，即《古兰经》中的达伍德。传为古希伯来统一王国的第一任国王，善吟诗抚琴。相传《圣经·诗篇》中的许多诗歌是他写的。
⑤ 穆绥里:古代阿拉伯哲学家，著有《论心灵》。

随后,又同杉树的香气融在一起。清风徐徐,香飘万里,令人如醉如痴,飘然若仙,真想乘风而去。"

"在这里,条条胡同是病菌的温床,散发出臭气,那气味像一支支无形的细箭,令人恶心,毒化着空气。"

"啊,亲爱的!这里已露出晨曦,苏醒的手指在轻抚贪睡者的眼皮。朝霞撕开夜幕,映红了天际,给大地带来了盎然的生机和蓬勃的朝气。谷地两旁安睡的村庄已经苏醒,让人首先听到的是教堂的钟声。钟响声声在宣告,晨祷的时间已到,那钟声在千谷万壑中回荡,仿佛整个大自然都在肃立做祷告。牛出了栏,羊离了圈,欢乐地走向田野、草原,它们一路上吃着嫩草,草叶上还挂着露珠串串。牛羊前面,牧童吹着短笛,牛羊后面跟着一群少女,那些少女同小鸟一道欢迎清晨的来到。"

"亲爱的!这里也已经是旭日临窗,白昼沉重的巨掌已伸展在鳞次栉比的房屋上。于是家家户户窗帘收起,门户敞开,人们的愁眉苦脸也都显露出来。那些贫苦的人半死不活地向工厂移动,脸上显露出绝望与恐惧的阴影,好像他们是身不由己被驱往战场,为人卖命。在这里,大街小巷,车水马龙,利欲熏心的人们来去匆匆。四周处处都能听到铁器响叮当,还有车轮和汽笛的声音。整座城市好像一片战场,这战场上是弱肉强食,富翁、财主霸占了贫苦穷人的劳动果实。"

"啊,亲爱的!这里的生活多美满!就像诗人的心,充满了光明和温暖。"

"啊,亲爱的!这里的生活多么残酷!就像罪犯的心,充满了邪恶和恐怖。"

啊!风

你时而歌唱,欢笑;时而又悲叹,哭号。我们能听见你的声音,却见不着你的面貌;对于你,我们能觉察出,但却看不到。你仿佛是爱情的海洋,淹没了我们的灵魂,抚慰着我们宁静的心。

你逢山而升,遇谷而降,在原野上则伸展开去,浩浩荡荡。升时,可看出你的刚毅、坚忍;降时,可看出你的谦恭、礼让;伸展时,则显示出你的轻盈、灵敏。你犹如一位尊贵而仁义的国王,对下层弱者显得和蔼可亲,对倨傲的强者则威风凛凛。

秋天,在山谷里,你哭天号地,树木也跟着你一道啜泣;冬天,你大发雷霆,整个大自然也随着你怒气冲冲;春天,你体弱多病,田野却因而苏醒;夏天,你戴上了静谧的面具,我们却以为是太阳用利箭射死了你,又用它的酷热裹住了你的尸体。

然而,在秋天的日子里,你究竟是哭号,还是由于你剥光了树木的衣服,在看着她们害羞而嬉笑? 在冬天的日子里,你究竟是圆睁怒目,还是绕着夜晚雪盖的坟墓在舞蹈? 在春天的日子里,你究竟是软弱无力,还是像一个多情的少女,想用哀怨的叹息把久别的恋人——四季中的青年——从睡乡中唤起? 在夏天的日子里,你究竟是一具僵尸,还是只在果树丛中、葡萄藤里和打谷场上暂时睡去?

你从穷街陋巷里带上了疾病的气息,又从高原山野上带来了百花的芳香。这犹如那些广宽的心胸,他们静静地忍受着人生的苦痛,也静静地对待人生的喜庆。

你对玫瑰花附耳说了些古怪的话语,而花儿竟懂得它们的含义,于是它一会儿浑身战栗,一会儿又显得笑容可掬。上帝对人的灵魂也正是这样做的。

你在这里慢慢腾腾,在那里又匆匆急急,在第三处则是奔跑、驰骋,永远不停息。这就好似人的思想:静止则死,活动才生。

你在湖面上写下一行行诗句,然后又把它们涂去。这同那些犹豫不决的诗人又有什么两样!

你自南方来时,炽热得像爱情;你从北方至时,冷酷得如死亡;你自东方到时,像灵魂轻抚般的温柔;而从西方降时,则像仇恨似的凛冽、凶狂。你究竟是像岁月一样反复无常? 还是四面八方的使者,他们怎样嘱咐你,你就怎样对我们讲?

你在沙漠中怒气冲天,蹂躏起商队是那样凶残,然后你又把他们埋葬在荒沙下面。这难道还是那个你吗?——那股无形的气流,随同晨曦从枝叶间徐徐而起,又似梦幻般地悄然流向原野、谷地,在那里,花儿因爱你而战栗、摇曳,草儿闻到你的气息,则手舞足蹈,如醉如迷。

你在海洋上乱发脾气,把平静的大海惹得无名火起,以至于它波涛汹涌,对你穷追不舍,张开巨口,把无数的船只、生命一下子全吞下去。这难道还是那个你吗?——你是那样顽皮而多情,把房前屋后跑来跑去的女孩的小辫儿轻轻地抚弄。

你带着我们的灵魂,我们的喟叹,我们的气息,急匆匆地要奔向何地?你把我们的欢歌笑语又要带到哪里?我们心中溅起的火花你将如何处理?你是要把它们全都带到世外、霞霓后面去?还是想把它们当成猎物,拖进那些可怕的深谷、洞穴里,随意一丢,让它们就此销声匿迹?

夜深人静时,心灵向你吐露它们的秘密;晨光熹微时,眼睛让你带去眼睑的战果。那心灵的感觉,眼睛的发现,你可曾忘却?

在你的羽翼下,携着穷人的呼喊、孤儿的哀怜、寡妇的悲叹;在你的衣褶中,放着旅人的思念、弃儿的哀怨、烟花女心灵的哭喊。这些小人物交给你的这一切,你是否妥为保存?还是像这大地一样,我们交给它什么,它就将其变为自身的一部分?

这些呼声、哭喊,你是否听见,还是你也同那些豪强、权贵一般?人们向他们伸手乞怜,他们却不屑一看,人们向他们呼喊,他们却佯装听不见?

风啊,你这听者的命根!你是否听到了这些声音?

情人的归来

黑夜一到,敌人就被打得丢盔弃甲,大败而逃了。胜利者踏上归途。一路上，他们擎着光荣的战旗，高唱着凯歌，马蹄嗒嗒响，仿佛是千万只铁锤敲打在砾石上。

他们俯视着战场。这时，皓月挂在笕口山上，嶙岩高耸，同众人的心灵一样，显得斗志昂扬。杉树林伸展在那片原野上，好像是先辈们给黎巴嫩在胸前戴上了一枚光荣的勋章。

人们继续前进，他们的刀剑在月光下熠熠闪光；他们的欢呼声在幽深的谷壑中回荡。队伍到了一条山路的路口上，一匹马站在灰褐色的岩石间，好似石雕的一样。它仰天长嘶，使战士们不禁走近前去，细察端详。只见一具尸体躺在鲜血染红了的地上。领队的喊道："给我看看那把剑！我就会知道它的主人。"一些骑士下了马，围着死者，仔细辨认。过了一会儿。一个骑士回头看着他们的首领，低声说道："他僵硬的手指紧握着剑把，我们硬把它扯下来恐怕不好。"

另一个说道："那剑上凝着一层血迹，剑上的钢锋也都被遮蔽了。"

又一个说："血将手掌与剑柄凝结在一起，使剑与手浑然一体。"

首领下马，走到死者的跟前，说道："把他的头抬起来！让我们借着月光看清他的脸。"大家马上照办。死者的脸透过死的面纱显得坚毅、顽强而勇敢。那是一张坚强的骑士的脸，一声不响，却让人感到豪气冲天；那是一张乐观而不无遗憾的脸：它见到敌人时疾首蹙额，面对死亡则露出笑靥；那是一个黎巴嫩英雄的脸，他参加了那天的战斗，看到了胜利的曙光，然而却未能同战友们同唱凯歌还乡。当人们解下了他的头巾，从他蜡黄的脸上擦去战尘，首领不禁吓了一跳，他痛心地叫道："这是伊本·萨阿比啊！真糟糕！"大家嘴里念着这个名字，心里发出声声悲叹，随之又全都沉默无言。于是他们那一颗颗被胜利的美酒浸醉了的心灵一下子变得清醒，他们感到胜利的光荣和骄傲远抵不上失去这位英雄的悲痛。他们一个个好似石雕的塑像，那可怕的场面使他们呆立不动，哑然失声，这就是死亡在英雄心灵中所能引起的全部反应。因为号啕大哭，那是女人的事情；又哭又叫，只适合于儿童。而刀剑在手的战士则应默默无语，庄重而威严。那沉默紧攥着一颗颗坚强的心，好像雄鹰的利爪紧抓着猎物的脖颈；那沉默显得清高,不屑于痛哭失声,这种清高使灾难更显得创巨痛深;那沉默使伟大的心灵从山巅直坠进深海之中;那沉默宣布风暴即将来临,风暴尽管未起,但那沉默却更能震撼人心。

他们脱去了那战死的青年的衣服,看看死神是在什么地方下的手。只见烈士胸上一处处刀剑的伤口,好似一张张愤怒的嘴,在那静夜中述说着英雄壮志未酬。首领走近前,跪下来细细地察看。他发现一条手绢儿,而别人未曾看见。那手绢缠在烈士的手腕上,上面有用金线绣成的图案。首领偷偷地端详,认出了飞针走线绣这手绢的是那一位姑娘。首领把手绢藏进怀里,用颤动的手捂着阴郁的脸,向后退了退。那只曾坚定地除掉过无数敌人头颅的手,现在却变得软弱无力,颤抖着擦拭着泪水。因为那只手触摸的是这样一条手绢:是爱恋中的姑娘把它系在心爱的青年的手腕上,那青年戴着这条手绢,英勇作战,却不幸阵亡,他将被战友们抬在肩上,回到姑娘的身旁。

首领的心在不断地翻腾:他一会儿想到死神的不公,一会儿又想到儿女的私情。这时一个站在一旁的骑士说道:"来呀!让我们在那棵冬青槲树下挖一个墓穴,将他埋葬。让树根吸收他的血液,让枝叶拿他的遗体做营养,从而更加苗壮成长,永远屹立在这山冈上,象征着英雄的勇敢、坚强。"

有人说:"让我们把他抬到杉树林中。在教堂近旁为他修一座坟墓,让十字架永世陪伴着他的遗骨。"

有人说:"应当把他就葬在这里,因为这里的泥土渗透着他的血液。让他的右手仍握着他的剑,把他的长矛插在旁边,宰掉他的战马,为他作祭礼,让他的武器在这孤寂中给他以安慰。"

有人说:"不能埋下那沾满敌人鲜血的宝剑,不要宰杀那出生入死的战马作祭奠,别把英雄南征北战用惯了的武器丢在荒山,而应当交给他的亲属,因为那是最好的遗产。"

有人说:"来!让我们一起跪在他的周围,向基督祈祷、施礼,愿苍天恕他无罪,也祝福我们的胜利。"

有人说:"让我们用矛枪和盾牌做灵床,把他抬在肩上,绕着这山谷,把凯歌高唱。让英雄在入土前,看看这敌人尸横遍野的战场,让微笑漾在他的伤口上。"

有人说:"来! 让我们用敌人的头骨支撑住他,把他放在马鞍上,让他手中仍握着矛枪,像胜利者一样返回故乡。要知道,他是让死神肩负敌人魂灵的重担之后,才向死神投降的。"

又有的人说:"来! 还是让我们把他葬在这山里,让空谷回音作他伴侣,溪水淙淙将他安慰。在这荒野中,他的尸骨会感到轻松,因为在这里,夜晚来临时,总是脚步很轻。"

还有的人说:"不要把他丢弃在这里,因为这山野实在是荒凉,令人感到孤寂。还是让我们把他送进村里的墓地。在那里,我们祖先的魂灵可成为他的邻居,在夜阑人静时,可以对他讲述他们往日的战事和他们当年的丰功伟绩。"

这时,首领走到人们当中,做了个手势,让大家肃静。然后他长叹一声:"让他安息吧! 别再对他提起战争,也别让他那萦绕在我们头上的灵魂听到干戈声。还是让我们安安静静地把他抬回他的故乡,在那里,有一位姑娘,将他日夜盼望。姑娘望穿秋水,期待着他从刀剑丛中胜利而归。让我们把他还给那位姑娘——他的情人,使她能再看上一眼他的遗容,在他的额上再亲上一吻。"

战士们低着头,肃穆地把烈士抬在肩上。他们默默地走着,氛围寂静而悲怆。那匹郁愤的战马跟在后面,缰绳拖在地上。它不时地仰天长嘶,那声音在山谷发出回响,好似山谷也有心灵,同牲畜一道感到极其郁闷、悲伤。

在那山谷中,冷月凄风,胜利的队伍跟在死亡的队列后面缓缓而行,而走在他们前面的是拖着折断了翅膀的爱情的幻影。

死 之 美

献给 M. E. H

请让我安睡! 爱的美酒已使我的心灵沉醉。

请让我长眠！我的灵魂已经尝够了岁月的辛酸。

请在我的灵床四周燃起香炉,点起蜡!将玫瑰花和水仙花的花瓣儿往我身上撒,再把麝香粉撒进我的头发!请把香水洒到我的脚上,然后请读一读,看看死神的手在我的前额上写了些什么。

请让我昏昏沉睡！因为这种清醒使我的眼睑早已疲惫。

请把琴弹起！让那银弦的奏鸣萦绕在我的耳际。

请把笛吹响！用那甜美的曲调织成薄纱,罩住我那快要停止跳动的心房。

请把挽歌吟唱！用那迷人的词句为我的感情铺灵床,然后请你们仔细察看、端详,瞧瞧我眼中的希望之光。

我的朋友们！快把泪水揩干！然后抬起头来！如同黎明时,花儿抬起了它们的花冠。看吧！死神像一根光柱,立在我的灵床与苍穹之间。请你们屏息静听！你们会同我一起听到它那白色的双翼抖动的沙沙声。

来！同我告别吧,我的弟兄们！吻吻我的前额——用那含笑的嘴唇！请用你们的眼睑亲吻我的嘴唇;再用你们的嘴唇将我的眼睑亲吻。

让孩子们走近我的灵床！让他们用一只只又白又嫩的小手抚摩抚摩我的颈项。让老人们走近前来为我祝福！用他们那青筋毕露的手在我额上轻抚。让左邻右舍的姑娘走近我的身旁,看看上帝在我眼中的影像,听听天国永恒的乐曲在我弥留之际发出的急促的回响。

诀　　别

啊！我已经登上了山顶,我的灵魂遨游在自由自在的苍穹。

啊,我已经远去了,远去了！我的弟兄！雾霭遮住了我的视线,山丘变得一片朦胧;千谷万壑淹没在寂静的海中;条条道路、蹊径被遗忘的手掌抹掉;草原和森林隐没在变化万千的幻影中——白的像浮云满天,黄的似阳光灿烂,红的如晚霞一片。

逐渐微弱了,那大海的波涛。慢慢消失了,那田间淙淙的流水声。人世的嘈杂、喧腾，此刻已变成一片寂静，我只听到那与灵魂的意愿协调一致的永恒的歌声。

安　息

请脱掉我身上的麻布尸衣，用茉莉和百合花瓣盖住我的身体！

请把我的遗体从象牙棺材里抬出来，让它躺在柑橘花和柠檬花上！弟兄们，别为我号哭，倒要请你们将青春和欢乐之歌高唱！原野的女儿，请别痛哭流涕！倒要请你吟诵起丰收季节的锦诗①！

不要用唏嘘、悲叹掩埋我的躯体！倒要请你们用手指在上面画上友爱和欢乐的标志！

不要用咒语和预言去扰乱空间的宁静！倒要请你们的心同我一起赞美万古永恒！

不要佩黑纱来将我哀悼！倒要请你们穿上洁白的衣服同我一起欢笑！

不要谈起我的逝去就悲痛难言！因为你们闭上眼睛，就会看到我现在、明天和未来都在你们中间。

请让我安卧青枝绿叶丛中，请把我抬上肩，缓步走向那空旷的茫茫草原！

不要把我抬进墓园里！因为拥挤会使我不得安息，骷髅的相碰声，会夺去我长眠的宁静。

请把我抬进松树林中，为我掘一个墓坑！就在那一片地方——紫罗兰与罂粟花交相辉映。

请为我挖一个深深的墓坑！免得山洪把我的尸骨冲到河谷中。

请为我挖一个大大的墓坑！以便让夜间的幽灵陪伴我坐到天明。

请你们脱掉这些尸衣，把我赤身裸体地埋进大地！请你们轻举慢放，让我安静地躺在母亲的胸口上。

请用细土来掩埋我的尸体，撒一抔土，再撒一把百合、素馨和长

---

① 锦诗：阿拉伯的一种诗体。诗中韵律形式多变，并非一韵到底。

寿花的种子！让这些花从我的尸体中吸取营养,在我的坟墓上发芽、生长,在空气中散发我心灵的芳香,把我的心声禀告给太阳。这些花将随风摇荡,提醒过路人记住我的理想与愿望。

现在,弟兄们！你们可以离我远去了,让我独自一人留在这里。你们走吧！要无声无息,如同静谧行走在空谷里。

让我独自在这里！你们可以离开我而散向各地,犹如四月春风徐徐而起时,桃花、苹果花散落遍地。

快回到家中去！在那里,你们会发现有些东西死神也无法从你我手中夺去。

离开这里吧！你们所寻找的人已经远远地、远远地离开这个世界了……

组　歌

一　支　歌

在我心灵深处有一支歌曲,它不想穿上词语做的衣裳;那支歌隐居在我的心头,不愿随着墨水往纸上流;它如轻纱缠绕着我的情感,不肯像津液倾注在舌端。

我担心以太中的分子会将它损伤,怎肯将它吟唱？它已经习惯于安居在我的心房,我怕它受不了人们耳朵的粗俗,并且,真的又能对谁将它歌咏？

你若看看我的眼睛,就会看到它的幻影,你若摸摸我的指尖,就会感到它的颤抖。

我的作品将它表明,好似湖面将星光照映;我的泪水将它透露,如同朝阳下的露珠,将玫瑰花的秘密泄露。

这支歌曲,静谧让它展翅飞翔,喧嚣却使它隐匿藏起;黑夜睡梦时将它哼起,白昼清醒时却令它销声匿迹。

人们啊！这是一首爱情之歌。哪一位以撒①曾歌唱过它？哪一位大卫又曾将它吟咏？

它比素馨花的气息还芬芳，谁的喉咙能将它污染？它比处女的童贞还珍贵，什么管弦敢把它糟践？

谁能将海涛轰鸣与夜莺啼啭合二为一？谁又能将狂风呼啸同小儿咿哑调谐一致？哪个人能咏唱好神的歌曲？

浪 之 歌

我同海岸是一对情人。爱情让我们相亲相近，空气却使我们相离相分。我随着碧海丹霞来到这里，为的是将我这似银的泡沫与金沙铺就的海岸合为一体；我用自己的津液让它的心冷却一些，别那么过分炽热。

清晨，我在情人的耳边发出海誓山盟，于是他把我紧紧搂抱在怀中；傍晚，我把爱恋的祷词歌吟，于是他将我亲吻。

我生性执拗，急躁；我的情人却坚忍而有耐心。

潮水涨来时，我拥抱着他；潮水退去时，我扑倒在他的脚下。

曾有多少次，当美人鱼从海底钻出海面，坐在礁石上欣赏星空时，我围绕她们跳过舞；曾有多少次，当有情人向俊俏的少女倾诉着自己为爱情所苦时，我陪伴他长吁短叹，帮助他将衷情吐露；曾有多少次，我与礁石同席对饮，它竟纹丝不动，我同它嘻嘻哈哈，它竟面无笑容。我曾从海中托起过多少人的躯体，使他们从死里逃生；我又从海底偷过多少珍珠，作为向美女丽人的馈赠。

夜阑人静，万物都在梦乡里沉睡，唯有我彻夜不寐；时而歌唱，时而叹息。呜呼！彻夜不眠让我形容憔悴。纵使我满腹爱情，而爱情的真谛就是清醒。

这就是我的生活；这就是我终身的工作。

---

① 以撒：原意为"幸福和欢笑"。据《圣经》传，其为亚伯拉罕和撒拉年迈时所生之子，生后合家欢乐，故起此名。

雨 之 歌

我是根根晶亮的银线,神把我从天穹撒下人间,于是大自然拿我去把千山万壑装点。

我是颗颗璀璨的珍珠,从阿施塔特女神王冠上散落下来,于是清晨的女儿把我偷去,用以镶嵌绿野大地。

我哭,山河却在欢乐;我掉落下来,花草却昂起了头,挺起了腰,绽开了笑脸。

云彩和田野是一对情侣,我是他们之间传情的信使:这位干渴难耐,我去解除;那位相思成病,我去医治。

雷声隆隆闪似剑,在为我鸣锣开道;一道彩虹挂青天,宣告我行程终了。尘世人生也是如此:开始于盛气凌人的物质的铁蹄之下,终结在不动声色的死神的怀抱。

我从湖中升起,借着以太的翅膀翱翔、行进。一旦我见到美丽的园林,便落下来,吻着花儿的芳唇,拥抱着青枝绿叶,使得草木更加清润迷人。

在寂静中,我用纤细的手指轻轻地敲击着窗户上的玻璃,于是那敲击声构成一种乐曲,启迪那些敏感的心扉。

空气中的热使我降生在地,我又反过来去消除这种热气。这就如同女人,她们从男人身上吸取力量,反过来又用这力量去征服男人。

我是大海的叹息,是天空的泪水,是田野的微笑。这同爱情何其酷肖:它是感情大海的叹息,是思想天空的泪水,是心灵田野的微笑。

美 之 歌

我是爱情的向导,是精神的美酒,是心灵的佳肴。我是一朵玫瑰,迎着晨曦,敞开心扉,于是少女把我摘下枝头,吻着我,把我戴上了她的胸口。

我是幸福的家园,是欢乐的源泉,是舒适的开端。我是姑娘樱唇上的嫣然一笑,小伙子见到我,霎时把疲劳和苦恼都抛到九霄云外,而使自己的生活变成美好的梦想的舞台。

我给诗人以灵感，我为画家指南，我是音乐家的教员。

我是孩子回眸的笑眼，慈爱的母亲一见，不禁顶礼膜拜，赞美上帝，感谢苍天。

我借夏娃的躯体，显现在亚当面前，并使他变得好似我的奴仆一般；我在所罗门王面前，幻化成佳丽使之倾心，从而使他成了贤哲和诗人。

我向海伦①莞尔一笑，于是特洛伊成了废墟一片；我给克娄巴特拉②戴上王冠，于是尼罗河谷地变得处处是欢歌笑语，生机盎然。

我是造化，人世沧桑由我安排；我是上帝，生死存亡归我主宰。

我温柔时，胜过紫罗兰的馥郁；我粗暴时，赛过狂风骤雨。

人们啊！我是真理。我是真理啊，你们要把这一点牢记在心里。

幸福之歌

我与恋人相亲相爱。我渴慕他，他迷恋我。但是，何其不幸！在这爱情中还有一个第三者，让我痛苦，也使他饱受折磨。那个飞扬跋扈名叫"物质"的情敌，跟随我们，寸步不离；她像毒蛇一般，要把我们拆散。

我在荒郊野外、湖畔、树丛中寻求我的恋人，却找不见他的踪影。因为物质已经迷住他的心窍，带他进了城，去到了那纸醉金迷、胡作非为的地方。

我在知识和智慧的宫殿里把他寻找，但却找不到，因为物质——那俗不可耐的女人已经把他领进个人主义的城堡，使他堕落进声色犬马的泥沼。

我在知足常乐的原野上寻他，却找不见，因为我的情敌已经把他关在贪婪的洞穴中，使他欲壑难填。

---

① 海伦：希腊神话中的美人。宙斯同勒达所生之女。嫁与斯巴达王为妻，后被特洛伊王子帕里斯诱拐，引起希腊人同特洛伊人的一场大规模战争。故事见荷马史诗《伊利亚特》。

② 克娄巴特拉（前69—前30）：埃及托勒密王朝最著名的女王（前51—前30在位）。

拂晓,朝霞泛金时,我将他呼唤,他却没听见,因为对往昔的眷恋使他难睁睡眼;入夜,万籁俱寂、群芳沉睡时,我同他嬉戏,他却不理我,因为对未来的憧憬占据了他整个的心绪。

我的恋人爱恋我,在他的工作中追求我,但他只能在造物主的作品中才能找到我。他想在用弱者的骷髅筑成的荣耀的大厦里,在金山银堆中同我交往;但我却只能在感情的河岸上,在造物主建起的淳朴的茅舍中才能与他欢聚一堂。他想要在暴君、刽子手面前将我亲吻;我却只让他在纯洁的花丛中悄悄地亲吻我的双唇。他千方百计寻求媒介为我们撮合,而我要求的媒人却是正直无私的劳动——美好的工作。

我的恋人从我的情敌——物质那里学会了大喊大叫,吵闹不止;我却要教会他:从自己的心泉中流出抚慰的泪水,发出自力更生、精益求精的叹息。我的恋人属于我,我也是属于他的。

花 之 歌

我是大自然的话语,大自然说出来,又收回去,把它藏在心间,然后又说一遍……

我是星星,从苍穹坠落在绿茵中。

我是诸元素之女:冬将我孕育;春使我开放;夏让我成长;秋令我昏昏睡去。

我是亲友之间交往的礼品;我是婚礼的冠冕;我是生者赠与死者最后的祭献。

清早,我同晨风一道将光明欢迎;傍晚,我又与群鸟一起为它送行。

我在原野上摇曳,使原野风光更加旖旎;我在清风中呼吸,使清风芬芳馥郁。我微睡时,黑夜星空的千万颗亮晶晶的眼睛对我察看;我醒来时,白昼的那只硕大无朋的独眼向我凝视。

我饮着朝露酿成的琼浆;听着小鸟的鸣啭、歌唱;我婆娑起舞,芳草为我鼓掌。我总是仰望高空,对光明心驰神往;我从不顾影自怜,也不孤芳自赏。而这些哲理,人类尚未完全领悟。

人 之 歌

你们原是死的,而他以生命赋予你们,然后使你们
死亡,然后使你们复活,然后你们要被召归于他。
　　　　　　　　　　　　　　　——古兰经①

从古到今,我一直存在,并将永远存在下去,直至千秋万代。

我曾遨游在无边无际的苍穹;我曾翱翔在虚幻的世界中;我接近过至高无上的光明的神界;如今我却被囚禁于物质的樊笼。

我受过孔子的教诲;听过梵天②的哲理;也曾坐在菩提树下,伴随过佛祖释迦牟尼;可我现在仍是懵懵懂懂,信不信神明。我还在斗争。

我曾在西奈山上看到过耶和华面谕摩西;曾在约旦河边见到过基督显示的奇迹;还曾在麦地那听到过阿拉伯先知的教义;可我现在却仍感到迷茫、犹疑。

我见到过巴比伦的强盛、埃及的光荣、希腊的威风,但从那些显赫的业绩里,我仍看到了虚弱、渺小和卑微。

我曾与阿因·杜尔的巫师、亚述的祭司和巴勒斯坦的先知们坐在一起,但我至今仍在寻求真理。

我记得降在印度的哲理、格言;能背诵出自阿拉伯半岛居民心中的诗篇;也懂得那些体现西方人情感的音乐;但我仍是又瞎又聋,既看不清,也听不见。

我曾受过狼子野心的侵略者的蹂躏;也曾遭到豪强、暴君的奴役、欺凌;然而我仍有力量来同岁月进行斗争。

这一切是我童年时代的所见所闻;我会见到和听到青年时代的

---

① 见《古兰经》第二章第二十八节。
② 梵天:亦称"大梵天",音译为"婆罗诃摩",婆罗门教、印度教的创造之神,亦被称为"世祖"。

事业和功勋；还将随着年迈而臻于完美，最后将皈依于上帝。

从亘古到现在，我一直存在，并将永远存在下去，直至千秋万代。

诗人的声音

一

力量播种在我内心深处，我把它收获，献给饥饿者果腹；灵魂给这小小的葡萄藤以生命，我把那葡萄榨成汁，供予干渴者饮用；苍天为这盏灯添上油，我点燃灯，放在我家的窗口，为过往行人在黑夜中照明。我做这一切，是因为我是为此而生。如果岁月禁止我这样做，将我的双手捆起，那我就要求死去。因为一位先知在本民族被摈弃，一个诗人在同胞中变成异己，那么，活着还不如死去。

人们像风暴，喧嚣不止；我却只是静静地叹息。因为我发现，风的暴力会消失，会被时光的海洋吞噬，而叹息却将同上帝一道，永存下去。

人们追求冰冷的物质，如影随形；我却寻求爱的火焰，把它搂在胸口，让它吞噬我的肋骨，把我的肺腑熔融。因为我发现，物欲能使人没有痛苦地死去，而爱却会用痛苦使人重生。

人类划分成不同的民族，不同的集体，分属于不同的国家，不同的地区。而我认为自己却既不属于任何一国，又不属于任何一地。因为整个地球都是我的祖国，整个人类都是我的兄弟；因为我觉得，人类本来就不够强，把自己肢解得零七碎八，岂不荒唐？地球本来就不够大，再分成大大小小的国家，岂非太傻？

人们一起摧毁灵魂的神殿，又一道建设肉体的学院。只有我独自伤心地懂得，我已听见自己内心希望的声音在说："正如爱情会用痛苦使人心复苏，愚昧也会教人认清知识之路。痛苦和愚昧会使兴趣更浓，使认识完整。因为永恒的睿智在日光下创造的一切并非虚空。"

二

我怀念祖国，因为那里有壮丽的山河；我热爱祖国的人民，因为他们过着苦难的生活。可是如果我的同胞被所谓的"爱国主义"所驱使,去侵略邻国,在那里掠夺财产,屠杀无辜,使孩子成为孤儿,让女人变成寡妇,使尸骨成山,血流成河,那我就会对我的祖国和我的同胞感到憎恶。

我赞美我的故乡,思念我的家园。可是如果一个路人经过那里,要求借住一宿,吃一顿饭,结果却遭到拒绝,而被驱赶,那么我的赞美就会变成嗟叹,我的思念会代之以遗忘,我会自言自语:"一个家庭舍不得一口面包给人充饥,舍不得床铺供人投宿,那么这种家园还不如变成一片废墟。"

我爱故乡,爱祖国,更爱整个的大地。因为正是这大地将人孕育,而神圣的人性就是神性精神降临在人世。那人性站在废墟间,赤裸的身上只披着几块破布片。他两腮凹陷,热泪涟涟,边呻吟,边向人们哭喊。人们则对他的呼喊置之不理,而各自为政;对他的泪水视而不见,而大磨刀剑。那人性独自坐在那里向人们呼救,人们都听不见。如果有人听见了他的呼喊,走近他跟前,为他擦干眼泪,对他的灾难表示安慰,大家就会说:"不要管他!因为眼泪只能打动弱者。"

人性就是降临在人世间的神性。那神性在各国之间巡行,宣扬博爱,指出人生的途径。而人们竟把他的训诫传为笑柄,加以嘲弄。往昔,基督听从了这神性,于是人们把他钉死在十字架上,苏格拉底[①]听从了这神性,人们让他服毒身亡。如今,那些拥护基督和苏格拉底的人也听见了那神性的呼唤,并把它在人们面前广为宣传,人们无法杀害这许多人,但对他们大肆嘲讽、挖苦,而这种嘲讽和挖苦比杀人更加狠毒。

耶路撒冷没能杀死基督,基督将永生在世;雅典无法杀害苏格拉底,苏格拉底将永垂青史。嘲讽、挖苦也将无法伤害那些听从人性的召唤、追随神性前进的人们,他们将永生不死,与世长存。

---

① 苏格拉底(前469—前399):古希腊大哲学家。

三

你呀,我的兄弟!我们俩都是全能的圣灵的儿子。你与我是何其相似!因为我们都是肉体的囚徒,而上帝创造这两个肉体时,用的是同一块泥。你是我人生的伴侣,是你帮助我去认识那遮在阴云后面的真理的秘密。你是人,我爱你,我的兄弟!

对我有什么看法,你尽可以畅所欲言。因为未来将会对你裁判,那时你的话在它的法律和判决面前,将会成为确凿的证词,不容置辩。

我所有的一切,你尽可以随便拿去。因为这些钱财不过是由于我的贪心抢占来的。其中一部分理应属于你。如果你对这一部分还不满足,那就全部拿去也可以。

对于我,你可以随便处理,然而你却无法伤害我的真理。你可以放出我的血液,焚烧我的肉体,但你不会使我的灵魂痛苦,也不会将它杀死。你可以将我的手脚戴上锁链,可以把我投进黑暗的牢监,但你却无法将我的思想羁绊,因为它是自由的,像清风吹拂在无边无际的空间。

你是我的兄弟,我爱你!

你在你的清真寺礼拜时,我爱你;你在你的庙宇顶礼膜拜时,我爱你;你在你的教堂祈祷时,我也爱你。你同我本是同一个宗教的教民,我们的宗教信仰就是灵魂。这一宗教的各派领袖,只是指向心灵完美的神性的手上紧紧相连的一个个指头。

我爱你,是因为我爱你那出自平凡的头脑的真理。那真理,我现在因为眼瞎无法将它辨认,但我确信,它神圣而纯真,因为它是心灵的作品。那真理将与我的真理在未来的世界相遇,像花儿芬芳的气息,交融在一起,变成一个完整的真理而千古永垂。与这真理一道长存的则是爱与美。

我爱你,是因为我看到你在残暴的豪强面前软弱可怜,在贪婪的财主、富翁门前啼饥号寒。因此,我曾为你哭泣。透过泪眼,我看到正义把你搂在胸前,那正义对你微笑,而对欺压你的人则冷眼相看……你是我的兄弟,我爱你!

四

你是我的兄弟，我爱你。那么，你为什么与我为敌？

你为什么离乡背井，来到我的祖国，企图让我俯首听命，而讨好那些头领——他们是借你的力量求得光荣，靠你的辛苦取得喜幸？你为什么要抛妻离子，到这遥远的异国他乡，为将领们卖命？——他们是想用你的鲜血买得高官，用你母亲的忧伤换得他们的功名！难道兄弟阋于墙，就算得上高尚、荣光？果真那样，我们就应为该隐①树碑立像，为亚那②把赞歌高唱。

有些人说："老弟！维护自己，这是天经地义。"我却认为野心家的特点就在于，他能让你心甘情愿地牺牲自己，而帮助他达到奴役你自家弟兄的目的。

有些人说："要想生存，就必须侵略别人。"我却要说：维护别人的权利，才是人类最高尚、最美好的行为。我还要说：如果我生存，别人就必须死，那么，我宁愿自己死去。与其让我被别人杀死，死得既不光彩，又不清不白，那还不如趁早让我亲手把自己献给永恒的世界。

我的兄弟！自私自利会产生盲目的相互竞争和排挤，而相互竞争和排挤则会产生沙文主义，而沙文主义一旦得势，就会挑起纷争，实行奴役。

心灵应主张正义与智慧得势，战胜邪恶与愚昧；而反对那种为了推行邪恶与愚昧而大动干戈的势力。正是那种势力毁灭了巴比伦，摧毁了耶路撒冷，使古罗马的建筑夷为平地；正是那种势力造就了刽子手与吸血鬼。人们竟赋予他们以"伟人"的称谓，连他们的名字也显得何其尊贵！书籍也不得不把这些人的争斗记在它们的册页里，正如这些人虽使大地的容颜染上斑斑血迹，大地却仍不得不把这些人用背负起……

---

① 该隐：《圣经》中人类始祖亚当的长子，因妒忌而杀死其弟亚伯。见《圣经·创世记》。

② 亚那：据《圣经》传，是犹太大祭司该亚法的岳父，耶稣被出卖后，首先被带到他那里。

我的兄弟！是什么东西使你鬼迷心窍，跟着那些骗你、害你的人瞎跑？真正的权势应当是维护天公地道的法则的睿智。如果一个政权处死杀人凶手，把盗贼送进牢监，然而它本身却侵略邻国，屠杀无辜成千上万，掠夺人家的土地、财产，那么，这个政权哪有什么正义可谈？让凶手去惩罚杀人犯，让强盗去处分窃贼，岂非荒诞？

你是我的兄弟，我爱你！爱是最高形式的正义。如果我对你的爱有什么地方亏待了你，那我就是两面三刀，玩弄诡计，用爱的漂亮外衣，掩盖着自私自利的丑恶目的。

结　语

我的心灵是我的朋友。时乖命蹇，它将我安慰；患难悲愁，它为我解忧。谁不是自己心灵的朋友，他就是人们的对头。谁在自身上得不到安慰，就会绝望地死去——如槁木死灰。因为生命发自人的内心，而不会来自周围。

我来到世间，是为了说一番话。我将会说出它。如果未等我说出，死神就让我回去，那么，未来是会把它说出来的。因为未来不会留下什么秘密，让它藏匿在无穷无尽的大书里。

我来到世间，是依靠爱的荣耀和美的光明而生活。瞧！我活着，人们无法使我离开我的生活。如果人们挖去我的眼睛，我会用耳朵去倾听爱的歌、美的曲，而怡然自得。如果人们堵住我的耳朵，我会因接触到充满了爱的气息和充满了美的芳香的空气而感到快乐。如果他们不让我接触空气，那我就同我的心灵生活在一起，心灵是爱与美之女。

我来到世间，是为了大家，也离不开大家。今天我在孤独中的所作所为，明朝会把它当众宣布；现在我用一张嘴说出的话，未来会有无数张嘴把它说出。

仲跻昆　译

暴风集

掘 墓 人

生命阴影遮罩的谷地里，遍布尸骨和骷髅。在一个雾掩繁星、寂静可怖的夜里，我独自漫步谷中。

那里有一条血泪河，像蛇腹一样爬行，又像罪犯的梦一样狂奔。我站在河边，静听幽灵窃窃私语，凝目注视虚无缥缈。

夜半时分，幽灵队伍倾巢出动，只听沉重的脚步声渐次向我走近。我凝神望去，但见一可怕巨影站在我的面前，我禁不住惊恐呐喊："你想要什么？"

他用两只亮灯似的眼睛望着我，而后从容不迫地回答："我什么都不要，又什么都想要。"

"请不要打扰我，走你的路吧！"我说。

他微笑着："我的路就是你的路；你去哪里，我去哪里；你在哪里停步，我在哪里驻足。"

我说："我是来求取孤独的，你就让我独自待些时候吧！"

"我就是孤独，你何必怕我呢？"他说。

"我并不怕你。"我说。

他说："你既然不怕我，又何必像风吹的甘蔗，瑟瑟战栗不止呢？"

我回答："风拂动我的衣衫，故衣衫抖动；而我，却并未颤抖。"

他哈哈大笑，其声若狂风呼啸。他说："你是个胆小鬼，明明怕我，却怕说怕我。你面临双重恐惧，却企图竭力掩饰。你的欺骗脆弱如蜘蛛网。你想令我发笑,想惹我生气。"

他在一块石头上坐下来。我迫不得已也坐下,注视着他那表情严肃的面孔。

仅仅过了片刻,在我看来好像过了一千年似的。他用嘲弄的目光望着我,问道:"你叫什么?"

"我叫阿卜杜拉。"我答。

他说:"名叫安拉的奴仆,安拉的奴仆何其多,而安拉又是何其苦累其奴仆啊!你何不把自己称作魔鬼的主人,以此为魔鬼带来新的灾难呢?"

"我名叫安拉的奴仆,这是个亲切的名字,是父亲在我出生那天给我起的名字,不好更改。"

"儿子的灾难就在父亲的赠礼之中。谁不拒绝父辈和祖辈的礼物,谁便永远是死神的奴隶,直至作古。"他说。

我边点头,边思考着他的话,回想着记忆中与他的情况颇相近似的梦幻画面。之后,他又问我:"你是干什么的?"

我回答:"我做诗并散发之,以便把自己有关生活的看法展示给人们。"

他说:"这是一种被废弃了的旧职业,无益于人,亦无害于人。"

"我日日夜夜做点什么才能有益于人呢?"我问。

"你可以把挖掘坟坑作为职业,也好清除人们住宅、法院和寺庙周围堆积的尸体,让人们舒身怡神。"

"我没发现住宅周围有堆积的尸体啊!"我说。

他说:"你用幻想的眼睛观察,便会发现人们在生活的暴风前战栗颤抖。你猜想他们还活着,其实他们生来就是死人。但却没有找到掩埋他们的人,故被抛在地上,腐烂发臭,臭气冲天。"

我的恐惧感消失了。我问:"活人和死人在暴风前都会颤抖,又如何区分死活呢?"

他说:"死人在暴风前颤抖,而活人则跟着暴风奔跑,只有暴风平息下来,他才止步。"

其时,他手托下巴,前臂晒然外露,肌肉丰满坚实,活像冬青槲树干,充满力量与生气。他问我:"你结婚了吗?"

我回答:"结婚了。我的妻子是位窈窕淑女,我很爱她。"

他说:"你的过失和缺点太多了。结婚是人屈从于习惯势力。你若想得到解放,那就休掉你的妻子,过独身生活。"

我说:"我已有三个孩子,大的刚会玩木球,小的才咿呀学语,尚说不成话,我如何摆置他们呢?"

他说:"可以教他们挖坟坑。给每人一把锹,就不要管他们了。"

"我无能力独处幽居,已习惯于生活在妻子儿女中间;假若离开他们,我也便失去了幸福。"我说。

"在妻儿中间生活,不过是放着白福不享,甘心去受黑罪。不过,假若非结婚不可,那就要与一位仙女结伴。"

我感到惊异,忙说:"世上本无天仙,何必欺骗我呢?!"

"好一个愚蠢的年轻人!无仙之说,绝非真实。谁不信仙,便归属猜疑与模糊世界。"他说。

我问:"仙女也具有风雅和姿色吗?"

他答道:"她们的风雅永不消退,她们的姿色永不凋谢。"

我说:"让我见见仙女,我就信以为真了。"

他说:"假若你能够看见仙女,并且能够触摸到她的话,我也就不让你与她结婚了。"

"看不见、摸不着的妻子,又成何益呢?"我问。

他答道:"益处来得缓慢,可导致世间生灵及那些临暴风发抖、但不随之走动的死物统统灭亡。"

他转过脸去,片刻过后又问我:"你信什么教?"

我回答:"我信仰安拉,敬重诸位先知,崇尚德行,对来世抱有希望。"

他说:"这些词语均系先辈所整理,而后供你的双唇引用。然而纯粹的事实,则是你只信仰你自己,仅敬重你自己,只崇尚你的个人爱好,只求你自己永世长存。当初,人就崇拜自己,按照个人的不同倾向和愿望,为自己起各种各样的名字,时而称自己为'伯阿勒'①,时而称自己为'木星',时而又把自己称为'安拉'。"

之后他笑了,讥笑、嘲弄的面纱后绽现出一副笑脸,接着又说:"可是,那些崇拜自己的人是多么离奇啊!其实,他们的灵魂不过是腐烂发臭的尸首罢了!"

一分钟过去了。我一直在思考着他的那些话语,发觉其中有比生更离奇的含义,有比死更可怕的东西,有比真理更深刻的哲理。我的思想终于在他的外观与内涵之间徘徊起来。希望弄清他的秘密与隐私的念头油然而生,禁不住高声问道:"假若你信主,就请以你的主起誓,告诉我,你是何许人?"

"我是自己的上帝。"他回答。

"你叫什么?"

"疯神。"

"生于何地?"

"无地不生。"

"何时降生?"

"无时不生。"

"你从何人那里学到这些哲理,又是谁向你吐露了生命的奥妙和存在的隐秘?"我问。

他回答说:"我不是哲学家。哲理不过是人类懦弱品性的一种。而我,则是一个强大的狂人;我行走时,地球在我的脚下晃动;我停下脚步时,群星之队列与我一同止步。我从魔鬼那里学到了嘲弄人类的本领;我与仙之王共处,与夜下暴君做伴之后,方才弄清了存在与虚无的秘密。"

我问他:"你在这崎岖的谷地里有何事干?你又如何打发自己的黑夜与白天?"

---

① 伯阿勒:腓尼基人所崇拜的太阳神。

他回答说:"清晨,我亵渎太阳;午间,我诅咒人类;傍晚,我嘲弄自然;夜来,我膜拜自己。"

"你吃什么,喝什么,又睡在哪里?"我问。

他回答道:"我和时间、大海一样,都不睡觉。但是,我们食人肉,饮人血;使人喘息,我们才觉甘甜。"

这时,他站起身来,双臂交叉胸前,然后凝视着我的双眼,用深沉、稳重的语调,说:"再见吧! 我要到魔鬼与暴君结合的地方去了。"

我急忙喊道:"且慢! 我还有一事要问。"

他的部分身躯已隐没在夜雾之中,只听他回答说:"疯神是不给任何人以宽限时间的。再见!"

顷刻间,他的身影消失在夜幕里,再也看不见他,只留下我一个人。我害怕,我茫然,无论对他,还是对我自己,都说不出个所以然。

当我起脚离开那个地方的时候,听到他的声音回荡在那些高大岩石之间,说着:"再见! 再见!"

第二天,我休掉了我的妻子,与一位仙女结为伉俪。后来,我给我的每个孩子一把锹和一把铲,并对他们说:"去吧! 看见死人,就把他们埋在土里吧!"

自那时到现在,我一直在挖掘坟坑,埋葬死人;可是,死人太多太多,却只有我一个人挖呀埋呀,没有人帮忙救急!

奴隶主义

人是生活的奴隶。奴隶主义使得人们的白天充满屈辱、卑贱,黑夜饱浸血和泪水。

自我降生始,七千年过去了,我所见到的尽是屈辱的奴隶和戴镣铐的囚犯。

我周游过世界的东方和西方,我领略过生活的光明和黑暗,我看到民族和人民的队伍步出洞穴,走向宫殿。但是,至今我所看到的人们,个个被沉重负担压弯脖子,人人手脚被镣铐束缚,跪在偶像面前。

我跟随着人类从巴比伦行至巴黎，从尼尼微走到纽约，我亲眼看到人类的桎梏的痕迹依然印在他们足迹旁边的沙地上。我从山谷、森林所听到的，尽是世世代代痛苦呻吟的回响。

　　我走进宫殿、学院、庙宇，站在宝座、讲台、祭坛前，我发现劳工是商贾的奴隶，商贾是大兵的奴隶，大兵是官宦的奴隶，官宦是国王的奴隶，国王是牧师的奴隶，牧师是偶像的奴隶。但是，偶像是魔鬼弄来的一把泥土，并且将之竖立在骷髅堆上。

　　我进过富豪的家宅，我进过穷人的茅舍，我睡过镶金嵌银的象牙床，我宿过魔影翩跹、死气沉沉的破屋。我发现幼儿将奴性和着母乳一道吮吸，少年将屈辱伴着拼音字母一道领受，少女身穿用驯服做里子的衣衫，妇女躺在屈从的床上入眠。

　　我跟随一代又一代的人，从恒河畔来到幼发拉底河沿岸、尼罗河口、西奈山麓、雅典广场、罗马教堂、君士坦丁堡街巷、伦敦大厦，我发现奴隶主义阔步于各地的祭悼队伍之中，人们尊之为神灵。人们将美酒、香水洒在奴隶主义的脚下，呼之为国王。人们在奴隶主义偶像前焚香，称之为圣哲。人们在奴隶主义面前顶礼膜拜，尊之为法规。人们为奴隶主义拼搏，誉之为爱国主义。人们向奴隶主义屈膝投降，命之为上帝的影子。人们照奴隶主义的意志，烧掉房舍，摧毁建筑，称之为友谊、平等。人们为奴隶主义辛勤奔波，称之为金钱、生意……总而言之，奴隶主义名字繁多，本义无异；表现各种，实质一个。其实，奴隶主义是一个永恒的灾难，给人间带来了无数意外和创伤，就像生命、习性的继承一样，父子相传；就像这些季节收获那些季节种植的庄稼一样，这个时代将它的种子播撒在另一个时代的土壤中间。

　　我见识过种种奴隶主义，其最出奇者，则是将人们的现在与其父辈的过去拉在一起，使其灵魂拜倒在祖辈的传统面前，让其成为陈腐灵魂的新躯壳、一把朽骨的新坟墓。

　　哑巴式的奴隶主义，将男子的岁月附着在他所讨厌的妻子的衣角上,将女性的躯体禁锢在她所讨厌的丈夫的床上,使夫妻双方在生活中变成鞋和脚的关系……

聋子式的奴隶主义,强迫人们依从环境,观其颜色而染色,看其衣着而更衣,听声应声,跟影随形。

瘸子式的奴隶主义,将强者的脖颈置于阴谋者的控制之下,用功名利诱有能力者服从于贪婪者的嗜好,成为贪婪者信手拨转的机器,并且随时使之停转、毁坏。

早衰式的奴隶主义,将孩童的灵魂从广宇降到贫寒家舍,使饥馑加上愚昧,屈辱添上愤怒,使他们在苦难中成长,生时犯罪,死时被遗弃。

画皮式的奴隶主义,买货不付实价,说好锦上添花,将阴谋称为聪慧,把啰唆当作学问,将软弱称为灵活,把胆怯叫作推却。

蜷曲式的奴隶主义,以恫吓转动懦夫们的舌头,于是懦夫们言不由衷,表里不一,变得像衣物一样,在家庭主妇手中被任意摊展、折叠。

佝偻式的奴隶主义,假其他国家的法律治理本民族。

奸猾式的奴隶主义,给王子头上加国王的冠冕。

黑暗式的奴隶主义,任意侮辱加害罪犯的无辜儿子。

奴隶主义从属于奴性,是一种惯性力量。

我跟随着一代一代人奔走漫游,当我感到疲倦,并懒于观看民族的行列时,便独自坐在黑影密布的河谷,那里隐藏着昔日的幻梦,那里孕育着未来的魂灵。在那里,我看到一个消瘦的人影,它凝视着太阳踽踽独行。我问:

"你是谁? 你叫什么名字?"

它答道:"我名叫自由。"

我又问:"你的子女何在?"

它说:"一个被钉在十字架上,一个死于狂症,一个尚未出生。"

话音未落,它便隐没在云雾之中。

被囚禁的君王

被俘的君王,你别难过! 你在监牢里并不比我难熬。

威严之父,跪下吧! 你坚强些! 灾难临头,惊慌失措,这是胡狼的特长。君王被囚,只有蔑视监牢及狱卒,才最光彩。

有志的青年人,让你的心平静一点! 你瞧瞧我,我像你一样,身居笼中,也是一个奴隶。我们之间的差别,只不过在于我常做噩梦,而这噩梦却害怕与你接近。

你与我都被赶出了祖国,远离了亲人故友。且莫心神不安! 像我这样,忍受那无边的痛苦,嘲笑那些在数量上胜过我们,而意志远不如我们坚强的懦夫吧!

人们都是些充耳不闻的聋子,喊叫、喧闹又有何用?

在你之前,我也曾对着他们的耳朵高声呐喊,但除了人影之外,什么也没有喊住。我像你一样,仔细观察过他们的各个阶层。我发现,他们都是胆小鬼、可怜虫;他们只敢在戴镣铐的人面前,耀武扬威,在被囚禁者面前,趾高气扬。

专横的君王,你看看监牢周围的人们,仔细端详一下他们的面孔,他们多像你的沙漠中的下等臣民! 他们中间,有的人像兔子一样胆怯,有的人像狐狸一样狡猾,有的人像蛇蝎一样狠毒。但是,他们之间,谁也不具备兔子的安详,狐狸的聪明,毒蛇的智慧。

君王,你看哪! 这个脏得像猪,可他的肉不能入食;这个壮如水牛,但他的皮没有用途;那个像匹蠢驴,可却用两腿走路;那个似乌鸦,然而只在庙中啼叫;那个像孔雀,卖弄风骚,只可惜长着一身假羽毛。

威严的君王,你看哪! 你看看那些宫殿、学院,尽是些窄狭的巢窝,可是住在里面的人们,却为遮阳坚壁而欣喜,因看不到天上繁星而自豪。那全是黑暗的洞穴,青春之花在它的阴影下凋谢,爱情之火在它的角落里熄灭,美好梦想在那里化为青烟。那是一种奇特的地道,在那里,幼儿床铺靠着临死者的病榻摇动,新娘的床竟然挨近停尸的灵台。

尊贵的俘虏,请看看那些宽敞的大街、狭窄的小巷,尽是些难以穿行的山涧河谷,弯道上盗贼埋伏,险谷旁叛徒隐蔽。那是各种欲望争斗的战场。灵魂在那里厮杀,但不用宝剑;灵魂在那里相咬,但不用犬齿。那是充满恐怖的森林,林中栖息着一种动物,外貌温驯,尾巴散香,头角光亮,其法律变得更残酷,其传统变得更奸诈;至于它的君主,则并非你的匹敌——雄狮,而是一种奇怪的动物:鹰钩嘴,鬣狗爪,生着蝎子舌头,常像青蛙鼓噪。

被囚禁的君王,我在你那里站了许久许久,在你面前絮絮叨叨。我愿以灵魂将你赎回。但是,他,一颗被囚禁的心,自认为是被废黜了的君主;他,一个被囚禁的灵魂,自感与那些囚徒更亲近。你就宽容那位青年人吧!岂不知他咀嚼话语,以充饥腹;他吮吸思想,以润渴肠。

严厉的君主,再见吧!即使不能在这个奇怪的世间相会,也定在魔影世界见面,因为那里是亡灵聚会的地方。

十字架上的耶稣

写在受难的礼拜五

今天及每年的今天,人类从沉睡中苏醒过来,站在历代幽灵面前,眼噙泪水,瞭望基勒吉尔山,遥看被钉在十字架上的耶稣……白昼过去,夕阳西沉,人们跪在山脚下的偶像前,又开始顶礼膜拜。

今天,思念之情将普天下基督教徒的灵魂引向耶路撒冷。他们一排排站在那里,指点着自己的前胸,凝神注视头戴芒刺桂冠的人影,只见那人影伸展双臂,在死亡幕幔之后,静观生命的渊源……但是,夜幕并未垂落在今日舞台上,于是,基督徒们又成群结队地裹着愚昧、鲁钝之被,在遗忘的阴影下侧卧入睡了。

每年的今天，哲学家离开他们那黑暗的洞穴，思想家弃离他们那寒冷的茅屋，诗人走出他们那幻想的幽谷，纷纷来到山上，肃然站立，默不作声，洗耳恭听一位青年人的声音。那青年指着杀人者，说："圣父啊，宽恕他们吧！因为他们不知道自己干了些什么……"然而寂静压倒了光明，致使哲学家、思想家和诗人又将灵魂埋在了古书堆里。

妇女们热心于生活的欢乐，酷爱华饰盛装。今天，妇女们走出家门，去看望站在十字架下的那位女子。但见那女子痛苦不堪，就像一株细小的树苗，面临寒冬风暴，前俯后仰，摇摆不止。于是，妇女们走近她，只听她在呻吟抽噎。

青少年们随着岁月潮流，来到陌生之地。今天，青少年们回头望去，但见一位瘦弱的女孩子，正用她的泪水，为一个顶天立地大汉洗刷脚上的血迹。当他们看厌了这种景象时，便匆匆一笑而去。

每年的今天，人类伴着春天苏醒过来，为耶稣受难而痛哭落泪，然后合上眼睛，复入沉睡。而春天，则笑意盎然，昂首阔步，渐而化为夏令，身着金缕衫，衣角溢芳香。

人类是一位女子，以痛悼历代英豪而自感欣慰。假如人类是一位男子，定会为英雄们的荣誉和尊严而感到豪迈。

人类是个女孩子，望着受伤的鸟儿悲伤叹息。但是，她怕面迎狂风，因为狂风会摧折枯枝，荡涤浊水污泥。

人类将耶稣看作一个穷困孩子、乞丐式的生命，像弱者一样被蔑视，像罪犯一样被钉在十字架上，于是痛悼他，歌颂他。人类的这些作为，完全出于对耶稣的敬重、尊崇。

十九个世纪以来，人们将耶稣当作软弱的标志崇拜；然而耶稣是强大的，只是人们不懂得强大的真正涵义。

耶稣生时并不胆怯懦弱，死时亦未悲痛呻吟，恰是生得洒脱，死得壮烈。

耶稣并不是一只被折断翅膀的小鸟，而是狂飙，乍起便可摧折一切弯曲的翅膀。

耶稣从蓝色云霞之后走来，并非为了使痛苦变成生活的标志，而是想把生活化为真理和自由的象征。

耶稣不害怕压迫者，也不畏惧敌人；在杀害他的剑子手面前，他没有喊冤叫苦。耶稣是殉教者的领头人，抗拒暴虐、专制的勇士。他见毒疮脓包，必定动手切除；听坏人大放厥词，当即出面制止；遇假仁假义的君子，必将之打翻在地。

耶稣自高天降临人间，并非为了拆毁房舍，取其砖石来建教堂和禅房，以便引诱强壮男子充当牧师与修士，而是要把一颗新灵魂播撒到天空，凭以捣毁骷髅堆上的宝座支柱，拆除坟墓上的巍峨宫殿，打碎矗立在弱者体躯上的偶像。

耶稣来到人间，并非为了教人们在简陋茅屋和阴暗寒舍旁建造高耸云天的教堂、规模宏大的学院，而是要使人们的心成为庙宇，灵魂成为祭坛，头脑成为牧师。

这就是耶稣的所作所为。这就是耶稣甘愿被钉在十字架上而殉求的原则。如果人类心明眼亮，那么，他们今天应该站起来，高唱胜利凯歌。

被钉在十字架上的巨人啊，请你从基勒吉尔山上看看历代人的队伍，听听各民族的呼声，理会一下永恒之梦。你被钉在沾着鲜血的十字架上，比千代王朝那万把宝椅上的无数君王庄严、高贵；你临死而无惧色，比身经百战、统率千军万马的将帅神气、雄威。

你满目忧伤，而你比百花盛开的春天欣喜欢畅；你身陷苦潭，但你比天上的神仙从容舒展；你在剑子手掌中，却比太阳灿烂光明。

你头上的芒刺冠冕，比拜赫拉姆①国王的皇冠妖妍堂皇；你掌上的铁钉，比丘比特的权杖高贵大方；你脚上的血滴，比阿施塔特的钻石项链晶莹明亮。请你宽恕为你涕泪的弱者，因为他们不晓得该如何祭悼自己的灵魂！请原谅他们，因为他们不知道你用死亡战胜了死神，同时把生魂赐予了墓中的人。

---

① 拜赫拉姆：萨山王五世，因残酷压迫基督教徒，导致了拜占庭人的干预。

致 同 胞

同胞们,你们要我怎样做?

只要让我用空洞的诺言为你们建造起一座花言巧语装饰的宫阙、黄粱美梦铺砌的殿堂?还是要我去摧毁那些骗子手和懦夫修建的迷宫,把那些沽名钓誉的流氓树起来的空中楼阁夷为平地?

同胞们,你们要我怎么办?

我是该如鸽子那样轻声咕咕,以取悦于你们呢,还是应像雄狮一般仰天怒吼,而让我自己满意?

我曾为你们歌唱过,你们却没有随歌起舞;我曾在你们面前放声悲号,你们却无动于衷,没有哭泣。难道你们要我又欢歌又哀号吗?

你们的头脑饥饿难忍,可是知识的面包却多于河谷的砾石,你们为什么不吃呢?你们的心灵干渴难耐,然而生活的源泉却像溪水绕着你们家园长流不断,你们为什么不喝呢?

海有潮汐,月有圆缺,时有冬夏,而真理却是永恒不变的。你们为什么企图丑化真理的面目呢?

夜晚静悄悄,我招呼你们观赏那皓月当空、群星灿烂的夜色,你们却惊慌地从床上一跃而起,剑拔弩张地大呼小叫:"敌人在哪里?让我们同他们拼个你死我活!"清晨,敌人兵马真的来了,我向你们呼喊,你们却不肯从睡中醒来,而继续沉湎在美梦之中。

我对你们说过:"来呀!让我们攀上山巅,我要让你们看看世界上别的王国是什么样子!"你们却回答说:"我们的祖先、父辈都是生活在这山谷里,死在这沟壑间,埋在这洞穴中的,我们怎能离开这地方,到他们未曾去过的地方呢?"

我对你们说过:"走啊!让我们到那芳原绿野上,我要让你们看看,那里有金矿,有宝藏!"你们却回答道:"草野莽原上,会有土匪、强盗拦路抢劫的。"

我对你们说过:"来!我们到海边去,大海会向我们奉献它的财宝。"你们却回答说:"惊涛骇浪会让我们吓得魂不附体;汪洋大海深不可测,会把我们淹死、吞没的。"

同胞们! 我曾爱过你们。这种爱损害了我,却无益于你们。如今,我恨你们了。这种恨像洪水,它只会冲走枯枝败叶,摧毁那摇摇欲坠的茅屋。

同胞们! 对于你们的软弱,我曾怜悯过。但这种怜悯却使弱者有增无减,使他们更加消极、懒散,而对人生毫无益处。如今,我看到你们的软弱,我只是感到可憎,可恶,可鄙,可耻。

我曾为你们的屈辱、失意而黯然泪下。我的泪如溪流,清如水晶,却洗刷不掉你们那厚厚的污垢,而只是冲去了我眼睛上的障蔽;这泪水丝毫沾湿不了你们的铁石心肠,而只是浇熄了我心中焦虑热切的火焰。如今,对你们的痛苦,我笑了,这笑如雷声轰鸣,它不是来自风暴之后,而是响在风暴之前。

同胞们,你们要我怎样?

难道要让我请你们在平静的池水中照一照面影吗?那么请吧!看看那是何其丑陋的尊容。

快来仔细瞧瞧! 畏惧已使你们的头发变得灰白,担心已将你们的眼睛深陷成黑洞,怯懦已把你们的脸颊揉搓得像皱成一团的破抹布,死神亲吻过你们的嘴唇,使它变得枯黄,好似秋天的落叶。

同胞们! 你们要求我怎样呢? 你们对人生又能有什么要求呢? 人生已经不把你们看成它的子孙了。

你们的灵魂在教士、巫师的手心里战栗,你们的肉体在暴君、刽子手犬齿间颤抖,你们的国土在敌人和征服者的铁蹄下抖动,那你们怎能希望站立在太阳面前?

你们的剑在鞘中生了锈,你们的枪断了矛头,你们的盾埋在土中,你们又何必站在战场上?

你们的宗教是沽名钓誉,今生是谎言,来世如烟云。可怜虫可以一死万事休,你们又何必活着?

人生就是意志与青春结伴,勤奋同壮年联袂,智慧和老年相随。而你们,同胞们! 你们生来就是老朽不堪,然后,你们的头脑变小了,皮肤收缩了,于是你们竟变成了一群在烂泥里滚来爬去,互相投掷泥巴、石块的黄口小儿。

　　人类如同一条江河,奔腾呼啸,挟山石、泥沙一泻千里,倾入大海。而你们,同胞们! 却是一片污臭的泥沼,任毒虫乱爬,毒蛇乱窜。

　　心灵好似圣殿中一团熊熊燃烧的火,它吞噬干柴,借风生威,照亮了众神的面孔。而你们的心灵呢,同胞们! 却是一堆灰烬,轻风扬起,撒在雪地上,狂风吹散,消失在山谷中。

　　同胞们! 我恨你们,因为你们竟不喜欢尊贵、富强。

　　我鄙视你们,因为你们自卑自贱。

　　我是你们的对头,因为你们与神为敌,而你们自己却还不知道!

庙 门 上

　　为了谈论爱情,我用圣火净洁了自己的双唇。我想开口说话,却发觉自己是个哑巴。

　　在我懂得爱情之前,我就会唱歌;当我懂得爱情时,我口中的歌词却变成了微弱喘息,心中的歌声却化成了深沉静寂。

　　过去,你们曾经问我,爱情妙在何处? 我回答了你们的问话,你们个个感到心满意足。现在,我的眼上罩着爱情帷幕,我只有向你们打听爱情的特点,谁能回答我? 谁又能猜透我的心思,将我的灵魂向我展示?

　　一柄火炬,燃烧在我的胸中,吞噬了我的活力,熔化了我的情思。谁能告诉我,这是什么火炬?

　　寂寞之时,一只粗大的手揪住了我的灵魂,将难忍的苦涩与可口的甘甜之酒,注入我的心。谁能告诉我,这是谁的巨手?

　　静夜里,数只翅膀在我的床边拍击。我沉下心来,留意探察这陌生事物,侧耳细听那新奇声音,低头沉思不明之理,深入考虑不解疑难。我叹息,叹息中包含着痛苦与烦恼;对我来说,痛苦、烦恼胜过欢歌、笑语。我向一种无形的力量屈服了;这力量使我一次次死去活来。直到东方破晓,我才入睡。醒时的人影,在我那疲惫的眼睑间上下抖动;梦中的幻象,在我的石头床上左右摇摆。

爱情究竟是什么?

一种无形东西,隐藏在岁月背后、视野之外,安居在人们心上,那究竟是什么? 请你们告诉我。

一种绝对观念,产生自一切因与果,那到底是什么? 请你们告诉我。

一股无名力量,将生与死化成比生更奇异、比死更深刻的梦,那到底是什么? 请你们告诉我。

众人们,请你们告诉我:你们当中可有这样一种人,当爱神之手触摸他的灵魂时,他无动于衷,依旧沉睡?

你们之中可有这样的人:当心爱的少女呼唤他时,他能不离开父母与乡亲?

你们之中可有这种人:他不肯漂洋过海,横跨荒漠,翻山越岭,穿过峡谷,去会他的心上人?

假若心上人在极地,她的灵魂纯美,性情温柔,声音甜润,哪位小伙子不心向神往?

当上帝接受人的祈祷,而且有求必应时,谁不甘愿自焚化香烟,奉献在祭坛之前?

昨天,我站在庙门前,向过往行人探问爱情的秘密。

一位身体瘦小的中年人,从我面前走过。他无精打采,叹息道:"爱情是一种天赐,本是从原始人那里继承来的。"

一位体魄健壮、肌肉丰满的青年人,从我面前走过。他低声吟唱道:"爱情是一种愿望。它与我们形影不离,将人们的过去、将来与我们的现在联结起来。"

一位神情凄怆的妇女,走过我的面前。她叹了口气,说:"爱情是一种致命毒素,地狱里的黑蛇吞食了它,将它喷洒在天空,而后附在露珠上降下;干渴的灵魂喝了这种有毒露水,醉一时,醒一年,然后永远死去。"

一位面似桃花的少女,打我面前走过。她笑眯眯地说:"爱情是多福河之水,晨光新娘将之注入强健的灵魂里,让灵魂升腾,凝聚在夜空繁星面前,沐浴在白昼阳光之中。"

一位身穿黑衣的长须男子,从我面前走过。他满面愁容地说:"爱情是一种愚昧,随青春到而来,伴青春逝而消。"

一位面孔英俊、容光焕发的男子,从我面前走过。他兴高采烈地说:"爱情是一门高深学问,擦亮了我们的眼睛;神灵看到的,我们也看到了。"

一位盲人走过我的面前。他用手杖探路,边走边痛哭流涕地说:"爱情是一团浓雾,将心灵层层围住,遮掩了大自然的如画美景,使人只能看到自己的影子在岩石间晃动,听到的只是深谷传来的自己呐喊的回声。"

一位怀抱六弦琴的小伙子,打我面前走过。他边走边哼着小调:"爱情是一束神奇的光,发自灵魂深处,照亮了人的感官,使人看到世界是行进在绿色草原上的一支队伍,使人悟出人生是白日里的梦幻。"

一位驼背老人,拖着沉重的脚步,从我面前走过。他的双腿似乎有了毛病,颤颤抖抖地说:"爱情是坟墓里的僵死尸体、永恒世界中的静止灵魂。"

一个五岁孩子从我面前经过。他蹦蹦跳跳,拍着手,笑着叫道:"爱情就是我爸,爱情就是我妈。天下懂得爱情的,只有我爸和我妈。"

白日里,人们走过庙门前,个个都按自己的理解谈论爱情,人人都想揭开生命的秘密,无不畅谈自己的心愿。

夜来临,不见行人来往,但听庙里传出话音:"生命是两个一半:

一半僵死不动,一半炽烈燃烧;爱情就是那盛燃的一半。"

我迈步走进庙门,双膝下跪,顶礼膜拜,虔诚祈祷,大声呼喊:

"上帝啊,请把我化为火吞之食,请将我变为圣火之餐。阿门。"

夜　啊

情侣、诗人、歌手的夜!

影像、灵魂、幻想的夜!

渴望、钟爱、思恋的夜!

巨人啊,你站在傍晚乌云与黎明新娘之间,恰似鹤立鸡群。你腰挂锋利宝剑,头戴月光冠冕,身披静寂长衫,睁千只眼注视生命深渊,侧万只耳倾听死神吟叹。

夜啊,你是黑暗,使我们看到了天上的灿烂光辉;白昼光明,却用大地的阴影将我们遮掩。

夜啊,你是希望,在无边的恐惧面前,是你掀开了我们的眼帘;白昼虚幻,在度和量分明的世界里,却使我们像瞎子一样受熬煎。

夜啊,你从容镇静,以沉默寡言揭示天上灵魂的奥秘;白昼喧闹,用大声吵嚷激发天涯沦落人的精力。

夜啊,你无比公平。总将弱者的美梦与强者的意愿拢集在困神的怀抱之中。

夜啊,你是仁慈之神,用无形的手指让不幸者合上眼,遂将他们的灵魂带往温和人间。

在你蓝色的衣褶里,爱慕者们倾吐自己的心绪;在你沾满露珠的双脚上,寂寞者们挥洒自己的泪滴;在你那散发着河谷幽香的手心里,异乡客留下自己的记忆。你是爱慕者的良朋;你是孤独者的亲人;你是异乡客的伙伴;你是寂寞人的挚友。

诗人的情感,在你的身影下匍匐;圣哲的灵魂,在你的双肩上苏醒;思想家的才智,在你的发髻里蠕动。你是诗人的递词者;你是圣贤的启迪人;你是思想家的传授师;你是观察家的提示神。

当我的心厌恶了人类，我的眼懒于再看白昼的时候，便向遥远的旷野走去；因为那里栖息着先人的灵魂。

在那里，我看见一个黑色庞然大物，生着千只脚，信步在平川、幽谷。

在那里，我定神凝视幽暗处的眼睛，侧耳倾听无形翅膀扇动，伸手触摸寂静之神的衣领。

在那里，我面对阴森夜幕，不时自我鼓气壮胆。

在那里，我看到一个巨人身影，耸立天地之间，头顶云朵，身裹雾幔，傲视太阳，戏弄白天，蔑视跪在偶像前熬眼的信徒，斥责身卧锦缎的君王，怒目盯着盗贼的嘴脸，忠实守护在孩童枕边；为烟花女的微笑而悲痛垂泪，因情侣的啼哭而顿绽笑颜；借你的双手，高高举起胸怀宽广的大丈夫；假你的双脚，狠狠踢开心胸狭窄的怯懦汉。

在那里，我看到了你，你也看到了我。你威严，你是我的慈父；我梦想做你的儿子，拆除你我之间的屏障，撕毁你我脸上遮罩着的猜疑面纱。你向我倾诉了你心头的秘密；我向你诉述了我灵魂中的希冀。你的威严化成了比鲜花更美、比蜜语更甜的歌声；我的恐惧变成了比鸟儿安详、可爱的柔情。你把我高高举过头，让我坐在你的肩膀上。你教我放眼远望，洗耳恭听，侃侃叙谈。你教我爱人所不爱，你教我恨人所不恨。你用手指抚摩我的头，于是，我的思想纵横驰骋，化为江河，欢歌奔腾，冲走凋草败叶；你用双唇亲吻我的灵魂，于是，我的灵魂轻轻摇动，化为火炬，炽烧怒燃，吞没枯枝朽木。

夜啊，我与你形影不离，直到我变得和你一模一样。我爱你呀，因为你我口味相投。我了解你啊，变成了你的缩影。你在我那黯淡的心中，布满了耀眼的繁星。夜幕垂降，钟爱之神将群星点缀在苍穹；晨光初照，恐惧之神又将繁星收拢。我心中有一轮圆月，时而闪现在乌云密布的天上，时而出没于充满梦幻的旷野。我那不眠的灵魂何其平静，它道出了敬慕者的心愿，听到了崇拜者祈祷的回声。我的头周围有一层神奇的外壳，临死者的喉鸣声将之撕裂，返老还童者的歌声又把它合缝。

啊,夜呀,我像你;人们会揣测我因此而自豪;而他们,则因自己像火,引以为荣。

我像你,我俩都是无辜的被告。

我的性情、爱好、品格和梦想,无不像你。

我像你,虽然我没有金色云霞桂冠。

我像你,虽然晨姑没给我的衣服绣上金边。

我像你,虽然我身上没有裹着云汉。

我是连绵、舒展、寂静、紊乱的夜。我的黑暗没有开头,也没有终点。当人们的眼睛里闪烁着欢悦光芒站起来时,我的灵魂却凄楚黯然,升入云天。

夜啊,我像你;但是,我的黎明不会降临,直至笑迎大限。

神　女

神女啊,你想把我带到何方?

穿山越岭,道路崎岖,荆棘丛生,可使我们身登九天,心入深渊。我跟随着你,要走到何月何年?

我扯着你的衣角,宛如孩子跟着母亲。我跟在你的身后,忘却了自己的幻梦。我望着你那羞花容貌,对周围晃动的人影一概视而不见,只觉得你有一种无形力量,将我紧紧引牵。

神女啊,请稍停片刻,让我仔细看看你的容颜!我走累了。这路途多么险,我的心儿为之抖颤。歇歇脚吧!我们已来到三岔路口,这是生与死的界限。我决不再前进一步,除非弄明你的意愿。

神女啊,你听我说。

昨天,我还是一只自由的小鸟,展翅翻飞在湍湍溪流之上,鼓翼翱翔在广阔云天之间;暮色苍茫,我高栖枝头,极目眺望太阳神在傍晚建造、在落山前捣毁的彩霞城郭里的广厦、宫殿。

我像思想、意念,独自驰骋在地北天南,饱赏生活的美妙与欢乐,寻觅世间的奥秘与忧烦。

我又似梦幻,辗转奔波在夜幕之间,穿过窗子缝隙,来到熟睡少女的绣榻,戏逗她们那天真的情感。而后,我又坐在老年人的床边,洗耳恭听他们诉述真诚的心愿。

神女啊,我今天遇到了你。我因吻过你的手而中毒,成了你的一名俘虏,拖着沉重的枷锁,来到了一个陌生的地方。我成了一条醉汉,仍想喝那夺去我的理智的醇酒,还要亲吻抽打过我的面颊的手掌。

神女啊,你停一停!我的体力已经恢复,我也已砸断了沉重的镣铐,摔碎了斟酒的杯盏。你想让我做什么,要把我带到何方?

我已经恢复了自由。难道你想让我变成一位自由伙伴:傻眼死盯着太阳,徒手抓火不打战?

我再次打开了我的心扉。难道你想陪伴一位消磨时光的青年——白日,似苍鹰盘旋翱翔在大山之间;夜晚,如猛狮雄踞沙漠莽原?

你可满足于一个男子的爱慕——他把爱情看成朋友,拒绝将之当作圣贤?

你可满足于一颗狂爱之心——它既不屈服,也不怕火炼?

你可满足于一颗柔韧的心灵——它在风暴面前摇动,但不被折断;它伴飓风而狂舞,但不会被连根拔起。

你希望我成为一个既不奴役人,又不被人奴役的人吗?

这是我的手,请用你那嫩白的手轻摇!这是我的躯体,请用你那柔软的双臂拥抱!这是我的嘴,请你深深一吻,时间要长,切莫作声。

自尽之前

昨天,我心爱的女子坐在这寂静的房间里。

她头靠着这柔软的玫瑰色锦枕,用这只水晶杯饮着掺香精的美酒。

这都是昨天的事。昨天是梦幻，一去不复返。

今天，我心爱的女子已奔向遥远、空荡、荒芜、寒冷的地方，那里被称为空旷淡忘园。

我心爱女子的指纹仍然留在水晶镜子上，她那浓郁、芳香的气息依旧存在我的衣褶里，她的话音依然在我房间里回荡。但是，我心爱的女子却早已奔向远方，那里被称为淡忘园；至于她的指印、香气、魂影，则将留在这个房间，直到明天。那时，我将打开窗子，请来风神，刮走美女留给我的全部赠品。

我心爱女子的画像依旧挂在床边；她写给我的情书，仍然存放在镶嵌着玛瑙、珍珠的银盒子里；她送给我作爱情信物的金黄额发，一直放在麝香衬里的锦囊里边。所有这些，均放在原地，等待着明天。当东方透出黎明曙光，我将打开窗子，让风神显威，把这一切带到黑暗中去，带到哑神栖身的地方。

青年朋友们，我心爱的女子就像你们心上的女子一样，她是一位罕见的女性，造物主赐予她鸽子般的温柔驯从，毒蛇般的反复无常，孔雀般的妖艳妩媚，豺狼般的凶狠残暴，白玫瑰般的丰润多姿，黑夜似的阴森凄迷，外加一把炭灰、一勺海沫。

童年时代，我便认识了那位心爱的女子。我伴着她奔跑嬉戏在田野里；我抓着她的衣角漫步在大街上。

少年时代，我认识了她。在字里行间找到了她的形象；在天空的乌云间，看见了她的身影；从溪水淙淙声里，听到了她那悦耳的歌声。

青年时代，我认识了她。我和她对坐畅谈，征询意见，交流心底秘密，倾吐肺腑忠言。

所有这一切，都发生在昨天。昨天是梦幻，一去不复返。今天，她已奔向遥远、空荡、荒芜、寒冷的地方，人称之曰淡忘园。

我心爱的女子名叫生命。

生命是一位窈窕淑女，令我们神魂为之倾倒。她给我们许下许多愿：假若不能兑现，我们的耐心，便会云消雾散；倘使忠于诺言，我们便永不知厌倦。

生命是美女,用情人的泪水沐浴,以仇敌的鲜血当香水洒身。

生命是美女,身着白昼为表、黑夜衬里的衣衫。

生命是美女,乐意以人心为友,但不愿与之结成终身侣伴。

生命是娼妓,诚然标致;但是,谁与她共枕,必定厌恶她那妖艳容颜。

我们与你们

我们是忧愁之子,你们是欢乐之子。

我们是忧愁的儿子,忧愁是神灵的身影,神灵不在邪恶身旁滋生。我们生有痛苦的心灵;痛苦巨大,小小心灵无地容纳。欢笑的人们哪,我们嚎哭,我们悲痛。谁用自己的眼泪洗澡,他将永远洁净。

你们不认识我们,而我们了解你们。你们顺着生活的急流匆匆而去,从不回头望望我们;而我们,则坐在河畔,能看到你们的身影,能听到你们的脚步声。你们听不见我们的呐喊,因为岁月的嘈杂声充斥了你们的耳间;而我们,则能听到你们歌唱,因为黑夜的低声细语启迪了我们的听觉器官。我们能看到你们,因为你们站在黑暗里的光明之处;你们则看不见我们,因为我们坐在光明中的黑影之间。

我们是忧愁的儿子。我们是圣贤,我们是诗人,我们是乐师。我们用心中的丝线为神灵编织衣裳,我们用胸中的种子充满天主的谷仓。你们是欢乐的儿子。你们把自己的心置放在幽静之神的手中,因为它的手指柔软;你们乐意离群索居,因为房中没镜子能照出你们的容面。

我们叹息,花儿喊喊,树枝沙沙,溪水淙淙,和着叹息一道升腾;而你们,则在微笑,口里泻出的尽是嘲弄讥讽,酷似蛇毒注入人的伤口中。

我们啼哭,因为我们目睹了寡母的不幸、孤儿的可怜;你们微笑,因为你们的眼里只有黄金闪光。我们垂泪,因为我们耳闻了穷人的呻吟、被压迫者的呐喊;你们欢乐,因为你们听到的只有铿锵杯盏。

我们悲哀,因为天主将我们的灵魂与躯壳割裂分离;你们欢欣,因为你们的躯体依附着大地。

我们是忧愁的儿子,你们是欢乐的儿子。来吧,将我们的忧愁根源和你们的欢乐果实一起放在太阳神面前。

你们用奴隶的骷髅砌起了金字塔;至今,金字塔依旧巍然屹立在大漠之上,向历代人倾诉着我们的永恒与你们的灭亡。我们用自由者的手臂捣毁了巴士底狱;各民族人民重复着巴士底狱这个名字,祝福我们,诅咒我们。你们在懦弱者的躯体上筑起了巴比伦空中花园,你们在壮士的坟墓上建造了尼尼微宫殿;如今,巴比伦、尼尼微却成了广漠上骆驼足迹的友伴。我们以玉石雕成了阿施塔特像;如今,玉石静立思动,无声欲言。我们拨动琴弦,欢奏纳哈万德曲;乐曲唤来了知音者们那盘旋翱翔在广阔蓝天上的灵魂。我们用线条和色彩画出了玛丽娅肖像;色彩犹如天使的情感,线条酷似神灵的思想。

你们身不离娱乐场,而娱乐场的魔爪在罗马和安塔基亚的舞台上葬送了多少壮士;我们喜欢寂静,寂静的手指写出了《荷马史诗》、《约伯记》和《特韵长诗》。你们与淫荡之神共枕同眠,淫荡风暴将上千支妇女灵魂的队伍卷入了耻辱、败坏的深渊;我们崇尚离群索居,在幽静的环境里,成就了《悬诗》、《哈姆雷特》和《神曲》名篇。你们与贪婪之心促膝夜谈,贪婪之剑造成了千条血河;我们始终驰骋想象之力,以幻想之手从高天光环采来了智慧花朵。

我们是忧愁之子,你们是欢乐之子。我们的忧愁与你们的欢乐之间障碍重重,羊肠小道崎岖艰险,你们的宝马华车无法通行。

我们同情你们的心胸狭窄,你们却憎恶我们的豁达坦然;站在我们的同情与你们的憎恶之间,时光老人也会感到难堪。

我们接近你们,将你们当作朋友,而你们却攻击我们,把我们看成敌人;友好和敌对之间隔着一条鸿沟,沟中尽是眼泪和污血。

我们为你们建造宫殿，你们却为我们挖掘墓坑；堂皇宫殿与黑暗墓坑之间，人类以铁脚穿行。

我们用鲜花为你们垫路，你们却用蒺藜为我们铺床；真理在鲜花和蒺藜之间久睡长眠。

起初，你们以粗野的软弱对付我们温柔的刚强。你们一时压倒了我们，青蛙似的鼓噪鸣唱；而我们永远地战胜了你们，却像巨人，默不作声。你们把耶稣钉在十字架上，站在四周，嘲笑、亵渎他；但是，时隔不久，耶稣从十字架上下来，巨人般地走去，以灵魂和真理制服人们，将他的尊荣、仁慈洒满人间。

你们毒死了苏格拉底，以石击死了保罗，杀死了伽利略，暗害了阿里·本·艾比·塔里布，绞死了米达哈特帕夏；如今，这些人像凯旋的伟大英雄豪杰，永远活在世人的心间。然而你们，却像覆盖着尘土的僵尸一样留在人们的记忆里，不知是谁把你们埋葬在淡忘与空荡的黑暗之间。

我们是忧愁的儿子，忧愁是乌云，把吉祥、智慧之雨露降在人间大地；你们是欢乐的儿子，欢乐像烟柱，随时可因微风、外力而无踪无迹。

神子与猴孙

时代多么奇怪！我们多么奇怪！时代变了，我们也变了。时代前进了，也带着我们前进了。时代揭去自己的面纱，令我们忘却忧烦，笑逐颜开。

昨天，我们还在埋怨、畏惧时代；今天，我们却对它珍惜、喜爱，而且晓得了它的意愿、气质，知道了它的秘密、奥妙所在。

昨天，我们还在小心翼翼地爬行，如同阴森夜里、恐怖日间战栗的人影；今天，我们满怀激情，向山巅挺进，那里潜藏着狂烈风暴、耀眼电闪、震耳雷鸣。

昨天，我们吃着和血的面包，喝着掺泪的苦水；今天，我们从晨姑娘手里接过美味佳肴,畅饮着芳香四溢的玉液琼浆。

昨天,我们是司命之神手中的玩具,司命之神是条醉汉,将我们左右摆弄;今天,醉汉已经清醒,我们逗他笑,哄他玩,欢乐与共。

昨天,我们在偶像前烧香,在怒神前宰牲上供;今天,我们为自己焚香宰牲,因为至大至善之神的庙宇已建在我们心中。

昨天,我们屈从君主,在权贵面前俯首;今天,我们只向真、善、美热诚折腰。

昨天,我们在星相家面前垂泪,畏惧阴阳家的胡言;今天,时代变了,我们也变了,我们只看太阳光焰,只听大海歌唱,只伴狂飙起舞。

昨天,我们拆毁灵魂里的凉亭,为先辈建造坟墓;今天,我们的灵魂变成神圣祭坛,故魂难以靠近,朽手不能扪触。

昨天,我们只是沉默的思想,隐匿在被遗忘的角落中;今天,我们变成了巨大响声,整个寰宇为之震动。

昨天,我们是灰烬下的星星之火;今天,我们变成燎原大火,怒燃在山谷斜坡。

有多少夜晚,我们不能安眠,头枕泥土,身盖雪片,痛哭失去的红运和友伴。有多少白天,我们像无人牧放的群羊,卧在地上,啃食我们的思想,咀嚼我们的情感,然而依旧饥渴难言。有多少时辰,我们站在逝去的日、夜之间,哀号凋零的青春,惊问为何如此孤单;我们凝视着空荡漆黑的苍穹,静听死一样沉寂中的悲叹。

无数代人,像出没墓地的群狼一样飞闪而过;如今,天空晴朗,我们早已清醒,可高枕安度良宵,任想象纵横驰骋。火把在我们周围晃动,伸手可触;鬼魂在我们四周升腾,气息可闻;天神乐队在我们面前经过,我们欢欣陶醉。

昨天,我们是那样;今天,我们的情况变了。我们是神的儿子,这是神给予我们的希望。猴孙们,猴子对你们有何祝愿?

自打你们从地缝里钻出时起,你们可曾前进过一步吗?自打魔鬼扒开你们的眼睛时起,你们可曾抬眼向上看过一次吗?自打毒蛇吻过你们的嘴巴时起,你们可曾说过一句真理吗?自打死鬼塞住你们的耳朵以来,你们可曾听到过生命之神的歌唱吗?

七万年之前,我看到你们像虫蚁一样,在山洞里爬来滚去。

七分钟之前,我透过玻璃窗望去,发现你们正在骷髅胡同里行走,无名鬼为你们带路,奴隶的镣铐羁绊着你们的手脚,死神在你们头上耀武扬威,振翅鼓翼。

你们的今天,就像你们的昨天,也将成为你们的明天。你们将永远像七万年前那样生活下去。

我们昨天是那样,今天迥然不同,这是神赐予神子的福分。猴孙们,猴子对你们有何恩赐?

黑夜与黎明之间

你莫作声,我的心!宇宙听不到你的声音。

你莫作声,我的心!哀号者听不进你的声音。

我的心呀,你莫作声!夜下的人影不会留心你的低声细语。黑暗组成的大军不会冲击你的美梦。

我的心呀,你莫作声!且莫说话,直到黎明。耐心等待曙光的人,定会迎来清晨;得到光明喜欢的人,必然热爱光明。

我的心呀,你莫作声!请你侧耳聆听:

我梦见鸤鸟高歌于火山之口。

我看到百合花昂首傲放在雪山之巅。

我看见裸体仙子翩翩起舞于坟墓之间。

我看到儿童们手拿骷髅嬉戏耍玩。

我在梦中看到了这些情景;当我醒来之时,四下环顾,唯见火山爆发,不见鸤鸟展翅,更听不到鸟儿啼鸣。

我看到天上飘下雪花,落满田间谷地,白色殓衣裹住了百合花那僵直的躯体。

我看到沉寂时代面前，坟墓成行，那里既无人轻歌曼舞，也无人祈祷下跪。

我看到骷髅堆成的山丘，那里只能听到风声，听不见人的欢笑。

我醒来所看到的全是痛苦和忧伤，梦中的欢悦究竟奔向了何方？

睡梦里的欢乐是何时消失的？梦境中的画面为何不见踪影？灵魂怎样忍耐，何时才能盼到理想重现于梦中？

我的心啊，请你侧耳聆听：

昨天，我的灵魂是一株挺拔的老树，根扎大地之腹，枝插云天之外。

我的灵魂之树春季开花，夏季结果；秋来之时，我将果子放在银盘里，置于道路中间，供过往行人取而食之，然后各自登程。

秋天过去，秋歌变成痛哭与哀鸣。我再次去看银盘，发现那里只剩下一只果子，那是人们留给我的。我拿起那只果子，放在嘴里一尝，只觉味似苦瓜，酸似未成熟的葡萄。我对自己说：

"真倒霉！我送入人们口中的是诅咒，注入人们心田的是敌意。我的灵魂啊，你的根从大地腹内汲取的甜汁贮存何处？你的枝条从太阳光中吸收的馨香放在哪里？"

之后，我将我的灵魂之树连根拔起。

我将灵魂之树从它生长的土壤里连根拔起，将时光留给它的纪念品全部抛弃。

我又把我的灵魂之树栽到另一块土地。

我把它栽在远离时光通道的田地里。夜里，我守在树旁，自言自语道："熬夜能使我接近星辰。"我用我的血和泪将它浇灌，并且说："我的泪，味道鲜美；我的血，芳香四溢。"

春回大地，我的灵魂之树又开花了。

夏季来临，它又结了果。

金秋到来，我将成熟的果子放在金盘中，置于路口；然而，成群结队的过往行人，谁也不曾伸手取果子。

我拿起一个果子，咬了一口，顿感味甘似蜜，可口似多福河水，醇

美赛巴比伦琼浆,芬芳若茉莉花香。我放声呼喊:

"人们不喜欢口中有坑池,也不喜欢腹内藏臼齿;因为坑池是眼泪的女儿,白齿是鲜血的公子。"

我独坐在我的灵魂树荫之下。我的灵魂之树在远离时光通道的田地上形影相吊。

我的心啊,你莫作声,直至天明。

切莫作声! 天空不会吸收你呼出的废气,因为它已被腐尸熏染。

我的心啊,请你留意细听:

昨天,我的思想是一只船,颠簸在万顷波涛之间,随风漂泊,从一个海岸到达另一个海岸。

我的思想之船空空如也,只装着七只杯子,杯里盛满各色颜料,绚丽斑斓,酷似彩虹。

我厌倦了海上漂泊,便说:"我将把我的空空思想之船开回自己出生的祖国的港口。"

我在船两侧涂上落日余晖般的土黄、春葱般的嫩绿、天空似的瓦蓝和晚霞的血红;在船帆上,画上引人注目的奇异图画。涂画完毕,我的思想之船像先知的梦幻一样,开始遨游在浩渺沧海与无垠长天之间。船驶入祖国的港口时,人们争相迎接,人人欢呼雀跃,个个赞不绝口,只听锣鼓齐鸣,凯歌高奏,随之将我迎进城里。

他们之所以那样欢乐,因为我的思想之船外观华丽;其实,谁也不曾进入船里。

也没有人问我从海外带回什么宝贵东西。

谁也料想不到,我竟是空船而归。

那时,我暗自说:"我骗了人们,仅用七杯颜料,便瞒过了他们的锐利目光。"

一年过后,我乘我的思想之船再度出航。

我航至东岛,搜集到没药、乳香、龙涎香和檀香,将之一一装入船舱。

我航至西岛,带回矿产、象牙、宝石、翡翠和美玉。

我航至北岛,带回锦缎、刺绣和开司米。

我航至南鸟,带回铁环铠甲、也门宝剑、长矛利刃和种种枪械。

我的思想之船装满天下奇珍异宝,回到祖国的海港。我说:

"人们必将赞扬我,我亦受之无愧;人们必将载歌载舞迎我进城,我亦功有应得,声誉永垂。"

但是,当我抵达港口时,却没有一个人迎接我;我来到大街上,没有一个人瞧我。

我站在广场上,向人们宣布,我带回天南地北的奇珍异宝,人们这才向我投来目光;虽然人人笑意在面,但眼睛里闪现出来的却是嘲弄神情。时隔不久,人们纷纷弃我而去,随之各奔东西。

我心情抑郁、懊丧,无精打采回到海港。刚看到我的思想之船,便想起一件事情;正是因为这事,我才又开始了海上远航。

我高声呼喊:

"大海的狂涛刷掉了船身上的涂料,我的思想之船露出了船体;风吹、日晒、雨淋,剥去了船帆上的画图,使之变成了灰色褴褛衣。"

我把带回来的珍宝装入棺木,再将棺木推入水里。之后,我回到乡亲们中间。可是,他们都不理睬我,因为他们的眼睛只能看到表面。

就在那时,我丢下我的思想之船,来到死神城,坐在粉饰一新的坟墓中间,开始探索死亡的秘密。

我的心啊,你莫作声。直至天明。切莫开口!狂风正嘲笑你的细语,山谷不会送回你的弦鸣。

我的心哪,你瞧,东方已经破晓。假如你能说话,就请痛痛快快地说吧!

我的心哪,你看,这就是黎明大军。黑夜的寂静可曾给你留下歌曲,让你唱着它迎接黎明?

我的心哪,你瞧,这是鸽子、凫鸟群,翻飞起舞在山谷上啊。黑夜的恐惧可曾给予你强健翅膀,让你陪伴它们在碧空翱翔?

我的心哪,你瞧,牧人赶着羊群。夜下人影可曾给你留下旨意,让你随牧羊人一道奔向绿原草地?

我的心哪,你看,这群青年小伙子,正漫步走向葡萄园。莫非你不想站起来,和他们一起到园中玩玩?

我的心啊,快起来吧,和黎明一道行动!黑夜已经过去,恐怖与梦幻也一消而净。

起来吧,我的心,高声歌唱吧!谁不与黎明一道和声歌唱,便会永远留在黑夜之中。

麻醉药与手术刀

"他是个极端主义分子,简直到了疯狂的地步。"

"他是个空想主义者。他写东西目的在于毁灭青年的道德。"

"假若已婚和未婚男女遵从纪伯伦关于婚姻的见解,那么,家庭支柱就要倾倒,人类联盟大厦就要坍塌,世界将变成地狱,民众必沦为鬼魂。"

"不要看他的文笔多么优美!他是人类的敌人之一。"

"他是个无政府主义者。他是个叛教者。我们奉劝吉祥山上的居民唾弃他的学说,烧掉他的著作,以免其中任何东西粘在他们的灵魂上。"

"我已读过他的《折断的翅膀》,我发觉那是夹在肥肉里的毒药。"

这都是人们谈论我的话语。他们说对了,我正是个极端主义分子,简直到了疯狂的程度。我的破坏倾向胜过建设倾向。我打内心里讨厌人们所崇拜的东西,喜欢被人拒之于门外的东西。假若我能够把人类的传统、习惯和信仰连根拔掉,我会一分钟也不迟疑。至于有人说我的作品是"夹在肥肉里的毒药",则自有话语揭开藏在厚面纱之后的事实——赤裸裸的事实则是,我不但没有往肥肉里夹毒药,反而将夹在肥肉里的毒药取了出来……而且我把毒药倒在了干净透明的杯中。

那些在他们自己的灵魂面前向我道歉,说什么"他是个空想主义者,常遨游乌云之间"的人,正是他们凝目注视着那透明杯中闪闪放光的东西,放弃了其中被他们称为"毒药"的饮料。因为他们的胃口太弱,无力消化它。

也许这段引言显得粗糙冒昧。可是,冒昧加粗糙不是比背叛加光滑更好一些吗?冒昧毕竟是自我表现,而背叛则穿着为他人剪裁的外衣。

东方人要求作家像蜜蜂,翩跹飞舞田野之中,采集百花果糖,加工而成蜜丸。

东方人喜欢蜂蜜,以为除了蜂蜜别无美食。他们吃蜜过多,甚至他们本身也变成了蜜,变成了在火前流动、只有放在冰块上才凝固的蜜。

东方人要求诗人燃烧自己作为香,供在他们的君王、统治者和大主教面前。东方的天空已布满从御座、祭坛和坟茔边升起的烟云,然而他们还不满足。在我们这个时代,有能与穆台奈比①相媲美的赞颂诗人,有与韩莎②相似的悲悼诗人,有大大胜过莎菲丁·哈里③风雅的贺喜诗人。

东方人要求学者研究其父辈及祖辈的历史,要求深入研究他们的遗迹、习惯和传统,在他们那些冗长的语言、纷杂的派生词语和名目繁琐的修辞中消磨自己的日日夜夜。

东方人要求思想家在他们的耳边重复白德巴④、伊木·路西

---

① 穆台奈比(915—965):著名诗人。
② 韩莎(557?—664):著名女诗人。
③ 莎菲丁·哈里(1277—1349):阿拉伯古代诗人。
④ 白德巴:阿拉伯文学名著《卡里来和笛木乃》中的印度哲学家。

德①、艾弗拉姆·赛尔亚尼②和约翰·迪马仕基③说过的那些话。要求思想家在写作中不要超越愚昧的训诫和拙劣的引导以及二者所引用的格言和经文的界限。其实，谁要沿着那些经文行路，其生命必然像生存在阴影下的柔弱小草；其灵魂也像掺了一点儿鸦片的温水。

简而言之，东方人生活在已经逝去的舞台上，喜欢消极的、供消遣的东西，讨厌积极的、纯净的、能够刺激他们，并且促使他们从充满平静美梦的沉睡中苏醒过来的原则和教诲。

东方乃一病夫，遭到种种疾病侵袭，遇重重瘟疫骚扰，终于适应了久病，习惯了疼痛，不仅视痼疾和病痛为先天特性，且将之当作上好缺陷，与高尚灵魂和健全肌体密不可分；谁若没有此种缺陷，就被看成是被剥夺了天赋之才和理想完美的残废人。

东方的医生多，常守在病榻左右，为其病进行会诊。可是，他们只给东方开短效麻醉药，只能延长病期，却不能祛病。

精神麻醉剂品种繁杂，形式多样，花色纷繁。也许就像疾病相互传染那样，某种麻醉剂生自另一种麻醉剂。每当东方身上增添一种新病时，其医生便为之发明一种新的麻醉药。

至于导致那些麻醉剂出现的原因，则是多方面的，其最重要者是病人屈从着著名的宿命论哲学，此外还有医生的胆怯，生怕有效药物引起疼痛。

给您举几个有关麻醉剂和镇静剂的例子，都是东方医生们用来治疗家庭、国家和宗教的疾病的：

由于种种实实在在、活活生生的原因，丈夫讨厌妻子，妻子也厌恶了丈夫，于是夫妻争吵不息，相互打架，彼此疏远。可是，没过一天一夜，男方的亲戚便去找女方的亲戚，相互交换修整过的意见和装饰

① 伊本·路西德(1126—1198)：阿拉伯古代哲学家、自然科学家、医学家和法学家。

② 艾弗拉姆·赛尔亚尼(306—373)：东正教神父。

③ 约翰·迪马仕基(约675—749)：古代宗教教育家。

过的想法,并一致同意让夫妻破镜重圆。于是,他们把女方找来,用令其害羞、却不能使其信服的、捏造的训诫迷惑她的情感。而后,他们又把男方招来,用能够软化其思想、但不能改变其意志的花言巧语和格言谚语蒙盖他的头脑。就这样,一对灵魂深处彼此厌恶的夫妻——暂时地——和解了;双方不顾各自的内心意愿,重聚一堂。直至漆皮"脱落",亲朋们使用的麻醉药失效,男方重表厌恶情感,女方摘下痛苦面纱。可是,那些第一次制造和解的人们,仍要再显身手;而尝过一口麻醉药的人,也是不会拒绝饮上满满一杯的。

人们起来反对暴虐政府或陈旧制度,于是组成一个旨在振兴与解放的改革协会,他们勇敢地发表演说,热情地激扬文字,发表条例和纲领,派遣代表和代表团。然而没过一两个月,我们便听说政府关押了协会的头头,或者许给其一个官职。至于改革协会,则已听不见它的什么消息,因其成员已喝过众所熟悉的麻醉药,均已平静、降服了。

一伙人反对宗教首领,由于某些带有根本性的问题,他们批评首领本人,否定他的功绩,厌恶他的所作所为,继而威胁他说,他们要改信另外一种更近乎情理、更远离空想和迷信的学说。可是,时隔不久,我们便听说国家的谋士们已消除了牧人与羊群之间的分歧,借助神奇麻醉剂的功效,恢复了首领的个人尊严,又将盲目服从回植到了忤逆的被领导者的灵魂之中。

懦弱的受压迫者抱怨强大的暴虐者对自己压迫过甚,邻居却对他说:"别说啦!反抗者是要被处剜眼之刑的。"

乡下人怀疑修道士的虔诚与忠良,同伴会对他说:"莫作声!书上有言:要听他们说话,莫照他们行事。"

学生反对死记硬背巴士拉和库法学派关于语言的论文,老师便对他们说:"懒汉和疲疲沓塌的人在为自己制造比罪过还丑恶的借口。"

少女不肯遵循老妪的习惯,母亲便对女儿说:"女儿并不比母亲优越;母亲走过的路,你也正在走。"

青年询问宗教附属物的含义,牧师便对青年说:"谁不用信仰的目光去进行观察,谁便在这个世界上只能看到烟和雾。"

就这样,时光日复一日、夜复一夜地过去了。东方人沉睡在自己那柔软的病榻上,间或被跳蚤咬上一口,醒来一分钟,随后又入梦乡;由于受控于混在血液中、流在血管里的麻醉剂,只得世代沉睡下去。当一个人起来,大声呼唤那些酣睡者,使他们的住宅、庙宇和法庭充满喧嚣声时,他们这才开启那被永恒困倦封闭的眼帘,然后打着哈欠,说道:"好一个粗鲁无礼貌的年轻人,自己不睡,也不让人家好好睡一觉!"随即合上眼,对自己的灵魂耳语道:"他是个不信神的叛教徒,正在毁坏青年人的道德观念,捣毁先辈的大厦,用毒箭射杀人性。"

我曾不止一次自问,我是不是一个拒绝饮服麻醉剂和镇静剂的叛逆清醒者,然而我的灵魂只是用含糊不清的词语回答我。可是,当我听到人们咒骂我的名字、厌恶我的主张时,我方才相信自己确实醒着,知道自己没有降服甜美的梦幻和可爱的空想,而是自求孤独人们当中的一员:生命正带着他们走在满种荆棘与鲜花,又被凶狠豺狼和善歌夜莺包围的羊肠小道上。

假若醒悟是一种美德,那么,我会羞于冒充自是清醒者。可是,它并不是什么美德,而是一种奇妙的现实,突然展现在自寻孤独的人面前;而他们则被一条看不见的线牵引着,边凝神注视它那庄重的含义,边不由自主地跟着它向前走去。

我确信,羞于展示个人的真情实况,那是一种地地道道的虚伪,而在东方人那里却被称作"富有教养"。

来日,文学思想家们读了前面这些文字,会烦躁不安地说:"他是个从阴暗面观察生活的极端分子。只要他总在我们中间,为我们的处境而痛苦、号丧、叹息、落泪,那么,他眼里看到的只能是一片黑暗。"

我要对这些文学思想家说:"我哭东方,因为在灵床前跳舞是十足癫狂。"

我之所以为东方人哭泣，因为在疾病面前嬉笑是双料愚昧。

我之所以为那可爱的国度哀号，因为在失明的受灾者面前唱歌是盲目呆钝。

我之所以激进，因为揭示真理的温和主义者只道出真理的一半，而把另一半遮盖在恐惧的幕帘之后，唯恐人们百般猜忌，说三道四。

我看见腐尸，由衷感到厌恶，禁不住五脏六腑翻腾，神慌意乱难耐。我不能面对腐尸而坐，而左放一杯清凉饮料，右置一盘香甜点心。

如若有人想把我的哀号换成欢笑，欲将我的厌恶化为同情，并把我的激进变为温和，那么，他应该让我看到东方人当中有一位公正的执政者和一位正直的立法官，还应该让我看到一位按照自己的教导行事的教长，以及一位用看待自己的眼光去看待自己妻子的丈夫。

假如有人想让我跳舞，听我击鼓吹笛，那么，他应该请我到新郎家去，而不应把我留在坟茔之间。

金玉其外

一

赛勒曼先生

他五十六岁，衣着华丽，身材苗条，蓄着两撇弯胡，皮鞋锃亮，脚穿丝袜，抽着高级香烟。他的手光滑细腻，拄着一根漂亮手杖，把手是镀金的，且镶嵌着宝石。他常在大饭店进餐，那里是显贵名流光顾聚会之地。他外出游山玩水，坐的是两匹宝马拉的豪华篷车。

赛勒曼先生未从父亲那里继承到什么钱财，因其父一生贫困，没从先人那里继承到任何财产，虽先辈曾经过商。

赛勒曼先生很懒，厌恶工作，自感地位低下。一次，我们听他说："我的身体与性格不适于干活，只有那些性情冷漠、体躯粗壮的人才能劳作。"

那么,赛勒曼先生究竟是怎样弄到钱财,又是哪位神仙将他手中黄土化为金银的呢?

那是镀银粪团的秘密之一,依兹拉伊①曾向我们揭示过,我们将之告诉你们:

五年前,赛勒曼与富孀珐希玛结了婚。珐希玛的亡夫白图莱斯·努阿曼生前是位富商,在其同伴中间,以兢兢业业、忠诚坚韧而著称。珐希玛女士年已四十有五,而性情、爱好却似十六七岁的少女。现在,她染着头发,画眼描眉,浓妆艳抹。但是,午夜之前,她总也见不到赛勒曼;即使偶尔见面,她从他那里得到的,也只是冷酷的目光和暴烈的词语。因为赛勒曼终日忙于挥霍其妻前夫用辛勤汗水换来的钱财。

二

艾迪布先生

他是个二十七岁的青年人。他生着一副大鼻子,两只小眼睛;脸总是那样肮脏;双手沾染墨迹,指甲里积满污垢。他的衣边破破烂烂,衣角上落满油及咖啡污迹。所有这些丑陋外表,均非贫穷与饥馑之象征,而是粗心大意的结果,原因是他心不在此,整日忙于思考精神大事、疑难问题及神学题目……我们听他引证艾敏·君迪②的话,说道:"一心不可二用! 那就是说,一个文学家不能同时操笔又讲卫生。"

艾迪布先生健谈,说起话来便会忘掉一切。据我们所知,他曾在贝鲁特的一所学校里读过两年书,从一位名师学习修辞学、作诗及写信、作文。然而直到如今,他一点东西也没有发表过;其原因是多方

① 依兹拉伊:希伯来和伊斯兰教神话里的死神。
② 艾敏·君迪(1756—1840):叙利亚诗人。

面的,最重要的是阿拉伯报业衰退,读者愚昧。

最近,艾迪布先生开始致力于古今哲学研究。他同时钦佩苏格拉底①和尼采②。他欣赏使徒奥古斯丁③的言论,爱读法国两位启蒙思想家伏尔泰④和卢梭⑤的文章。一次,我们在婚礼晚会上见到他,人们围着他放歌纵酒;而他则以他那闻名的口才大谈莎士比亚⑥的悲剧《哈姆雷特》!另一次,我们见他走在为一头面人物送葬的队伍当中,送殡者走在他的身旁,一个个低着头,面带忧伤神情;而他则以他那尽人皆知的口才扯谈艾布·努瓦斯⑦的酒诗及伊本·法里德⑧的精神恋爱诗!

艾迪布先生为何活着,在旧书故纸堆里打发日子的目的何在呢?为什么不弄来一头小毛驴,加入足智多谋、强而有益者的行列之中去呢?

那是镀银粪团的秘密之一,魔王曾向我们揭示过,我们将之告诉

---

① 苏格拉底(前469—前399):古希腊哲学家。认为自然界是神按一定目的所创造的,是神智慧的体现。反对研究自然,认为那是干涉神的事情,是渎神。提出"自知自己无知"的命题。
② 尼采(1844—1900):德国哲学家,唯意志论者。认为自然界和社会中的决定力量是意志,历史的进程就是权力意志实现其自身的过程,人生的目的在于发挥权力,"扩张自我"。提出"超人"哲学。
③ 奥古斯丁(354—430):罗马帝国基督教思想家,教父哲学的典型代表。用新柏拉图的哲学来论证基督教教义,把哲学和神学结合起来。提出"理解为了信仰,信仰为了理解"的论点。认为只有信仰上帝才能得救。
④ 伏尔泰(1694—1778):法国启蒙思想家、作家和哲学家。哲学上,肯定物质世界是真实存在的,认为宇宙是一架大机器,它是人们认识的唯一对象,一切观念都来自对外界的感觉。一生创作丰富多样,哲学著作有《哲学通信》、《形而上学论》等。
⑤ 卢梭(1712—1778):法国启蒙思想家、哲学家、教育家和文学家。在哲学上,是自然神论者。承认物质世界的存在,但不否认上帝及非物质的灵魂存在。
⑥ 莎士比亚(1564—1616):英国诗人、剧作家。一生共写三十七部戏剧,一五四首十四行诗,两首长诗和其他诗歌。
⑦ 艾布·努瓦斯(约762—约814):阿拉伯阿拔斯王朝诗人。喜饮酒,长于作饮酒歌,有"酒诗人"之称。他的诗热情奔放,辞藻华美,突破了传统诗歌的题材和形式,为阿拉伯诗歌的发展开辟了新天地,对当世及后世影响很大。
⑧ 伊本·法里德(1181—1234):伊斯兰教苏菲派诗人。曾离群索居十五年,写下了大量神秘主义的诗歌。

你们:

三年前,艾迪布作了一首歌颂穆特朗阁下的长诗,之后在哈比卜·赛勒旺家,当着穆特朗的面唱那首诗。唱完长诗,穆特朗把艾迪布叫过去,用手拍着他的肩膀,微笑着说:"孩子,真主宽恕你。你真是一位出色的诗人,聪明的文学家! 我为你这样的人感到自豪! 毫无疑问,你将成为东方一位伟人。"

自那时至今,艾迪布的父亲、叔伯和舅舅,无不望着他,得意扬扬地说:

"穆特朗不是说过,你将成为一位东方伟人吗?!"

三

法里德贝克

他年近四十,高个子,小脑袋。大嘴巴,前额窄而秃。他走路懒洋洋的,挺着厚实胸脯,伸着长长脖子;他的脚步具有一种特殊节奏,酷似骆驼背负驼轿蹒跚行进。他说起话来,声音洪亮,气势雄壮;假若不认识他,还以为是某位部长大人正向手下人发布关于奴隶事宜安排的命令呢。

法里德平时没有什么工作,只是扎扎人堆,历数家庭光荣史,宣扬自己的高贵血统。他喜欢谈论伟人及英雄的事迹,如拿破仑、安塔拉①等。他特别喜爱武器,收集了许多件珍贵武器,整整齐齐地挂在墙上,但他根本不会使用任何一件。

他有句格言:上帝创造了人,并将人分成不同阶层,有的当官,有的伺候人;其中的老百姓是自由的驴子,只有主人骑上,它才开始行走;其中的弱者只会握笔,强者才能舞剑。

究竟法里德贝克妄自尊大、目空一切、夸夸其谈、自鸣得意、趾高气扬的原因何在呢?

---

① 安塔拉(525—615):古代阿拉伯骑士,七悬诗的作者之一。

那是镀银粪团的秘密之一，天使曾向我们揭示过，我们将之讲给你们：

十九世纪的头三分之一年代里，当白什尔·舍哈比国王带着一帮人走过黎巴嫩山谷时，曾路经法里德祖父曼苏尔居住的村子附近。那天，天气很热，太阳朝大地射来火辣辣的光箭，几乎将地上的一切烧焦。国王下马对大家说："大家来呀，我们在那棵冬青槲树荫下歇息一下吧！"

曼苏尔得知此事，唤来四邻农夫，告诉他们说，国王就在他们的村子附近休息。农夫们带着无花果、葡萄、牛奶、醇酒和蜂蜜，跟着曼苏尔，向那棵树走去。来到国王休息的地方，曼苏尔走向前去，亲吻国王的衣角，然后宰了一只羊，并且高声喊道：

"这就是我们的国王，是主的恩赐！"

国王见曼苏尔如此慷慨，心中高兴异常，当即赐之衣袍一件，并说：

"自现在开始，我特别任命你为该村长老，你村村民今年免纳钱粮。"

那天夜里，国王走后，全体村民聚集在曼苏尔长老家中，异口同声称呼曼苏尔为头领，决心与之同呼吸共命运。

镀银粪团，金玉其外，但有数不清的秘密，每日每夜都有妖魔鬼怪向我们揭示，我们将在时代将我们送入蓝色晚霞里之前告诉你们。现在已是午夜，我们的眼帘已对熬夜感到厌倦，请允许我们安歇，但愿幻想新娘会把我们的灵魂带往一个更加净洁的世界。

梦　幻

夜阑人静，大地上万物都进入了梦乡。我下了床，走向大海，心想："大海是彻夜不寐的，醒着的大海会让一个失眠的灵魂得到慰藉。"

我走到海滨时，雾霭已从峰峦山巅上消退下来，笼罩着四处，好似灰色的纱巾蒙在妙龄少女俊秀的脸上。我站在那里，凝视着海浪峰涌，倾听着海涛轰鸣，思考着，是一种什么力量蕴藏在这大海后面，将它推动，那力量有时同风暴一起奔驰，与火山一道沸腾；有时又似百花喜笑颜开，同溪流合唱歌咏。

一会儿，我回眸一望，只见三个人影坐在附近的一块礁石上。雾似青纱，遮着他们，时隐时现。我缓步朝他们走去，仿佛他们身上有什么吸引力，使我身不由己地倾向于他们。

离他们只有几步远了，我停了下来，注视着他们，仿佛那地方有一种魔力，使我的意志凝固了，唤醒我灵魂中的幻想。

正当此时，三个影子中的一个站起身来，用一种似乎发自海底的深沉的声音说道：

"生活没有爱情，就像一株没有花果的树；爱情没有美，好似没有芳香的花，没有种子的果……生活、爱情和美，这是绝对独立的，不能变更也无法分离的三位一体。"说完，他坐了下来。

第二个影子站了起来，用一种仿佛海涛咆哮的声音说：

"生活没有反叛，好似四季缺了春天；反叛而无真理，则像春天降临在干旱不毛的沙漠里……生活、反叛与真理，这是不可分离，也不能更变的三位一体。"

随后，第三个影子挺身而起，用雷鸣般的声音说道：

"生活没有自由，就像躯体没有灵魂；自由没有思想，则似飘零的游魂……生活、自由和思想，这是千秋万代永不会灭亡，绝不会消失的三位一体。"

接着，三个影子站在一起，用惊天动地的声音齐声说道：

"爱情及其结晶，反叛与其成果，自由同其产物，这是主显示的现象，而主则是理智世界的良知。"

当时，寂静中隐约能听到一些无形翅膀的轻轻拍击声，感到空中有些看不见的躯体在瑟瑟战栗。我闭上两眼，谛听着刚才听到的那些话语的回音。等我睁开两眼，再一瞧时，却只见大海上浓雾弥漫，我走近刚才那三个影子坐过的礁石，只见一条气柱蒸腾升上云霄。

黑 夜 里

写在饥馑的日子里

黑夜里,我们相互呼唤。

黑夜里,死神的影子矗立在我们中间。我们呼救,我们呐喊。死神的翅膀将我们遮掩,死神的巨手把我们的灵魂推向深渊,死神极目凝视着遥远的曙光,犹如火炬一般。

死神在黑夜里行走。我们恐惧,我们哭泣,跟在死神背后,谁也不能停下脚步,谁也不敢不跟着死神朝前走。

死神在黑夜里行走,我们跟在后头。每当死神回头一望,我们当中便有千人倒在路旁。倒下的人长眠不醒;未倒下者,屈从死神的意志,继续走向前方,而且知道自己也要倒下去,将与那沉睡的人一道久眠路旁。至于死神,则一直走下去,极目凝视着遥远的曙光。

黑夜里,哥哥呼唤弟弟,父亲呼唤儿子,母亲呼唤孩儿。我们人人饥饿难耐,筋疲力尽,苦苦挣扎。至于死神,则既不饿,也不渴,因为它吞食着我们的灵魂和肌体,吮吸着我们的鲜血和眼泪,但总也吃不饱,喝不足。

头更里,孩儿呼叫母亲说:"妈妈,我饿。"母亲回答:"孩子,忍耐一会儿吧!"

二更天,孩子又喊妈妈:"妈妈,我饿了,给我块面包吧!"母亲回答道:"孩子,我们没有面包。"

三更里,死神走过母亲和孩子的身边,拍翅抽击母子俩,母子倒在了路旁。至于死神,则朝前走去,极目凝视着遥远的曙光。

清晨,男子走向田间寻找食物,发现那里只有石头和泥土。

正午,男子回到妻儿身边,精疲力竭,空手而还。

夜里,死神经过夫妻儿女身旁,发现他们都已躺在地上,进入梦乡。死神笑着走去,极目凝视着遥远的曙光。

清早,农夫离开茅屋向城里走去,口袋里装着母亲和姐妹的首饰。打算卖掉首饰，换取面粉。傍晚，农夫回到村里，手中既没食物，亦无首饰，发现母亲和姐妹都已躺在地上。她们的眼睛仍然望着远方。于是，农夫张开双臂，飞向天空，然后落到洼地，就像猎手射中的鸟儿一样。晚间，死神经过农夫及其母亲和姐妹的身旁，发现他们均已倒在地上，便微笑而去，极目凝视着遥远的曙光。

黑夜里，黑夜没有止境，我们呼唤行走在白日光明中的人们，你们可听得到我们的声音？

我们将死者的灵魂派遣到你们那里当使者，你们可听得懂他们的言语？

东风带走了我们的魂灵，是否已到达你们那遥远的岸边，将重载卸到了你们的肩上？当你们知道了我们的处境，是前来搭救我们，还是无动于衷，说："处在光明之中的人能为身陷黑暗者做点什么？承蒙天意，就让死者掩埋死者。"

正可谓天意如此。

但是，难道你们就不能使你们的灵魂高尚，更高尚？上帝使你们顺从天意，成为我们的助手。

黑夜里，我们相互呼唤。

黑夜里，哥哥呼唤弟弟，母亲呼唤儿子，丈夫呼唤妻子，情哥呼唤情妹。我们的声音彼此交融，直升太苍；死神暂停脚步，讥笑我们，蔑视我们，然后走去，极目凝视着遥远的曙光。

龋　齿

我口里有一颗龋齿，千方百计折磨我的神志：白日里，它静静伏兵以待；黑夜里，牙科医生安歇，药房闭门，它便猖獗一时。

一天，我终于忍无可忍，于是走访医生。我对医生说："请拔除我这颗龋齿吧！它使我尝不到睡梦的香甜，将宁静的夜晚化成了呻吟和呼叹。"

医生摇头说："倘若能够医治，千万不要拔掉龋齿。"

说罢,医生动手钻磨、清洗,除掉龋齿上的病迹;直到再无虫蛀部分,便在牙洞间填充以真金。之后,医生夸口说:"病牙已经变得坚固结实,胜过了你那健康的牙齿。"我相信他的话,递上一把第纳尔,高兴地和牙医告辞。

一周未过,这颗倒霉的牙齿又来折磨我,它驱散了我心中的歌,代之注入以临死者发出的喉鸣和深渊中传来的啼哭声。

我走访另一位牙医。我坚决地说:"请拔除这颗填金的坏牙吧!不要犹豫,不要迟疑!'挨棍子打的人不同于数棍数的人。'"

医生动手拔牙。那是剧烈疼痛的时刻,然而也是吉祥欣喜之时。

医生拔下那颗病齿,仔细检查。之后,对我说:"对,应该拔除!病在牙根,已经没有希望治愈。"

那天晚上,我安然入睡,睡得恬恬酣畅,因此,我深深感激这拔除之功。

在人类社会的口中,有许多龋齿,虫疾蔓延,直蛀其颌。但是,人类社会却不拔除这些病齿,以求摆脱痛苦,而是满足于治疗调理,清洁表面,用闪光的金子填充牙洞。

有多少医生,只用华丽的涂料、光亮的金属来装饰人的牙齿!有多少患者,屈从于好心医生的意愿,呻吟着接受调治,受骗而死!

然而,病死的民族不能复生,无法向公众阐述精神病因,也不能讲明置诸民族于死地的社会疾病的症结。

在叙利亚民族的口中,生着肮脏发黑的龋齿,散发着恶臭。医生们对这些龋齿进行清洗,填充磁粉,外裹上金壳,均无济于事;要想治愈,除非连根拔掉。生着龋齿的民族,其肠胃甚弱。世界上因消化不良而衰亡的民族,数不胜数。

谁想看看叙利亚的龋齿,请到学校里去。在那里,未来的人们可以弄清艾河法士的那些话来自西伯维;而西伯维则是从驾驼轿的人那里听来的。

或者到法庭去,在那时,杂技式的才智戏弄诉讼案件,就像猫戏逗捉来的老鼠一般。

或者到穷人家里去,那里充满恐惧、怯懦和愚昧。

此后,再去访问牙医。牙医手指轻柔,机械精密,麻药齐备。他们天天都在填补龋齿的窟窿,清洁有病部位。如果想和他们谈谈,吸收他们的才智,就会知道他是才子和雄辩家。他们组织协会,举行会议。他们在俱乐部、广场发表演说。他们谈话的声调和谐,比石磨的声音悦耳,较七月夜下的蛙鸣高亢。

但是,倘若有人对他们说,叙利亚民族正用龋齿吃着赖以生存的食物,口口食物都混杂着有毒的唾液,会引起肠胃病,牙医们就会回答说:"是的,我们正在研究最新药品和最新麻醉剂。"

有人对牙医们说:"你们何不连根拔除龋齿?"他们会取笑他,说他没有对深奥的牙医术进行研究。

假如再要问下去,牙医们便会远远离去,并且厌烦地自言自语:"在这个世界上,幻想家何其多!他们的梦想又是多么美妙啊!"

节日的夜

夜幕降临,黑暗笼罩了城市,公馆和民宅亮光闪烁。人们拥向大街,个个身着节日新衣,人人面带欣喜自足神采,呼出的气中也散发着饭菜和酒的香味……

我独自漫步,远避拥挤与嘈杂,思念着节日的主人。

我想着那位若干代人的圣贤,生于贫困,毕生生活清苦,最后被钉在十字架上……

我想到,在叙利亚的一个小村子里,一个完美灵魂燃点起的那柄火炬,超越飞鸟,穿过一个又一个文明时代……

我来到公园,坐在一条木椅上,透过光秃秃的枝条,向拥挤的大街望去,远远地听赏行进在嬉戏、闲逛队列中庆祝节日的人们唱的歌声……

一个时辰的思考与梦幻之后,我回头一看,只见一男子坐在我的旁边,手里拿着一根棍子,正用棍端在地上画着模模糊糊的线条……我心想:他像我一样是个孤独汉。我仔细打量他的外貌,但见他衣衫褴褛,头发蓬乱;虽然如此,却不乏庄重、严肃气质……似乎他已觉察到我在打量他的外表和容貌,于是转过脸来,用深沉稳重的声音说:"晚安!"我随后还礼:"晚上好。"

之后,他又用棍子在地面上画了起来。我很喜欢他的声调。片刻过后,我又问他:"你不是本城人吧?"

他回答:"在本城,我是个异乡客;在每座城市里,我都是异乡人。"

我说:"在这样的时节里,人们之间亲热、和气、关心、同情,就连外乡人也会忘却寄居他乡的压抑与寂寞。"

他说:"在这样的日子里,我感到比平日更加寂寞苦闷。"

说完,他目光转向灰暗天空,双眼圆瞪,双唇颤动,仿佛从天幕上看到了遥远故乡的影子。

我说:"这时节,人们相互关心,富人念穷汉,强者怜弱夫。"

他说:"是啊。富人对穷人的怜悯,只不过是一种自爱;强者对弱夫的同情,不过是一种炫耀优越感的形式罢了。"

"也许你说得对。"我说,"可是,强大的富人心中的愿望和爱好,与柔弱的穷人有何相干呢? 可怜的饿汉梦想得到的是面包,而不会去想做面包时如何揉面。"

他说:"受赠者不考虑什么,而施主则应该三思。"

他的话令我惊异。我再次端详他那奇异外貌和破烂衣衫……

一阵沉默之后,我望着他,说:"看来你很是饥馑,何不去要一两个迪尔汗①呢?"

他的双唇间绽出苦涩的微笑。他回答道:"是的,我确实正遭受饥馑之苦,但我需要的不是钱。"

"你需要什么?"我问。

----

① 迪尔汗:币名。

"我需要一个栖身之地……需要一个头靠一靠的地方。"他回答。

"从我这里拿两个迪尔汗,到客栈开间房子去。"我说。

"我去过本城的每一个客栈,没找到一间空房;我敲过每家的门,没看到我的一位朋友;我进过每个饭堂,没人给我一个面包。"他说。

我心想:好怪的年轻人,说起话来,时而像个哲学家,时而又像个疯子!

可是,"疯子"一词刚刚敲击我的灵魂的耳膜,他便凝目注视着我,提高声音说:"是的,我是疯子。像我这样栖身无地、饥而无食的异乡人都是疯子。"

我更正想法,乞求宽恕道:"请原谅我的猜测。我不晓得你究竟是何许人,只觉得你的话新奇。能否接受我的邀请,和我一起到我家过夜呢?"

"你家的门,我敲过千百次,没人给我开呀!"他说。

我确信他是疯子,于是说:

"现在去吧,到我家过夜去吧!"

他抬起头来,说:"假若你知道我是何许人,你是不会邀请我的。"

"你是何许人?"我问。

他声如洪水咆哮回答:"我是革命,专兴各民族之所灭;我是暴风,专摧历代所立之偶像;我来到大地上,是为了抛剑,而不是为了丢弃和平。"

他站起来,但见他身材修长,面放光芒,伸展双臂,双掌上显现出钉痕。我立即跪在他的面前,高声呼唤:"耶稣基督……"

当时,我听他说:"世界都把我的名字及岁月围绕着我的名字叙说的传统作为节日来庆祝。而我呢,却是个异乡客,游荡在大地的西方和东方,百姓们无人知道我的真情实况。"

狐狸有穴,天鸟有巢,人类之子却无一枕之席。

其时,我翘首远望,眼前只有一炷香,传入耳际的只有发自永恒世界深处的夜的声音。

巨　人

用墨水书写与用心血书写大不相同。

烦恼造成的沉默不同于痛苦酿就的无声。

至于我,我已沉默无语,因为世界的耳朵已避开弱者的轻声细语、低沉呻吟,转而倾听深谷的痛哭、号啕、呐喊、喧嚣。当隐藏在天良中的那种醉心于以大炮当口舌、弹药当词语的力量讲话时,弱者理当缄默。

我们正处于这么一个时代:其最小的微不足道之事也比你们干的大事大;扰乱我们的思想、意向、情感的事情,已隐没在暗影之中;嘲弄我们的见解和原则的疑难问题,已隐匿在疏忽面纱之后。至于那美妙的幻梦和蹒跚在我们直觉舞台上的清丽的身影,也已云消雾散,代之而来的是行走如风、起伏若海、呼吸似火山的巨人。

巨人们之间的争斗结束之后,世界会走向何方?

村夫能回到田间,在死神种下骷髅的地方撒播种子吗?

牧人会将牲畜赶到地面被剑矛刺破、水源混合着血浆的草原去吗?

信徒会在群魔乱舞的寺庙里顶礼膜拜吗? 诗人会在烟雾掩映的晨光中吟诗作赋吗? 歌手能在阴森静夜里放开歌喉吗?

母亲能安坐婴儿床边,不再为明天担惊受怕,从容不迫哼吟摇篮曲吗?

情侣能在敌对双方搏斗厮杀过的地方拥抱接吻吗?

四月还会重返大地,用它那绚丽的衣衫来遮掩大地那挂彩的肢体吗?

你们的祖国和我的祖国会走向何方? 哪位巨人将占领使我们在阳光下长大成人的丘陵、高原呢?

叙利亚将被抛入狼窝、猪圈,还是被暴风卷进狮穴、鹰巢呢?

黎明的曙光还会升上黎巴嫩的山巅吗?

每当我孤独幽居时,总是向自己提出这些问题。但是,灵魂如同天命,它能看而不能说话,只顾向前走而不回头;它虽然眼明腿快,却笨嘴拙舌。

众人啊,在你们中间,谁不日夜自问:巨人戴上用孤儿寡母的眼泪织成的面罩之后,地球及人类的命运将会怎样?

我素来欢喜探索发展和进化的规律。据我所知,发展、进化规律不仅适用于抽象存在,而且也适用于具体存在;无论是宗教还是政府,都依此规律渐臻完善,犹如万物之适应性日益增强。至于倒退则只见外貌,衰败则仅在外表。

进化规律这棵大树,其枝杈繁多,互不交织,然而俱生自同根。但是,此规律的外观显得残酷、暴虐,为狭隘的思想所不承认,为软弱的心所弃绝。此规律的内部,却是正大光明之至:它坚持比众人的权力更加高尚的权力,它向往比众人的目标更加崇高的目标,它倾听被淹没在恐惧和甜言中的难民的叹息和呻吟。

在我的周围,到处都是侏儒,他们从远处争相观看巨人的身影。他们在睡梦中听到巨人的喝彩回声,便青蛙似的鼓噪道:"世界已回到了原始时代。数代人用知识和艺术建造起来的大厦,已被野蛮人的贪婪、自私所毁坏。如今,我们像山顶洞人一样,不同的只是创造了用于毁坏的机器和用于制造死亡的阴谋诡计。"

侏儒们将科学家的良心同自己的良心进行了比较,并且用保护个人生存的思想对生存的目的进行了一番分析之后,才说出了这几句话:仿佛太阳只是为了供他们取暖而存在,似乎大海的存在也只是为了供他们洗脚。

巨人像风,从生活内部、视野之后、造化深处,从一切保存宇宙秘密的地方冲出来,乌云似的上升,与大山交会。如今,巨人们相互争斗,来解决地球上的难题。

至于人类和人类脑海中的一切知识、学问以及他们心中的爱与憎、忍耐与苦衷,则都是巨人们顺手取来玩耍的东西,借以达到自己的神秘目的。

淌出的鲜血,将流成天堂里的多福河;洒落的泪水,将生出芳香四溢的花朵;逝去的灵魂,将成群结队升上遥远的天际,化成新的曙光。人们终于懂得了自己从苦难市集买到了真理;为真理而不惜钱财的人,是不会亏本的。

四月必将重返人间;但是,谁不从冬翁掌中索求四月,必定一无所获。

亲人之死

我的亲人死了。我还活着,孤独地哀悼我的亲人。

我的友伴死了。在他们之后,我的生活也面临着他们经历过的种种灾难。

我的亲人死了,我的友伴死了。眼泪和鲜血浸透了祖国的高原。在这里,我像亲人、友伴活着的时候那样生活;当时,祖国的高原沐浴着太阳的光焰。

我的亲人死了,不是饿死,便是亡于刀剑。在这个遥远的国度里,我生活在自由、欢快的人们中间。他们吃食香美,饮料可口,床铺光滑柔软。他们望着岁月笑意盎然;岁月望着他们,春风满面。

我的亲人死得真惨,而我却在这里活得舒适安然。这是一幕永恒的悲剧,常在我心灵的舞台上重演。

倘若我也在饥饿的亲人中间忍饥挨饿,在苦难同胞中饱受摧残,那么,白昼的脚也会轻踏我的前胸,黑夜在我眼里也不至于如此黯淡。因为与亲人共患难,会让人感到欣慰;与无辜者同遭灾,会令人引以自豪。

但是,我没有能够与亲人一道同受饥寒之苦,没有跟随着他们的队伍共赴灾难,而是幽居重洋外,生活宽裕悠闲。在这里,我远离祸殃和灾民,毫无引以自豪、炫耀之处,只得泪垂胸前。

远方避难的人能为饥馑的亲人做些什么？

但愿我能知道，诗人的痛哭哀号究竟有何用？

倘若我是生长在祖国大地上的一个麦穗儿，那么，饥饿的儿童可以将我采摘，用我将死神之手推开。

倘若我是祖国果园中的一颗成熟之果，那么，饥饿的妇女可以拿我填充饥肠。

倘若我是飞翔在祖国蓝天中的一只鸟，那么，饥饿的男子可将我生擒，用我的躯体驱散他身上的坟荫。

但是，事不随心，我既不是叙利亚平原上的麦穗，也不是黎巴嫩山谷中的熟果。这就是我的不幸，这就是我的无声灾难，它使我在自己的灵魂里变得渺小，在黑夜的阴影中变得卑贱。

这是一幕凄凉的悲剧，令我张口结舌，束手无策，失去理想，无所事事。

人们对我说：你的祖国所面临的灾难，只不过是世界灾难的一部分。你的祖国淌出的血和泪，只不过是日夜奔腾在地球的山谷和平原上的血泪河中的几滴。

是啊！但是，我国的灾难是无声的灾难——我国的灾难尽是毒蛇们带来的罪孽所造成——我国的灾难是没有乐曲、没有场面的无声悲剧。

假如我国人民因起来反抗他们的暴虐君王，而全部壮烈牺牲，那么我会说，为自由而死，胜过屈辱而生；握剑而死，死得光荣。

假若我的民族参加了战争，而且全部战死在沙场上，那么我会说，那是风暴，将绿干枯枝一道摧折。夭折在风暴之中，比寿终正寝更加高贵可敬。

假如地球上发生了地震，我国因之地覆天翻，房倒屋塌，泥土埋没了我的亲朋，那我会说，这是内在规律，人力无法抗拒，要了解其秘密也不可能。

可是，我的亲人既非死于反抗，也非捐躯沙场，更不是葬身于地震,而是惨死在屈辱之中。

我的亲人死在十字架上。

他们死时,手掌伸向东西两方,目光凝视着黑暗的苍穹。

他们默默而死,因为人们的耳朵已被封住,听不到他们的呐喊声。

他们死了,他们既不像胆小鬼那样向凶恶敌人屈服,也不像忘恩负义的人那样背弃好友良朋。

他们死了,因为他们没有当罪人。

他们死了,因为他们没有反抗压迫。

他们死了,因为他们主张讲和。

他们饿死在盛产牛奶和蜂蜜的地球上。

他们死了,地狱之蛇吞食了他们田野上所有的牲畜,吞食了他们谷仓内的全部食粮。

他们死了,蛇的子孙将毒汁喷洒在充满稻谷、玫瑰、茉莉芳香的天空。

我的亲人死了。叙利亚人啊,你们的亲人也死了。我们能为活在人间的人们做些什么呢?

我们的哀号不能填饱他们的饥腹。我们的眼泪不能解除他们的口渴。为了把他们从饥饿、危难中拯救出来,我们能做点什么呢?

难道我们能够犹豫、彷徨、懈怠,置巨大悲剧于不顾,一心忙于生活的琐事吗?

我的叙利亚兄弟,把你的部分生活用品献给失去生计的人们,这是你唯一能够做到的事情,会使你昼夜之间感到心地安然。

有人向你伸手,你就给他一分钱;这一分钱,就是一个金环,可把你与高尚人格紧密接连。

民族与民族性

民族是性格、爱好、见解各不相同的人们的集合体,并由一种比性格更强烈、比爱好更深刻、比见解更广泛的精神联系,将他们统一起来。

宗教的统一,也许是构成这种联系的一些线。但是,信仰的差异却拆不开民族联系,除非这种联系像在某些东方国家那样脆弱。

语言的统一,也许是这种联系建立的根本原因。但是,也有许多国家的人民,虽然他们的政治观点、社会制度各不相同,却讲着同一种语言。

血统的统一,也许是构成这种联系的基础。但是,历史上有许多例子,同一个民族,却相互敌视,自相残杀,从而造成离心离德、东逃西散、骨肉分家。

物质利益,也许是这种联系的编织机。然而,也有许多这样的国家,那里的民众不去创造他们的物质财富,而成年累月陷在无休止的争论之中。

那么,何为民族联系? 民族之根生长的土壤是什么呢?

关于民族联系,我有一种观点,也许有的思想家认为出奇,因其根源与结局均不可知。

我的看法如下:

每一民族都有个公共民族性,其实质类似于一个人的个性。这个民族性源于国民的个性,如同树木的生命源于水分、土壤、阳光和温度;但是,这民族性独立于民族之外,有其特有生命和独立意志。个性究竟产生于什么时候,我难以确定;同样,也无法断定民族性出现的时间。我觉得,譬如埃及的民族性,早在尼罗河畔的第一个国家出现之前至少五百年就已形成;埃及的艺术、宗教及社会现象,都是从那种民族性滋生出来的。我关于埃及的这种观点,同样也适用于亚述、波斯、希腊、罗马、阿拉伯及其他新兴国家,即中世纪结束之后出现的那些国家。

我说过,公共民族性有其特有生命。是的,因为任何一种生物,都有其一定寿命,所以民族性也有一定不可超越的寿限;这正像一个人,由童年至青年,再到壮年,老年。民族性也由蒙着睡眠面纱的黎明时的苏醒开始,到披着阳光的午间、穿着烦恼衣服的晚间及沉浸于困倦之夜的苏醒,直到进入深深的长眠。

希腊的民族性觉醒于前十世纪,坚定起步于前五世纪。当它到了基督时代时,已经厌恶了苏醒之梦,于是躺在永恒的床上睡着了,拥抱着永恒之梦。

阿拉伯的民族性,早在伊斯兰教兴起之前三个世纪就已形成,并且感觉到了它的存在。先知穆罕默德刚出世,这种民族性就像巨人一样站了起来,暴风似的扫掉了前进道路上的一切障碍。到了阿拔斯时代,这种民族性登上宝座,在东起印度,西到安达鲁西亚的广大土地上,建立了若干国家。就在阿拉伯民族性极盛时期,蒙古民族性开始兴起,势力从东方伸向西方。阿拉伯民族性对此形势感到厌倦,于是由苏醒转入睡眠,但睡得不深,且时睡时醒。也许阿拉伯民族性会再次苏醒过来,以便道出自己的心愿,就像罗马民族性,在著名的意大利复兴时期,得到再度复苏。意大利复兴起步于里桑斯,完成于威尼斯、佛罗伦萨和米兰,全部过程赶到条顿人突袭、黑暗时代开始之前。

历史上最奇特的公共民族性是法国民族性。它在太阳下生存了两千年,却仍处在青春时期;今天,它比历史上任何时期都显得思想深邃、观点敏锐、艺术成熟和知识渊博。

罗丹①、卡里尔②、雨果③、西蒙④和热内⑤等人,都是十九世纪人,也都是世界上的艺术大家。他们的知识最渊博,他们的想象力最丰富。由此可知,某些民族性的寿命要比另外一些民族性的寿命长。埃及的民族性生存了三千年,而希腊民族性的生命不过两千年。公共民族性寿命的长与短,其原因类似于人的寿命的长与短。

---

① 罗丹(1840—1917):法国雕塑家和画家。
② 卡里尔(1873—1944):法国生物学家。
③ 雨果(1802—1885):法国作家。著有《巴黎圣母院》、《悲惨世界》。
④ 西蒙(1913—2005):法国作家。著有《弗兰德公路》等。
⑤ 热内(1910—1986):法国作家、戏剧家。主要剧作有《女仆》、《阳台》、《黑人》等。

公共民族性在世间舞台上发挥自己的作用之后,它会怎样呢?

莫非它会死亡,留给后来者的仅仅是回忆?难道它会在日夜面前消失,仿佛根本不是日夜的一种现象?

我相信,精神存在会发生变化,但它决不会消失,它像物质存在一样,由一种形式转化成另一种形式,而其分子和原子,则永将与时间共存。公共民族性也会睡觉,但它像花种被埋入土里那样,其芳香将升入永恒世界。我相信,民族性的芳香或花的芳香,都是绝对存在的,不容否认。锡卜、巴比伦、尼尼微、雅典和巴格达的芳香,至今存在于环绕地球的太空里,同时存在于我们的灵魂深处。我们,作为个人和集体,是存在于地球上的所有公共民族性的继承人。

但是,那种神圣遗产,无论个人或者集体,都不能触摸到它,它仅仅附着在个人或集体所属的那个民族身上,形成一种具有特有生命和独立意志的民族性。

自知之明

贝鲁特。

一个细雨蒙蒙的夜晚,赛里姆坐在写字台前,台上放着许多古书和纸。赛里姆翻阅着经典著作,不时抬起头来,两片厚唇间吐出朵朵烟云。当时,他正读一篇哲学通信,那是苏格拉底示意门生柏拉图要有"自知之明"的一篇文章。

赛里姆边细读文中那些珍贵字句,边回忆哲学家及导师们关于这个问题的论述。他发现,西方思想家无不坚守苏格拉底的思想,东方学者也都遵循苏格拉底的教诲。读着想着……赛里姆的思想完全沉浸在了"自知之明"题目之中,禁不住突然站起来,伸展双臂,高声喊道:

"是的,是的!自知之明乃各门学问之母!我嘛,应该知道自己。我完全了解自己。了解我的个性,细微入里。我理当揭开我心灵的幕帘,除去心灵深处的饰物,同时阐明:我的精神存在的意义在于物质存在,物质存在的秘密在于精神存在。"

赛里姆侃侃而谈,激情洋溢,异乎寻常,二目间燃烧着渴求自知的火炬。之后,他走进隔壁房间,塑像似的站在上顶天花板、下到地面的巨大玻璃镜前,留神观看自己的身影,仔细端详自己的面容,看过自己的头形,又照自己的整个形体⋯⋯

就这样,赛里姆站了半个钟头,仿佛永恒观念已将宏伟思想降予他,使他凭借其力量,足以明察自己的灵魂深处,令其内心各个角落充满光明。接着,他从容不迫地张开口,自言自语说:

"我身材矮小;拿破仑、雨果也都是小个子。

"我的前额狭窄;苏格拉底、斯宾诺莎也都是窄额头。

"我的前顶光秃;莎士比亚也有个光秃前顶。

"我的鼻子大,且有个弯儿;赛凡鲁拉、伏尔泰和乔治·华盛顿,都生着鹰钩鼻。

"我有眼病;使徒保罗和尼采亦均有眼疾。

"我的嘴大,下唇前凸;西塞罗和路易十四也都是大嘴凸唇。

"我的脖子粗;翰尼巴勒、迈尔盖斯·安东尼奥也是粗脖子。

"我的耳朵长且外凸;拜伦、塞万提斯也生着一对扇风耳。

"我的颧骨凸出,面颊下凹;拉菲特、林肯也是这样。

"我的两个肩膀不一般平,而是一高一低;奥比塔、艾迪布·伊斯哈格亦如此。

"我的手掌粗大,手指短小;佩利科、但丁也是这样。

"总而言之,我体态瘦弱,就像大多数思想家那样,因劳心而累垮了躯体。奇怪的是,我像巴尔扎克一样,写作或阅读时,身边总放着咖啡壶。此外,我像托尔斯泰和马克西姆·高尔基,喜与平民交往。

"我一两天才洗一次手脸;贝多芬、沃尔特和泰曼,都有这种习惯。奇妙的是,我像薄伽丘和伦勃朗,喜欢探听女人的消息,希望知道她们在丈夫不在家时的所作所为。

"我馋酒,堪与诺亚、艾布·努瓦斯、德彪西和马尔罗相比;我贪食美味,可与彼得大帝和白什尔·舍哈比国王并论。"

赛里姆先生沉默片刻,然后用指尖摸着脑门,又说道:

"这就是我!这就是我的实际情况!古今伟人的特质都集中到了我的身上。一个具有这些优点的青年人,必定能在这个世界上干出一番伟大事业。

"自知之明乃格言之首。今夜,我已经了解了自己。自今夜始,我将开始一项伟大的工作;那是这个世界启示我的,并给我的灵魂注入了各种不同因素。我曾陪伴过人类的若干伟人,自诺亚至苏格拉底、薄伽丘及艾哈迈德·法里斯·舍德亚格。我不知道我将开始的那项伟大工作是什么。但是,像我这样一个集物质与精神两种因素于一身的人,确乎是日夜所创造的奇迹。我已经了解了自己。是的!凭安拉起誓,我已充分知道自己。愿我的灵魂长在,个性永存,宇宙久在,直至我的大业告成。"

赛里姆先生在房间里踱来踱去,人的外观挂在他那丑陋的面孔上,边走动边用猫叫声混杂着骨头碰撞声的音调,重复着艾布·阿拉的诗句:

> 纵然仅留下我一个人,
> 也要创出空前的奇迹。

一个时辰过后,我们这位朋友身裹褴褛衣衫,躺在他那张破床上睡着了,鼾声如雷,充满天空;那响声与其说像人打呼噜,不如说更像石磨轰鸣。

暴　风

一

优素福·法赫里三十岁时逃离尘世,来到黎巴嫩北部卡迪沙河谷山坡上一座孤零零的禅房,开始了默默无闻的隐士生活。

附近村庄上的居民对他议论纷纷,意见不一。有的说,他是豪门富家子弟,爱上一个女人,而女人背弃了他,于是离开家园,躲到僻静之处,以便寻求慰藉。有的说,他是一位幻想联翩的诗人,避开嘈杂人世,以便抒发情思,作赋吟诗。有的说,他是一位虔诚的苏菲派,一心笃信宗教,厌弃了尘世。还有的则一言以蔽之:他是个疯子。

至于我,则既不同意这个看法,也不赞同那个意见。据我所知,灵魂里有些秘密,用猜想和揣测的办法是无法揭开的。但是,我颇想见见这位怪人,和他谈谈。我曾两次试图接近他,以便探索他心中的隐秘,了解他的目的和愿望。可我所得到的只有怒目冷眼,寥寥数语,其中饱含淡漠、疏远、傲岸之意。我第一次碰到他时,他正在杉树林边散步,我以最美好的言辞向他问安;而他,仅点了点头,只字未答,便匆匆走过。第二次,我看到他站在禅房附近的一个葡萄园中,便走近他,说:"昨天,我听说这座禅房是十四世纪一位古叙利亚隐士建的,您知道吗,先生?"

他粗声粗气地回答道:"我不知道是谁建的,而且也不想知道。"他转过身去,讥刺地说,"你何不去问你的祖母,她年纪最大,最了解这山谷的历史。"我离开了他,对自己的莽撞、冒昧感到不胜内疚、懊悔。

两个年头过去了。这位男子的充满神秘色彩的生活一直诱惑着我的好奇心,时常浮现在我的脑海和梦幻之中。

二

秋季的一天,我正在优素福·法赫里禅房附近的山坡上游逛,突然间狂风大作,暴雨倾盆,吹打得我东跑西躲,犹如一叶孤舟,颠簸在万顷波涛之上,巨浪摧毁了船舵,狂飙撕破了风帆。我边朝禅房跑去,边想:这可是天赐良机,不妨拜见一下这位苦行僧。这风暴恰是借口,这湿淋淋的衣服正好做媒。

来到禅房,我已是筋疲力尽,狼狈不堪。我刚要敲门,我久想见到的那位男子便出现在我的面前。只见他手里捉着一只小鸟,鸟儿头部有伤，羽毛蓬乱，抽搐一团，气息奄奄。我先向他问安，而后说："先生，我这般模样撞到您门下，望多见谅。因为不仅风雨交加，而且离家颇远。"

他眉头紧皱，打量了我一番，用不屑一顾的口气说："这一带有很多山洞，你可到那里躲避风雨！"

他边说，边抚摩着小鸟的头，其怜悯之情，实为我平生少见。目睹这种矛盾景况，我不禁感到奇怪：温情和粗暴同时集于一身，令我茫然不已。他好像看出了我的心事，用征询的目光望了我一眼，说："暴风是不吃酸肉的，你何必畏惧而慌忙逃遁呢？"

我回答道："暴风不喜食酸肉，也不爱吃咸肉，但它喜欢阴冷潮湿的肉。倘若我再被它抓住，无疑将把我化作一顿美餐。"

他面容略现舒展，说："假若暴风将你一口吞下，那你便得到了不应得到的荣誉。"

我说："是的，先生！我之所以逃到您这里来，正是为了避开我不应得的那种荣誉。"

他把脸一扭，试图掩饰他那微微一笑。而后，他指着熊熊燃烧的火炉旁边的木凳，说："请坐下，烤烤你的衣服吧！"

我道了谢，坐了下来。他坐在我对面的一个石雕椅子上，伸出手指，从瓷碗里蘸了点油，抹在小鸟的翅膀和头上。他望了望我，说："暴风猛烈地抽击这只小鸟，它半死不活地落在石头上。"

"先生，"我说，"暴风也将我卷到了您的门下，如今，我不知道我的翅膀是否也被折断，我的头部是否亦被撞伤。"

他有些关切地望着我的面孔，说："但愿人能具备鸟的某些本性。但愿暴风能折断人的翅膀，打破人的脑袋。可是，人天生胆小怯懦，一看到暴风乍起，便纷纷躲到地洞石窟里去。"

我接过他的话茬，说："是啊，鸟儿具有人所没有的尊荣。人生活在自己为自己制订的法律和传统之下，而鸟儿则只按照使地球绕着太阳转的绝对法则生存。"

他二目闪光，顿展笑颜，好像发现我是个领会得很快的小学生。

"你说得好!"他说,"你说得对! 倘若你相信自己的话,那么你就该离开人们,并且弃绝其传统和他们那微不足道的法规,像鸟儿一样,生活在遥远的,只有宇宙规律的地方。"

我回答说:"先生,我相信我说的话。"

他举起手,语气坚定地说:"相信是一回事,循而行之是另一回事。世上许多人说的话犹如大海,而他们的生活却近似于泥塘。许多人的头颅高过崇山峻岭之巅,而他们的心却静眠在黑暗地洞之中。"

他说完,未给我答话机会,便站起身来,将小鸟放在窗子附近的一件旧袍子上,随后拿起一把干柴,投到炉子里,接着说:"脱下鞋子,烤烤你的脚吧! 潮湿对人最有害。把你的衣服好好烤一烤,不要不好意思。"

我靠近火炉,顿时热气从湿衣服里蒸腾而上。而他,则站在禅房门口,凝神注视着狂怒黑沉的天空。

过了一会,我问他:"您来这里很久了吧?"

他头也不回地说:"当我来到这座禅房之时,大地荒凉空旷,沧海漆黑渺茫,只有上帝的灵魂在水面游逛。"

我暗自说:这个人真怪,要弄清他的底细实在困难。但是,为了探索他心底里的秘密,我一定要和他谈下去。我要有耐心,一直等到他化傲气为温柔和善。

三

夜幕垂降,山谷一片黑暗。暴风更烈,大雨滂沱。我仿佛感到洪水要来毁灭生灵,荡涤大地上的污垢了。似乎大自然发怒刺激了优素福·法赫里的心,产生了某些时候会出现的那种面对现实的镇定情绪,于是,他对我的厌恶之意变成了亲近之情。他站起来,点着两根蜡烛,然后拿来满满的一壶酒,还端来一只大盘子,上面放着面包、奶酪、橄榄、蜂蜜和水果。他与我面对面坐下,亲切地说:"这就是我仅有的食品,老弟,请吧,和我一道吃吧。"

390

屋外狂风哀号,大雨悲泣。我们默不作声地吃着晚饭。我每吃一口,总要看看他的面孔,期望从他的外貌上察看他心中的秘密,了解他的习惯嗜好,弄明他的意图希冀。

吃罢晚饭,他从火炉旁边拿来一把铜壶,倒了两杯芳香四溢的咖啡,然后打开满装香烟的盒子,安详从容地说:"请吧,老弟!"

我抽出一支香烟,端起咖啡杯子,简直不敢相信自己的眼睛。他望望我,仿佛看出了我的心思。他微笑着点了点头,点着香烟,呷了口咖啡,说:"在这么一座孤零零的禅房里,居然酒、烟、咖啡具备,你自然会感到惊愕,也许有吃能住已使你觉得意外。我不责怪你,因你和许多人一样,以为远离众人也就疏远了生活以及生活的天然情趣和欢乐。"

"是的,先生!"我回答说,"我们总以为弃绝尘世、专心崇拜上帝的人,就把世上的一切情趣、欢乐完全抛在脑后,独处幽居,过着苦行僧的艰苦生活,只能用青草充饥,以泉水解渴。"

他说:"在世人中间并不妨碍尊崇上帝;祈祷上帝,也无需离群索居。我离开尘世并非为了寻找上帝,因为在我父亲家里和其他任何地方都可以找到上帝。我之所以离开众人,因为我的性格与他们的性格不同,我的理想与他们的理想不一。我之所以离开众人,因为我发现自己是个向左转的轮子,而他们的轮子全向右旋转。我弃绝了城市,因为我发现城市是一棵茂盛巨大而腐朽的老树,根扎地下黑暗之中,枝插天上乌云之外,而其花则是贪婪、堕落和罪恶,其果则是悲哀、苦难和忧伤。一些改良家试图对之施以嫁接术,借以改变它的本质,但都没有成功,一个个精神抑郁,在绝望和遗憾之中匆匆辞别人间。"

这时候,他靠近炉边,仿佛因为他的话对我产生了影响而感到高兴,于是提高嗓门,接着说:"不! 我之所以离群幽居并不是为了祈祷、修行,因为祈祷是发自内心的歌,纵然与千百人的呐喊混杂在一起,也可以传入上帝的耳里,至于修行,则是征服肉体,扼杀欲望。我的信仰与此毫不相干,因为上帝把躯体建成灵魂的庙宇,我们应该保卫它,使其坚固、清洁,宜于灵魂栖息。不,老弟! 我之所以离群索居并非为了祈祷、修行,而是为了远离众人,逃避他们的法律、训诫、传统、思想和他们的喧闹和哭号。我之所以离群索居,因为我不乐意看见那种男人的脸,他们出卖灵魂,用得来的钱去购买还不如他们的灵魂贵重的东西。我之所以离群索居,因为我不愿意看见那种女人,她们伸长脖子,昂首而行,挤眉弄眼,得意忘形,唇带千种微笑,而心中只有一个目的。我之所以离群索居,是为了不与那些半瓶子醋坐在一起,他们只在梦中看到知识的幻影,自以为站在了知识中心,醒时看到真理的一个影子,还自以为掌握了它的绝对实质。我之所以离群索居,因为我厌弃讨好那种粗俗男性,他们把温和当成软弱,将宽容视为怯懦,把不肯苟且看成自高自大。我之所以离群索居,因为我与那些一心发财的人打交道感到心神倦怠,他们认为太阳、月亮和星辰都从他们的钱柜里升起,而且还要落在他们的口袋之中。我之所以离群索居,因为我与那些政治家们相处感到精神疲倦,他们拿着民众的愿望当作儿戏,言辞娓娓动听,说得天花乱坠,完全为了蒙蔽公众耳目。我之所以离群索居,因为我与那些神父、教士们在一起感到心烦意乱,他们口口声声训诫别人,而自己从来并不身体力行,要求别人做到的,他们却从不要求自己以身作则。我之所以离群索居,因为我没从人们手里得到过什么,除非以我的心血付出相应的代价。我之所以离群索居,因为我厌恶了那被称为文明的宏伟大厦,那工艺精湛的巨大建筑物却坐落在人类骷髅堆成的山丘之上。我之所以离群索居,因为精神、思想、心灵和躯体的生命就在这幽静之中。我爱这荒无人烟的旷野,因这里阳光普照,鲜花吐香,溪水欢唱。我爱这高峻山峦,这里春来生意盎然,夏日万物思生,秋至歌声遍野,冬临严酷无情。我来到这孤独寂静的禅房,因为我想探索大地的秘密,接近上帝的宝座。"

他长长地叹了一口气,沉静下来,仿佛卸掉了肩上的千斤重担,两眼里闪烁着奇异的光芒,脸上露出自尊自信、坚强果断的神色。

几分钟过去了。我望着他,因为我心中的疑问解除了,自然感到欢欣。我说:"您说得完全对。先生,您诊断出了社会的疾病和灾难,显然您是一位精明的医生。作为一个医生,在病人痊愈或者死亡之前,他是不会抛开病人而离去的,您同意这个看法吗?世界上极其需要像您这样的人,您可大大有益于众人,而您却躲避他们,这实在不合情理。"

他凝视了我一会儿,然后用失望、苦涩的语调说:"起初,医生们都想将病人从病患中拯救出来,于是有的拿来手术刀,有的带来各种药,但是在病人治愈之前,他们全都毫无希望地死去了。倘若时代病夫能安卧在他那肮脏的病榻上,静心调理他那久治不愈的溃疡,那该多好!但是,那病夫却把手从被子里伸出来,抓住每个护理人的脖子,并且将之掐死。更使我火冒三丈的是,那个可恶的病夫杀死了医生,而后合上眼睛,自言自语道:'他真是一位伟大的医生……'不,老弟,在人们中间,有益于他人的人是没有的。一个再高明聪颖的农夫,也不能让他的田地在寒冬里长出庄稼。"

我回答说:"先生,世界上的寒冬会过去的,随之而来的便是明媚绚丽的春天,到那时,田野上百花竞相开放,山涧里溪流淙淙欢唱。"

他双眉紧锁,叹了叹气,语调忧伤地说:"但愿我能知道,上帝是否会把人的生命,乃至整个时代分成若干部分,就像一年中的四季那样更替转换,连续不断。一百万年之后,地球上的人们能够过上安定、体面的生活吗?会出现一个人皆赞美的时代吗?到那时,人们无忧无虑,欣沐白日阳光,安享黑夜宁静。这样的理想会变为现实吗?在大地饱餐人肉、足饮人血之后,这样的时代会到来吗?"

说到这里,他站了起来,高举右手,仿佛在指着另一个世界,说:"那是遥远的梦想,这禅房不是幻梦之家。我只知道一条公理,它不仅适用于这座禅房的角角落落,而且适用于这高山峡谷的每个地方。这条公理即:我是个人,能感觉出腹饥口渴,我有权从我亲手制作的器皿里拿生活的面包而食,取生活的美酒而饮。正因为这些,我才离开了众人的餐桌筵席,来到了这个地方,在这里度过我的一生。"

他在禅房中踱来踱去。我望着他,思索着他说的那些话,分析着他用曲线和暗色描绘人类社会的原因和动机。之后,我把他叫住,说："先生，我尊重您的想法和意图，尊重您的幽居生活。但使我感到遗憾的是，由于您远避隐居而使我们这个多灾多难的民族失去了一位能为祖国服务、振兴民族的才子。"

他摇了摇头，说："这个民族与所有民族并没有什么不同。人的本性是一样的，他们相互不同的只有那微不足道的外形和仪表。东方民族的苦难正是世界的苦难。被认为是上升的西方的东西，只是一种空虚自负的魔影。伪善，即使剪去了指甲，也是伪善；欺骗，纵然它的触角是柔软的，永远是欺骗；谎言，即便穿上绫罗绸缎，住进华丽宫殿，也不能变成真理；奸诈不能转化成忠诚，纵然坐上火车或登上飞船；贪婪不会变成知足，即使二者之间的距离可以丈量，各自的重量能够称掂；罪恶不能变成美德，纵使发生在厂房和学院……至于奴性，屈从于生活，屈从于过去，屈从于训诫，屈从于利益，屈从于衣着，屈从于死亡，那么也就永远是奴性，即使面涂油彩，衣饰鲜艳，奴性毕竟是奴性，哪怕以自由自称。不，老弟，西方人并不比东方人高贵，东方人也不比西方人低贱，二者的不同就像狼与鬣狗之间的差别。我细心观察过，发现种种社会现象背后有一种原始的、公正的法规，它将灾难、盲从、愚昧平均分配各个民族，决不厚此薄彼。

我惊异不已，问道："照这么说，文明及文明所包含的一切都是虚假的？"

他兴冲冲地说："虚假便是文明，文明及其所包含的一切全是虚假的。一切发明创造都是烦腻时用来消遣娱乐的玩具。缩短距离、填平沟壑、征服海空的只是一些充满烟雾的虚假成果，既不能悦目，也不能赏心，更不能提神。至于被人们称为知识和艺术的哑谜，则是金质镣铐和锁链。人们拖着它，喜欢它那闪烁的金光，爱听它那铿锵的响声。那是铁囚笼，人们早就开始锻打铁柱铁条，但他们万万不曾想到，囚笼制成之时，自己却被囚禁在笼子中……是的，人们的工作是虚假的，一切意图、目标、志向、愿望都是虚假的。世界上的一切都是虚假的。在生活的种种虚假现象之中，只有一种值得心向神往倾心思慕的东西，一种，仅仅一种而已。"

"哪一种,先生?"我急忙问。

他沉静片刻,然后闭上眼,双手捂在胸前,满面春风,容光焕发,声音甜润颤抖地说:"那就是精神上的苏醒,即灵魂最深处的苏醒。它是一种思想念头,突然闪过人的意识,使之眼界顿开,使之看到生命充满欢歌,佩戴光环,像一座光明之塔,矗立在天地之间;它是人们天良中的一把火炬,在灵魂深处突然燃烧起来,引着了周围的枯枝干柴,而后腾空而起,遨游于广袤无际的云天;它是一种感情,降落到人的心上,使之认为一切不合他的口味的东西都是丑恶、奇异之物,于是厌弃所有不合他的意愿的东西,反对所有不了解他的秘密的人——它是一只无形的手,揭去了我眼上的遮罩,使我站在亲人、朋友、同胞之中感到茫然,令我惊愕自问:他们都是何许人?为什么总是这样盯着我?我怎样认识他们的?我在哪里见过他们?我为什么生活在他们中间?我为什么和他们一起座谈?我在他们之间是陌生人,还是他们作为异乡客,来到生命为我建造并且将钥匙交给了我的房间?……"

他蓦地静默下来,仿佛记忆在他的脑海中画出了许多他不想展示的图像。他伸出双臂,低声说:"这已是四年前的事了,我离开尘世,来到这空旷野外,以求生活在苏醒之中,饱享思想、情感、幽静之甘美。"

他朝禅房门口走去,望着漆黑的夜色,像是对暴风说话似的喊道:"它是心灵深处的苏醒,只可意会,不可言转;不了解它的人,永远也不会懂得它的奥秘。"

四

思想低声细语,暴风狂烈呼啸。一个漫长的时辰过去了。优素福·法赫里时而走到禅房中间,时而站在门口,凝视那阴沉沉的夜空。至于我,则一声不吭,默默地体会着他的情感波动,细细地揣摩着他的言谈话语,深深地思考着他的生活以及他生活后面的孤独的甘甜与苦涩。二更天过去了,他靠近我,久久地望着我的面孔,似乎想把我的相貌牢牢地铭刻在他的记忆中,因为他向我透露了他离群索居的秘密。之后,他慢条斯理地说:"现在,我要到暴风雨中走一趟。这是我的积习。每年的秋冬两季,我总要尝尝暴风雨的乐趣……给你咖啡壶和香烟!你想喝酒,自己去倒。如果想睡,那个角落里有被褥和枕头。"

他边说,边披上一件黑色的长袍,而后微笑道:"你明天早晨走时,请关好门,因为明天我将在杉树林里度过。"

他朝门口走去,从门旁拿出一根长长的手杖,说:"以后你在这里再遇上暴风,就赶快到禅房里来躲避。但是,我希望你教自己爱暴风,而不要怕暴风……晚安,我的兄弟。"

他匆匆朝茫茫夜色中走去。

我走到门口,想看看他的面孔,他却已经消失在夜幕之中。我站了数分钟,他脚踏山谷石子的声音清晰可闻。

清晨,风暴平息,乌云消散,山林沐浴在阳光之中。我关好门,心怀着一丝优素福·法赫里谈到的那种意味深长的灵魂苏醒之意,告别了禅房。

但是,我刚刚来到人们聚居的地方,看到他们的活动,听见他们的声音,便止步暗想:是啊,精神的苏醒对人来说是最可贵的东西,而且是生存的目的所在。难道文明,包括它的外表形式,不正是精神苏醒的需求吗?我们怎能否认已经存在的事物及其存在的正当性呢?也许现代文明是短暂的偶然现象,然而永恒的规律却使偶然现象成为通往绝对本质的阶梯。

就在那年秋天,生活使我离开了黎巴嫩北部,故没有再见到优素福·法赫里。我被驱赶到一个遥远的国度,那里暴风是温驯的,而隐居修行则是发疯。

魔　鬼

胡里·赛姆昂是一位博学之士,精通心理学、神学,知道罪恶轻重的秘密,掌握地牢、炼狱①、天堂之内情。

胡里·赛姆昂奔波于黎巴嫩北部山村之间,向村民们布道说教,为人们医治精神病患,教人们摆脱魔鬼的绳索纠缠。他与魔鬼不共戴天,虽与魔鬼日夜搏斗,但从不知道厌倦。

村民们待胡里·赛姆昂十分宽厚,常以金银酬谢他的劝导和祝愿;人们争相将自家树上最好的果子及地里最好的谷物馈赠予他。

秋天的一个傍晚,胡里·赛姆昂朝山谷中的一个孤村走去。他行至村外的一块空旷地时,听到路旁传来凄惨的呻吟声。他回头一看,发现一个裸体男子躺在石头上,头上和胸前有多处伤口,鲜血直淌,求救地喊道:

"救命啊! 救救我吧! 可怜可怜我吧,我快要死了!"

胡里·赛姆昂愕然止步,望望那个悲苦的男子,暗自想:这是个可恶的贼,想必是拦路抢劫不成,反被人打伤,正做垂死挣扎;即使我眼看着他死去,我也是无罪的。

胡里想走开,只听那个带伤的男子说:

"别丢下我! 不要扔下我! 你认识我,我认识你。难道我非死不可吗?"

胡里面色泛黄,双唇发颤,心想:他八成是个疯子,在旷野上迷了路。胡里又想:他的伤口实在吓人,我该怎么办呢? ……心理学医生是无法医治肉体创伤的。

胡里走了几步,只听那个带伤的男子大声喊道:

"你靠近我一点! 来呀! 我们许久之前就是朋友了。你是胡里·赛姆昂,是位善良的牧人;我,我不是贼,也不是疯子。你靠近我一些吧! 我告诉你我究竟是谁。"

胡里·赛姆昂走向那个快死的男子,弯腰定睛一看,发现他的面纹奇特:聪明之中夹杂着几分狡猾,丑陋间又透出俊秀神采,凶狠里不乏和善。

---

① 炼狱:天主教所谓的上天国前洗净灵魂上罪恶的地方。

胡里猛然后退，惊恐地问：

"你是谁?"

"别怕!"那个人声音微弱地说，"我们是老朋友了。请你扶我一下，让我站起来，再把我带到附近的小溪边去，用你的手帕给我洗洗伤口。"

胡里大声说：

"告诉我，你究竟是谁。我不认识你。我不记得在哪里看见过你。"

那男子用生命垂危者的声音说：

"我是谁，你是知道的。你成百上千次地遇到过我，在各处都能看到我的面孔。我是最接近你的人。我是你生活中最亲近的人。"

胡里高声喊道：

"好一个骗子! 人近死期，应吐实言。我从来没有见过你。告诉我，你到底是谁;不然的话，我就把你扔下，让你死在血泊之中。"

带伤的男子稍稍移动了一下，抬眼望望胡里，双唇间绽出意味深长的微笑，声音平静、温柔、深沉地说：

"我是魔鬼。"

胡里一声惊叫，整个山谷为之颤动。他再细看那个快死的人，发现其身材、相貌与村中教堂墙壁上挂的那张魔鬼像一模一样，不禁浑身战栗。他高声喊道：

"上帝让我看到了你的丑恶面目，使我加倍厌恶憎恨你这个永远受诅咒的魔鬼!"

魔鬼说：

"你不要这么轻率! 你不要说空话浪费时间了! 快，快给我包扎伤口，免得我的灵魂离开我的躯壳。"

胡里说：

"我的手是每天举神圣祭品的手，是不能触摸你那由地狱中的渣滓构成的躯体的。岁月和人类百般诅咒你，因为你是岁月的凶狠敌人，你干尽了灭绝人性的勾当。你还是死去吧!"

魔鬼说：

"你不知道我说过什么，也不知道你对自己犯下了什么罪。你听着，听我把我的故事讲给你听：今天，我独自行走在这孤零零的山谷里。当我来到这个地方时，遇上了天神派来的一帮大汉，他们向我突然发起猛攻，打得我遍体鳞伤。只因为他们当中有个手持双锋宝剑，凶猛无比，不然，我会把他们全部杀光。我赤手空拳，面对那位全副武装的天神，实在无能为力。"

魔鬼沉默片刻，伸手摸摸腰部的伤口，接着说：

"我猜那位天神就是米哈依尔，他是位英雄豪杰，精通剑术。如果不是因为我倒在地上，濒临死亡的话，我定将他们杀得一个不留。"

胡里颇感自豪地说：

"我为米哈依尔祝福，他从凶恶敌人的魔爪下拯救了人类。"

魔鬼说：

"我对人类怀有的敌意，并不比你与自己为敌更强烈。你为米哈依尔祝福，而米哈依尔对你半点好处都没有。在我受伤之时，你看不起我，侮辱我，虽然我过去和现在都使你得到了幸福、安逸；你生活在我的庇荫之下，能够否认我对你的恩泽吗？或许你根本无视我的存在，不按照我的意志行动。我的过去使你感到心满意足，但可以代替我的现在和将来吗？难道你的财富多到了不容再增的程度？难道你不知道还有妻子老小？没有我，你会失去生计；我死了，你的妻小会饿死的。倘若命运注定我非死不可，那么，当大风吹走了我的灵魂之时，你将从事什么职业呢？二十五年来，你一直漫游在这些山村之间，反复告诫人们躲避我的灾难。人们感谢你，纷纷将手中的金银财宝和地里的谷物果实奉献在你的面前。假若他们得知自己的敌人——魔鬼已经死去，他们还会向你呈送什么吗？你是位精明的神学家。难道你不懂得这样一个道理：鬼的存在决定了它的敌人——祭司的存在！这是固有的敌对关系，像一只无形的手，将信士口袋里的金银悄悄地转移到祭司的口袋之中去。像你这样一位有识之士，难道真的不知道，随着时势的消亡，英雄也就不存在了吗？既然如此,你怎么会希望我死掉呢?要知道,你的地位将因我的死亡而丧失,你的生路将因我的死亡而中断,就更无面包填补你妻子儿女的饥腹了。"

魔鬼沉默片刻,脸上显露出央求的神情,然后说:

"你这个执拗的傻瓜,听我说!我将让你看看你我休戚与共、息息相关的事实。起初,人站在太阳前,伸展双臂,首先喊道:'七重天上,有从善如流的伟大上帝,'然后背朝阳光,发现自己的影子落在地上,又喊道,'九层地下,有为恶作歹的该死魔鬼。'之后,人朝山洞走去,低声自语说:'我处身于两个神灵之间,一个是我服从的神,另一个是我抗拒的神。'岁月蹉跎,人一直处于两种绝对力量之间:一种力量带着人的灵魂升天,人为之祝福;另一种力量拖着人的躯体入地,人报以诅咒。但是,人并不懂得祝福的意思,也不明白诅咒的内涵,人像夹在这两种力量之间的一棵树那样,夏至身穿绿装,冬来枝秃干光。当文明的曙光照耀人类时,出现了家庭,接着出现了部落,由于爱好不同,劳动分工出现了,随之产生了各种职业,有的耕种土地,有的建造房屋,有的织布缝衣,有的冶炼金属。很久很久之前,地球上就出现了祭司,这是人类创造的第一个人类社会和自然界都不需要的职业。"

魔鬼静默下来,而后放声大笑,整个山谷为之动摇。这大笑扩展了他的伤口,痛得他用手撑住腰部。他凝视着胡里·赛姆昂,说:

"就在那时候,地球上出现了祭司。老弟,我给你讲讲祭司出现的情况吧:在原始部落里,有一个名叫拉维斯的人。我不知道他为什么起了这么一个怪名字。拉维斯是个聪明绝顶的男子,但他懒得出奇,既不乐意耕耘土地、建造房屋,又不喜欢放牧狩猎,他讨厌一切需要动手动脚的活儿。那时候,一切食粮都是用劳动换来的,因此,拉维斯总是空腹过夜。夏日的一个夜晚,部落的一些人聚集在他们的首领的茅舍周围,畅谈着一天的收获、见闻。突然,一个人站起身来,指着月亮,惊恐地喊道:'你们看,夜光神的脸色都变了,光辉消逝,成了一块乌石,悬挂在天上。'众人仰脸一看,果然不错,禁不住喧哗起来，个个心慌意乱，人人坐立不安，仿佛黑煞神之手已揪住了他们的心。人们眼看着夜光神慢慢地变成了一个漆黑圆球，大地表面亦暗了下来，山峦、河谷罩上了一层黑色的面纱。曾经多次看到过日食月食的拉维斯来到人们中间，双臂举到空中，一番故弄玄虚之后，诡计多端地喊道：'跪拜吧！叩头吧！祈祷吧！捂上你们的脸！黑煞神正在与夜光神搏斗。假若黑煞神占了上风，我们就得死去；只有夜光神取得了胜利，我们才能生存。祈祷吧！捂上脸，合住眼，不要抬头望天！谁看夜光神与黑煞神搏斗，谁就会失明，而且会神经错乱，疯疯癫癫。俯首叩拜吧！用你们的心灵援助夜光神战胜顽敌黑煞神。'

"拉维斯一直用这种腔调说话，一心想创造几个新鲜奇特的词语，不断重复着刚学来的词汇。半个小时过去了，月亮恢复了原来的圆满和明亮。拉维斯提高声音，兴奋、愉快地说：'现在终止祈祷吧！你们看，夜光神战胜了黑煞神，继续行驶在诸星辰行列之间了。你们知道，你们用叩头和祷告援助了夜光神。夜光神欣喜若狂，因此，你们才看到它更加皎洁、明亮。'

"人们终止了叩拜，抬头遥望圆月，果然发现月亮晶莹光明如初，恐惧之情顿时化为乌有，人人手舞足蹈，个个欢呼雀跃，纷纷挥动手中的棍棒，敲击铁桶铜盆，整个山谷回荡着呼喊欢笑声。

"就在当夜，部落首领把拉维斯叫到面前，对他说：'今天晚上，你带来了前所未有的喜讯。在我们中间，除你之外，谁也不了解生命的秘密，我为此感到无比庆幸。从现在起，你就是本部落中仅次于我的第二号头领。我勇猛果敢，膂力过人；你通今博古，足智多谋。你是我与神之间的当之无愧的中介人。你可以向我转达神的意旨，向我说明神的功绩和秘密。为了取得神的欣喜、宠爱，你能告诉我该做些什么吗？'

"拉维斯回答说：'神给我托的梦，我将一一禀报；神有什么愿望，我定如实转达。我的确是首领和神之间的中介人。'

"首领大为高兴，随即赏给拉维斯两匹宝马，七十头牛犊，七十头羝羊，七十头母羊，并且对他说：'我将派本部落的壮汉们为你建造一座和我的房子一模一样的住宅。每个季节之末，他们将把土地的一份收成奉献给你。你将作为一位受人敬重的头领，在我们这里永远生活下去。'

　　"这时候，拉维斯站起来要走，首领忙喊住他，问：'你说的那位黑煞神是谁，它怎敢与夜光神进行搏斗呢？我们压根儿没听说过，也不知道有这么一位神灵。'

　　"拉维斯搓了搓前额，答道：'首领阁下，在许久许久之前，当时人类尚未出现，所有的神灵和睦共处，一起生活在银河后边一个遥远的地方。大力神本是神中之王，众神之父，知众神所不知，能群神所不能，单独保守着隐蔽在永恒规律之后的部分宇宙秘密。在十二世代的第七世纪，白塔尔背叛了他的父王。一天，白塔尔来到他父王大力神面前，说：'您为什么对所有生灵都保持着自己的绝对王权，不让我们知道宇宙规律和世代秘密？难道我们就不是您的儿女，无权与您共享权利与永恒幸福？'

　　"神王勃然大怒，回答说：'我将永远保持我的优先地位、绝对王权和基本秘密。我就是开端，我就是结尾。'白塔尔说：'您如果不把您的权力分给我一份，那么，我和我的子孙就要背弃你。'当时，神王站在宝座上，顺手抄起银河当宝剑，抓住太阳作盾牌，一声怒吼，震得整个宇宙颤抖，喊道：'可恶的叛徒，快滚到下界去吧！那里黑暗、阴森，你到那里徘徊游荡去吧，直至太阳化为灰烬，星辰变成尘埃。'就在那时，白塔尔离开神境，来到下界，来到群魔栖身的地方，并且暗自立下誓言，决心永远对抗父兄，为那些敬重父兄的人设立种种障碍。

　　"首领眉头紧皱，面色如土，问道：'那么黑煞神的名字就叫白塔尔了？'

　　"拉维斯回答说：'白塔尔是它在神界的名字；下界之后，它有了其他名字，如白阿来、兹卜尔、易卜里斯、赛塔纳伊尔、白勒亚尔、宰姆亚尔、艾哈里芒、麻里赫、艾卜东、舍易塔奴，其最通用者就是魔鬼。'首领一遍又一遍地重复着魔鬼的通用名字，声音颤抖沙哑，就像风摇动干枯树枝发出的响声。而后又问：'为什么魔鬼像讨厌神那样地憎恨人呢？'拉维斯答道：'魔鬼之所以憎恨人类，并且想把人类消灭掉，因为人是其兄弟姐妹的后裔。'首领难堪地说：'照那么说，魔鬼该是人类的叔伯、舅舅？'拉维斯用不无慌乱和暧昧的口气说：'是啊，我的首领！但是，魔鬼也是人类的最凶恶的敌人，正是它使人们的白天充满灾难，令人们的夜晚噩梦联翩。魔鬼有一种强大的力量，可将风暴引向人类的茅舍，可以放火焚烧人类的田园，为他们的牲畜带来瘟疫，给人们的身体传染病患。魔鬼是位凶狠、残暴、冷酷、恶毒的神。我们遭殃，魔鬼欢乐；我们高兴，魔鬼悲伤。因此，我们应该弄清魔鬼的特点，以便防备它的恶毒用心；我们必须研究魔鬼的品格，以便摆脱它的阴谋诡计。'

"听到这里，首领头倚着手杖，低声说：'我明白了。原来，我对这些是一无所知的。我终于弄明白了那种巨大力量的秘密。啊，原来是魔鬼唆使风暴毁坏我们的住宅，给我们的牲畜带来灾难。拉维斯，如果全体人民都知道了这个真理，他们会向你祝福的，他们会感谢你给他们透露了敌人的秘密，教给他们如何防范敌人带来的灾难。'

"拉维斯辞别首领，朝自己的卧室走去，为自己的才思敏捷感到不胜欣喜，深深陶醉于自己想象的美酒醇香之中。而部落首领及其手下人，则一整夜没能安睡，辗转反侧在各自床上，醒时鬼影密布周围，合眼噩梦接连不断。"

带伤的魔鬼说完这大段话之后，平静下来。胡里·赛姆昂凝视着魔鬼，发现它二目无神，双唇间泛出垂危的笑意。

魔鬼继续说：

"就这样，地球上出现了祭司，我的存在就是祭司产生的原因。拉维斯是第一个以与我作对为职业的人。他死之后，经过他的子孙的努力，这种职业发展起来，并且逐步壮大，直至变成一门神圣、精细的艺术，只有那些智力发达、灵魂高尚、心地纯洁的人才能掌握。在巴比伦，每当祭司以其说教反对我时，人们便向祭司连续磕头七次；在尼尼微，人们将佯称了解我的秘密的人看作是人和神之间的金锁链；在塞伊卜，人们将与我为敌的人尊为太阳之儿、月亮之子；在巴比勒斯、艾弗席斯、安塔基亚，人们教自己的儿女去讨我的匹敌的欢欣；在奥尔舍里姆和鲁迈，人们将自己的生命交给唾弃、疏远我的人。在太阳下的各大城市里，我的名字是科学、艺术、哲学机构的核心。庙宇只有以我的名义才能建造；学院、学校因我的影响而诞生；宫殿、高塔也是为了提高我的地位才拔地而起。正是我，使人类产生了信念，思想中产生了计谋，手脚也勤劳起来了。我是永恒的魔鬼。我为了生存才不停止地与人搏斗。倘若人们中止了与我的斗争，那么，他们的思想将会僵化、呆滞，他们的精神将会懒散、颓废，他们的身体将会酸软乏力。我是永恒的魔鬼。我是无声的风暴，飞旋在男人的头脑里和女人的胸中。我把他们的爱好引向寺院、禅房，让他们对我诚恐诚惶，自愿表彰我的功绩；或者将他们的嗜好引向花街柳巷，让他们以屈从我的意志为欢乐。静夜下，修道士虔诚地祈祷，以便把我赶走；其实呢，恰如娼妓，正呼唤我接近其床头。我是永恒的魔鬼，我以恐惧作基础，建造了花街柳巷；以嗜好为根底，兴筑了酒店烟馆。世上没有我，也就没有恐惧和欢乐，人类的理想、愿望也将随之隐没，生活将像弦断腰折的吉他，变得无声无气，冷清乏味。我是永恒的魔鬼。我主张欺骗撒谎、搬弄是非、背地咒骂、背信弃义、讽刺挖苦。假若世界上没有这些东西，人间将变成一座被遗弃的花园，除了荆棘、蒺藜之外，那里一无所生。我是永恒的魔鬼。我是万恶之源。罪孽灭绝了，同罪恶搏斗的人也便不见了，你也随之隐没，你的子子孙孙、同事友人也将销声匿迹。我是万恶之源。难道你愿意以我之死换取罪孽的消亡？难道你想用停止我的心脏跳动来终止人类的奔忙？难道你想用除根的办法来消除谩骂诽谤？我是真正的根源，你乐意让我死在这里吗？神学家，请你回答！难道你真想中断你我之间久已存在的友谊？"

魔鬼展开双臂，伸了伸脖子，长长地叹了一口气，遍体呈绿灰色，犹如尼罗河畔久经风雨的一尊古老塑像。魔鬼睁开明灯似的眼睛凝视着胡里·赛姆昂，说：

"我已说得精疲力竭。我重伤在身，本不适于和你长谈，出奇的是,我竟然口若悬河,讲述一个你比我更明白的道理,说明一件对你更有利的事情。事到如今,就随你的便吧!你可以把我背回家去,为我医治伤残,也可以把我扔在这里,让我死于荒原。"

魔鬼说着,胡里·赛姆昂边听,边揉搓手。过了一会儿,胡里惊慌失措地说:

"到现在,我才明白了你的话,请宽恕我的愚昧无知。我知道你存在的价值在于考验事物。你是上帝用来度量人的精神力量的尺子,衡量人的灵魂轻重的天平。假若你死了,考验便不复存在,使人们保持警惕的那种精神力量也随之消亡,引导人们礼拜、祈祷、斋戒的根源也便丧失。你应该活着。倘使人们知道你已死去,他们就不再怕什么地狱了,继而会放弃信仰,为所欲为,放肆造孽了。你应该活着。有你在,人类便会远离不道德的行为。我出于对人类的爱戴,我不再憎恶你了。"

魔鬼听后,哈哈大笑,声震四方,其势如火山爆发。而后说:

"尊敬的阁下,你聪慧豁达,颇通神学。从你的学识之中,我发现了从未找到过的自我存在的理由。我明白了神学的真正道理。我们应该立即离开这里。请把我背回你家去吧!我的身子不重,而且有一半血已淌在这山谷的石头上。你看,天色已晚,快一点吧!"

胡里·赛姆昂卷起袖子,把长袍塞在腰里,背起魔鬼,朝大路走去。

夜幕笼罩下的山谷死一般的寂静。胡里·赛姆昂身背一个赤身大汉朝自己的村庄走去;大汉伤口鲜血淋漓,污染了胡里那黑色的衣衫和他那散乱的胡须。

苏 尔 班

地点 贝鲁特优素福·米赛莱家中

时间 一九〇一年秋天的一个夜晚

人物 包利斯·苏尔班(下称苏尔班)

　　　　——音乐家、文学家

　　优素福·米赛莱(下称优素福)

　　　　——作家、文学家

　　希拉娜·米赛莱小姐(下称希拉娜)

　　　　——优素福胞妹

　　赛里姆·穆阿维德(下称赛里姆)

　　　　——诗人、四弦琴师

　　海里勒·塔米尔贝克(下称海里勒)

　　　　——政府职员

　　　　幕徐徐拉开,展现在观众面前的是优素福家的客厅,四壁图书,桌上堆放着书稿。海里勒贝克①抽着水烟。希拉娜小姐正在绣花。优素福吸着卷烟。

海里勒　(对优素福)今天,我读了你那篇关于美术及其对道德的影响的文章,令我十分叹服。假若不是通篇充满洋式文风,简直可以说是同类题目下的最佳文章。优素福先生,我认为西方文学给我们的语言带来了不良影响。

优素福　(微笑着)朋友,也许你的看法是对的。可是,你洋装在身,用洋式杯碟进餐,坐着洋式椅子,岂非与你的主张相矛盾,不是自己跟自己过不去吗?! 此外,你喜读西方书籍胜过阿拉伯书。

海里勒　这些表面现象与文学艺术毫不相干。

优素福　这之间确乎存在着一种实实在在、活活生生的关系。倘若在这个题目上稍稍进行一点点深入研究,便会发现文学艺术与习惯风俗、宗教、服饰及社会传统密不可分,而且与我们社会生活中的各种现象密切相关。

海里勒　我是东方人,我将永远是东方人,直至生命最后一息。因

────────────

① 贝克:土耳其奥斯曼帝国时期,对中小官吏的尊称。

此,我坚决反对某些欧化现象,期望阿拉伯文学保持其纯洁性,
免受任何外来影响。

优素福 照这样说,你是希望阿拉伯语言、文学灭亡啦?

海里勒 怎么会呢?

优素福 一个古老国家,倘若不吸收新兴国家的成果,必将导致道德
上的灭亡,精神上的崩溃。

海里勒 你的论点需要论据呀!

(这时,苏尔班、赛里姆走进客厅,在座者一一起立,以示敬
重之意。)

优素福 欢迎二位兄弟!(对苏尔班)欢迎叙利亚夜莺。

(希拉娜小姐面颊微红,兴奋神采显而易见,望着苏
尔班……)

赛里姆 喂,优素福,凭真主起誓,你不应该为苏尔班说半句好话。

优素福 为什么?

赛里姆 (半认真、半玩笑地)因为他不值得敬重、表扬或赞誉。他是
个讲究西方道德观念的人,他是个疯子。

苏尔班 (对赛里姆)我让你跟我来这家做客,莫非意在要你揭露我
的短处,解释我的道德观?

希拉娜 究竟怎么啦?赛里姆先生,难道你在苏尔班的品格中发现
了什么新缺点?

赛里姆 他的老缺点将不断翻新,直到他死亡,被埋葬,骨头变成
泥土。

优素福 告诉我们,究竟发生了什么事?请把事情从头到尾给我们
讲一遍吧!

赛里姆 (对苏尔班)你是让我揭露你的罪过,还是自己主动坦白交
代呢?

苏尔班 我希望你像坟墓一样沉默,像老者的心脏一样平静。

赛里姆 那么,就让我来说吧!

苏尔班 看来,你有意让我今夜苦熬时光喽!

赛里姆 不！我只是想把你的故事讲给这些朋友们听听，好让他们对你的见解进行研究。

希拉娜 （对赛里姆）讲吧！让我们知道一下究竟发生过什么事。（对苏尔班）说不定赛里姆揭示的罪过，还是你的一项功德呢！

苏尔班 我没什么罪过，同样也无什么功德可言。我们这位朋友想揭露的问题，简直不值一提。此外，我不希望你们利用这消夜良辰来谈论鄙人。

希拉娜 好！那么，就让我们听听新闻吧！

赛里姆 （点着香烟，在优素福身旁坐下来）先生们，贾拉勒帕夏①的公子结婚的消息，我想你们已经听说过。而且知道新郎的父亲于昨晚举行过盛大欢庆晚会，请去本城显贵名流。（指着苏尔班）帕夏把这位恶人请去了，鄙人也在应邀之列，原因在于人们把我看作苏尔班的影子：他去哪儿，我必去哪儿；他站在何处，我也必立身何处。蒙安拉安排，没有我的四弦琴伴奏，苏尔班先生是从不放开歌喉的。我们到贾拉勒帕夏家的时间比较晚。我们的苏尔班先生似帝王像君主，总是最后到场。我们到那里时，看见省长及穆特朗贝克已在，且发现贵宾席上满坐美女、文学士、诗人、富翁和头领。我们落座香炉与酒杯之间，人们的目光同时射向苏尔班先生，俨然乎他是一位神仙，突然间自天而降。女士们竞相朝他走来，有的向他献花，有的向他递酒，一时场面热闹异常，恰似雅典妇女迎接自战场凯旋的英雄。简而言之，自晚会一开始，我们的苏尔班先生就成了被众宾敬重、款待的目标……我抱起四弦琴，弹了一曲又一曲。等我弹完第三支曲子时，苏尔班先生方才开启他那神圣的双唇，唱了一首歌……那是伊本·法里德②的一首诗，诗中云：

---

① 帕夏：土耳其奥斯曼帝国时期，对高级文官的尊称。

② 伊本·法里德(1181—1234)：伊斯兰教苏菲派诗人。生于开罗。曾离群索居十五年，写下了大量神秘主义诗歌。

> 除了我,世人皆会淡忘往事;
>
> 除了我,谁都会背弃其情侣。

在座者人人伸长脖子,个个侧耳细听。仿佛穆苏里①从永恒幕帘后重返人间,在人们耳旁,低声唱着怡神销魂妙曲。过了一会儿,苏尔班先生中止了歌唱。人们满以为他喝下一杯酒之后接着唱,但万没有想到,他竟一直没再开口。

苏尔班 (语气严肃地)我希望你至此住口。我不能再听你这种愚蠢的谈话。我丝毫也不怀疑,从他这种啰啰唆唆、空洞无物的言谈中,朋友们是找不到任何乐趣的。

优素福 你就让我们听完这个故事吧!

苏尔班 (原地站起)看来,你们宁愿听这种无聊谈话,也不希望我在你们中间坐一坐。对不起,我要告辞了。

希拉娜 (意味深长地望了苏尔班一眼)苏尔班先生,请您坐下。无论如何,我们总还是和你站在一起的。

(苏尔班坐下,脸上满堆忍耐、克制神情。)

赛里姆 (继续讲)我刚才说过,苏尔班先生唱了一支歌,即伊本·法里德那首诗,便默然无语了。我的意思是说,仅仅如此,他便让那些可怜的饥民们尝到了一口神仙提供的美味,继而踢翻桌子,打碎杯碟,然后坐下,一声不响,宛如坐落在尼罗河畔沙漠上的狮身人面像。女士们一个个相继站起身来,走到苏尔班先生面前,柔声细语乞求他再为大家演唱一支歌。但是,苏尔班先生却向她们表示歉意,说:"十分抱歉,我感到嗓子疼。"显贵名流、富翁巨贾们纷纷站起,苦苦哀求苏尔班先生再开歌喉,但先生却无动于衷,毫无心软表现,反而更加呆滞、僵固、冷酷,好像安拉已把他的肉心石化,将他腹中之歌变成了媚态与风雅。夜半之后,在座者失望至极,贾拉勒帕夏把苏尔班先生叫到旁边一个房间,

---

① 穆苏里:阿巴斯时代著名歌手。

将一把银币放入先生的口袋里,并且说:"先生,您既能使我们的晚会以欢乐结尾,也可令之扫兴落幕。因此,我求您接受这份薄礼,不是作为报酬,仅仅当作我对您的一点心意,请你万勿让宾朋们失望。"这时,苏尔班先生的身材突然显得高大起来,随之脸上浮现出傲然神气,将银币扔到旁边的一张凳子上,操着开国帝王的语调,说:"贾拉勒帕夏,你看不起我,你在侮辱我!我到你家来,并不是为了卖唱,而是向你贺喜的。"贾拉勒帕夏一时丧失了耐心和克制力,随后吐出一串粗鲁言词,致使敏感的苏尔班先生骂骂咧咧地离开了帕夏家门。我哟,我这个可怜人,也抱起四弦琴,尾随苏尔班离开了那一张张漂亮面孔、一个个苗条身材,还有那玉液琼浆、美味佳肴。是啊,我之所以做出那么大的牺牲,完全为了保住同这个顽固、执拗之人的友谊。我做出的牺牲那样大,可是时至今日,先生都不曾向我表示谢意,既没有称赞我的勇气,也未承认我对他的友情与忠诚。

优素福 (笑着)真的,这件事真有意思,简直值得用针把它写在眼里。

赛里姆 我还没讲完,精彩处尚在结尾;那神奇古怪的尾声,就连艾赫里曼·法尔斯和赛伊法·胡努德做梦也未曾想到过。

苏尔班 (对希拉娜)看在小姐面上,我留在这里。现在,我求你让这只青蛙就此停止蹦跳吧!

希拉娜 苏尔班先生,你就让他说下去嘛!不论故事结尾如何,我们总是诚心诚意与你站在一起。

赛里姆 (点上第二支烟,接着说)刚才说过,我们走出贾拉勒家门时,苏尔班咒骂着那些富翁、显贵的名字,而我则暗暗诅咒他。之后,你们猜想会怎样?我俩各自回各自的家吗?你们以为昨夜晚会就这样结束?请诸位耐心听下去,定会惊讶不已的。正如你们所知,哈比卜·赛阿德的住宅与贾拉勒帕夏家仅有一个小花园之隔。你们晓得,哈比卜也是一位酒友歌迷,系苏尔班大师的崇拜者之一。我们步出帕夏门口,苏尔班停下脚步,站在大街当中,手指搓着额头,宛如一位大将军,正在考虑对某敌对王国进行征战大事。片刻过后,他突然迈开步子,向哈比卜家走去。用力按过门铃,哈比卜开了门,只见主人身着睡衣,揉着眼睛,打着哈欠,口中念念有词。可是,当他看清苏尔班先生的面孔,又见我腋下夹着四弦琴时,他的脸色霎时变了过来,双眸闪闪有光,仿佛顿时云消雾散,晴日当空,春风满面地说:"是哪阵香风,这么早就把你们吹来啦?"苏尔班回答道:"我们是来你家为贾拉勒帕夏的公子贺新婚之喜的。"哈比卜说:"莫非帕夏公馆令你们感到什么不便,致使你来到这寒家茅舍?"苏尔班说:"帕夏公馆的墙壁没有听赏琴声与歌喉的耳朵。因此,我们来到贵府。快拿酒菜来,不要多说什么了!"说话之间,我们围桌坐下。苏尔班没喝上一两杯酒,便站起身来,推开临着贾拉勒帕夏公馆花园的窗子,然后把四弦琴递给我,同时用命令的口气,说:"穆萨,这是你的棍子,让它变成巨蛇,令其将埃及所有的蛇吞食掉吧! 弹奏一曲《纳哈万德》,弹得长一点,奏得美一些。"我身为仆从,只有俯首从命,我怀抱四弦琴,弹起《纳哈万德》。苏尔班面向贾拉勒公馆,放开歌喉高唱……

(说到这里,赛里姆沉默片刻,脸上那种开玩笑的表情不见了,遂改用沉静、严肃的口气)

十五年前,我就认识苏尔班先生;自打少年读书时,我们就是同窗好友。他在欢乐和悲伤时都要唱歌。我听他有时像丧子的母亲那样伤心哭号,有时像情人那样欢悦吟唱,有时像得胜者那样笑逐颜开。全城安歇、人们入梦时,我曾听到他静夜里细声吟唱;教堂的钟声将神威与庄严洒满天空时,我曾听他引吭高歌。是的,我听到他的歌声何止上千次,因此,自感对先生的灵魂之动静了如指掌。可是,昨天夜里,他却一反常态,把脸转向贾拉勒公馆,闭上双眼,唱道:

　　我每日倾吐心中之爱,
　　　然而越说而情思越浓。

他唱得节奏轻快,潇洒自如,若黄叶随金风飘舞。我暗自思忖:不……过去,我对苏尔班的灵魂并不谙熟,仅知皮毛而已;现在,我才刚刚摸到核心。过去,我所听到的仅仅是先生的喉音;而今,方才闻到他的心声。苏尔班演罢一角色又演另一个角色,唱完一曲又唱一曲,直至使我产生了一种幻觉,仿佛天上有一群情人之魂在翱翔翻飞,低声呼唤着遥远过去的美好回忆,传播着夜幕包裹中的人类纯美希望与梦想。是的,先生们,(他指着苏尔班)昨夜这位大师登着艺术的天梯,直摩云天繁星。出奇的是,直到黎明时分,他还没有落地。正如《旧约》诗篇中所记述的那样,他一声未响,就把敌人踩到了脚下。贾拉勒帕夏的满堂宾朋一听到苏尔班的歌声从哈比卜家中传出,一个个争先恐后,拥向窗子,男男女女抢座,互不相让。苏尔班每唱完一句或一节,他们便发出一阵赞叹声。有的则走到花园里,站在树下,无不兴致勃勃,人人引颈静赏,只是对这位大师的怪脾气有些大惑不解;尽管如此,他们的心间却充满着一种难以言状的陶醉之意。有的人高声呼喊着苏尔班的名字,表示友好与祝愿之情;有的简直在狂叫,似在进行威胁与辱骂。我从一位客人那里得知,贾拉勒帕夏当时像雄狮一样吼叫,从一个房间走到另一个房间,边咒骂苏尔班,边对宾朋们大发雷霆,尤其对那些端着菜盘、举着酒杯跑到花园里去的人们,更是格外恼火。这就是昨夜发生的事情全貌。你们如何评说我们这位疯狂才子呢?你们对他的怪癖性情有何看法呢?

海里勒　这真是一件怪事。我的看法是:首先,我欣赏苏尔班先生的才能;尽管如此,但我要说,他昨晚这种做法是错误的。他本来可以像在哈比卜家那样,在贾拉勒公馆唱歌,好让众人们欣赏他的艺术。(对优素福)优素福先生,你说呢?

优素福　我不抱怨苏尔班先生;同时,我也无意了解他心灵深处的隐秘。因为我知道这是他的个人问题,与他人无关;我还晓得艺术家的性格,尤其是音乐家的性格,与一般人大不相同,用衡量一般人工作的尺度去衡量艺术家的劳动,那是不正确,或不合理的。艺术家——我指的是以自己的思想与情感去创造新形象的艺术家——必定是不同于其亲友的古怪人;在故国,他是异乡人;在这个世界上,他是位陌生人。艺术家,当人们向西走时,他偏偏向东;艺术家,往往因内心里不能展示的因素而激动;艺术家,在欢乐的人群中他悲伤,而在悲伤的人群里他却欢乐;艺术家,在强者中间他懦弱无能,而在弱者当中他却坚强英勇;艺术家,高居于法律之上,不管人们生气还是高兴。

海里勒 优素福先生,你的这番话,其中心思想,与你那篇关于美术的论文中所阐述的想法没有什么两样。请允许我再说一遍,你所宣扬的那种西洋精神,必将成为我们作为一个民族而灭绝、作为一个国家而消亡的原因之一。

优素福 难道你认为昨夜苏尔班的作为是你所憎恶的那种西洋精神的一种表现?

海里勒 苏尔班先生的作为使我感到不解。尽管如此,我仍然很敬重他。

优素福 如何展示自己的艺术才能,何时放开歌喉,莫非苏尔班先生不能自由决定?

海里勒 他当然有自由决定的权利。不过,我认为我们的社会生活现实与这种自由不合拍,我们的爱好、习惯与传统不允许一个人像苏尔班先生昨晚那样行事,否则处境尴尬。

希拉娜 这真是一场既有兴味、又有益处的争论。不过,鉴于这场争论自有其原因,故当事者应该有权进行自我辩护。

苏尔班 (久久沉默之后)我本不希望赛里姆谈这件事,相反愿昨夜之事随昨夜过去而消失。不过,正如贝克所说,正因为我处境尴尬,所以不得不谈谈自己关于此事的看法。你们知道,而且我也很清楚,认识我的大多数人都在批评我:有的说我卖弄风骚,有的说我搞邪门歪道,还有一些人说我寡廉鲜耻。为什么会招来这么多令人伤感的批评呢？原因在于我的性格，在于我那不能改变、即使能改也不想改变的性格。究竟人们为什么那样关心我及我的性格呢？难道他们不能把我忘掉？在这座城中，有许多位歌手和音乐家，有许多位诗人和评论家，还有许多乞丐和叫花子，他们靠出卖自己的声音、思想、感情，乃至出卖自己的灵魂，以便换取一个铜板、一口残羹或一杯剩酒。我们的富翁和显贵都知道这个秘密。因此，我们看到他们在以廉价收买文学艺术家，就像把马匹车辆停放在广场和道路上那样，将他们陈列在公馆与殿堂里。诸位先生，在东方，艺术家和诗人是端香炉的人，不，简直是奴隶，为了活下去，他们不得不唱于婚礼，歌于晚会，号于丧仪，哭于坟茔。他们是在悲痛白日与狂欢夜下转动的机器。没有悲伤与欢乐的日子，他们则被抛弃一边，好像没有任何价值的货物。我不怨恨那些显贵和富翁，只是咒骂那些歌手、诗人和墨客，因为他们不尊重自己，不珍惜自己的汗水。我憎恶他们，因为他们不屑于做小事；我责怨他们，因为他们宁愿跪着屈辱求生，却不肯站着自由而死。

海里勒　（兴奋地）昨天夜里，人们苦苦哀求你，千方百计讨好你，为的是听赏你的歌声。莫非你认为在贾拉勒帕夏公馆唱歌是一种屈辱？

苏尔班　若能在他家唱，我自然会唱的。可是，我环视四周，发觉在座者当中，不是只能听见银钱响声，而根本听不到歌声的富翁，就是压根儿不理解生活，只会抬高自己、贬低别人的显贵。在那些应邀宾朋中，找不到一个能够区分《纳哈万德》与《莱斯德》或《伊斯法罕》与《欧沙格》的人①。因此，我不能在瞎子面前敞开我的胸怀，或者在聋子耳旁述说我的心底之秘。音乐是灵魂的语言。音乐是一股暗流，波浪起伏于歌手与听众灵魂之间；如果没有灵魂听，并且能够理解所听到的乐声的话，那么，歌手便失

----

① 请参看本书《音乐短章》。

去了说明的兴趣,同时也便失去了表露心底动静的愿望。音乐如同上着紧而敏感琴弦的吉他,只要弦一松,特性即刻消失,变成了麻线。

　　（说到这里,苏尔班站起来,走了几步,然后放慢速度说）

　　在贾拉勒帕夏公馆里,我的灵魂的弦松弛了。因为我打量了在座的男男女女,出现在我面前的人都是那样矫揉造作、装腔作势、故步自封,妄自尊大和愚昧无知。他们苦苦哀求我,原因在于我毫无表情、无动于衷、默不作声。倘若我像那些爱唱歌的青蛙一样,就不会有人重视我。

海里勒　（开玩笑地打断苏尔班的话）那之后,你到哈比卜家去了。为了斗气——仅仅为了这斗气——你坐下一直唱到天明。

苏尔班　我坐在那里,一直唱到东方亮,因为我想把心中的一切倾吐干净,想把肩上的重担卸掉,想责备黑夜、生活和时代。我还感到自己迫切需要紧一紧在帕夏家松弛了的那些琴弦。海里勒贝克,倘若你认为我意在斗气,当然你是有权利任意猜想的。艺术是一只自由的鸟儿,可信意在天空翱翔,也可随意落在地上,在这个世界上,没有任何一种力量能束缚它的翅膀,或者改变它的意向。艺术是一种高尚的灵魂,不能出售,也买不来,东方人应该知道这一绝对真理。至于我们当中的艺术家——他们是凤毛麟角,比红色硫黄还稀罕——则应该自重自尊;因为他们的心灵是容器,安拉使其盛满了玉液琼浆。

优素福　苏尔班先生,我完全同意你的看法。关于这个问题,我已用一种连自己都说不明白的方式阐述了我的思想。你是位艺术大家,而我不过是个艺术研究者罢了。因此,你我之间的差别如同甜醇酒与酸葡萄。

赛里姆　苏尔班谈话如同唱歌,会令听者佩服得五体投地。

海里勒　我还没服,而且不能服。你们的这种哲学思想,只能算是从西洋国家传到我们这里来的一种疾病。

优素福　贝克阁下,假若你有机会听苏尔班唱歌,你定会佩服至极,把哲学忘到脑后去。

      （这时女仆走进来）

女仆   （对希拉娜小姐）小姐，奶油白糖粉丝出锅了，我放在桌子上啦。

优素福   （站起来对大家说）弟兄们，请吧！我为大家备下了美味菜肴，可口极啦，其甜美程度，堪与苏尔班的歌喉相媲美。

      （众人站起，优素福、海里勒、赛里姆相继出门。苏尔班、希拉娜仍站在客厅中间，面面相对，眷恋凝视，彼此明眸间闪烁着一种无法描绘的光芒。）

希拉娜   （低声地）昨夜我在听赏你的歌声，你知道吗？

苏尔班   （惊异地）小姐，你说什么？

希拉娜   （惶恐、含羞地）昨天，我在姐姐玛丽娅家里，因为她丈夫不在，她一个人在家有些害怕，要我去和她做伴，我也就睡在她家了。

苏尔班   你姐夫家离那里很远吧？

希拉娜   与哈比卜家仅隔一条窄胡同。

苏尔班   你听见我唱歌啦？

希拉娜   我听到了你的灵魂的呼声，自夜半一直听到天明。我不仅仅听到了你的声音，还听到安拉说话。

      （隔壁传来优素福的声音，只听他在喊："苏尔班，快请啊！粉条菜都要凉啦！"）

      （苏尔班、希拉娜相跟出门。）

——幕落

诗人巴勒贝克

一

前一一二年。巴勒贝克城。

国王端坐金黄宝座，四周华灯高照，香烟缭绕。将领、祭司分坐国王左右两侧；兵士、奴仆面对国王肃立，犹如一尊尊塑像直立太阳神前。

时过不久，歌罢乐休，一切声息俱淹没在夜神的衣褶之间。首相站在国王面前，用老年人那种微弱、颤抖的声音说：

"国王陛下，昨天，一位印度贤哲抵达本城，其人相貌非凡，说道广博，皆为我们闻所未闻，见所未见。他号召人们笃信：灵魂从一个躯壳投生到另一个躯壳，从一代转移到另一代人，直至完美无缺，加入神灵行列。今夜，这位贤哲要求晋见陛下，向您陈述他的见地。"

国王点点头，微笑着说：

"既然他从印度带来了宝贵真经，不妨唤他进来，听他一番说道。"

不一会儿，一位褐色皮肤的中年人走了进来，表情严肃，浓眉大眼，面孔圆阔。不用多言，便知其人心底藏有隐秘，气质奇异非凡。他向国王行过鞠躬礼之后，抬起头来，二目光芒闪烁，开始论述他的新教义，细说灵魂如何从一个躯壳转入另一个躯壳，怎样按自己选择的中介因素步步升高，又如何依据自己经历过的事情，在荣誉的阶梯上逐级攀登，与使其幸福或悲凉的爱情同眠共生……而后，他又开始讲灵魂怎样从一个地方转向另一个地方，寻求它所需要的东西，赎过去犯下的罪过，收获在另一处播种下的谷禾。

话语冗长，国王面露腻烦神情，于是首相靠近贤哲，耳语道："先谈到这里吧，有机会再说。"

贤哲退后，坐在祭司们中间，闭目养神，仿佛因凝视万物而感双目不胜倦怠。

一阵寂静之后，国王左顾右盼，问道：

"我们的诗人到哪里去了？我许久不见他了……过去，他每天晚上都来做客，现在，他究竟怎么啦？"

一位祭司说："一个礼拜之前，我看到他坐在阿施塔特庙门廊里，两眼呆直，惆怅难堪，望着遥远的晚霞，仿佛他的一首长诗丢在乌云间。"

一位将领说："昨天，我发现他站在松柏杨柳之间，我问他好，他没回礼,而是一直沉没在他的思想、梦幻的海洋之中。"

大宦官说:"今天,我见他在御花园里,我靠近他一看,发现他面色焦黄,眼泪纵横,抽泣哽咽。"

国王温情地说:"赶快把他找回来,我真为他担心。"

仆役、兵士们出外寻找诗人,国王及其左右手们急切等待,人人沉默不语,个个思绪繁乱,似乎感到一种看不见的魔影矗立在殿堂当中。

片刻之后,大宦官回来了,像中了箭的鸟儿一样,倒在国王脚前。国王呼喊道:"有消息吗……究竟怎么回事?"

大宦官抬起头,战战兢兢地说:"我们发现诗人已死在御花园里了。"

国王顿时面罩愁云,神色颓丧,然后站起来,朝御花园走去,前面有侍从掌灯照路,后有将领、祭司簇拥。他们来到栽满巴旦杏、石榴树的后花园,在黄色灯光下,看到一具僵尸,犹如凋零的玫瑰花枝,横卧在草丛之间。

一位侍从说:"你们看,他怀抱吉他,就像怀抱着一位美丽的少女,情切切,意绵绵,相约同归伊甸园。"

一位将领说"他依旧凝视着天空,仿佛在星辰之间,看到了无名神影。"

大祭司对国王说:"明天,我们将把他安葬在神圣的阿施塔特庙旁,全城居民为他护送灵柩,少年们咏唱他的诗歌,少女们向他的陵墓敬献花束。他是一位伟大的诗人,让我们隆重祭葬他吧!"

国王点点头,目不转睛地望着诗人那蒙盖着死亡面纱的脸孔,缓慢地说:"不,不! 他在世时,身影游遍全国,芳香播满苍穹,而我们却轻视他;如今,他死了,我们倒要给他嘉誉美名,这样,神灵会奚落我们,草原神女、河谷仙子也会讥笑我们。我们就把他埋葬在这里吧,让他怀藉吉他,灵魂归天。谁想慰藉他的在天之灵,请到他家去,告诉他的儿子,就说国王忽视了他,致使他孤独寂寞,惨淡终生。"

说完,国王四下环顾,问道:

"印度贤哲何在?"

贤哲走上前来,说:"国王陛下,我在这儿。"

国王说:"贤哲先生,请你告诉我,神灵还会让我脱生成国王,让我再转变为诗人,降临到这个世界上吗? 神灵会将我的灵魂附着在一位伟大王子的躯壳里,把诗人的灵魂注入一位盖世诗人的体躯之中吗? 自然法则会让诗人在永恒世界面前停下脚步,令他以生命赋诗,也使我有幸向他馈赠礼品,让诗人赏心悦目吗?"

贤哲回答道:"灵魂所期望的一切,均会如愿以偿。冬去春来的规律,将使你复生为显赫君王,使他再脱生成卓越诗人。"

国王笑逐颜开,精神抖擞,随后朝王宫走去,边走边思考着印度贤哲的话语,自言道:"灵魂所期望的一切,均会如愿以偿。"

<h2 style="text-align:center">二</h2>

公元一九一二年。埃及开罗。

明月初升,银白色的光带遍洒全城。国王依坐宫殿阳台上,望着清澈的夜空,思虑着经过尼罗河畔的代代先人,探究着狮身人面像前历代帝王和开拓者的功业,检阅着为时代所驱使由金字塔拥向阿布丁宫的群众队伍。

当他的思想范围逐步扩大,幻梦舞台渐次展开时,回头望了望坐在身后的朋友,说:"今夜,我颇想欣赏一下诗歌,请你给我唱几首呀!"

朋友点了点头,随即唱起一位蒙昧时代诗人的长诗。国王打断歌声,说:"唱首更新的嘛!"

朋友再点头,唱起一位跨时代诗人①的作品。

国王又打断,说:"更新的……更新的!"

朋友点头,又唱安达鲁西亚二重韵诗。

国王说:"请给我们唱首现代诗吧!"

---

① 指生在伊斯兰教前蒙昧时代和伊斯兰教初期的诗人。

朋友手撑额头，仿佛欲呼来现代诗人的全部作品。片刻之后，他容光焕发，精神抖擞，开始唱起一首幻想诗，其韵味神奇，诗意细腻新颖，比喻妙趣横生，令人神醉心倾。

国王望着他的朋友，喜不自胜，只觉得一只无形之手正把他拉向遥远的地方。他问道："这首诗出自何人手笔？"

朋友说："系诗人巴勒贝克所作。"

诗人，巴勒贝克！两个陌生的字眼在国王耳际里翻腾，一种模糊而清晰、稳固而薄弱的形象在他心中油然生成。

巴勒贝克，诗人！两个陈旧而新颖的词汇，使被遗忘了的画面重新回到了国王的心间，唤醒了国王胸中沉睡了的记忆，在国王的眼前，用近似云雾般的线条勾勒出了一幅画面：青年诗人抱琴静卧草丛，王公大臣、将领、祭司静默地肃立在四周……

如同晨来梦隐那样，这种景象在国王眼前突然消逝了。国王站起身来，双臂合抱胸前离去，口中念叨着先知训词："你们本是死者，上帝使你们复活，然后又让你们死去，再次让你们活过来，之后让你们回到上帝那里去。"

国王回头望望朋友，说："我国有巴勒贝克这样的诗人，使我们感到欣慰。我们将永远祭悼他，尊崇他。"稍停片刻，又低声说，"诗人是飞鸟，具有独特长处，从天而降，来到这个世界歌唱；假若我们不尊重它，鸟儿会展翅高翔，飞回故乡。"

夜，过去了，天空脱下了它那镶嵌着繁星的华丽服饰，换上了用晨曦织成的淡雅衣衫；国王的灵魂蹒跚摇摆在万物奇景与生命秘密之间。

口蜜腹剑

秋天，黎巴嫩北方一片金黄。一日清晨，图拉村居民聚集在教堂周围，相互询问、交谈着有关法里斯·拉哈勒突然出走的消息。法里斯丢下他那刚刚过门六个月的年轻妻子，奔向了只有上帝才知道的遥远地方。

法里斯·拉哈勒是本村的长老和头领,这是他从父亲、祖父那里继承来的职位。虽然法里斯年方二十七岁,但却赢得了乡亲们的由衷尊敬和爱戴。去岁仲春,他和苏姗·白尔卡蒂结婚时,人们争相祝贺,说:"多么有福的小伙子!年龄不满三十,便得到了人们今世向往的一切!"

但在那天清晨,图拉村民刚刚醒来,便听说法里斯长老带着所有的钱,骑着马,未向一位亲属朋友告别,就离开了村庄。乡亲们纷纷揣测,互相询问,究竟是什么原因使他离别村民、抛下新娘、家院住宅、田地、葡萄园而远走高飞。

黎巴嫩北方的生活,近似于另一种意义的社会主义。出于现实主义的天然倾向,那里的人们同甘苦共患难;村里一日发生什么事,居民们便聚而研究情况,商讨对策,事事如此。

正是这个原因,图拉村民抛开他们的日常活计,聚集在教堂四周,就法里斯·拉哈勒出走交换意见。

就在这个时候,村上的牧师胡里·艾斯泰凡垂头丧气地朝他们走来。人们靠近他,探问究竟,但他总是揉搓手,默不作声。过了一会儿,牧师说:

"你们不要问我了!孩子们,听我说!天亮之前,法里斯·拉哈勒来敲我的门,我打开门一看,只见他手握马缰,面部表情痛苦难堪。我吃惊地问他想做什么,他说:'阿伯,我是来向你们告别的。我要到海外去了,我决不活着回这个家园。'接着,他将一封信递到我手里,信封上写的是他的朋友奈吉布·马立克的名字,要我亲手转交。之后,他翻身上马,未等我弄明事情缘由,法里斯便扬鞭策马而去了。我就知道这些,你们不要再多问我了。"

一个人说:

"毫无疑问,那封信将告诉我们法里斯出走的原因,因为奈吉布·马立克是他在村中最亲密的朋友。"

另一个人说:

"阿伯,您看到法里斯的新娘子了吗?"

牧师回答:

"晨礼拜之后,我拜访了她,见她坐在窗旁,失神落魄地望着远方。我问她时,她摇了摇头说:'不知道! 不知道!'而后抽噎起来,继而孩童似的号啕大哭。"

牧师话音未落,村东传来一声枪响,人们惶恐不已。接着,人们听到一个妇女的呐喊声,整个旷野为之颤动。刹那之间,村民们乱作一团,人人面布恐慌、凄楚神情,男男女女争相跑去观看。村民来到法里斯·拉哈勒住宅周围的花园时,一种意外景象,使人们血液凝滞,头脑昏厥:只见奈吉布·马立克倒在地上,树叶面粉糊正从他的肠子里向外喷涌;法里斯·拉哈勒的妻子苏姗·白尔卡蒂站在奈吉布身旁,披头散发,撕扯着自己的衣裙,凄惨地喊叫:"他自己杀害了自己! 他对着自己的胸口开了枪!"

众乡亲惊呆了,仿佛死神的手已经抓住了他们的灵魂。牧师走向前去,发现死者右手里握着一封信,这正是他亲手传递的那封信。死者紧紧攥着那封信,仿佛信变成了他手指的一部分。牧师拿起那封信,悄悄地放入口袋里,做了个鬼脸,向后退去。

乡亲们将奈吉布的尸首抬到他可怜的母亲家里;母亲一见她那独生子的尸体,当即昏迷,不省人事。

一些妇女护送法里斯的妻子苏姗回到家中,这时,她已陷入半死不活的境地。

胡里·艾斯泰凡回到家里,关起房门,戴上眼镜,取出从奈吉布·马立克手中拿到的那封信,声音颤抖地念叨:

奈吉布兄弟:

　　我决计离开这个村庄,因为我在这里,给你、给我妻子,同时也给我自己带来了麻烦和不幸。我知道,你是位灵魂高尚的人,决不会背弃你的朋友、邻居。我知道,我的妻子苏姗纯洁无疵。但是,我也知道,爱情已将你和她的心紧紧联结在一起；爱情凌驾在你俩的意志之上，你无法清除它，就像你无力中断卡迪沙河的流水。

奈吉布，你是我的朋友。从童年时代起，我们就一道在田间，在教堂广场上玩耍游戏；在上帝面前，你仍然是我的朋友，我希望你像过去那样，将来也记着我。明天或者之后，当你看到苏姗时，请你告诉她，我爱她，我可怜她；请你还要告诉她，当我深夜醒来，看到她跪在耶稣像前哭泣、捶胸的样子，我万分难过。当一个女子站在爱她的男子和她爱的男子之间时，她是最难以生活下去的。可怜的苏姗常常处在这种矛盾斗争之中。她本想尽她做妻子的责任；但是，她无法扼杀她的感情。至于我，我要到遥远的地方去了，而且不再返回这个家园，因为我不愿意做你们幸福道路上的绊脚石。

奈吉布兄弟，最后，我希望你忠实于苏姗，永远保护她，她是为你而牺牲了一切，但她应该得到失去的一切。我已经说过，你是位灵魂高尚、心胸宽广的男子汉，留下吧，奈吉布！上帝保佑！

你的兄弟　法里斯·拉哈勒

胡里读完信，将它折叠起来，放回口袋，然后坐在窗旁边，望着幽静的河谷，多皱的脸上显露出深思的神色。

时隔不久，他突然站了起来，仿佛经过一阵沉思，透过表面现象，发现了一个隐藏得很深的细微而巨大的秘密。他突然喊道："法里斯·拉哈勒，你何等聪明！我已经明白了，你怎样杀死了奈吉布·马立克，而你却清白无辜。你给他送去了含毒蜂蜜，你给了他一把外裹丝绸的利剑，你给他送去了一封装着死神的书信。当他的枪对准自己的胸口时，你还握着他的手；而他的愿望却被包括在你的意志当中……啊！法里斯·拉哈勒，你真聪明！"

胡里·艾斯泰凡摇晃着脑袋，用手指梳理着胡须，坐了下来。他微微一笑,笑中夹杂着比悲剧更为可怕的涵义。片刻过后,他从身边取出一本书,开始朗诵起圣徒艾夫拉姆·席尔亚尼的二重韵诗;间或抬头遥望,静听自村中传来的妇女们的呼喊声。

披风后面

夜半时分。拉希尔睁开眼睛,朝天花板望了片刻,然后合上双眼,深深地断断续续地叹了口气,声音近乎喘息地说:

"晨光照亮了山谷,我们去会见他吧。"

此时,牧师靠近她的床头,摸摸她的手,发觉凉如寒冰;遂将手指轻轻按在她的胸口上,发现她的心静若坟茔。牧师垂下头,双唇打战,仿佛想喊出夜下山谷里的魔鬼常呼叫的那个神圣字眼。他将拉希尔的双臂合成十字,轻搭在她的胸前,望了望坐在黑暗角落里的那个男子,深情怜悯地说:"你的妻子已去见上帝了。老弟,站起来,跪在我的身旁,让我们一起为她祈祷吧!"

男子抬起头,面色如土,两眼直瞪,仿佛在天花板上发现了无名神灵的身影。他静站稍许,然后朝妻子床边走去,跪在牧师身旁,祈祷,号哭,不时地在脸上和胸前画着十字。

牧师站起来,手搭男子的肩膀,说:

"老弟,站起来吧!请到另一房间去,你需要安睡、休息。"

那男子没有表示反对,站起身来,朝对面房间走去,接着直挺挺地躺在一张狭窄的床上,仿佛已被忧虑、熬夜折腾得精疲力竭。

没过几分钟,男子便像孩子躺在母亲怀抱里一样熟睡了。

牧师呆若塑像似的站在房间中央,眼噙泪水,望着少妇的冰冷尸体,间或回头看看她那熟睡的丈夫。

一个小时过去了。这一个小时较一生漫长,比死亡更可怕。牧师站在两个静卧的男女之间:男子如冬眠大地,梦思着春天的来临;女子与过去的时光共枕,永远漫游在梦乡。

牧师走近少妇床边，就像跪在祭坛前那样，跪在她的面前。他拿起她那冰凉的手，放在自己抖动的唇边，望着她那蒙着死亡面纱的面孔，声音平静如夜，深邃似海，他说：

"拉希尔啊，拉希尔，你是我灵魂的姐妹。拉希尔，现在我能说话了，请听我说：死神已经打开了我的口，以便向你透露比死亡还深奥的秘密；悲痛松开了我的舌头，以便向你揭示比痛苦更严酷的事件。你旋飞在天地之间的灵魂啊，请你听听我灵魂的呐喊！你可记得那些青年，每当你从田野归来，他们因羞于望见你那俊俏的容颜，便猫腰藏进树丛之间；你可记得那位侍奉天主的牧师，他因为你已抵达天城，而毫无惧色地将你呼唤。"

牧师低声吟罢这些语句，伏身亲吻她的前额、双眸和脖颈。热烈的长吻，无声神圣的亲吻，揭示了深居牧师心中的爱情与凄楚的秘密。

牧师突然后退，倒在地上，周身战栗，犹如秋风中的落叶；仿佛与冰冷女子面孔的接触，唤醒了他的懊悔情怀。他跪直身子，双掌捂面，暗自说道：

"主啊，宽恕我的罪过吧！神灵啊，原谅我的懦弱吧！我难以忍耐下去！生命掩埋在我心底的秘密，历时七年之久，而死神则只用一分钟就揭穿了。饶恕我吧，我的主！宽容我的软弱，我的神灵……"

牧师如此恸哭、悲哀不止，左右摇头，他担心泄露心中之秘，避而不看少妇尸首，直到东方破晓，晨曦将它那玫瑰色的饰带搭在那标志着爱情、宗教、生存和死亡的实体的画面上。

贪心的紫罗兰

在一座孤零零的花园里，有一株紫罗兰，花瓣艳丽，芳香四溢，幸福愉快地生活在同伴当中，得意扬扬地在群芳之间左右摇动。

一天早晨，紫罗兰戴着露珠桂冠，抬眼环视四周，看到一朵玫瑰花，躯干苗条，翘首天空，恰似一柄火炬，插在宝石灯上。

紫罗兰咧着她那蓝色的嘴唇,叹息道:"唉,在群芳当中,我最不走运;在百卉之中,我地位最低!大自然把我造就得如此低矮渺小,我只配伏在地上生存,不能像玫瑰那样,枝插蓝天,面朝太阳。"

玫瑰花听到邻居紫罗兰的哀叹声,笑着摇了摇头,然后说:"百花群里,你最糊涂。你真是身在福中不知福啊!大自然赋予你芳香、文雅和美貌,这都是别的花草所没有的。你还是赶快打消你那些奇异念头和有害想法吧!满足于天赐予你的福气吧!你要知道:虚怀若谷者,地位无比高尚;贪得无厌者,永远贫困饥荒。"

紫罗兰答道:

"玫瑰花,你之所以这样安慰我,因为你已得到了我想得到的一切;你之所以用格言来掩饰我的低下地位,因为你伟大高尚。在倒霉者的心中,幸运儿的劝诫是何等苦涩;在弱者面前慷慨陈词的强者,何其冷若冰霜!"

大自然听了玫瑰花与紫罗兰之间的对话,禁不住打了个寒战,继之提高嗓门,说:

"紫罗兰,我的女儿,你怎么啦?我了解你,你朴实无华,小巧玲珑,温文尔雅,莫非贪欲缠住了你的身,或者虚荣占据了你的心?"

紫罗兰乞怜道:

"力大恩深的母亲,我谨向您倾诉我心中的恳求和希冀,万望您答应我的要求:让我变成一株玫瑰,哪怕只有一天。"

大自然说:

"你不晓得你的要求意味着什么。你不知道华美外观后所隐藏的巨大灾难。倘若你的身躯变高,外貌改变,成为一株玫瑰,恐怕到时后悔莫及。"

紫罗兰苦苦哀求:

"改改我的外貌吧!让我变成一株身材高大、昂首蓝天的玫瑰花……到那时,不管怎样,我的愿望总算实现了。"

大自然无奈:

"叛逆的傻瓜,我答应你的要求!倘若遇到灾祸,你只能抱怨自己呆傻。"

大自然伸出她那无形的魔手,轻轻触动紫罗兰的根部,一株高出群芳之首、色彩斑斓夺目的玫瑰花,顿时出现了。

那天傍晚,天色突变,乌云急聚,狂风骤起,撕破世间沉寂,电闪雷鸣,急风暴雨一齐向花园袭来。刹那之间,万木枝条尽折,百花躯干弯曲,枝长杆高的花木被连根拔掉,幸免者只有伏在地面上、隐身石缝间的矮木小草。

与此同时,那座孤零零的花园也遭受到了其他花园所经历的浩劫和冲击,而且有过而无不及。

风暴未息,乌云未消,已见园中花落满地。风停云散,只有隐蔽在墙根下的紫罗兰安然无恙。

一位紫罗兰少女抬起头来,望着园中花木败落的惨状,得意的微笑了。她当即呼唤同伴:

"姐妹们,快来看哪!看看风暴是怎样对待那些盛气凌人的高大花木的吧!"

另一位紫罗兰姑娘说:

"我们低矮,匍匐在地面上,但经过暴风骤雨,我们安然无恙。"

第三位紫罗兰姑娘说:

"我们的体躯虽然微小,但风雨没把我们压倒。"

就在这时,紫罗兰王后走了出来。她发现昨天还是紫罗兰的那株玫瑰就在自己身边,只见它已被暴风连根拔掉,叶子散落在地上,仿佛身中万箭,被风神抛到了湿漉漉的草丛之间。

紫罗兰王后挺起腰杆,舒展叶片,大声呼唤:

"女儿们,你们仔细看看!这棵紫罗兰为贪欲所怂恿,变成一株玫瑰,挺拔一时,不久被抛入万丈深渊。但愿这能成为你们的明鉴。"

那株玫瑰战栗着,用尽全身力气,上气不接下气地说:

"知足安分的傻姐妹们,听我对你们说:昨天,我像你们一样,端坐绿叶中间,满足于天赐之福。知足是一个难以逾越的障碍,将我与生活的风暴隔离开来,使我心地坦然,无忧无虑,无难无灾。我本来可以像你们一样，静静匍匐在地面，冬来以雪花裹身，没有弄明大自然的秘密，便与同伴一起步入死一般的沉寂。我本来可以避开那令人贪婪的事情，弃绝那些超越我自身天性的东西。可是，我在静夜里，听上天对人间说：'存在的目的，在于追求存在以外的东西。'于是，我背弃了我的灵魂，一心想得到我不应得到的东西。正是这种贪欲，使背弃心理变成一种巨大的力量，使我的内心渴望变成了异想天开的幻想，于是，我要求大自然——大自然不过是我们内心梦想的外观——将我变成一株玫瑰花。大自然立即让我如愿以偿。大自然常用她的偏爱与渴望改变自己的形象。"

玫瑰花沉默片刻，又自鸣得意地说：

"我当了一个小时的皇后。我用玫瑰花的眼睛观看了宇宙，用玫瑰花的耳朵听到太苍窃窃私语，用玫瑰花的叶子感触了光明。诸位当中，谁能得到我这份光荣？

而后，玫瑰花的脖子弯下去了，用近似喘息的声音说：

"我就要死去了。我心中有一种特殊感触，这是我之前的紫罗兰不曾有过的。我就要死去了。我终于了解到自己生活天地之外的一些事情。这就是生活的目的。这就是隐藏在昼夜间发生的偶然事件背后的真正实质。"

玫瑰花合上叶子，浑身一抖，便死去了。此时此刻，她的脸上绽现出神圣的微笑——愿望实现后的微笑——胜利的微笑——上帝的微笑。

诗　人

在这个世界上，我是个异乡人。

我是个异乡人。远离故土，孤独寂寞，痛苦难耐，却使我永远思念我不认识的神秘故乡，使我的梦境里出现了我望不到的遥远故土的影子。

我远离了亲人、朋友。假如遇到一位乡亲，我定会自问：这是何人？我如何与他相识？什么缘分使我与之相逢？我为什么与他接近,和他坐在一起?

我不熟悉自己的灵魂。我听到自己的嘴在说话,我的耳朵对自己的声音感到惊讶。也许我会看到自己的内心在欢笑、哭泣、惊悸,于是,我的天性孤芳自赏,我的灵魂自问自答。但是,我一直默默无声,云雾裹身,沉寂缠心。

我对自己的躯体感到陌生。当我站在镜子前时,从我的外表上发现了我心中未曾感觉过的东西,从我的眼神里看到了我的灵魂深处不曾隐藏过的秘密。

我漫步在城市的大街上,一伙青年跟在我的背后喊叫:"这是个瞎子。给他一根棍子,供他探路行走!"我急忙躲开他们。我又遇到一群姑娘,她们扯住我的衣角,说:"他聋得像块石头。让我们对着他的耳朵,唱首青春情歌!"我立即离开她们。我又碰上几个壮年人,他们站在我的周围,说:"他是个哑巴,活像一座坟墓。来呀,让我们把他的弯舌弄直!"我甩开他们,慌忙逃去。此后,我见到几位老年人,他们用颤抖的手指着我,说:"他是个疯子,盛怒之时失去了理智。"

在这个世界上,我是个异乡人。

我是个异乡人。我游历过大地的东方和西方,没有找到自己的故乡,也没有碰到认识我的人,更没有人听我诉说衷肠。

清晨,当我醒来之时,发现自己被囚禁在漆黑的洞穴里,但见毒蛇倒悬穴顶,地上爬满蚁虫。我走出洞穴,去见阳光,只有我的影子跟随着我,思想却已远去,不知奔向何方。夜幕垂降,我回到洞穴,躺在用鸵鸟羽毛和骆驼刺树枝铺成的床上,不禁种种奇思异想缠住我的心头,苦甜悲喜,百感交集。夜半时分,无数昔日魔影与众多民族亡灵,一同冲出岩缝,突然出现在我的眼前。我望望他们,他们也望望我;我征询似的与他们谈话,他们微笑着回答。我有心拉住他们,却见他们顷刻化为一缕青烟,转瞬踪影不见。

在这个世界上,我是个异乡人。

我是个异乡人。在这个世界上，没有一个人听得懂我心灵的语言。

我漫步在空旷的原野上，看见溪水从山谷深处涌出，直上崇山之巅。我看到光秃的树木，转眼换上绿装，继而开花、结果、落叶，枝条落到谷底，一眨眼变成一条条抖动的毒蛇。我看到鸟儿展翅飞翔，时高时低，阵歌阵啼；转眼间，群鸟落地，变成裸女，个个披头散发，人人脖颈长美，目光含情脉脉，双唇微开笑溢；她们向我伸出手来，那手细嫩洁白，芳香阵阵扑鼻；刹那之间，裸女隐去，如云似雾，却听到天空中回荡着嘲弄我的笑声。

在这个世界上，我是个异乡人。

我是一个诗人。我用生命写的散文作诗，借生命作的诗写散文。我是个异乡人。我将永远是个异乡人，直至天年竭尽，叶落归根。

言语与夸夸其谈者

我已厌烦了言语和夸夸其谈的人！

我的精神对言语和夸夸其谈者也感到疲倦！

我的思想就丢在言语和夸夸其谈者中间！

清晨，我醒来时，看到言语坐在我床旁边的报纸、杂志上，用狡猾、恶毒、虚伪的目光盯着我的脸。

我下了床，靠窗边坐下，想喝杯咖啡，驱赶眼里的困意，言语随我而来，站在我面前，手舞足蹈，狂呼乱叫。我伸手去拿咖啡杯，言语的手紧紧跟随，接着和我一道喝起咖啡。我拿纸烟，言语也拿；我放下，言语也放下。

我去工作，言语紧追着我，在我耳旁叽叽喳喳，在我周围嘀嘀咕咕，在我脑海里劈劈啪啪地响作一团。我想把它赶走，它却格格大笑，而后又复叽喳、嘀咕、劈啪。

我上街去，看到言语站在每一家店铺门前，贴在每一家墙壁之上。我看到言语挂在沉默者的脸上，随着他们或动或静，而他们却察觉不出。

假如我与友人坐在一起，那么言语便是第三个人。倘若我遇到了敌人，那么言语就会膨胀、伸延，然后分身，变成一支浩浩荡荡的大军。其首在大地东方，其尾在西海之滨。当我离家远走的时候，言语的回声一直响在我的腹中，搅得我胃口欠佳，不思饮食。

我来到法院、学院和学校，发现言语以及其父兄让欺骗穿上外衣，让诡计蒙上头巾，给词语穿上鞋子。

我来到工厂、机关、办公室，看到言语站在它的母亲、姑姑、祖母中间，摆动着两片粗厚嘴唇之间的舌头，而她们却朝着它笑，同时也朝着我微笑。

我来到寺院、庙宇访问，发现言语高居宝座，头戴做工精细、式样美观的王冠。

晚上，我回到自己的房间，发现日间听到的那些言语像蛇一样倒垂房顶，像蝎子在洞中生殖繁衍。

言语居于天空云外，言语遍布地上地下。

言语栖宿苍穹云霄之上、大海波涛之间，言语布满森林、洞穴和大山之巅。

言语无处不有。那么，喜欢安稳、寂静的人到哪里躲藏呢？

在这个世界上，谁能把我带入哑人的行列？上帝能怜悯我，赐予我以聋哑天质，让我在永恒寂静的天堂中幸福地生活吗？

难道世界上没有这么一个地方，在那里听不到咬牙嚼舌，无卖无买？

天哪！在地球上的居民当中，有不把自己尊为夸夸其谈者的人吗？在人类中，谁的口不为言语盗贼所忌妒呢？

倘若夸夸其谈者只有一种，我们就甘愿忍耐了，然而种类繁杂，不计其数。

一种曰"自卑型"。白天生活在沼泽里；夜幕降临，便靠近岸边，将头露出水面，发出凄楚叫声，令人耳嫌神烦。

一种曰"蚊虫型"。蚊子也是沼泽的产物，围着你的耳朵飞来旋去，高唱无聊的鬼歌，其经是烦恼，其纬是厌恶。

一种曰"拐磨型"。这是奇特的一伙，各自心中都有一盘用明矾和酒精转动的石磨，发出的声音如同地狱里的响声，其最轻者也比拐磨的声音重。

一种曰"黄牛型"。他们吃足干草，站在街头巷尾，声声鸣叫，其最悦耳者也比水牛叫声粗犷。

一种曰"夜猫型"。他们的大部分时间消磨在生活的坟丘之间，将黑暗中的寂静化为啼哭，其最欢快者也比猫头鹰叫得凄惨。

一种曰"锯子型"。他们只能看到生活中的木料，整天分割生活，发出沙沙响声，其最甜润者也比锯子的响声虚弱。

一种曰"鼓皮型"。他们用大锤敲击自己的心灵，空口中发出噼噼啪啪的响声，其最柔和者也比鼓声粗重。

一种曰"游闲型"。他们没有工作，没有活儿干，哪里有座位，坐下便聊天，咕咕噜噜，说个不停，究竟在说什么，谁也听不清。

一种曰"无聊型"。他们和人们捉迷藏，相互捉迷藏，和自己捉迷藏，并以幽默的名义求援；而幽默是严肃的，他们可不知道。

一种曰"织机型"。他们用风织布，但他们一直没有衣裤可穿。

还有一种，名曰"钟铃型"。他们只呼唤人们入庙，而他们却从不入内。

夸夸其谈者门类繁杂，不胜枚举，无法描述，其最奇异者属于冬眠类，整个宇宙都能听到他们的鼾声，而他们自己却不知道。

我已对言语及夸夸其谈者表示了嫌恶之意。我认为自己像一位有病的医生，或是一个罪犯，我伤害了言语，然而又是用言语来诋毁言语。我认为夸夸其谈者是不祥之人，而我也是其中的一名。上帝在送我至没有言语、没有夸夸其谈者的思想、感情、真理森林之前，会宽恕我的罪过吧!?

李唯中　译

432

人子耶稣

他的言与行,由知道他的人讲述、记录(1928)

西庇太之子雅各[1]

在一个春日里,耶稣站在耶路撒冷的街市上,向群众宣讲天国。

他指责文士和法利赛人[2]在向往天国的人们道路上设立圈套,挖掘陷阱;他对他们加以痛斥。

人群里有一帮人是为文士和法利赛人辩护的,他们寻思着加害耶稣和我们。

但耶稣躲避开了他们,绕道往城的北门走去。

他对我们说:"我的时辰尚未来到,在我把自己交给这世界以前,仍有许多道理要向你们宣讲,有许多事情尚待完成。"

他又说,他的话音里有快乐与欢笑:"让我们到北国去迎接春天吧!跟我一起登上山峦,因为冬季已过,黎巴嫩的积雪正在消融,流向山谷,与溪涧一起歌唱。"

"原野和葡萄园已经苏醒,并以绿装和嫩葡萄向太阳致意。"

于是,他在前边带着我们,一连行走了两天。

第三日下午,我们到达了黑门山的顶峰。他往下俯视着平原上的城邑,他的脸似熔化的金子一般闪亮着,他张开双臂,说道:"看啊!大地披上了绿装,溪流为大地的衣裳镶上了银边。"

---

① 雅各:耶稣的十二使徒之一。
② 法利赛人:古代犹太教一个派别的成员,《圣经》中称他们为言行不一的伪善者。

"真的,大地是美丽的,大地上的万物是美丽的。"

"但是,在你们看到的一切之外,另有一个王国,那是我要统率的地方。如果你们选择了那个王国,并真心向往之,你们也将随我一道统率。"

"我和你们的脸上将不再蒙着面具;我们的手将既不持刀剑,也不执权杖;我们的臣民将在和平中爱着我们,而不用惧怕我们。"

耶稣这样说着。于是,这大地上的万国,各式的城邑、墙垣、高阁便从我的视线中消失。我从心底里愿意跟随主去他的天国。

这时,加略人犹大走上前来,他来到耶稣跟前,说道:"你瞧,这世上的王国何其广大,大卫和所罗门①的城邦必将战胜罗马。你若愿意做犹太人的王,我们将手持剑与盾和你并肩而立,我们必将征服异族。"

耶稣听后愤然作色,他怒视着犹大,以空中惊雷一般的话音威斥道:"走开,撒旦! 你以为我历尽岁月,就为了做一日蚁冢的君主吗?"

"我的宝座是你目不能及的。那翅翼覆垂大地的,会去寻找被弃置、被遗忘的巢穴栖身吗?"

"那生者,会被裹着寿衣的尸体尊敬、赞颂吗?"

"我的王国,不属于这片土地;我的宝座,不是建立在你祖先的遗骸上。"

"倘若你在精神的王国以外另有所求,你最好离我而去,下到你死者的墓穴中;那些往昔戴着王冠的头颅正在墓中商聚,或许还会给你先人的遗骨授勋。"

"你竟敢用废渣做的冠来引诱我吗? 我的前额,向往的要么是天上的七星,要么是你们备的荆棘。"

"若不是为了某个被遗忘民族怀有的梦想,我就不会让你们的太阳升起在我的忍耐之上,也不让你们的月亮将我的影投照你们的道路。"

---

① 大卫、所罗门:古以色列国王,所罗门为大卫之子。

"若不是为了一个母亲的愿望,我就要挣脱襁褓,遁回天宇之中。"

"若不是念及你们众人的哀愁,我不会滞留下来哭泣。"

"你是谁,你算什么,加略人犹大?你为何要引诱我?"

"你是否真用天平称量了我,发现我该统领一支侏儒之军,指挥无形的战车作战;而那敌人,只是在你的仇恨里扎营,在你的恐惧中行军?"

"太多的虫豸在我足边爬行,我不屑同它们作战。我已厌倦了此类噱头,厌倦了怜惜这些爬虫,它们见我对它们镇守的城垣和楼阁不采取行动,便认定我是懦夫。"

"可怜的是我偏偏得怜惜到底。真愿我能掉转步子,到巨人居住的大世界去。但我如何成行?"

"你们的祭司和帝王想要我的血,他们要在我远去之前得到满足。我不愿改变诫命之律,不愿支配愚昧之徒。"

"让无知去滋生无知,直到它厌倦自己的子息!"

"让盲人去把盲人引向陷阱!"

"让死者去窆葬死者,直到大地被自己产的这些苦果窒息!"

"我的王国不属于这块土地。在我的王国里,你们将三朋两友会面小聚,心里怀着友爱,怀着对生活之美的赞叹,怀着喜悦,也怀着对我的绵绵思念。"

然后他猛然回头,向着犹大说:"走开,伙计!你的王国永远不会存在于我的王国里。"

现在时值黄昏,耶稣对着我们说:"让我们下山吧。黑夜正在来临,让我们借着照亮我们的光明赶路吧。"

我们随着他走下山峦,犹大在后面远远跟着。到达山脚时夜色已浓。

这时低奥芬斯的儿子多马说道:"主啊,现在天色黑暗,我们看不清道路。若蒙你乐意,请带我们到远方亮着灯光的村子去,我们或许可以找到食宿。"

耶稣回答多马说:"我在你们饥渴时领你们到达高处,又以更大的饥渴引你们下到平原。但我今夜不能与你们同在,我要一人独处。"

这时西门彼得上前说道:"主啊,莫让我们在黑夜里独行;答应我们,哪怕就和我们一起在这僻路上过夜,只要有你同在,这夜和夜的黑影不会长久,早晨很快就会来临。"

耶稣答道:"今夜里,狐狸会找到自己的穴,天上的飞鸟会有自己的巢,而人子在大地上却没有他枕头的地方。现在我真要一人独处了。你们倘若想念我,就会在我发现你们的湖畔找到我①。"

于是我们心绪沉沉、恋恋不舍地离开了他。

一路上我们多次停步,掉头凝望,看他孤独又威严地往西方去。

唯独加略人犹大没有掉头看独行的耶稣。

从此以后,犹大变得阴郁和冷漠起来,我觉得他的眼窝里有一种险恶的神色。

马利亚之母亚拿

我女儿的儿子耶稣,是于一月份降生在拿撒勒的。耶稣出生的那夜,我们家来了几位东方的客人。他们是随着米甸的商队前往埃及而途经埃斯德赖隆的②。他们没有在客栈找到住处,就来到我们家寄宿。

我迎候了他们,并说:"小女今夜刚生儿子,我对你们招待如有不周,务请包涵。"

他们感谢我的接待。用过晚饭后他们说:"我们想见见新生的孩子。"

马利亚的儿子形容可爱,马利亚也是楚楚动人。

---

① 据《新约》记载,耶稣传道之初在加利利海边招彼得等人为使徒。本文中称加利利海为加利利湖(the Lake of Galilee)。
② 埃斯德赖隆:即巴勒斯坦的埃斯德赖隆平原。

波斯人一见到马利亚和孩子,便从行囊里掏出金银、没药和乳香,献在孩子的脚前。

然后他们就俯伏,用我们听不懂的语言做了祈祷。

我引他们去备好的卧室时,他们走路时似乎还在对刚才的所见大为敬畏。

到了早晨,他们向我们告辞,继续往埃及赶路。临别时他们告诉我:"孩子虽然方生一日,但我们在他眼里看到了上帝的光,在他嘴上看到了上帝的微笑。"

"我们恳请你好生照看他,将来他会照看你们全体的。"

说完,他们跨上骆驼,从此我们便没有再见过他们。

与其说马利亚为新生儿欢喜,倒不如说她满怀着惊奇和诧异。

她总是久久地看着孩子,然后扭头从窗口凝视着远方的天空,仿佛看到了什么幻象。

我们两人的心似有山谷相隔。

孩子的身心都在成长,他与别的孩子不同,性情幽独,不易支配,我也无法加以控制。

然而,拿撒勒一地人人喜欢他,我内心也知其中缘由。

他时常拿走我们的食物送给路人;我给他的甜食,他自己未及品尝,就送给别的孩子。

他攀上我家园里的果树采撷果子,却从不是采给自己吃。

他和孩子们一起赛跑;有时候,因为他脚步更快捷,他便放慢步子,让孩子们先达终点。

有时当我带他上床,他说:"告诉我母亲和别人:睡眠的只是我的身躯,我的思想却与他们同在,直到他们的思想光临我的早晨。"

童年的他还有许多奇异的言论,但我已经老迈,难以记清。

而今人们说我再也见不到他了,我如何能相信呢?

我依然听到他的笑声,听到他在宅边跑动的脚步声;每当我亲吻女儿的脸颊,他的芳香又沁入我的心里,他的身体似又充满我的怀抱。

但我的女儿却不对我谈她的初生儿，这岂不奇怪？

有时候，我似乎比女儿更为强烈地思念他。她在白天像铜像一般伫立着；而我的心却已融化，变成溪流。

或许，她知道我不了解的秘密。但愿她也能告诉我。

被称为推罗的演说家的亚萨

我如何评说他的讲演呢？或许是他身上的某些东西赋予他打动听者的力量，因为他容貌俊美，明媚的日光辉映在他的脸庞上。

男人女人注意他的外形，胜于聆听他的言辞。但他的话中总有一种精神之力，这种精神控驭着听众。

我年轻时曾听过罗马、雅典、亚历山大各地演说家的讲演，但年轻的拿撒勒人和他们都不相同。

那些演说家通过遣词造句的技巧来吸引耳朵。而当你听他演说，你会心驰神往，进入一个从未见识的境界。

他会讲述一个故事、一则寓言，都是在叙利亚闻所未闻的。他仿佛用四季编织了这些故事、寓言，一如时光编织了岁月与年代。

他在故事开头时会说："农夫前往田地播撒他的种子。"

或是："从前有个富人拥有许多葡萄园。"

或是："一位牧人在黄昏时点数羊群，发现丢失了一头羊。"

这些话语将听众带回淳朴的自我中，令他们追溯起往昔的时光。

在内心里，我们都是农夫，都爱葡萄园；在我们记忆的草场，也有一位牧人和群羊，还有丢失的羊只。

我们心中还有犁铧、榨酒器和打谷场。

他知晓往昔的我们从何处发源，也知道现时的我们由哪条长线织就。

希腊、罗马的演说家向听众谈论思想所能看见的生活，拿撒勒人讲述的则是萦绕心灵的一种向往。

那些人看待生活，只比你我略为分明；而他却藉上帝的灵光洞察生活。

我常常认为他对人群的演讲,犹如高山向着平原在作演讲。

在他的言辞里,蕴蓄着雅典和罗马的演说家们不曾拥有的力量。

抹大拉人马利亚①

我第一次见到他是在六月。他走在麦田里,我和侍女们当时恰好路过。他独自一人。

他的步履与别人不同,他走路的姿势我也从未见过。

别人是不像他那样行路的。至今我也说不清,他的步伐是快捷还是缓慢。

我的侍女们用手指点着他,并羞涩地窃窃私语。我也停下脚步,向他举手招呼。但他并未扭头看我。我恼恨起来,灰心丧气,浑身有如掉进冰窟一般冰冷、发抖。

那天夜里我梦见到他。别人后来告诉我,我在睡梦里曾经大叫,在床上辗转不停。

我再次见到他是在八月份,这次是隔窗而望。他端坐在我花园对面的柏树下,一动不动,如同安提阿和北国其他城邑的石雕像一般。

我的埃及奴仆过来说道:"那个男人又来了,正坐在你花园的对面。"

我注视着他,我的魂魄随着身子一起颤抖,因为他是那么英俊。

他的身躯超凡脱俗,身体的各个部位是那么和谐。

我穿上大马士革的锦衣,离开屋子向他走去。

将我引向他的,是我的孤独还是他的馨香?是我眼中的饥渴在祈望他的俊美,还是他的美在寻求我的目光?

这些,我至今仍不明白。

---

① 抹大拉人马利亚:耶稣的一位女信徒,据传耶稣曾从她身上赶出来七个鬼。

我向他走去。我身上的衣裳散发出芳香,罗马军官送我的鞋闪着金光。走近他时,我问候道:"早上好!"

他答道:"早安,米利暗①。"

他注视着我,从未有人以他那夜色一般的眼睛看过我。我忽然感到仿佛裸着身体一般,我羞怯了。

可他只是说:"早安!"

我问道:"你不愿去我家吗?"

他说:"我岂不是已经在你家中了?"

当时我并不明白他的话意,但我现在明白了。

我又问:"你不愿和我一起用些葡萄酒和面包吗?"

他答:"愿意,米利暗,但不是现在。"

"不是现在,不是现在。"他说出的这几个字眼里,有着海之声、风之音、树之语;他对我说这几个字眼时,生命在对死亡论说。

请注意,朋友,我当时已经死去,是个离弃了自己灵魂的女人。当时的我,不是你现在见到的我。当时的我属于一切男人,又不属于任何人。人们叫我妓女,说我身上附有七个魔鬼。我被人诅咒,为人嫉恨。

自从他黎明似的目光注视了我的眼睛,我黑夜里的一切星辰顿时消隐,我变成了米利暗,不再是别人玩物的米利暗,我不再属于自己熟悉的土地,我在新的天地找到了自我。

我又请求他:"请到我家去,和我共进面包和葡萄酒。"

他说:"你为何邀请我做你的客人呢?"

我答:"我请求你光临敝舍。"这是我心中一切的泥土与天空在向他发出呼唤。

他看我一眼,他目光里的中天日照耀着我。他说:"你有很多情人,但唯有我真爱你。别的男人与你厮守,但爱的乃是他们自己;我爱的是你本身。别的男人看中你的美貌,但这美貌比他们的岁月凋

_____

① 米利暗:马利亚的别称。

谢得更快;而我在你身上看到的,却是一种永不消殒之美,在你岁月的暮秋,这种美不会怯于揽镜自照,也不会受人冒犯。"

"独有我爱你身上看不见的东西。"

然后他低声说道:"走吧,如果你不愿我在你柏树的荫下静坐,我将行我的路了。"

我哭泣着说道:"主啊,去我家中吧。我要为你薰香,用银盘替你洗脚。你虽是生客,却又不是生客,我请求你,到我家里去吧!"

这时他站起,如四季俯瞰田野一般微笑着看我,又说道:"所有人都为了他们自己而爱你,我却是为了你而爱你。"

然后他走开了。

可是没有人曾走过他走过的道路。他是降自我的花园向东方飘去的一股气息,还是能摇撼万物根基的一场暴风呢?

我说不清楚。但在那一天,他眼中的落日戮杀了我身内的恶龙,我重新成为一名妇女,成为米利暗,抹大拉的米利暗。

希腊药师腓力门

那个拿撒勒人是他的民众中最杰出的医师。没有人像他那么透彻地了解我们人体,了解其每一部位的各种特性。

他治愈了希腊人和埃及人不曾听说的病症,据说他甚至曾使死者复生。无论传闻确切与否,这都表明了他法力之大,因为只有确实显过神通的人,才会被认为具有大功异能。

人们还说耶稣踏访过印度和两河流域的国度,那里的祭司向他面授过有关我们人体内各种奥秘的知识。

然而,这些奥秘也许是诸神直接向他昭示的,而并未通过祭司;因为千秋百代万众不解的道理,确有可能在片刻之间揭示给一人。阿波罗①的妙手,有可能触及钝拙之人的心户,把他造就为智者。

---

① 阿波罗:希腊神话中司掌太阳、音乐、诗歌、健康的守护神。

曾有许多秘门对推罗人和色班人是敞开的。对于他,也有一些密封的门是敞开的。他进入了灵魂的殿堂,即身体;对于体内那些密谋损害我们体力的恶魂,和那些编织不辍的善的灵魂,他都看得分明。

在我看来,他治病乃是运用抗御之力,但治病方法却不为我们的贤哲所知。他以冰雪般清凉的触摸,使高烧惊退;他以自己的镇静,使僵死的肢体诧异而折服,并康复如初。

他了解干皱的树皮内正在枯竭的汁液,但我不知他如何用手指触及汁液;他了解锈斑下面还有完好的钢铁,但无人知道他如何为刀剑除锈,重现其锃亮本色。

有时我仿佛觉得,他能听到阳光下万物痛苦时的低诉,他会将它们高举、支托起来,他不但用自己的知识相助,还启发万物运自己的力向上,而达到痊愈。

然而,他不太看重自己医生的身份,而更醉心于宗教与治国之政。我为此遗憾,因为我们首先必须有强健的身体。

可这些叙利亚人每每染病,就要寻个理论,而不是去寻药。

他们中最杰出的医师,宁愿选择做街市上的演说者,真令人遗憾。

称作彼得的西门[①]

我是在加利利湖畔第一次遇见我的圣人、我主耶稣的。

我兄弟安德烈当时和我在一起,我们正往湖里撒网。

由于风急浪大,我们捕的鱼很少,心里闷闷不乐。

忽然间,耶稣仿佛一下子从天而降,站到我们近旁,我们都未看见他来的踪影。

他称呼了我们的名字,说:“若是你们愿随从我,我将领你们去鱼

---

① 彼得:原名西门,是耶稣的大弟子,彼得是后来耶稣赐他的名字。

群密集的水湾。"

我看他的脸时,手中的网掉落地上,因为我心里燃起了一股火焰,我认出了他。

我兄弟安德烈说:"我们对湖畔所有水湾都了如指掌,在这样的大风天,鱼都躲在我们网下不到的深水里。"

耶稣回答:"跟我去到更大的海的岸边,我要叫你收获人,你们的网永远不会空荡。"

我们便丢下船和网跟从了他,我受到他身旁一股无形之力的驱使。

我在近旁屏息静气地跟随他,心里充满了惊异。我兄弟安德烈走在我们后面,他也大为惊讶。

我们在沙滩上走着,我冒昧地对他说:"先生,我们兄弟将追随你的脚印,跟你去海角天涯。但是今夜你若愿意,请光临寒舍。我们的屋舍虽然窄小低矮,招待你的也只是粗茶淡饭,但如蒙你光临,我们将视陋室为宫殿;倘若蒙你和我们一起擘饼,世上的君王也将嫉妒我们。"

他说:"好吧,今夜我就去你家做客。"

我十分欢喜。我们默默地跟在他后面走到我们家。

在我们跨进门槛的时候,耶稣说道:"愿这房屋和其中的主人得到和平。"

然后他走进屋子,我们也跟了进去。

我的妻子、岳母及女儿出来迎候,她们敬仰地在他面前俯拜,吻了他的袖口。

她们对被选而被爱的耶稣光临家门大觉意外。此前,当施洗约翰①向众人宣告他的身份时,她们已在约旦河边见过耶稣。

我妻子和岳母马上动手准备晚餐。

---

① 施洗约翰:在耶稣稍前的传道者,曾在约旦河边的旷野里为人施洗,宣传福音,后来又为耶稣施洗。

443

我兄弟安德烈生性腼腆，但他对耶稣的信仰比我更深。

我那只有十二岁的女儿，站在他旁边，抓住他的衣服，似乎生怕他离开我们再走进室外的夜色里，她像迷途的羔羊发现了牧人一般依偎在他身旁。

我们在桌前坐下。他擘开饼，斟了葡萄酒，对我们说道："朋友们，请惠赐我荣幸，与我共享这份食物，正如天父惠赐我们这份食物一样。"

他按照贵客就是主人的古老习俗，在用餐之前说了这番话。

我们在他旁边就座，感到如同就坐在伟大君王的筵席上一般。

我那少不更事的女儿帕特娜拉，凝视着他的脸，注意着他的一举一动。我看到她已经热泪盈眶。

他离开餐桌时，我们跟在他身后，在葡萄树下围他而坐。

他开口说话了，我们聆听着，我们的心在胸中欢欣雀跃。

他谈到了人的第二次降生，谈到天国之门的开启，谈到天使下凡为人类带来和平与欢乐，又升天将人类对圣主的仰慕传达御前。

他又凝视我的双眼，仿佛看透了我的腑脏。他说："我拣选了你和你兄弟，你们应该和我同行。你们劳作，负担重重，现在我要让你们休息。驾起我的轭，学我的样子，因为我的心是平和的，你们的灵魂将会觉得充实，并有回归故乡之感。"

他说话时，我们兄弟俩伫立聆听。我说："主啊，我们将跟从你到天涯海角；即使我们肩负着山岳一般的重荷，我们也将快乐地承受。倘若我们中途仆倒，我们知道这是倒在通往天国的路上，我们将因此而满足。"

我兄弟安德烈说道："主啊，我们愿做你织机上的线。如蒙恩准，请将我们织成衣裳，我们愿被织进至高者的御衣。"

我妻子仰起泪脸，高兴地说："祝福你，以圣主的名义来访的客人。祝福那曾孕育你的胎腹，和那喂你奶汁的乳房。"

我那不过十二岁的女儿坐在他的脚旁，依偎着他。

我的岳母坐在门槛边，她一言未发，只是默默流泪，泪水浸湿了她的披巾。

耶稣走到她跟前，捧起她的脸面向自己，说："你是他们众人的母亲，你因为欢喜而哭泣，我将记住你的泪水。"

现在那轮古月已经升起。耶稣举目望着明月，然后面对我们说："时辰已晚，上床去睡吧。上帝或许会莅临你们的睡梦。我将在这棵葡萄树下待到黎明。我今天撒下网，收获了两个人，我已满足，现在该和你们道晚安了。"

这时我岳母说道："可我们已在家里为你铺好床席，我请求你进屋憩息。"

他答道："我确要憩息，但不是在屋顶之下。就让我在葡萄与星辰的篷罩下度此良夜吧！"

岳母便匆匆拿出床垫、枕头和被单。他见状笑道："你看，我将躺在双重铺就的床铺上。"

然后，我们离开他走进屋子。我女儿最后进屋，她的眼光依然盯着他，直到我关起房门。

就这样，我初次认识了我的圣人、我的主。

虽然这已是多年以前的事，但如同发生在昨天一样历历在目。

大祭司该亚法[①]

要谈耶稣其人和他的死，我们要考虑两个突出因素：摩西的律法必须由我们保全，这个国家必须受罗马的保护。

而此人对我们、对罗马却大为不恭。他毒害了粗鄙小民的头脑，似乎用了魔法唆使他们抗拒我们，抗拒恺撒。

我自己的男仆女奴，听了他在街市上的讲演后，也变得愤愤而不驯。有些家奴还从我家出走，逃到他们原先来的沙漠里。

别忘记摩西律法是我们的根基和力量之塔，只要我们以这种力

---

① 该亚法：耶路撒冷的大祭司，杀害耶稣的主谋。

量牵制人们的手足，便无人能够颠覆我们；只要耶路撒冷的城墙树立在大卫奠定的古石之上，便无人能够推翻这座城市。

如果亚伯拉罕①的种子真要成活、盛发，这片土地就必须不受玷污。

然而耶稣此人却是玷污者和腐蚀者。我们处死他是审慎又无愧的。我们还将处死胆敢贬低摩西的律法、亵渎我们神圣传统的所有人。

我们和本丢·彼拉多②深知此人的危害，认为干掉他乃是明智之举。

我还将看到他的追随者遭受同样下场，看到他言论的回声同样销声匿迹。

如果犹太要想生存，所有反抗她的人都必须化为尘土。在犹太灭亡之前，我要像先知撒母耳③一样用灰烬盖住自己灰白的头颅，我将撕碎这件亚伦④传下的衣服，穿起丧服，直到死去。

约亚拿，希律⑤王管家的妻子

耶稣从未结婚，但他是妇女的朋友，他像亲密的伴侣一般了解妇女。

他怀着信任与理解喜爱孩子。

他的目光，既是为父的目光，也是为兄弟、为儿子的目光。

他会把孩子抱在膝上，说："你们的力量和自由由此而来，精神的王国也由此而来。"

人们说耶稣无视摩西的律法，说他对耶路撒冷城和乡村的妓女

---

① 亚伯拉罕：希伯来人的始祖。
② 本丢·彼拉多：罗马皇帝派驻犹太的巡抚，在他任职期间耶稣被钉死在十字架上。
③ 撒母耳：犹太古代先知和领袖。
④ 亚伦：摩西的兄长，曾辅助摩西率以色列人出埃及。
⑤ 希律：犹太国分封的王。

过于宽恕。

我本人当初也被当作妓女,因为我爱上的男子并不是我的撒都该①丈夫。

有一天,我和我的情人会面时,一群撒都该人突然闯进我家,他们抓住了我,我的情人却撇下我逃走了。

然后他们把我带到耶稣作宣讲的街市。

他们存心把我带到他面前,以便试探并陷害他。

然而耶稣并没有判决我,他羞辱了想要羞辱我的人们,他斥责了他们,而把我放走了。

从此以后,生活中所有寡味的果实在我尝来都变得甜美了,无香的花闻起来也有了芬芳。我摆脱了屈辱的记忆,我自由了,我不再垂头丧气。

迦拿②的新娘拉夫卡

这件事发生在他被人们所知道之前。

那一天,我正在修剪母亲花园里的玫瑰,他在我们家门口停下。

他说:"我渴了,请你给我一点井水好吗?"

我跑着取来银杯,盛满水,又往杯中倒了几滴花瓶里的茉莉花水。

他大饮一口,十分高兴。

然后他看着我的眼,说:"我要为你祝福。"

他说这话时,我似乎觉得有一阵风在我体内吹拂。我不再羞怯了,我说:"先生,我已和加利利的一位迦拿小伙子订婚,将于下周四结婚,请你届时光临我们的婚礼,好吗?"

他说:"我会来的,我的孩子。"

---

① 撒都该人:犹太教中以僧侣、贵族为首的派别,只承认摩西五经中成文律法,曾受到耶稣的谴责。

② 迦拿:加利利地名。《新约》中记有耶稣在迦拿的婚筵上变水为酒的神迹。

听着，他说"我的孩子"，尽管他还是个年轻人，而我也近二十岁了。

然后他继续赶路。

我在花园门口痴立着，直到母亲把我喊进屋子。

到了下周四，人们把我迎到新郎家举行婚礼。

耶稣来了，随同来的还有他的母亲和他的弟兄使徒雅各。

他们和客人们一起在婚筵上就座。女傧相唱起了所罗门王作的婚庆歌。耶稣吃着佳肴，饮着葡萄酒，向我们大家微笑着。

傧相们唱起多情的小伙将情人带进帐篷；唱起年轻的葡萄园园丁爱上了园主的千金，带她去见自己的母亲；唱起王子遇见行乞的少女，把她带到宫中，给她戴上祖先的王冠……耶稣倾听着这一首首歌曲。

同时，他仿佛还在聆听我听闻不到的其他歌曲。

日落时，新郎的父亲走近耶稣的母亲，低声说道："我们已没有酒给客人喝了，可是婚筵尚未结束。"

耶稣听到他的低语，说道："斟酒者知道酒仍然是充足的。"

果然，婚筵上好酒不断，客人们尽兴而饮，直到散席。

不久，耶稣开始向我们谈论。他谈起天上地下的种种奇迹，谈起夜幕降临大地时盛开的空中之花，谈起白昼掩匿星辰时开放的大地之花。

他向我们讲述故事和寓言，他的声音令我们迷醉，我们端详着他，似乎见到幻象，竟忘记了婚筵上的杯盘。

我听着他的言论，仿佛自己置身于一片遥远而未知的土地。

后来，一位客人对我新郎的父亲说道："你和别的主人不同，把最好的酒留在宴会的最后。"

大家都相信耶稣显了一桩奇迹；也都认为，他们就应该在婚筵的末了欢饮更多、更好的葡萄酒。

我也认为是耶稣添加了美酒，但我并不惊奇，因为在他的言谈里，我听出了许多奇迹。

以后,他的话语果真牢记在我的心里,我在生下第一个孩子后仍未忘怀。

直至今日,本村和邻近村庄的人们仍然记得我们贵客的话语。他们说:"拿撒勒人耶稣的精神,是最美最醇的葡萄酒。"

大马士革的波斯哲人

我不能预测这个人的命运,也不知他的门徒将有什么遭遇。

苹果核里的一粒种子乃是一片无形的果园;然而这粒种子一旦落在岩石上,却并不能生长出什么。

但我要说:以色列古代的神祇是苛刻又不仁慈的;以色列需要另一个神,他应该温和而宽容,他怜惜地俯视人们,随着太阳的射线下凡,行在他们的局限之道上,而不是永远高踞在审判席上称量他们的过错,计较他们的疏失。

以色列应该出现的神是无私无妒的,他对人们过失的记忆是简约的,他不会因前人的过失,而将报复远及第三、四代后人。

叙利亚这里的人正如所有人一样:他会在他的理解之镜中照影,从中发现自己的神性;他会按自己的喜好造就神,膜拜那反映自身形象的神。

事实上,人是在祈祷自己更深的渴望,希望它能高高升起,成全自己的全部愿望。

世间最深奥的莫过于人的心灵,心灵是幽深对自身的呼唤,因为心灵以外,再没有别的声音在言语,再没有别的耳朵在聆听。

我们波斯人,也看见自身的面孔在太阳的光盘中辉映,看见自己的身体在我们点燃于祭坛上的火焰里舞蹈[1]。

现在,耶稣称作"父"的神,不再被耶稣的民众视为生客,他将实现民众的愿望。

---

[1] 古波斯人信仰拜火教。参见下页注:"琐罗亚斯德"。

449

埃及的诸神已经撤弃了沉重的石担,逃到努比亚①沙漠,从那些依然不谙世事的人们中获得自由。

希腊、罗马的众神已经日薄西山,他们和人类过分相似,因而不能存活在人类的醑喜中;他们施展魔法的树丛,已被雅典人和亚历山大人砍刈。

同样,在这块土地上,那些高高在上的神坛,也被贝鲁特的律师和安提阿年轻的隐士们夷为平地。

只有年迈的妇女和衰弱的男子寻找祖先的神殿;唯有在穷途末路精疲力竭的,才会缅寻路的起点。

然而这个耶稣,这个拿撒勒人,他谈论的上帝,因其博大而与任何人类的心灵并无二致,因其博闻而不屑于惩罚,因其博爱而不念他所造物的罪愆。这个拿撒勒人的上帝将逾越大地上所有孩子的门槛②,将在他们的炉前坐下,将在墙垣内为他们祝福,将照耀他们的道路。

但我的神是琐罗亚斯德③神,我的神是空中的太阳,地上的火焰,人胸中的光。我已心满意足,不需要别的神了。

大卫,耶稣的门徒之一

一直到他不再出现在我们中间,我才明白了他的演讲和寓言的涵义。是的,直到他的言词以活生生的形象出现在我眼前,化为肉身在我的白昼行进时,我才深谙了那些涵义。

我要告诉你一件事:有一天夜里,我坐在家中埋头沉思,追忆着他的言行以记录成册。这时,三个盗贼闯入我家。虽然我知道他们

① 努比亚:位于今埃及南部、苏丹北部一带。
② 据《旧约·出埃及记》,耶和华为惩罚不信神的埃及人,击杀了所有埃及人的长子和头生的牲畜,而越过了先在自家门上做了标记的以色列人家。犹太教的逾越节由此而得。
③ 琐罗亚斯德:古波斯人,琐罗亚斯德教(我国古籍称为祆教、拜火教等)的创始人。该教认为火是善和光明的代表,故以礼拜"圣火"为主要仪式。

要洗劫我的财物,但正在悉心思索的我,无暇对他们拔剑相向,甚至无暇向他们吆喝一声:"干什么!"

我只是继续记录下对主的回忆。

盗贼们离去时,我想起他的话:"谁要夺走你的外衣,就把你的另一件外衣也给他。"

我懂得了。

当我在案头记录他的言词,即使有人要夺走我的财物,也不能让我辍笔。

虽然我也会保护财物,保护自己,但我更知道哪些是最珍贵的财富。

路　　加

耶稣对于伪君子深恶痛绝,他会像暴风雨一样鞭挞他们,像雷电一般呵斥他们,令他们胆战心惊。

他们出于畏惧而试图谋害他。如同黑洞里的鼹鼠,他们竭力要为他设置陷阱,然而耶稣没有中他们的圈套。

他对这些人一笑置之,因为他知道:精神,既非嘲讽所能贬损,也非陷阱所能加害。

他手中执有明镜,他从中看到,通往顶峰的道路上有惰逸者,跛行者,以及步履维艰、仆倒路旁的人们。

他怜悯这众人。他甚至还会扶托他们,背起他们的重担。确实,他会让他们的孱弱之躯倚靠在他强健的身上。

他不会对说谎者、偷盗者或刺客严加斥责,而对于脸上罩了面具、双手加了手套的伪君子,他却要大张挞伐。

我时常思索,为何他那颗心,会荫庇一切自荒原来寻圣殿的人们,却将伪君子拒之门外?

有一天,我们和他在石榴园中休息,我说:"主啊,你宽宥、安慰罪人,及所有荏弱、动摇的人们,唯独不饶恕伪君子。"

他说:"你把罪人和荏弱、动摇的人们并称,这很恰当。我确实宽恕体质荏弱、精神动摇的人们,因为他们的过失是从祖先承继,或由贪婪的邻居致使的。"

"然而我容忍不得伪君子。正是他,为诚实的、柔顺的人套上重轭。"

"荏弱者,即是你说的罪人,就好比是从巢中掉落的无羽的雏鸟;而伪君子,却好比踞在岩石上等待攫取死物的兀鹰。"

"荏弱者是在沙漠中迷途的人;而伪君子并非迷途,他明知道道路,却在风沙里狞笑着。"

"正因为如此,我拒绝收纳他。"

这是我主说的话,当初我并未理解,但我现在理解了。

后来,全域的伪君子联手捉拿了他,他们振振有词地审判他,他们在公会①里援引了摩西的律法,并捏合了置他于死地的人证、物证。

那些在每一个黎明违犯律法,又在每一个黄昏再次违犯的人,把他杀害了。

马太②:登山宝训

在一个丰收日,耶稣邀我们和他的朋友们一起登山。那日,大地芳草菲菲,犹如婚筵上国王的公主一般,她戴上了所有的珠宝装饰自己,天空便是大地的新郎。

当我们到达山顶,耶稣在月桂树丛中肃立着,他说:"在此休息吧! 清静你们的思想,调谐你们的心弦,我有许多话要晓谕你们。"

于是我们在草丛中躺倒,周围盛开着夏日的花。耶稣坐在我们中央。

他说道:

---

① 公会:古犹太国的最高法院兼参议会。
② 马太:耶稣的十二使徒之一,是《马太福音》的作者。

"灵魂安宁的人有福了。"

"富贵不能移的人有福了,因为他们是自由人。"

"记住苦难、并在苦难中等待欢乐的人有福了。"

"如饥似渴地追求真和美的人有福了,因为他们将得到面包充饥,清泉解渴。"

"仁慈的人有福了,因为他们的仁慈必将慰藉他们。"

"清心的人有福了,因为他们将和上帝同在。"

"怜恤的人有福了,因为他们命中将蒙怜恤。"

"使人和睦的人有福了,因为他们的灵魂将凌驾于兵戈之上,他们将把贫民的荒冢变为花园。"

"被人追逐的人有福了,因为他们将练就迅疾的足,并如添了翅翼一般高飞。"

"高兴吧,欢乐吧,因为你们已发现了心中的天国。往昔的歌手因为歌唱这天国而受逼迫,你们也要受逼迫,然而你们因此将得荣耀和酬报。"

"你们是世上的盐,盐若失了味,人们心灵的食物哪来滋味呢?"

"你们是世上的光。不要把光点在斗底下,要让光在顶峰上闪耀,照亮那些寻求上帝之城的人们。"

"莫以为我要来废掉文士和法利赛人的律法,因为我在你们中间的日子屈指可数,我的言词也寥寥无几。我只有不多的时辰完成另一部法,启示新的契约。"

"你们曾得到吩咐,说'不可杀戮';但我告诫你们:不可无端动怒。"

"你们承古人之训,将牛犊、羔羊、鸽子带到圣殿,并在祭坛上宰杀,以冀神会嗅食它们膏脂的味道,从而原谅你们的过失。"

"但我告诉你们:你们要把自初就属于上帝的给予上帝吗?你们是否想取悦上帝,而他的宝座,乃是凌于幽深之上;他的怀抱,乃包容了宇宙?"

"倒不如在寻找殿堂之前,寻访你们的兄弟,与他们和睦相处;倒不如向邻里献出爱心;因为上帝在他们的灵魂里建了永不损坏的殿堂,在他们的心里树起了永不倒塌的祭坛。"

"你们曾被告知:以眼还眼,以牙还牙。可是我要对你们说:不要抗拒罪恶,因为抗拒为罪恶提供了食粮,促使它更为强大。唯有弱者才会为自己复仇。强健的灵魂是宽恕的。宽恕,是受伤害人的荣誉。"

"只有果实累累的树,才被求食物者晃动或石掷。"

"不要太留意明日,倒不如着眼于今天,因为今天的奇迹已经够多了。"

"在施与的时候,不要念念不忘自我,而要想到受者的需求,因为每一个施者都从父那里大量地受取。"

"按照受者的需求施与,因为父不会把盐给予渴者,把石头给予饥者,把乳汁给予断奶的孩儿。"

"不要把圣物给狗,也不要把你们的珍珠丢在猪前。因为给猪狗这些礼物,等于嘲弄它们,它们也势必要嘲弄你们的礼物,并在憎恨之中毁害你们。"

"不要为自己积攒会蚀坏、会被盗走的财富;而要积攒不会蚀坏、不会被窃的财宝,这财宝因众多人目睹而愈发美妙。你们的财宝之所在,便是你们心之所在。"

"你们曾听人说,对刺客要用刀杀,对盗贼要施绞刑,对妓女要用石掷。但我告诉你们:对于刺客、盗贼、妓女的罪过,你们也不是无辜的;当他们的肉体受惩,你们的灵魂也黯淡了。"

"实在地说,没有一桩罪行是由一个男人或女人单独犯下的。所有罪行都由众人犯下。那受刑罚的,或许只击碎了束缚你们脚踝的链条之一环;也许,他是以自己的忧愁为你们的瞬息之乐偿付代价。"

耶稣说着这些,我真想跪下俯拜他,但羞怯之下我未能动弹,也未发一言。

但最终我开口了,说道:"此刻我想祈祷,但我笨口拙舌,请教导我们如何祈祷。"

耶稣答道："在你祈祷时，让你的思念发出言词。此刻在我的思念里，要作如下祈祷：

我们在天地之间的父，你的名是神圣的，

让你的意愿和我们同在，如在天上一样。

为我们的今日提供足够的面包；

以你的怜爱宽宥我们，开导我们宽宥彼此；

引我们走向你，在黑暗里对我们伸出援手；

因为天国是你的，在你身上才有我们的力量和满足。"

现在已是傍晚，我们都随着耶稣走下山冈。走在耶稣身后，我重复着他的祷词，回忆着他的全部训示。我知道，今天像雪片一样飘落的言词，必将凝结，变得水晶一般坚固；那在我们头上鼓荡的翅翼，将如铁跖一般击撼大地。

西庇太之子约翰①

你已经注意到我们中有人称耶稣为"基督"，有人称他为"道"②，另有人称呼他"拿撒勒人"，还有人称他为"人子"。

我来根据自己的理解解释这些名称的涵义。

"基督"，那自古便已存在的，是燃炽在人精神里的上帝的火焰，是访谒我们的生命之气息，他以和我们一样的肉身出现。

他是圣主的意愿。

他是最初的"道"，以我们的声音演说，在我们耳中存活，这样我们才会留意，解其真谛。

圣主——我们的上帝——的"道"，建起了一座骨肉之宇，成为你我一样的人。

---

① 约翰：耶稣的十二使徒之一，雅各的兄弟。

② 道：原文为 Word。《约翰福音》开篇云："太初有道。"(In the begining was the Word.)

因为我们听不见无形态的风之歌,看不到我们更大的自身在雾霭中漫步。

"基督"多次来到这世界,他去过许多地域,常常被人视为怪客和狂人。

然而他的声息从不降临在虚空里,因为人在记忆里保留着自己的心思不留意的事物。

这便是"基督",最深奥与最崇高的,他和人类一同向着永恒前进。

你不曾听说过他吗,在印度的岔路口,在东方博士①的国度,在埃及的沙漠中?

这里,在你们的北国,你们的游吟诗人歌咏过盗火者普罗米修斯,他乃是人类实现了的梦想,乃是获得了自由的被羁之希望;你们的诗人也歌咏过俄耳甫斯②,他凭着歌喉和七弦琴,为人与畜的灵魂赋予了生命。

你们是否知道密特拉王③? 知道波斯先知琐罗亚斯德? 是他们从人类远古的睡眠中苏醒,在我们做着酣梦的床边伫立。

我们自身,当我们千年一回相聚在无形之殿中,也变成受膏的人④;于是便有一人以肉身脱颖而出,我们的沉寂随他的到来化为歌吟。

然而我们的耳朵并非总在聆听,我们的眼也不总在察视。

拿撒勒人耶稣和我们一样降生,得到养育;他的父母一如我们的父母。他是人。

而"基督",太初的"道",那愿我们过更完全生活的"灵",来临了耶稣,并与他同在。

"灵"是圣主娴熟的手指,耶稣是"他"弹拨的竖琴。

"灵"是圣诗,耶稣是吟诵圣诗的曲调。

拿撒勒人耶稣,是"基督"的东道和代言者,他和我们一同在阳光

---

① 东方博士:指耶稣初生时从东方来朝拜他的三位贤人。
② 俄耳甫斯:希腊神话中的歌手,擅长弹奏竖琴。
③ 密特拉:印度—伊朗神话中的光明之神。
④ 受膏的人:古犹太有往人身上涂抹油膏,使其神圣化的宗教礼仪。

下行进,并把我们称作朋友。

那些日子里,加利利的山冈和谷地无处不闻他的声音。我当时还年轻,我走了他的道路,跟随了他的足印。

我跟随他的足印,走他的道路,只为从加利利人耶稣口中听到"基督"的圣言。

现在你们想知道,为什么我们有人称他为"人子"。

他本人愿意别人这样称呼他,因为他深知人的饥渴,目睹过人寻觅他的"大我"。

"人子"便是愿和我们全体同在的、大慈的"基督"。

他便是拿撒勒人耶稣,他要把他所有的兄弟领向那"受膏者",领向自太初便与上帝同在的"道"。

在我的心房里,居住着加利利人耶稣,他是众人之上的人,是将我们都造就为诗人的诗人,是叩开我们门户的"灵";他让我们醒觉、奋起,出户迎接赤裸的、无拘无束的真理。

迦百农的一位年轻祭司

他纯粹是个耍把戏的,是一个巫师,用魔法和咒语蛊惑粗鄙小民。他歪曲了我们先知的言论,触迕了我们神圣的祖先。

呔!他还竟然让死者充他的证人,让无声的坟茔作他的前兆和证据。

他以蜘蛛获取飞虫的伎俩诈取耶路撒冷城郊的妇女,使她们陷入他的罗网。

妇女生性软弱,头脑空空,便跟从了此人,因为他惯用甜言蜜语宽解她们未酬的激情。若不是这些动摇不定、鬼迷心窍的女人,他的名字早已从人们记忆中消失。

那些追随他的男人又是哪些人呢?他们是被奴役、被践踏的一群。出于无知和畏惧,他们本不会抗命他们的合法主人;然而当他在自己虚幻的王国里为他们许下高位,他们便如陶匠手中的黏土一般听任他的摆布了。

你难道不知:在梦幻里,奴隶常常做了主人,弱者也会成为雄狮?

这个加利利人是巫师和骗子,他宽恕所有罪人的罪行,是为听他们肮脏的嘴向他欢呼"万福"、"和散那";①他喂哺绝望和没落者萎靡的心神,是为让他们听从他的言论和命令。

他和别人一起违犯安息日的禁忌,是为笼络不法之徒的支持;他毁谤我们的大祭司,是为在公会里耸人听闻,以反抗博取名声。

我再三说过我仇恨此人。是啊,我恨他甚于恨统治我们国家的罗马人。连他的故乡拿撒勒,也曾被我们的先知诅咒过,是异教徒纠集的粪堆,绝不会出什么好东西。

拿撒勒附近的一位利未富人

他是个好木匠。他打造的门从未被盗贼撬开过;他制作的窗户随时可以敞开,让东风或西风吹进。

他用雪松木做的箱柜,又锃亮又耐用;他做的犁耙,又结实又好使。

他用金黄色的桑木,为教堂雕刻了讲经台。在摆放圣书的桌面两端,他刻了展开的翅膀;讲台下方,他刻了公牛和鸽子的头,以及大眼睛的鹿。

他是按迦勒底和希腊的风格进行雕琢的,然而他的手艺中还有不属于迦勒底和希腊的东西。

我现在的屋子是三十年之前由很多人建造的。我从加利利各地挑选出瓦匠和木工,他们每人都有一手好手艺,我对他们的所有活计都满意。

可是你来瞧瞧,这两道门和这扇窗是拿撒勒人耶稣打造的,它们这么牢固,让我家的其他器具相形见绌。

---

① 万福、和散那:都是赞美神灵的用语。

你看出这两道门和别的门不同了吗？这扇向东打开的窗户，是否也和别的窗户有别？

我屋里其他所有的门窗都已年久失修，只有他打造的这些，虽经历了风吹雨打却依然坚固如初。

瞧这些窗棂，安装得多么结实；再瞧这些钉子，从木板的一端钉入，如此密实地钉在另一端。

而值得称奇的是，这位理应得到双倍工钱的巧匠，却只收取了一份工资；又是这位巧匠，而今在以色列被视为先知。

如果当初我知道这位手持锯和刨子的青年是个先知，我就会请求他为我讲演，而不是做工，我还会为他的演讲而慷慨解囊。

现在，我依然雇着许多人在我家里和地里干活。我如何才能辨别谁是手持工具的匠人，谁又是上帝之手牵引的人呢？

是啊，我如何才能认出上帝之手呢？

黎巴嫩南方的一位牧人

我第一次见到他时正值夏末时节，他正和另外三人在远处的路上行走。天色已晚，他停下脚步，在草原尽头的路上站着。

我在吹着长笛，我的羊群在周围吃草。我见他停下脚步，便起身走过去，来到他面前。

他问我："以利亚①的坟墓在何处？难道不是在这周围吗？"

我答道："在那儿，先生，就在那一大堆石头下面。直到现在，每个过路人仍然会往石堆上添一块石头。"

他谢过了我，然后离去，他的朋友们也跟着走了。

三天以后，牧羊人迦玛利对我说，那个过路人是犹太的一位先知。我虽然不信，但一连几个月都想着他。

春天到来时，耶稣又一次路过这片草原，这回他独自一人。

---

① 以利亚：以色列古代先知。

这一天我没兴致吹笛,因为我丢失了一头羊。我很沮丧,心里闷闷不乐。

我向他走去,在他面前默默站住,我想得到他的安慰。

他看我一眼,说:"你今天不吹笛了,你为何眼露愁容呢?"

我答道:"我的羊群少了一头羊,四处找遍了也没找到,我不知该怎么办。"

他沉默了片刻,然后笑着对我说:"在此稍等一会儿,我去找回你的羊。"说完他便走开,消失在山里。

一个时辰以后他回来了,我那头羊在他身边紧跟着。当他在我面前站住,那头羊打量着他的脸,那神色和我看他时的神色一样。我高兴地抱住了羊。

他把手放在我肩上,说道:"从今以后,你要分外地爱这头羊,因为它是失而复得的。"

我又一次高兴地抱住羊,羊儿依偎着我,我没有说话。

当我抬起头感谢耶稣时,他已经走远了,我却没有勇气跟随他去。

施洗约翰[①]:致一位弟子

只要耶稣的声音还在疆场上传颂,我在这污浊的穴中就不会沉寂;只要他享有自由,我便不会被人把持、羁勒。

人们告诉我:毒蛇们正在他的腰间盘绕。但我回答说:"毒蛇只会激起他的力量,必将被他用足踵碾死。"

我只是他电闪之前的雷鸣;虽然我先开口,但他道出的才是真谛与宗旨。

敌人未作警告便擒获了我。或许,他们也会加害于他。而在此之前,他会把他的道悉数传播,他必将征服他们。

他的战车将会从他们身上碾过,他战马的坚蹄将在他们身上践

---

① 施洗约翰:最后被希律王杀害。参见前文"称作彼得的西门"一章注。

踏,他必将为胜者。

他们将手持剑与矛出阵,而他将凭着精神之力迎战。

他的鲜血将浸润大地;但他们将蒙受屈辱,并为之痛苦。他们将在自己的泪水里受洗,直到他们的罪恶被洗涤干净。

他们的大军将举着铁槌袭击他的城邦,但中途他们会淹没在约旦河中。

他的城垣与高塔将更高地矗立,他的战士们手持的盾,将在阳光下更加闪亮。

他们说我是他的盟友,说我们旨在唆使民众奋起反抗犹太王国。

我回答,愿我能以火焰为言词。倘若他们把这邪恶的渊薮称为王国,那就让它崩溃、化为烟云吧!让它重蹈所多玛与蛾摩拉①的覆辙,让这个民族被上帝遗忘,让这片土地化为灰烬!

噫!在这图圄的坚壁之外,我确是拿撒勒人耶稣的盟友,他将统领我麾下的车马将士。而我自己,虽然也是一名大将,却连为他解鞋带都不配。

到他那儿去,重复我的话,并以我的名义求他的安慰与祝福!

我在此不会长久。夜晚,在每个梦醒时分,我听到齐整的脚步在我身上缓慢踏过;当我侧耳倾听,我听到雨点敲打着我的坟头。

去到耶稣那儿,转告他:凯德伦人约翰曾被幽灵萦绕的魂魄已经摆脱了幽灵,他在为你祷告,虽然掘墓人还在一旁站立,而刽子手正伸手领取酬金。

亚利马太人约瑟②

你们想知道耶稣的首要目标是什么,我很愿意告诉你们;只是谁也无法用手指触及受祝福的葡萄树的生命,或看到滋养树枝的树液。

---

① 所多玛与蛾摩拉:据《创世记》记载,这两城为坏人营聚之处,后被上帝降天火毁灭。
② 约瑟:耶稣的门徒之一,是亚利马太的财主。

虽然我吃过那葡萄,品尝过酒坊里流出的新酒,但我无法把一切都告诉你们。

我只能讲述一些我对他的认识。

我们的主,那被爱的,只生活了三个先知时节:他的歌乐之春,他的酣喜之夏,他的激情之秋。每个时节便是一千年。

他的歌乐之春是在加利利度过的。正是在那里,他将他的爱者聚集在身边;正是在那蓝色的湖之畔,他首次谈到父,谈到我们的解放与自由。

在加利利湖畔,我们牺牲了自我,却发现了通往父的路。哦,这小小的牺牲竟换来了如此巨大的收获!

在那里,天使们在我们耳际歌唱,嘱咐我们离弃荒地,前往我们心仪的花园。

他谈起田野和绿色的草原,谈起黎巴嫩逶迤的山坡,那里盛开的白色百合,对从山谷招摇而过扬起飞尘的商队不屑一顾。

他谈到在阳光下微笑、将芬芳献给拂面的惠风的野玫瑰。

他还说:"百合花和野玫瑰只存活一日,但这一日,却是在自由中度过的永生。"

有一天傍晚,我们在小溪旁坐着,他说:"看这溪流,倾听它的潺潺之乐。它将永远追踪大海,虽然如此,它也在每一个正午吟唱自己的奥秘。"

"愿你们如小溪追踪大海一般追寻你们的父。"

而后来临的是他的酣喜之夏,我们沐浴在他的爱的六月里。这个时节,他只谈及别人——邻里、同路人、陌生人及我们孩提时代游戏的伙伴。

他谈及了从东方去往埃及的旅人,谈及了黄昏赶着耕牛回家的农夫,谈及了薄暮里来到我们家门口的不速之客。

他总说:"你的邻里是你见着面却不认识的自身,他的脸将在你的静水中映现,你若对水凝视,会从中看到自己的面容。"

"倘若你在夜间侧耳谛听,你会听到邻里的话语,他的言词将是你自己心田的搏动。"

"你希望他怎么待你,你就去怎么待他。"

"这便是我的法则,我愿晓谕你,以及你的孩子们,他们还将传给他们的子孙,就这样世代相传,直到地老天荒。"

另一天他说:"你不会单独地成为你自己。你存在于别人的行动中;别人尽管无意,却是在所有日子里都和你同在。"

"他们犯下的每一桩罪行,都有你的手和他们的手相携。"

"他们不会跌仆,除非你也一起跌仆;他们不会站起,除非你随他们一同站起。"

"他们通往圣殿的大道也是你的大道;他们走向废墟时,你也与他们同往。"

"你和你的邻里是播在地里的两颗种子,你们一起成长,一起要在风中摇曳,你们谁也不会自称独有这片土地,因为正在成长的种子并不以自己的欢乐自诩。"

"今天我与你同在。明日我将西行,而在我行前,我告诫你:你的邻里是见着面却不认识的自身。怀着爱去寻访他吧,这样你们会认识自己,因为只有在这了解中,你们才成为我的兄弟。"

然后,他的激情之秋来临了。

他向我们谈论自由,这是他于歌乐之春在加利利谈论过的。但这次,他要求我们更深刻地理解他的言词。

他说树叶只在被风吹动时才会歌唱,说人是白日的救助天使满斟的杯盏,用以消解别的天使的干渴,无论这杯盏是满盈或空空,它都将晶莹透明地置在"至高者"的筵上。

他说:"你们是杯盏,你们是酒酿,将你们自己饮尽吧!或者将我纪念,你们将在纪念中得到满足。"

我们往南方赶路时,他说:"耶路撒冷虽然正在顶峰傲然而立,但必将堕落到杰汗纳姆①黑谷的深处,在它的荒墟之中,我将孑然

----

① 杰汗纳姆:阿拉伯语,意为地狱、火狱。

独立。"

"那里的庙宇将化为灰尘,在庙宇的门廊周围,你将听到寡妇和孤儿的哭号,匆匆逃亡的男人将连兄弟的面孔也不认识,因为所有人都惊恐万状。"

"但即使在此境地,你们中若有两人相聚,念诵我的名字,并向西凝望,你们会见到我,我的这些言词就会再临你们耳际。"

当我们到达伯大尼山,他说:"让我们去耶路撒冷,这座城在等候我们,我将骑着马驹进城门,我将对众人宣讲。"

"许多人想要缚住我,许多人想熄灭我的火焰,但从我的死亡中,你们会发现永生,你们将成为自由人。"

"他们要追击我的气息,这气息在心灵与思绪之间萦回,犹如燕子往返于田野与巢穴之间;但我的气息已经摆脱了他们,他们绝不会征服我。"

"我父在我周围建起的墙垣永不会倒坍,他圣化的土地永不会遭受玷污。"

"当黎明来临,旭日将为我加冕,我将和你们一道面对白昼,那白昼将是永昼,世上再不会呈现暮色。"

"文士和法利赛人说大地渴饮我的鲜血,我将以我血来消解大地的干涸。但我的滴血,将润发出橡树和枫树,东风还会将树种携往他乡。"

他又说道:"犹太将出现一位君王,犹太国将出阵迎战罗马的大军。"

"我不会做犹太的君王。因为锡安①的王冠是为较小的前额而铸的,所罗门的指环也戴不进我的手指。"

"看看我的手吧。难道你们没发现它是何其孔武有力,以至不屑于攥握一柄权杖,或挥舞一把寻常的宝剑?"

---

① 锡安:是耶路撒冷的一座山,古犹太人曾以此作为政治和宗教的中心。亦译郇山。

"不，我不会鼓动叙利亚的生灵抗拒罗马人。但你们将以我的言词唤醒这城邦，我的精神将对她的第二个黎明宣讲。"

"我的言词将是一支拥有军马、战车的无形的大军。不必用战斧与长矛，我定将战胜耶路撒冷和祭司的罗马的皇帝。"

"我不会坐在奴隶统治奴隶时坐的宝座上，也不会同意大利的子孙抗争。"

"但我将成为吹掉他们天空的飓风，成为在他们灵魂里吟唱的歌曲。"

"我将被人们纪念。"

"他们将称我为受膏的耶稣。"

这些话语，是耶稣在未进耶路撒冷城之前，在城外说的。

他的话语像用刀镌一样，被人们铭记在心。

拿 但 业①

他们说拿撒勒人耶稣是卑微而柔弱的。

他们说他虽然正直而公道，但却是个懦夫，常常受强人武夫的欺凌。还说当他站在权贵面前，不过是猛狮面前的一只羊羔。

但我却要说，耶稣自有超凌众人的威权。他深知自己的威力，在加利利山中，在犹太和腓尼基的城邦里，他显示过自己的力量。

哪一位屈从而软弱的人胆敢说出，"我便是生命，我便是通往真理的道路"？

哪一位柔弱而低贱的人会说，"我在我们的父上帝之中，我们的父——上帝也在我心中"？

哪一位不深知自己力量的人会说，"不信我的人，也就是不信此生和永生"？

哪一位对明日没有信心的人会宣称，"在我的言词消失之前，你

---

① 拿但业：耶稣的门徒之一。

们的世界必先销匿,如灰飞烟灭"?

如果他怀疑自己,当人们拿妓女令他难堪时,他会这样呵斥,"谁没有一点罪过,就上来掷石好了"?

倘若他畏惧官府,他会把祭司许可的兑钱商赶出圣殿的大院?

倘若他的翅翼曾被斫剪,他会大声呐喊"我的王国凌驾于你们地上的万国之上"?

倘若他以言词庇护自己,他会一而再地重申"毁掉这庙宇,我将于三天之内将它重建"?

倘若他是懦夫,他会在权贵面前挥动手臂,痛斥他们是"虚伪、低贱、肮脏与堕落之徒"?

那勇于对犹太的统治者如此直言的人,能被视为柔弱而卑微吗?

不,兀鹰不会在垂柳上为自己筑巢,雄狮也不会在蕨草丛中选定狮窟。

每当我听到那些懦夫,为了替自己的怯懦辩护,而声称耶稣卑微而柔弱;每当我听到被践踏的可怜虫,为了找到同命相怜人作安慰,胡说耶稣是他们身边闪着荧光的虫豸;每当我听到这些,我就要作呕,我的五脏六腑就要翻搅。

唉,我为这类人而作呕! 我要颂扬的是那全能的猎手,和那不可征服、伟岸如山的精神。

安提阿的沙巴

这一天,我听到大数人扫罗①对城里的犹太人宣传基督。

他现在称呼自己保罗、赴外邦传道的使徒。我年轻时就认识他。那时候,他迫害那个拿撒勒人的朋友。我仍清楚地记得,当他的同伙用石头砸那位风华正茂的青年司提反②时,他是多么扬扬得意。

---

① 扫罗:有罗马国籍的犹太人,出生在小亚细亚的大数(Tarsus),最初曾迫害基督徒,后皈依基督,并改名为保罗(Paul),开创了基督教外邦传教的事业。

② 司提反:基督教历史上第一位殉道者,他被用石头砸死时,扫罗曾在场,并"喜悦他被害"。

这位保罗确是个怪人，他的灵魂不是一个自由人的灵魂。

有时候，他似乎像林中的猎物，受了伤而被人追猎，正在寻找藏身的洞穴，对外界隐瞒起自己的痛苦。

他不谈耶稣，也不重述耶稣的言论，他布讲的是古先知曾预言过的弥赛亚①。

他自己虽是个博学的犹太人，但他用希腊语向他的犹太同胞演讲，他讲希腊语结结巴巴，措辞也多有不当。

但他有股隐秘的力量，颇得周围听众的好感。有时，他能让他们确信他自己并不确信的道理。

我们这些了解耶稣并听过他讲演的人认为，耶稣教导人如何砸碎束缚自身的锁链，从而从昨天解放出来。

但保罗却为明天的人制造锁链，他以自己也不明白的某个名义，挥动自己的锤子锤击铁砧。

拿撒勒人要我们怀着激情和喜悦度过此时；这个大数人则要我们念念不忘古籍中记载的法律。

耶稣将自己的气息传给无气息的死者；我在孤独的夜晚相信并理解这奇迹。

当他就座餐席，他讲述的故事给就餐者带来快乐，他的喜悦为他们的饮食添了美味。

但保罗却要规定我们的膳食和杯盏。

现在请让我把眼光转向别处吧！

莎乐美②对一位女友唱的歌

他像阳光下闪光的白杨，
像孤独群山中的一泊湖水，

---

① 弥赛亚：古犹太人所期待的救世主。
② 莎乐美：希律王的侄女，因受母亲希罗底唆使，以跳舞取悦希律王，让他斩了施洗约翰的头。《圣经》中未提此名，但在西方文化传统中颇有名。

在阳光下闪着波光；
又如山巅的白雪，
在阳光下如此洁白晶亮。

噢，他和这一切相像。
我爱上了他。
但我害怕见他的容貌，
我的双腿载不动我爱情的重负，
我不能用双臂拥抱他的腿脚。
我想对他诉说：
"我在一时冲动下杀害了你的朋友，
你是否会宽恕我的罪过？
你是否会怀着怜悯，
从我愚妄之举中解脱我的青春，
让她藉你的光明前行？"

我知道他会原谅我的舞蹈，
因这舞蹈他朋友掉了圣洁的头颅；
我知道他会把我视为听众，
倾听他的施教与布道；
因为没有他无法跨越的饥饿之谷，
也没有他不能穿行的干涸之漠。

噢，他有如挺拔的杨树。
有如山中的湖泊，
有如黎巴嫩的积雪，
我愿用他的衣褶清凉我的热唇。

然而他离我遥远，

我已经羞愧难当。
每当我意欲前往寻他，
母亲就要把我拽回。

他每次路过，我便渴念起他的英姿，
但母亲会轻蔑地皱起眉头，
匆匆地把我从窗口拉回，
让我回到自己的闺房。
她还要亮着嗓门大叫：
"他不就是沙漠飞来的又一只蝗虫吗？"

"他不就是一个嘲笑者，一个叛徒，
一个犯上作乱的煽动者，
意在夺取我们的权杖和桂冠？
不正是他唆使可咒之邦的狐狸与胡狼，
在我们宫殿里嗥叫，又抢坐我们的宝座？
从今后躲起你的面孔，
直到有一天他脑袋落下，
却不是落在你的盘中。"

我母亲说了这些话语，
我心里却没记住她的片言。
我暗暗地爱上了他，
我的睡梦里燃烧着火焰。

而今他已远去，
我身上有样东西也已远去，
或许那是我的青春，
不愿在此间再作滞留，
因为青春的神灵已遭杀戮。

拉结，一位女使徒

我常常疑惑：耶稣到底是和我们一样有着血肉之躯的人呢，还是大脑中一个无形体的思想，或是莅临人之幻象的一个观念？

我常常感觉，他是在一场比睡眠更深的酣睡中，在一个比所有的黎明更静谧的黎明时，无数的男男女女同时梦见的一个梦幻。

我觉得：我们在相互之间讲述梦境时，就开始把它当成了确有其事的现实；我们在赋予梦境我们幻想的形体，我们期望的声音时，也把梦变成了和我们自己一样的材料。

然而事实上他又并非梦幻。我们认识了他三年，我们在正午的高潮时分睁眼目睹过他。

我们触摸过他的双手，跟随过他辗转各地。我们听过他的演说，见证过他的事迹。你会以为我们只是追寻更高思想的一个思想，或是幻梦之域中的一个幻梦吗？

伟大的事迹在我们的日常生活中总显得格格不入，虽然其本质或许扎根在我们的天性里；这事迹尽管来去匆匆，却会天长日久，世代相传。

拿撒勒人耶稣本身就是大奇迹。这位我们认识其父母兄弟的男子，本人便是行在犹太的一件神迹。是的，所有他自己创造的奇迹若摆在他的足边，连他脚踝的高度都不能到达。

奔流万古的条条江河，也带不走我们对他的怀念。

他是在夜间燃炽的山峦，又是远山闪烁的柔和的光芒；他是空中的一股飓风，又是破晓时雾霭中的一句微语。

他是山巅冲下平原的湍流，荡涤着阻挡其道的万物；他又如同孩童的欢笑一般柔顺。

每年我都在等待春天光临这个山谷，等待百合花和仙客来的盛开，但每年我都愁绪满怀；我一直在盼望与春天齐欢共乐，但我总不能遂愿。

而当耶稣来临我的时节，他带来了真正的春天，带来了未来所有岁月的允诺。他使我内心充满欢乐,我像紫罗兰一样,羞怯地,在他的光辉照耀下成长。

而今,那尚不属于我们的世界的时序变迁,绝不会把他的美从我们这个世界上抹去。

不,耶稣不是一个幻象,不是诗人的一个意念。他是和你我相像的人,但这仅仅是对视觉、触觉、听觉而言,在其他所有方面他又和我们迥异。

他是快乐的人。在快乐之路上,他结交万众的忧愁,从他忧愁的顶峰上,他又俯视众生的欢乐。

他洞彻我们见不到的景象,聆听我们听不见的声息;他似乎对看不见的群众宣讲,还常常通过我们,向未降生的民众论说。

耶稣常常是孤独的。他在我们中间,又不和我们为一体。他在大地上,但又属于天空。我们只有在孤独中才能拜谒他的孤独之邦。

他温婉地爱着我们。他的心是榨酒坊,你我可以走近用杯盏舀饮。

耶稣身上有一件事曾让我总不得其解:他愿和听众戏谑,乐意开玩笑,说说俏皮话;即使当他的眼光中有远虑、话音里有忧愁时,他也会开怀大笑。但现在我理解了。

我总把大地当作怀着头胎儿的女人。当耶稣降生,他便是那初生的婴儿;当他死去,他是死去的第一人。

难道你没有察觉:在那个黑暗的星期五①,大地变得凝滞了,诸天却在鏖战?

难道你没有觉到:当他的脸从我们的视线消失,我们似乎只成了雾霭中的记忆?

贝特隆的革流巴②

当耶稣说话时,全世界都肃静着聆听。他的话语并非以我们的

---

① 星期五:耶稣在复活节前的星期五遇害,此日亦称耶稣受难日。
② 革流巴:耶稣的一位信徒,曾见过复活后的耶稣。

耳朵为对象,而是以上帝创造大地用的元素为对象。

他向着大海倾谈,大海是生养我们的博大的母亲;他向着高山倾谈,高山是我们的兄长,山巅是一个许下的诺言。

他对着凌驾于大海与高山之上的天使倾谈,远在我们身上的黏土在阳光下变得干涸之前,我们就曾托梦与这些天使。

他的话语有如一支被遗忘了半阕的情歌,依然在我们胸中蛰伏,有时却又燃烧着自己,闪耀在我们的记忆里。

他的话语朴素而又欢快,他的声音有如干涸之地流淌的清泉。

有一次他举手伸向天空,他的手指犹如榕树枝一般,他高声而语:"古代的先知们曾对你们宣讲,你们耳里充斥着他们的言论。然而我告诫你们:把听到的一切从你们耳朵里除去。"

"然而我告诫你们"这几个字眼,不是发自我们尘世间人类的口中,而是由行进在犹太上空的六翼天使①之军宣告。

他几次三番引述律法及先知之言论,然后他会说:"然而我告诫你们。"

哦,这是何等炽热的字眼,何等汹涌、又未被我们思想之岸陆认识的海涛!——"然而我告诫你们"。

这是何等璀璨的星辰在探照灵魂的黑暗,何等警觉的不眠之魂在等待黎明!

谁要谈论耶稣的演讲,就要洞晓他的演讲或其回声中的真谛。

而我并未洞晓他的演讲或其回声中的真谛。

请原谅我谈起了一个我无法作结尾的故事。那结尾尚未挂在我的唇间,而依然是风中的一首爱之歌。

格拉森的乃幔,司提反的朋友

他的使徒们离散了。他在就义之前,为使徒们留下了痛苦之遗

---

① 六翼天使:基督教传说中级别最高的天使。

产。他们像田野上的鹿和狐狸一样被追猎着,而猎手的箭囊里满装着箭矢。

而当他们被擒拿、被杀身之时,他们又是欢悦的,他们的脸像婚筵上新郎的脸一样泛着红光,因为耶稣也为他们留下了欢乐之遗产。

我有个来自北国的朋友,名叫司提反。他因为宣称耶稣是上帝之子,而被带到街头,受石掷的刑罚。

司提反倒地时张开双臂,仿佛要像他的主那样死去。他张开的双臂就像随时待飞的翅膀一样。当他眼中最后一丝微光褪去的时候,我亲眼见到他嘴上露出了微笑。这微笑就像冬天将尽时吹过的气息,带来了春天的诺言与信誓。

司提反仿佛在说:"如果我将去另一个世界,那里的人们要将我带到另一处街头用石头掷我,我依然要布讲他的道,为了他曾拥有、我现在也已拥有的真理的缘故。"

我还注意到有个人站在旁边,高兴地看着司提反被石掷的场面。

他便是大数人扫罗,正是他把司提反交给了祭司和罗马人,让他遭受石掷的刑罚。

扫罗是个秃头,五短身材,耷拉着肩膀,五官搭配得很不协调。我不喜欢此人。

听说如今他正在屋顶上宣讲耶稣,这让人难以置信。

但坟墓不能阻挡耶稣走进敌营,制服和俘虏他的反对者。

我依然不喜欢这位大数人,虽然人们说司提反死后,扫罗在去大马士革的路上被制服,皈依了正道。可是他脑力有余而诚意不足,不会是一位真正的信徒。

然而,我也许判断有误。我是常常出错的。

多　马①

我的做律师的祖父曾经说过:"让我们服膺真理,但只是当真理

---

① 多马:耶稣的十二使徒之一,曾不信耶稣的复活,后耶稣让他触摸自己,始信。

昭然若揭时。"

当耶稣召唤我时，我留心听他，因为他强有力的命令左右了我的意愿。但我依然保留己见。

当他谈话、而别的听众似风中的树枝一般为之摇曳时，我不动声色地听着。但我爱他。

三年以前，他离我们而去。我们这群离散之人仍然颂唱着他的名字，在各个国家做他的证人。

那时候我被称作"怀疑者多马"，祖父的阴影仍然笼罩在我身上，我总想把真理辨别分明。

我甚至要把手放在自己的伤口上感觉血流，然后才相信我的痛感。

心里怀着爱、思想上却存有疑虑的人，就像是帆船上雇用的奴隶一样：他在船桨旁睡着，梦见自己得到自由，直到主人的鞭打把他惊醒。

我自己便是这样的奴隶，我梦见了自由，但祖父的瞌睡仍留在我身上。我的肉体需要我自己日子的鞭打。

即使是拿撒勒人在场，我也曾闭上眼睛，想象自己的手被束在船桨上。

怀疑是一种太孤独的痛苦，殊不知信仰乃是它的孪生兄弟。

怀疑是一个不幸迷途的弃儿，尽管它的生身之母总会发现它、拥抱它，它仍然心怀恐惧，畏缩不前。

怀疑只有在伤口治愈、弥合时才会认识真理。

我对耶稣抱着怀疑，直到他把自己向我明白展现，并让我的手探入他的伤口里。此后我真信了。我终于从我的昨日中、从我先辈的昨日中脱身出来。

我身内的死物埋葬了自己，那存活的将为受油膏的君王，为那位人子而活着。

昨天，人们说我应该远行，对波斯人和印度人布讲他的名字。

我将远行。自今日直至我的末日，在所有的黎明与黄昏，我都将见到我的主威严而立，我将聆听他的言词。

逻辑学家爱尔马丹

你要我谈拿撒勒人耶稣,我要谈的很多,只是时候未到。不过我现在说的全都属实,因为一切话语,若不能揭示事实的真相,全都毫无价值。

他是个不法之徒,反抗一切秩序;他是个乞丐,反对拥有一切财产;他是个醉汉,只有和无赖与落难人相处时才快活。

他不是值得犹太国引以为豪的儿子,也不是受罗马帝国保护的公民,因而他藐视犹太国和罗马帝国。

他愿像空中的飞禽一样自由自在、玩世不恭地生活;所以,猎手们用箭把他射落在地。

没有人能在撞倒昨日之塔后不被塌下的石头砸坏。

没有人能打开祖先的洪水之闸而不被淹没。这便是法律。因为这个拿撒勒人触犯了法律,他和他那些没有头脑的追随者才会毁灭。

还有许多人像他一样,想要改变我们的命运。结果他们自己反被改变了,他们是输家。

城墙旁边长着一棵不结果的葡萄藤,它沿着石墙向上攀援。如果这棵葡萄藤在心里这么说:"凭我的气力和分量我要摧毁这些城墙",其他植物将会如何感想?它们肯定会嘲笑它的愚妄。

先生,对这位汉子和他那些受骗上当的徒弟们,我只能表示嘲笑。

一位叫马利亚的女子

他的头总是高昂着,他的眼里闪着上帝的灵光。

他往往是忧郁的,但他的忧郁是展现给苦痛者的怜爱,是给予孤独者的慰藉。

当他微笑,他的笑容犹如探求未知事物的人们的渴望,又像飘落在孩童眼帘上的星之尘，还似喉咙中的一块面包。

他是忧郁的，但他的忧郁会升到唇边化为微笑。

他的忧郁犹如秋天来临世界时林间的金色之幔，有时又如照在湖畔的月光。

他微笑时，他的双唇仿佛要在婚筵上吟唱。

但他是忧郁的，他的忧郁，是生长着翅膀而不愿翱翔于同伴之上的人们的忧郁。

希腊诗人罗马诺斯

他是一位诗人。他替我们的眼睛观察，为我们的耳朵听闻。我们无声的话语挂在他的唇上，他的手指能触摸我们感觉不到的事物。

无数会唱歌的鸟儿从他心头飞出，有的南飞，有的北翔。开遍山麓的小花，也令去往天国途中的他驻足观赏。

我常常见他弯下身子，抚弄地里的草叶，我心里听到他在低语："绿色的小生灵，在我的王国里，你将和贝桑的橡树、黎巴嫩的雪杉一样与我同在。"

他爱一切美丽之物，爱孩子们怯生生的脸庞，也爱来自南方的没药和乳香。

他喜欢别人友好地送给他的一只石榴，或一杯葡萄酒，不管这礼物来自旅店的生客，或是富绰的主人。

他喜爱杏花。我曾见他满把地采撷杏花，然后把花瓣覆在脸上。他乐意怀着爱心，拥抱着天下所有的花木。

他深知大海与天空的奥秘。他谈到珍珠，但那珍珠的光泽不是尘世的光泽；他说起星辰，但那星辰闪烁在我们的夜空之外。

他如兀鹰一般熟谙群山，如山涧溪流一般熟悉河谷。他的静默中乃有大漠的旷僻，他的言谈里乃有花园的芬芳。

哦，他是一位心灵寄寓在高不可攀的亭阁中的诗人，他的歌虽是为我们而唱，但也为别人而唱，为生命永远是青春、时间永远是黎明的他乡的人们而唱。

我曾经自视为诗人。但当我在伯大尼站到他的面前,我理解了拨弄单弦琴的乐手,在精通所有乐器的大师面前的感受;因为在他的歌声里,有雷电的大笑、霖雨的涕泪,有树木在风中的欢舞。

自从我知道我的竖琴只有单弦,我的歌声既不录载昨日的记忆,也不编织明日的希望,我便搁起了竖琴,我将保持缄默。但在薄暮时分,我会侧起耳朵,聆听诗人中至高者的吟唱。

利未,一位使徒

有一天傍晚,他路过我家门,我的精神为之振奋。

他对我说:"来吧,利未,请跟我走。"

我便在这一天跟从了他。

次日傍晚,我请求他去我家做客。他和朋友们走进我家门槛,向我和妻儿一一祝福。

我还邀了其他客人,他们是税吏和学究,他们对耶稣心怀敌意。

我们在筵席坐定,一位税吏便责问耶稣:"你和你的门徒违背法律,在安息日生火①,这是真的吗?"

耶稣回答说:"我们确实在安息日生火,我们愿让安息日燃烧起来,愿用火炬焚毁所有岁月干枯的残枝。"

另一位税吏又说:"我们还听说你和下流人一起在旅店喝酒。"

耶稣答道:"确实,这些人我们也要安慰。我们来到此地,难道只为和你们中失却了王冠和宝屦的人分享饮食吗?"

"那未生羽毛,却大胆搏击狂风者微乎其微;而羽翼健全,又厮守着巢穴的却比比皆是。"

"那迟缓的和迅捷的,我们都将用喙喂育。"

又一位税吏讥问:"有人说你要庇护耶路撒冷的妓女,是否我听

---

① 安息日:即犹太教的星期六,是法定的圣日和休息日。

错了？"

这时，我看到耶稣的表情犹如黎巴嫩高耸的岩石。他答道："这也属实。在清算日里，这些女子将在我父的宝座前站起，她们将被自己的眼泪洗净。而你们，却要被自己独断的锁链缚倒。"

"巴比伦不是被妓女们毁灭的；巴比伦之所以灰飞烟灭，是为了不让城里的伪君子们，再目睹白昼的光明。"

其他几位税吏也想诘问他，但我示意他们住嘴。我知道耶稣会驳倒他们，但他们也是我的客人，我不愿他们蒙羞受辱。

到了半夜，税吏们离开我家，悻悻而去。

这时我闭上眼睛，我似乎在恍惚中看到：七位身披白衣的女子正站在耶稣周围，她们的双臂在胸前合抱着，头低垂着。我定睛细瞧这轻雾般的梦境，看清楚其中一位女子的面孔，正在我晦暝的幻觉中发光。

这是耶路撒冷一位妓女的面孔。

然后我睁开眼，看到他正对我和席间未走的客人微笑。

我又闭上眼，借着一道亮光，我这回看见七位身着白衣的男子在耶稣周围站立，我看清楚其中一人的面孔。

这是后来被钉在耶稣右边十字架上的小偷的面孔。

又过了些时辰，耶稣和他的伙伴们离开我家，告辞上路。

加利利的一位寡妇

我儿子是我的心肝，我的独子。他在我们自家的地里种田，要不是听了那名叫耶稣的人在众人前的演说，他一直对生活心满意足。

后来我儿子突然变了，他的魂灵似乎被一个陌生而有害的魂灵附上了。

他丢下了农田和花园，连我也弃之不理。他变成了一个无用之人，一个大路上的浪子。

这个拿撒勒人是个恶人。哪一个善良人，会把儿子和母亲分开呢?

儿子对我说的最后的话是:"我要和他的一位使徒一道去北国。我的生命建立在拿撒勒人之上。是你生育了我,所以我感激你。但我必须走了。我这不就把我们家的良田和所有的金银财宝全留给你了吗? 我只带走这一身衣服和一根木杖。"

我儿子说了这些,就和我分手了。

现在,罗马人和祭司们抓住了耶稣,把他钉死了。他们干得很好。

一个让母子分离的人不能算是敬神者。

一个把我们的孩子送往外邦城邑的人不能做我们的朋友。

我知道儿子不会再回来了,我从他眼神里能看出来。所以我憎恨这拿撒勒人耶稣,是他,让我一人独守着这未耕的田地、这荒芜的花园。

我还憎恨所有颂扬他的人。

前不久,人们告诉我耶稣曾说过:"那些听从我的话并跟随我的人,便是我的父母兄弟。"

做儿子的为什么要离开母亲,追随他的足迹呢?

儿子为什么会忘记我的胸乳,去饮他未曾尝过的泉水? 为什么会抛开我温暖的怀抱,要去那寒冷又不友好的北方?

唉,我恨这拿撒勒人,我要恨他一辈子,因为他夺走了我的心肝,我的独子。

耶稣的堂弟犹大①

八月的一个夜晚,我们和我们的主一起在湖畔不远的一块荒地上,古人称这块荒地为"髑髅地"。

耶稣躺在草地上,注视着群星。

---

① 这里的犹大不是出卖耶稣的加略人犹大。

突然，有两个人上气不接下气地向我们跑来，他们看来极度悲痛，他们在耶稣面前俯伏下来。

耶稣站起，问道："你们从哪里来？"

其中一人答道："从马切罗斯来。"

耶稣不安地看着他，又问："约翰怎么样？"

那人回答："他今天被杀害了。他在狱中被砍了头。"

耶稣抬起头，独自往前踱了几步，过了一会儿又站到我们中间。

他说："国王本来早就能杀害先知了，既然他试图博得臣民的欢心。以往的君王把先知的头颅赐给猎取人头者时，动作更为迅速。"

"我不是为约翰忧伤，我倒是为准许用刀砍头的希律王忧伤。可怜的君王，就像一头被人套上鼻圈、用绳牵着的动物一样。"

"可怜而渺小的诸侯！他们迷失在自己的昏聩中，踉跄着，跌仆着。在腐浊的海水里，除了死鱼，你还指望得到什么呢？"

"我并不仇恨君王，让他们统治众人好了，条件是他们比众人更富智慧。"

说到这里，主看了看两人忧戚的神色，又看着我们，继续说道："约翰是负着伤出生的，他伤口的鲜血和他的言词一起迸发。他虽有自由，但尚未摆脱自身的羁绊；他富有耐心，但只能容忍正直公道的人们。"

"实际上，他是回荡在聋人之邦的呐喊声。我爱他的苦痛，爱他的孤寂。"

"我爱他高傲地将头伸向刀剑，而后才任它葬入尘土。"

"我实在要告诉你们：撒迦利亚的儿子约翰，是他的同类中最后一人，他和前辈一样，被杀戮在圣殿与祭坛的门槛之间。"

说着，他又踱步走开。

然后又折回说道："执权一个时辰的人们，总是要杀害称雄岁月的君主，总是开庭审判，判决未出生的人有罪，宣布从未作恶的人死刑。"

"撒迦利亚的儿子将和我一起生活在我的王国里，他的日子将会长久。"

然后他转向约翰的弟子说道："每一件事情都有它的翌日,我自己也许是这一事件的翌日。回到我朋友的朋友那里去,转告他们我将与他们同在。"

那两个人离开我们走去。他们的心情似乎有所好转。

耶稣重新躺倒在草地上,他张开双臂,又在凝视繁星。

现在时辰已晚。我在他不远处躺着,我很想休息一下,但总觉得有一只手在叩我的睡眠之门,我一直醒着,直到耶稣和黎明一起催我重新赶路。

来自沙漠的人

我在耶路撒冷是个陌生人。我来这座圣城是想看看雄伟的殿宇,并到祭坛上献祭,因为我妻子给部落生了两个孪生儿子。

献完祭品,我站在大殿的门廊上,俯看着钱商和卖鸽子作祭品的小贩,传入耳朵的是院子里沸沸扬扬的喧声。

我正这么站着,突然有一人来到了钱商和卖鸽子的人们中间。

他神色庄严,步伐快捷。

他手里拿着根羊皮做的绳子,他开始掀翻钱商的桌子,用绳子抽打卖鸟的小贩。

我还听到他大声喊道:"把这些鸟放回天空它们自己的巢中。"

男男女女在他面前逃窜,他驱赶着他们,犹如旋风席卷着沙丘一般。

这一切发生在一瞬间。一会儿,钱商等人全被赶出了大殿的院子,只有那人独自站着,他的随从们离着他有段距离。

我转过身子,看到还有一人也站在门廊上,我向他走去,问道:"先生,这位孤独的像一座殿宇一般站立的人是谁?"

他答道:"他是拿撒勒人耶稣,加利利新近出现的一位先知。耶路撒冷这里的所有人都恨他。"

我说:"我的心足够强健,准备承受他的鞭笞;又足够依顺,可以匍匐在他的脚下。"

耶稣转身向等候他的随从们走去,未走几步,三只大殿的鸽子飞了回来,有一只落在他的左肩上,另外两只落在他的脚旁。他轻柔地抚摩了每只鸽子,然后阔步向前。

请告诉我,他凭着什么力量驱散了上百名男女,而不遭任何反抗?我听说他们都恨他,但这一天却无人在他面前抵抗。难道他在去殿宇院子的路上,已经拔掉了他们的仇恨之牙?

彼　得

有一天日落的时候,耶稣领我们来到伯赛大村,我们疲惫不堪,满面尘土。我们走进位于花园中间的一个大户人家,户主就在门口站着。

耶稣对他说:"这些人已精疲力竭,腿脚疼痛,请让他们在你家借宿吧。夜间很冷,他们需要温暖和休息。"

富人回答:"他们不能睡在我家。"

耶稣又说:"那就让他们睡在你的花园里吧!"

富人答道:"不行,睡在花园里也不行。"

耶稣转身对我们说道:"这便是你们明日的遭遇,这现状就如同你们的将来。所有的门户都要对你们紧闭,就连星空下的花园,也不能作你们的卧榻。"

"倘若你们的脚步不畏跋涉,随我远行,你们或许会找到一个水盆、一张床,也许还有面包和葡萄酒;但如果你们什么也没有找到,也莫忘记你们已跨过了我的一片沙漠。"

"来,我们向前走吧。"

富人显得窘迫起来,脸色也变了,他嘴里嘟囔着什么,然后自惭形秽地溜进了花园。

我们又跟随耶稣继续赶路。

巴比伦人曼拉奇，一位天象学家

你问我有关耶稣的奇迹的问题。

每隔一千个千年，太阳、月亮、这个地球及它的姊妹行星，在一条直线上相遇，它们在一起做了片刻的商谈。

然后它们慢慢分别，等待下一千个千年的到来。

除了时节以外并没有奇迹。但你我并不了解所有的时节，更何况当某个时节化为人形，具体地出现呢？

在耶稣身上，构成我们肉体和梦幻的元素有规则地组合在一起。他以前时机未到的一切，由于他已变得时机成熟了。

人们说他给盲人视力，让瘫子行走，还从疯人身上将魔鬼逐出。

也许失明只是一种黑暗的思想，可以被燃炽的思想战胜；也许萎缩的肢体无非是一种惰逸，有了活力就可以刺激它复原；也许魔鬼，我们生命中这躁动的元素，是可以被和平、宁静的天使逐出的。

人们说他使死者复生。你若能告诉我什么是"死"，我就会告诉你什么是"生"。

在田地里我观察过一颗橡子，那么安静，看起来又毫无用处。到了春天，我见这橡子生了根，出了苗，将要成为一棵橡树，在阳光下蓬勃向上。

你肯定要说这是桩奇迹。但这样的奇迹，在每一个慵困的秋天里，在每一个热情的春天里，都要发生一千个千次。

这奇迹为什么不会发生在人的心灵里呢？那些时节，为什么不会在一个受膏人的手中或唇上相遇呢？

如果上帝赋予了大地孵育一颗看来已干死的种子的技艺，他为何不可使人的心，能将生命吹送进另一颗心，即使是颗看起来已死去的心呢？

我已经谈论过这些奇迹，但我认为，它们在那更大的奇迹面前就相形见绌了,这奇迹便是那个人本身,那位"旅行者"。是他把我的糟粕化为精华,是他教导我如何爱仇恨我的人,因而为我带来慰藉,给我的睡眠添了美梦。

这是我自己生活中的一桩奇迹。

我的灵魂曾是盲目的,我的灵魂曾是畸形的,我被不安分的精灵依附着,我曾是行尸走肉。

但现在我能清晰地观察,正直地行走,我心神恬然,每时每刻都在生活中证实着、宣布着自己的存在。

我并不是他的门徒,我只是位年迈的星相家,每个季节观察一次宇宙空间,留心其中的规律与奇迹。

我已进入岁月的黄昏,但我若能再寻岁月的黎明,我便去寻求耶稣的青春。

暮龄永远在向往青春。之于我,现在是知识在向往圣像。

一位哲学家

当他和我们在一起,他以神奇的目光注视着我们和我们的世界,因为他的眼睛没有被岁月的面纱遮蔽,他凭着自己的青春之光,清晰地洞察着一切。

虽然他了解美的深奥,他还总是惊诧于美的平和与庄严。他肃立在大地面前,犹如人类的始祖在太初的第一日面前肃立。

我们的感觉已经迟钝。我们在光天化日下凝眸察看却一无所见;我们侧耳细听却毫无所闻;我们张开双手,却什么也不能触及;纵然全阿拉伯的香料都在熏焚,我们也是自行己路,不能嗅到它的芳香。

我们看不见日暮里从田野归来的农夫,听不见牧人赶羊群回到羊栏时吹响的笛声;我们不会张开双臂触摸夕阳,我们的鼻子也不再渴闻沙仑①玫瑰的芬芳。

---

① 沙仑:指位于巴勒斯坦的沙仑平原。

唉！我们只敬重拥有王国的君王；我们非要等手指拨动琴弦，才能听到竖琴的声响；我们不会把戏耍于橄榄树林的儿童看作一株幼壮的橄榄树；我们定要让一切言语都从肉唇中发出，否则我们便把彼此都当作聋哑。

其实，我们是视而不见，听而不闻，吃喝而不知品尝。这便是拿撒勒人耶稣和我们的区别所在。

他的感觉总在不断地更新，这世界对于他永远是崭新的世界。

对他来说，一个婴孩的咿呀儿语不次于全人类的呐喊；而对我们，它无非是咿呀儿语。

对他来说，一株金凤花的根须便是对上帝的一腔思念；而对我们，它不过是根须而已。

乌利亚，拿撒勒的一个老头

他是我们中间的一个怪人，他的一生隐匿在黑暗的幔帐里。

他并不遵循我们的神的道路，而是追随了污秽、邪恶者的道路。

他在孩提时代就拒不吮吸我们天赋的甘乳。

他的青春期像夜间着火的干草一样焚烧着。

当他成人，他拿起武器和我们所有人作对。

这种人在人类之善的低潮中孕育，伴着孽风降生，他们将在孽风中存活一日，然后永远陨灭。

你难道忘了他在孩提时代就多么自负，爱和博学的长者辩论，还嘲笑他们的尊严？

你还记得他靠锯子、凿子谋生的青年时代吗？他在节日里从不和我们的子女合群，他要离群独行。

他从不答复别人对他的问候，似乎他比我们高出一等。

我自己有一次在田野遇到他时，曾向他问好，但他只是笑笑，我从他的笑中看出狷傲与侮慢。

此后不久，我女儿和伙伴们去果园采葡萄，她也向他打了招呼，但他并未应答,他只是向所有采葡萄的人讲话,仿佛我女儿不在她们中间似的。

在他离弃了父老乡亲外出流浪后,他变得非常喋喋不休,他的言论是我们的肉中刺,他的话音至今还令我们想起来作痛。

他只会诽谤我们,还连带着我们的父辈与祖先;他的利舌就像毒箭一样,直刺我们的胸膛。

这便是耶稣其人。

如果他是我的儿子,我早就把他交给远征阿拉伯的罗马大军,我会请求军官把他放到前线,让敌人的射手射中他,让我从耻辱中解脱。

可是我没有儿子,也许我该为此谢天谢地。因为,倘若我的儿子是民众的仇敌,皓首白须的我在屈辱中将赴黄泉,那可怎么办呢?

诗人尼哥底母①,公会老人中最年轻的一人

有许多白痴说,耶稣挡住他自己的道路,反对的是他自己;还说,他不了解自己的思想,由此使自己陷入窘境。

确有许多枭鸟,除了自己的噪鸣外,不知道别人的歌乐。

你我都知道:有那玩弄文辞的,只敬服那更甚于他的玩弄文辞者;有那将自己的头颅装在篮子里赶集的,见了第一个买主就成交出售。

我们见过侏儒对天空中的超人破口大骂;也知道莠草会对橡树和杉树怎样评头品足。

我可怜他们不能升入高空。

我可怜枯萎的荆棘只能嫉妒不畏四季的榆木。

然而可怜,即使伴随着所有天使的惋惜,依旧不能带给他们光明。

---

① 尼哥底母:法利赛人,是一位犹太人的官员。

我了解稻草人，虽然它的破烂衣衫在麦田里飘扬，但它是麦田里的死物，也是歌唱着的风中的死物。

我了解无翼的蜘蛛，它为一切的飞行物编织着罗网。

我了解那些狡黠的吹号人和打鼓手，他们置身于自己弄出的噪音里，却听不见云雀的鸣啭和东风拂过森林的天籁。

我了解那蹚过所有溪涧却永远找不到源头的人；也了解那顺着所有河流疾跑、却不敢奔向大海的人。

我了解那伸出笨手、向殿宇的建筑师讨好的人，他的笨手一旦遭拒，他便在阴暗的心里诅咒：“我要摧毁一切建筑物。”

我了解所有这些人。正是他们，听见耶稣有一天说过“我给你们带来和平”，另一天又说“我带来了刀戈”，便找到了反对他的把柄。

他们哪里懂得，耶稣其实在说：“我给心地善良的人带来了和平，我在那愿要和平和愿要刀戈的人中间竖起了刀戈。”

他们对曾说过“我的王国不在这大地上”，又说“恺撒的物当归恺撒”的耶稣感到稀奇，却不知他们若真想获得自由，进入他们热望的王国，他们就不该抗拒看护他们需求的门卫，他们应当愉快地做出施舍，以便进入那城池。

这些人还说：“他宣传仁爱、善良和孝道，而当他的母亲和兄弟们在耶路撒冷的大街上寻他时，他却不予理睬。”

他们不晓得他母亲和兄弟出于爱的顾虑，要他回到木工的案台；而他正在开启我们的蒙目，让我们目睹新一天的黎明。

他母亲和兄弟愿他在死神的阴影下生活，而他却要在远方的山上向死神挑战，从而在我们不眠的记忆里长生。

我了解那些漫无目的在路上打洞的鼹鼠，岂不正是他们，指责耶稣为荣耀自己而对众人扬言：“我是通往拯救的道路与门户”，甚至还称自己为“生命”和“复活”？

但耶稣宣称的，无非是五月在自己的高潮里宣称的一切。

他难道不该将如此璀璨的真理晓示于众？

他确实宣告过他是道路，是生命，是心灵的复活，我本人便是他的真理的一个证明。

你们是否记得，我尼哥底母曾经只相信法律和诫命，历来唯唯诺诺，循规蹈矩？

可是看吧，现在的我随着生活阔步而行，伴着群山上初露笑脸的朝阳欢笑，直到落日下临山后的卧榻。

你们何必在"拯救"二字面前踌躇？我便是从他那里得到了拯救。

我不在乎明天有什么降临，因为我知道耶稣激励了我的睡梦，让我遥远的梦幻作我行路的伴侣。

难道我信奉了一位更伟大的人，便成了一位渺小的人了？

当那位加利利诗人向我吟唱，骨与肉的障壁便已倒坍，我被一个精灵把握着，升举到高空，我的翅翼在空中采集了热望之歌。

当我自风中降下，我的翅翼在公会被人剪斫，尽管如此，我用肋骨，那无翼的翅膀，保护了这首歌。尘世间贫乏的万物，都不能夺走我的珍宝。

我说的够多了。让聋子在他们的聋耳里埋葬生命的低语吧！我心满意足地聆听他的琴声，那是他在肉体上的双手被钉流血时，抱琴弹出的乐调。

亚利马太的约瑟：十年以后

在拿撒勒人的心中，奔涌着两股泉流：一股是和他称为父的上帝一脉相传的亲近之泉，另一股是他称为"上界之王国"的欢乐之泉。

我在幽独的时候想念他，追踪着他心中的这两股泉流。在一股泉流的堤畔，我遇到我自己的灵魂；有时我的灵魂是乞丐，是流浪者，有时却是御花园里的公主。

我又追踪他心中的另一股泉流，我在途中遇见一位遭了殴打、被夺去金银的人，但他脸上还挂着微笑；不远处又见到掠夺他的强盗，我见他满面泪痕。

以后,我在自己胸中也听到了这两股泉流的潺潺之声,我很高兴。

在本丢·彼拉多和长老们捉拿他的前一天,我拜访了耶稣,我们谈了很久,我提了许多问题,他都和悦地做了回答。告辞的时候,我已知道,他便是我们这世上的圣主。

雪杉倒下已经很久,但其芬芳却在持续,并要永远向着天涯海角散发。

贝鲁特人乔各斯

当时,他和他的朋友们都在我家篱笆墙外面的松林里,他对着他们谈论。

我站在篱笆附近聆听。我知道他是谁,在他未来之前,他的名声已传遍此地。

当他停止说话时,我向他走去,说道:"先生,请你们都来光临敝舍。"

他对我微笑,说:"今天不了,朋友,今天不了。"

他的话里带着祝福,他的话音,使我感到寒夜添衣一样的温暖。

他又转向朋友们说:"看到了吧,此人没有把我们当作异乡人,他请我们走进他的门槛,尽管他以前从未见过我们。"

"实在说,我的王国里没有异乡人。我们的生命也就是所有他人的生命,生命赋予我们,是要我们理解众人,并在理解中爱他们。"

"众人的行为,无论是隐秘的或显豁的,也都是我们的行为。"

"我告诫你们,不要囿于'一我'之中,倒要集'多我'于一身:既是房屋的主人,又是无家可归的浪人;既是农夫,又是啄食尚未入土而眠的谷穗的燕雀;既是感激地施与的施者,又是自豪而衔恩受取的受者。"

"白昼之美不仅体现在你们所见的事物中,也体现在他人所见的事物中。"

"因此，我从拣选我的众人中拣选了你们。"

然后他又转向我笑着说："我这些话也是说给你的，你也将铭记在心。"

我于是恳求他："大师，你不可以顾访我的屋舍吗？"

他回答："我知道你的心情，但我已顾访了你更大的屋舍。"

当他和使徒门临走时，他说："晚安，愿你的屋舍足够宽敞，可以大庇普天下的流浪者！"

抹大拉的马利亚

他的嘴像石榴的心，他的眼里有着深深的阴影。

他是和蔼的，如深知自己力量的人一样。

在梦中，我看到大地上的君王在他面前敬畏地肃立。

我想描述他的面容，但我如何描述？

它像没有黑暗的静夜，没有喧哗的良昼。

那是一张忧伤的脸，又是一张喜悦的脸。

我清晰地记得有一次他将手伸向空中的情形，他张开的手指就如榆树的枝丫一般刚劲。

我还记得他在夜晚踱步的情形。他不是在行走，他本人便是路之上的路，如同凌驾于大地之上，即将降下，润泽大地的云雾。

但当我站在他面前向他说话时，他又是人。他的脸看得出是充满力量的。他问我："米利暗，有何贵干？"

我未作答，我的翅翼包掩了我的秘密，我心里变得暖融融的。

我再也禁受不住他的目光，于是扭头走开，但不是出于羞辱，而只是羞怯而已。我愿清静独处，任他的手指拨动我的心弦。

拿撒勒人约坦：致一位罗马人

朋友，你和所有罗马人一样，愿意臆想生活，而不思如何生活；你们愿驾驭万邦,却不愿被精神驾驭。

你们宁愿征服别的民族而受他们的诅咒,也不愿安居罗马,幸福地接受祝福。

你们只想到行进的大军和出海的舰船。

如此,你们怎么能理解拿撒勒人耶稣呢? 他质朴无华,孑身一人,不携刀兵舰船,欲在心中建立王国,在灵魂的自由之地建立帝邦。

你们怎么能理解此人呢? 他虽非兵士,却秉承了全能的以太的力量。

他不是一位神,他是和我们一样的人。但在他身内,地上的没药树高高升起,迎候天上的乳香;通过他的言词,我们的咿呀之语拥抱了无形之灵的微语;从他的话音里,我们听到了一首莫测高深的歌曲。

是的,耶稣是个人而不是位神,我们为此惊讶而称奇。

但你们罗马人只为神灵而好奇,任何人都不能使你们惊异。因而你们不懂得耶稣。

他属于心灵的青春,你们属于心灵的暮年。

你们今天统治我们,但是,让我们等候另一日的莅临吧!

谁能说这位不携刀兵舰船的人不会做明日的统帅呢?

我们这些追求精神的,将在跟从他的历程中流血;但罗马却要在阳光下化为白骨。

我们将屡遭磨难,但我们会忍耐,会生存下去;但罗马却必将化为烟灰。

然而,一旦罗马在变得谦恭而低微后,念诵起耶稣的名字,他会听到这声音,他会将新生命吹入骸骨,罗马便会复起,重回到大地城邑之林。

但他作此行动时,将不动刀兵,也不用奴隶为他驾船。他将独自行动。

耶利哥的以法莲

当他又来耶利哥时,我找到他,对他说:"大师,明天我儿子将要娶妻,我请你明天光临婚筵,犹如你曾经光临加利利迦拿的婚筵一样。"

他答道:"我确曾在婚筵上做过客人,但我再不做客了,现在我自己便是新郎。"

我又说:"我请求你,大师,光临我儿子的婚筵吧!"

他似乎在责备我似的笑道:"你为何要请求我呢,你的酒难道不够吗?"

我说:"大师,我的酒罐是满的,但我还是恳请你赴我儿子的婚筵。"

他说:"谁知道呢? 我或许会来,或许一定来,只要你的心是你殿宇里的祭坛。"

次日,我儿子办了婚事。但耶稣没来赴宴,虽然家中宾客满堂,但我觉得谁都没有来过似的。

其实,招待客人的我也未到场。

或许,我在邀请他时,我的心尚未成为祭坛;或许,我在期望着另一个奇迹。

推罗的商人巴尔卡

我相信,无论罗马人或是犹太人都不理解拿撒勒人耶稣,连那些正在传播他名字的他的使徒们,也不理解他。

罗马人杀害了他,铸成大错;加利利人把他奉为神灵,也是一个错误。

耶稣有一颗人的心。

我曾随船队远航过七重海洋,曾在遥远异乡的街市上,和王公贵族、骗子奸商做过买卖,但我从未见过有人像他那样理解商人。

有一次我听他讲过这样一个寓言:

一位商人离开本国到异乡去。他有两个仆人,他给每人一把金子,吩咐道:"我出门远行时,你们也该外出赚钱。去做正当的交易吧,要注意公正地交换。"

一年以后,商人回来了。

他问两位仆人用他的金子做了些什么。

第一位仆人答道:"瞧,先生,我做了买卖,得了利润。"

商人便说:"这利润将归你了,因为你做得很好,你对我、对你自己都是忠诚的。"

然后另一名仆人站起说道:"先生,我担心亏损了你的钱,所以不曾买卖。喏,金子还在这口袋里。"

商人收起他的金子,说:"你这小信的人!去交易并亏损,也强于无所事事。风撒播种子,等待着收获果实,其道理正和一切商人经商一样。从今以后,你还是去侍候别人吧!"

耶稣虽然不是商人,但他说的这些,却揭示了为商之道的奥秘。

还有,他的寓言经常将我的思绪,带到比我去过的远邦更远、又比我的房舍家私更近的所在。

不过这年轻的拿撒勒人不是一位神。遗憾的是,他的弟子们设法要把这样一位贤哲造为神仙!

西顿的女大祭司福弥亚:致女祭司们

抱起你们的竖琴,让我歌唱,
拨动你们的琴弦,那些金线和银线,
我要歌唱那无畏的勇士,
是他戮杀了山谷的恶龙,
然后又以怜悯的目光,
俯视那被杀的怪物。

抱起你们的竖琴,随我歌唱,
唱那高高挺拔的橡树,
唱有天空般胸怀、海洋般手掌的巨人,

他曾和死神苍白的嘴唇接吻，
而今却在生命的口腔中颤动。

抱起你们的竖琴，让我们齐唱，
唱那山中无畏的猎手，
是他瞄准野兽，射出无形的箭矢，
将犄角和利牙射落大地。

抱起你们的竖琴，随我歌唱，
唱那英勇青年征服了山中的城池，
还征服平原上似毒蛇盘踞的都邑。
他迎战的不是侏儒而是天神，
是欲啖我们肉、饮我们血的凶神。

他犹如最高贵的金色雄鹰，
只愿迎战空中的鸷鸟，
因为他的翅膀巨硕而又高傲，
不屑对翅翼瘦小的燕雀称雄。

抱起你们的竖琴，随我歌唱，
唱那大海与峭壁的欢乐歌。
天神已被杀死，正静静地躺在
遗忘之海中被遗忘的岛上，
而屠神者正在宝座上高踞。

他还只是个青年，
春天尚未赐给他成人的美髯，
来临他田野的依旧是青春的初夏。

抱起你们的竖琴,随我歌唱,

唱那席卷林间的风暴,

这风暴吹断枯枝和无叶的树桠,

却让成活的树木深深扎根大地的胸膛。

抱起你们的竖琴,随我歌唱,

唱我们爱者的不朽的歌调。

哦不,我的姑娘们,停下你们的手,

放下你们手中的竖琴,

我们现在不能唱他,

我们微弱的歌声传不到他的风暴里,

也不能飘进他庄严的静默里。

放下你们的竖琴,来到我周围,

我要将他的话语对你们重述,

我要向你们讲述他的事迹,

因为他话音的回声,

比我们的激情更为深远。

文士便雅悯

有人说耶稣是罗马和犹太的敌人。

但我说耶稣不是任何人和任何民族的敌人。

我曾听他说:"空中和山巅的鸷鸟是不会在意栖身在黑穴里的毒蛇的。"

"任凭死者去埋葬死者好了。你自己要在生者的队中,要振翅高飞。"

我并非他的信徒,我只是那些跟在他身后、欲睹他面容的众多人之一。

他察视着罗马,察视着我们这些罗马的奴仆,就如父亲看着孩儿们玩耍玩具、又争抢着大玩具一般。他从高处笑着。

他比国家、种族、革命这些概念更其伟大。

他孑然一人，而又大彻大悟。

他为我们眼眶里每一滴泪珠而悲叹，对我们的每一次抗争都颔首微笑。

我们知道他能够和一切未生者一同降生，并启发他们看视，但不是用他们的眼睛，而是通过他的视角。

耶稣是大地上一个新王国的肇始，这一王国必将永存。

他是一切营造精神王国的王者的子孙。

唯有精神上的王者，才统治我们的世界。

撒 该

你们相信听到的说出的话语。还是信那未道出的话语吧！因为人类的缄默比他们的言词更接近真理。

你们问道：耶稣当初能不能避免他的惨死，并拯救他的弟子们免遭迫害？

我答曰：如果他愿意，他确实可以逃生。但他并不计个人安危，也不以保护自己的羊群不受夜狼之犯为虑。

他知道自己的命运，知道忠贞地爱着他的人们的明天，他预言了我们每个人的遭遇。他并非刻意求死，但他接受死神，如同农夫用泥土埋好谷种，接受了冬天，又等候着春天和收获的来临；又如建筑匠把最大的石头用来奠基。

我们这些加利利人来自黎巴嫩的山坡。我们的主本可以领我们返回家园，让我们与他的青春做伴，生活在我们的花园里，直到暮年来临，在我们耳边低诉往昔的岁月。

难道曾有什么障碍阻拦他的道路，令他不能回到我们村里的庙宇？在村里，人们都在诵读众先知的言论，然后畅言着自己的心思。

他难道不能宣告："而今我要随西风东行"，这样说着，又以嘴角的一个微笑打发我们？

噢,他本来可以说:"回到你们的亲属中间,这世界尚没有为我做好准备。我将于一千年以后再来,教导你们的孩子们等待我的归来。"

如果他愿意,他本来确实可以这么做。

但他知道,要建立无形的殿宇,他必须将自己奠为基石,将我们作为屋基的卵石,紧密地铺在他的周围。

他知道他的参天大树的汁液必须从根须汲取,于是,他用自己的血浇灌这根须。对于他,这不是牺牲,而是获取。

死神是启示者,耶稣之死启示了他的生命。

倘若他逃避了你们和他的敌人,你们便会做这世界的征服者,因而他不曾逃避。

唯有期望一切的才会奉献一切。

是的,耶稣本可以逃避敌手,尽其天年。但他知道时节的更迭,他情愿咏唱他的歌。

有谁,面对着全副武装的世界,不愿以一时的玉碎,换取百代的称雄?

你们现在要问:究竟是谁杀害了耶稣,是罗马人还是耶路撒冷的祭司?

既不是罗马人也不是祭司们。是全世界肃然而立,在那座山上赐他殊荣。

约 拿 单

有一天,我的爱人和我在甘泉湖里划船,我们四周矗立着黎巴嫩的群山。

我们在垂柳旁泛舟,柳枝在水里的倒影清晰可见。

在我划动船桨的时候,我的爱人弹起古琴唱道:

除了荷花,

还有什么花对水和阳光都那么了解?

除了荷花的心,

还有什么对大地和天空都那么熟稔？
看吧，我的爱人，
这金色的花或高或低流于水波，
正如你我沉浸在亘古的爱情中，
沉浸在永不消退的爱情中。

划动你的桨吧，我的爱人，
让我拨动我的琴弦，
让我们沿垂柳而行，
也莫忘饱览睡莲的娇姿。

在拿撒勒有一位诗人，他的心正如莲花，
他曾拜访过妇女的灵魂，
他了解妇女自水中生出的干渴，
了解她饱餐的嘴唇对太阳的饥求。
人们说他在加利利行走，
我说他正和我们一起泛舟。
你没看见他的脸吗，我的爱人？
你没看见在柳枝和树影交会的那里，
他和我们一起划动？

爱人啊，真幸运我们能体会生命的青春，
能领略生命中歌唱的欢乐！
但愿你能永远手执木桨，
愿我能永远拨动琴弦，
在阳光下荷花欢笑的地方，
在杨柳垂入水波的地方，
弹奏出他的歌调。

划动你的桨吧,我的爱人,

让我拨动我的琴弦,

在拿撒勒有一位诗人,

他了解我们,爱着我们。

划动你的桨吧,我的爱人,

让我拨动我的琴弦。

伯赛大的哈拿:七三年

我父亲的妹妹在年轻时离家出走,居住在她父亲留下的旧葡萄园旁一间茅屋里。

她一人独居。乡下人有了病便来求治。她用绿草药,用晒干的根茎与花治愈了他们。

人们把她当作先知,但也有人说她是女巫、仙姑。

有一天父亲对我说:"去把这些面包、这罐葡萄酒和这篮子葡萄干送给我妹妹。"

我把东西捆好,系在马背上,开始赶路,一直来到那座葡萄园。我走进姑母的茅屋里,她很高兴。

天气凉爽,我们坐着。这时路上走来一人,他向我姑母问候道:"晚上好,愿你今夜平安!"

于是姑母站起,恭敬地立在此人面前,答道:"晚上好,主宰众善灵的主人,征服众恶魂的豪杰!"

那人和悦地看着她,然后扬长而去。

我心里窃笑,认为姑母有点疯癫。但我现在明白了她并非疯癫,倒是当时我无知。

她知道我虽未表露,心里却在窃笑她。

她毫不生气地对我说:"听着,侄女,并要把我的话记在心里:方才犹如掠过空中的鸟影一般路过此地的人,将要战胜恺撒和恺撒的帝国;将要和迦勒底的'佩冠牛'、埃及的'人面狮'搏斗,并将取胜;

他将要统治这世界。"

"而他行走的这片土地将要毁灭，傲睨地坐落在山丘上的耶路撒冷，将随荒芜之烟云飘零。"

听她说着，我由窃笑转为肃静。我问道："此人是谁，来自哪个国家或部族？他如何能战胜显赫的帝王，统治他们的帝国？"

她回答："他出生在这块土地上，但我们自岁月之初，便在思念中孕怀了他。他属于一切部族，又不囿于任何部族。他将凭口中的言词、凭灵魂的火焰称雄。"

然后，她突然站起，像尖耸的岩石一般挺立，她说："愿主的天使宽宥我还说出下面的话：他将被杀害，他的青春将用殓衣包裹，他将被静静地安葬在大地无言的心旁。犹太的少女将为他哭泣。"

接着，她伸手举向空中，说道："但他只是肉体被害。"

"在精神上他将起来，率他的大军，自旭日降生的这片土地，向夕阳被戮的他乡进发。"

"他的名字将高列众人之首。"

姑母说这席话的时候，已是个年迈的先知者，而我当时还是个少女，是一片未耕耘的田地，一块未砌在墙垣里的石头。

但她意念之镜中看到的一切，都在我的日子里发生了。

拿撒勒人耶稣从死亡中复活，率领男男女女向没落之族进军；那座将他呈交审判的城池已经灭亡；在他受审、被判刑的大堂里，猫头鹰在哀号着挽歌，夜晚将心头的露珠洒在倒塌的大理石上。

我已成了老妇人，岁月弯曲了我的腰板，我的同胞、我的种族都已灭亡。

我后来只见过耶稣一面，并听过他一次讲论。当时他在一座山顶上，向着朋友和弟子演讲。

而今我年老孤单，但他依然在我梦里出现。

他像生着翅膀的白色天使一样来临，他的温雅令我镇静而不再恐惧黑暗；他将我高举到更辽远的梦乡。

我依然是一块未耕耘的田地，一颗成熟却不会坠地的果实。我最珍视的财富，一是阳光的温暖，一是我对此人的记忆。

我知道我的民族里再不会出现君主、先知或祭司，正如我的姑母曾经预言的那样。

我们将默默无闻地像流水一般逝去。

但那些渡越过他的中流的人们，却将因此被人牢记。

玛拿西，耶路撒冷的一位律师

是的，我过去经常听他的演说。他的话语挂在唇上，随时可以脱口而出。

但我是把他当作一个人、而不是当作一个领袖欣赏的。他宣传的道理，既非我的兴趣所在，也许还非我所能领悟。我不愿别人对我训诫。

我被他的声音和姿势打动，而不是被他演讲的内容打动。他让我入迷，但从未让我信服，因为他的道理过于晦涩，过于遥远和费解，进不了我的大脑。

我还认识其他一些他这样的演说者，但他们从来都不是坚忍、恒守之人。他们凭着雄辩而不是道理，来吸引你的耳朵，影响你的闪念，但从不能进入你的心扉。

遗憾的是他的敌人和他对抗，并且诉诸武力，这大可不必。我相信他们的敌意只会增强他的决心，使他由温和转为激烈。

你说怪不怪：你在反对别人时却给了他勇气，在羁缚他的腿脚时却给了他翅膀！

我并不了解他的敌人。但我确信，他们对一个无害的人这般恐惧，结果助长了他的力量，使他变得危险了。

该撒利亚的耶弗他

你们在白昼念兹在兹、在夜晚萦怀不忘的这个人，令我厌恨。但你们总愿用他的言词烦扰我的耳朵，用他的行为劳累我的心思。

我厌倦他所有的言行。一提到他的名字、他的籍贯，就足以让我不快。我不愿听到有关他的一切。

你们为何把一个不过是幻影的人造为先知？为何把这沙丘看作高塔，把聚蓄在这蹄印里的雨滴想象为湖泊？

我并不嘲讽山谷间空穴的回声，或夕阳下留下的长影；但我不愿听到在你们头脑里念叨的谎言，也不愿探讨你们眼中的映像。

耶稣说过的哪一句话，哈利耶勒不曾道出？他揭示的哪一个哲理，迦马列①不曾揭示？他的呓语如何比得上斐洛②的宏声？他敲击的哪一个铙钹，不是在他出生前就被人敲击？

我细听洞穴发出的声音在静谷回荡，我目视夕阳留下的长影；但我不愿让此人的心与他人的心声共鸣，不愿这魔术师的幻影称自己为先知。

以赛亚之后谁还会作演讲？大卫之后谁还敢歌唱？所罗门③去见前辈之后，智慧难道还会再生？

关于我们的先知——他们的言词是刀剑，他们的唇舌是火焰——我该说些什么呢？

他们何曾为这加利利的拾穗者留下一根麦秸，为这北国的乞丐遗下一颗坠果？他唯独能做的，便是擘开我们祖先已烤制的面包，斟倒用他们神圣的脚从古时的葡萄榨出的酒。

我敬重陶工的手掌，而不是陶器的买者。

我敬重坐在机杼前的织工，而不是穿那衣裳的村夫。

这个拿撒勒人耶稣是何许人物？一个不敢实践自己思想的凡夫而已。因此，他最终落得身败名裂的下场。

我求求你们，莫在我耳边喋喋不休地谈论他的言行。我的心头满载着古先知的事迹，这些便已足够。

---

① 迦马列：公元一世纪犹太著名的律法师，在公会担任要职。
② 斐洛：罗马帝国时期的亚历山大里亚的哲学家，犹太人。
③ 以赛亚、大卫、所罗门：均为以色列古代先知，分别以擅长演说、歌唱、富于智慧著称。

被爱的使徒约翰在暮年

你让我谈论耶稣,但我如何能用一支空空的芦管,吹奏出全世界的热望之歌呢?

在白昼的每时每刻,耶稣都在感觉着父的存在。他从云彩里、从云彩掠过大地的阴影里看到父,他在平静的水泊里看到父的脸,在大漠里看到父留下的依稀足印。他经常阖上眼睑,注视父的圣目。

夜晚以父的声音与他倾谈,在孤寂中他听到圣主的使者向他呼唤,当他静息睡眠,他在梦中听到天堂里的低语。

他总是愉快地和我们在一起,他称呼我们兄弟。

瞧,他虽是"最初的道",却称呼我们这些昨天才发出的新声为兄弟。

你问我为何说他是"最初的道"。

请听我的回答:

起初,上帝在太空中运行,通过他随意的动作,大地诞生了,大地上并有了季节变换。

后来上帝再度运行,生命便奔涌而出,生命的渴望上下求索,欲得到发扬光大。

后来上帝说话,他的话语便是人类,人是上帝之灵所生的灵魂。

当上帝说话,他最初的话语——"道",便是基督,这"道"是完美的。当拿撒勒人耶稣降临人世,这"最初的道"便对我们吐露,其声音成了血肉之身。

受膏的耶稣是上帝对人类吐露的"最初的道",正如果园里总有一颗苹果树,比别的果树早一日发芽、结果。在上帝的果园里,这一日便是万代。

我们都是"至高者"的子女,但那受膏者是他的长子,寄身于拿撒勒人耶稣。耶稣行走在我们中间,出现在我们眼前。

我说出这一切,是要你们不仅在意识里、更要在灵魂里悟解。意识可以衡情度势,但灵魂却通达生命的中心,领悟生命的奥秘。灵魂的种子永生不死。

风儿吹拂,然后会静息;大海起浪,然后会乏倦;但生命的心田却是一片宁静、肃穆的空间,那里闪耀的星辰是永固的。

庞贝人玛努斯:致一个希腊人

犹太人和他们的邻居腓尼基人与阿拉伯人一样,不会让他们的神在风中静息片刻。

他们太过虑诸神的神性,太在乎别人是否恪守祷告、礼拜、献祭之事。

我们罗马人为神灵兴建大理石殿宇时,那些人却在辩论神的本质;我们若逢喜事,会在朱庇特、朱诺、玛尔斯、维纳斯①诸神的祭坛周围欢歌曼舞,而他们虽在大喜的时刻,也要披上麻衣,用灰土抹头,甚至哀叹他们降生的日子。

对于昭示了上帝乃欢乐之神的耶稣,他们加以折磨,最终把他置于死地。

这些人不愿随一位欢乐之神同乐,他们只认可他们的愁苦之神。

连耶稣的朋友与使徒,他们虽熟知他的欢悦,惯听他的笑声,却要造出一个他忧愁的偶像,然后膜拜这偶像。

在这般的膜拜里,他们登临不到神性的境界,而只是让神性俯就他们。

而我相信,这位和苏格拉底并无差别的哲人耶稣,终将驾驭他的民族,乃至于其余各民族。

因为我们生性悒郁,素好小猜小忌,当有人对我们高唤:"让我们和众神同乐",我们不能不提防他的声音。奇怪的是,这个人的痛苦

---

① 朱庇特、朱诺、玛尔斯、维纳斯,均为罗马神话中的神。其中,朱庇特为主神,朱诺(朱庇特之妻)为司婚姻的女神,玛尔斯为战神,维纳斯为司美与爱的女神。

竟然演化为礼仪！

这些人愿找到另一位在林中被戮的阿多尼斯神①，他们将庆贺他的被戮。真遗憾他们未注意他的欢笑。

但我们罗马人得向希腊人承认：我们自己，何曾留意过苏格拉底在雅典街头的笑声？即使在狄俄尼索斯剧场②里，我们何曾忘却过盛毒液的酒杯？

我们的长辈，不是依然在街头巷角互诉着烦恼，并从回忆我们所有伟人的悲惨结局中度过快活的瞬间吗？

本丢·彼拉多

在他被带到我面前以前，我妻子已多次谈起过他，但我未曾留意。

我妻子是个梦想家，她和这一阶层的许多罗马妇女一样，迷恋于东方的祭礼和典仪。这些礼仪对罗马帝国形成威胁，它们一旦深入我们妇女的心坎，就会具有破坏性。

随着阿拉伯的喜克索人③带来他们沙漠中的一神，埃及便在劫难逃；随着阿什塔特④携七位少女从叙利亚的海岸来临，希腊便被征服，化为废墟。

至于耶稣，我先前从未见过此人，直到他被当作罪犯、当作他本国和罗马的敌人被押到我面前，我才初次见他。

耶稣是用绳子五花大绑、被人押进审判庭的。

我正坐在高背椅上，耶稣迈着坚定的大步向我走来，然后笔直站住，他的头高昂着。

① 阿多尼斯：希腊神话中的美少年，深受阿佛洛狄忒女神的宠爱，狩猎时受伤而死。
② 狄俄尼索斯剧场：最早形式的希腊剧场，坐落于雅典。
③ 喜克索人：约前一七一〇年由亚洲侵入埃及的游牧部族，崇拜风暴与沙漠之神赛特。
④ 阿什塔特：为古代闪族腓尼基人所信奉的女神，司生育与爱情。

我说不清那一刻有什么感受,但我突然有个愿望(虽然不是出于我的意志),就是站起来走下椅子,在他面前俯伏。

我仿佛觉得进到大厅的人乃是恺撒,是一位比罗马更为伟大的人物。

但这只是瞬间之念。随后,我眼里见到的仅仅是一位被自己的人民指控为叛徒的人。我是他的长官和审判者。

我向他提问,但他并不作答,只是注视着我。他的目光中有着怜悯,仿佛他倒是我的长官和审判者。

这时,门外传来人群的喊声。但他依然缄默,仍以怜悯的目光看我。

我走出大殿,站在台阶上。人们见我出现,停止了叫喊。我问道:"你们想把这个人怎么办?"

他们异口同声地高喊:"我们要钉死他! 他是我们的敌人,也是罗马的敌人!"

有些人叫道:"他不是扬言要摧毁圣殿吗? 不是声称拥有王国吗? 我们只有恺撒一个国王!"

现在我离开人们,转身走进审判厅。我见他仍在原处独自站立,他的头依然高昂着。

我想起曾读过一位希腊哲人说的话:"孤独的人是最强大的人。"在此刻,拿撒勒人耶稣比他的民族更伟大。

我并不感到心有恻隐,他是无需我的恻隐的。

我问他:"你是犹太人的王吗?"

他一言不发。

我又问:"你没有说过你是犹太人的王吗?"

他直视着我,然后以平静的语调答道:"是你们自己宣布我为王。或许,我正是为了这个目的而降生,来为真理做证。"

瞧,在这种时刻他还在谈论"真理"!

我忍不住大喊起来,对着我自己也对着他:"什么是真理? 当无辜者被刽子手执起的时候,对他而言什么是真理?"

耶稣有力地说:"没有人能统治这世界,除了凭借精神和真理。"

我便问:"你是属于精神的?"

他答道:"你们也一样,虽然你们并不知道。"

当我为了国家的缘故,当别人为了固守古老的礼法,而将一个无辜者送交死神时,还有什么精神和真理可言?

没有哪个人,没有哪个民族,没有哪个帝国,会在自我完善的道路上,面对真理止步。

我又问道:"你是犹太人的王吗?"

他回答:"这是你自己说的。在此以前,我就已征服了世界。"

他说的这些话中,唯独这句不太合适。因为只有罗马曾经征服过世界。

这时群众的喊声再起,比刚才更为喧闹。

我走下高背椅,对他说:"跟我走。"

我又来到大厅的台阶上,耶稣在我旁边站着。

人们一见到他,便发出雷鸣般的吼声。鼎沸的人声之中,我只听到:"钉死他! 钉死他!"

我把他交还给押他来的祭司们,我说:"随你们怎么处置这个义士吧。你们若愿意,还可以带几个罗马兵看守他。"

于是他们把他带走。我命令在他头上的十字架上写下:"拿撒勒人耶稣:犹太人的王。"其实该写:"拿撒勒人耶稣:一位君王。"

他被剥下衣服,受鞭子的抽打,最后钉在十字架上。

我本可以救他一命,但这样会引起一场骚乱。对一个罗马行省的长官来说,善于容忍失败民族的宗教偏执,乃是明智之举。

现在我相信,此人不仅是位鼓动家。我的判决并非出于我的意愿,而是为了罗马的缘故。

不久以后,我们离开了叙利亚。我妻子从那天起变成一个伤感的女人。就在这儿、在这座花园里,我还时常见她面露愁容。

我听人说,她经常对别的罗马女子谈起耶稣。

瞧! 我宣判死刑的这人,又从冥府回来,进入我的家中!

我一次一次地自问:什么是真理? 什么不是真理?

这位叙利亚人是否可能在深夜寂静时统治着我们？

肯定不会这样。

因为罗马必定要战胜我们的妻子的梦魇。

巴多罗买①在以弗所

耶稣的敌人说他对奴隶和贱民大肆宣传，煽动他们反抗主人；还说他出身卑微，所以求助于自己的同类，又设法隐瞒自己的身世。

可是让我们看看耶稣的门徒到底是哪些人，再看看他是如何领导的。

起初，他从北国选择了一些人作伙伴，他们是自由人，个个身强体壮，胆略过人。在过去的四十年里，他们勇于献身，视死如归。

你难道认为这些人是奴隶或贱民吗？

你难道认为，黎巴嫩和亚美尼亚高傲的王子们，在接受耶稣是上帝派遣的先知时，会忘却自己的地位吗？

你难道认为，安提阿、拜占庭、雅典、罗马的侯门子女，会被一个奴隶领袖的声音打动？

不，这个拿撒勒人既非和奴仆一起与主人作对，也非与主人一起和奴仆作对。他不和任何人结伙反对任何别人。

他是众人之上的人，在他的肌腱里奔涌的血流，和激情与力量一起唱歌。

如果高尚在于庇佑他人，他便是众生中最高尚的；如果自由体现在思想、言词及行动上，他便是众生中最自由的；如果高贵的身世在于傲睨而只服从于仁爱，在于超脱却永远温柔、和蔼，他又是众生中身世最高贵的。

别忘了只有强者、疾行者才会赢得竞赛荣获桂冠。耶稣既是被爱他的人加冕，也是被他的敌人加冕，虽然他们并不知道。

---

① 巴多罗买：耶稣的十二使徒之一。

时至今日,阿耳忒弥斯①的女祭司仍然在殿宇的隐秘角落,每天为他加冕。

马　太

有一天晚上,耶稣路过"大卫塔"里的一个监狱,我们在他身后步随。

他突然止步,将脸贴在监狱的石墙上,说道:

"我旧日的兄弟们,我的心在狱栏之外和你们的心一起搏动,愿你们在我的自由王国里成为自由人,与我和我的伙伴们同行。"

"你们受着囚禁,但你们并不孤单。在大路通道上行走的囚徒何其众多!他们虽然翅翼未折,却像孔雀一样,扑腾着而不能飞翔。"

"我翌日的兄弟们,不久我将要顾访你们的牢狱,用我的肩分担你们的重负。因为无辜者和有罪人并不可分,正如前臂的双骨永不可分开一样。"

"我今日的兄弟们,你们在人们的理性之流里逆流而进,并因此被擒。他们说我也违逆了这一潮流。或许,不久我将与你们同在,成为违犯了律法的人们中的一员。"

"未来日子的兄弟们,这些墙垣将要倾倒,那以光为锤、以风为凿的'他',将用这些石块营造别样的建筑。在我新的自由的日子里,你们将自由而立。"

耶稣说完这些,又继续前行。他的手始终触摸着监狱的石墙,直到走过"大卫塔"。

安　德　烈②

死亡固然惨痛,但失去了他的生活却更加惨痛。随着他的沉寂,

---

① 阿耳忒弥斯:希腊神话中的月亮女神。阿耳忒弥斯神庙位于小亚细亚以弗所城,为世界七大奇观之一。

② 安德烈:耶稣的十二使徒之一。

白昼也变得暗哑，只有我记忆的回声在重复他的言词，而他的话音已经不闻。

有一次我听他说道："当你们渴望时，就前往田野，在百合花丛中坐下，你们会听到花儿在阳光下的低语。百合花并不织布帛为衣，也不积石木栖身，可是它在歌唱。"

"在夜间劳作的'他'，实现了花儿的需求，'他'恩赐的露珠，在花瓣上晶莹闪亮。"

"你们，不也受到毫无倦意、从不休息的'他'的关怀吗？"

又一次我听他说："天上的飞鸟，都由你们的父历历尽数，正如'他'明察你们的毫发一样。每一只坠在箭手脚旁的飞鸟，每一根在你们头上花白或随年岁脱落的毛发，无不出于'他'的意愿。"

另一次他说："我曾听你们在心中默语：'我们的上帝对我们这些亚伯拉罕①的子孙，将比对起先不知道他的外邦人更为仁慈。'"

"但是我告诉你们：葡萄园的主人在早晨让一个农夫去采撷，在傍晚又让另一人去做活，然后给了两人同样的报酬。主人确有理由这么做：他难道不可遂自己的愿付自己的钱吗？"

"因此，我的父会对叩门的外邦人敞开殿门，如同你们叩门时一样。他对新乐调的喜爱，和他对熟稔的旧歌的喜爱等同；而且他还会表示特殊的欢迎，因为这是他心之弦中最年轻的一弦。"

还有一次我听他说："要记住：盗贼是困窘中的人；骗子是恐惧着的人；被你们夜间的守望者追逐的猎物，也被他自己黑暗中的守望者追逐。"

"我愿你们怜悯所有这些人。"

"他们若是寻访你们的宅室，就开门宴客，让他们在餐桌就座。倘若你们不曾接纳他们，那他们犯下的一切，你们都不能算无辜。"

有一天，我和许多人随他来到耶路撒冷的市场，他对我们讲述浪子回头的寓言，以及商人为购一颗珍珠倾其所有的寓言。

---

① 亚伯拉罕：希伯来人的始祖。

他正在讲述,法利赛人将一位他们称为妓女的妇人带上前来。他们挑衅地对他说:"她玷污了自己的婚誓,在行淫时被当场捉拿。"

他定睛看着她,又把手放在她前额上,以深邃的目光凝视她的眼睛。

然后他转向带她来的人们,他久久打量着他们,接着弯下身子,用手指在地上写了起来。

他写下每个人的姓名,又在姓名旁边写下各人犯下的罪行。

他还在写着,那些人却已羞惭得溜进了街巷。

他写完时,在他面前站立的只剩下那妇人和我们几人。

他再次注视着妇人的眼,说:"你有过多的爱,而带你来的那些人却毫无爱心。其实他们是想以你做圈套陷害我。"

"你现在平安地走吧!"

"这里再没有别人审判你。你若想成为既挚爱又明智的人,就来寻我吧,人子是不会审判你的。"

当时我有疑虑:耶稣对她这样说话,是否因为他本人也不是没有罪过?

此后我沉思良久。现在我明白了:只有心无杂念的,才会宽恕因干渴而饮死水的人。

只有步履坚稳的,才会对失足者伸出援手。

我还要再三重复:死亡固然惨痛,但失去了他的生活却更加惨痛。

一位富人

他对富人说三道四。有一次我问他:"先生,我如何才能获得灵魂的安宁?"

他让我把财富送给穷人,并跟随他走。

可是他一无所有,因而不懂得财富能带来信心和自由,也不理解拥有财富的威严与自尊。

我家里有一百四十个奴仆,有的在我的树林和葡萄园里做活,有的指挥我远航的船队。

现在假如我依他所言,将财富给了穷人,那我的奴仆、差役,还有他们的妻子儿女,将有什么结局呢?他们肯定会沦为在城门口、在庙宇门廊里流浪的乞丐了。

不行。这位好心人并不了解财富的秘密。他和他的门徒靠别人的恩赐生活,他便要所有人都如此生活。

这真是一个矛盾,一个难解之谜:难道富人应该把财产赐给穷人吗?穷人非要得到富人的杯盏和面包,然后才欢迎他入座餐桌吗?

高塔的主人,难道非要款待他的雇工,然后才能称自己是他领地的主人?

为冬天储食的蚂蚁,比起唱一日、饿一日的蚱蜢更为明智。

上一个安息日,他的一个门徒在街市上说:"耶稣在天国放草鞋的门槛上,任何人都没有资格枕头。"

可是我要问:谁家的门槛上,可容这位老实的流浪汉放置草鞋?他自己从未有过家或门槛,他走路时经常连草鞋也穿不上。

约翰在拔摩

我要再一次谈起他。

上帝虽没有赐我言词,却赋予了我声音和燃烧的嘴唇。

我不配道出那完美的道,但我要召我的心灵到我唇边。

耶稣喜爱我,我不知为什么。

我也爱他,因为他使我的灵魂高出我的身躯,又深入我无法探测的堂奥。

爱是一个神圣的奥秘。

对于爱者,它永远无须言词道出。

对于不爱者,它也许只是一句无心的戏言。

耶稣是在我们兄弟俩田头劳动时召唤我们的。

当时我还年轻,只有黎明之声进入过我的耳内。

但他如号角声一般的话音,却标志着我劳作的结束、激情的开始。

于是,我别无他路,唯有在阳光下前行,膜拜现时的韶华。

你是否能够想象:有一种威严如此仁慈以至不显威严,有一种美如此璀璨乃至不易察觉其美丽?

你能否在梦中听到一个为狂喜而羞涩的声音?

他召唤我,我便跟从了他。

当天傍晚,我回到父亲家里取一些衣裳。

我告诉母亲:"拿撒勒人耶稣要我作他伴侣。"

她说:"孩子,和你兄弟一样走他的路吧。"

于是我伴随了他。

他的芬芳将我召唤,对我施令,但只是为了把我解放。

爱对爱的宾客是一位慷慨的主人;而对不速之客,爱之厦却是一场幻影,爱也是一个嘲讽。

现在,你想听我解释耶稣的奇迹。

我们都是此刻的神奇迹象,我们的圣主便是此刻的中心。

但他并不希望他的迹象被人知晓。

我曾听他对跛子说:"站起来回家吧! 但不要告诉祭司是我治愈了你。"

耶稣的心思并不在残跛者身上,而是在强壮、挺立的人身上。

他的思想追寻并把握住别人的思想,他完备的精神也造访别人的精神。

就这样,他的精神改变了那些人的思想和精神。

这看起来是奇迹,但对我们的圣主而言,这不过如每日的呼吸一般轻易。

现在让我谈谈别的事情。

有一天,他和我独自在一片田野里行路,我们都感到饥饿,于是来到一棵野苹果树前。

树枝上只结着两只苹果。

他抱着树干用力一摇，两只苹果落下。

他把两只苹果拣起，递给我一只，另一只他自己拿在手里。

我在饥饿中很快吃下了苹果。

吃完后我见他仍然把苹果拿在手里。

他把苹果递给我，说："把这个也吃了吧。"

我接过苹果，饥饿之中不觉难为情，吃了起来。

继续赶路时，我看了看他的脸。

我如何向你描述我的所见呢？

黑夜里蜡炬在空中燃烧；

一个我们无法企及的梦想；

正午时所有的牧人平静又快乐地看着羊群吃草；

一个黄昏，一片宁静，一次归乡；

一场酣睡，一枕梦幻；

这一切我都在他脸上看到了。

他把两个苹果都给了我，可我知道他也同样饥饿。

但我现在明白了：在给我苹果时，他得到了满足，他自己吃的是另一种树上结的另一种果实。

我愿告诉你更多有关他的故事，但我如何能够？

当爱变得博大，也就变得无言。

当记忆负荷过重，便寻求静谧的深处。

彼　得

有一次，在伽百农，我的圣主说：

"你的邻居是住在一墙之外的另一个你。在理解中，所有的墙垣都将倾覆。"

"谁能说你的邻居不是寄着别人身躯的更好的你本人呢？你当

如爱自己一样爱他。"

"他也是你不认识的'至高者'的一个显示。"

"你的邻居是一片田野，你的希望之春披着绿装在其中流连，你的心愿之冬在其中梦幻着皑皑的雪峰。"

"你的邻居是一面明镜，你从中照见自己美化了的面容。那美化你的，是你并未察觉的一种欢乐，你未曾分担的一种哀愁。"

"我要你爱你的邻居，如同我爱你一样。"

这时我问道："我如何能爱一个不爱我的邻居呢？如何能爱那垂涎我钱物、欲盗我财产的邻居呢？"

他答道："当你在田头耕地，仆人在你身后播种，你难道要停步后顾，并驱赶啄食你几粒种子的麻雀吗？若是如此，你便不配享有丰收带来的富足。"

耶稣说完这话，我感到羞愧，缄默不言。但我并不害怕，因为他在对我微笑。

耶路撒冷的一位修鞋匠

我并不爱他，但也不恨他。我听他讲演不是想听道理，而是想听他的声音。他的声音让我快乐。

就我的头脑来说，他说的一切过于晦涩，但我的耳朵能清楚地听出其中的音乐。

实际上，若不是别人向我介绍他的学说，我甚至弄不清他到底是维护犹太还是反对犹太。

拿撒勒的苏撒拿，马利亚的邻居

我认识耶稣的母亲马利亚，还是在她嫁给木匠约瑟之前，当时我们都是未婚的姑娘。

在那些日子里，马利亚常常看见幻象，听到异声，还时常说起在她梦中出现的天使。

拿撒勒的民众都很关心她,留意着她的来去行踪。他们以和悦的目光看她,因为她的额头是那么高,步履又是那么飒爽。

但也有人说她是妖魔附身,因为她只爱独行其道。

她虽年轻,但在我眼里却很老成,因为她的花季里已有收获,她的春天里已结熟果。

她在我们中间出生、长大,但又像是我们北国的异乡人。她的眼神里,总流露着尚未熟识我们面孔的困惑。

她是高傲的,如同古代随兄弟们一起由尼罗河向旷野进军的米利暗①一般。

后来,马利亚许配给木匠约瑟。

当马利亚怀的耶稣渐渐变大,她常常在山中散步,暮归时眼中露出又愉悦又痛苦的神色。

耶稣诞生时,我听说马利亚对她母亲这样说:"我只是一棵未修剪的树,请照看好这个果实。"这是接生婆马大听到的。

三天以后我去看她。她眼光有点奇异,胸脯起伏,手里抱着她的独子,犹如贝壳包含了珍珠一样。

我们都喜爱马利亚的婴儿,我们仔细看他,他周身散发着温暖,他的脉搏合着生命的节律跳动。

随着岁月增长,他已成了一个脸上漾着笑意、又带些迷茫神情的孩子。我们无人能预知他会做什么,因为他看来总像个外族人。尽管他胆大无畏,但从未有人训斥过他。

是他陪伴别的孩子们游戏,而不是别的孩子陪伴他。

十二岁时,有一天,他领一位盲人渡过小溪,来到平坦的大路。

盲人感激地问他:"孩子,你是谁?"

他回答:"我不是孩子,我是耶稣。"

盲人问:"你父亲是谁?"

---

① 米利暗:《旧约》中的女先知,是摩西和亚伦的姐姐,曾随摩西出埃及。

他答："上帝是我父。"

盲人笑了，又说："说得好，孩子。你母亲是谁呢?"

耶稣答："我不是你的孩子。我母亲是大地。"

盲人说："那么，我是被上帝和大地的儿子引导过河的。"

耶稣说道："无论你去往何处，我都将为你引路，我的目光将伴随你的脚步。"

他发育成长，如我们花园中一株名贵的棕榈树一样。

十九岁时，他长得像牡鹿一样俊逸，他的眼里似乎含有蜜，并充满了白昼的奇异。

他的嘴里，有着沙漠中羊群寻觅湖水时的干渴。

当他在田野独自踱步，我们便注目看他，拿撒勒所有的少女也在看他。但在他面前，我们又很羞怯。

爱，永远因为美而羞怯;而美，将永远被爱追求。

以后，岁月嘱他在殿宇里、在加利利的花园里演讲。

马利亚也常常跟随着他，听他的言论，听出自她自己心中的声音。但当他和爱他的人们前去耶路撒冷时，她就不再随往。

这是因为:我们北国人常在耶路撒冷的大街上遭到嘲讽，即使当我们去圣殿献祭时也是如此。高傲的马利亚不愿去南国受辱。

耶稣还去过东西方的其他国度，我们虽不知他去的是哪些地方，但我们的心却与他同往。

马利亚则在门口等候他。每天黄昏，她都目盯着道路，盼望他的归来。

而当耶稣回家时，她会对我们说："他如此博大，不像我生的孩子;又如此雄辩，非我静默的心灵所能领悟，我如何能自称他的母亲呢?"

在我们看来，马利亚不能相信平原上竟然降生了山峰，以她淳朴的心地，她未看出山脊便是通往顶峰的道路。

她理解耶稣，但因为他是自己的儿子，她又不敢认他。

有一天，当耶稣去湖边拜访打鱼人，她对我说："人，岂不就是忙碌不息,愿从大地升起的生物吗?岂不就是对星辰的一种思念吗?"

"我儿子便是一种思念,是我们众人对星辰的思念。"

"我说了'我儿子'吗?愿上帝宽宥我,我内心愿做他的母亲。"

至此,我已难以讲述更多有关马利亚和她儿子的故事。但尽管我喉中似有鲠在,我的言词有如扶杖的跛者一样艰难,我还是要讲出我的一些见闻。

那一年的青春之季,当白头翁的红花开遍山野,耶稣招呼他的弟子们说:"和我同往耶路撒冷,去看为逾越节宰羊的情形。"

同一天,马利亚走进我家说道:"他要去圣城,你愿和我及别的女伴们随他同往吗?"

我们跟着马利亚和她儿子走了长路,来到耶路撒冷。城门口有一群男女向我们致意,因为耶稣的到来已预告给爱他的人们。

但当天夜里,耶稣就和他的弟子们离开了城市。

我们听说他去了伯大尼,马利亚便和我们在客栈等他归来。

在周四的前夜,耶稣在城外被捉拿,入了牢狱。

当他入狱的消息传来,马利亚一言未发。她眼里显出的,是早已预示的痛苦与愉悦实现了的神情,当她还是拿撒勒的新娘时,我们曾见过这种神情。

她并未哭泣,而只在我们中间走动,仿佛一个不会在儿子的亡灵前恸哭的母亲的幽灵。

我们席地垂头而坐,而她直立着,在屋里来回走去。有一阵在窗口伫立,眺望东方,双手手指插入头发向后捋去。

直到黎明,她依然站在我们中间,有如大军散去后旷野里一面孤独的旌旗。

我们因为知道她儿子明天的结局而哭泣。她没有哭,因为她也知道他将有怎样的遭遇。

她的骨骼是铜铸的,她的肌腱是以古榆木为材料,她的双目有如天空,广阔而无畏。

你曾听过当自己的巢在空中焚烧时画眉的歌唱吗?你曾见过女

人悲伤至极时无泪以洒的情景吗？你曾见过受伤的心在痛苦中的搏跳吗？

你们未曾见过这样的女子，因为你们不曾在马利亚的面前站立，也未受过"无形之母"的拥抱。

在这样的静寂时分，被包扎起的无声之蹄践踏着不眠者的胸膛。这时，西庇太的小儿子约翰走来，他说："马利亚母亲，耶稣正要去了，让我们跟他同行。"

马利亚把手靠在约翰肩头，向外走去，我们在后面跟随。

我们走近"大卫塔"，看见耶稣正负着十字架，周围聚着许多人。另有两人也在负着十字架。

马利亚的头高昂着，她步伐坚稳，和我们走在她儿子后面。

在她身后，跟随着锡安和罗马，嗬，还有整个世界！为的是向一位自由人复仇！

当我们到达山上，他已被高高地钉在十字架上。

我看着马利亚。她的脸色不像一位失去骨肉的女子的脸色，而是沃土一般的神色，那沃土永在生息，而又永在窀葬自己的子嗣。

然后，她眼神里回忆起他的童年。她高喊着："不是我儿子的儿啊！你曾来临我的胎腹，我以你的力量自豪。我知道你手上滴下的每一滴鲜血，都会变为一个民族的源泉。"

"你在这风暴中死去，正如我的心曾在落日里死过一样，我不会悲伤。"

这时候，我真想拿外衣把脸遮起，跑回北国。但我突然听到马利亚的呼唤："不是我儿子的儿啊！你对右边的那人说了什么，令他在剧痛中感到幸福？他脸上死神的阴影那么淡，他不能把眼光从你身上移开。"

"现在你对我微笑，从微笑中我知道你已经获胜。"

耶稣看着他母亲，喊道："马利亚！从今以后你就做约翰的母亲。"

他又向着约翰说："你要做这母亲的孝子，去她家里，让你的身影跨过我曾倚立的门槛。你要做这一切来将我纪念。"

马利亚把右手向他伸去,形如只有一枝分杈的树木。她再次喊道:"不是我儿子的儿啊! 如果这是上帝的行事,愿上帝赐我们忍力与知识;倘若这是人之所为,愿上帝永远宽恕此人。"

"若这是上帝的行事,黎巴嫩的白雪便是你的灵衣;若这只是那些祭司和兵士的行为,我有这件衣裳为你遮体。"

"不是我儿子的儿啊! 上帝在此建立的一切都不会消亡;而凡人所欲毁坏的,也都在他的视线之外依然矗立。"

这时,上天把他交给大地,有如留下一声呐喊,一句低语。

马利亚也把他交给人们,仿佛遗下一处伤口,一方香膏。

她说:"看吧,他去了! 战斗已了结,星辰已亮起,舟船已抵港,曾在我心头依偎的人,脉搏正在宇宙里跳动。"

我们走近她,她说:"他死时也在微笑,他获胜了。我真愿作获胜者的母亲。"

马利亚倚在年轻使徒约翰的身上,回到了耶路撒冷。她已是一位实现了愿望的女子。

到达城门时,我观察她的脸,我很惊奇:这一天里,耶稣的头是众人中最高的,但马利亚的头也同样高昂。

这一切都发生在春天。

现在已是秋季,耶稣之母马利亚已回到她的住所,独守空房。

两个安息日以前,我心里如结了石块一般愁闷,因为我儿子离我而去,到推罗的一条船上当了水手,还说他不会再回来。

有一天黄昏,我拜访了马利亚。

我走近她家时,她正坐在织机前,但不在织布,而是眺望着拿撒勒远方的天空。

我向她问候:"你好! 马利亚。"

她向我张开双臂,说:"过来,坐在我身边,让我们一起来看夕阳将血倾在山间。"

我在她身边凳子上坐下,我们从窗口向西边望去。

过了一会儿，马利亚说："不知道在这个黄昏是谁把太阳钉在十字架上？"

我说："我来是要求你的安慰。我儿子抛下我出海去了，现在我独守路口的空房。"

马利亚说："我乐意安慰你，但怎么做呢？"

我答："只要你谈谈你的儿子，我就得到安慰了。"

马利亚对我笑着，把手放在我肩上说道："我就谈谈他吧，能慰藉你的，也能给我以慰藉。"

她便谈起了耶稣，说起许多起初的事情。

我听着她的谈话，觉得她把我们两人的儿子当成了一人。

譬如她说："我儿子也是个水手。我把儿子托付给海浪，你为何不愿把儿子托付给海浪呢？"

"女人永远是胎腹，是摇篮，但绝不是坟墓。我们死去，是为了将生命赋予别的生命，正如我们的手指编织丝线，织就的是我们不穿的衣裳。"

"我们撒网，捕到的鱼我们却从不品尝。"

"为此我们悲伤，但在这一切中自有我们的欢乐。"

马利业对我如是说。

我离开她回到自己家中。虽然白昼已过，我依然坐在织机前织布不停。

姓犹士都的约瑟

他们说他粗鄙不堪，是平庸的种子结出的平庸的果实，既讨厌又粗暴。

他们说只有风梳理过他的头发，只有雨洗刷过他的衣服和身体。

他们当他是疯子，说他的话是妖言惑众。

可是，你们听：被人鄙视的此人发出了挑战声，这声音将永不消逝。

他唱出了一阕歌,其旋律无人可以捕捉。这歌曲必将被世代传吟,在万邦兴起;那降生这歌的口唇,抚育这歌的耳朵也将被人铭记。

他是一位异乡人,是的,一位异乡人。他是前往圣地的旅人,是叩开我们门户的来客,是来自远方的宾朋。

因为他找不到一位慷慨的主人,便又回到了自己的故乡。

腓　力①

我们所爱戴的人一死,全人类便也死去,宇宙中的万物都停滞、黯然了。后来东方变得黑暗,刮起了大风暴,席卷全地。天之眼张开又闭阖,大雨流注成河,冲刷尽耶稣手脚上流下的血。

我也死去了。但在冥冥中我听到了他的话语:"父啊,赦免他们!因为他们并不知道自己的所为。"

他的声音传到我受淹的灵魂,我又被带回岸上。

我睁开双眼,见他白色的身躯正悬在云中,他对我说过的言词在我身上成了形,变成了一个新人。我不再忧伤了。

谁会为揭去面纱的大海,为在阳光下朗笑的高山忧伤呢?

人,何曾从被刺穿的心底,说过这样的话语?

哪一位审判者,宽恕过审判自己的人? 爱,何时曾以如此自信的力量向憎恨挑战?

这样的号角声,何曾在天地之间响彻?

先前何曾有人听说:被戮者怜惜凶手,流星为照耀鼹鼠而停下脚步?

直到地老天荒,这一番话仍不会消逝:"父啊,赦免他们! 因为他们并不知道自己的所为。"

你我虽再三复生,也会将此铭记。

现在我要进我的家,我要站在他的门口,作一个高贵的乞丐。

---

① 腓力:耶稣的十二使徒之一。

牙莫尼的柏巴拉

耶稣对愚笨者、迟钝者有着耐心,犹如冬天等待着春天之来临。

他像风中的大山一样富有耐心。他对敌手尖刻的责问都作和悦的回答。

他甚至能面对无端指责、口诛笔伐而保持缄默,因为他是强者,而强者善于忍耐。

然而耶稣又是没有耐心的。

他从不宽宥伪君子,从不对奸佞之徒、油嘴之流妥协。

他也不愿受人宰制。

他不耐烦有些人因为自己缩在阴影里而不相信光明,不耐烦有些人只在空中,而不在自己心头寻求迹象。

他不耐烦有些人在把梦幻寄托给黎明或黄昏之前,要对昼夜作锱铢必较的称量。

耶稣是有耐心的,但他又是最没有耐心的人。

他会听任你织衣,即使你年复一年,在织机和麻线前度过。

但他不容许任何人撕毁哪怕是一寸的布帛。

彼拉多之妻:致一位罗马妇人

我和侍女们在耶路撒冷城外的林子里散步时看见了他,有几个男女围他而坐,他正用一种我似懂非懂的语言向他们谈论。

然而人们无须语言也可以看到光之柱、水晶之山;心灵可以领悟嘴里从不说出,耳中从未听闻的奥秘。

他在对友人们谈着爱和力量。我知道他在谈爱,因为他话音里有和柔的乐调;我知道他在论力量,因为他的手势仿佛在指挥千军万马。虽然他的言词比我丈夫的话语有更大的权威,他又很和蔼可亲。

当他见我路过,便停下谈话,和善地看我。我顿时觉得谦卑,在我的灵魂里,我知道我从一位神的身边走过。

从此以后,每当没有来客时我在家独处,他的形象就会出现;我的眼睛稍一闭阖,他的目光就会搜寻我的灵魂。他的话音控驭着我的静夜。

我永远要被紧紧制约了。但我的痛苦里有和平,我的泪水里有自由。

亲爱的朋友,你从未见过此人,也永不会见到他了。

他已经走出了我们的感官之外。但在所有人中,他现在又是距我最近的。

耶路撒冷城外的一个人谈犹大

逾越节前夕的那个星期五,犹大来到我家,使劲地敲我家门。

他进屋时,我见他脸色苍白,双手像风中的枯枝一样发抖。他全身湿透,犹如刚从河里爬出一般,因为那天晚上下着大暴雨。

他看我一眼,他的眼眶像两个黑洞,眼睛充血。

他说:"我把拿撒勒人耶稣交给了他和我的敌人。"

然后他绞扭着双手,说道:"耶稣说过,他会击败所有他的敌人,击败我们民众的敌人。我信了,追随了他。"

"当他第一次召聚我们,他许诺建立一个强大而广阔的王国。于是我们虔诚地拥戴他,以冀在他的朝廷里谋一个体面的职位。"

"我们把自己视为君王,准备以罗马人之道还治其身。耶稣大谈他的王国,我想他已经选择我驾驭他的战车,统领他的战士。我心甘情愿地跟随他的步伐。"

"但我发现他追求的不是真正的王国,也不会从罗马人手中解救我们。他的王国不过是心中的王国。他谈论着爱、仁慈、宽恕,路边的妇女乐意倾听,但我的心却越发痛苦,我变得冷酷了。"

"我希冀的犹太之王似乎突然间变为一个笛手,只为安慰浪子、乞丐的忧思。"

"我曾像部族中其他人一样敬爱过他,视他为拯救我们脱离外邦桎梏的希望。但一旦发现他不会以任何言行将我们从这桎梏中解放出来,一旦发现他竟要把恺撒的物归给恺撒时,我大失所望,我的希望死了。我说:'灭我希望的人必将被灭,因为我的希望和期待比任何人的生命更为宝贵。'"

犹大咬着牙齿,垂下头来。他又说:"我出卖了他,他今天被钉死了。然而当他死在十字架上时,他死得像个国王。他死在暴风雨里,像救助者死去一样,像那些在殓衣、石墓之外长生的巨人一样。"

"在他死去的时候,他是宽厚而仁慈的,他的心里充满怜悯,甚至对出卖他的我也怀着怜悯。"

我说:"犹大,你铸成大错了!"

犹大说:"他死得像个国王,但他为何不像国王一样活呢?"

我又说:"你犯下了大罪!"

他颓然坐在凳上,像石头一样无声无息。

我在屋里来回走着,我又说了一遍:"你犯下了弥天大罪!"

而犹大一言不发,依然像泥土一样沉默。

过了一段时辰,他面对我站起,似乎身材高了一些,他说话的声音就像杯盏破裂声一样,他说:"我心里已没有犯罪感。今夜我就去寻他的王国,我要在他面前请求宽恕。"

"他死得像个国王,而我将似罪人一般死去,但我心知他会宽宥我。"

说完这些,他把湿衣往身上一裹,又说:"虽然给你带来了麻烦,但我今夜有幸来你这里。你也会宽宥我吗?"

"告诉你的孩子和你孩子的孩子:加略人犹大把拿撒勒人耶稣出卖给敌人,因为他曾认为耶稣是自己人民的敌人。"

"并说犹大在他铸成大错的同一天,跟这位王来到他宝座的阶前,献上自己的灵魂,听候审判。"

"我要告诉他:我的血也渴求入土,我跛残的灵魂欲得自由。"

然后他把头靠在石墙上,大叫:"上帝啊!这可畏的名字,人们的嘴非要到死神的手指触及时才会念诵,你为何以无光的火焰将我焚毁?"

"你为何赋予那加利利人追求未知之邦的激情,而让我重负着摆脱不开宗族与家庭的欲念?这个双手沾血的犹大,究竟是什么人?"

"请助我一臂将他抛弃,犹如抛弃一件旧衣,一片破碎的铠甲。"

"请助我今夜成就此事。"

"让我再站立于这墙垣之外。"

"我已厌倦这断翼的自由,我愿有一座更大的囚牢。"

"我愿作流向苦海的泪泉,我愿受你的悲悯,而不是无休止地扪心自问。"

犹大说到这里,打开屋门,重新走进暴风雨中。

三天以后,我去了耶路撒冷,听说了发生的一切。我还听说,犹大从高岩山的顶峰跳了下去。

那天以后我沉思良久,我明白了犹大的行为。他完成了自己渺小的生命,这生命曾像一团轻雾,在罗马人奴役的这片土地上盘旋;而那伟大的先知,却在向着高空上升。

一个人希冀的是他自己将做君王的王国。

另一人渴望的是人人都成为君王的王国。

萨基斯,被称为疯子的希腊老牧人

在一个梦里,我梦见耶稣和我的潘神①坐在森林的中心。

他俩都被对方的话引得大笑,耶稣的笑声更为欢快。他俩身旁的小溪也在欢笑。他们俩畅所欲言。

潘谈起了大地及其种种奥秘,谈起他有蹄的兄弟和长角的姐妹,谈起了梦幻,还探讨了树的根茎与须芽,以及苏醒、生长、又在夏季歌唱的树液。

---

① 潘神:希腊神话中牧人之神,人身,羊脚,头上有角。

耶稣谈起了林中的幼苗,谈起了鲜花与果实,谈起了在尚未来临的季节里结成的果子。

他谈起了空中的飞鸟及它们在上界的歌唱,谈起上帝放牧在沙漠中的白鹿。

潘为这位新神的言谈大喜,听得眉飞色舞。

还是在这个梦里,我又梦见潘神和耶稣在幽寂的绿树荫下静息。

然后潘拿出他的芦笛为耶稣吹奏起来。

树木晃动,蕨草颤抖,我感到惊恐。

耶稣说道:"好兄弟,你的笛声里有林间空地,有岩石高耸。"

潘把芦笛交给耶稣,说:"现在该由你来吹笛。"

耶稣说:"我的嘴不习惯你的多孔笛,我有这支长笛。"

他拿起长笛吹奏。

我听到了雨点在树叶上滴答作响,溪流在丘陵间潺潺流动,雪花在山巅淅淅而落。

往昔曾随风儿一起跳动的我的脉搏,现又回到了风中;我昨日的浪潮又拍打着我的岸陆。我又变成了牧羊人萨基斯。耶稣的长笛,化成了无数牧人手中的芦管,招呼着无数的牛羊。

这时潘对耶稣说:"你青春年少,比垂年之我更适于吹笛。我在静默中早已听到你的歌声,听人默念过你的名字。"

"你的名字听来悦耳,它必定要随树液升到枝叶,必定要借足蹄驰骋群山。"

"我对这名字毫不陌生,虽然我的父并未以此称呼我。是你的笛声唤起了我的记忆。"

"现在让我们一起吹笛吧!"

于是他们合奏起来。

他们的乐声打动了上天下地,万物闻之无不悚然。

我听出了群兽的吼声,森林的饥呼,听出了孤独人的长啸,探寻未知者的怨诉。

我听到了少女为情人的哀叹,听到了不走运的猎手追求猎物的喘息。

后来他们的音乐渐渐平和,天空与大地随之齐唱。

这一切都是我在梦中的所见所闻。

大祭司亚那[①]

他是个败类、土匪,是招摇撞骗、自吹自擂之徒。他只能迷惑那些肮脏的、被剥夺了继承权的下等人。所以,他应得到和所有污秽之流同样的下场。

他嘲弄我们及我们的律法,讥笑我们的荣誉和尊严;他还竟然说要捣毁我们的殿宇,玷污我们的圣地。他恬不知耻,所以该让他可耻地死去。

他是来自异教的加利利的外邦人,来自北国,在那里,阿多尼斯和阿什塔特依然在和以色列及以色列的神明争雄。

他在引述我们先知的言论时支吾其词,可他说起贱民群氓的粗言鄙语时却气壮如牛,震耳欲聋。

除了判处他死刑外,我还有什么选择?

难道我不是殿宇的守卫者吗?不是律法的维护者吗?难道我可以对他置之不理,心平气和地说:"他是一个疯子,让他独自胡言乱语自厌其烦好了,因为疯癫的、着了魔的人阻挡不了以色列的道路?"

难道我可以闭耳塞听,听任他骂我们是骗子、伪君子、豺狼、毒蛇、毒蛇的子裔?

不,我不能对此置若罔闻,因为他并不是疯子。他的头脑是清楚的,他以清醒的神志,谴责并讨伐我们所有人。

因此,我让他被钉死。他的死,是给他那些可恶同道的信号和警告。

我很清楚为此我要受到责备,甚至受公会里一些长老的责备。

---

① 亚那:耶路撒冷的大祭司,是第一位祭司该亚法的岳父。

但我现在和当初都确信：与其众人被一人引入歧途，不如一人为众人而死去。

犹太曾被一个外来的敌人战胜。我要务必使犹太不再被内部的敌人战胜。

不能让该诅咒的北国人进入我们至圣的神殿，不能让他们的身影掠过神的约柜①。

马利亚的一位女邻居

他死后的第四十天，邻近所有的妇女都来到马利亚家中，对她表示安慰，并吟唱挽歌。

有一位妇女的挽歌这样唱道：

我的春天去了何处，去了何处？
你的芬芳上升到别的什么空间？
你在别的什么田野漫步？
你向何处的天空昂头将胸臆发抒？

这些山谷将要荒芜，
我们将只有干涸的不毛地。
一切绿色植物将受烈日煎烤，
我们的果园将结酸涩的苹果，
我们果园的葡萄将要发苦，
我们将渴求你的醇酒，
思念着嗅闻你的气息馥馥。

---

① 约柜：摩西奉上帝之命所造的木柜，内藏刻有上帝与犹太人所立约法（即十诫）的石版。

529

我们初春的鲜花去了何处，去了何处？

你是否不再归来？

你的茉莉花是否不再对我们绽开？

你的仙客来是否不再立于我们路旁，

不再说我们的根也深扎在沃土，

我们无止的气息永在攀升高处？

耶稣，你去了何处？去了何处？

我邻居马利亚的儿子，

我儿子的伙伴，我们的初春，

你在何处，去往哪一片田野？

你是否不再归来？

是否会值你爱的高潮，

再临我们梦中荒瘠的岸陆？

胖子亚哈斯，旅店主人

我清楚地记得最后一次见到拿撒勒人耶稣的情景。那个星期四的中午，犹大来找我，让我为耶稣和他的朋友们准备晚饭。

他给了我两块银子，说："你去买一些晚饭需要的东西。"

他走后，我妻子说："这真是荣幸。"因为耶稣已经成为一个先知，曾经行过许多奇迹。

黄昏时，耶稣和他的弟子们来了。他们在楼上的餐桌旁入座，但个个默不作声。

去年和前年，他们也都来过。当时他们兴致很高。大家擘饼，喝葡萄酒，唱着我们的古谣。耶稣要对他们谈到深夜，然后其余人回房间睡去，剩下他一人在楼上，因为夜深后他愿一人独处。他一直不眠，我躺在床上还能听到他的脚步声。

但这一次，他和他的朋友们却闷闷不乐。

我妻子准备了加利利湖的鱼、填塞了大米和石榴籽的浩兰野鸡。我给他们端去一罐柏叶酒。

然后我便走开,因为我感到他们想单独在一起。

他们待到天色大黑,然后一起下楼。耶稣在楼梯口停了一会儿,他看看我和妻子,用手抚摩我女儿的头,说道:"祝你们全家晚安！我们还会再回到楼上,但不会只待这么短时间。我们要住到太阳东升。"

"过一会儿我们就回来,要更多的面包和葡萄酒。承蒙你们夫妇热情招待,我们回家后坐到桌边时,还会想念你们。"

我说:"先生,侍候您是我们的荣幸。正因为您的光临,别的店主才羡慕我,在街上我对他们自豪地微笑,有时还做个得意的怪脸。"

他说:"所有的店主都要为服侍别人自豪。因为递上面包和酒的人,和那些收割、捆束、打谷的人,以及在酒坊榨葡萄酒的人都是兄弟。你们都为人善良,即使对又饥又渴、身无分文的人,你们也慷慨招待。"

然后他转向掌管同伴们钱袋的加略人犹大,说:"给我两块银钱。"

犹大给他两块银钱,说:"这是我钱袋里的最后两块银钱了。"

耶稣看他一眼,说:"很快,要不了多久,你的口袋里就会装满银钱。"①

然后他把两块银钱放进我手中,说道:"用它为你女儿买一根丝腰带,让她在逾越节系上,以此纪念我。"

他又端详我女儿的脸,然后弯腰吻了她的前额,最后又说了一句:"祝你们晚安！"

他走了。

我听说,他对我们说的话,都被他的一位朋友记在羊皮纸上。但我向你所述的,是我听他亲口讲的。

———————————

① 犹大出卖耶稣,得了三十块银钱。

531

我永远忘不了他说这句话时的声音："祝你们晚安！"

你若想了解他更多的故事，就去问我女儿。她现在已是个妇人，但依然珍惜着少女时代的回忆。她比我更乐意叙谈。

巴拉巴[①]：耶稣最后的话

他们释放我，而选择了他。于是他荣升了，我却倒下。

他们捉拿他，是要他作逾越节的祭品。

我被解掉锁链，随着人群走在他后面，但我不过是走向自己坟墓的活人。

我真想逃到沙漠去，因为在那里羞耻会被烈日烤尽。

但我还是随那些选他担当我罪的人们前行。

当他们往十字架上钉他时，我站在一边。

我在看，我在听，但我似乎已灵魂出窍。

钉在他右边的偷贼对他说："连你，也跟我一起流血吗，拿撒勒人耶稣？"

耶稣答道："要不是这钉子钉住了我手，我会伸过来同你握手。我们一同被钉在这里，但愿他们让你的十字架靠我更近些。"

然后他向下俯视，看着他母亲和站在她身旁的一个年轻人。

他说："母亲，瞧你身旁站着的儿子！"

"母亲，看那将把我的血滴带到北国去的人！"

当他听到加利利妇女们的哭声，他说："看哪，她们哭泣，而我却干渴着！"

"我被架得太高，得不到她们的泪水。"

"我不会以酸醋和胆汁来解渴。"

然后他对着天空圆睁双目，说道："父啊，你为何离弃我们？"

---

① 巴拉巴：一名囚犯，耶稣被判刑时他在狱中。当时巡抚有在节期里应众人要求释放一个囚犯的惯例，众人在祭司长的唆使下要求释放了巴拉巴，而让耶稣钉在十字架上。

接着又以怜悯的语气说："父啊,赦免他们,因为他们不知道自己的所为!"

当他说完这些,我似乎看到所有人都在上帝面前匍匐,为钉死这个人而乞求宽恕。

他又高声说道："父啊,我把我魂交在你手里了!"

最后,他昂起头说道："现在完结了,但仅仅是在这座山上的完结。"

他闭上了眼睛。

此时,闪电撕裂了黑暗的天空,空中响过一声惊雷。

我现在知道,那些杀死他放了我的人留给了我无穷的折磨。

他的受刑只持续了一个时辰。

而我将一直钉在十字架上,直到我岁月的终结。

革老丢,罗马侍卫长

他被捕后,他们把他交给我。本丢·彼拉多命令我监护他到次日早晨。

我的士兵把他当狱犯带走,他顺从了他们。

半夜时,我离开妻儿去军库察看。我已经习惯四处走走,确认我在耶路撒冷的兵营太平无事。那天夜里,我去察看关押他的军库。

我的士兵和几个年轻犹太人正在作弄他。他们剥下了他的衣服,把去年的荆棘枝做成的冠戴在他头上。

他们让他靠在一根柱子上,在他面前跳着,喊叫着。

他们还让他手抓一根芦苇。

我走进时,有一个人叫道："看哪,长官,这是犹太人的王!"

我在他面前站住,看了他一眼,我羞愧起来,但不知为何。

我曾在高卢及西班牙打过仗,和士兵们出生入死,从不曾畏惧和怯懦过。但当我站在此人面前,当他看着我时,我顿时惊慌失措。我的双唇似乎被人封住，一个字也说不出来。

我马上离开了军库。

这偶然的事情发生在三十年以前，我的当时还是婴孩的儿子们现都成人，在为恺撒和罗马服务。

但我经常提及他来告诫他们，我告诉他们说，他面对死亡时唇上洋溢着生命的元气，眼里流露出对凶手的怜悯。

而今我年迈了，已经尽享天年。我深信：庞贝和恺撒都不如那位加利利人更堪称伟大的统帅。

因为在他未作抵抗而就义后，大地上兴起了一支为他奋战的大军……耶稣虽死，但却比活着的庞贝和恺撒受到更大的尊崇。

主的兄弟雅各：最后的晚餐

那一夜的记忆，曾经造访我一千次；我现在知道，它还要再造访我一千次。

大地会忘却在它胸膛上犁下的沟畦，妇女会忘却生育的痛苦与欢乐，而我却忘不了那一夜的情景。

那天下午，我们都在耶路撒冷城墙外面，耶稣说道："让我们现在进城，在旅店里用晚餐吧。"

来到旅店时天色已晚，我们感到饥饿。店主向我们问候，领我们来到楼上。

耶稣让我们围餐桌坐下，他自己却站着，目光扫视着我们。

他对店主说："给我拿一只盆、一壶水和一条布巾来。"

他又把目光转向我们，和蔼地说："把你们的鞋脱下吧！"

我们不解他的用意，但都顺从地脱下鞋。

店主拿来了盆和水壶。耶稣说道："现在我要替你们洗脚，我要洗掉你们脚上往昔路途的尘土，给予它迈向新路的自由。"

我们听了都觉得不安与羞愧。

西门彼得站起说道："我怎能有劳我的圣主为我洗脚呢？"

耶稣答道:"我为你们洗脚是要你们明白:侍奉人的将是众人中最伟大的。"

他环视了众人,说道:"挑选你们做兄弟的人子,他的脚昨天抹了阿拉伯的没药,又由一位女子用头发擦干①,现在他想为你们洗脚。"

于是他拿起盆和水壶,跪下为我们洗脚,首先从加略人犹大开始。

然后他和我们一起在餐桌前坐下,他的脸色,就像经过一夜流血激战后战场上升起的黎明。

店主和他妻子把食物和酒端了过来。

我虽然在耶稣跪着为我洗脚之前感到饥饿,但现在却毫无食欲。我喉咙中似有火焰燃烧,但我不想用葡萄酒把它浇灭。

接着耶稣递给我们一个饼,说:"或许我们再不会一起擘饼了。让我们吃下这口面包,以纪念我们在加利利的日子。"

他把酒罐里的酒斟到杯里,喝了一口,然后递给我们,说:"喝下这酒,以纪念我们曾共同体验的干渴,并憧憬畅饮新酒的希望。当我离你们远去后,你们在此处或别地相遇时,该像现在一样擘饼而食、斟酒而饮;然后环顾四周,你们或许会见我与你们共坐桌旁。"

说完,他开始为我们分鱼和鸡肉,就像鸟喂养它的雏鸟一般。

我们吃得虽少但已饱足。我们略沾滴酒,感到这杯盏仿佛是横亘在此地与彼乡之中的间隔。

耶稣又说:"在我们离席散去之前,让我们站起来,齐唱加利利欢乐的颂歌。"

于是我们站了起来齐声歌唱,他的歌声最为洪亮,他唱的每一个字都余音缭绕。

他在我们众人脸上一一扫视,说:"现在我要与你们辞别,让我们走出这墙垣之外,去往客西马尼。"

---

① 在耶稣的最后一个逾越节前,一位叫马利亚的女子曾用香膏为他抹脚,又用自己的头发擦干。

西庇太的儿子约翰问道："主啊,你为何要在今夜与我们辞别?"

耶稣答道："莫要为此心生烦恼。我告诉你们,只是要在我父的宅中为你们准备一处地方。若是你们需要我,我会回到你们中间。你们的精神在哪里追寻我,我就会在哪里呈现。"

"莫忘记:干渴将人引向酒坊,饥饿把人领入婚筵。"

"在思念中你们将发现人子,因为思念是酣喜的源头,是通往天父的道路。"

约翰又说:"如果你真要离开我们,我们怎能心情好呢?你为何要说起分离呢?"

耶稣回答:"被追猎的牡鹿在感到胸口中箭以前,就已知道猎人的弓箭;河流在抵达海岸以前,也已晓得大海。人子已经走过了众人的旅途。"

"当别的杏树在阳光下绽开花蕾以前,我的根将抵达另一片田地的心中。"

这时西门彼得说:"主啊,不要在现在离开我们,剥夺你为我们带来的欢乐。我们愿伴随你去往天涯海角。"

耶稣拍着西门彼得的肩膀,微笑地对他说:"谁知道你在今夜过去之前会不会不认我呢?会不会在我离开你们之前先离开我呢?"①

然后他突然说:"让我们现在就走吧。"

他带着我们离开了旅店。但我们到达城门时,加略人犹大已经不在。我们穿过了杰汉纳姆之谷。耶稣远远地走在前面,我们互相紧挨着在后面跟随。

当他走到一片橄榄林时,他停下转身对我们说:"在这里休息一个时辰吧。"

虽然时值阳春,但夜间仍有寒意。桑树正生出嫩叶,苹果树已经开花,林子里芳香扑鼻。

---

① 耶稣被捕的当夜,西门彼得为逃脱士兵的追捕,曾三次否认认识耶稣,印证了此前耶稣的预言。

我们每人找了一棵树就近躺下,我裹着衣服,在一棵松树下躺倒。

耶稣独自在橄榄林里踱步,我注视着他,别人已经入睡。

他往往突然停下不动,然后继续来回走动,走走停停反复了几次。

后来我见他对着空中仰起头,双手上举,伸向东西两边。

以前有一次他曾说过:"天堂、大地和地狱都是由人构成的。"现在我想起了他的话,我发现在橄榄林里踱步的他,乃是天堂里造就的人。我以为大地的子宫并非始与末,而是一驾战车,一次暂息,一刻令人惊奇的瞬间。在横亘于他与"圣城"之间的杰汗纳姆之谷中,我看见了地狱。

在他站立的时候,我裹着衣服躺在地上,听着他的话音。但他不是对我们说话,我只听到他几次说到"父啊"。

过了一段时间,他垂下双臂,像一棵柏树静立于我的视野里。

最后,他又朝我们走来,说:"醒醒,起来吧,我的时辰已到,全世界已经武装起来对付我们。"

"刚才,我听到我父的声音。若我不能再见到你们,就记住:征服者只有被征服时才得到和平。"

当我们站起围到他身边,他的脸色犹如沙漠上的星空一般。

他吻了我们每人的脸颊,在吻我时,我感到他双唇发热,如发热的孩童的手。

忽然,我们听到远处传来一片喧声,似乎来者甚众。等喧声至近,只见一群人手拿灯笼、棍棒匆匆而来。

当他们来到树篱边,耶稣往前朝他们走去。为他们带路的原来是加略人犹大。

罗马士兵手抓着剑与矛,耶路撒冷人则手持棍棒与铁镐。

犹大来到耶稣面前吻了他,然后告诉兵丁们:"就是此人。"

耶稣对犹大说道:"犹大,你对我颇有耐心,这事昨天你就可以做的。"

然后他转向兵丁们说:"现在就抓我吧,但你们的牢笼应该足够容纳下这些翅膀。"

于是,他们大声叫喊着,扑过去抓住了他。

而我们都惊恐得四散逃去。我一人逃到橄榄林中,惊魂失魄,心里充满畏惧。

这一夜剩下的两三个时辰里,我到处逃跑、躲避。黎明时,我发现自己已经在耶利哥附近的一个小村里。

我为什么竟离开了他?我不知道。但令我悲哀的是我确实离开了他。我是个懦夫,在他的敌人面前逃跑。

我心烦意乱,羞愧难当。我回到耶路撒冷时,他已被囚禁,没有朋友可以同他说话。

他被钉在了十字架上,他的鲜血浇沃了大地的新土。

我还依然活着,借着他的甜美之生所酿的蜜而生活。

古利奈人西门①

我在去地里的路上见到他扛着十字架,后面跟着人群。

于是我也走在他的身旁。

十字架压得他几次停下,因为他已精疲力竭。

这时,一位罗马士兵走近我说:"过来,你身强力壮,你来扛这人的十字架吧。"

我一听这话,心里激动不已,感之不尽。我扛起了他的十字架。

十字架很沉,因为它是用冬雨里泡透的白杨木做的。

耶稣看我一眼,说:"你也来喝这一杯吗?你真的会和我一起从这杯沿上啜饮。"

说话间,他把手放在我的空肩上。我们一起向髑髅山②走去。

① 古利奈人西门:此人曾在耶稣去被钉的路上为他背十字架。
② 髑髅山:又名各各他,是耶稣被钉在十字架的地方。

现在我不再觉得十字架的重量,我只感觉到他放在我肩上的手,感到我肩上仿佛生长了鸟翼。

我们来到了山顶,人们将在这里把他处死。

这时,我感到了十字架的重压。

当钉子钉进他的手脚时,他一言未发,也没有哼叫一声。他的四肢在锤击之下也未颤抖。

他的手脚仿佛已经僵死,只有在鲜血中沐浴才会复活。同时,他仿佛又在谋求着被钉,一如王子谋求着权杖。他渴望着被举到高处。我心里想到的并不是对他的怜悯,因为我心里充满了惊奇。

现在,我为他扛十字架的此人,变成了我的十字架。

如果人们再对我说:“你来扛这人的十字架吧。”我还愿扛着它,直至我的道路在坟墓终结。

但我还要求他将手放在我的肩上。

这是多年以前的事情。至今,每当我沿垄沟走向田地,每当我昏昏思睡之际,我时常想起这位可爱的人。

我觉得他带翼的手掌,就放在这儿,我的左肩上。

犹大的母亲赛波利

我儿子是个正直的好人。他待我温良孝顺。他热爱族人和同胞,憎恨我们的仇敌——可恶的罗马人,因为他们不事纺织,却穿起了紫袍;不曾耕种,却囤积着粮食。

我儿子十七岁那年,就因对着路过我们的葡萄园的一支罗马人队伍射箭而被捕。

还在那个年龄,他就常对其他年轻人谈论以色列的荣耀,还说出许多我不懂的怪事情。

他是我的儿子,我唯一的儿子。

他从我现已干瘪的乳房里吮吸了生命;他曾抓住我的手指——它们现在已变得像颤抖的芦苇一般,在这座花园里蹒跚学步。

那时我的这双手，像黎巴嫩的葡萄一般鲜嫩光润。我就用这双手，把儿子穿的第一双鞋，包在母亲给我的亚麻布手巾里存放。这鞋我仍然保存在窗边的柜子里。

他是我初生的孩儿，当他迈出最初的脚步，我也迈出我最初的脚步，因为母亲只有在儿子的牵引下方始远行。

现在人们告诉我他已经自杀，说他怀着悔恨从高岩山跳下，因为他背叛了他的朋友——拿撒勒人耶稣。

我知道我儿子已死去。但我相信他没有背叛任何人，因为他爱着他的家族，他恨的只有罗马人。

我儿子孜孜以求以色列的荣耀，这体现在他的一切言语与行动上。

当他在大路上遇见耶稣后，他便离开我跟随他去。我心里知道他跟随任何人都是错误的。

当他向我辞行时，我说他犯了错误，但他没有听信。

我们的孩子不会听从我们，正如今天的高潮不再采纳昨日潮汐的忠告。

我求你们不要再追问有关我儿子的事情。

我爱过他，并将永远爱他。

如果爱仅存于肉体，我愿用烙铁将肉体焚灭，以求宁静；然而爱存在于灵魂，无从触及。

现在我不愿再说了。你们去问另一位妇人吧，她比犹大的母亲更受人尊敬。

你们去问耶稣的母亲吧。刀剑也穿透了她的心，她会向你们谈起我，你们会理解的。

比布鲁斯的妇人：一首哀歌

和我一起哭泣吧，阿什塔特的姑娘，坦木

兹①所有的恋人们！
让你们的心融化、升起，化为血泪涌流，
因为金子与象牙做成的他已不复存在。
野猪在黑暗的林中击倒了他，
又用利牙扎进他的肉体。
他如今在旧岁的落叶覆盖下长眠，
他的足印将不再唤醒睡在春天怀里的种子，
他的声音不再随黎明来临我的窗前，
我将永远孤独一人。

和我一起哭泣吧，阿什塔特的姑娘，坦木
兹所有的恋人们！
因为我的所爱已离我而去，
他的言谈犹如江河发出宏声，
他的话音乃是时代的孪生兄弟，
他的嘴里是变得甜蜜的红色痛苦，
他的唇间胆汁将要化为糖蜜。

和我一起哭泣吧，阿什塔特的姑娘，坦木
兹所有的恋人们！
一起在他灵柩旁如星星洒泪一般哭泣，
如月之瓣落在他受伤的身上。
让你们的泪水湿透我床上的丝罩，
那是我的爱者在我梦里偃卧的地方，
当我醒时他却又离开远去。

我恳请你们，阿什塔特的姑娘，坦木兹所

———————————

① 坦木兹：中近东一带农业和春天之神，是阿什塔特的情侣。

有的恋人们!

袒开你们的胸膛哭泣,将我慰藉,

因为拿撒勒人耶稣已经死去。

抹大拉的马利亚:三十年以后

我要再说一遍:耶稣以死亡征服了死亡,并从坟墓中化为精神和力量升起。他在我们的孤寂中独步,他赴我们激情的花园里做客。

他并非躺在石头后面凿开的磐石里①。

我们这些爱慕他的人,通过受他启蒙的眼睛看到了他,借着受他训导的双手触摸过他。

我了解你们这些不信他的人,过去我也是你们中的一位,但你们的人数必定会减少。

你们非要打破竖琴或七弦琴,才能发现其中的音乐吗?

你们非要砍倒一棵果树,才能相信它结着果实吗?

你们憎恨耶稣,因为北国有人说他是上帝之子;但你们又彼此憎恨,因为你们每一个人都自以为伟大,不愿成为别人的兄弟。

你们憎恨他,还因为有人说他是童贞女所生,不是人播下的种子。

但你们不了解有的母亲以童贞之身走进坟墓,也不了解有的男人被自己的渴欲窒息而下到墓穴。

你们不知道大地被嫁给太阳,乃是大地将我们交付给高山与大漠。

在爱他者与恨他者之间,在信奉者与不信者之间,有张着大口的鸿沟。

而一旦岁月在这鸿沟上架起桥梁,你们就会知道:曾生活在我们中间的他长生不死;他确是上帝之子,一如我们是上帝的孩子;他确

---

① 耶稣死后,他的遗体由一位门徒安放在凿在磐石里的坟墓中。

是童贞女所生，正如我们是未配夫君的大地所生。

说来奇怪，对不信者，大地并不赋予他们吸取她胸乳的根须，也不赐予他们赖以高飞并饱饮她空中甘露的翅翼。

而我知道这一切，这就足够了。

一个来自黎巴嫩的人：十九个世纪以后

主啊，伟大的歌手，
未道之言的主人！
自从你匆匆来访，我们作简短迎候，
我曾七次诞生，也曾死去七次。
而今我又复生，
思忆着山中的日夜，
你的潮汐将我们举起的时候。
以后我跨越了许多大地与海洋，
无论马鞍或舟帆将我带到何方，
你的名字都被用来祈祷或争辩。
人们或为你祝福，或将你诅咒，
诅咒，无非是对失败的抗议；
祝福，乃是猎手作的赞美诗：
当他从山中得意归来，
为妻子带回美味时唱颂。

你的朋友们依然和我们同在，
给我们慰藉和声援，
你的敌人也在此，给了我们力量和自信。
你母亲和我们同在，
我从所有母亲的脸上看到她的神色，
她用手轻柔地晃动摇篮，

又用手温存地为死者穿起殓衣。
抹大拉的马利亚还在我们中间，
她尝过人生的酸醋，后来又饮人生的美酒。
犹大，这痛苦又有着琐小抱负的人物，
也在大地上行走，
至今他在饥饿无望时，仍会将自己攫食，
从自戕中寻到他的"大我"。

约翰，爱美的青年，也在这里，
虽无人留意他的歌声，他还在歌唱。
鲁莽的西门彼得，他不认你，
只为了为你而活得更久，
他也坐在我们的炉边；
在下一个黎明前他或许再不认你，
但他愿意为你去被钉死，
还称自己不配这一荣誉。
该亚法和亚那依然操其旧业，
审判着有罪者和无辜人，
他们在铺着羽绒的卧榻上酣睡，
而被他们判决的正受着棍棒的抽打。

那个在行淫时被捉拿的女人，
也行走在我们城市的街上，
她渴望着未焙出的面包，
在空荡的房里忍受着孤独。
本丢·彼拉多也在这里，
敬畏地站在你的面前，
依然在向你讯问；
但他不敢以他的地位冒险，

也不敢无视异族的威势，
他还在洗着自己的双手。[1]
至今，耶路撒冷还捧着水盆，罗马还提着水壶，
两地间的千万双手在等待洗净。

主啊，伟大的诗人，
已吟唱之言的主人！
人们建立起殿宇以容庇你的大名，
在每一处高地将你的十字架竖起，
作为引导他们动摇之足的标记，
却不是为博取你的欢心。
你的欢乐是他们视野以外的山峦，
且不会令他们感到舒坦。
他们愿尊崇难以理解的人物，
而一个与他们一样的人，
若和他们一样的善良，
或一个有着同等爱心的神灵，
他的怜悯也无异于他们的怜悯，
这样的人或神灵能带来什么慰藉？
他们并不尊崇那个人，那个生者，
那睁开眼睛，以不颤动的目光，
凝视太阳的第一人，
不，他们不了解他，也不愿做他的同道。
他们情愿不被知晓，在幽僻的行列里行，
他们愿忍受忧愁，他们的忧愁，
他们不愿从你的欢乐中得到安抚，

---

[1] 巡抚彼拉多在同意对耶稣施刑以后，曾在众人面前洗手，以表示流耶稣的血与他无关。

他们创痛的心不在你的吟唱中寻求慰藉，
他们无声而未成形的痛苦，
令他们成为孤独而无人造访的生灵。
他们虽身处亲朋眷属之中，
却在恐惧中无人相伴地生活。
然而他们又不愿孤独，
当西风拂起，他们会向东折腰。
他们称呼你为王，
他们愿进入你的朝廷，
他们为你冠以弥赛亚的名称，
他们愿自己受圣油涂抹，
噢，他们愿在你的生命之上生活。

主啊，伟大的歌手！
你的泪水犹如五月的甘霖，
你的笑容仿佛茫茫大海上的波涛，
当你说话，你的言词便是
他们唇间燃起火焰时发出的遥远的微语。
你为他们尚未准备欢笑的骨髓欢笑，
你为他们依然干涸的眼睛哭泣，
你的声音栽培了他们的思想与悟性，
你的声音哺育了他们的言论和气息。

我曾七次诞生，也曾死去七次，
而今我又复生，我见到了你，
你是战士中的战士，
诗人中的诗人，
是一切君王之上的君王，
是你的同路人中一位半裸的人。

每天都有主教低下头来，
口念着你的名字。
每天都有乞丐哀求：
"看在耶稣的面上，
赏我一便士买个面包。"
我们每个人相互吁求，
其实我们在向你吁求。
我们在需求和愿望之春里，如涌动的高潮，
当我们的秋季来临，又如退落的低潮，
我们无论身处高低，都在呼唤你的名字：
怀有无穷怜悯的主人！

主啊，我们孤寂时光的主人！
这里或那里，在摇篮和墓茔之间，
我遇见了你静默的兄弟们，
那些不受拘束的自由人，
你的大地母亲与宇宙的儿子。
他们有如天空的飞鸟，
又如田野盛开的百合花。
他们过着你的生活，思索着你的思想。
他们回应着你的歌唱。
然而他们两手空空，
也未承受被钉死的剧痛，
这也正是他们的痛苦所在。
世界每天都以不足道的方式，
把他们钉在十字架上，
苍天不曾为之震悚，
大地也不为死者而阵痛。
他们受此酷刑，却无人见证他们的受难，

他们左右环顾，
却找不到有人在自己的王国里，
为他们许下一个位置。
然而他们情愿一再受此酷刑，
以冀你的上帝也为他们的上帝，
你的父也为他们的父。

主啊，伟大的爱者！
在芳香的闺阁里，公主在等待你的来临，
已婚的独身女子在她的笼中等待，
觅食的妓女在她耻辱的街市上等待，
没有丈夫的修女在修道院等待，
没有孩子的妇人在窗前等待：
寒霜在她玻璃上凝成树林的图案，
她从这和谐的画里看见了你，
她愿如母亲一般抚爱你，并得到慰藉。

主啊，伟大的诗人，
我们无声之愿望的主人！
世界的心随你的心脏一起搏跳，
但它不会为你的歌唱燃烧；
世界怀着平静的愉悦端坐，听你的话音，
但它不会昂然而起，
攀登你山峦的岩脊。
人类会梦着你的梦幻，
但不会醒来迎接你的黎明——他更大的梦幻；
他会假借你的目光察视，
但不会迈开沉重的脚步走近你的宝座。
倒是有许多人以你的名义登基为王，

凭你的力量升任主教，
利用你珍贵的莅临，
做成他们头戴的王冠、手执的权杖。

主啊，光明的主人！
你的眼睛长在盲人摸索的手指上，
你仍然被人蔑视受人讥讽，
说你是过于软弱不似神灵的人，
是有过多人性不必崇拜的神。
他们作的弥撒和赞美诗，
他们作的发誓和祈祷，都是为他们受羁的自我，
你是他们依然遥迢的自我，
是他们远方的呼唤，是他们的热情。

可是主啊，心怀博大的主啊，
我们更美的梦幻中的骑士！
你今日依然在前进，
弓箭和矛枪都阻挡不了你的脚步，
你在我们的箭林中穿行，
你俯瞰着向我们微笑，
虽然你是我们中最年轻的，
你却如父亲一般照料着我们众人。

诗人啊，歌手啊，伟大的心啊！
愿我们的上帝祝福你的名字，
祝福怀你的胎腹，哺育你的胸脯。
愿上帝宽恕我们众人。

薛庆国　译